CW01661941

Wat ons n[illegible] zal doden

In dezelfde reeks

Mannen die vrouwen haten
De vrouw die met vuur speelde
Gerechtigheid

Wilt u op de hoogte worden gehouden van de romans en literaire thrillers van uitgeverij Signatuur? Meldt u zich dan aan voor de literaire nieuwsbrief via onze website www.uitgeverijsignatuur.nl.

DAVID LAGERCRANTZ

WAT ONS NIET ZAL DODEN

MILLENNIUM 4

Uit het Zweeds vertaald door
Geri de Boer

SIGNATUUR

2015

Det som inte dödar oss © David Lagercrantz & Moggliden AB,
first published by Norstedts, Sweden, in 2015
Published by agreement with Norstedts Agency
Vertaald uit het Zweeds door Geri de Boer
© 2015 Uitgeverij Signatuur, Amsterdam en Geri de Boer
Alle rechten voorbehouden

Omslagontwerp: Wil Immink Design
Omslagbeeld: Valentin & Byhr
Kaarten: Emily Faccini
Foto auteur: Magnus Liam Karlsson
Typografie: Pre Press Media Groep, Zeist
Druk- en bindwerk: Koninklijke Wöhrmann, Zutphen

ISBN 978 90 5672 585 3
NUR 305

Eerste druk, augustus 2015
Tiende druk, mei 2017

Behoudens de in of krachtens de Auteurswet van 1912 gestelde uitzonderingen mag niets uit deze uitgave worden verveelvoudigd, opgeslagen in een geautomatiseerd gegevensbestand, of openbaar gemaakt, in enige vorm of op enige wijze, hetzij elektronisch, mechanisch, door fotokopieën, opnamen of enige andere manier, zonder voorafgaande schriftelijke toestemming van de uitgever. Voor zover het maken van reprografische verveelvoudigingen uit deze uitgave is toegestaan op grond van artikel 16 h Auteurswet 1912 dient men de daarvoor wettelijk verschuldigde vergoedingen te voldoen aan Stichting Reprorecht (Postbus 3060, 2130 KB Hoofddorp, www.reprorecht.nl). Voor het overnemen van gedeelte(n) uit deze uitgave in bloemlezingen, readers en andere compilatiewerken (artikel 16 Auteurswet 1912) kan men zich wenden tot de Stichting PRO (Stichting Publicatie- en Reproductierechten Organisatie, Postbus 3060, 2130 KB Hoofddorp, www.cedar.nl/pro).

PROLOOG
EEN JAAR EERDER, IN ALLE VROEGTE

Dit verhaal begint met een droom, zij het geen erg vreemde. Het enige wat er gebeurt, is dat een hand ritmisch en hardnekkig op een bed tikt in haar oude kamer in de Lundagata.

Toch brengt deze droom Lisbeth Salander ertoe in alle vroegte op te staan, haar pc op te starten en op jacht te gaan.

Deel 1

HET WAKENDE OOG

1 november – 21 november

De NSA (National Security Agency) is een federale dienst die onder het Amerikaanse ministerie van Defensie valt. Het hoofdkantoor bevindt zich in Fort Meade in Maryland, aan de Patuxent Freeway.

Sinds de oprichting in 1952 houdt de NSA zich bezig met *signals intelligence* of 'verbindingsinlichtingen', dat wil zeggen: informatie uit elektronische communicatie – tegenwoordig meestal internet en telefoonverkeer. De bevoegdheden van de dienst zijn steeds groter geworden, en vandaag de dag worden er dagelijks meer dan twintig miljard gesprekken en correspondenties afgeluisterd en meegelezen.

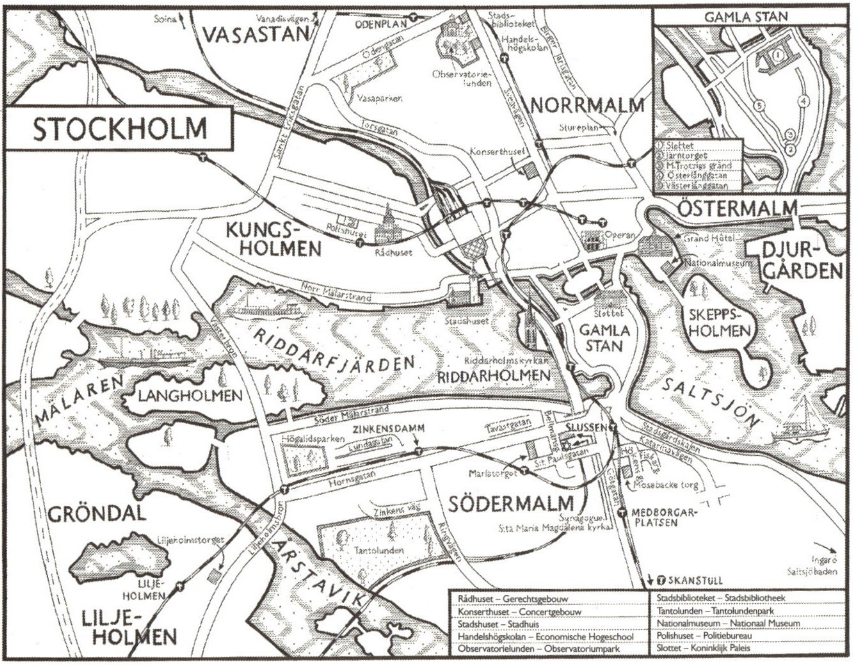
STOCKHOLM
VASASTAN
ODENPLAN
NORRMALM
KUNGSHOLMEN
ÖSTERMALM
DJURGÅRDEN
SKEPPSHOLMEN
GAMLA STAN
RIDDARFJÄRDEN
RIDDARHOLMEN
MÄLAREN
LANGHOLMEN
SALTSJÖN
SLUSSEN
ZINKENSDAMM
SÖDERMALM
GRÖNDAL
ÅRSTAVIK
LILJEHOLMEN
MEDBORGARPLATSEN
SKANSTULL
Observatorielunden
Vasaparken
Stureplan
Konserthuset
Polishuset
Rådhuset
Operan
Grand Hôtel
Nationalmuseum
Stadshuset
Slottet
Riddarholmskyrkan
Högalidsparken
Mariatorget
Mosebacke torg
Tantolunden
Synagogue
Sta Maria Magdalena kyrka
Liljeholmstorget
Ingarö
Saltsjöbaden
Solna
Vanadisvägen
Stadsbiblioteket
Handelshögskolan
Odengatan
Torsgatan
Sankt Eriksgatan
Norr Mälarstrand
Söder Mälarstrand
Västerbron
Liljeholmsbron
Lundagatan
Hornsgatan
Tavastgatan
Zinkens väg
Ringvägen
Katarinavägen
Stadsgårdskajen
Götgatan
St Paulsgatan
GAMLA STAN
1 Slottet
2 Järntorget
3 M.Trotzigs gränd
4 Österlånggatan
5 Västerlånggatan
Rådhuset – Gerechtsgebouw
Konserthuset – Concertgebouw
Stadshuset – Stadhuis
Handelshögskolan – Economische Hogeschool
Observatorielunden – Observatoriumpark
Stadsbiblioteket – Stadsbibliotheek
Tantolunden – Tantolundenpark
Nationalmuseum – Nationaal Museum
Polishuset – Politiebureau
Slottet – Koninklijk Paleis

1
BEGIN NOVEMBER

Frans Balder had zichzelf altijd beschouwd als een slechte vader.

Hoewel August al acht was, had Frans nog bijna nooit zelfs maar een poging gedaan om de vaderrol op zich te nemen, en ook nu voelde hij zich bepaald niet op zijn gemak bij die taak. Maar het was zijn plicht, vond hij. De jongen had het slecht bij zijn ex en die vervloekte vent van haar, Lasse Westman.

Daarom had Frans Balder zijn baan in Silicon Valley opgezegd en was hij naar Zweden teruggevlogen, en nu stond hij op de luchthaven Arlanda op een taxi te wachten. Bijna in shocktoestand, want het weer was belabberd. De regen en de wind zwiepten hem in het gezicht en hij vroeg zich voor de zoveelste keer af of hij hier nu wel goed aan deed.

Van alle egocentrische idioten werd uitgerekend hij fulltimevader; dat was toch belachelijk? Hij kon net zo goed in een dierentuin gaan werken. Hij had geen verstand van kinderen, sowieso niet van het leven trouwens, en het gekste van alles: niemand had het hem gevraagd. Geen moeder of grootmoeder had hem gebeld en gesmeekt om zijn verantwoordelijkheid te nemen.

Het was zijn eigen besluit, en nu wilde hij in weerwil van een oud voogdijbesluit en zonder enige vooraankondiging bij zijn ex binnenwandelen en zijn zoon meenemen. Dat zou ongetwijfeld een hoop herrie geven. Hij zou een flink pak slaag krijgen van Lasse Westman, maar hij kon nu niet meer terug. Hij sprong in een taxi bij een vrouwelijke chauffeur die maniakaal kauwgum zat te kauwen en een conversatie op gang probeerde te houden. Ze trof hem echter niet op zijn best. Frans Balder was geen type voor een babbeltje.

Hij zat in gedachten verzonken op de achterbank. Hij dacht aan zijn zoon en aan alles wat er de laatste tijd was gebeurd. August was niet de enige en zelfs niet de voornaamste reden waarom hij was gestopt bij Solifon. Zijn hele leven bevond zich in een overgangsfase, en even vroeg hij zich af of hij het wel aan zou kunnen. Terwijl ze naar Vasastan reden was het alsof het bloed uit zijn lichaam vloeide, en hij onderdrukte de neiging om het maar te laten zitten. Hij mocht nu niet terugkrabbelen.

In de Torsgata betaalde hij de taxi; hij ging de hal van de flat binnen en liet zijn bagage daar staan. Het enige wat hij meenam de trap op was de lege koffer met een afbeelding van een kleurrijke wereldkaart erop, die hij op San Francisco International had gekocht. Even later stond hij hijgend voor de deur. Hij deed zijn ogen dicht en bereidde zich voor op allerlei ruzie- en woedescenario's – en wie zou hun dat kwalijk nemen? Je kunt niet zomaar uit het niets opduiken en een kind uit zijn huis weghalen, zeker niet als je een vader bent wiens bemoeienis zich tot nu toe beperkte tot stortingen op een bankrekening. Maar dit was een noodsituatie, hield hij zichzelf voor, dus hij verzamelde al zijn moed en belde aan, al had hij zich liever uit de voeten gemaakt.

Eerst gebeurde er niets, maar toen werd de deur opengerukt, en daar stond Lasse Westman met zijn felle blauwe ogen, zijn brede borst en zijn enorme klauwen, die wel gemáákt leken om mensen kwaad te doen, waardoor hij in films zo vaak de slechterik had gespeeld, al was Frans Balder ervan overtuigd dat geen van die rollen zo slecht was als de rol die hij in het echte leven speelde.

'Nee maar,' zei Lasse Westman. 'Kijk nou! Het genie zelf komt op bezoek.'

'Ik kom August halen,' zei Frans.

'Wát?'

'Ik wil hem meenemen, Lasse.'

'Dat meen je niet.'

'Ik ben nog nooit zo serieus geweest,' probeerde Frans, en toen kwam zijn ex-vrouw Hanna tevoorschijn uit een kamer schuin links. Ze was nog net zo mooi als vroeger. Dat had haar al veel ongeluk gebracht en waarschijnlijk ook tot een te hoge sigaretten- en drankconsumptie geleid. Toch voelde hij een onverwachte tederheid voor haar, vooral toen hij een blauwe plek in haar hals zag.

Ze leek iets vriendelijks te willen zeggen, maar ze kreeg niet eens de tijd om haar mond open te doen.

'Waarom maak jij je ineens druk om hem?' vroeg Lasse.

'Omdat het nu genoeg is. August heeft een veilige omgeving nodig.'

'En die denk jij hem te kunnen geven, Willie Wortel? Sinds wanneer doe jij iets anders dan naar een computer turen?'

'Ik ben veranderd,' zei Frans, en het klonk zielig, vond hij, niet alleen omdat hij betwijfelde of hij ook werkelijk was veranderd, maar ook omdat Lasse met zijn geweldige lijf en zijn ingehouden woede dichter naar hem toe kwam. Het was verpletterend duidelijk dat hij niets in te brengen zou hebben als die gek hem te lijf ging en dat het hele idee volkomen gestoord was.

Maar merkwaardig genoeg kwam er geen uitbarsting, geen scène, enkel een grimmige grijns, en toen: 'Nou, maar dat is uitstekend!'

'Hoe bedoel je?'

'Gewoon, dat het weleens tijd werd, hè Hanna? Eindelijk krijgt meneer Drukdrukdruk een beetje verantwoordelijkheidsgevoel. Bravo, bravo!' vervolgde Lasse, en hij klapte theatraal in zijn handen. Achteraf vond Frans Balder dat eigenlijk nog het meest angstaanjagend: hoe gemakkelijk ze het kind lieten gaan.

Zonder of na hooguit enig symbolisch protest lieten ze hem de jongen meenemen. Misschien beschouwden ze August slechts als een last. Dat was niet helemaal duidelijk. Hanna wierp Frans nog een paar moeilijk te interpreteren blikken toe, haar handen trilden en haar kaken waren gespannen. Maar ze stelde te weinig vragen. Ze had hem natuurlijk aan een kruisverhoor moeten onderwerpen, hem duizend-en-een eisen en vermaningen moeten meegeven en ongerust moeten zijn dat het kind uit zijn gewone doen zou raken.

Maar ze zei alleen: 'Weet je het zeker? Kun je het aan?'

'Ik weet het zeker,' zei hij, en ze gingen naar de kamer van August, waar Frans hem voor het eerst sinds enkele jaren zag. Hij schaamde zich.

Hoe kon hij zo'n jochie in de steek hebben gelaten? Hij was zo wonderbaarlijk mooi met zijn weelderige haar en zijn tengere lichaam, met die ernstige blauwe ogen, die volkomen gefocust waren op een reusachtige puzzel van een zeilschip. Zijn hele houding leek er een van 'val me niet lastig' en Frans liep heel langzaam naar hem toe, alsof hij een vreemd, onberekenbaar wezen naderde.

Toch lukte het hem de jongen af te leiden, zijn hand te pakken en hem mee te nemen de gang in. Dit zou hij nooit vergeten. Wat dacht August? Wat verwachtte hij? Hij keek hem en zijn moeder niet aan en negeerde al het gezwaai en alle afscheidswoorden. Hij stapte gewoon met Frans in de lift. Zo simpel was het.

August was autistisch. Waarschijnlijk was hij ook zwaar verstandelijk gehandicapt, ook al was dat niet onomstotelijk vastgesteld en kon je van een afstandje het tegenovergestelde denken. Zijn uiterst geconcentreerde gezicht straalde een koninklijke verhevenheid uit; in elk geval had hij een aura dat hij zich niet druk maakte om zijn omgeving. Maar wie beter keek, zag een floers in zijn blik, en hij had zijn hele leven nog geen woord gezegd.

Daarmee had hij alle prognoses die hem waren gegeven toen hij twee jaar was niet waar kunnen maken. In die tijd zeiden de artsen dat August waarschijnlijk tot de minderheid van autistische kinderen behoorde die niet zwakbegaafd zijn en dat de vooruitzichten, als hij maar intensieve gedragstherapie kreeg, toch vrij goed waren. Maar het was allemaal niet gegaan zoals ze hadden gehoopt en eerlijk gezegd wist Frans Balder niet eens wat er van al die hulp en ondersteuning, of zelfs maar van onderwijs aan de jongen, terecht was gekomen. Frans had in zijn eigen wereld geleefd; hij was naar de Verenigde Staten vertrokken en met alles en iedereen in conflict geraakt.

Hij was een idioot geweest. Maar nu zou hij zijn schuld vereffenen en voor zijn zoon gaan zorgen. Hij pakte het grondig aan. Hij vroeg dossiers op, belde specialisten en pedagogen, en al gauw bleek dat het geld dat hij had gestuurd niet aan August was besteed, maar naar andere doelen was weggelekt, waarschijnlijk naar de uitspattingen en de speelschulden van Lasse Westman. Het kind was kennelijk het grootste deel van de tijd aan zijn lot overgelaten en blijven steken in zijn dwangmatige gewoonten en waarschijnlijk in nog veel ernstigere zaken – ook daarom was Frans teruggekomen.

Er had een psycholoog gebeld die zich zorgen maakte over mysterieuze blauwe plekken op het lichaam van de jongen; die had Frans ook gezien. Ze zaten overal op zijn armen, benen, borst en schouders. Volgens Hanna waren ze het gevolg van Augusts eigen aanvallen, waarbij hij zijn lichaam heen en weer gooide. Al op de tweede dag was Frans inderdaad getuige van zo'n uitbarsting. Hij schrok er vreselijk van, maar het klopte toch niet met de blauwe plekken, vond hij.

Hij vreesde dat de jongen was mishandeld en nam contact op met een huisarts en een voormalige politieman die hij privé kende, en hoewel die zijn verdenking niet konden bevestigen, wond hij zich er toch steeds meer over op en schreef hij een aantal brieven en deed aangiften. Hij vergat het kind er bijna door. Hij merkte dat dat heel gemakkelijk ging. August zat op de grond in de kamer met uitzicht op zee die Frans voor hem had ingericht in de villa in Saltsjöbaden en speelde met zijn puzzels, zijn akelig moeilijke puzzels van honderden stukjes, die hij virtuoos legde en meteen weer door elkaar gooide, waarna hij opnieuw begon.

In het begin had Frans gefascineerd naar hem zitten kijken. Het was alsof hij een groot kunstenaar aan het werk zag en soms kreeg hij het idee dat de jongen elk moment kon opkijken en iets heel volwassens tegen hem kon zeggen. Maar August bracht geen woord uit, en als hij zijn hoofd al ophief van de puzzel, dan keek hij straal langs hem heen door het raam naar het zonlicht buiten, dat reflecteerde in het water, en ten slotte liet Frans hem met rust en zat August daar maar in z'n eentje. Eerlijk gezegd nam Frans hem ook bijna nooit mee naar buiten, zelfs niet in de tuin.

Officieel mocht hij eigenlijk ook niet voor het kind zorgen en voordat hij dat juridisch had geregeld wilde hij geen risico's nemen, dus hij liet alles over aan zijn huishoudster, Lottie Rask: de boodschappen, het koken en het schoonmaken. Frans Balder was niet goed in die praktische dingen. Hij wist alles van computers en algoritmen, maar verder bijna niets en hoe meer tijd er verstreek, hoe meer hij daarmee bezig was en met de correspondentie met zijn advocaten; 's nachts sliep hij bijna net zo slecht als in Amerika.

Er waren dagvaardingen en stormen op komst. Elke avond dronk hij een fles rode wijn, meestal Amarone, en dat hielp ook niet direct, hooguit op de korte termijn. Hij voelde zich steeds beroerder en wilde dat hij in rook kon opgaan of kon verdwijnen naar een of ander onherbergzaam gebied, voorbij alle eer en redelijkheid. Maar toen, op een zaterdag in november, gebeurde er iets.

Het was een koude, winderige avond. Hij liep met August over de Ringväg op Södermalm. Hij had het koud. Ze waren gaan eten bij Farah Sharif aan de Zinkensväg en August had allang in bed moeten liggen. Maar het etentje was uitgelopen en Frans Balder had zijn mond behoorlijk voorbijgepraat. Dat had je bij Farah Sharif. Zij bracht mensen ertoe hun hart te luchten. Frans en zij kenden elkaar al sinds ze informatica studeerden aan het Imperial College in Londen, en nu was Farah een van de weinige mensen in het land van zijn niveau, in elk geval een van de weinigen die hem konden volgen, en het was een ware bevrijding voor hem om iemand tegen te komen die hem begreep.

Hij vond haar ook aantrekkelijk, maar hoewel hij diverse pogingen had gedaan was het hem niet gelukt haar te verleiden. Daar was Frans Balder ook helemaal niet goed in. Maar deze keer had hij bij het afscheid een omhelzing gekregen die bijna was uitgemond in een zoen, en dat vond hij een groot succes. Hij dacht er nog aan terug terwijl hij met August langs het Sportpark Zinkendamms liep. Frans besloot de volgende keer een oppas te regelen, dan zou ze misschien ... Wie weet?

In de verte blafte een hond. Achter hem schreeuwde een vrouw iets, kwaad of blij – dat was moeilijk uit te maken. Er leek regen in de lucht te hangen. Hij keek naar de kruising met de Hornsgata, waar hij een taxi wilde aanhouden of de metro naar Slussen wilde nemen. Het voetgangersstoplicht sprong op rood. Aan de overkant stond een sjofel uitziende man van een jaar of veertig die hem vaag bekend voorkwam. Hij pakte Augusts hand, want hij wilde er zeker van zijn dat zijn zoon op het trottoir bleef staan. Toen voelde hij dat Augusts hand gespannen was, alsof hij ergens op reageerde. Bovendien stonden zijn ogen fel en helder, alsof de sluier in zijn blik als bij toverslag was weggetrokken en hij niet meer gericht was op wat er in zijn binnenste omging, maar iets op het zebrapad en het kruispunt zag, iets wat normale mensen niet zagen. Daarom kwam Frans niet in beweging toen het licht op groen sprong.

Hij liet zijn zoon het schouwspel bekijken en zonder te begrijpen waarom raakte hij zeer geëmotioneerd, en dat vond hij vreemd. Het was immers slechts een blik, meer niet, en die was niet eens gelukkig of blij. Toch deed het Frans denken aan iets wat vaag en afwezig in zijn geheugen sluimerde, en voor het eerst sinds lange tijd was hij hoopvol gestemd.

2
20 NOVEMBER

Mikael Blomkvist had maar een paar uur geslapen, enkel en alleen doordat hij een thriller van Elizabeth George had liggen lezen. Dat was natuurlijk niet erg slim. Deze ochtend zou krantengoeroe Ove Levin van Serner Media een nieuw plan van aanpak voor *Millennium* bekendmaken, en dan moest Mikael eigenlijk uitgerust en strijdvaardig zijn.

Maar hij had geen zin om verstandig te zijn. Hij was in een algeheel tegendraadse bui, stond met tegenzin op en maakte een extra sterke cappuccino op zijn Jura Impressa X7, een apparaat dat hem een keer was bezorgd met de begeleidende tekst 'Ik kan er volgens jou toch niet mee omgaan', maar dat nu nog slechts als een herinnering aan betere tijden in de keuken stond. Hij had geen contact meer met de gever en hij vond zijn werk ook al niet meer erg stimulerend.

Het afgelopen weekend had hij er zelfs over nagedacht of hij niet iets anders moest gaan zoeken, en dat was een heel radicaal idee voor een man als Mikael Blomkvist. *Millennium* was zijn leven, zijn passie; en het beste en meest dramatische wat hem ooit was overkomen, had alles te maken met dat tijdschrift. Maar niets duurt eeuwig, zelfs de liefde voor *Millennium* misschien niet, en daar kwam bij dat het geen gunstige tijd was voor tijdschriften op het gebied van onderzoeksjournalistiek. Alle bladen met ambitie bloedden dood. Zijn eigen visie op *Millennium* mocht vanuit een soort edel perspectief dan wel mooi en waarachtig zijn, bedacht hij, maar daar kon het blad ook niet op overleven.

Hij liep naar de woonkamer, nipte van zijn koffie en keek uit over de Riddarfjärd. Het stormde hevig. De Indian summer die de stad tot diep in oktober had verwend en de terrassen veel langer dan anders in bedrijf had gehouden was omgeslagen in een abominabel weertype vol windstoten en wolkbreuken, waardoor de mensen zich voorovergebogen door de straten haastten. Mikael was het hele weekend niet buiten geweest, al kwam dat niet alleen door het weer. Hij had grootse plannen voor een revanche, maar die waren allemaal verzand. Dat was geen van beide iets voor hem.

Hij was geen op wraak beluste underdog en in tegenstelling tot andere mastodonten in de Zweedse mediawereld had hij geen last van een opgeblazen ego dat voortdurend moest worden gestreeld en bevestigd. Aan de andere kant waren de laatste jaren lastig geweest en minder dan een maand geleden had de economisch journalist William Borg in de Serner-krant *Business Life* een column geschreven met als kop TIJD VAN MIKAEL BLOMKVIST VOORBIJ.

Het simpele feit dat dit stuk was geschreven en dat het zo groot werd gebracht gaf al aan dat Blomkvists positie nog sterk was en de column was ook niet bepaald goed geschreven of origineel. Hij had rustig kunnen worden afgedaan als een aanval van een jaloerse collega. Maar om de een of andere, achteraf niet geheel navolgbare reden groeide het artikel uit tot iets groters, iets wat in het begin kon worden beschouwd als een discussie over de onderzoeksjournalistiek als vak: moest je 'de hele tijd op zoek zijn naar dingen die fout gaan in het bedrijfsleven, zoals Blomkvist, en blijven hangen in een achterhaalde jarenzeventigjournalistiek' of moest je, zoals William Borg zelf, 'al je jaloezie overboord zetten en de klasse erkennen van de succesvolle ondernemers die Zweden groot hebben gemaakt'.

Langzaam maar zeker liep het debat echter uit de hand en boze tongen beweerden dat het geen toeval was dat Blomkvist de afgelopen jaren had stilgestaan, 'want hij lijkt ervan uit te gaan dat alle grote concerns geleid worden door schurken' en dat zijn stukken 'te hard zijn en te ver doorvoerd'. Dat wreekt zich op den duur, werd er gezegd. Zelfs de aartsschurk Hans-Erik Wennerström, die naar men zei door Blomkvist de dood in was gejaagd, kon in deze aanval op enige sympathie rekenen. Hoewel de serieuze bladen zich buiten deze discussie hielden, stonden de social media bol van de scheldpartijen – en die kwamen niet alleen van economisch journalisten en vertegenwoordigers van het bedrijfsleven, die allemaal wel een reden hadden om zich op hun vijand te storten nu hij zwak leek. Ook een hele serie jongere prulschrijvers greep de kans om zich te profileren. Ze betoogden dat Mikael Blomkvist niet modern was, niet twitterde of facebookte en een relikwie uit het verleden was, toen er nog geld werd betaald om allerlei rare, stoffige stapels papier door te ploegen. Of ze maakten gewoon van de gelegenheid gebruik om grappige hashtags als #uitdetijdvanblomkvist en dergelijke te bedenken. Het was al met al een stortvloed aan stupiditeiten, waarover niemand zich minder druk maakte dan hijzelf; dat verbeeldde hij zich althans.

Aan de andere kant hielp het ook niet echt dat hij geen goed verhaal meer had gehad sinds de affaire-Zalachenko en dat *Millennium* een crisis doormaakte. De oplage was nog steeds redelijk – eenentwintigduizend abonnees –, maar de advertentie-inkomsten liepen dramatisch terug en er kwamen ook geen extra revenuen meer uit succesvolle boeken. Omdat mede-eigenaar Harriët Vanger niet meer kapitaal kon investeren, had de directie van *Millennium* er tegen Mikaels zin mee ingestemd dat het Noorse krantenimperium Serner dertig procent van de aandelen kocht. Dat was niet zo merkwaardig als het leek, aanvankelijk tenminste. Serner was uitgever van serieuze weekbladen en roddelbladen, bezat een grote datingsite, twee betaaltelevisiezenders en een voetbalclub die uitkwam in de hoogste divisie in Noorwegen: een bedrijf waar een tijdschrift als *Millennium* totaal niet bij thuishoorde.

Maar de mensen van Serner, met mediadirecteur Ove Levin voorop, hadden verzekerd dat het concern behoefte had aan een prestigeproduct en dat 'iedereen' in de directie bewondering had voor *Millennium* en niets liever wilde dan dat het blad gewoon op de oude voet doorging. 'We zijn hier niet om geld te verdienen! We willen belangrijk zijn,' had Levin gezegd, en het duurde niet lang of hij zorgde ervoor dat het blad een aanzienlijke financiële injectie kreeg.

Aanvankelijk bemoeide Serner zich ook niet met het redactionele beleid. Het was *business as usual*, maar dan met iets meer geld, en er ontstond een nieuw gevoel van hoop op de redactie, zelfs bij Mikael Blomkvist, die merkte dat hij zich eindelijk weer eens aan de journalistiek kon wijden in plaats van aan de financiën. Maar net toen de aanvallen tegen hem begonnen – hij kon zich niet aan de indruk onttrekken dat het concern daarvan profiteerde –, veranderde de toon en kwam de eerste kritiek.

Natuurlijk, zei Levin, moest het blad doorgaan met zijn diepteonderzoek, zijn literaire beschouwingen, zijn sociale betrokkenheid en zo. Maar alle stukken hoefden toch niet over financiële onregelmatigheden, onrechtvaardigheden en politieke schandalen te gaan? Over de glamourwereld – beroemdheden en premières – was ook uitstekende journalistiek te maken, zei hij, en hij praatte bevlogen over *Vanity Fair* en *Esquire* in Amerika, over Gay Talese en zijn klassieke portret van Sinatra, 'Frank Sinatra Has a Cold', over Norman Mailer en Truman Capote, over Tom Wolfe en God weet wat allemaal.

Mikael Blomkvist had er eigenlijk niet veel tegen in te brengen, toen. Nog maar een halfjaar geleden had hij zelf een lang artikel geschreven over de paparazzi-industrie en als hij maar een goede invalshoek had, kon hij iedere sukkel portretteren. Niet het onderwerp bepaalt of iets goede journalistiek is, zei hij zelf ook altijd. Het gaat erom wat je ermee doet. Nee, waar hij bezwaar tegen maakte, was wat hij tussen de regels door vermoedde: dat dit het begin van een grotere aanval was en dat *Millennium* op het punt stond een doorsnee-uitgave te worden voor het concern, dat wil zeggen een blad waar je net zo lang aan kon sleutelen tot het rendabel was – en verwaterd.

Toen hij hoorde dat Ove Levin een adviseur had aangesteld en allerlei marktonderzoeken had laten uitvoeren en dat hij daar maandag verslag van zou doen, was Mikael vrijdagmiddag dan ook, duidelijk zichtbaar voor iedereen, naar huis gegaan. Hij had een hele tijd, achter zijn bureau en in bed, argumenten bedacht waarom *Millennium* aan zijn eigen visie moest vasthouden. Er zijn rellen in de voorsteden. Er zit een openlijk xenofobe partij in de Rijksdag. De intolerantie neemt toe. Het fascisme ligt op de loer. Overal zijn daklozen en bedelaars. Zweden is in veel opzichten een beschamend land geworden. Hij formuleerde een heleboel mooie, plechtige zinnen en fantaseerde over grote triomfen waarbij hij zoveel rake en overtuigende dingen zei dat de redactie en zelfs het hele Serner-concern wakker geschud werd en als één man besloot hem te volgen.

Maar toen zijn gezonde verstand terugkwam, besefte hij hoe weinig zulke woorden voorstellen als niemand er financieel in gelooft. *Money talks, bullshit walks* en zo. Eerst moest het tijdschrift rendabel zijn. Daarna mocht het de wereld veranderen. Zo werkte het, en in plaats van boze toespraken voor te bereiden begon hij zich af te vragen of hij niet met een goed verhaal kon komen. Het vooruitzicht van een belangrijke onthulling zou de redactie zelfvertrouwen geven en maken dat niemand zich iets aan zou trekken van Levins onderzoeken over de achterhaaldheid van *Millennium* of zijn toekomstprognoses of wat hij hun ook maar aan wilde praten.

Sinds zijn grote scoop was Blomkvist een soort nieuwscentrale. Elke dag kreeg hij tips over onregelmatigheden en duistere praktijken. De meeste, moest hij toegeven, waren waardeloos. Betweters, complottheoretici, leugenaars en dikdoeners met uitzinnige verhalen die na een eerste oppervlakkig onderzoek al niet standhielden of in elk geval niet interessant genoeg waren voor een artikel. Soms ging er een uniek verhaal schuil achter iets banaals of alledaags. Achter een simpele verzekeringsclaim of een aangifte van vermissing kon een groot algemeen menselijk verhaal zitten. Dat wist je nooit zeker. Je moest het allemaal systematisch en onbevooroordeeld onderzoeken. Dus op zaterdagochtend was hij achter zijn laptop en zijn notitieboekjes gaan zitten om door te nemen wat hij had.

Dat hield hij vol tot vijf uur 's middags, maar hij vond alleen dingen die hem tien jaar geleden nog in de benen hadden gekregen, maar waar hij nu niet meteen enthousiast van werd. Een klassiek probleem; dat wist hij als geen ander. Als je een paar decennia in de journalistiek hebt gewerkt, komt het meeste je bekend voor en ook al begrijp je puur verstandelijk dat iets een goed verhaal kan opleveren, je gaat er toch niet mee door. En terwijl een nieuwe ijskoude stortbui de daken geselde, stopte hij met werken en ging hij Elizabeth George lezen.

Dat was niet alleen maar escapisme, hield hij zichzelf voor. Soms komen de beste ideeën terwijl je uitrust, was zijn ervaring. Als je met iets heel anders bezig bent, vallen de puzzelstukjes soms zomaar op hun plaats. Maar andere constructieve gedachten dan dat hij vaker met een goed boek op zijn bed moest gaan liggen kwamen niet in hem op, en toen de maandagochtend arriveerde met nog meer guur weer had hij anderhalve George gelezen plus drie oude nummers van *The New Yorker* die nog op zijn nachtkastje slingerden.

Nu zat hij dus met zijn cappuccino in de woonkamer naar het noodweer buiten te kijken. Hij was moe en voelde zich uitgerangeerd, maar toen, met een ruk, alsof hij opeens had besloten weer daadkrachtig te zijn, stond hij op. Hij trok een paar stevige schoenen en zijn winterjas aan en ging de deur uit. Het was extreem guur weer.

IJskoude windstoten en regen sneden door hem heen en hij haastte zich naar de Hornsgata, die er ongewoon grauw bij lag. Heel Södermalm leek beroofd van kleur. Er dwarrelde zelfs geen fonkelend herfstblaadje in de lucht. Met zijn hoofd omlaag en zijn armen kruiselings over zijn borst liep hij langs de Maria Magdalenakerk naar Slussen en sloeg toen af naar de Götgatsbacke. Tussen modeboutique Monki en café Indigo ging hij naar binnen en liep hij de trap op naar de vierde verdieping, waar *Millennium* zat, recht tegenover het kantoor van Greenpeace. Al in het trappenhuis hoorde hij geroezemoes.

Er waren al heel veel mensen: de hele redactie, de voornaamste freelancers en drie mensen van Serner: twee adviseurs en Ove Levin, die voor deze gelegenheid iets informelers had aangetrokken. Hij zag er niet meer uit als een directeur en had zich blijkbaar ook een wat meer familiair taalgebruik aangemeten.

'Ha die Micke, hoe gaat ie?'

'Dat hangt van jou af,' antwoordde Mikael, eigenlijk zonder dat hij het kwaad bedoelde. Maar hij merkte dat het werd opgevat als een oorlogsverklaring, knikte stijfjes, liep door en ging op een van de stoelen op de redactie zitten die rond een spreekgestoelte waren neergezet.

Ove Levin schraapte zijn keel en keek nerveus naar Mikael Blomkvist. De sterreporter die bij het binnenkomen nog zo strijdlustig leek, zag er nu beleefd geïnteresseerd uit en wekte niet de indruk uit te zijn op ruzie of discussie. Maar dat stelde Ove absoluut niet gerust. Blomkvist en hij hadden ooit samen stage gelopen bij *Expressen*. Toen schreven ze vooral korte berichten en een hoop onzin. Maar na werktijd, in het café, droomden ze urenlang van grote reportages en onthullingen, en zeiden ze tegen elkaar dat ze nooit genoegen zouden nemen met conventionaliteit of oppervlakkigheid, maar altijd dieper zouden graven. Ze waren jong en ambitieus en wilden alles tegelijk. Ove miste die tijd af en toe; niet het salaris of de werktijden natuurlijk en zelfs niet de vrije uren in bars of met meisjes, maar wel de dromen – de kracht daarvan. Hij verlangde weleens naar die vurige behoefte om de samenleving en de journalistiek te veranderen en zo te schrijven dat de wereld even stilstond en het gezag terugdeinsde; en vanzelfsprekend – dat was onvermijdelijk, zelfs voor een hotshot als hijzelf – vroeg hij zich soms af: Wat was er van al die dingen terechtgekomen? Waar waren die dromen gebleven?

Micke Blomkvist maakte ze wel allemaal waar, en niet alleen omdat hij de man achter enkele van de grootste onthullingen van deze tijd was. Hij schreef ook echt met de kracht en passie waarover ze toen fantaseerden, hij gaf nooit toe aan druk van bovenaf en deed nooit concessies aan zijn idealen, terwijl Ove zelf ... terwijl hij ... Maar eigenlijk was hij degene die carrière had gemaakt, toch? Tegenwoordig verdiende hij minstens tien keer zoveel als Blomkvist en daar genoot hij enorm van. Wat had Micke aan zijn scoop als hij er niet eens een fraaier buitenhuis van kon kopen dan dat optrekje van hem in Sandhamn? God, wat stelde dat kot voor vergeleken met Oves eigen nieuwe huis in Cannes? Niets! Nee, dan was hij, ja hij, toch degene die de juiste weg had genomen.

In plaats van in de dagbladjournalistiek te blijven hangen had Ove een baan als media-analyticus bij Serner gekregen en een persoonlijke band met Haakon Serner zelf ontwikkeld, en dat had zijn leven veranderd en hem rijk gemaakt. Momenteel was hij de hoogste mediadirecteur van een hele serie krantenbedrijven en televisiezenders, en dat vond hij heerlijk. Hij hield van macht, geld en alles wat daarbij hoorde, maar toch ... hij was grootmoedig genoeg om toe te geven dat hij soms ook van dat andere droomde, in beperkte mate weliswaar, maar toch. Hij wilde ook graag een goed schrijver worden gevonden, net als Blomkvist, en dat was waarschijnlijk de reden dat hij er zo voor had geijverd dat Serner *Millennium* zou overnemen. Een vogeltje had hem in het oor gefluisterd dat het tijdschrift in financiële problemen verkeerde en dat hoofdredacteur Erika Berger, op wie hij stiekem altijd al een oogje had gehad, haar twee meest recente aanwinsten, Sofie Melker en Emil Grandén, in dienst wilde houden, en dat zou vrijwel onmogelijk zijn als het blad geen kapitaalinjectie kreeg.

Om kort te gaan: Ove had een onverwachte mogelijkheid gezien om zich in te kopen in een van de grootste prestigebladen van de Zweedse mediawereld. Maar de directie van Serner was niet bepaald enthousiast geweest. Integendeel, men mopperde dat *Millennium* ouderwets en links was en de neiging had ruzie te maken met belangrijke adverteerders en partners, en als Ove de zaak niet zo hartstochtelijk had bepleit, zou het zeker op niets zijn uitgelopen. Maar hij had volgehouden. Investeren in *Millennium* was peanuts, had hij betoogd, een minieme uitgave, die misschien geen hoge winst zou opleveren, maar wel iets veel belangrijkers, namelijk credits, en je kon op dit moment over Serner zeggen wat je wilde, maar na alle bezuinigingen en inkrimpingen waren credits niet direct iets wat het bedrijf had; daarom was investeren in *Millennium* een teken dat het concern zich ondanks alles bekommerde om de journalistiek en de vrijheid van meningsuiting. De directie van Serner was niet dolenthousiast over de vrijheid van meningsuiting en ook niet over onderzoeksjournalistiek à la *Millennium*, maar een beetje meer credits konden geen kwaad. Dat begrepen ze uiteindelijk allemaal, dus Ove kreeg zijn aankoop, en lange tijd leek het voor alle betrokkenen een schot in de roos.

Serner kreeg goede publiciteit en *Millennium* kon zijn personeel aanhouden en zich richten op waar het blad goed in was – diepgravende, goed geschreven artikelen – en Ove zelf straalde en deed zelfs mee aan een debat in het perscentrum, waarbij hij in al zijn pretentieloosheid zei: 'Ik geloof in deze goede onderneming. Ik heb me altijd al sterk gemaakt voor de onderzoeksjournalistiek.'

Maar toen ... Hij wilde er eigenlijk niet aan denken. De aanvallen op Blomkvist begonnen en dat vond hij aanvankelijk niet zo erg. Nu Mikaels ster aan de journalistieke hemel zo hoog was gestegen vond Ove Levin het stiekem wel leuk dat Blomkvist in de media zo werd gehoond. Die voldoening duurde echter niet erg lang. Serners zoon Thorvald kreeg via de social media lucht van de opschudding en maakte er een hoop stennis over. Niet omdat hij het belangrijk vond, natuurlijk. Thorvald was geen jongen die geïnteresseerd was in journalistieke opvattingen. Maar hij hield wel van macht.

Hij was dol op intriges en hier zag hij een kans om te scoren of zomaar wat te wroeten in de oudere bestuursgeneratie, en het duurde niet lang of hij wist president-directeur Stig Schmidt – die op dat moment al helemaal geen tijd had voor zulke futiliteiten –

zover te krijgen te verklaren dat *Millennium* niet op oude successen mocht teren, maar zich moest aanpassen aan de nieuwe tijd, net als alle andere producten van het concern.

Ove, die Erika Berger net had bezworen dat hij zich niet anders dan als 'vriend en adviseur' met de redactie zou bemoeien, voelde zich op slag aan handen en voeten gebonden en verplicht tot allerlei hachelijke tactieken. Hij probeerde Erika, Malin en Christer op alle mogelijke manieren mee te krijgen met de nieuwe doelstellingen, die weliswaar niet duidelijk waren geformuleerd – dat is maar zelden het geval bij iets wat in paniek ontstaat – maar die hoe dan ook mikten op verjonging en vercommercialisering van *Millennium*.

Natuurlijk benadrukte Ove steeds weer dat er absoluut niet aan de ziel of de vrijmoedige instelling van het tijdschrift getornd zou worden, hoewel hij eigenlijk niet goed wist of dat wel het geval was. Wat hij wel wist, was dat hij meer glamour in het blad moest zien te krijgen om de directie tevreden te stellen en dat er minder van die lange onderzoeksartikelen over het bedrijfsleven moesten komen, omdat die de adverteerders en daarmee ook de directeuren tegen de haren in streken – maar dat zei hij natuurlijk niet tegen Erika.

Onnodige conflicten wilde hij vermijden en nu hij de redactie moest toespreken had hij zich voor de zekerheid wat informeler gekleed dan anders. Hij wilde niet provoceren met de schitterende kostuums en stropdassen die op het hoofdkantoor zo in zwang waren. In plaats daarvan droeg hij een spijkerbroek, een eenvoudig wit shirt en een donkerblauwe trui met V-hals, die niet eens van kasjmierwol was, en had hij zijn lange, golvende haar – altijd zijn kleine, rebelse gimmick – in een paardenstaart gebonden, net als die hippe televisiejournalisten.

Maar het belangrijkste was dat hij begon met alle nederigheid die hij in managementcursussen had geleerd: 'Hallo allemaal,' zei hij. 'Wat een ellendig weer! Ik heb het al een paar keer gezegd, maar ik herhaal het graag: wij van Serner zijn er ontzettend trots op dat we dit avontuur samen zijn aangegaan en voor mij persoonlijk geldt dat nog sterker. Betrokken zijn bij een tijdschrift als *Millennium* maakt mijn werk zinvol en herinnert me eraan waarom ik dit beroep ooit heb gekozen. Weet je nog, Micke, dat we in de Operabar zaten te dromen van alles wat we samen zouden gaan doen? We bleven er niet helemaal nuchter bij! Haha!'

Mikael Blomkvist zag er niet uit alsof hij het zich herinnerde. Maar Ove Levin liet zich niet uit het veld slaan.

'Nee hoor, ik word niet nostalgisch,' ging hij door, 'en daar is ook geen reden voor. Want in die tijd groeiden de bomen in onze branche tot in de hemel. Zelfs voor een moord in een afgelegen gehucht huurden we een helikopter en boekten we een hele verdieping in een eersteklas hotel, en voor het feest na afloop lieten we champagne aanrukken. Toen ik mijn eerste buitenlandse reis ging maken, vroeg ik topreporter Ulf Nilson naar de koers van de D-mark. "Geen idee," zei hij, "wisselkoersen bepaal ik zelf." Haha! Dus we dikten onze reiskosten een beetje aan in die tijd, weet je nog, Micke? Misschien waren we toen wel op ons creatiefst. We rammelden gewoon onze stukjes uit de typemachine en verkochten toch ontzettend goed. Maar sindsdien is er veel veranderd, zoals we allemaal weten. De concurrentie is moordend geworden en het is tegenwoordig niet zo gemakkelijk meer om geld te verdienen aan journalistiek, zelfs niet als je over de beste redactie van Zweden beschikt, zoals jullie, en ik wilde het vandaag hebben over de toekomstige uitdagingen. Niet dat ik me ook maar één ogenblik verbeeld dat ik jullie iets kan leren. Ik wil alleen wat discussiestof aandragen. Serner heeft onderzoek laten doen naar jullie lezerspubliek en wat dat van *Millennium* vindt. Van sommige uitkomsten zullen jullie misschien schrikken. Maar laat je daar niet door uit het veld slaan. Zie het eerder als een uitdaging. Vergeet niet dat er een te gek veranderingsproces aan de gang is in de branche.'

Ove laste even een pauze in en vroeg zich af of de uitdrukking 'te gek' verkeerd was, een overdreven poging om jeugdig en ontspannen over te komen, en of hij misschien in het algemeen een iets te luchtige, schertsende toon had aangeslagen. 'Onderschat nooit het gebrek aan humor bij onderbetaalde moralisten,' zou Haakon Serner hebben gezegd. Maar nee, besloot hij. Dit gaat me lukken. Ik krijg ze wel mee!

Mikael Blomkvist hield ongeveer op met luisteren toen Ove zei dat ze allemaal moesten nadenken over hun 'digitale rijpheid' en daarom hoorde hij niet dat de jongste generatie *Millennium* en Mikael Blomkvist niet kende.

Ongelukkigerwijs was dat net het moment waarop hij de vergadering verliet en naar de kantine ging, en daarom had hij er ook geen idee van dat de Noorse adviseur Aron Ullman openlijk zei: 'Wat zielig nou. Is hij bang om in vergetelheid te raken?'

In werkelijkheid maakte Mikael zich op dat moment nergens druk om. Hij was kwaad omdat Ove Levin kennelijk heil verwachtte van opinieonderzoeken. Maar tijdschriften draaiden niet op marktonderzoek. Die werkten op bezieling en hartstocht. *Millennium* had zijn positie te danken aan het feit dat ze allemaal op zoek waren naar rechtvaardigheid en betekenis, en ongevoelig waren voor hypes. Hij stond zich een tijdje af te vragen hoe lang het zou duren voordat Erika uit de vergadering zou komen.

Dat bleek na ongeveer twee minuten te zijn. Uit het geluid van haar hakken probeerde hij af te leiden hoe kwaad ze was. Maar toen ze voor hem stond, glimlachte ze alleen maar gelaten.

'Hoe is het met je?' vroeg ze.

'Ik kon het gewoon niet aanhoren.'

'Je snapt toch wel dat mensen verrekt lastig worden als jij je zo gedraagt?'

'Ja.'

'En ik neem aan dat je ook begrijpt dat Serner helemaal niets kan beginnen zonder onze instemming? Wij hebben nog steeds de touwtjes in handen.'

'Wij hebben geen enkel touwtje in handen. Ze hebben ons gegijzeld, Ricky! Snap je dat dan niet? Als we niet doen wat zij zeggen, trekken ze hun steun in en dan zitten wij in de problemen,' zei hij wat al te hard en kwaad, en toen Erika 'sst' zei en haar hoofd schudde, voegde hij er iets voorzichtiger aan toe: 'Sorry, ik ben net een klein kind. Ik wil naar huis. Ik moet nadenken.'

'Je maakt de laatste tijd wel erg korte werkdagen.'

'Ik neem aan dat ik nog wel wat overuren heb staan.'

'Vast wel. Wil je vanavond bezoek hebben?'

'Ik weet het niet. Ik weet het echt niet, Erika,' zei hij, en toen ging hij weg.

De storm en de regen sloegen hem in het gezicht, hij had het koud en vloekte; even overwoog hij bij de Pocketshop naar binnen te gaan en nog een Engelse thriller te kopen om in te vluchten. Hij nam echter toch maar de St. Paulsgata. Toen hij de sushibar rechts van zich had, rinkelde zijn mobieltje. Hij was ervan overtuigd dat het Erika was, maar het was Pernilla, zijn dochter, die precies het verkeerde moment had gekozen om een vader te bellen die toch al een slecht geweten had omdat hij te weinig voor haar deed.

'Dag schat,' zei hij toen hij opnam.

'Wat hoor ik voor geluid?'

'De storm, denk ik.'

'Oké, oké, ik zal het kort houden. Ik ben aangenomen op de schrijfopleiding van Biskops Arnö.'

'O, dus nu wil je gaan schrijven,' zei hij veel te onvriendelijk en op het randje van sarcastisch, en dat was natuurlijk heel unfair. Hij had haar gewoon moeten feliciteren en succes moeten wensen. Maar Pernilla had al zoveel moeizame jaren achter de rug waarin ze van de ene naar de andere christelijke sekte was gehopt en allerlei studies had opgepakt zonder er een af te maken, dat hij er vooral een beetje moe van werd dat ze nu alweer een nieuwe draai aankondigde.

'Dat klonk nou niet direct enthousiast.'

'Sorry, Pernilla. Ik ben mezelf niet vandaag.'

'Wanneer wel?'

'Ik wil gewoon graag dat je iets vindt waar je echt je ei in kwijt kunt. Ik weet niet of schrijven wel zo'n goed idee is, als je bedenkt hoe de branche er nu voor staat.'

'Ik ga niet van die saaie journalistieke stukken schrijven zoals jij.'

'Wat ga je dan doen?'

'Echt schrijven.'

'Oké,' zei hij, zonder te vragen wat ze daarmee bedoelde. 'Heb je genoeg geld?'

'Ik werk extra in Waynes Coffee.'

'Heb je zin om vanavond te komen eten? Dan kunnen we erover praten.'

'Geen tijd, pap. Ik wilde het je gewoon even vertellen,' zei ze, en ze hing op. En hoewel hij het positieve van haar enthousiasme probeerde te zien, raakte hij er toch door in een slechter humeur, en hij haastte zich via het Mariatorg en de Hornsgata naar zijn zolderappartement aan de Bellmansgata.

Hoewel hij er net vandaan kwam, kreeg hij het eigenaardige gevoel dat hij geen baan meer had en op weg was naar een nieuw bestaan, waarin hij zich niet meer hoefde te haasten, maar juist zeeën van tijd had. Even overwoog hij een beetje op te ruimen. Overal lagen kranten, boeken en kleren. Maar in plaats daarvan pakte hij twee flesjes Pilsner Urquell uit de koelkast, ging in de woonkamer op de bank zitten en overdacht alles nog eens wat nuchterder, voor zover je het leven tenminste nuchter kunt beschouwen met twee biertjes in je lijf. Wat moest hij doen?

Hij had geen idee, en wat misschien nog wel het meest verontrustend was: hij voelde zich ook niet strijdlustig. Integendeel zelfs: er had zich een vreemde berusting van hem meester gemaakt, alsof *Millennium* langzaam uit zijn belangstellingssfeer begon te glijden, en opnieuw vroeg hij zich af: wordt het geen tijd om iets anders te gaan doen? Daarmee zou hij Erika en de anderen natuurlijk gruwelijk in de steek laten, maar was hij de juiste man om een tijdschrift te runnen dat leefde van advertenties en abonnementen? Misschien paste hij ergens anders beter. Maar waar?

Ook de grote dagbladen bloedden tegenwoordig dood. De enige plek waar nog geld en middelen waren voor onderzoeksreportages was de publieke omroep, actualiteitenprogramma's op radio en tv ... Tja, waarom niet? Hij dacht aan Kajsa Åkerstam, een zeer innemende vrouw, met wie hij op gezette tijden een paar glazen wijn dronk. Kajsa was chef van de belangrijkste actualiteitenrubriek van de SVT. Zij probeerde hem al jaren in dienst te nemen. Maar hij was er nooit op ingegaan.

Wat ze hem ook bood en hoe plechtig ze hem ook ruggensteun en totale integriteit beloofde, hij wijdde zich met hart en ziel aan *Millennium*. Maar nu ... misschien moest hij nu toehappen, als het aanbod nog steeds stond, na al die shit die er over hem was geschreven. Want hij had veel gedaan als journalist, maar nooit tv, afgezien van zijn medewerking aan honderden discussie- en ontbijtprogramma's.

Zijn mobieltje ging en even fleurde hij op. Of het nu Erika was of Pernilla, hij zou aardig zijn en goed luisteren. Maar nee, het was een geheim nummer en hij nam terughoudend op.

'Spreek ik met Mikael Blomkvist?' vroeg een jong klinkende stem.

'Ja,' zei hij.

'Heb je even tijd voor me?'

'Als je je voorstelt misschien wel.'

'Mijn naam is Linus Brandell.'

'Oké, Linus, waarom bel je?'

'Ik heb een verhaal voor je.'

'Laat maar horen.'

'Ik zal het je vertellen als je naar me toe komt, schuin aan de overkant van de straat, in de Bishops Arms.'

Mikael raakte geïrriteerd. Dat kwam niet alleen door het bevelende toontje van de man, maar ook door diens ongevraagde aanwezigheid in Mikaels eigen buurt.

'Ik vind de telefoon goed genoeg.'

'Dit is niet iets om via een onbeveiligde lijn te bespreken.'

'Waarom word ik zo moe van dit gesprek, Linus?'

'Misschien heb je een slechte dag.'

'Ik heb een slechte dag; daar heb je een punt.'

'Zie je wel. Kom dan maar gauw naar de Bishops, dan krijg je een biertje van me en dan zal ik je iets heftigs vertellen.'

Mikael wilde eigenlijk het liefst snauwen: 'Vertel me niet wat ik moet doen!' Maar toch, zonder dat hij het zelf begreep of misschien omdat hij niets beters te doen had dan maar wat over zijn toekomst te zitten piekeren, zei hij: 'Ik betaal mijn eigen biertje wel. Maar goed, ik kom.'

'Verstandig van je.'

'Maar Linus ...'

'Ja?'

'Als je me met allerlei wilde samenzweringstheorieën gaat vervelen, dat Elvis nog leeft of dat je weet wie Olof Palme heeft vermoord, en niet ter zake komt, ga ik meteen weer naar huis.'

'*Fair enough*,' zei Linus.

3
20 NOVEMBER

Hanna Balder stond in de keuken in de Torsgata een Camel zonder filter te roken. Ze had een blauwe ochtendjas en een paar afgedragen grijze pantoffels aan en hoewel ze nog een volle bos prachtig haar had en nog altijd een schoonheid was, zag ze er geteisterd uit. Haar lippen waren gezwollen en de zware make-up rond haar ogen had niet alleen een esthetisch doel. Ze was weer eens afgeranseld.

Hanna werd vaak afgeranseld. Zeggen dat ze het gewend was, zou natuurlijk een leugen zijn. Niemand went aan dat soort mishandeling. Maar het was aan de orde van de dag en ze kon zich haast niet meer herinneren wat voor een vrolijk mens ze ooit was geweest. Nu vormde angst een vast deel van haar persoonlijkheid en sinds enige tijd rookte ze zestig sigaretten per dag en gebruikte ze kalmerende middelen.

In de kamer stond Lasse Westman te vloeken. Dat verbaasde haar niets. Ze wist al een hele tijd dat hij spijt had van zijn royale gebaar naar Frans. Eigenlijk was dat haar meteen al een raadsel geweest. Lasse was afhankelijk geworden van het geld dat Frans hun voor August stuurde. Lange tijd had hij vooral daarvan geleefd. Hanna had regelmatig een mailtje met een smoes moeten sturen over onvoorziene uitgaven voor een pedagoog of een speciale behandeling die August natuurlijk nooit had gekregen en daarom was het ook zo raar: waarom had hij dat allemaal opgegeven en de jongen met Frans mee laten gaan?

Ergens wist Hanna echter wel hoe het kwam: door de overmoed van de alcohol. En door de belofte dat hij een rol zou krijgen in een nieuwe politieserie op TV4, waardoor hij nog meer kapsones had gekregen. Maar vooral door August. Lasse vond hem eng en griezelig, en dat was nog het raarst. Hoe kon je bang zijn voor August?

Hij zat toch maar wat met zijn puzzels op de grond, zonder iemand tot last te zijn? Toch leek het wel of Lasse hem haatte. Waarschijnlijk kwam dat door de manier waarop August keek: met die merkwaardige blik, die eerder naar binnen dan naar buiten gericht was, die bij andere mensen een glimlach opriep of hun de opmerking ontlokte dat hij vast een rijk innerlijk leven had, maar die Lasse irriteerde.

'Verdomme, Hanna, hij kijkt dwars door me heen,' riep hij soms uit.

'En je zegt nog wel dat hij een idioot is.'

'Hij is een idioot, maar toch heeft hij iets griezeligs. Het is net of hij me iets wil aandoen.'

Dat was klinkklare nonsens. August keek niet eens naar Lasse, ook niet naar iemand anders trouwens, en hij wilde niemand iets aandoen. De buitenwereld hinderde hem slechts; hij was het gelukkigst als hij opgesloten zat in zijn eigen bubbel. Maar Lasse dacht in zijn dronkenmanswaan dat August op wraak zon, en dat was waarschijnlijk de reden dat hij het kind en het geld uit hun leven had laten verdwijnen. Hij zag dingen die er niet waren. Zo had Hanna het tenminste opgevat. Maar nu ze daar zo tegen het aanrecht stond en zo'n harde en nerveuze trek van haar sigaret nam dat ze tabak op haar tong kreeg, vroeg ze zich af of er toch niet iets in zat. Misschien haatte August Lasse ook wel. Misschien wilde hij hem echt straffen voor alle klappen die hij had gekregen en misschien – Hanna sloot haar ogen en beet op haar lip – had hij ook wel een hekel aan haar.

Sinds ze de laatste tijd 's avonds vaak bevangen werd door een bijna ondraaglijk gevoel van gemis vroeg ze zich vol zelfverachting af of Lasse en zij misschien zelfs schadelijk waren geweest voor August. Ik ben een slecht mens, bromde ze. En nu riep Lasse ook nog iets naar haar.

'Wat?' vroeg ze.

'Waar is die voogdijuitspraak, verdomme?'

'Wat wil je daarmee?'

'Ik wil bewijzen dat hij niet het recht heeft om hem mee te nemen.'

'Laatst was je anders heel blij dat je van hem af kon.'

'Toen was ik dronken en dom.'

'En nu ben je opeens nuchter en slim?'

'Verschrikkelijk slim,' gromde hij, en hij kwam kwaad en vastbesloten op haar af, dus ze sloot haar ogen weer en vroeg zich voor de zoveelste keer af waar het toch allemaal verkeerd was gegaan.

Frans Balder zag er niet meer uit als de keurige ambtenaar die bij zijn ex was opgedoken. Zijn haar stond overeind, zijn bovenlip glom van het zweet en het was minstens drie dagen geleden dat hij zich had geschoren of onder de douche had gestaan. Ondanks al zijn goede voornemens om fulltimevader te worden en ondanks het heftige moment vol hoop en emotie op de Hornsgata zat hij weer in gedachten verzonken in die zware concentratie die je voor woede zou kunnen aanzien.

Hij tandenknarste zelfs. De buitenwereld en de storm waren voor hem al uren geleden opgehouden te bestaan en hij merkte dus ook niet wat er bij zijn voeten gebeurde. Kleine, onbeholpen bewegingen, alsof er een kat of een ander dier tussen zijn benen kronkelde, en pas na een tijdje drong het tot hem door dat het August was, die onder zijn bureau was gekropen. Frans keek hem slaapdronken aan, alsof een stroom van automatiseringscodes als een vlies over zijn ogen lag.

'Wat is er?'

August keek hem met heldere, smekende ogen aan.

'Wat wil je?' vervolgde Frans. 'Nou?' En toen gebeurde er iets.

Het kind pakte een vel papier vol kwantumalgoritmen van de grond en ging er met zijn hand koortsachtig over heen en weer. Even dacht Frans dat zijn zoon een aanval zou krijgen, maar nee, hij leek eerder met woeste bewegingen te schrijven. Frans' lichaam spande zich, en hij had weer de associatie met iets in het verleden wat belangrijk was, net als op het kruispunt in de Hornsgata. Maar het verschil was dat hij nu begreep wat het was.

Het herinnerde hem aan zijn eigen jeugd, toen cijfers en wiskundige vergelijkingen belangrijker waren dan het leven zelf. Dus hij fleurde op en riep uit: 'Je wilt rekenen, hè? Je wilt vast rekenen!', en het volgende moment rende hij weg om pennen en gelinieerde A4'tjes te halen. Die legde hij voor August op de grond.

Toen schreef hij de simpelste getallenreeks op die hij kon bedenken: de reeks van Fibonacci, waarbij elk getal de som van de twee voorafgaande is – 1, 1, 2, 3, 5, 8, 13, 21 –, en vervolgens liet hij een ruimte open voor het volgende getal, 34 dus. Maar toen bedacht hij dat dat waarschijnlijk te eenvoudig was, dus hij schreef ook nog een geometrische reeks op – 2, 6, 18, 54 –, waarbij elk getal met drie vermenigvuldigd was en het volgende getal dus 162 is. Om deze reeks correct voort te zetten moest een kind talent hebben, nam hij aan, en geen overdreven grote voorkennis. Frans' idee van wiskundige eenvoud was nogal apart. Hij begon er meteen over te fantaseren dat zijn zoon misschien helemaal niet achterlijk was, maar juist een soort verbeterde kopie van hemzelf; hij was immers ook laat begonnen met praten en sociale interactie, maar wiskundige verbanden doorzag hij al lang voordat hij zijn eerste woorden zei.

Hij bleef een hele tijd naast de jongen zitten wachten. Maar natuurlijk gebeurde er niets. August fixeerde zijn glazige blik slechts op de cijfers, alsof hij hoopte dat de antwoorden vanzelf van het papier zouden opstijgen. Ten slotte liet Frans hem alleen, liep de trap op, dronk een glas mineraalwater en werkte aan de keukentafel door met pen en papier. Maar nu was zijn concentratie verdwenen, en hij begon ietwat verstrooid door een recent nummer van *New Scientist* te bladeren. Zo verstreek er ongeveer een halfuur.

Daarna stond hij op en liep hij weer naar beneden, naar August. Eerst leek het alsof er niets was gebeurd. August zat op zijn hurken in dezelfde onbeweeglijke houding als waarin Frans hem had achtergelaten, maar toen ontdekte hij iets. Aanvankelijk was hij hooguit een beetje nieuwsgierig. Maar het volgende moment stond hij voor iets volstrekt onverklaarbaars.

Er waren niet veel klanten in de Bishops Arms. Het was ook nog vroeg in de middag en het weer was niet bepaald uitnodigend om de deur uit te gaan, zelfs niet naar je stamkroeg. Toch werd Mikael onthaald op geroep en gelach, en een hese stem schreeuwde: 'Kalle Blomkvist!'

Het was een man met een rood, gezwollen gezicht, een bos kroeshaar en een krulsnorretje, die Mikael vaak in deze buurt had gezien. Hij heette Arne, meende Mikael, en kwam elke middag om twee uur naar het café – je kon er de klok op gelijkzetten –, maar vandaag blijkbaar nog eerder, en ging dan met drie vrienden aan een tafeltje links van de bar zitten.

'Mikael,' corrigeerde Mikael glimlachend.

Arne, of hoe hij ook heette, en zijn vrienden lachten alsof Mikaels echte naam de beste grap was die ze ooit hadden gehoord.

'Werk je nog aan een primeur?' vroeg Arne.

'Ik denk erover om alle duistere praktijken in de Bishops Arms aan de kaak te stellen.'

'Denk je dat Zweden daar al rijp voor is?'

'Nee, waarschijnlijk niet.'

Eigenlijk mocht Mikael de mannen wel, niet omdat hij ooit meer met hen wisselde dan een groet of dit soort kwinkslagen, maar die jongens maakten deel uit van de sfeer van deze buurt, waardoor hij het hier zo naar zijn zin had.

Hij vatte het dan ook absoluut niet kwaad op toen een van hen naar hem riep: 'Weet je al dat het met je gedaan is?' Integendeel, die opmerking bracht al het tumult terug tot het lage, haast komische niveau waar het thuishoorde.

'Het is al vijftien jaar gedaan met mij, ach fles, maar al het goede gaat voorbij,' citeerde hij Gustaf Fröding bij wijze van antwoord, en hij tuurde rond naar iemand die er verwaand genoeg uitzag om vermoeide journalisten naar het café te commanderen. Maar behalve Arne en de zijnen zag hij helemaal niemand, dus hij liep naar Amir, de barman.

Amir was groot, dik en gemoedelijk, een hardwerkende vader van vier kinderen, die sinds een paar jaar de eigenaar van de zaak was. Mikael en hij waren goed bevriend geraakt. Niet dat Mikael nu bepaald een stamgast was, maar ze hadden elkaar bij verschillende gelegenheden geholpen: Amir had Mikael weleens een paar flessen rode wijn geleverd toen die damesbezoek verwachtte en de slijterij niet meer open was en Mikael had op zijn beurt brieven aan de autoriteiten geschreven voor een vriend van Amir die niet over de juiste papieren beschikte.

'Wat verschaft ons de eer?' vroeg Amir.

'Ik heb een afspraak met iemand.'

'Een interessant iemand?'

'Dat geloof ik niet. Hoe is het met Sara?'

Sara was Amirs vrouw, die net een heupoperatie had ondergaan.

'Ze klaagt veel en slikt pijnstillers.'

'Klinkt vervelend. Doe haar de groeten.'

'Zal ik doen,' zei Amir, en vervolgens praatten ze wat over koetjes en kalfjes.

Maar er kwam geen Linus Brandell, en Mikael begon al te vermoeden dat het een practical joke was. Aan de andere kant waren er slechtere grappen dan iemand naar het buurtcafé lokken, dus hij wachtte een kwartier en besprak de nodige economische en gezondheidsgerelateerde kwesties voordat hij zich omdraaide en naar de deur liep. En toen kwam de man binnen.

Het kwam niet doordat August de correcte antwoorden had ingevuld bij de getallenreeksen. Zoiets maakte niet veel indruk op een man als Frans Balder. Nee, het kwam door wat er naast de getallen lag. Het zag er op het eerste gezicht uit als een foto of een schilderij, maar het was een tekening: een exacte weergave van het stoplicht in de Hornsgata waar ze die avond voor hadden stilgestaan. Niet alleen was het tot in het kleinste detail met een welhaast mathematische scherpte getekend, het gaf ook werkelijk licht.

Zonder dat iemand August iets had geleerd over driedimensionale vormgeving of over hoe een schilder omgaat met licht en schaduw beheerste hij deze technieken kennelijk perfect. Het rode licht straalde hun tegemoet en eromheen viel het herfstduister, dat ook al leek te gloeien, over de Hornsgata. Midden op de straat stond de man die Frans had gezien en vaag had herkend. Zijn gezicht was boven de wenkbrauwen afgekapt. De man zag er bang uit; in elk geval was hij absoluut niet op zijn gemak, alsof August hem uit zijn evenwicht had gebracht, en hij liep een beetje onvast, al begreep Frans niet hoe August dat had weten weer te geven.

'Allemachtig,' zei Frans. 'Heb jij die gemaakt?'

August knikte niet en schudde zijn hoofd niet, maar keek schuin van hem weg naar het raam. Frans Balder kreeg het eigenaardige gevoel dat zijn leven van nu af aan niet meer hetzelfde zou zijn.

Mikael wist eigenlijk niet wat hij had verwacht; een of ander jong, trendy uitgaanstype waarschijnlijk. Maar het kleine mannetje dat binnenkwam, leek wel een zwerver: gescheurde spijkerbroek, lang, ongewassen donker haar en een wat slaperige, ontwijkende blik. Hij was hooguit vijfentwintig, zijn haar hing voor zijn ogen, hij had een ongave huid en een lelijke koortslip. Linus Brandell zag er niet uit als iemand die een grote scoop had.

'Linus Brandell, vermoed ik?'

'Klopt. Sorry dat ik te laat ben. Ik kwam een meisje tegen dat ik van vroeger ken. We zaten bij elkaar in de klas op de middelbare school, en ze ...'

'Zullen we proberen het kort te houden?' onderbrak Mikael hem, en hij nam hem mee naar een tafeltje achter in het café.

Toen Amir met een beleefd glimlachje bij hen kwam, bestelden ze allebei een Guinness en daarna bleven ze even zwijgend zitten. Mikael begreep niet waarom hij zo geïrriteerd was. Dat was niets voor hem. Misschien kwam dat toch door dat hele Serner-drama. Hij glimlachte naar Arne en de zijnen, die hen van een afstandje aandachtig bekeken.

'Ik zal meteen ter zake komen,' zei Linus.

'Dat klinkt goed.'

'Ken je *Supercraft*?'

Mikael Blomkvist wist niet veel van computergames. Maar van *Supercraft* had zelfs hij weleens gehoord.

'Van naam, ja.'

'Verder niet?'

'Nee.'

'Dan weet je niet dat het bijzondere van die game, dat wat het zo apart maakt, is dat het een speciale AI-functie heeft, waardoor je met een combattant over de strategie kunt communiceren zonder dat je weet of je met een echte mens of met een digitale figuur te maken hebt, in elk geval in het begin.'

'Tjonge,' zei Mikael. Niets interesseerde hem minder dan de finesses van een stompzinnige game.

'Dat is een kleine revolutie in de branche, en ik heb meegewerkt aan het ontwikkelen van die functie,' ging Linus Brandell door.

'Gefeliciteerd. Daar zul je dan wel lekker aan hebben verdiend.'

'Dat is het nou juist.'

'Hoe bedoel je?'

'Ze hebben onze technologie gejat, en nu verdient Truegames er miljarden aan, en wij krijgen geen cent.'

Dat deuntje had Mikael vaker gehoord. Hij had zelfs al eens een oud dametje gesproken dat beweerde dat zij eigenlijk de boeken over Harry Potter had geschreven en dat J.K. Rowling ze langs telepathische weg had gestolen.

'Hoe hebben ze dat gedaan?' vroeg hij.

'Ze hebben ons gehackt.'

'Hoe weten jullie dat?'

'Dat is vastgesteld door experts van de FRA, de militaire dienst voor het onderscheppen van radiosignalen. Ik kan je daar een naam geven, als je wilt. En ook door een ...'

Linus zweeg even.

'Ja?'

'Laat maar. Maar ook de Säpo, de veiligheidsdienst, was erbij betrokken. Daar kun je contact opnemen met Gabriella Grane, een analist die dit wel zal willen bevestigen. Zij noemt het incident ook in een openbaar rapport dat ze vorig jaar heeft uitgebracht. Ik heb hier het nummer van dat stuk ...'

'Met andere woorden: het is geen nieuws,' viel Mikael hem in de rede.

'Nee, in dat opzicht niet. *Ny Teknik* en *Computer Sweden* hebben er ook over geschreven. Maar omdat Frans er niets over wilde zeggen en bij een paar gelegenheden zelfs heeft ontkend dat er überhaupt is gehackt, is het nieuws nooit verder gekomen.'

'Dus is het oud nieuws.'

'Op zichzelf wel, ja.'

'Waarom zou ik dan naar je luisteren, Linus?'

'Omdat Frans terug is gekomen uit San Francisco en lijkt te weten wat er is gebeurd. Volgens mij zit hij op niets minder dan een bom. Hij is helemaal doorgedraaid over de veiligheid. Hij gebruikt alleen nog gruwelijke encrypties op zijn telefoon en in zijn e-mail, en hij heeft net een nieuw inbraakalarm laten installeren, met camera's en sensoren en weet ik wat allemaal. Ik vind dat je eens met hem moet gaan praten; daarom heb ik contact gezocht. Aan iemand als jij wil hij misschien wel iets kwijt. Naar mij luistert hij niet.'

'Dus je hebt me hier laten komen omdat het lijkt alsof iemand die Frans heet misschien op een bom zit.'

'Niet zomaar iemand die Frans heet, Blomkvist, maar niemand minder dan Frans Balder, zei ik dat niet? Ik was een van zijn assistenten.'

Mikael zocht in zijn geheugen; de enige Balder die hij kon bedenken was Hanna, de actrice, al hoorde je daar niets meer van.

'Wie is dat?' vroeg hij.

Hij kreeg een blik toegeworpen waar verbluffend veel minachting uit sprak.

'Kom jij van Mars of zo? Frans Balder is een legende. Een begrip.'

'O ja?'

'Ja, nou en of!' vervolgde Linus. 'Googel hem maar, dan zul je het wel zien. Hij was op zijn zevenentwintigste al professor in de informatica en hij is nu al twintig jaar een van de grootste autoriteiten ter wereld op het gebied van AI-onderzoek. Niemand weet zoveel van kwantumcomputers en neurale netwerken als hij. Hij heeft de meest bizarre vondsten gedaan. Hij is ontzettend slim, een heel originele denker. Maar Balder weigerde lange tijd om te helpen. Hij wilde in zijn eentje werken. Hoewel ... in zijn eentje ... hij heeft altijd wel assistenten gehad, die hij helemaal uitkneep. Hij eist resultaat, met minder neemt hij geen genoegen, en hij blijft maar doorgaan. "Niets is onmogelijk. Het is onze taak om grenzen te verleggen, blablabla." Maar mensen luisteren naar hem. Je doet alles voor hem. Je zou voor hem door het vuur gaan. Voor ons nerds is hij gewoon een god.'

'Ja, dat hoor ik aan je.'

'Maar je moet niet denken dat ik zomaar een kritiekloze bewonderaar ben, absoluut niet. Je moet er een prijs voor betalen; dat weet ik als geen ander. Je doet samen met hem geweldige dingen. Maar je kunt er ook aan onderdoor gaan. Frans zelf mag niet eens voor zijn eigen zoon zorgen. Daar heeft hij een onvergeeflijke puinhoop van gemaakt, en er zijn meer van dat soort verhalen. Assistenten die helemaal zijn ingestort, die een puinhoop van hun leven hebben gemaakt of wat dan ook. Maar ook al was hij altijd al bezeten en onuitstaanbaar, zoals nu is hij nooit eerder geweest. Zo hysterisch gefixeerd op veiligheid. Daarom zit ik hier. Ik wil dat jij met hem gaat praten. Het enige wat ik weet, is dat hij iets groots op het spoor is.'

'En dat weet jij zomaar.'

'Je moet begrijpen: hij is anders geen paranoïde man. Integendeel, hij was altijd veel te weinig paranoïde gezien het niveau waarop hij werkte. Maar nu heeft hij zich in zijn huis opgesloten en komt hij er bijna niet meer uit. Het lijkt wel of hij bang is, en anders krijg je hem echt niet zo gauw van zijn stuk. Hij was juist altijd iemand die overal als een gek op afstormde.'

'En hij hield zich bezig met computerspelletjes?' vroeg Mikael, zonder moeite te doen om zijn scepsis te verbergen.

'Nou ... Frans wist natuurlijk dat wij allemaal gamefreaks waren en hij vond het waarschijnlijk wel goed als we met iets bezig waren wat we leuk vonden. Zijn AI-project was ook geschikt voor die branche. Het was een perfecte manier om te experimenteren en we bereikten ook fantastische resultaten. We waren baanbrekend. Maar ...'

'Ter zake, Linus.'

'Het zit zo. Balder en zijn juristen dienden een patentaanvraag in voor de innovatiefste onderdelen van deze technologie, en toen kwam de eerste schok. Een Russische ingenieur van Truegames had vlak daarvoor een aanvraag in elkaar geflanst die het patent tegenhield, en dat was vast geen toeval. Maar dat maakte eigenlijk niet uit. Het patent was in dit geval maar een formaliteit. Het interessante was hoe ze er in vredesnaam achter waren gekomen wat wij hadden ontwikkeld, en omdat wij Frans allemaal tot de dood toe trouw waren, was er in feite maar één mogelijkheid: ondanks al onze veiligheidsmaatregelen waren we gehackt.'

'En toen namen jullie contact op met de Säpo en de FRA?'

'Niet meteen. Frans heeft moeite met mensen die een stropdas dragen en van negen tot vijf werken. Hij heeft liever bezeten idioten die hele nachten voor hun computer hangen, dus hij zocht eerst contact met een of andere lijpe hacker die hij ooit een keer had ontmoet, en zij zei meteen dat we het slachtoffer waren van een cyberaanval. Niet dat ze nou zo'n betrouwbare indruk maakte, trouwens. Ik zou haar niet hebben aangenomen, als je begrijpt wat ik bedoel, en misschien kletste ze ook maar een eind weg. Maar haar hoofdconclusie werd later bevestigd door mensen van de militaire radio-onderscheppingsdienst.'

'Maar niemand wist wie jullie had gehackt?'

'Nee. Nee, hackers traceren is vaak heel lastig. Maar duidelijk is wel dat het professionals waren. Wij hadden hard aan onze IT-beveiliging gewerkt.'

'Maar nu denk je dat Frans Balder iets te weten is gekomen?'

'Zeker weten. Anders zou hij zich niet zo geheimzinnig gedragen. Ik ben ervan overtuigd dat hij iets over Solifon heeft achterhaald.'

'Daar werkte hij?'

'Ja, gek genoeg wel. Zoals ik al zei, weigerde Frans Balder vroeger altijd om voor een van de grote computerbedrijven te gaan werken. Niemand in de hele wereld had het zo vaak over onafhankelijkheid als hij, over het belang van vrijheid en geen slaaf worden van commerciële krachten en zo. Maar toen onze technologie gestolen bleek te zijn en wij met lege handen stonden, was hij er als de kippen bij om een aanbod van Solifon – uitgerekend van Solifon – aan te nemen. We snapten er geen snars van. Goed, ze boden gigantische salarissen, de vrije teugels en de hele mikmak. Zo van "doe wat je wilt, maar doe het voor ons", en dat klonk wel gaaf. Het zou absoluut top zijn voor iedereen behalve voor Frans Balder. Maar zulke aanbiedingen had hij te kust en te keur gehad: van Google, Apple en alle mogelijke anderen. Waarom was dit nu opeens zo interessant? Dat heeft hij nooit uitgelegd. Hij pakte gewoon zijn boeltje en vertrok. En in het begin ging het ook briljant, hoorde ik. Frans ontwikkelde onze technologie verder en ik geloof dat de eigenaar, Nicolas Grant, al droomde van nieuwe miljardenwinsten. De opwinding was groot. Maar toen gebeurde er iets.'

'Iets waar je eigenlijk niet veel over weet.'

'Nee, want we hadden geen contact meer. Frans is het contact met vrijwel de hele wereld kwijtgeraakt. Maar ik weet wel dat het iets ergs moet zijn geweest. Want Frans had altijd openheid gepredikt en zich sterk gemaakt voor *wisdom of crowds* en zo, hoe belangrijk het is dat je gebruikmaakt van de kennis van veel mensen, het hele Linux-idee. Maar bij Solifon hield hij elke komma geheim, zelfs voor zijn naaste medewerkers, en toen, pats-boem, zegde hij op en ging hij terug naar Zweden, en nu zit hij daar in zijn huis in Saltsjöbaden, gaat zelfs de tuin niet meer in en bekommert zich er totaal niet meer om hoe hij eruitziet.'

'Dus wat je hebt, Linus, is een verhaal over een professor die nogal gestrest lijkt en die het niet kan schelen hoe hij eruitziet – maar hoe kun je dat zien als hij de deur niet meer uit komt?'

'Ja, maar ik denk ...'

'Ik denk ook dat dit een interessant verhaal kan zijn, Linus, maar het spijt me, het is niets voor mij. Ik ben geen IT-verslaggever. Ik kom uit het stenen tijdperk, zoals iemand laatst nog zo slim schreef. Ik raad je aan om contact op te nemen met Raoul Sigvardsson van de *Svenska Morgonposten*. Hij weet alles van dat wereldje.'

'Nee, nee. Sigvardsson is een lichtgewicht. Dit is boven zijn niveau.'

'Ik denk dat je hem onderschat.'

'Kom op, zeg. Durf je nou niet meer? Dit kan je comeback zijn, Blomkvist.'

Mikael maakte een vermoeid gebaar naar Amir, die een tafeltje niet ver bij hen vandaan afnam.

'Mag ik je een advies geven?' vroeg Mikael.

'Huh? Ja, best.'

'Als je nog eens een verhaal aan de man wilt brengen, probeer de journalist dan niet uit te leggen wat er voor hem in kan zitten. Weet je hoe vaak ik dat liedje al heb gehoord? "Dit wordt de grootste scoop van je leven. Dit is groter dan Watergate!" Met een beetje normale zakelijkheid kom je verder, Linus.'

'Ik wilde alleen ...'

'Ja, wat wilde je eigenlijk?'

'Dat jij eens met hem ging praten. Ik denk dat hij je zou mogen. Jullie zijn van hetzelfde compromisloze type.'

Linus leek zijn zelfvertrouwen in één klap kwijt te zijn en Mikael vroeg zich af of hij hem onnodig hard had aangepakt. Hij probeerde tipgevers min of meer uit principe altijd vriendelijk en bemoedigend tegemoet te treden, hoe dwaas ze ook klonken, niet alleen omdat er zelfs in iets geks toch een goed verhaal kon zitten, maar ook omdat hij wist dat hij vaak hun strohalm was. Veel mensen kwamen bij hem als alle anderen gestopt waren met luisteren. Hij was niet zelden de laatste hoop voor mensen, en hij had geen reden om daar minachtend over te doen.

'Zeg,' zei hij, 'ik heb een klotedag achter de rug. Ik bedoelde het niet zo sarcastisch.'

'Het is al goed.'

'En je hebt ook wel gelijk,' vervolgde Mikael. 'Er zit inderdaad iets in dit verhaal wat me interesseert. Je zei dat jullie bezoek hadden gehad van een vrouwelijke hacker.'

'Ja, maar dat heeft hier eigenlijk niets mee te maken. Ze was meer een sociaal project van Balder.'

'Maar ze had er blijkbaar wel verstand van.'

'Of ze had gewoon mazzel. Ze kletste een hoop onzin.'

'Dus je hebt haar ontmoet?'

'Ja, toen Balder 'm net was gesmeerd naar Silicon Valley.'

'Hoe lang is dat geleden?'

'Elf maanden. Ik had onze computers overgebracht naar mijn flat in de Brantingsgata. Mijn leven was nou niet wat je noemt top. Ik was single en platzak en ik had een kater, het zag er vreselijk uit bij mij thuis. Ik had net Frans aan de telefoon gehad en die dramde maar door. Zo van: je moet haar niet op haar uiterlijk beoordelen, schijn bedriegt, blabla, en dat zei hij nota bene tegen mij! Ik ben zelf ook niet bepaald de ideale schoonzoon. Ik heb mijn hele leven nog nooit een stropdas of colbertje gedragen en als iemand weet hoe mensen in hackerskringen eruitzien, dan ben ik het wel. Hoe dan ook, ik zat daar op dat grietje te wachten en ik nam aan dat ze wel aan zou kloppen. Maar ze deed gewoon de deur open en stapte naar binnen.'

'Hoe zag ze eruit?'

'Vreselijk ... hoewel, ze was op de een of andere manier ook wel sexy. Maar vreselijk!'

'Linus, ik bedoelde niet dat je haar uiterlijk moest becommentariëren. Ik wil alleen maar weten wat ze aanhad en of ze haar naam ook heeft genoemd.'

'Ik heb geen idee wie het was,' vervolgde Linus. 'Hoewel ik haar wel ergens van herkende – ik had het idee dat dat van iets slechts was. Ze had tatoeages en piercings en de hele handel en zag eruit als een zwarte rocker of een goth of een punker, en ze was zo mager als een lat.'

Zonder het goed en wel te beseffen gebaarde Mikael naar Amir dat hij nog een Guinness moest brengen.

'En toen?' vroeg hij.

'Tja, wat zal ik zeggen? Ik nam aan dat we niet meteen hoefden te beginnen, dus ik ging op mijn bed zitten – er was verder niet veel om op te gaan zitten – en stelde voor eerst een drankje te doen. Maar weet je wat ze toen deed? Ze zei dat ik weg moest gaan. Ze gaf me bevel mijn eigen huis te verlaten, alsof het de gewoonste zaak van de wereld was. Ik weigerde natuurlijk. Ik probeerde zoiets als: "Ik woon hier, hoor." Maar ze zei gewoon "Wegwezen, verdwijnen", en toen had ik geen andere keus dan maar weg te gaan, en ik bleef vrij lang weg. Toen ik terugkwam, lag ze op mijn bed te roken en een boek te lezen over snaartheorie of zoiets, en misschien keek ik haar een beetje verdacht aan, weet ik veel. Ze verklaarde dat ze er niet aan dacht om met me naar bed te gaan, geen haar op haar hoofd. "Geen haar op mijn hoofd," zei ze, en ik geloof niet dat ze me zelfs maar één keer heeft aangekeken. Ze gooide er alleen uit dat er een trojan in onze computers zat, een RAT, en dat ze het patroon van de aanval herkende, de originaliteit ervan. "Jullie zijn belazerd," zei ze. En toen ging ze weer weg.'

'Zonder gedag te zeggen?'

'Zonder één woord, verdomme.'

'Jee,' liet Mikael zich ontvallen.

'Maar eerlijk gezegd geloof ik dat ze vooral blufte. De man van de FRA die hetzelfde onderzoek een tijdje later deed, en die natuurlijk veel meer verstand heeft van dit soort aanvallen, zei heel stellig dat zulke conclusies niet te trekken waren, en hoe hij ook zocht, hij vond geen oud spionagevirus in de computer. Toch dacht ook hij – Molde heet hij trouwens, Stefan Molde – dat we slachtoffer waren geweest van een cyberaanval.'

'En dat meisje heeft zich nooit voorgesteld?'

'Ik heb daar zelfs op aangedrongen, maar het enige wat ze zei, nogal chagrijnig, was dat ik haar maar Pippi moest noemen, en het was natuurlijk wel duidelijk dat dat niet haar echte naam was, maar toch ...'

'Wat?'

'Ik vond die naam op de een of andere manier wel bij haar passen.'

'Zeg,' zei Mikael. 'Net stond ik nog op het punt je naar huis te sturen.'

'Ja, dat had ik wel in de gaten.'

'Maar nu is de situatie drastisch veranderd. Zei je niet dat Frans Balder dat meisje kende?'

'Jazeker.'

'Dan zal ik zo gauw mogelijk contact met hem opnemen.'

'Vanwege dat meisje?'

'Zoiets.'

'Oké, goed,' zei Linus peinzend. 'Maar je vindt nergens zijn contactgegevens. Ik zei al: hij is zo verdomd geheimzinnig geworden. Heb je een iPhone?'

'Ja, die heb ik.'

'Vergeet het dan maar. Frans vindt dat Apple zich min of meer heeft overgeleverd aan de NSA. Als je met hem wilt praten moet je een Blackphone kopen of in elk geval een Android lenen en een speciaal versleutelprogramma downloaden. Maar ik zal proberen hem contact op te laten nemen met jou, dan kunnen jullie op een veilige plek afspreken.'

'Prima, Linus, dank je.'

Nadat Linus was weggegaan bleef Mikael nog even zitten; hij dronk zijn Guinness op en staarde naar de storm buiten. Achter hem lachten Arne en zijn vrienden ergens om. Maar Mikael was zo in gedachten verzonken dat hij er geen woord van hoorde en ook nauwelijks merkte dat Amir bij hem was komen zitten en de jongste weersverwachting begon op te dissen.

Het zou blijkbaar volkomen krankzinnig weer worden. De temperatuur zou zakken naar min tien graden. De eerste sneeuw van het jaar zou vallen, en dan niet op een prettige of zachtaardige manier. Het zou een ziedende storm worden, de ergste die het land sinds jaren had meegemaakt.

'Het kan orkaankracht worden,' zei Amir, en Mikael, die nog steeds niet luisterde, antwoordde kortweg: 'Mooi zo.'

'Mooi?'

'Ja ... eh ... beter dan geen weer in elk geval.'

'Dat is waar. Maar hoe gaat het met je? Je ziet er helemaal ondersteboven uit. Was het geen goed gesprek?'

'Jawel, hoor, alles in orde.'

'Maar wat je hoorde was nogal schokkend, of niet?'

'Dat weet ik niet goed. Het is een beetje een roerige tijd momenteel. Ik denk erover om te stoppen bij *Millennium*.'

'Ik dacht dat je vergroeid was met dat blad.'

'Ik ook. Maar aan alles komt een eind, denk ik.'

'Dat is zo,' zei Amir. 'Mijn oude vader zei altijd dat zelfs aan het eeuwige een eind komt.'

'En hoe kwam hij daarbij?'

'Ik geloof dat hij aan de eeuwige liefde dacht. Hij zei het vlak voordat hij mijn moeder verliet.'

Mikael grinnikte.

'Tja. Ik ben zelf ook nooit zo goed geweest in eeuwige liefde. Maar er is wel ...'

'Ja?'

'... een vrouw die ik heb gekend en die nu al een hele tijd uit mijn leven is.'

'Vervelend.'

'Ja, het is wel apart. Maar nu kreeg ik opeens een levensteken van haar, tenminste, dat denk ik, en misschien zag ik er daarom een beetje overdonderd uit.'

'Ik snap het.'

'Nou, ik denk dat ik maar eens naar huis moet gaan. Hoeveel krijg je van me?'

'Dat komt wel een keer.'

'Fijn. Pas goed op jezelf, Amir,' zei hij, en hij liep langs de stamgasten, die hem nog een paar opmerkingen nariepen, en stapte de storm in.

Hij was bang dat hij het niet zou overleven. De windvlagen joegen dwars door hem heen. Toch bleef hij even in het noodweer stilstaan en verloor hij zich in zijn herinneringen voordat hij langzaam naar huis liep. Daar had hij om de een of andere reden moeite om de deur open te krijgen; hij moest wat rommelen met de sleutel. Daarna schopte hij zijn schoenen uit en ging hij achter de pc zitten om informatie op te zoeken over professor Frans Balder.

Maar hij was hopeloos ongeconcentreerd en vroeg zich, zoals zo vaak, af: waar is ze gebleven? Afgezien van een berichtje van haar vroegere werkgever Dragan Armanskij had hij niets meer over haar gehoord. Ze was als door de aardbodem verzwolgen en hoewel ze niet ver bij elkaar uit de buurt woonden, had hij geen glimp meer van haar opgevangen. Waarschijnlijk had het verhaal van Linus daarom zo'n indruk op hem gemaakt.

In principe had er die dag net zo goed iemand anders bij Linus kunnen komen. Dat was mogelijk, maar niet erg waarschijnlijk. Wie anders dan Lisbeth Salander komt zo binnenstampen zonder iemand zelfs maar aan te kijken, gooit je je huis uit, doorziet de diepste geheimen in je computer en roept dingen als 'Ik denk er niet aan met je naar bed te gaan, geen haar op mijn hoofd'? Dat moet Lisbeth zijn geweest. En Pippi, dat was toch ook typerend?

Er stond V.K. BONT op haar deur in de Fiskargata, en hij begreep heel goed dat ze niet haar echte naam gebruikte. Die was te gemakkelijk te vinden en riep herinneringen op aan grote drama's en waanzinnige gebeurtenissen. Waar bevond ze zich nu? Het was niet de eerste keer dat ze in rook was opgegaan. Maar sinds de dag dat hij voor het eerst aanklopte op haar deur in de Lundagata en haar uitschold omdat ze een iets te gedetailleerd persoonsonderzoek naar hem had gedaan, hadden ze het niet zo lang zonder elkaar moeten stellen, en dat was een raar gevoel, nietwaar? Lisbeth was toch zijn ... ja, verdorie, wat was ze?

Niet bepaald zijn vriendin. Met vriendinnen ga je om. Vriendinnen verdwijnen niet zomaar. Vriendinnen laten niet alleen van zich horen door je computer te hacken. Toch had hij nog steeds een band met Lisbeth en was hij vooral – dat viel niet te ontkennen – ongerust over haar. Haar vroegere voogd Holger Palmgren zei dat Lisbeth zich altijd wel redde; ondanks of misschien juist dankzij haar afschuwelijke jeugd, was ze een geweldige overlever, en daar zat ongetwijfeld veel in.

Maar garanties waren er niet, niet voor een meisje met zo'n achtergrond en met zo'n vermogen om vijanden te maken. Misschien was ze echt ontspoord, zoals Dragan Armanskij ongeveer een halfjaar geleden had gesuggereerd toen ze samen lunchten in Gondolen. Het was een lentedag, een zaterdag, en Dragan bood hem een biertje aan en een borrel en zo meer. Mikael had het idee dat Dragan zijn hart wilde luchten en hoewel ze de afspraak hadden gemaakt als twee oude vrienden, twijfelde hij er niet aan dat Dragan eigenlijk uitsluitend over Lisbeth wilde praten en zich met behulp van een paar drankjes in een zekere sentimentaliteit wilde onderdompelen.

Dragan vertelde onder meer dat zijn bedrijf, Milton Security, persoonsalarmen had geleverd in een verzorgingshuis in Högdalen, goede systemen, zei hij. Maar daar heb je niets aan als de stroom uitvalt en niemand dat verhelpt, en dat was nu net wat er was gebeurd. Laat op de avond begaf de stroom het en 's nachts kwam een oud dametje, een zekere Rut Åkerman, ten val en brak haar dijbeen, en ze had uren tevergeefs op het alarm gedrukt. Tegen de ochtend werd haar toestand tamelijk kritiek en omdat de kranten net in die tijd veel aandacht besteedden aan problemen en tekortkomingen in verzorgingshuizen, brachten ze het incident met veel bombarie.

Rut overleefde het gelukkig. Maar ongelukkigerwijze was ze de moeder van een kopstuk van de nationalistische Sverigedemokraterna en toen op hun website *Avpixlat* werd gezegd dat Armanskij een Arabier was – dat was hij niet, al werd hij soms inderdaad wel 'de Arabier' genoemd – buitelden de commentaren over elkaar heen. Honderden anonieme reacties als 'Dat komt ervan als woestijnratten ons techniek leveren' en Dragan trok het zich erg aan, vooral omdat zijn oude moeder ook grof werd beledigd.

Maar ineens, als bij toverslag, waren al die reacties niet meer anoniem. Er stond exact bij hoe de mensen die ze hadden geschreven heetten, waar ze woonden, waar ze werkten en hoe oud ze waren. Keurig netjes, alsof ze allemaal een formulier hadden ingevuld. De hele *Avpixlat* was afgepixeld, als het ware, en natuurlijk bleken het helemaal niet alleen maar sociaal onaangepaste betweters te zijn, maar ook heel wat leden van het establishment, en zelfs enkele concurrenten van Armanskij uit de beveiligingsbranche. Lange tijd wisten de beheerders van de website zich geen raad. Ze begrepen er niets van. Ze trokken zich de haren uit het hoofd voordat ze er eindelijk in slaagden de site uit de lucht te halen en ze zwoeren wraak op de schuldigen. Daar bleef het natuurlijk bij. Niemand wist wie er achter de aanval zat, behalve Dragan Armanskij zelf.

'Het was een klassieke Lisbeth-stunt,' zei hij, 'en uiteraard was ik haar *partner in crime*. Ik was niet grootmoedig genoeg om medelijden te hebben met al die mensen die te kijk waren gezet, hoezeer ik in mijn werk ook op IT-beveiliging hamer. Weet je, ik had in geen eeuwen van haar gehoord en ik was ervan overtuigd dat ik haar geen moer kon schelen, dat niemand haar iets kon schelen, trouwens. Maar toen gebeurde dit. Het voelde goed. Ze nam het voor me op. Ik stuurde haar een uitbundig bedankmailtje en tot mijn verbazing kreeg ik antwoord. Weet je wat ze schreef?'

'Nee.'

'Het was maar één zin: "Hoe halen jullie het verdomme in je hoofd die klootzak van een Sandvall in de Östermalmskliniek te beveiligen?"'

'En wie is Sandvall?'

'Een plastisch chirurg die we persoonsbescherming hadden gegeven nadat hij een jonge Estse had aangerand bij wie hij een borstoperatie had uitgevoerd. Het meisje was toevallig het vriendinnetje van een bekende crimineel.'

'Oei.'

'Inderdaad, niet zo slim, en ik heb Lisbeth dus geantwoord dat ik Sandvall ook geen heilige vond. Dat ik zelfs wist dat hij dat niet was.

Maar ik probeerde duidelijk te maken dat wij zulke afwegingen niet kunnen maken. We kunnen niet alleen moreel onberispelijke mensen beschermen. Ook seksisten hebben recht op een zekere veiligheid en omdat Sandvall zwaar werd bedreigd en onze hulp had ingeroepen hebben we hem die gegeven – voor de dubbele prijs. Zo zat dat.'

'Maar Lisbeth accepteerde die redenering niet?'

'In elk geval reageerde ze niet – niet via de mail tenminste. Maar je zou kunnen zeggen dat ze toch een soort antwoord gaf.'

'Hoe dan?'

'Ze marcheerde naar onze bewakers in de kliniek en zei dat die zich gedeisd moesten houden. Ik geloof zelfs dat ze de groeten van mij deed. Toen liep ze linea recta langs alle patiënten, verpleegsters en dokters naar Sandvalls spreekkamer, brak drie van zijn vingers en bedreigde hem gruwelijk.'

'Getver.'

'Dat mag je wel zeggen, ja. Krankzinnig. Ik bedoel, zoiets doen ten overstaan van zoveel getuigen en dan ook nog in de spreekkamer van een dokter.'

'Ja, volkomen gestoord.'

'Het werd natuurlijk een enorme rel, en iedereen schreeuwde moord en brand. Je snapt wel: de vingers breken van een chirurg, die afspraken heeft voor een hoop dure facelifts en figuurcorrecties en dat soort dingen. Dat is iets waar letselschadeadvocaten dollartekens van in hun ogen krijgen.'

'En toen?'

'Niets. Er gebeurde helemaal niets, en dat is misschien nog wel het merkwaardigste van alles. De hele toestand bloedde dood, blijkbaar omdat de chirurg zelf de zaak niet wilde doorzetten. Maar toch, Mikael, het was waanzinnig. Als je geestelijk in balans bent, dring je niet midden op de dag een spreekkamer binnen om de vingers van een arts te breken. Zelfs een Lisbeth Salander in balans doet zoiets niet.'

Mikael Blomkvist wist niet of hij het helemaal eens was met die analyse. Hij vond het juist heel logisch klinken, Lisbeth-logisch, en hij was toch min of meer een deskundige op dat gebied. Als geen ander wist hij hoe rationeel die vrouw dacht, niet rationeel zoals andere mensen, maar rationeel vanuit haar eigen grondbeginselen, en hij twijfelde er geen moment aan dat die dokter veel ergere dingen had gedaan dan aan het verkeerde vriendinnetje zitten. Toch kon hij niet nalaten zich af te vragen of er bij Lisbeth iets was geknapt, al was het alleen maar de risicoanalyse.

Even kwam de gedachte zelfs in hem op dat ze weer in de problemen wílde komen, misschien wel vanuit het idee dat ze daarvan zou opknappen. Maar daarmee deed hij haar waarschijnlijk onrecht. Hij wist niets van haar beweegredenen. Hij wist helemaal niets van haar huidige leven. En terwijl de storm tegen de ruiten sloeg en hij op zijn computer googelde op Frans Balder, probeerde hij het positieve ervan te zien dat ze elkaar op deze manier indirect toch weer tegenkwamen.

Het was in elk geval beter dan niets, en hij nam aan dat hij blij mocht zijn dat ze niet was veranderd. Lisbeth leek nog dezelfde die ze altijd was geweest en misschien, wie weet, had ze hem een nieuw verhaal gegeven. Om de een of andere reden irriteerde Linus hem al vanaf het eerste moment, en waarschijnlijk had hij de zaak zelfs laten lopen als de man met een kleine sensatie was gekomen. Maar toen Lisbeth in zijn verhaal opdook, ging Mikael er met andere ogen naar kijken.

Aan haar intellect mankeerde niet bepaald veel, en als zij de moeite had genomen zich met deze kwestie bezig te houden, waren er voor hem ook vast wel redenen om zich erin te verdiepen. Hij kon er in elk geval wat onderzoek naar doen, en met een beetje mazzel zou hij ook nog meer over Lisbeth te weten komen, want daar ging het hem eigenlijk om, nietwaar?

Waarom was zij überhaupt in actie gekomen?

Een doodgewone IT-adviseur was ze immers niet. Ze kon zich wel druk maken om onrechtvaardigheden. Dan trad ze op en schiep ze haar eigen rechtvaardigheid. Maar dat een vrouw die er zelf niet voor terugdeinst om mensen te hacken zich nu uitgerekend over een computeraanval zou opwinden, was toch wel enigszins verbazingwekkend. Een chirurg de vingers breken, best. Maar in actie komen tegen onwettige aanvallen van hackers – dan gooide je toch je eigen glazen in? Aan de andere kant, hij wist er niets van.

Er was natuurlijk een voorgeschiedenis. Misschien waren Balder en zij vrienden of kennissen. Dat was niet onmogelijk. Op goed geluk googelde hij hun namen samen, maar dat leverde geen hits op, in elk geval niets waar hij iets aan had, en even zat Mikael maar wat naar buiten, naar de storm te kijken en te denken aan een getatoeëerde draak op een dunne, bleke rug, aan een winterse periode in Hedestad en aan een open graf in Gosseberga.

Toen zocht hij verder op Frans Balder. Over hem was er niet bepaald een gebrek aan leesstof. De professor leverde twee miljoen hits op, en toch was het nog niet zo gemakkelijk een biografisch overzicht te vinden. Het waren vooral wetenschappelijke artikelen en commentaren; interviews gaf Frans Balder blijkbaar niet. Daarom hing er rond de details van zijn leven een soort mythologische waas – alsof ze door bewonderende studenten waren opgeblazen en geromantiseerd.

Hij las dat Frans als kind min of meer voor geestelijk gehandicapt werd aangezien, totdat hij op een dag bij de directeur van zijn school op Ekerö kwam en erop wees dat er in het wiskundeboek een fout stond over de zogeheten imaginaire getallen. Die werd in de volgende drukken gecorrigeerd en Frans won het jaar daarna een nationale wiskundewedstrijd. Men zei dat hij achterstevoren kon praten en lange palindromen kon bedenken. In een opstel uit zijn jonge jaren dat op internet was gepubliceerd, uitte hij kritiek op de roman *De oorlog der werelden* van H.G. Wells, omdat het er bij hem niet in wilde dat wezens die in alle opzichten superieur aan ons waren zoiets basaals als de verschillen in bacterieflora op Mars en de Aarde niet begrepen.

Na de middelbare school studeerde hij informatica aan het Imperial College in Londen. Hij promoveerde op een proefschrift over algoritmen in neurale netwerken dat baanbrekend werd genoemd. Hij werd de jongste hoogleraar aller tijden aan de Technische Universiteit van Stockholm en werd opgenomen in de Koninklijke Academie van Technische Wetenschappen. Tegenwoordig werd hij beschouwd als een van de meest gezaghebbende mensen ter wereld als het ging om het hypothetische begrip 'technologische singulariteit', oftewel de situatie waarbij de intelligentie van computers die van de mens overstijgt.

Hij was geen opvallende of aantrekkelijke man. Op alle foto's stond een onverzorgde lelijkerd met kleine oogjes en haar dat alle kanten op piekte. Toch trouwde hij met de bekoorlijke actrice Hanna Lind, later Hanna Balder. Het paar kreeg een zoon die volgens een stuk in een roddelblad – onder de kop HANNA'S GROTE VERDRIET – zwaar verstandelijk gehandicapt was, ook al zag het kind er op een foto bij het artikel absoluut niet achterlijk uit.

Het huwelijk liep op de klippen en bij een hoog oplaaiend conflict over de voogdij voor de rechtbank in Nacka trad het enfant terrible van het theater, Lasse Westman, ten tonele en verklaarde dat Balder helemaal niet voor zijn zoon zou mogen zorgen, omdat hij zich meer bekommerde om 'de intelligentie van computers dan om die van kinderen'. Maar in die scheidingsperikelen verdiepte Mikael zich verder niet. Hij deed liever zijn best om Balders onderzoek en de juridische conflicten waarin hij verwikkeld was te begrijpen, en zat lange tijd verdiept in een ingewikkelde redenering over kwantumprocessen in computers.

Daarna ging hij naar Documenten en opende een bestand dat hij een paar jaar geleden had aangemaakt. Het heette *Lisbeths Laatje.* Hij had geen idee of ze nog altijd in zijn computer keek of überhaupt nog in zijn werk geïnteresseerd was. Maar hij hoopte het toch stiekem, en nu vroeg hij zich af of hij haar een groet zou sturen. Het probleem was alleen: wat moest hij schrijven?

Lange, persoonlijke brieven waren niets voor haar; daar zou ze zich gegeneerd door voelen. Hij kon het beter proberen met iets korts, iets wat een beetje raadselachtig was. Hij waagde het erop met de vraag: *Wat moeten we denken van de kunstmatige intelligentie van Frans Balder?*

Toen stond hij op en keek hij weer naar de sneeuwstorm.

4
20 NOVEMBER

Edwin Needham, of Ed the Ned, zoals hij ook wel werd genoemd, was niet de bestbetaalde ICT-beveiliger van de Verenigde Staten, maar misschien wel de beste en de meest trotse. Zijn vader, Sammy, was een absolute schurk, een dwaze dronkenlap die soms een tijdelijk baantje had maar zich vaak in oeverloze zuippartijen stortte die niet zelden in de gevangenis of bij de Spoedeisende Hulp eindigden, en daar had natuurlijk niemand iets aan.

Toch waren Sammy's uitspattingen voor het gezin de beste tijd. Als hij de deur uit was om te zuipen ontstond er een soort adempauze, waarin moeder Rita haar beide kinderen kon aanhalen en tegen hen kon zeggen dat het allemaal wel goed zou komen. Verder ging er daar in huis niet veel goed. Het gezin woonde in Dorchester in Boston en wanneer Sammy zo vriendelijk was om thuis te blijven, sloeg hij Rita vaak in elkaar en zat ze urenlang, soms hele dagen, opgesloten op het toilet te huilen en te beven.

In de ergste gevallen gaf ze bloed op en het verbaasde niemand dat ze, pas zesenveertig jaar oud, aan inwendige bloedingen stierf, en ook niet dat Eds oudere zus ten prooi viel aan crack, en al helemaal niet dat vader en zoon daarna op het randje van een zwerversbestaan bivakkeerden.

Eds jeugd had alle ingrediënten in zich voor een leven vol problemen. In zijn tienerjaren maakte hij deel uit van een bende die zich The Fuckers noemde en zich bezighield met ruzies tussen gangs, overvallen en berovingen van winkels, de schrik van Dorchester. Eds beste vriend, een knaap die Daniel Gottfried heette, werd aan een vleeshaak opgehangen en met een machete afgeslacht. In zijn jeugd stond Ed aan de rand van de afgrond.

Uiterlijk had hij iets bots en hards, hij miste twee tanden in zijn bovengebit, en het hielp ook niet dat hij nooit glimlachte. Hij was lang, sterk en onverschrokken, en zijn gezicht vertoonde doorgaans de sporen van strijd, hetzij na gevechten met zijn vader, hetzij ten gevolge van vechtpartijen met zijn bende. De meeste docenten op school waren doodsbenauwd voor Ed. Iedereen was ervan overtuigd dat hij in de gevangenis of met een kogel in zijn hoofd zou eindigen. Maar er waren ook volwassenen die zich om hem bekommerden, waarschijnlijk omdat ze erachter kwamen dat er niet alleen agressie en geweld achter zijn felle blauwe ogen zat.

Ed bezat een tomeloze ontdekkingsdrang, een energie waardoor hij een boek met dezelfde kracht verslond als waarmee hij het interieur van een gemeentelijke bus vernielde. Overdag treuzelde hij vaak met naar huis gaan. Hij bleef graag achter in de zogeheten technische ruimte op school; daar stonden een paar computers, waar hij uren achter kon zitten. Een natuurkundeleraar met de Zweeds klinkende naam Larson merkte zijn talent op en na een aantal tests waarbij ook de sociale dienst betrokken was, kreeg Ed een beurs en de kans om over te stappen naar een school met meer gemotiveerde leerlingen.

Ed behaalde schitterende studieresultaten, hij kreeg nieuwe beurzen en onderscheidingen, en ten slotte ging hij Electrical Engineering and Computer Science studeren aan het Massachusetts Institute of Technology, een klein mirakel gezien zijn achtergrond. Zijn proefschrift ging over bepaalde vraagstukken met betrekking tot de nieuwe asymmetrische encryptiealgoritmen zoals RSA, en hij kreeg hoge posities bij Microsoft en Cisco voordat hij uiteindelijk werd gerekruteerd voor de National Security Agency, de NSA, in Fort Meade in Maryland.

Eigenlijk was zijn cv niet helemaal onberispelijk voor deze baan, en niet alleen op grond van zijn jeugdcriminaliteit. Hij had op de universiteit ook heel wat wiet gerookt, voelde zich aangetrokken tot socialistische en zelfs anarchistische idealen en was zelfs als volwassene twee keer aangehouden wegens mishandeling, zij het dat dat geen ernstige zaken waren, maar caféruzies. Hij bleef gewelddadig van aard en iedereen die hem kende, paste er wel voor op om ruzie met hem te maken.

Bij de NSA hadden ze echter oog voor zijn andere kwaliteiten, en bovendien was het in de herfst van 2001. De Amerikaanse inlichtingendiensten hadden zo'n wanhopige behoefte aan ICT'ers dat ze zo ongeveer iedereen in dienst namen, en in de daaropvolgende jaren trok niemand Eds loyaliteit of vaderlandsliefde in twijfel, en als iemand dat toch deed, wogen de voordelen altijd zwaarder.

Ed was niet alleen een geweldig talent. Hij had ook een bezetenheid, een manische nauwgezetheid en een fervente doelgerichtheid in zich die goed van pas kwamen voor een man die verantwoordelijk was voor de informatiebeveiliging van de meest geheime Amerikaanse overheidsdienst. Geen enkele klootzak mocht zijn systeem kunnen kraken. Dat vatte hij op als iets persoonlijks, en in Fort Meade maakte hij zich al gauw onmisbaar. Er stonden voortdurend mensen in de rij om hem om advies te vragen. Veel mensen waren doodsbenauwd voor Ed, en vaak schold hij medewerkers zonder enige reden de huid vol. Zelfs de directeur van de NSA, de legendarische admiraal Charles O'Connor, had hij naar de hel gewenst. 'Gebruik die overbelaste rotkop van je voor dingen die je wel begrijpt,' had hij gebruld toen de admiraal zijn mening over Eds werk probeerde te geven.

Maar Charles O'Connor en alle anderen lieten het passeren. Ze wisten dat Ed terecht tekeerging: omdat mensen slordig omgingen met de veiligheidsvoorschriften of omdat ze praatten over dingen waar ze geen verstand van hadden. Nooit ofte nimmer bemoeide hij zich met het andere werk van de spionageorganisatie, hoewel hij daar op grond van zijn bevoegdheden vrijwel volledig inzicht in had en de dienst in latere jaren de storm van de publieke opinie over zich heen kreeg en vertegenwoordigers van links en rechts de NSA neerzetten als de duivel zelf of de vleesgeworden big brother van Orwell. Maar van Ed mocht de organisatie doen wat ze maar wilde, als zijn beveiligingssystemen maar rigoureus en intact bleven, en omdat hij nog geen gezin had, leefde hij min of meer op kantoor.

Hij was een kracht waarop men vertrouwde, en ook al was hij natuurlijk zelf ook onderwerp geweest van een serie persoonscontroles, er was nooit iets op hem aan te merken geweest behalve dat hij een paar keer stomdronken en onrustbarend sentimenteel was geworden en was gaan praten over alles wat hij had moeten doormaken. Maar er was geen enkele aanwijzing dat hij ooit aan buitenstaanders had verteld wat voor werk hij deed. In de andere wereld zweeg hij als het graf, en als iemand een enkele keer erg aandrong, hield hij het bij de ingestudeerde leugens die door internet en databases werden bevestigd.

Het was geen toeval en ook niet het resultaat van geïntrigeer of gekonkel dat hij promotie maakte en de hoogstverantwoordelijke voor de beveiliging werd op het hoofdkantoor en dat hij alles ondersteboven keerde om ervoor te zorgen 'dat er niet nog een klokkenluider de kop opsteekt en ons in de ellende stort'. Ed en zijn team hadden de interne controle op alle punten verscherpt en in talloze doorwaakte nachten iets tot stand gebracht wat hij nu eens 'een onneembare muur' noemde en dan weer 'een venijnig bloedhondje'.

'Niemand kan binnenkomen en niemand kan zitten wroeten zonder onze toestemming,' zei hij, en daar was hij apetrots op.

Tot die vervloekte ochtend in november. Het was een mooie, wolkeloze dag. In Maryland was niets te merken van het diabolische weer dat over Europa trok. De mensen liepen in overhemd of dunne jackjes en Ed, die in de loop der jaren een buikje had ontwikkeld, kwam in zijn karakteristieke waggelloopje terug van de koffieautomaat. In zijn functie kon hij het zich veroorloven zich niets aan te trekken van kledingvoorschriften. Hij had een spijkerbroek aan en een roodgeruite bloes die bij zijn middel niet goed in zijn broek zat. Toen hij achter zijn computer ging zitten, zuchtte hij. Hij voelde zich niet lekker. Hij had pijn in zijn rug en zijn rechterknie en vervloekte zijn collega, de oude FBI-agent Alona Casales, die openhartige, aantrekkelijke lesbo, dat ze hem eergisteren had overgehaald om mee te gaan joggen, uit puur sadisme waarschijnlijk.

Gelukkig had hij niets te doen wat overdreven veel haast had. Hij moest alleen een intern memo versturen met nieuwe gedragsregels voor de projectleiders van COST, een samenwerkingsprogramma met de grote ICT-concerns. Maar hij kwam niet erg ver.

Hij had net een begin gemaakt met zijn gebruikelijke, ietwat rauwe proza – *Om ervoor te zorgen dat niemand in de verleiding komt zich als een idioot te gedragen maar een goede paranoïde cyberagent blijft, wil ik erop wijzen* – toen hij werd onderbroken door een van zijn waarschuwingssignalen.

Hij maakte zich geen grote zorgen. Zijn waarschuwingssystemen waren zo gevoelig dat ze reageerden op de geringste afwijking in de informatiestroom. Het was vast maar een kleinigheid, een teken dat iemand zijn bevoegdheden te buiten probeerde te gaan of een storing of zoiets.

Hij kreeg geen tijd om het uit te zoeken. Het volgende moment gebeurde er zoiets bizars dat hij secondelang weigerde het te geloven. Hij staarde alleen maar naar zijn scherm. Toch wist hij precies wat er gebeurde. In elk geval met dat deel van zijn brein dat nog verstandig nadacht. Er zat een RAT in hun intranet, NSANet, en als het ergens anders was geweest, had hij gedacht: die klootzakken zal ik afmaken. Maar hier, in het meest gesloten en gecontroleerde systeem dat er was, dat hij en zijn team alleen al het afgelopen jaar duizend-en-een keer hadden doorgelicht om elk miniem kwetsbaarheidje eruit te halen, hier, nee, nee, dat was onmogelijk, dat bestond niet.

Zonder dat hij zich er bewust van was, sloot hij zijn ogen, alsof hij hoopte dat het gewoon over zou gaan als hij ze nog iets langer dicht zou houden. Maar toen hij weer naar het scherm keek, werd de zin waaraan hij was begonnen afgemaakt. Zijn *wil ik erop wijzen* ging nu vanzelf verder met *dat jullie ophouden met zoveel illegale dingen te doen, en eigenlijk is dat heel simpel. Wie mensen bespioneert, wordt uiteindelijk ook zelf door mensen bespioneerd. Daar zit een fundamentele logica in.*

'Verdomme, verdomme,' mompelde hij, en dat was in elk geval een teken dat hij weer een beetje bij zijn positieven kwam.

Maar toen ging de tekst door: *Wind je niet op, Ed. Ga liever mee op een tripje. Ik heb de Root*, en toen gaf hij een luide schreeuw. Door het woord 'Root' stortte hij volkomen in en een paar minuten, terwijl de computer razendsnel door de geheimste delen van het systeem ging, dacht hij serieus dat hij een hartaanval zou krijgen, en slechts in een waas merkte hij dat er mensen om hem heen kwamen staan.

Hanna Balder zou de deur uit moeten gaan en boodschappen moeten gaan doen. Er stond geen bier meer in de koelkast en er lag ook niets fatsoenlijks meer in om te eten. Bovendien kon Lasse elk moment thuiskomen en hij zou bepaald niet blij zijn als hij niet eens een pilsje kreeg. Maar het weer zag er zo bedroevend uit dat ze het uitstelde en in de keuken ging zitten roken, ook al was dat funest voor haar huid en sowieso funest. Ze scrolde op haar telefoon.

Twee, drie keer liep ze haar adresboek door in de hoop dat er een nieuwe naam zou verschijnen. Maar natuurlijk vond ze niemand. Het waren dezelfde mensen die allang genoeg van haar hadden, en tegen beter weten in belde ze Mia. Dat was haar impresario. Ooit waren ze de beste vriendinnen geweest en droomden ze ervan samen de wereld te veroveren. Nu was Hanna vooral Mia's slechte geweten, en ze wist niet eens meer hoeveel excuses en vrijblijvende teksten ze de laatste tijd had gehoord. 'Het valt als actrice niet mee om ouder te worden, blabla.' Ze kon er niet meer tegen. Waarom zei ze niet ronduit: 'Je ziet er afgeleefd uit, Hanna. Het publiek houdt niet meer van je.'

Maar natuurlijk nam Mia niet op, en dat was eigenlijk maar goed ook. Ze hadden geen van beiden iets aan zo'n gesprek. Hanna kon niet nalaten een blik in Augusts kamer te werpen om die steek van gemis te voelen die haar het gevoel gaf dat ze de belangrijkste taak van haar leven, het moederschap, was kwijtgeraakt, en dat gaf haar paradoxaal genoeg hernieuwde krachten. Op de een of andere ziekelijke manier vond ze troost in haar zelfmedelijden, en ze stond zich net af te vragen of ze niet weg moest gaan om bier te kopen toen de telefoon ging.

Het was Frans, en toen vertrok haar gezicht nog meer. Ze had hem de hele dag willen – maar niet durven – bellen om te zeggen dat ze August terug wilde hebben. Niet alleen omdat ze naar de jongen verlangde, zeker niet omdat ze dacht dat haar zoon het hier bij hen beter zou hebben, maar om een ramp te voorkomen, niet meer en niet minder.

Lasse wilde het kind terughalen om de alimentatie weer te incasseren en God weet wat er gebeurt als Lasse naar Saltsjöbaden gaat en zijn recht opeist. Hij zou August het huis uit kunnen sleuren, hem de stuipen op het lijf jagen en Frans in elkaar slaan. Dat moest ze Frans duidelijk proberen te maken. Maar toen ze opnam en haar boodschap probeerde over te brengen kreeg ze er geen speld tussen. Hij hield maar niet op over iets wonderlijks dat blijkbaar 'echt fantastisch, volkomen uniek' was en meer van die dingen.

'Sorry, Frans, ik snap het niet. Waar heb je het over?' vroeg ze.

'August is een savant. Een genie.'

'Ben je gek geworden?'

'Nee, integendeel, lieverd, ik ben eindelijk bij zinnen gekomen. Je moet hiernaartoe komen, ja, nu meteen! Dat is de enige manier, denk ik. Anders kun je het niet begrijpen. Ik betaal de taxi wel. Geloof me, je zult versteld staan. Weet je, hij moet een fotografisch geheugen hebben en zich op de een of andere onbegrijpelijke manier helemaal uit zichzelf de geheimen van het perspectieftekenen eigen hebben gemaakt. Het is zo mooi, Hanna, zo exact. Het straalt alsof het uit een andere wereld komt.'

'Wat straalt er?'

'Zijn stoplicht. Luisterde je niet? Waar we vanavond langskwamen, waar hij nu een heel stel perfecte afbeeldingen van heeft gemaakt, meer dan perfecte ...'

'Meer dan ...'

'Ja, hoe moet ik het zeggen? Hij heeft het niet alleen nagetekend, Hanna, niet alleen exact weergegeven, maar er ook iets aan toegevoegd, een artistieke dimensie. Er zit zo'n eigenaardige gloed in wat hij heeft getekend, en paradoxaal genoeg ook iets wiskundigs, alsof hij zelfs kennis heeft van axonometrie.'

'Axo...?'

'Ach verdorie, Hanna. Kom kijken,' hield hij vol, en langzaam maar zeker begon ze het te begrijpen.

August was opeens, zonder vooraankondiging, meesterlijk gaan tekenen; dat beweerde Frans althans, en het zou natuurlijk fantastisch zijn als het klopte. Maar het trieste was dat Hanna toch niet blij was, en aanvankelijk begreep ze niet waarom niet. Toen kreeg ze een vermoeden: omdat het bij Frans was gebeurd. August had jaren bij haar en Lasse gewoond en er was helemaal niets gebeurd. Hier had hij maar wat gezeten met zijn puzzels en zijn blokken, en geen woord uitgebracht; hij had alleen die akelige uitbarstingen gehad waarbij hij met zijn schelle, gekwelde stem gilde en met zijn lichaam heen en weer schommelde. En nu, een paar weken bij zijn vader en hopla, hij was een genie.

Dat was haar gewoon te veel. Niet dat ze niet blij was voor haar zoon. Maar het deed toch zeer, en het ergste van alles: ze was niet zo verbaasd als ze had moeten zijn. Ze zat niet hoofdschuddend te mompelen: 'Bestaat niet, bestaat niet.' Integendeel, het leek wel alsof ze er een vermoeden van had gehad, niet meteen dat haar zoon exacte tekeningen van een stoplicht zou maken, maar wel dat er meer in hem zat.

Ze had het vermoed door zijn ogen, door die blik die soms, op verhitte momenten, elk detail in zijn omgeving leek te registreren. Ze had het vermoed door de manier waarop August op school naar zijn leraren luisterde, door zijn nerveuze geblader in de wiskundeboeken die ze had gekocht en vooral: ze had het vermoed door zijn cijfers. Niets was zo eigenaardig als zijn cijfers. Uren achtereen kon hij eindeloze reeksen onbegrijpelijk grote getallen opschrijven. Hanna had oprecht geprobeerd ze te snappen of er toch in elk geval achter te komen wat ze betekenden. Maar hoe ze het ook probeerde, ze had het niet ontdekt, en nu nam ze aan dat haar met die getallen iets belangrijks was ontgaan. Ze was te ongelukkig en te egocentrisch geweest om te begrijpen wat er in haar zoon omging; zo was het toch?

'Ik weet het niet,' zei ze.

'Wat weet je niet?' vroeg Frans geïrriteerd.

'Ik weet niet of ik kan komen,' ging ze door, en op hetzelfde moment hoorde ze lawaai bij de voordeur.

Lasse was gearriveerd met zijn boezemvriend Roger Winter, en dat maakte dat ze geschrokken terugdeinsde, een excuus mompelde tegen Frans en voor de zoveelste keer bedacht dat ze een slechte moeder was.

Frans stond vloekend met de telefoon in zijn hand op de vloer met het schaakveldenpatroon in de slaapkamer. Die vloer had hij laten leggen omdat die zijn gevoel voor wiskundige orde aansprak en omdat de schaakvelden zich tot in het oneindige voortplantten in de spiegels van de wandkasten die aan weerszijden van het bed stonden. Op sommige dagen beschouwde hij deze verdubbeling als een wervelend raadsel, als iets bijna levends, wat opsteeg uit het schematische en regelmatige, net als gedachten en dromen opstijgen uit de neuronen van de hersenen en computerprogramma's uit binaire codes. Maar op dit moment hielden hem heel andere gedachten bezig.

'Ach, jochie. Wat is er toch met je moeder gebeurd?' vroeg hij.

August, die naast hem op de grond een broodje met kaas en augurk zat te eten, keek met een geconcentreerde blik op en Frans kreeg opeens het gevoel dat zijn zoon op het punt stond iets heel volwassens en verstandigs te zeggen. Maar dat was natuurlijk onzin.

August praatte net zomin als anders en wist niets van verwaarloosde, afgeleefde vrouwen, en dat het zelfs maar opkwam in Frans kwam natuurlijk door die tekeningen.

De tekeningen – het waren er inmiddels drie – kwamen hem op sommige momenten voor als bewijs van niet alleen artistiek en wiskundig talent, maar ook van een soort wijsheid. Ze leken zo rijp en gecompliceerd in hun geometrische precisie dat Frans ze niet kon rijmen met het idee dat zijn zoon verstandelijk beperkt was. Of liever gezegd: hij wilde het daar niet mee rijmen, want hij had uiteraard allang uitgevogeld wat er aan de hand was, en niet alleen omdat hij net als iedereen destijds *Rain Man* had gezien.

Als vader van een autistisch kind had hij natuurlijk al vroeg gehoord van het savantsyndroom, dat van toepassing is op mensen met ernstige cognitieve tekortkomingen die desondanks op bepaalde gebieden geweldige kwaliteiten hebben, talenten die vaak ook op de een of andere manier een fantastisch geheugen en oog voor detail behelzen. Frans had altijd al het vermoeden gehad dat veel ouders op die diagnose hoopten als een soort troostprijs. Maar het kwam niet vaak voor.

Volgens een gangbare schatting had slechts een op de tien autistische kinderen een savanttalent, en meestal waren het niet zulke spectaculaire als die van Rain Man in de film. Er waren bijvoorbeeld autisten die over een periode van enkele honderden jaren konden zeggen op welke dag van de week een bepaalde datum was gevallen, in uitzonderlijke gevallen zelfs over veertigduizend jaar.

Anderen bezaten encyclopedische kennis op een klein gebied, bijvoorbeeld busdienstregelingen of telefoonnummers. Sommigen konden hoofdrekenen met grote getallen of wisten nog precies van elke dag van hun leven wat voor weer het was geweest of konden op de seconde nauwkeurig zeggen hoe laat het was zonder op de klok te kijken. Er bestonden allerlei meer of minder merkwaardige talenten, en Frans meende te weten dat mensen die zulke eigenschappen hadden 'begaafde savants' werden genoemd, mensen die iets unieks konden, maar verder gehandicapt waren.

Verder was er een groep die veel zeldzamer was, en daarin hoopte Frans dat August thuishoorde. Dat waren de zogeheten geniale savants, mensen met sensationele talenten, hoe je het ook bekeek. Zo iemand was Kim Peek, die onlangs aan een hartaanval was overleden. Kim kon zichzelf niet aankleden en was zwaar verstandelijk gehandicapt. Toch kende hij twaalfduizend boeken uit zijn hoofd en kon hij vrijwel elke feitelijke vraag razendsnel beantwoorden. Hij was een soort levende databank. 'Kimputer' werd hij genoemd.

En dan had je musici als Leslie Lemke, een blinde, zwakbegaafde man die op zijn zestiende een keer midden in de nacht opstond en zonder enige scholing of oefening Tsjaikovski's eerste pianoconcert perfect speelde, nadat hij het stuk slechts één keer op televisie had gehoord.

Maar bovenal waren er mensen als Stephen Wiltshire, een autistische Engelse jongen, die als kind extreem teruggetrokken was en zijn eerste woord pas uitsprak toen hij al zes was – dat woord was 'papier'. Toen hij een jaar of acht à tien was, kon Stephen grote bouwwerken na één enkele duizelingwekkend korte blik perfect en tot in het kleinste detail tekenen. Op een dag vloog hij in een helikopter over Londen en keek hij naar de huizen en straten onder zich. Toen hij uitstapte, tekende hij de hele wemelende stad in een fantastisch panorama. Toch kopieerde hij niet alleen. Al vroeg bevatte zijn werk een eigen stijl en tegenwoordig werd hij beschouwd als een allround kunstenaar. Er waren meer jongens zoals hij. Bijna uitsluitend jongens.

Slechts een op de zes savants was een meisje. Dat hing waarschijnlijk samen met een van de voornaamste oorzaken van autisme: dat er soms te veel testosteron in de baarmoeder circuleert, en dan natuurlijk vooral bij jongens. Het testosteron kan het hersenweefsel van de foetus aantasten en dat gebeurt vrijwel altijd bij de linkerhersenhelft, waardoor die zich langzamer ontwikkelt en kwetsbaarder is. Het savantsyndroom is de compensatie van de rechterhersenhelft voor de beschadiging van de linker.

Maar doordat de hersenhelften verschillend zijn – in de linkerhelft bevindt zich het abstracte denken en het vermogen om grotere verbanden te zien – ontstaat er iets bijzonders, een nieuw soort perspectief, een speciale detailgerichtheid, en als Frans het allemaal goed had begrepen, hadden August en hij op een totaal verschillende manier naar dat voetgangerslicht gekeken. Niet alleen omdat de jongen er kennelijk veel meer op gefixeerd was, maar ook omdat Frans' hersenen alles wat niet belangrijk was meteen wegfilterden en zich concentreerden op waar het om ging: de veiligheid en de feitelijke boodschap, oversteken of blijven staan. Hoogstwaarschijnlijk was zijn blik ook door allerlei andere dingen vertroebeld, niet in de laatste plaats door Farah Sharif. Voor hem vloeide de oversteekplaats samen met de hele stroom van zijn herinneringen aan en illusies over haar, terwijl het stoplicht voor August alleen maar had geleken wat het ook werkelijk was.

Hij had zich er tot in het kleinste detail op gefixeerd, en ook op de man die de straat overstak en die Frans vaag bekend voorkwam. Daarna had August het beeld als een scherpe ets in zijn gedachten met zich meegedragen, en pas na een paar weken kreeg hij behoefte die te uiten, en het merkwaardigste van alles: hij had meer gedaan dan alleen het verkeerslicht en de man weergeven. Hij had ze geladen met een verontrustend licht, en Frans kon zich maar niet losmaken van de gedachte dat August meer wilde zeggen dan: 'Kijk eens wat ik kan!' Voor de zoveelste keer staarde hij naar de tekening, en toen was het alsof er een naald in zijn hart werd gestoken.

Hij werd bang. Hij begreep het niet goed. Maar er was iets met de man op die tekening. Zijn ogen glansden en waren hard. Zijn kaken stonden strak en zijn lippen waren wonderlijk smal, bijna afwezig, alsof dat een kleinigheid was die geen kwaad kon. Toch zag hij er angstaanjagender uit naarmate Frans langer naar hem keek, en plotseling werd hij bevangen door een ijselijke angst, alsof hij een waarschuwing kreeg.

'Ik hou van je, jongen,' mompelde hij zonder zich er goed van bewust te zijn wat hij zei, en waarschijnlijk herhaalde hij die zin een paar keer, want de woorden klonken hem steeds vreemder in de oren.

Hij besefte met een nieuw soort pijn dat hij ze nog nooit eerder had uitgesproken, en toen hij van de eerste schrik was bekomen had hij het gevoel dat hij ze volstrekt onwaardig was. Was er een uniek talent nodig om te maken dat hij van zijn eigen kind hield? Dat zou dan wel erg typerend zijn. Hij was zijn hele leven al zo krampachtig resultaatgericht.

Wat niet scheppend of hoogbegaafd was, had hem nooit iets kunnen schelen, en toen hij uit Zweden was vertrokken en naar Silicon Valley was gegaan, had hij amper een gedachte aan August gewijd. Zijn zoon was hoofdzakelijk een irritatiefactor voor de baanbrekende dingen die Frans zou gaan ontdekken.

Maar nu zou daar verandering in komen, nam hij zich voor. Hij zou zijn onderzoek vergeten en al die andere dingen die hem de afgelopen maanden hadden gekweld en opgejaagd, en zich alleen nog aan zijn zoon wijden.

Hij zou een ander mens worden, ondanks alles.

5
20 NOVEMBER

Hoe Gabriella Grane bij de Säpo terecht was gekomen begreep niemand, zijzelf al helemaal niet. Ze was vroeger zo'n meisje dat door iedereen een stralende toekomst werd voorspeld. Dat ze nu al drieëndertig was en niet beroemd of vermogend en zelfs niet getrouwd – niet alleen niet rijk, maar helemaal niet – baarde haar oude vriendinnen van Djursholm zorgen.

'Wat is er toch met je gebeurd, Gabriella? Blijf je nu je hele leven bij de politie?'

Meestal had ze niet de fut om iets terug te zeggen of erop te wijzen dat ze niet zomaar een agent was maar een zorgvuldig uitgekozen analist en dat ze tegenwoordig veel belangrijkere stukken schreef dan ze bij het ministerie van Buitenlandse Zaken of als zomercolumnist bij *Svenska Dagbladet* ooit had gedaan. Bovendien mocht ze over de meeste dingen sowieso niets zeggen. Dan kon ze maar beter haar mond houden en zich niets aantrekken van al dat idiote statusgedoe, en gewoon accepteren dat een baan bij de veiligheidsdienst door haar mondaine kennissen, en al helemaal door haar intellectuele vrienden, als een absoluut dieptepunt werd beschouwd.

In hun ogen was de Säpo een stelletje rechtse sukkels die uit verholen racistische motieven achter Koerden en Arabieren aan zaten en er niet voor terugdeinsden grove misdaden en vergrijpen te plegen om oude Russische topspionnen te beschermen en ja, daar was ze het soms wel mee eens. Er was inderdaad sprake van incompetentie en ongezonde inschattingen in de organisatie, en de affaire-Zalachenko bleef een grote schandvlek. Maar dat was niet alles. Er werd hier ook interessant en belangrijk werk gedaan, vooral nu, na alle reorganisaties, en soms vermoedde ze dat juist hier bij de veiligheidsdienst de echt interessante ideeën werden uitgesproken, of toch in elk geval dat men hier, en niet op de opiniepagina's van de kranten of in academische zaaltjes, het best begreep welke omwenteling er in de wereld gaande was. Toch vroeg ze zich ook vaak af: hoe ben ik hier terechtgekomen en waarom blijf ik hier?

Vermoedelijk kwam het gedeeltelijk door vleierij. Niemand minder dan de nieuwe directeur van de Säpo, Helena Kraft, had contact met haar opgenomen en gezegd dat de veiligheidsdienst na alle rampen en affaires op een andere manier aan personeel moest komen. We moeten meer denken zoals de Britten, had ze gezegd, en 'de grootste talenten van de universiteit aan ons binden, en eerlijk gezegd, Gabriella, is er geen betere dan jij' – en meer had ze niet nodig gehad.

Gabriella werd benoemd tot analist bij de afdeling Contraspionage en stapte later over naar Bedrijfsbescherming. En ook al was ze niet geschikt in die zin dat ze vrouw was, jong en bovendien nog knap op een wat ondeugende manier, in alle andere opzichten was ze dat wel. Ze werd wel 'papa's kindje' en 'kakmadam' genoemd, en dat zorgde voor wat onnodige frictie. Maar verder was ze een toprekrutering: snel, ontvankelijk en met het vermogen om *out of the box* te denken. Bovendien sprak ze Russisch.

Dat had ze naast haar studie aan de Economische Hogeschool in Stockholm geleerd, waar ze natuurlijk een modelstudent was maar het eigenlijk nooit erg naar haar zin had. Ze droomde van iets beters dan een leven in de zakenwereld, en na haar afstuderen solliciteerde ze bij Buitenlandse Zaken, waar ze uiteraard werd aangenomen maar ook daar vond ze het niet erg stimulerend; de diplomaten waren te stijf en te gelikt. In die periode kwam Helena Kraft bij haar, en nu zat ze al vijf jaar bij de Säpo en was ze langzamerhand geaccepteerd als het talent dat ze ook was, al was het niet altijd gemakkelijk geweest.

Het was vandaag ook niet gemakkelijk geweest, en niet alleen door dat vervloekte weer. Haar afdelingshoofd, Ragnar Olofsson, was met een chagrijnig en humorloos gezicht haar kamer binnengevallen en had opgemerkt dat ze 'verdomme' niet moest flirten als ze ergens een opdracht uitvoerde.

'Flirten?' vroeg ze.

'Er zijn hier bloemen bezorgd.'

'Dus dat is mijn schuld?'

'Het lijkt me dat jij daar verantwoordelijk voor bent, ja. We moeten in het veld correct en sober optreden. We vertegenwoordigen een zeer essentiële overheidsdienst.'

'Heerlijk, Ragnar! Van jou kun je altijd iets leren. Nu snap ik eindelijk dat het mijn schuld is dat de veiligheidschef van Ericsson geen onderscheid kan maken tussen een gewone beleefde ontmoeting en een flirt. En nu begrijp ik ook eindelijk dat het mijn verantwoordelijkheid is dat sommige mannen er zulke wilde dromen op na houden dat ze in een eenvoudige glimlach een seksuele uitnodiging zien.'

'Stel je niet aan,' zei Ragnar, en hij liep weg.

Achteraf had ze spijt. Zo'n uitval leidde maar zelden tot iets goeds. Aan de andere kant had ze dit soort vuiligheid al veel te lang over haar kant laten gaan. Het werd tijd om voor zichzelf op te komen. Snel ruimde ze haar bureau op, en ze pakte een analyse van het Britse GCHQ over Russische bedrijfsspionage bij Europese softwareproducenten waar ze nog niet aan toe was gekomen. Toen ging de telefoon. Het was Helena Kraft, en daar fleurde Gabriella van op. Helena had haar nog nooit gebeld om te klagen of te zeuren, integendeel.

'Ik kom meteen ter zake,' zei Helena. 'Ik heb iemand uit Amerika aan de lijn over iets wat misschien dringend is. Wil jij dat overnemen op je Cisco-telefoon? We hebben gezorgd voor een veilige lijn.'

'Natuurlijk.'

'Goed. Ik wil dat je de informatie voor me interpreteert en beoordeelt of het belangrijk is. Het klinkt serieus, maar ik krijg een beetje de kriebels van die vrouw – die trouwens zegt dat ze je kent.'

'Verbind maar door.'

Het was Alona Casales van de NSA in Maryland, ook al vroeg Gabriella zich even af of ze het wel echt was. Toen ze elkaar onlangs hadden ontmoet op een conferentie in Washington D.C. was Alona een zelfverzekerde, charismatische spreker geweest over wat ze ietwat eufemistisch '*active signals intelligence*' had genoemd – dat wil zeggen hacken – en na afloop hadden Gabriella en zij een tijdje met een drankje in de hand na staan praten. Gabriella was haast onwillekeurig gefascineerd geraakt. Alona rookte cigarillo's en had een donkere, sensuele stem, waarmee ze graag slagvaardige oneliners debiteerde en vaak zinspeelde op seks. Maar nu, aan de telefoon, wekte ze een gestreste indruk en een paar keer verloor ze om onbegrijpelijke redenen de draad van haar verhaal.

Alona werd niet zo gauw nerveus en had normaal gesproken geen moeite zich op een onderwerp te concentreren. Ze was achtenveertig, groot van stuk, rondborstig, openhartig en met twee intelligente oogjes waar iedereen onzeker van werd. Het leek wel of ze dwars door mensen heen kon kijken. Je kon haar ook niet beschuldigen van erg veel respect voor haar superieuren. Ze schold iedereen uit – al was de minister van Justitie op bezoek – en dat was ook een van de redenen waarom Ed the Ned haar graag mocht. Ze maakten zich geen van beiden overdreven druk over hun eigen positie. Het enige waar het hun om ging, was talent, en daarom stelde een hoofd van de veiligheidsdienst van een klein land als Zweden in Alona's ogen niets voor.

Toch was ze, nadat de gebruikelijke telefoonchecks waren uitgevoerd, de kluts volkomen kwijtgeraakt. Dat had echter niets met die Helena Kraft te maken. Het kwam door de explosie in het kantoorlandschap achter haar, die net op dat moment plaatsvond. Ze waren allemaal wel gewend aan Eds woede-uitbarstingen. Hij kon zomaar om niets schreeuwen en met zijn vuist op tafel slaan. Maar iets zei haar onmiddellijk dat dit van een andere orde was.

De man leek totaal verlamd en terwijl Alona aan de telefoon een paar verwarde zinnen uitkraamde, gingen de mensen om Ed heen staan. Sommigen pakten hun telefoon en iedereen, zonder uitzondering, zag er opgewonden of geschrokken uit. Maar Alona was zo stom – of was het de schrik? – dat ze niet ophing met de mededeling dat ze het later nog wel een keer zou proberen. Ze liet zich gewoon doorverbinden en kwam geheel volgens plan terecht bij Gabriella Grane, die aantrekkelijke jonge analist die ze in Washington had ontmoet en die ze toen meteen had geprobeerd te versieren; en ook al was dat niet gelukt, Alona had er toch een gevoel van intense voldoening aan overgehouden.

'Hé, hallo zeg,' zei ze. 'Hoe gaat het met jou?'

'Goed, hoor,' antwoordde Gabriella. 'Het is hier verschrikkelijk slecht weer, maar verder gaat het goed.'

‘Het was leuk toen in Washington, hè?’

‘Absoluut, heel gezellig. Ik had wel de hele volgende dag nog een kater. Maar ik neem aan dat je niet belt om me mee uit te vragen.’

‘Nee, jammer genoeg niet. Ik bel omdat we een ernstige dreiging hebben opgevangen tegen een Zweedse onderzoeker.’

‘Tegen wie?’

‘Het was heel lastig om de informatie goed te interpreteren of zelfs maar door te krijgen om welk land het ging. Er werden vage codes gebruikt en een groot deel van de communicatie was versleuteld en onmogelijk te kraken, maar toch, zoals zo vaak, met behulp van kleine puzzelstukjes ... hé, verdomme ...’

‘Wat zeg je?’

‘Wacht even!’

Alona’s computer begon te knipperen. Toen viel hij helemaal uit, en ze begreep dat dat overal in het kantoor gebeurde. Even vroeg ze zich af wat ze moest doen. Ze ging door met het telefoongesprek, voorlopig althans; misschien was de stroom alleen maar uitgevallen, hoewel het licht het overal nog wel deed.

‘Ik wacht,’ zei Gabriella.

‘Dank je wel, heel vriendelijk van je. Neem me niet kwalijk. Het is hier één grote chaos. Waar was ik?’

‘Je had het over puzzelstukjes.’

‘O ja, inderdaad, we telden een paar dingen bij elkaar op. Er is altijd wel iemand onvoorzichtig, hoe professioneel ze ook willen zijn, of iemand die ...’

‘Ja?’

‘... praat, een adres of zo noemt, in dit geval een ...’

Alona zweeg weer. Niemand minder dan *commander* Jonny Ingram, een van de hoogste bazen van de organisatie, met contacten tot in het Witte Huis, was binnengekomen. Hij probeerde weliswaar net zo cool en superieur te kijken als anders – hij maakte zelfs een grapje tegen een paar mensen verderop –, maar daar trapte niemand in. Onder zijn opgedofte, gebruinde uiterlijk – al sinds zijn tijd als hoofd van het encryptiecentrum van de NSA in Oahu was hij het hele jaar bruin – was nervositeit in zijn ogen te zien, en nu leek hij ieders aandacht te willen hebben.

‘Hallo? Ben je er nog?’ vroeg Gabriella aan de andere kant van de lijn.

'Ik moet ophangen. Ik bel je nog wel een keer,' zei Alona, en ze verbrak de verbinding. Op dat moment werd ze pas echt ongerust.

Aan alles was te merken dat er iets vreselijks was gebeurd, misschien wel weer een grote terroristische aanslag. Maar Jonny Ingram hield zijn geruststellende toneelstukje vol, en ook al wrong hij zijn handen en stond het zweet op zijn bovenlip en op zijn voorhoofd, hij benadrukte steeds weer dat er niets ernstigs was gebeurd. Het ging om een virus, zei hij, dat zich ondanks alle veiligheidsmaatregelen in hun intranet had genesteld.

'We hebben onze servers voor de zekerheid gesloten,' zei hij, en even was de stemming inderdaad kalmer. Een virus, wat zou dat? leken de medewerkers te denken. Dat kan toch niet veel kwaad?

Maar daarna had Jonny Ingram veel woorden nodig en bleef hij vaag, en Alona kon niet nalaten te roepen: 'Wees toch duidelijk!'

'We weten nog niet zoveel; het is nog maar net gebeurd. Maar misschien was het een cyberaanval. We komen erop terug zodra we meer weten,' antwoordde hij, nu toch weer onmiskenbaar ongerust, en toen ontstond er geroezemoes in het kantoor.

'Zijn het de Iraniërs weer?' vroeg iemand.

'We denken ...' vervolgde Ingram.

Verder kwam hij niet. De man die daar eigenlijk al die tijd al had moeten staan en had moeten uitleggen wat er was gebeurd, onderbrak hem bruusk en kwam met zijn grote lijf overeind, en je moest toegeven dat hij er op dat moment imposant uitzag. Ed Needham mocht dan net nog overdonderd en geschrokken zijn geweest, nu straalde hij een enorme vastberadenheid uit.

'Nee,' brieste hij. 'Het is een hacker, een godverdomde superhacker, die ik zijn ballen af zal hakken, neem dat maar van me aan.'

Gabriella Grane had net haar jas aangetrokken om naar huis te gaan toen Alona Casales weer belde. Eerst was ze kwaad, en niet alleen wegens de verwarring van het vorige gesprek. Ze wilde weg voordat de storm helemaal niet meer om door te komen was. Volgens het weerbericht op de radio zou die nog aanwakkeren tot windkracht 11 en de temperatuur zou dalen tot min tien, en daar was ze veel te dun voor gekleed.

'Sorry dat het even duurde,' zei Alona. 'Het was hier vanmorgen een gekkenhuis. Volslagen chaos.'

'Hier ook,' antwoordde Gabriella beleefd, en ze keek op haar horloge.

'Maar zoals ik al zei: ik heb een belangrijk bericht, dat denk ik tenminste. Het is niet zo gemakkelijk in te schatten. Ik ben een groep Russen in kaart aan het brengen, had ik dat al gezegd?' vervolgde Alona.

'Nee.'

'Nou ja, er zijn waarschijnlijk ook Duitsers en Amerikanen bij betrokken en misschien ook wel een paar Zweden.'

'Over wat voor groep hebben we het dan?'

'Criminelen. Geraffineerde criminelen, mag ik wel zeggen, die geen banken meer beroven of drugs verkopen, maar bedrijfsgeheimen en vertrouwelijke zakelijke informatie stelen.'

'*Black hats*.'

'Het zijn niet zomaar hackers. Ze doen ook aan afpersing en omkoping. En misschien ook wel aan zoiets ouderwets als moord. Maar eerlijk gezegd heb ik nog niet veel over hen, afgezien van een paar codenamen en onbevestigde links. En een paar echte namen, van jonge ICT-ingenieurs op vrij lage posities. De groep houdt zich bezig met bedrijfsspionage op hoog niveau, en daarom is het bericht ook op mijn bureau terechtgekomen. We zijn bang dat Amerikaanse speerpunttechnologie in Russische handen is gekomen.'

'Ik begrijp het.'

'Maar het is niet zo gemakkelijk achter hun identiteit te komen. Ze versleutelen alles goed en wat ik ook probeerde, ik ben niet dichter bij de top gekomen dan dat ik heb opgevangen dat de leider Thanos wordt genoemd.'

'Thanos?'

'Ja, een verwijzing naar Thanatos, de god van de dood in de Griekse mythologie. De zoon van Nyx, de nacht, en de tweelingbroer van Hypnos, de slaap.'

'Tjonge, wat dramatisch.'

'Eerder kinderachtig. Thanos is een slechterik in Marvel Comics, je weet wel, die strip met helden als de Hulk, Iron Man en Captain America. Dat is al niet erg Russisch, maar het is vooral ... hoe moet ik het zeggen ...'

'Flauw, maar toch ook arrogant?'

'Ja, alsof het een stel opschepperige studenten is dat de spot met ons drijft, en dat ergert me. Er zijn in dit verhaal eerlijk gezegd een heleboel dingen die me ergeren, en daarom was ik natuurlijk meteen alert toen onze *signals intelligence* erachter kwam dat er misschien een overloper in het netwerk zat, iemand die ons misschien wat inside-information kon geven – als we die tenminste eerder te pakken konden krijgen dan de hackers zelf. Maar nu we er nog eens beter naar hebben gekeken, hebben we ontdekt dat het niet zo zat als we dachten.'

'In welk opzicht?'

'Er was geen crimineel die was overgelopen, maar een eerzame man die was gestopt bij een bedrijf waar die organisatie mollen in heeft zitten, iemand die waarschijnlijk toevallig achter iets heel belangrijks is gekomen.'

'Ga door.'

'Onze inschatting is dat die man nu ernstig in gevaar is. Hij heeft bescherming nodig. Maar tot voor kort hadden we geen idee waar we hem moesten zoeken. We wisten zelfs niet bij welk bedrijf hij werkte. Maar nu denken we dat we hem hebben geïdentificeerd,' vervolgde Alona. 'Weet je, onlangs liet een van die figuren zich iets ontvallen over die man, want hij zei dat "met hem al die klote t's in rook opgegaan" waren.'

'Klote t's?'

'Ja, dat klonk natuurlijk cryptisch en raar, maar het had het voordeel dat het heel specifiek en uitermate bruikbaar was. Nou, "klote t's" als zodanig leverde niets op, maar "t's" in het algemeen wel: woorden die met een t beginnen, en dan in relatie tot een vermoedelijk hoogtechnologisch bedrijf, kwamen de hele tijd op hetzelfde uit: Nicolas Grant en zijn stelregel "tolerantie, talent en toegankelijkheid".'

'Dus we hebben het over Solifon,' zei Gabriella.

'Dat denken we wel, ja. Het leek in elk geval alsof alles op zijn plaats viel, en daarom gingen we uitzoeken wie er in de afgelopen periode bij Solifon is weggegaan. Eerst leverde dat niets op. Er komen en gaan bij dat bedrijf natuurlijk voortdurend mensen. Ik geloof zelfs dat dat een van hun principes is. De talenten moeten erin en eruit stromen. Maar toen gingen we over die "t's" nadenken. Weet je wat Grant daarmee bedoelt?'

'Niet echt, nee.'

'Het is zijn recept voor creativiteit. Met tolerantie bedoelt hij dat je tolerant moet zijn ten aanzien van andere ideeën en andere mensen. Hoe meer je openstaat voor mensen die anders zijn of voor minderheden in het algemeen, hoe ontvankelijker je ook bent voor andersoortig denken. Een beetje zoals Richard Florida, weet je wel, en zijn "Gay index". Waar tolerantie bestaat voor mensen zoals ik, bestaat ook meer openheid en creativiteit.'

'Te homogene en discriminerende organisaties bereiken niets.'

'Precies. En talent ... Ja, talenten behalen volgens Florida niet alleen goede resultaten, ze trekken ook andere begaafde mensen aan. Ze creëren een omgeving waar mensen willen zijn. En Grant heeft vanaf het eerste moment meer geprobeerd de genieën in de branche naar zich toe te lokken dan de juiste specialisten. Laat het talent maar bepalen welke kant we opgaan, en niet andersom, vond hij.'

'En toegankelijkheid?'

'Dat die talenten toegankelijk zijn. Je moet niet eerst door een ingewikkelde bureaucratie heen hoeven breken om bij hen te komen. Je moet geen afspraak hoeven maken en met secretaresses hoeven praten. Je moet gewoon bij hen binnen kunnen lopen en met hen in discussie kunnen gaan. De ideeën moeten ongehinderd heen en weer kunnen vliegen, en zoals je ongetwijfeld weet, was Solifon ook een uniek succesverhaal. Ze hebben baanbrekende technologie geleverd voor allerlei toepassingen, ook – onder ons gezegd en gezwegen – bij ons, bij de NSA. Maar toen kwam er een nieuw genie, een landgenoot van jou, en met hem ...'

'... gingen alle t's in rook op.'

'Precies.'

'En dat was Frans Balder.'

'Inderdaad. Ik denk dat hij normaal geen probleem heeft met tolerantie; ook niet met toegankelijkheid trouwens. Maar hij verspreidde al meteen een soort gif en vertikte het ook maar iets van zijn kennis met anderen te delen. In no time wist hij de goede sfeer onder de toponderzoekers van het bedrijf te verzieken, zeker toen hij mensen ervan begon te beschuldigen dat het dieven en epigonen waren. Bovendien maakte hij ruzie met de eigenaar, Nicolas Grant. Maar Grant wilde niet vertellen waar het om ging – alleen dat het een privézaak was. Korte tijd later zegde Balder zijn baan op.'

'Ik weet het.'

'Ja, en de meeste mensen waren waarschijnlijk blij dat hij wegging. De sfeer verbeterde en de mensen begonnen elkaar weer zo'n beetje te vertrouwen. Maar Nicolas Grant was niet blij, en zijn advocaten al helemaal niet. Balder had het werk dat hij bij Solifon had ontwikkeld meegenomen en daar heerste algemeen het gevoel – misschien juist doordat hij niemand had ingewijd en de geruchten over elkaar heen buitelden – dat hij iets sensationeels aan het ontwikkelen was, iets revolutionairs voor de kwantumcomputer waarmee Solifon bezig was.'

'En juridisch gezien was dat eigendom van het bedrijf en niet van hem persoonlijk.'

'Precies. Dus hoewel Balder klaagde over diefstal was hijzelf uiteindelijk de dief, en het zal waarschijnlijk niet lang meer duren of het komt tot een knetterende rechtszaak, als Balder die topadvocaten tenminste niet kan afschrikken met wat hij weet. Zijn informatie is zijn levensverzekering, denkt hij, en dat kan wel zo zijn, maar in het ergste geval wordt het ook ...'

'... zijn dood.'

'Daar ben ik wel bang voor,' vervolgde Alona. 'We krijgen steeds sterkere aanwijzingen dat er iets ernstigs wordt voorbereid, en nu begreep ik van jouw baas dat jij ons met een paar puzzelstukjes kunt helpen.'

Gabriella wierp een blik op de storm buiten en verlangde hevig naar huis, weg van dit alles. Toch trok ze haar jas uit en ging ze, met een zeer ongerust gevoel, weer op haar stoel zitten.

'Waar willen jullie mijn hulp bij hebben?'

'Wat denk je dat hij te weten is gekomen?'

'Betekent dat dat jullie er niet in zijn geslaagd hem af te luisteren of te hacken?'

'Daar kan ik niet op ingaan, schat. Maar wat denk jij?'

Gabriella dacht terug aan die keer, nog niet zo lang geleden, dat Frans Balder hier in de deuropening stond en mompelde dat hij droomde van 'een nieuw leven' – wat dat ook mocht betekenen.

'Ik neem aan dat je weet,' zei ze, 'dat Balder meende dat zijn werk hier in Zweden al gestolen was. Onze militaire dienst voor het onderscheppen van radiosignalen, de FRA, heeft er best grondig onderzoek naar gedaan en hem gedeeltelijk gelijk gegeven, al kwamen ze er niet helemaal uit. In die tijd heb ik Balder voor het eerst ontmoet en ik mocht hem niet direct. Hij kletste me de oren van de kop en was blind voor alles wat niet over hem en zijn werk ging. Ik weet nog dat ik dacht dat geen enkele vooruitgang zo'n eenzijdigheid waard was. Als je die houding moet hebben om wereldberoemd te worden, dan zou ik dat niet willen, zelfs niet in mijn dromen. Maar misschien was ik een beetje bevooroordeeld door het vonnis tegen hem.'

'Dat over de voogdij?'

'Ja, hij had toen net het recht verspeeld om voor zijn autistische zoon te zorgen, omdat hij niet naar hem omkeek en niet eens had gemerkt dat de jongen een hele boekenkast op zijn hoofd had gekregen, en toen ik hoorde dat hij bij Solifon alles en iedereen tegen zich in het harnas had gejaagd, kon ik me dat heel goed voorstellen. Net goed, dacht ik toen.'

'Maar later?'

'Hij kwam terug en toen werd er hier intern gezegd dat hij beveiliging nodig had en toen sprak ik hem weer. Het is nog maar een paar weken geleden en het was eigenlijk ongelooflijk. Hij was totaal veranderd. Niet alleen omdat hij zijn baard had afgeschoren, zijn haar had laten knippen en was afgevallen. Hij had ook niet meer zo'n grote mond, was zelfs een beetje onzeker. Van die bezetenheid was niets meer over en ik weet nog dat ik vroeg of hij zich zorgen maakte over de processen die hem te wachten stonden. Weet je wat hij zei?'

'Nou?'

'Hij was ontzettend sarcastisch en zei dat hij zich geen zorgen maakte, omdat we voor de wet allemaal gelijk zijn.'

'En wat bedoelde hij daarmee?'

'Dat we hetzelfde worden behandeld als we hetzelfde betalen. In zijn wereld, zei hij, was de wet alleen maar een zwaard waarmee mensen zoals hij werden doorboord. Dus ja, hij maakte zich zorgen. Ook omdat hij dingen wist waar hij mee in zijn maag zat, zelfs al waren het dingen die hem konden redden.'

'Maar hij zei niet wat voor dingen dat waren?'

'Hij wilde zijn enige troefkaart niet verspelen, zei hij. Hij wilde wachten en kijken hoever zijn tegenstander bereid was te gaan. Maar ik merkte dat hij geschokt was, en op een gegeven moment liet hij zich ook ontvallen dat er mensen waren die het op hem gemunt hadden.'

'Hoezo?'

'Hij bedoelde het niet fysiek. Ze hadden het vooral voorzien op zijn werk en zijn eer, zei hij. Maar ik ben er niet zo zeker van dat hij echt dacht dat het daarbij zou blijven, dus ik stelde hem voor een waakhond aan te schaffen. Ik vond sowieso een hond uitstekend gezelschap voor een man die in een veel te groot huis in een voorstad woonde. Maar dat wees hij van de hand. Ik kan nu geen hond hebben, zei hij nijdig.'

'Waarom niet, denk je?'

'Ik weet het niet. Maar ik had het idee dat hem iets dwarszat en hij protesteerde niet erg toen ik ervoor zorgde dat hij een nieuw, geavanceerd alarm in zijn huis kreeg. Dat is net geïnstalleerd.'

'Door wie?'

'Een beveiligingsbedrijf waar wij vaak mee werken: Milton Security.'

'Goed. Heel goed. Maar ik wil toch voorstellen dat jullie hem naar een veilige plaats overbrengen.'

'Is het zo erg?'

'Er dreigt in elk geval gevaar, en dat is genoeg, toch?'

'Jazeker,' zei Gabriella. 'Kun je iets van documentatie sturen? Dan zal ik meteen met mijn baas gaan praten.'

'Ik zal kijken. Maar ik weet niet wat ik nu kan uitrichten. We hebben ... vrij ernstige computerproblemen.'

'Kunnen jullie je dat als dienst veroorloven?'

'Nee, je hebt gelijk, helemaal gelijk. Ik meld me wel weer, schat,' zei ze, en ze hing op. Gabriella bleef een paar seconden doodstil naar buiten zitten kijken. De storm sloeg steeds woester tegen het raam.

Toen pakte ze haar Blackphone en belde ze Frans Balder. Een paar keer. Niet alleen om hem te waarschuwen en ervoor te zorgen dat hij zo spoedig mogelijk naar een veilige plaats ging, maar ook omdat ze opeens zin had om met hem te praten en erachter te komen wat hij had bedoeld met de woorden: 'De laatste dagen droom ik van een heel nieuw leven.'

Maar zonder dat iemand het wist of zelfs maar zou hebben geloofd, was Frans Balder druk bezig zijn zoon nog een tekening te laten maken waar die eigenaardige gloed als van een andere wereld uit oplichtte.

6
20 NOVEMBER

De woorden knipperden op de computer: MISSION ACCOMPLISHED!

Plague schreeuwde het uit met een hese, haast waanzinnige stem, en dat was misschien wat onvoorzichtig. Maar de buren, als ze het toevallig al hoorden, hadden toch geen idee waar het om ging. Plagues huis leek nou niet meteen een plek waar veiligheidscoups op het hoogste internationale niveau werden gepleegd.

Het zag er eerder uit als de verblijfplaats van een zwerver. Plague woonde aan de Högklintaväg in Sundbyberg, een buitengewoon onspectaculaire omgeving met trieste, vier verdiepingen hoge flats van verbleekte baksteen, en over het appartement zelf viel werkelijk niets goeds te zeggen. Het stonk er niet alleen muf en bedompt, op zijn bureau lag ook allerlei rommel: restjes van McDonald's, Coca-Cola-blikjes, verfrommelde papiertjes met aantekeningen, koekkruimels, niet afgewassen koffiekopjes en lege snoepzakjes. En hoewel een deel van de troep wonderbaarlijk genoeg in de prullenbak terecht was gekomen, was die al weken niet geleegd. Je kon geen meter lopen zonder dat je broodkruimels en andere korrels onder je voeten voelde. Maar wie hem kende, zou zich daar niet over verbazen.

Plague was ook verder iemand die niet douchte en geen schone kleren aantrok als het niet nodig was. Hij bracht al zijn tijd door achter de computer en ook in periodes van minder extreme werkdruk zag hij er bedroevend uit: te zwaar, papperig en onverzorgd, zij het met iets wat moest lijken op een modieus sikje. Maar dat was allang veranderd in een vormeloos struikje. Plague was boomlang maar had een scheve houding en hij kreunde meestal als hij liep. Maar hij kon wel iets.

Achter de pc was hij een virtuoos, een hacker die ongehinderd door de cyberruimte vloog en die op dat terrein maar door één persoon overtroffen werd, door een vrouw om precies te zijn. Alleen al zijn vingers over de toetsen te zien dansen was een lust voor het oog. In de virtuele wereld was hij net zo licht en lenig als hij in de andere, meer tastbare wereld zwaar en lomp was. En terwijl een bovenbuurman, meneer Jansson waarschijnlijk, nu op de vloer bonkte, reageerde hij op het bericht dat hij had ontvangen.

Wasp, je bent geniaal. Ze zouden een standbeeld voor je moeten oprichten!

Toen leunde hij met een verzaligde glimlach achterover in zijn stoel en probeerde hij na te gaan wat er allemaal was gebeurd, of eigenlijk nog iets langer te genieten van de overwinning voordat hij Wasp wilde uithoren over alle details om er zeker van te zijn dat ze al haar sporen had uitgewist. Niemand mocht hen kunnen traceren, niemand!

Grote organisaties dwarszitten hadden ze wel vaker gedaan. Maar dit was van een totaal andere orde. Veel hackers, ook binnen het exclusieve gezelschap waartoe hij behoorde, de zogeheten Hackerrepubliek, hadden zich ertegen verzet, niet in de laatste plaats Wasp zelf. Ze ging als het moest het gevecht aan met elke overheidsinstelling of ieder individu, maar ze hield er niet van om ze lastig te vallen om het lastigvallen.

Ze was niet gediend van dat soort hackersgedoe. Ze drong niet alleen maar in supercomputers binnen om aandacht te trekken. Wasp wilde altijd een duidelijk doel hebben, en ze maakte altijd van die vervloekte consequentieanalyses. Ze woog de risico's op lange termijn af tegen de vervulling van de kortetermijnbehoeften, en zo bezien was het niet erg slim om de NSA te hacken. Toch had ze zich laten overhalen; waarom begreep eigenlijk niemand.

Misschien had ze een oppepper nodig. Misschien wist ze niet meer wat ze moest doen en wilde ze een beetje chaos creëren om zich niet dood te vervelen. Of misschien had ze, zoals sommige groepsleden beweerden, al een conflict met de NSA en was dit alleen maar haar persoonlijke wraak. Maar anderen plaatsten zelfs daar vraagtekens bij en zeiden dat ze al ergens naar op jacht was sinds haar vader Alexander Zalachenko in het Sahlgrenska Ziekenhuis in Göteborg was vermoord.

Maar niemand wist het zeker. Wasp had altijd al zo haar geheimen gehad, en eigenlijk maakte het niet uit waarom ze het deed; dat probeerden ze zichzelf tenminste wijs te maken. Als ze hen wilde helpen moesten ze dat gewoon dankbaar aannemen en zich er geen zorgen over maken dat ze aanvankelijk niet erg enthousiast leek of zelfs helemaal geen emotie toonde. Ze lag in elk geval niet meer dwars, en dat was al heel wat.

Met Wasp erbij was het project kansrijker, en meer dan wie ook wisten de mensen van de Hackerrepubliek dat de NSA zijn bevoegdheden de afgelopen jaren schromelijk had overschreden. Tegenwoordig luisterde de dienst niet slechts terroristen en mensen die een potentieel veiligheidsrisico vormden af, en zelfs niet meer alleen belangrijke gezagsdragers zoals buitenlandse staatshoofden of andere machthebbers, maar iedereen, vrijwel iedereen. Miljoenen, miljarden, biljoenen telefoongesprekken, mailwisselingen en internetactiviteiten werden bespioneerd en opgeslagen, en zo groef de NSA zich steeds dieper in het privéleven van mensen in, elke dag een stapje verder, en werd hij één groot, wakend boos oog.

Nu was niemand bij de Hackerrepubliek wat dat betreft heilig. Ze waren allemaal digitale terreinen binnengedrongen waar ze helemaal niets te zoeken hadden. Dat waren nu eenmaal de regels van het spel. Een hacker was grensoverschrijdend in goede én in kwade zin, hij had uit de aard van zijn bezigheden lak aan regels, hij veranderde normen en vergrootte kennis, en bekommerde zich niet altijd om het onderscheid tussen privé en openbaar.

Maar ze waren niet amoreel en ze wisten bovendien, ook uit eigen ervaring, dat macht corrumpeert, vooral macht zonder toezicht, en het stond hun absoluut niet aan dat de ergste en meest gewetenloze hackeraanvallen niet meer door individuele rebellen en bandieten werden uitgevoerd, maar door overheidskolossen die hun bevolking in de gaten wilden houden. Daarom hadden Plague, Trinity, Bob the Dog, Flipper, Cod, Cat en de rest van de Hackerrepubliek besloten terug te slaan door de NSA te hacken en op een andere manier lastig te vallen.

Dat was echter nog niet zo eenvoudig. Het was zoiets als goud stelen uit Fort Knox, en overmoedige idioten als ze waren, wilden ze niet alleen maar in het systeem komen. Ze wilden het ook overnemen. Ze wilden een supergebruiker worden, of een *Root* in Linux-taal, en om dat voor elkaar te krijgen, moesten ze onbekende beveiligingsgaten, zogenaamde *zero-days*, zien te vinden, eerst op het serverplatform van de NSA en daarna verder in het intranet van de dienst, NSANet, van waaruit de signals intelligence over de hele wereld plaatsvond.

Zoals gewoonlijk begonnen ze met wat *social engineering*. Ze moesten namen hebben van systeembeheerders en ICT-analisten die over de gecompliceerde intranetwachtwoorden beschikten en het zou ook geen kwaad kunnen als ze een of andere nitwit vonden die slordig omging met de veiligheidsregels, en jawel, via hun eigen kanalen kregen ze vier, vijf, zes namen, onder wie een zekere Richard Fuller.

Richard Fuller werkte bij het NISIRT, het NSA Information Systems Incident Response Team, dat het intranet van de dienst bewaakte en continu op zoek was naar lekken en infiltranten. Richard Fuller was een modelman: een aan Harvard afgestudeerd jurist, Republikein, voormalig quarterback, een voorbeeldige Amerikaan als je zijn cv moest geloven. Maar Bob the Dog kwam er via een vroeger vriendinnetje achter dat hij zonder dat iemand het wist manisch-depressief was en misschien ook verslaafd aan cocaïne.

Als hij opgewonden raakte, beging hij allerlei stommiteiten, zoals bijvoorbeeld mappen en documenten openen zonder ze eerst in een *sandbox* te zetten. Bovendien was hij heel knap om te zien, een beetje gladjes misschien, meer als een financiële jongen, een Gordon Gekko, maar dan een geheim agent; en iemand, waarschijnlijk Bob the Dog zelf, kwam op het idee om Wasp naar zijn woonplaats Baltimore te laten gaan om hem te verleiden en met hem naar bed te gaan.

Wasp zei dat ze allemaal de boom in konden.

Vervolgens wimpelde ze ook het idee van de anderen af om een document op te stellen met explosieve informatie over infiltranten en lekken op het hoofdkantoor in Fort Meade, een document dat de spionagesoftware zou infecteren, een origineel, geavanceerd Trojaans paard dat Plague en Wasp zouden ontwikkelen. Het idee was om vervolgens aanwijzingen op internet te zetten die Fuller naar het bestand moesten lokken of hem in elk geval zo opgewonden moesten maken dat hij het niet meer zo nauw zou nemen met de beveiliging. Het was bepaald geen slecht plan en het zou hen bovendien in het computersysteem van de NSA kunnen brengen zonder dat ze een aanval moesten uitvoeren die wellicht op te sporen was.

Maar Wasp was niet van plan, zei ze, om te gaan zitten wachten tot die idioot van een Fuller zich vergaloppeerde. Ze wilde niet afhankelijk zijn van fouten van anderen en ze was sowieso eigenwijs en koppig, en het verbaasde dan ook niemand dat ze opeens de hele operatie wilde overnemen, en hoewel het tot wat geruzie en gemopper leidde, gaven ze uiteindelijk toe, zij het uiteraard met een aantal gedragsregels. Ze noteerde de namen van de systeembeheerders en de overige informatie die ze hadden gevonden nauwkeurig en vroeg om hun hulp bij de zogeheten vingerafdrukoperatie: het in kaart brengen van het serverplatform en besturingssysteem. Maar daarna deed ze de deur naar de Hackerrepubliek en de rest van de wereld dicht en Plague had er geen idee van of ze zijn adviezen opvolgde, bijvoorbeeld om haar *handle*, haar bijnaam, niet te gebruiken en om niet van huis uit te werken maar vanuit een hotel ver weg en onder een valse naam, voor het geval dat de bloedhonden van de NSA haar via de doolhof van het Tor-netwerk zouden weten op te sporen. Maar waarschijnlijk deed ze het allemaal op haar eigen manier, en Plague had niets anders kunnen doen dan aan zijn bureau in Sundbyberg zitten wachten, op van de zenuwen. Nu wist hij nog altijd niet hoe ze te werk was gegaan. Maar één ding wist hij wel: wat ze had gedaan was groots en legendarisch. En terwijl de storm buiten loeide, veegde hij wat rommel van zijn bureau, boog zich over zijn computer en schreef: *Vertel! Hoe voelt het?*

Leeg, antwoordde ze.

Leeg.

Zo voelde het. Lisbeth Salander had al een week bijna niet geslapen en waarschijnlijk had ze ook veel te weinig gegeten, en nu had ze hoofdpijn, waren haar ogen bloeddoorlopen en trilden haar handen, en het liefst had ze al haar spullen van tafel willen vegen. Maar ergens was ze ook tevreden, hoewel niet om de reden waarom Plague of anderen in de Hackerrepubliek dachten. Ze was tevreden omdat ze iets te weten was gekomen over de criminele groep die ze in kaart wilde brengen en omdat ze een verband had kunnen aantonen waarvan ze eerder alleen een vermoeden had gehad. Maar dat hield ze voor zich, en het verbaasde haar dat de anderen zelfs maar konden dénken dat ze het systeem voor haar plezier had gehackt.

Ze was geen tiener bij wie de hormonen door het lijf gierden, geen idioot die op zoek was naar een kick om zichzelf te bewijzen. Als ze zich in zo'n riskante onderneming stortte, wilde ze iets heel concreets, ook al was het hacken vroeger inderdaad meer voor haar geweest dan alleen een middel. In haar jeugd was het op de moeilijkste momenten haar manier geweest om te vluchten en zich minder opgesloten te voelen. Met behulp van computers kon ze muren en barrières slechten die voor haar waren opgetrokken en momenten van vrijheid ervaren, en dat speelde nu ook vast nog wel mee.

Maar ze was vooral op jacht, al sinds ze die ochtend in alle vroegte wakker was geworden uit een droom over een vuist die ritmisch en hardnekkig op het bed in de Lundagata tikte, en het was bepaald geen gemakkelijke jacht. De tegenstanders hadden rookgordijnen opgetrokken en misschien was Lisbeth daarom de laatste tijd wel somberder en chagrijniger dan anders. Het was alsof er een nieuwe duisternis uit haar opwelde, en afgezien van een forse, luidruchtige bokstrainer die Obinze heette en een stuk of twee, drie minnaars en minnaressen zag ze bijna niemand, en meer dan ooit zag ze eruit alsof ze niet in orde was. Haar haar was sprietig en haar blik donker, en al probeerde ze het soms wel, ze was nog steeds niet veel beter geworden in beleefdheidsfrasen.

Ze sprak de waarheid of zei helemaal niets, en haar appartement hier in de Fiskargata ... dat was een verhaal op zich. Het was groot genoeg voor een gezin met zeven kinderen en hoewel ze er nu al een paar jaar woonde, had ze het nog niet volledig ingericht of gezellig gemaakt. Hier en daar stonden een paar willekeurig neergekwakte meubels van IKEA en ze bezat niet eens een stereo-installatie. Voor een deel kwam dat doordat ze geen verstand had van muziek. Ze zag meer muziek in een differentiaalvergelijking dan in een stuk van Beethoven. Toch was ze schatrijk. Het vermogen dat ze ooit van de schurk Hans-Erik Wennerström had gestolen was aangegroeid tot ruim vijf miljard kronen. Maar op de een of andere manier – en dat was typerend voor haar – had dit geld haar persoonlijkheid niet aangetast, behalve dan dat de wetenschap dat ze het bezat haar nog onbevreesder had gemaakt. In elk geval had ze de laatste tijd steeds vaker drastische acties ondernomen, zoals de vingers van een verkrachter breken en het intranet van de NSA binnendringen.

Het was best mogelijk dat ze daarmee te ver was gegaan. Maar ze vond het nodig; ze was er een paar dagen en nachten volledig door in beslag genomen en was alles om zich heen vergeten. Nu het achter de rug was, keek ze met vermoeid knijpende ogen naar haar beide in een hoek opgestelde bureaus. Daar stond haar apparatuur: haar eigen gewone pc en de testmachine die ze had gekocht en waarop ze een kopie van de server en het besturingssysteem van de NSA had geïnstalleerd.

De testcomputer had ze aangevallen met het *fuzzing*programma dat ze speciaal voor dit doel had geschreven, en dat naar fouten en gaatjes in het serverplatform zocht. Daarna had ze het aangevuld met debug-, blackbox- en bèta-aanvallen. Het resultaat daarvan vormde de basis van haar spyware, haar RAT, en daarom had ze geen enkel slordigheidje mogen begaan. Ze wilde het systeem van top tot teen doorlichten en daarom was het logisch dat ze thuis een kopie van de server had geïnstalleerd. Als ze het echte platform had gebruikt, hadden de technici van de NSA dat meteen gemerkt en op hun tellen gepast, en dan was het snel uit geweest met de pret.

Nu kon ze ongestoord doorwerken, dag in dag uit, zonder veel te slapen of te eten, en als ze dan toch af en toe achter de computer vandaan ging, was het om even een dutje te doen op de bank of een pizza op te warmen in de oven. Verder zwoegde ze maar door, tot haar ogen rood waren, vooral met haar *zero-day-exploit*, de software die naar onbekende gaten in de beveiliging zocht en die haar status zou upgraden als ze eenmaal binnen was en ze moest eerlijk toegeven: het was grandioos.

Lisbeth had een programma geschreven dat haar niet alleen controle over de besturing gaf, maar ook de mogelijkheid om in te grijpen in alles in het intranet waarvan ze slechts heel weinig wist, en dat was eigenlijk nog het absurdst van alles.

Ze wilde er niet alleen in, ze wilde ook verder naar binnen, het NSANet in, dat een universum op zich was en nog maar nauwelijks een relatie had met het gewone internet. Ze mocht er dan uitzien als een tiener die voor alle vakken een onvoldoende kreeg, als het over computerprogramma's ging of over logische verbanden in het algemeen zeiden haar hersens meteen 'klik', en ze had niets minder gecreëerd dan compleet nieuwe, geraffineerde spyware, een geavanceerd virus dat een zelfstandig leven leidde.

En toen ze eindelijk tevreden was over haar werk kwam de volgende fase. Nu was het speelkwartier afgelopen en ging ze over tot de echte aanval. Daarvoor pakte ze een prepaidkaart van T-Mobile die ze in Berlijn had gekocht en stopte die in haar telefoon. Via dat toestel maakte ze verbinding. Misschien had ze inderdaad ergens anders moeten gaan zitten, ver weg, in een ander deel van de wereld, misschien verkleed als haar alter ego Irene Nesser.

Nu zouden de beveiligingsjongens van de NSA, als ze flink hun best deden en goed waren, haar kunnen herleiden tot de gsm-mast in deze wijk. Verder zouden ze waarschijnlijk niet komen, in elk geval niet via de techniek. Maar dat was toch behoorlijk dichtbij, en het zou niet best zijn. Toch vond ze dat de voordelen van het thuiswerken zwaarder wogen, en ze nam alle veiligheidsmaatregelen die ze maar kon nemen. Zoals veel hackers maakte ze gebruik van Tor, een netwerk waarin haar activiteiten tussen duizenden servers heen en weer stuiterden. Maar ze wist ook dat zelfs Tor hier niet veilig was – de NSA werkte met een programma dat Egotistical Giraffe heette om het systeem te breken – dus ze besteedde er veel tijd aan om haar persoonlijke bescherming te verbeteren en ging pas daarna in de aanval.

Ze sneed door het serverplatform alsof het een velletje papier was. Maar dat was geen reden om overmoedig te worden. Nu moest ze razendsnel de systeembeheerders vinden van wie ze de namen had gekregen, hun bestanden injecteren met haar spyware en een brug bouwen tussen het servernet en het intranet, en dat was bepaald geen simpele operatie. Er mochten geen alarmbellen in de vorm van antivirusprogramma's gaan rinkelen. Ze koos voor een man die Tom Breckinridge heette en nam zijn identiteit mee het NSANet in. En toen ... Elke spier in haar lijf spande zich. Voor haar ogen, haar overwerkte, doorwaakte ogen, speelde het wonder zich af.

Haar spionagesoftware bracht haar steeds dieper de geheime wereld van de NSA in, en ze wist natuurlijk waar ze naartoe ging. Ze wilde naar de Active Directory of het equivalent daarvan om haar status te upgraden. Van een onwelkom bezoekertje zou ze een supergebruiker worden in dit duizelingwekkende universum. Pas daarna zou ze proberen overzicht in het systeem te krijgen, en dat was niet gemakkelijk. Het was eerder godsonmogelijk, en ze had ook niet veel tijd.

Ze had haast, veel haast. Het kostte haar moeite om het zoeksysteem door te krijgen en alle coderingen, uitdrukkingen en verwijzingen te begrijpen, die interne geheimtaal, en ze wilde het net opgeven toen ze een document vond met de aanduiding 'Top Secret, NOFORN' – *no foreign distribution* –, op zich geen opmerkelijk stuk. Maar in combinatie met een paar communicatielinks tussen Zigmund Eckerwald van Solifon en cyberagenten van de afdeling Observatie van Strategische Technologieën van de NSA was het toch dynamiet, en toen verscheen er een glimlach op haar gezicht en nam ze alles tot in detail in zich op. Maar het volgende moment vloekte ze luidkeels, want toen zag ze nog een document dat relevant voor haar was, maar dat was versleuteld. Daarom zag ze geen andere uitweg dan het te kopiëren, en ze ging ervan uit dat er op dat moment in Fort Meade een waarschuwingsbelletje zou gaan rinkelen.

De situatie werd nu precair, nam ze aan. Bovendien moest ze haar officiële opdracht nu uitvoeren – als 'officieel' hier het goede woord voor was. Maar ze had Plague en de andere leden van de Hackerrepubliek plechtig beloofd dat ze de NSA te kijk zou zetten om hun een lesje in bescheidenheid te leren, en daarom probeerde ze uit te vinden met wie ze moest communiceren. Wie moest haar boodschap ontvangen?

Ze koos voor Edwin Needham, Ed the Ned. In relatie tot ICT-beveiliging dook zijn naam voortdurend op en toen ze snel een beetje informatie over hem opzocht op intranet, kreeg ze ongewild respect voor hem. Ed the Ned was een grote jongen. Maar ze was hem toch te slim af geweest, en even aarzelde ze of ze zich wel bloot wilde geven.

Haar aanval zou veel opschudding veroorzaken. Maar opschudding was precies wat ze wilde, en daarom viel ze aan. Ze had geen idee hoe laat het was. Of het dag of nacht, herfst of lente was – het maakte niet uit. Dat de storm buiten heviger werd, merkte ze alleen ergens vaag achter in haar bewustzijn, alsof het weer en haar machtsgreep synchroon liepen. En ver weg, in Maryland – in de buurt van het beroemde kruispunt Baltimore Parkway, Maryland Route 32 – begon Ed the Ned aan een mailtje.

Hij kwam niet ver, want ze nam het meteen over, maakte zijn zin af en schreef: *Wie mensen bespioneert, wordt uiteindelijk ook zelf door mensen bespioneerd. Daar zit een fundamentele logica in.* Even vond ze het een schot in de roos, een geniale vondst. Ze proefde het zoet van de overwinning en nam Ed the Ned vervolgens mee op een reis door het systeem. Ze dansten en draaiden door een flikkerende wereld van zaken die allemaal tot elke prijs verborgen hadden moeten blijven.

Het was een duizelingwekkende ervaring, zeker, maar toch ... Echt wel, maar toch ... Toen ze de verbinding verbrak en al haar *logfiles* automatisch werden gewist, kwam de kater. Het was net een orgasme bij een verkeerde partner. De zinnen die haar straks nog zo triomfantelijk voorkwamen, klonken steeds kinderachtiger en hackerachtiger, en ze kreeg opeens zin om zich te bedrinken. Moe en ongecoördineerd liep ze naar de keuken, haalde een fles Tullamore Dew en een stuk of drie biertjes om haar mond mee te spoelen en ging achter haar computers zitten drinken. Niet om het te vieren, absoluut niet. Ze had geen winnaarsgevoel meer. Het was eerder ... ja, wat? Dwarsheid of zo.

Ze bleef maar drinken terwijl de storm buiten tekeerging en de gelukwensen uit de Hackerrepubliek binnenstroomden. Maar het drong niet meer tot haar door. Ze kon zichzelf nauwelijks overeind houden, veegde snel met haar hand over het bureaublad en keek onverschillig toe hoe flessen en asbakken op de grond vielen. Toen dacht ze aan Mikael Blomkvist.

Het kwam vast door de alcohol. Blomkvist kwam altijd in haar op als ze dronken was, zoals dat wel vaker gebeurt met oude liefdes, en zonder dat ze zich er helemaal van bewust was, hackte ze zich in zijn computer naar binnen, en dat was niet bepaald de NSA. Ze had al van oudsher een snelkoppeling naar hem, en eerst vroeg ze zich af wat ze daar dacht te vinden.

Hij kon haar niets schelen, toch? Hij was geschiedenis, niet meer dan een aantrekkelijke idioot op wie ze een keer verliefd was geworden, en ze was niet van plan die fout nog een keer te maken. Nee, eigenlijk zou ze meteen weer moeten weggaan en een paar weken naar geen enkele computer meer moeten kijken. Toch bleef ze in zijn computer zitten en opeens fleurde ze op. Die verrekte Kalle Blomkvist had een bestand aangemaakt dat *Lisbeths Laatje* heette, en daarin stond een vraag aan haar: *Wat moeten we denken van de kunstmatige intelligentie van Frans Balder?* Toen moest ze ondanks alles lachen, en dat kwam voor een deel ook door die naam.

Frans Balder was het soort computernerd waarvan zij hield, bezeten van broncodes, kwantumprocessen en de wereld van de logica. Maar ze moest vooral lachen om het feit dat Mikael Blomkvist in hetzelfde gebied rondstruinde als zijzelf en nadat ze een tijdje had overwogen de computer gewoon uit te zetten en naar bed te gaan, schreef ze terug: *Balders intelligentie is absoluut niet kunstmatig. Hoe staat het trouwens tegenwoordig met je eigen intelligentie? En wat gebeurt er, Blomkvist, als we een machine creëren die slimmer is dan wijzelf?*

Toen ging ze naar een van haar slaapkamers en liet ze zich met haar kleren nog aan op bed vallen.

7
20 NOVEMBER

Er was nog iets gebeurd bij *Millennium*, en dat was niet goed, maar Erika wilde er via de telefoon niet verder op ingaan. Ze stelde voor om naar hem toe te komen. Mikael had geprobeerd haar dat af te raden: 'Je lekkere kontje zal er nog af rillen van de kou!'

Erika had niet geluisterd en als ze niet zo bezorgd had geklonken, was hij alleen maar blij geweest met haar koppigheid. Al sinds hij van zijn werk was weggegaan had hij er behoefte aan om met haar te praten, en misschien ook wel om haar de slaapkamer in te trekken en haar de kleren van het lijf te rukken. Erika leek een beetje van haar stuk te zijn en ze had iets van 'sorry' gemompeld waardoor hij nog ongeruster was geworden.

'Ik neem meteen een taxi,' zei ze.

Maar daarna duurde het toch nog een tijd voordat ze er was en omdat hij niets beters te doen wist, ging hij de badkamer in en bekeek hij zichzelf in de spiegel. Hij had betere tijden gekend. Zijn haar zat in de war en moest nodig geknipt worden, en hij had wallen om zijn ogen. Dat was allemaal de schuld van Elizabeth George. Hij vloekte, ging de badkamer uit en ruimde zijn flat een beetje op.

Daar zou Erika in elk geval niet over te klagen hebben. Hoe lang ze elkaar ook al kenden en hoe vervlochten hun levens ook waren, ze riep nog altijd een zekere opruimwoede in hem op. Hij was de zoon van een arbeider en vrijgezel, zij was de getrouwde dame uit de hogere klassen met het perfecte huis in Saltsjöbaden, en het kon beslist geen kwaad als zijn huis er een beetje fatsoenlijk uitzag. Hij vulde de afwasmachine, maakte het aanrecht schoon en bracht de vuilnis weg.

Hij kon zelfs nog even de woonkamer stofzuigen, de planten op de vensterbank water geven en wat orde brengen in de boekenkast en de krantenbak voordat de bel eindelijk ging. Er werd tegelijk op de deur geklopt en aangebeld: daar stond iemand die ongeduldig was. Toen hij opendeed, schrok hij. Erika had het ijskoud. Ze trilde als een espenblad, en dat kwam niet alleen door het weer. Haar kleding droeg er ook toe bij. Ze had niet eens een muts op. Het verzorgde kapsel van vanmorgen was alle kanten op gewaaid en op haar rechterwang zat iets wat op een schram leek.

'Ricky,' zei hij. 'Wat is er met je gebeurd?'

'Mijn lekkere kontje is eraf gerild. Ik kon geen taxi krijgen.'

'Wat heb je met je wang gedaan?'

'Ik ben uitgegleden. Drie keer, geloof ik.'

Hij liet zijn ogen omlaag gaan naar haar roodbruine Italiaanse hoge hakken.

'Perfecte sneeuwschoenen ook.'

'Absoluut perfect. Om nog maar te zwijgen van mijn besluit van vanmorgen om geen lange onderbroek aan te trekken. Geniaal!'

'Kom binnen, dan zorg ik dat je het weer warm krijgt.'

Ze viel in zijn armen en rilde nog heviger, hij omhelsde haar stevig.

'Sorry,' zei ze weer.

'Waarvoor?'

'Voor alles. Voor Serner. Ik ben een idioot geweest.'

'Nou niet overdrijven, Ricky.'

Hij streek sneeuwvlokken uit haar haar en van haar voorhoofd en inspecteerde voorzichtig de wond op haar wang.

'Nee, nee, ik zal het je vertellen,' zei ze.

'Maar eerst trek ik je je kleren uit en zet ik je in een warm bad. Wil je ook een glas rode wijn?'

Dat wilde ze, en ze bleef lang in bad zitten met haar glas, dat hij een paar keer bijvulde. Hij zat vlak bij haar op de wc-pot en luisterde naar haar verhaal, en ondanks al het slechte nieuws had het gesprek iets verzoenends, alsof ze door een muur heen braken die ze de laatste tijd tussen elkaar hadden opgetrokken.

'Ik weet dat jij me meteen al een idioot vond,' zei ze. 'Nee, nu niet tegenspreken; daar ken ik je te goed voor. Maar je moet begrijpen dat Christer, Malin en ik geen andere oplossing zagen. We hadden

Emil en Sofie aangenomen, en daar waren we trots op. Er waren op dat moment geen betere journalisten, toch? Het gaf ons enorm veel prestige. Het bewees dat we goed bezig waren, iedereen sprak positief over ons en we kregen lovende besprekingen in *Resumé* en *Dagens Media*. Het was net als vroeger, en voor mij persoonlijk betekende het dat ik Sofie en Emil een vaste baan bij ons kon beloven. "Onze financiën zijn stabiel," zei ik. "Harriët Vanger staat achter ons. We hebben geld voor fantastische, diepgaande stukken." Ja, dat geloofde ik ook echt, dat begrijp je wel. Maar toen ...'

'Toen kwam de hemel naar beneden, min of meer.'

'Precies. Het was niet alleen crisis voor de kranten, ook de advertentiemarkt stortte in. Ik weet niet of het helemaal tot jou is doorgedrongen wat voor chaos het was. Soms heb ik het idee dat het bijna een staatsgreep was. Al die conservatieve kerels in het concern, en die conservatieve vrouwen ook trouwens – nou ja, jij kent ze als geen ander –, al die oude racisten en reactionairen verenigden zich en staken Harriët een mes in de rug. Ik zal dat telefoontje van haar nooit vergeten. "Ik ben overreden," zei ze. "Platgewalst." Ze waren natuurlijk vooral verbolgen over haar pogingen om het concern te vernieuwen en te moderniseren, en natuurlijk door haar besluit om David Goldman in de raad van bestuur op te nemen, de zoon van rabbijn Viktor Goldman. Maar wij hadden ook een aandeel, zoals je weet. Andrei had net dat verhaal over die bedelaars in Stockholm gemaakt, en wij vonden het allemaal het beste wat hij had geschreven, en het werd overal geciteerd, ook in het buitenland. Maar die lui van Vanger ...'

'... noemden het linkse vuiligheid.'

'Nog erger, Mikael. Ze noemden het propaganda "voor labbekakken die zelfs geen moeite doen om een baan te vinden".'

'Zeiden ze dat echt?'

'Iets in die richting, maar ik neem aan dat het niet aan dat verhaal lag. Dat was alleen hun excuus om Harriëts positie in het concern nog verder te ondermijnen. Ze wilden zich distantiëren van alles waar zij voor stond.'

'Idioten.'

'Nou en of. Maar ze hadden het wel voor het zeggen. Ik vergeet het nooit. Het was alsof de grond onder mijn voeten wegviel. En natuurlijk, ik weet het, ik weet het: ik had jou er meer bij moeten betrekken. Maar ik dacht dat het ons allemaal zou helpen als jij je op je verhalen kon concentreren.'

'En toch heb ik niets zinnigs ingeleverd.'

'Je hebt het wel geprobeerd, Mikael. Je hebt het heus wel geprobeerd. Maar waar ik naartoe wilde: net toen we dachten dat alles verloren was, belde Ove Levin.'

'Iemand had hem waarschijnlijk getipt over wat er was gebeurd.'

'Beslist, en ik hoef je vast niet te vertellen dat ik aanvankelijk sceptisch was. Serner stond bekend als uitgever van sensatierommel. Maar Ove praatte als Brugman en nodigde me uit in zijn grote nieuwe huis in Cannes.'

'Wát?'

'Ja, sorry, dat heb ik je ook niet verteld. Ik denk dat ik me schaamde. Maar ik was toch al van plan om naar het filmfestival te gaan om een portret te maken van die Iraanse regisseur. Je weet wel, die vrouw die werd vervolgd omdat ze een documentaire had gemaakt over die negentienjarige Sara, die gestenigd was, en ik vond dat het geen kwaad kon als Serner een beetje bijdroeg in de reiskosten. Hoe dan ook, Ove en ik hebben een hele nacht zitten praten, en ik bleef behoorlijk sceptisch. Hij zat belachelijk op te scheppen en verkooppraatjes te houden. Maar uiteindelijk ging ik toch luisteren, en weet je waarom?'

'Hij was fantastisch in bed.'

'Haha, nee, het was zijn relatie met jou.'

'Wilde hij liever met mij naar bed?'

'Hij bewondert je mateloos.'

'Geklets.'

'Nee, Mikael, dat heb je mis. Hij is dol op zijn macht en zijn geld en zijn huis in Cannes. Maar meer nog knaagt het aan hem dat mensen hem niet zo geweldig vinden als jou. Als we het hebben over waardering, Mikael, is hij arm en ben jij schatrijk. Diep vanbinnen wil hij zijn zoals jij, dat voelde ik meteen, en ja, ik had moeten begrijpen dat die jaloezie gevaarlijk kan zijn. Daar ging die hele hetze tegen jou ook om; dat begrijp je natuurlijk wel. Met je bestaan alleen al herinner je hen eraan dat ze hun ziel aan de duivel hebben verkocht. Hoe meer lof jij krijgt, hoe onbenulliger ze zelf lijken. En in zo'n situatie kunnen ze zich maar op één manier verdedigen: jou omlaag trekken in de drek. Als jij valt, voelen zij zich een beetje beter. Die lulkoek geeft hun een klein beetje waardigheid terug; dat verbeelden ze zich tenminste.'

'Dank je wel, Erika, maar ik trek me echt niets aan van die hetze.'

'Dat weet ik wel. Ik hoop het in elk geval. Maar ik kreeg het idee dat Ove echt mee wilde doen, zich een van ons wilde voelen. Hij wilde een beetje meeprofiteren van onze reputatie, en dat leek me een goede drijfveer. Als hij zo cool wilde zijn als jij zou het vernietigend voor hem zijn als hij van *Millennium* een gewoon, commercieel Serner-product maakte. Als hij bekend zou komen te staan als de man die een van de meest tot de verbeelding sprekende Zweedse tijdschriften om zeep heeft geholpen, zou het laatste restje waardering voor hem voorgoed de grond in zijn geboord. Daarom vertrouwde ik hem wel toen hij zei dat het concern een prestigeblad nodig had, en hijzelf ook, een alibi als het ware, en dat hij ons alleen maar wilde helpen om de journalistiek te bedrijven waarin we geloofden. Hij wilde zich wel met het blad bemoeien, maar dat leek me alleen maar ijdelheid. Dat hij zich een beetje op de borst wilde kloppen en tegen zijn medeprofiteurs wilde zeggen dat hij onze spindoctor was of zo. Ik had nooit gedacht dat hij zich tegen de ziel van het blad zou durven te keren.'

'En toch is dat precies wat hij nu doet.'

'Ja, helaas wel.'

'En wat gebeurt er nu met je mooie psychologische theorie?'

'Ik heb de macht van het opportunisme onderschat. Zoals je hebt gemerkt waren Ove en Serner al bevooroordeeld voordat die hetze tegen jou losbarstte, maar daarna ...'

'Profiteerde hij ervan.'

'Nee, nee, hij niet; iemand anders. Iemand die het op hem voorzien had. Ik begreep pas later dat het voor Ove niet gemakkelijk was geweest om de anderen mee te krijgen in het besluit om ons over te nemen. Ze lijden bij Serner niet allemaal aan een journalistiek minderwaardigheidscomplex; dat begrijp je wel. De meesten zijn gewone zakenlieden, en die hebben geen goed woord over voor dat gezwets over "iets belangrijks willen bereiken" en zo. Die ergerden zich aan Oves "valse idealisme", zoals ze het noemden, en in de hetze tegen jou zagen ze een middel om hem uit het concern te werken.'

'Oeps.'

'Je moest eens weten! Eerst ging het nog wel. Ze vroegen alleen wat marktaanpassingen van ons, en zoals je weet vond ik een aantal daarvan heel redelijk. Ik heb zelf ook wel nagedacht over hoe we een jongere doelgroep zouden kunnen bereiken. Ik dacht zelfs dat Ove en ik het daarover wel eens zouden worden. Daarom maakte ik me ook niet overdreven veel zorgen over zijn presentatie van vandaag.'

'Nee, dat heb ik gemerkt.'

'Maar toen was de hel nog niet losgebarsten.'

'Welke hel?'

'Die uitbrak toen jij Oves betoog saboteerde.'

'Ik heb niks gesaboteerd, Erika. Ik ging gewoon weg.'

Erika lag in het bad, nam een slokje van haar wijn en glimlachte enigszins mistroostig.

'Wanneer leer jij nu eens dat je Mikael Blomkvist bent?' vroeg ze.

'Ik dacht dat ik dat aardig door begon te krijgen.'

'Blijkbaar niet, want dan had je begrepen dat er commotie ontstaat als Mikael Blomkvist midden in een presentatie over zijn eigen tijdschrift wegloopt, ongeacht of Mikael Blomkvist dat nu wil of niet.'

'Dan bied ik mijn excuses aan voor mijn sabotage.'

'Nee, nee, ik verwijt je niets. Niet meer. Nu maak ík mijn excuses, zoals je merkt. Ik heb ons in deze positie gebracht. Het was sowieso een drama geworden, of jij nu weg was gegaan of niet. Ze wachtten gewoon op een aanleiding om ons aan te pakken.'

'Wat is er gebeurd?'

'Toen jij was vertrokken, zonk de moed ons allemaal in de schoenen en Ove, wiens zelfvertrouwen nu nóg eens een knauw had gekregen, gaf de brui aan zijn presentatie. "Het heeft geen zin," zei hij. Toen belde hij zijn hoofdkantoor en vertelde wat er was gebeurd, en het zou me niet verbazen als hij het nog eens flink heeft aangedikt. Die jaloezie waarop mijn hoop gevestigd was, veranderde waarschijnlijk in iets heel kleinzieligs en kwaadaardigs. Na een tijdje kwam hij terug en zei hij dat het concern bereid was flink in *Millennium* te investeren en al zijn middelen te gebruiken om het blad in de markt te zetten.'

'En dat was natuurlijk niet wat je wilde horen.'

'Nee, en ik begreep al wat er speelde voordat hij het had gezegd. Het was aan zijn hele gezicht te zien. Het straalde gewoon, een mengeling van angst en triomf. Eerst kostte het hem moeite de juiste woorden te vinden. Hij kletste maar wat, zei dat het concern meer inzicht in de activiteiten wilde hebben, verjonging van de inhoud, meer beroemdheden erin ... Maar toen ...'

Erika deed haar ogen dicht, ging met haar hand door haar natte haar en nam het laatste slokje wijn.

'Ja?'

'... zei hij dat hij jou uit de redactie weg wilde hebben.'

'Wát?'

'Dat konden hij en het concern natuurlijk niet expliciet zeggen, want dan zouden ze koppen riskeren als SERNER ONTSLAAT BLOMKVIST, dus Ove formuleerde het heel fraai: hij wilde dat jij meer de vrije hand zou krijgen en je kon concentreren op wat je het beste kunt: stukken schrijven. Hij stelde een strategische stationering in Londen voor en een royaal correspondentensalaris.'

'Londen?'

'Hij zei dat Zweden te klein is voor een man van jouw kaliber, maar je begrijpt wel waar het om gaat.'

'Ze denken dat ze hun veranderingen niet kunnen doorvoeren zolang ik op de redactie zit?'

'Zoiets, ja. Maar ik denk ook dat niemand ervan opkeek dat Christer, Malin en ik botweg nee zeiden, "onbespreekbaar". En dan heb ik het nog niet eens over Andreis reactie.'

'Wat deed hij dan?'

'Het is bijna om verlegen van te worden. Andrei stond op en zei dat dit het schandelijkste was wat hij zijn hele leven had gehoord. Hij zei dat jij tot het beste behoort waarover ons land beschikt, de trots van de democratie en de journalistiek en dat het hele Sernerconcern in een hoekje moet gaan zitten en zich moet schamen. Hij zei dat jij een groot man bent.'

'Hij overdrijft.'

'Maar het is een goeie jongen.'

'Dat is het zeker. Wat deden die lui van Serner toen?'

'Ove was er natuurlijk op voorbereid. "Jullie kunnen ons natuurlijk ook uitkopen," zei hij. 'Alleen ...'

'De prijs was gestegen,' vulde Mikael aan.

'Precies. Welke fundamentele analyse je er ook op losliet, volgens hem was het aandeel van Serner inmiddels minstens verdubbeld, gezien de meerwaarde en de goodwill die zij hadden gecreëerd.'

'Goodwill! Zijn ze niet goed bij hun hoofd?'

'Blijkbaar niet. Maar ze zijn wel slim en ze zoeken ruzie. Ik vraag me af of ze niet twee vliegen in één klap willen slaan: de kans grijpen om ons financieel kapot te maken en een concurrent de das om te doen.'

'Verdomme. Wat doen we nu?'

'Waar we het beste in zijn, Mikael: knokken. Ik steek mijn eigen geld erin, we kopen ze uit en gaan het gevecht aan om het beste blad van Noord-Europa te worden.'

'Prima. Super. Maar dan, Erika? Dan zitten we met allemaal financiële problemen waar zelfs jij niets aan kunt doen.'

'Dat weet ik, maar het gaat lukken. We hebben ons wel vaker uit lastige situaties gered. Jij en ik kunnen ons salaris een tijdje op nul zetten. We redden ons toch wel?'

'Aan alles komt een eind, Erika.'

'Zeg dat niet! Nooit van z'n leven!'

'Zelfs niet als het waar is?'

'Vooral dan niet.'

'Oké.'

'Heb jij niet iets?' vervolgde ze. 'Maakt niet uit wat, iets waarmee we journalistiek Zweden om de oren kunnen slaan?'

Mikael verborg zijn gezicht in zijn handen, en om de een of andere reden moest hij aan zijn dochter Pernilla denken, die had gezegd dat ze, in tegenstelling tot haar vader, 'echt' zou gaan schrijven, wat er dan ook 'niet echt' was aan wat hij schreef.

'Ik geloof het niet,' zei hij.

Erika gaf met haar hand een klap op het badwater, zodat het op zijn sokken spatte.

'Verdomme, je móét iets hebben. Ik ken niemand in Zweden die zoveel tips krijgt als jij!'

'Het meeste is waardeloos,' zei hij. 'Maar misschien ... Ik heb net iets uitgezocht.'

Erika ging rechtop zitten in het bad.

'Wat?'

'Nee, niks,' corrigeerde hij zichzelf. 'Het is maar wishful thinking.'

'Zoals de zaken er nu voor staan moeten we aan wishful thinking doen.'

'Ja, maar het is niets, alleen een hoop rook; niets wat te bewijzen is.'

'Maar toch gelooft iets in je erin, of niet?'

'Misschien, maar dat hangt van één kleinigheidje af dat niets met de zaak zelf te maken heeft.'

'En dat is?'

'Of mijn oude partner in crime er ook bij betrokken is.'

'Zij in hoogsteigen persoon?'

'Zij, ja.'

'Dat klinkt veelbelovend, niet?' zei Erika, en ze stond op en stapte met haar mooie blote lijf uit de badkuip.

8
20 NOVEMBER 'S AVONDS

August zat op zijn knieën op de schaakveldenvloer in de slaapkamer. Hij keek naar het stilleven met een kaars op een blauw schaaltje, twee groene appels en een sinaasappel, dat zijn vader voor hem had uitgestald. Maar er gebeurde niets. August keek alleen maar met een lege blik naar buiten, waar het noodweer was, en Frans vroeg zich af of het dom was om dit zo te doen.

Als zijn zoon maar naar iets keek, stond het blijkbaar in zijn geheugen gegrift, dus waarom zou uitgerekend zijn vader bepalen wat hij moest tekenen? Waarschijnlijk had August duizenden eigen beelden in zijn hoofd, en misschien waren een schaaltje en wat fruit wel het stomste en saaiste wat er was. August interesseerde zich misschien voor heel andere dingen, en weer vroeg Frans zich af of de jongen iets speciaals wilde zeggen met zijn verkeerslicht. De tekening was geen onschuldige waarneming. Het stoplicht straalde als een lichtend boos oog, en wie weet, misschien voelde August zich wel bedreigd door die man op het zebrapad.

Frans keek voor de zoveelste keer die dag naar zijn zoon. Was het eigenlijk niet bizar? Vroeger vond hij August vreemd en onbegrijpelijk. Nu vroeg hij zich af of zijn zoon en hij eigenlijk niet heel erg op elkaar leken. In Frans' tijd stelden de diagnoses van de artsen niet veel voor. Toen werden mensen eerder afgedaan als raar of niet goed snik. Zelf was hij beslist anders: veel te serieus en met een emotieloze mimiek, en op het schoolplein vond niemand hem erg boeiend. Daar stond tegenover dat hij de andere kinderen ook niet leuk vond – hij vluchtte in zijn cijfers en vergelijkingen en gebruikte niet meer woorden dan nodig was.

Hij zou waarschijnlijk niet als autistisch zijn bestempeld in de zin waarin August dat was, maar ze hadden vandaag de dag ongetwijfeld het etiket 'asperger' op hem geplakt. Of dat goed of slecht voor hem was geweest maakte nu niet veel meer uit. Waar het om ging, was dat Hanna en hij hadden gedacht dat ze baat zouden hebben bij de vroegtijdige diagnose van August. Toch was er sindsdien maar heel weinig gebeurd, en nu pas, nu zijn zoon acht was, besefte Frans dat de jongen bijzonder begaafd was en mogelijk ruimtelijk én wiskundig inzicht had. Waarom hadden Hanna en Lasse dat niet eerder opgemerkt?

Lasse was dan wel een klootzak, maar Hanna was in wezen gevoelig en lief. Frans zou hun eerste ontmoeting nooit vergeten. Het was op een feest van de Koninklijke Academie voor Ingenieurswetenschappen in het stadhuis van Stockholm. Hij had een of andere prijs gekregen die hem niet kon schelen, had zich tijdens het diner gruwelijk zitten vervelen en verlangde naar zijn computer thuis, toen er een mooie vrouw, die hij vaag herkende – Frans' kennis van Bekende Zweden was uitermate beperkt –, naar hem toe kwam en tegen hem begon te praten. Frans zag zichzelf nog altijd als de nerd van de Tappströmsschool in Ekerö, naar wie meisjes alleen verachtelijk keken.

Hij snapte niet wat een vrouw als Hanna in hem zag, en in die tijd – ontdekte hij al gauw – stond ze op het toppunt van haar carrière. Maar ze verleidde hem en vrijde die nacht met hem zoals geen vrouw dat ooit met hem had gedaan. Daarna volgde de gelukkigste tijd van zijn leven, maar toch ... de binaire codes wonnen het van de liefde.

Hij maakte met zijn werk zijn huwelijk kapot en daarna ging alles bergafwaarts. Lasse Westman nam zijn plaats in en Hanna kwijnde weg, en August waarschijnlijk ook, en daar moest Frans natuurlijk woedend om zijn, maar hij wist dat hij medeschuldig was. Hij had zich vrijgekocht en zich niets van zijn zoon aangetrokken, en misschien klopte het wel wat er in de voogdijzaak over hem was gezegd: dat hij aan de droom over kunstmatig leven de voorkeur gaf boven zijn eigen zoon. Wat een halvegare was hij toch geweest!

Hij pakte zijn laptop en googelde naar meer informatie over talenten van savants. Hij had al een stel boeken besteld, onder andere het grote standaardwerk *Islands of Genius* van professor Darold A. Treffert. Zoals gewoonlijk wilde hij alles weten wat er over dit onderwerp bekend was. Geen psycholoog of pedagoog zou hem verdomme op de vingers mogen tikken of vertellen wat August op dit moment nodig had. Hij zou het veel beter weten dan zij, en dus zette hij zijn zoektocht voort. Ditmaal bleef hij hangen bij een stuk over het autistische meisje Nadia.

Haar leven was beschreven in *Nadia: A Case of Extraordinary Drawing Ability in an Autistic Child* van Lorna Selfe en in Oliver Sacks' *De man die zijn vrouw voor een hoed hield.* Frans zat gefascineerd te lezen. Het eerste was een aangrijpend verhaal en in veel opzichten waren er overeenkomsten. Net als August leek Nadia bij de geboorte volkomen gezond en drong het slechts langzaam tot de ouders door dat er iets mis was.

Het meisje praatte maar niet. Ze keek mensen niet aan. Ze hield niet van lichamelijk contact en reageerde niet op glimlachjes of andere prikkels van haar moeder. Ze trok zich meestal stilletjes terug en zat dan dwangmatig papier in onvoorstelbaar kleine reepjes te knippen. Toen ze zes was, had ze nog altijd geen woord gezegd.

Maar ze tekende als Da Vinci. Al op haar derde begon ze zomaar ineens paarden te tekenen, en in tegenstelling tot andere kinderen begon ze niet met de vorm, met het totaal, maar met een klein detail, een hoef, een rijlaars, een staart. En wat het merkwaardigste was: ze tekende snel. In een razend tempo zette ze de delen in elkaar, een stukje hier, een stukje daar, tot een perfect geheel, tot een paard dat galoppeerde of stapte. Vanuit zijn eigen pogingen in zijn jeugd wist Frans dat niets zo moeilijk was als het tekenen van een dier in beweging. Hoe we ook ons best doen, het resultaat is vaak onnatuurlijk of stijf. Alleen een meester kan lichtheid in de sprong brengen. Nadia was al een meester toen ze drie jaar was.

Haar paarden waren perfecte stills, met speels gemak getekend, duidelijk niet het resultaat van lang oefenen. Haar virtuositeit kwam eruit als een doorbrekende dam en haar tijdgenoten waren gefascineerd. Hoe kon dit? Hoe was het mogelijk dat ze met een paar snelle handbewegingen eeuwen van kunsthistorische ontwikkeling oversloeg? De Australische onderzoekers Allan Snyder en John Mitchell bestudeerden de tekeningen en kwamen in 1999 met een theorie die langzaam maar zeker algemeen werd geaccepteerd: dat we een dergelijke virtuositeit in aanleg allemaal hebben, maar dat die bij de meeste mensen geblokkeerd is.

Als we een voetbal of iets dergelijks zien, begrijpen we niet meteen dat het een driedimensionaal voorwerp is. Wel interpreteren de hersenen razendsnel allerlei details, zoals schaduwen en verschillende dieptes en nuances, en daaruit trekken ze conclusies over de vorm. Daarvan zijn we ons niet bewust. Er is echter een analyse van de delen nodig voordat we het simpele feit bevatten dat dat voorwerp een bal is, en geen cirkel.

De hersenen bepalen de uiteindelijke vorm, en wanneer dat is gebeurd zien we al die details niet meer die we eerst waarnamen. We zien als het ware door de bomen het bos niet meer. Wat Mitchell en Snyder intrigeerde was dat we, als we dat oorspronkelijke beeld uit onze hersenen zouden kunnen halen, de wereld op een totaal andere manier zouden waarnemen en misschien zelfs gemakkelijker zouden kunnen weergeven, net zoals Nadia dat zonder enige oefening deed.

Het idee was dus dat Nadia toegang had tot het oorspronkelijke beeld, de basis van de hersenen. Ze zag het gewemel van details en schaduwen voordat die bewerkt waren en daarom begon ze ook altijd met een afzonderlijk onderdeel, zoals een hoef of een neus, en niet met het geheel, want het geheel zoals wij het zien, was bij haar nog niet gevormd.

Frans Balder had wel wat in te brengen tegen deze theorie, of in elk geval, zoals altijd, had hij een aantal kritische vragen, maar het idee sprak hem toch aan. Zo'n oorspronkelijke manier van kijken was in zekere zin wat hij in zijn onderzoek ook altijd had nagestreefd, een perspectief dat dingen niet als vanzelfsprekend aannam, maar achter het direct zichtbare de details zocht. Hij raakte steeds meer geobsedeerd door het onderwerp en las met stijgende fascinatie. Opeens huiverde hij. Hij vloekte zelfs hardop en staarde met een plotseling gevoel van angst naar zijn zoon. De rilling was echter geen gevolg van deze onderzoeksbevindingen, maar van de beschrijving van Nadia's eerste jaar op school.

Het meisje was in een klas met autistische kinderen gezet en het onderwijs was erop gericht haar aan het spreken te krijgen. Ze ging ook vooruit. De woorden kwamen. Maar tegen een hoge prijs.

Toen ze begon te praten, verdween haar tekentalent. Volgens schrijfster Lorna Selfe werd de ene taal waarschijnlijk vervangen door de andere. Van een artistiek genie veranderde Nadia in een gewoon, zwaar gehandicapt autistisch meisje, dat wel een beetje kon praten, maar het talent dat de wereld versteld had doen staan had ze volkomen verloren. Was dat het waard? Om een paar woorden te kunnen zeggen?

Nee, wilde Frans wel schreeuwen, misschien ook wel omdat hij zelf altijd bereid was elke prijs te betalen om een genie op zijn eigen gebied te worden. Liever iemand die bij een diner geen zinnig gesprek met zijn tafelgenoot kon voeren dan iemand die middelmatig was. Alles was beter dan het gewone! Dat was zijn hele leven al zijn eigen leidraad, maar toch ... Hij was gelukkig wel zo verstandig om te begrijpen dat zijn eigen elitaire principes in dit geval misschien niet per se een goede norm waren. Misschien stonden geweldige tekeningen in geen verhouding tot het vermogen om zelf om een glas melk te kunnen vragen of een paar woorden te kunnen wisselen met een vriend of een vader; wie was hij om dat te kunnen uitmaken?

Toch weigerde hij zich voor die keus te laten stellen. Hij kon de gedachte niet verdragen dat hij het meest fantastische wat er in Augusts leven was gebeurd moest afwijzen. Nee, nee. Dat mocht niet. Geen ouder zou moeten kiezen tussen de alternatieven genie of geen genie. Niemand wist immers van tevoren wat het beste was voor zijn kind.

Hoe meer hij erover nadacht, hoe onredelijker hij het vond, en hij besefte dat hij het niet geloofde, of liever gezegd: het niet wílde geloven. Nadia was per slot van rekening slechts één case, en één case was geen wetenschappelijke basis. Hij moest meer te weten zien te komen, dus hij zocht verder op internet.

Toen ging zijn telefoon. Er was de afgelopen uren geregeld gebeld. Onder andere door een afgeschermd nummer en daarna door Linus, zijn vroegere assistent, met wie hij steeds meer moeite had en die hij misschien niet eens meer vertrouwde, maar met wie hij op dit moment in elk geval geen zin had om te praten. Hij wilde meer uitzoeken over wat er met Nadia was gebeurd.

Toch nam hij op – misschien alleen maar om ervanaf te zijn. Het was Gabriella Grane, die knappe analiste van de Säpo, en er verscheen ondanks alles een glimlach op zijn gezicht. Hij wilde het liefst iets met Farah Sharif, maar Gabriella was een goede tweede. Ze had schitterende ogen en was snel van begrip. Hij had een zwak voor scherpzinnige vrouwen.

'Gabriella,' zei hij. 'Ik zou het heel leuk vinden om met je te praten, maar ik heb geen tijd. Ik ben met iets belangrijks bezig.'

'Hier heb je vast wel tijd voor,' zei ze ongewoon streng. 'Je bent in gevaar.'

'Onzin, Gabriella! Dat zei ik toch al. Ze proberen me er met een rechtszaak onder te krijgen, maar dat is alles.'

'Frans, ik vrees dat we nieuwe informatie hebben gekregen, en wel uit zeer betrouwbare bron. Er is echt sprake van dreiging.'

'Hoe bedoel je?' vroeg hij, een beetje afwezig.

Met de telefoon tussen zijn schouder en zijn oor geklemd probeerde hij door te gaan met zoeken naar informatie over Nadia's verloren talent.

'Het is moeilijk om de informatie te duiden, Frans, maar ik ben er toch niet gerust op. Ik denk dat we het serieus moeten nemen.'

'Dan zal ik dat ook doen. Ik beloof je dat ik extra voorzichtig zal zijn. Ik zal binnenblijven, zoals gewoonlijk. Maar ik ben druk bezig, zoals ik al zei, en bovendien ben ik ervan overtuigd dat je het mis hebt. Bij Solifon ...'

'Ja, natuurlijk. Ik kan het mis hebben,' viel ze hem in de rede. 'Dat kan heel goed. Maar stel je voor dat ik gelijk heb. Stel je voor dat er zelfs maar een heel, heel klein kansje is dat ik gelijk heb.'

'Zeker, maar ...'

'Geen gemaar, Frans, nu geen gemaar. Luister naar me. Ik denk dat je analyse klopt. Niemand bij Solifon wil je fysiek iets aandoen. Dat is per slot van rekening een geciviliseerd bedrijf. Maar het ziet ernaar uit dat een of meer mensen binnen het concern contact hebben met een criminele organisatie, een vreselijk gevaarlijke bende met vertakkingen in Rusland en in Zweden, en daar komt de dreiging vandaan.'

Voor de eerste keer haalde Frans zijn ogen van het beeldscherm. Hij wist dat Zigmund Eckerwald van Solifon samenwerkte met een criminele groep. Hij had zelfs een paar codenamen van de leiders opgepikt, maar hij begreep niet waarom die bende het op hem gemunt zou hebben – of wel?

'Een criminele organisatie?' bromde hij.

'Exact,' ging Gabriella door. 'En ligt dat in zekere zin ook niet voor de hand? Je hebt zelf ook aan de mogelijkheid gedacht, of niet? Als je eenmaal begint andermans ideeën te stelen en daar geld aan verdient, ben je een grens over gegaan en dan gaat het alleen nog maar van kwaad tot erger.'

'Ik geloof toch dat een stel juristen wel genoeg is. Met een paar geslepen advocaten kun je met een gerust hart stelen wat je wilt. Dat zijn de boeven van onze tijd.'

'Ja, misschien. Maar luister. Ik heb nog geen toestemming tot persoonsbescherming gekregen. Dus ik wil je op een geheime plek onderbrengen. Ik kom je zo meteen halen.'

'Huh?'

'Ik vind dat we onmiddellijk in actie moeten komen.'

'Nooit van m'n leven,' zei hij. 'Ik ...'

Hij aarzelde.

'Is er iemand bij je?' vroeg Gabriella.

'Nee, nee, maar ik kan op dit moment niet weg.'

'Hoor je niet wat ik zeg?'

'Dat hoor ik heel goed. Maar met alle respect, ik denk dat je vooral van vermoedens uitgaat.'

'Van vermoedens uitgaan hoort bij de aard van dreigingen, Frans. Maar degene van wie ik de informatie kreeg ... ja, dat mag ik eigenlijk niet zeggen ... was een agent van de NSA die bezig is deze organisatie in kaart te brengen.'

'De NSA,' snoof hij.

'Ik weet dat je daar sceptisch tegenover staat.'

'Dat is nog zacht uitgedrukt.'

'Oké, oké. Maar deze keer staan ze aan jouw kant, in elk geval de agent die belde. Dat is een goed mens. Zij heeft iets afgeluisterd wat weleens iets met het plannen van een moord te maken zou kunnen hebben.'

'Op mij?'

'Daar zijn aanwijzingen voor.'

'"Weleens" en "aanwijzingen" ... Dat klinkt erg onzeker allemaal.'

Tegenover hem pakte August zijn potloden en op de een of andere manier concentreerde Frans zich daar volkomen op.

'Ik blijf,' vervolgde hij.

'Dat meen je niet!'

'Jawel. Als jullie meer informatie hebben, wil ik best verhuizen, maar nu niet. Bovendien werkt dat alarm van Milton uitstekend. Ik heb overal camera's en sensoren.'

'Meen je het serieus?'

'Ja, en je weet dat ik een stijfkop ben.'

'Heb je een wapen?'

'Waar heb je het over, Gabriella? Ik en wapens! Het gevaarlijkste wat ik in huis heb, is mijn nieuwe kaasschaaf, denk ik.'

'Frans, eh ...' zei ze, en ze aarzelde even.

'Ja?'

'Ik zorg dat je bewaking krijgt, of je nu wilt of niet. Je hoeft je er niets van aan te trekken. Je zult het waarschijnlijk niet eens merken. Maar als je dan toch zo verdomd eigenwijs bent, heb ik nog een advies voor je.'

'Wat dan?'

'*Go public*. Dat zou een soort levensverzekering zijn. Vertel de media wat je weet. Dan wordt het in elk geval zinloos om je uit de weg te ruimen.'

'Ik zal erover nadenken.'

Frans hoorde aan Gabriella's stem dat ze werd afgeleid.

'Ja?' vroeg hij.

'Wacht even,' antwoordde ze. 'Ik heb nog iemand aan de lijn. Ik moet ...'

Ze verdween en Frans, die eigenlijk iets anders aan zijn hoofd had moeten hebben, dacht op dat moment maar één ding: zou August zijn vermogen om te tekenen verliezen als ik hem leer praten?

'Ben je er nog?' vroeg Gabriella na een tijdje.

'Natuurlijk.'

'Ik moet helaas ophangen. Maar ik beloof je, ik zorg dat je zo snel mogelijk bewaking krijgt. Je hoort nog van me. Pas goed op jezelf!'

Hij hing op, zuchtte en dacht weer aan Hanna, en aan August, en aan de schaakveldenvloer die in de wandkasten werd weerspiegeld, en aan van alles wat op dit moment niet erg belangrijk was, en ongeconcentreerd, bijna verstrooid, mompelde hij: 'Ze zitten achter me aan.'

Ergens zag hij wel in dat het niet onredelijk was, helemaal niet, ook al had hij tot nu toe steeds geweigerd te geloven dat het tot geweld zou komen. Maar wat wist hij daar eigenlijk van? Niets. En hij had ook geen zin er nu iets aan te doen. Dus hij zocht verder naar het lot van Nadia en welke betekenis dat kon hebben voor zijn zoon. Eigenlijk was het gek. Hij deed alsof er niets aan de hand was. Ondanks de dreiging zat hij daar maar te surfen. Het duurde niet lang of hij vond een professor in de neurologie, een vooraanstaand deskundige op het gebied van het savantsyndroom, een zekere Charles Edelman, en in plaats van meer over hem te lezen, zoals hij anders zou doen – Frans gaf altijd de voorkeur aan literatuur boven mensen – belde hij het centrale nummer van het Karolinska Instituut.

Toen drong het tot hem door dat het te laat op de avond was. Edelman zou vast niet meer op zijn werk zijn en zijn privénummer was geheim. Maar wacht, hij was ook hoofd van iets wat Ekliden heette, een instelling voor autistische kinderen met bijzondere vaardigheden, en Frans besloot het erop te wagen. De telefoon ging een paar keer over. Toen nam er een vrouw op die zich voorstelde als zuster Lindros.

'Sorry dat ik zo laat op de avond nog stoor,' zei Frans. 'Ik zoek professor Edelman. Is hij er soms nog?'

'Ja, toevallig wel. Niemand kan in dit weer naar huis. Wie kan ik zeggen dat ik aan de lijn heb?'

'Frans Balder,' zei hij. En, voor het geval dat het misschien zou helpen voegde hij eraan toe: 'Professor Frans Balder.'

'Een ogenblikje graag,' zei zuster Lindros. 'Ik zal kijken of hij tijd heeft.'

Frans keek naar August, die weer zijn potloden pakte en aarzelde. Het kwam hem op de een of andere manier voor als een slecht teken. 'Een criminele organisatie,' mompelde hij weer.

'Met Charles Edelman,' zei een stem. 'Spreek ik echt met professor Balder?'

'In eigen persoon. Ik heb een klein ...'

'U hebt geen idee hoe vereerd ik ben,' onderbrak Edelman hem. 'Ik ben net terug van een conferentie in Stanford, en daar hadden we het juist over uw onderzoek naar neurale netwerken. We hebben er zelfs over gediscussieerd of wij neurologen niet indirect, via AI-onderzoek, iets over de hersenen kunnen leren. We vroegen ons af ...'

'Ik voel me zeer vereerd,' onderbrak Frans hem, 'maar ik had eigenlijk een vraagje.'

'O? Gaat het om iets wat u nodig hebt voor uw onderzoek?'

'Nee, dat niet. Ik heb een autistische zoon. Hij is acht en heeft nog nooit een woord gezegd, maar laatst kwamen we langs een stoplicht in de Hornsgata, en daarna ...'

'Ja?'

'Daarna ging hij zitten en tekende het, in razend tempo, volkomen perfect. Verbluffend!'

'En nu wilt u dat ik kom bekijken wat hij heeft getekend?'

'Heel graag. Maar daar bel ik niet voor. Ik ben eigenlijk bezorgd. Ik heb gelezen dat zijn tekeningen misschien zijn taal naar de buitenwereld zijn en dat hij dat vermogen kan verliezen als hij leert praten. Dat de ene manier om te communiceren wordt vervangen door de andere.'

'U hebt blijkbaar over Nadia gelezen.'

'Hoe weet u dat?'

'Omdat zij er in deze gevallen altijd bij wordt gehaald. Maar wees gerust. Mag ik Frans zeggen?'

'Natuurlijk.'

'Fijn. Frans, ik ben heel blij dat je belt en ik kan je meteen vertellen dat je je geen zorgen hoeft te maken, integendeel. Nadia is de uitzondering die de regel bevestigt, meer niet. Al het onderzoek wijst erop dat taalontwikkeling het savanttalent eerder versterkt. Neem bijvoorbeeld Stephen Wiltshire. Over hem heb je dan ook zeker wel gelezen?'

'Die heel Londen tekende?'

'Precies. Hij heeft zich in alle opzichten ontwikkeld, zowel artistiek als intellectueel als talig. Hij wordt vandaag de dag beschouwd als een groot kunstenaar. Dus wees gerust, Frans. Het gebeurt inderdaad weleens dat kinderen hun savantvermogen verliezen, maar dat komt dan meestal door iets anders. Ze krijgen er genoeg van of er overkomt ze iets. Je hebt waarschijnlijk ook gelezen dat Nadia haar moeder in die tijd verloor?'

'Jazeker.'

'Misschien was dat de echte oorzaak. Dat kan niemand met zekerheid zeggen, ik ook niet. Maar het kwam waarschijnlijk niet doordat ze leerde praten. Er zijn geen andere voorbeelden van een soortgelijke ontwikkeling, en dat zeg ik niet ongefundeerd of omdat het toevallig mijn eigen hypothese is. Er bestaat heden ten dage grote consensus dat savants er alleen maar baat bij hebben om hun intellectuele vaardigheden in alle opzichten te ontwikkelen.'

'Echt waar?'

'Ja, heel zeker.'

'Hij is ook goed met cijfers.'

'O ja?' vroeg Charles Edelman verbaasd.

'Kijk je daarvan op?'

'Ja, want een artistieke vaardigheid bij een savant gaat maar zelden samen met wiskundige begaafdheid. Het zijn twee verschillende talenten, die totaal niet aan elkaar verwant zijn en elkaar soms zelfs lijken te blokkeren.'

'Toch is het zo. Zijn tekeningen hebben ook iets geometrisch exacts, alsof hij de verhoudingen heeft berekend.'

'Zeer interessant. Wanneer kan ik hem zien?'

'Dat weet ik niet precies. Ik wilde in eerste instantie alleen je advies horen.'

'Dat is heel duidelijk. Ik zou zeggen: besteed tijd aan je zoon. Stimuleer hem. Laat hem zijn talenten op alle mogelijke manieren ontwikkelen.'

'Ik ...'

Frans voelde een eigenaardige druk op zijn borst en had opeens moeite de juiste woorden te vinden.

'Dank je wel,' zei hij toen. 'Heel hartelijk dank. Maar nu moet ik ...'

'Het is een grote eer om met je te praten en ik zou het geweldig vinden om jou en je zoon te mogen ontmoeten. Ik heb een heel geavanceerde test ontwikkeld voor savants, als ik mezelf een beetje op de borst mag slaan. Samen kunnen we je zoon beter leren kennen.'

'O ja, natuurlijk, dat zou mooi zijn. Maar nu moet ik ...' mompelde Frans, zonder dat hij goed wist wat hij wilde zeggen. 'Dank je wel, hoor. Dag!'

'Ja, oké, goed. Ik hoop gauw weer van je te horen.'

Frans hing op en bleef even stil zitten, met zijn armen over elkaar, en keek naar August, die zijn gele potlood aarzelend vasthield en naar de brandende kaars keek. Toen ging er een rilling door

Frans' schouders en opeens kwamen er tranen, en je kon veel zeggen over professor Balder, maar niet dat hij om niets in huilen uitbarstte.

Hij kon zich niet herinneren wanneer het voor het laatst was geweest. Niet toen zijn moeder stierf en al helemaal niet wanneer hij iets aangrijpends las. Hij beschouwde zichzelf als een ijskonijn. Maar nu, tegenover zijn zoon en diens pennen en krijtjes gezeten, huilde de professor als een kind en liet hij zich gewoon gaan.

Dat kwam uiteraard door wat Charles Edelman had gezegd. Nu kon August leren praten en doorgaan met tekenen, en dat was geweldig. Maar natuurlijk huilde Frans niet alleen daarom. Het kwam ook door het drama bij Solifon. Door de dreiging. Door de geheimen die hij met zich meedroeg en door het gemis van Hanna of Farah of wie dan ook die de leegte in zijn borst zou kunnen vullen.

'Och, jochie!' zei hij, zo aangedaan en ontroerd dat hij niet merkte dat zijn laptop aanging en beelden liet zien van een van de bewakingscamera's buiten. Daar, op zijn grond, in de vliegende storm, liep een slungelige man in een gewatteerd leren jack, met een petje zo ver naar beneden getrokken dat het zijn gezicht zorgvuldig aan het oog onttrok. Wie het ook was, het was een man die wist dat hij werd gefilmd; en al leek hij mager en tenger, zijn wiegende, wat theatrale manier van lopen deed denken aan een zwaargewicht op weg naar de ring.

Gabriella Grane zat nog in haar kamer bij de Säpo. Ze zocht op internet en in de overheidsregisters. Toch werd ze er niet veel wijzer van, en dat kwam vooral doordat ze niet goed wist wat ze zocht. Maar er knaagde iets nieuws, iets onrustbarends in haar, iets vaags en onduidelijks.

Haar gesprek met Balder was onderbroken. Het was Helena Kraft, het hoofd van de Säpo, en ook nu weer had ze dezelfde mededeling. Alona Casales van de NSA wilde haar spreken en deze keer klonk Alona een stuk rustiger en ze leek zelfs weer met haar te flirten.

'Hebben jullie de computers weer onder controle?' vroeg Gabriella.

'Haha ... ja, het was ook een beetje overdreven. Niet veel aan de hand, geloof ik. Het spijt me dat ik de vorige keer een beetje cryptisch was. Misschien moet dat nu ook nog voor een deel, maar ik wil je meer informatie geven en nogmaals benadrukken dat ik de dreiging tegen professor Balder als reëel en ernstig beschouw, ook al weten we niets met zekerheid. Heb je er al iets mee gedaan?'

'Ik heb hem gesproken. Hij weigert zijn huis te verlaten. Hij zei dat hij druk met iets bezig was. Ik regel nu bewaking.'

'Heel goed. Zoals je misschien al had vermoed, heb ik meer gedaan dan alleen jou naspeuren. Je bent heel indrukwekkend bezig, mevrouw Grane. Zou iemand als jij niet bij Goldman Sachs moeten werken en miljoenen moeten verdienen?'

'Niet mijn stijl.'

'De mijne ook niet. Ik zou geen nee zeggen tegen het geld, maar dit onderbetaalde speurwerk ligt me beter. Nou, schat, het zit zo. Wat de NSA betreft is dit geen belangrijke zaak, helemaal niet – wat volgens mij overigens een verkeerde inschatting is. Niet alleen omdat ik ervan overtuigd ben dat deze bende een bedreiging vormt voor onze nationale economische belangen. Ik denk ook dat er politieke banden bestaan. Een van die Russische ICT-ingenieurs die ik noemde, iemand die Anatoli Chabarov heet, heeft ook banden met een berucht lid van de Russische Doema, een zekere Ivan Gribanov, tevens grootaandeelhouder bij Gazprom.'

'Ik begrijp het.'

'Maar het zijn voorlopig nog vooral losse draadjes. Ik ben een hele tijd bezig geweest de identiteit te achterhalen van de leider.'

'De man die zich Thanos noemt.'

'Of de vrouw.'

'De vrouw?'

'Ja, maar waarschijnlijk heb ik het mis. Dit soort criminele bendes maakt meestal misbruik van vrouwen en geeft ze niet de leiding en meestal wordt deze figuur ook aangeduid met "hij".'

'Waarom denk je dan dat het toch een vrouw zou kunnen zijn?'

'Er is een soort eerbied, zou ik haast zeggen. Ze praten over deze persoon zoals mannen van oudsher praten over vrouwen die ze begeren en bewonderen.'

'Een schoonheid?'

'Vermoedelijk. Maar het kan natuurlijk ook gewoon een beetje homo-erotisch zijn, en niemand zou blijer zijn dan ik als Russische gangsters of machthebbers daar wat meer tijd aan zouden besteden.'

'Haha, zo is het!'

'Maar eigenlijk zeg ik het alleen omdat ik vind dat je overal voor open moet staan als deze troep op jouw bureau terechtkomt. Je begrijpt wel dat er nogal wat advocaten bij betrokken zijn. Er zitten altijd advocaten bij, hè? Met hackers kun je stelen en met advocaten kun je de diefstal legitimeren. Maar wat zei Balder zelf ook weer?'

'We worden hetzelfde behandeld als we hetzelfde betalen.'

'Zo is het. Wie geld heeft voor een sterke verdediging kan tegenwoordig alles krijgen. Je kent Balders juridische tegenhanger in Washington, het bureau Dackstone & Partner?'

'Jazeker.'

'Dan weet je ook dat dat bureau vaak in de arm wordt genomen door grote technische ondernemingen om uitvinders en vernieuwers kapot te procederen die een kleine vergoeding willen hebben voor hun creatie.'

'Natuurlijk. Dat heb ik al geleerd toen we bezig waren met de patentstrijd van de uitvinder Håkan Lans.'

'Ja, dat was ook een afschuwelijke zaak, hè? Maar het interessante in dit geval is dat Dackstone & Partner ook voorkomt in een van de weinige conversaties die we van dit criminele netwerk hebben kunnen traceren en ontcijferen, al wordt het bureau dan vaak alleen D.P. of zelfs D. genoemd.'

'Dus Solifon en die criminelen hebben dezelfde juristen.'

'Daar lijkt het op. En dat is nog niet alles. Dackstone & Partner gaat een kantoor openen in Stockholm, en weet je hoe we daarachter zijn gekomen?'

'Nee,' zei Gabriella, die steeds opgewondener werd. Ze wilde dit gesprek zo snel mogelijk beëindigen en zorgen dat Balder politiebescherming kreeg.

'Doordat we deze groep in de gaten hielden,' vervolgde Alona. 'Chabarov had het er toevallig in een bijzin over, en dat geeft aan dat er nauwe banden bestaan met het bureau. De groep wist van dat nieuwe kantoor voordat het officieel bekend was.'

'O ja?'

'Ja, en in Stockholm gaat Dackstone & Partner samenwerken met een Zweedse advocaat die Kenny Brodin heet, die eerder strafadvocaat was en er toen om bekendstond dat hij wel wat erg dicht bij zijn cliënten stond.'

'Er bestaat onder meer een beruchte foto, die ook naar de roddelbladen is gegaan, waarop Kenny Brodin feest met zijn gangsters en zijn handen niet van een callgirl af kan houden,' zei Gabriella.

'Die heb ik gezien. Ik denk dat meneer Brodin een goeie is om mee te beginnen als jullie ook naar deze zaak gaan kijken. Wie weet, misschien is hij wel de link tussen het grote geld en deze groep.'

'Ik zal het meenemen,' antwoordde Gabriella. 'Maar nu moet ik iets anders doen. We spreken elkaar wel weer.'

Daarna belde ze de dienstdoende man op de afdeling Persoonsbescherming van de Säpo, vanavond niemand minder dan Stig Yttergren, en dat maakte de zaak er niet gemakkelijker op. Stig Yttergren was zestig jaar, corpulent, behoorlijk aan de drank, en hij hield vooral van kaarten en patiencen op internet. Soms werd hij 'meneer Kanniet' genoemd, dus ze legde op zo gezaghebbend mogelijke toon uit dat professor Frans Balder in Saltsjöbaden dringend beveiligd moest worden door lijfwachten. Stig Yttergren verklaarde gewoontegetrouw dat dat heel lastig zou worden en waarschijnlijk niet zou lukken, en toen ze counterde met de opmerking dat het een bevel van de Säpo-baas zelf was, mompelde hij iets als 'dat kreng'.

'Dat heb ik niet gehoord,' zei Gabriella. 'Maar zorg dat het snel gebeurt.' Natuurlijk gebeurde dat niet, en terwijl ze zenuwachtig met haar vingers op het bureaublad trommelend wachtte, zocht ze informatie op over Dackstone & Partner en over wat Alona nog meer had verteld, en toen bekroop haar een gevoel dat haar verontrustend bekend voorkwam.

Ze kon het echter niet plaatsen en voordat ze het had uitgezocht belde Stig Yttergren waarachtig terug, en uiteraard: er was niemand beschikbaar bij Persoonsbescherming. Het was vanavond heel druk met de koninklijke familie, zei hij, een of ander gedoe met het Noorse kroonprinselijk paar en verder had de partijleider van Sverigedemokraterna softijs in zijn haar gekregen zonder dat de bewaking had kunnen ingrijpen, waardoor ze gedwongen waren die te versterken voor zijn late toespraken in Södertälje.

Yttergren had daarom 'twee fantastische jongens van de geüniformeerde dienst' gecharterd: Peter Blom en Dan Flinck; en daar moest Gabriella het maar mee doen, ook al deden de namen Blom en Flinck haar denken aan Kling en Klang in *Pippi Langkous*. Even had ze een slecht voorgevoel. Toen werd ze kwaad op zichzelf.

Dat was nu echt haar snobistische achtergrond: mensen beoordelen op hun naam. Ze had eerder ongerust moeten zijn als ze Gyllentofs of iets anders chics hadden geheten. Dan waren ze vast slap en slecht geweest. Het gaat vast wel goed, dacht ze, en ze zette de bange vermoedens van zich af.

Toen ging ze aan het werk. Het zou een lange nacht worden.

9
DE NACHT VAN 20 OP 21 NOVEMBER

Lisbeth lag diagonaal op het grote tweepersoonsbed toen ze wakker werd en ze realiseerde zich dat ze over haar vader had gedroomd. Een dreigend gevoel legde zich als een mantel over haar heen. Maar toen herinnerde ze zich de dag van gisteren en besefte ze dat het ook een chemische reactie in haar lichaam kon zijn. Ze had een enorme kater, stond wankelend op en liep naar de grote badkamer met de jacuzzi, het marmer en al die andere idiote luxe om over te geven. Maar het enige wat er gebeurde, was dat ze moeizaam ademend op de grond zakte.

Na een tijdje stond ze op en keek ze in de spiegel, maar daar werd ze ook niet bepaald opgewekter van. Haar ogen waren bloedrood. Aan de andere kant: het was nog maar kort na middernacht. Ze kon niet meer dan een paar uur hebben geslapen. Ze pakte een glas uit het badkamerkastje en vulde het met water. Op hetzelfde moment kwamen de beelden uit haar droom terug, en toen kneep ze het glas kapot, vloekte daarover en begreep dat ze niet meer zou kunnen slapen.

Zou ze proberen het versleutelde bestand te kraken dat ze gisteren had gedownload? Nee, dat zou zinloos zijn, op dit moment althans, dus ze draaide een handdoek om haar hand, liep naar haar boekenkast en haalde er een nieuw boek van de Princeton-natuurkundige Julie Tammet uit, die beschreef hoe een grote ster uiteenvalt tot een zwart gat, en daarmee ging ze op de rode bank bij het raam zitten, met uitzicht op Slussen en de Riddarfjärd.

Toen ze begon te lezen knapte ze een beetje op. Het bloed drupte wel van de handdoek op de pagina's en haar hoofd bleef zeer doen, maar ze raakte steeds meer verdiept in het boek en af en toe maakte ze een aantekening in de marge. Eigenlijk was het geen nieuws voor haar. Ze wist als geen ander dat een ster in leven wordt gehouden door twee elkaar tegenwerkende krachten: kernexplosies binnenin, die de ster naar buiten duwen, en de zwaartekracht, die hem bij elkaar houdt. Ze beschouwde het als een evenwichtsoefening, een tweekamp, die lang in balans blijft maar uiteindelijk eindigt wanneer de kernbrandstof opraakt, de explosies in kracht afnemen en er onherroepelijk een winnaar komt.

Wanneer de zwaartekracht de overhand krijgt, trekt het hemellichaam zich samen als een ballon waar de lucht uit loopt en wordt het steeds kleiner. Een ster kan zo tot niets slinken. Buitengewoon elegant uitgedrukt in de formule

$$r_{sch} = \frac{2\,GM}{c^2}$$

waarin G de zwaartekrachtconstante is, had Karl Schwarzschild al tijdens de Eerste Wereldoorlog het stadium beschreven waarin een ster zo wordt samengedrukt dat zelfs het licht er niet meer uit kan en dan is er geen weg meer terug. In zo'n situatie is het hemellichaam gedoemd in te storten. Alle atomen worden naar binnen getrokken, naar een singulier punt waarop tijd en ruimte ophouden te bestaan en er misschien nog vreemdere dingen gebeuren, trekjes van irrationaliteit midden in het aan wetten gebonden universum.

Deze singulariteit, die misschien niet zozeer een punt is als wel een soort gebeurtenis, een eindstation voor alle bekende natuurkundige wetten, wordt omgeven door een gebeurtenishorizon en vormt daarmee tezamen een zogeheten zwart gat. Lisbeth hield van zwarte gaten. Ze voelde zich ermee verwant.

Toch was ze, net als Julie Tammet, in eerste instantie niet geïnteresseerd in de zwarte gaten op zichzelf, maar in het proces dat ze tot stand brengt, en dan vooral in het feit dat de collaps van de sterren begint in het wijde, uitgestrekte deel van het universum dat we doorgaans verklaren vanuit de relativiteitstheorie van Einstein, maar eindigt in het minuscule wereldje dat gehoorzaamt aan de beginselen van de kwantummechanica.

Lisbeth was ervan overtuigd dat ze, als ze dat proces kon beschrijven, twee onverenigbare talen kon samenbrengen: de kwantumfysica en de relativiteitstheorie. Maar dat ging haar vermogens waarschijnlijk te boven, net als die verdomde encryptie, en onherroepelijk begon ze weer aan haar vader te denken.

Toen Lisbeth jong was, had die klootzak haar moeder heel vaak verkracht. Daar bleef hij mee doorgaan totdat haar moeder er geestelijk onherstelbaar door was beschadigd. Op haar twaalfde sloeg Lisbeth met verschrikkelijke kracht terug. In die tijd had ze er nog geen idee van dat haar vader een overgelopen topspion van de Russische militaire inlichtingendienst GRU was, laat staan dat hij door een speciale afdeling van de Zweedse veiligheidsdienst, de zogeheten Sectie, ten koste van alles werd beschermd. Toch begreep ze toen al dat er een raadsel om haar vader heen hing, een duister geheim waar je niet bij in de buurt mocht komen, waarvan je zelfs niet mocht zeggen dat het er was.

Op alle brieven en officiële post stond 'Karl Axel Bodin' en alle buitenstaanders werden ook geacht hem Karl te noemen. Maar het gezin in de Lundagata wist dat dat een valse naam was en dat hij eigenlijk Zala heette, of preciezer: Alexander Zalachenko. Hij was iemand die mensen met kleine dingetjes de stuipen op het lijf kon jagen. Het ergste was dat hij een onkwetsbaarheidsmantel droeg; die indruk had Lisbeth in elk geval.

Hoewel ze toen zijn geheim nog niet kende, besefte ze wel dat haar vader ongestraft van alles kon uithalen. Dat was ook een van de redenen waarom hij zo'n akelige grandeur uitstraalde. Hij was iemand die geen normale wegen bewandelde, en daar was hij zich maar al te zeer van bewust geweest. Andere vaders kon je bij de sociale dienst en bij de politie aangeven. Maar Zala werd gedekt door machten die daar ver boven stonden. Wat Lisbeth zich vannacht in haar droom had herinnerd, was de dag waarop ze haar moeder bewusteloos op de vloer had aangetroffen en besloot haar vader onschadelijk te maken.

Dat was haar echte zwarte gat. Samen met nog iets.

Het alarm ging om 1.18 uur af en Frans Balder werd met een schok wakker. Was er iemand in huis? Hij werd bevangen door een onverklaarbare angst en hij voelde met zijn hand naast zich in bed. Daar lag August. Hij was waarschijnlijk stiekem bij hem in bed gekropen, zoals gewoonlijk, en nu kreunde hij onrustig, alsof hij in zijn droom gilde. Och jochie, dacht Frans. Toen verstijfde hij. Waren dat voetstappen?

Nee, dat verbeeldde hij zich maar. Er was sowieso niets anders te horen dan het alarm, en hij keek ongerust naar buiten, waar het nog steeds noodweer was. Het leek nog harder te zijn gaan stormen. De zee zwiepte tegen de steiger en de oever. De ruiten trilden en leken bijna te buigen door de storm. Zouden de windvlagen het alarm hebben veroorzaakt? Misschien was dat het wel.

Toch moest hij er natuurlijk op reageren en zo nodig om hulp bellen, en kijken of die bewaking die Gabriella Grane had geregeld er nu was. Twee mensen van de politie waren al uren naar hem onderweg. Het was gewoon een farce. Ze waren de hele tijd gehinderd door het slechte weer en door allerlei tegenorders: kom hier- of daarmee helpen! Er was steeds weer iets anders en hij was het met Gabriella eens: het wekte een volkomen incompetente indruk.

Maar daar moest hij later maar iets aan doen. Nu moest hij eerst gaan bellen. Hij werd echter afgeleid omdat August wakker was geworden, of bezig was wakker te worden, dus Frans moest snel iets doen. Een hysterische August, die met zijn lichaam tegen het bed bonkte, was wel het laatste wat hij nu kon gebruiken. De oordopjes, bedacht hij. De oude, groene oordopjes die hij op het vliegveld van Frankfurt had gekocht.

Hij haalde ze uit het nachtkastje en stopte ze voorzichtig in de oren van zijn zoon. Toen stopte hij hem weer in, gaf hem een kusje op zijn wang en streelde hem over zijn rommelige, krullende haar. Daarna trok hij het kraagje van zijn pyjama recht en zorgde hij dat Augusts hoofd lekker op het kussen lag. Onbegrijpelijk dat hij hier nu aandacht voor had. Frans was bang en had haast. Dat zou hij in elk geval móéten hebben.

En toch waren zijn bewegingen traag en was hij bezig met zijn zoon. Misschien was het sentimentaliteit op een moment van crisis. Of hij wilde de confrontatie met wat hem buiten te wachten stond uitstellen. Even wilde hij toch dat hij een wapen had gehad. Al had hij niet geweten hoe hij dat moest gebruiken.

Hij was verdomme een programmeur die op zijn oude dag vadergevoelens had gekregen, dat was alles. Hij had niet in deze rotzooi terecht moeten komen. Ze konden doodvallen, Solifon en de NSA en alle criminele organisaties! Maar nu moest hij op zijn tanden bijten, en sluipend, onzeker, liep hij naar de hal; het eerste wat hij deed, zelfs voordat hij naar het pad voor het huis keek, was het alarm uitzetten. Het lawaai werkte hem op de zenuwen en in de plotselinge stilte die volgde, bleef hij stil in de hal staan, niet in staat tot enige actie. Toen ging zijn mobiele telefoon en hoewel hij een sprongetje maakte van schrik, was hij blij met de afleiding.

'Ja?' zei hij toen hij opnam.

'Hallo, met Jonas Anderberg van Milton Security. Is alles in orde?'

'Eh... ja, ik geloof van wel. Mijn alarm ging af.'

'Dat weet ik, en volgens onze aanwijzingen moet u dan naar een speciale ruimte in de kelder gaan en de deur op slot doen. Bent u daar nu?'

'Ja,' loog hij.

'Goed. Heel goed. Weet u wat er is gebeurd?'

'Geen idee. Ik werd wakker van het alarm. Ik heb geen idee wat het heeft veroorzaakt. Kan het niet door de storm komen?'

'Dat kan bijna niet ... wacht even!'

Jonas Anderberg klonk een beetje afwezig.

'Wat is er?' vroeg Frans nerveus.

'Het lijkt wel ...'

'Jezus, kom op man. Ik krijg de zenuwen van je.'

'Sorry, rustig maar, rustig... ik loop de beeldsequenties van uw camera's door en het lijkt er toch helaas op dat ...'

'Dat wat?'

'... dat u bezoek hebt gehad. Een man, ja, u kunt het straks zelf bekijken, een nogal lange slungel met een donkere bril en een petje op heeft op uw terrein rond lopen snuffelen. Hij is er twee keer geweest, lijkt het, maar zoals ik al zei ... Ik heb het net pas ontdekt. Ik moet er beter naar kijken om er meer over te kunnen zeggen.'

'Wat is het voor type?'

'Tja, dat is niet zo makkelijk te zeggen, hoor.'

Jonas Anderberg bestudeerde de beelden kennelijk opnieuw.

'Maar misschien ... Ik weet niet ... Nee, ik mag nu niet speculeren,' vervolgde hij.

'Ja, doe dat maar wel, alsjeblieft. Ik moet iets concreets hebben. Als geruststelling.'

'Nou, dan zou je kunnen zeggen dat er in elk geval één geruststellend feit is.'

'En wat is dat?'

'Zijn manier van lopen. Hij loopt als een junk, als iemand die net een flink shot heeft genomen. Zijn bewegingen hebben iets overdreven gewichtigs, iets houterigs. Dat zou erop kunnen wijzen dat het een gewone verslaafde is, een kruimeldief. Aan de andere kant ...'

'Ja?'

'... verbergt hij zijn gezicht verontrustend goed en verder ...'

Jonas zweeg weer.

'Ga door!'

'Wacht even.'

'Je maakt me nerveus, weet je dat?'

'Is niet mijn bedoeling. Maar weet u ...'

Frans' lichaam spande zich tot het uiterste. Op zijn oprit was het geluid van een motor te horen.

'U krijgt bezoek.'

'Wat moet ik doen?'

'Blijven waar u bent.'

'Oké,' zei Frans, en hij bleef staan, min of meer verlamd, op een heel andere plek dan waar Jonas Anderberg dacht dat hij zich bevond.

Toen om 1.58 uur de telefoon ging, was Mikael Blomkvist nog steeds wakker. Maar omdat zijn mobieltje nog in zijn spijkerbroek zat die op de vloer lag, was hij er toch niet op tijd bij. Bovendien was het een afgeschermd nummer; hij vloekte, kroop weer in zijn bed en deed zijn ogen dicht.

Hij wilde niet nog een doorwaakte nacht. Al sinds Erika in slaap was gevallen, kort voor middernacht, had hij liggen woelen en nadenken over zijn leven; er was niet erg veel waar hij een goed gevoel over had, zelfs niet over zijn relatie met Erika. Hij hield al tientallen jaren van haar en niets wees erop dat zij niet hetzelfde voelde voor hem.

Maar het was niet meer zo eenvoudig en Mikael had ook wel enige sympathie gekregen voor Greger. Greger Beckman was kunstenaar. Hij was ook de man van Erika en je kon hem bepaald niet afgunstig of bekrompen noemen. Integendeel, toen Greger begreep dat Erika Mikael nooit zou kunnen vergeten of zich ervan zou kunnen weerhouden met hem naar bed te gaan, ging hij niet door het lint en dreigde hij niet om met zijn vrouw naar China te verhuizen.

Hij had een afspraak met haar gemaakt: 'Je mag bij hem zijn als je maar altijd terugkomt bij mij.' En zo geschiedde. Ze vormden een ménage à trois, een onconventionele constellatie waarbij Erika meestal thuis in Saltsjöbaden sliep, bij Greger, maar soms hier bij Mikael in de Bellmansgata. Door de jaren heen had Blomkvist dat een geweldige oplossing gevonden; daar zouden meer mensen baat bij hebben die leefden onder de dictatuur van de tweezaamheid. Elke keer dat Erika zei 'Ik hou meer van mijn man als ik ook bij jou kan zijn', of als Greger bij een of andere cocktailparty zijn arm in een broederlijke omhelzing om hem heen sloeg, dankte Mikael zijn gelukkige gesternte voor deze regeling.

Maar de laatste tijd was hij gaan twijfelen, misschien omdat hij überhaupt meer tijd had gekregen om over zijn leven na te denken en hij had bedacht dat niet alles wat een afspraak heet ook per se een afspraak is. De ene partij kan ook iets doordrijven onder het mom van een gezamenlijk besluit maar in de loop der tijd kan blijken dat iemand daar toch door tekortgekomen is, ondanks alle bezweringen van het tegendeel, en eerlijk gezegd was Erika's telefoontje aan Greger gisteravond laat niet direct met gejuich ontvangen. Wie weet, misschien lag Greger op dit moment ook wel wakker.

Mikael deed zijn best om aan iets anders te denken. Even probeerde hij zelfs te dagdromen. Maar het hielp niet erg en uiteindelijk stond hij op, vastbesloten om dan maar iets zinvols te doen, lezen over bedrijfsspionage of zo, of beter nog, een alternatief financieringsplan bedenken voor *Millennium*. Hij kleedde zich aan, ging achter zijn pc zitten en checkte zijn e-mail.

Het meeste was troep, zoals gewoonlijk, hoewel een deel van de mails hem wel wat moed gaf. Er waren aanmoedigingen van Christer en Malin, van Andrei Zander en Harriët Vanger voor het komende gevecht met Serner en hij reageerde vechtlustiger dan hij in wezen was. Daarna keek hij zonder veel verwachtingen in *Lisbeths Laatje*. Toen klaarde zijn gezicht op. Ze had geantwoord. Voor het eerst in eeuwen had ze een teken van leven gegeven: *Balders intelligentie is absoluut niet kunstmatig. Hoe staat het trouwens tegenwoordig met je eigen intelligentie? En wat gebeurt er, Blomkvist, als we een machine creëren die slimmer is dan wijzelf?*

Mikael glimlachte en dacht terug aan de laatste keer dat ze elkaar hadden gesproken, bij een kop koffie in de Kaffebar in de St. Paulsgata. Daarom duurde het even voordat het tot hem doordrong dat haar boodschap twee vragen bevatte, waarvan de eerste een vriendschappelijke steek onder water was die helaas niet geheel ongegrond was. Wat hij de laatste tijd in *Millennium* had geschreven miste intelligentie en werkelijke nieuwswaarde. Zoals zoveel journalisten had hij alleen beproefde middelen en gemeenplaatsen gebruikt. Maar daar was niets meer aan te doen en Lisbeths tweede vraag, haar raadseltje, amuseerde hem meer, niet zozeer omdat het hem overdreven interesseerde als wel omdat hij iets gevats terug wilde schrijven.

Als we een machine creëren die slimmer is dan wijzelf, dacht hij, wat gebeurt er dan? Hij liep naar de keuken, maakte een fles bronwater open en ging aan de keukentafel zitten. Een verdieping onder hem hoestte mevrouw Gerner lelijk, en ver weg in de stad loeide een ambulance in de storm. Tja, beantwoordde hij zijn eigen vraag, dan krijgen we een machine die alle slimme dingen kan die wijzelf kunnen, plus nog een beetje meer, bijvoorbeeld ... Hij lachte hardop en begreep de strekking van de vraag: zo'n machine moest ook iets kunnen maken wat intelligenter was dan zichzelf, omdat wij dat ook konden, maar wat dan?

Natuurlijk kan die machine ook weer iets maken wat nog slimmer is, en de daaropvolgende ook weer, en de volgende en de volgende, en het duurt niet lang of de aanstichter van dat alles, de mens zelf, is voor de nieuwste robot net zo interessant als witte muizen. We staan op de rand van een oncontroleerbare intelligentie-explosie, net als in de *Matrix*-films.

Mikael liep grijnzend terug naar zijn computer en schreef: *Als we zo'n machine creëren, krijgen we een wereld waarin zelfs Lisbeth Salander niet meer zo stoer is.*

Toen zat hij een tijdje stil uit het raam te kijken, voor zover er iets te zien was in de sneeuwstorm. Af en toe wierp hij door de open deur een blik op Erika, die diep in slaap lag en geen weet had van machines die intelligenter worden dan de mens of zich daar op dit moment in elk geval niet om bekommerde. Toen pakte hij zijn telefoon.

Hij dacht dat die geluid had gemaakt, en inderdaad: er was een nieuw bericht ingesproken. Daar schrok hij van, al wist hij niet goed waarom. Maar afgezien van oude vriendinnen die dronken waren en met hem naar bed wilden, belden er 's nachts alleen mensen met slecht nieuws, dus hij luisterde het bericht meteen af.

De stem op de voicemail klonk gestrest: *Mijn naam is Frans Balder. Onbeschoft natuurlijk om zo laat te bellen. Mijn excuus daarvoor. Maar mijn situatie wordt een beetje kritiek, dat idee heb ik in elk geval, en nu hoorde ik dat u me zocht. Dat is ook toevallig! Er zijn een paar dingen die ik u toch al wilde vertellen, die u denk ik wel interesseren. Ik hoor graag zo gauw mogelijk van u. Ik heb het gevoel dat het haast heeft.*

Vervolgens noemde hij een telefoonnummer en een mailadres. Mikael schreef ze op en bleef nog even zitten, terwijl hij met zijn vingers op het tafelblad trommelde.

Frans Balder lag in bed, nog steeds verhit en angstig. Toch was hij nu wel iets rustiger. De auto die zijn oprit op was gekomen bleek dan toch eindelijk de politiebewaking te zijn. Het waren twee mannen van in de veertig, een heel lange en een vrij kleine. Ze zagen er allebei een tikkeltje zelfgenoegzaam en dikdoenerig uit met hun ongeveer gelijksoortige korte, modieuze kapsel, maar ze gedroegen zich beleefd en boden keurig en respectvol hun excuses aan voor de vertraging.

'We zijn door Milton Security en Gabriella Grane van de Säpo op de hoogte gebracht van de situatie,' vertelden ze. Ze wisten dus al dat er een man met een petje en een donkere bril om het huis had gelopen en dat ze op hun hoede moesten zijn. Daarom sloegen ze het aanbod om in de keuken een kop warme thee te komen drinken af. Ze wilden het huis in de gaten houden, en Frans vond dat dat professioneel en verstandig klonk. Hij kreeg geen al te positieve indruk van hen, maar aan de andere kant ook geen al te negatieve. Hij had hun telefoonnummers gevraagd en was weer naar bed gegaan, naar August, die nog sliep, in elkaar gedoken, met zijn groene oordoppen in.

Maar natuurlijk kon Frans niet meteen weer in slaap komen. Hij luisterde naar geluiden in de storm. Na een tijdje ging hij rechtop zitten. Hij moest iets doen, anders werd hij gek. Hij luisterde naar zijn voicemail. Er waren twee berichten van Linus Brandell, die venijnig klonk maar tegelijk ook defensief, en eerst wilde hij zijn telefoon weer wegleggen. Hij had even geen zin in het gezeur van Linus.

Maar toen ving hij toch een paar interessante dingen op. Linus had gesproken met Mikael Blomkvist van het tijdschrift *Millennium*, en nu zocht die contact met hem. Frans verzonk in gedachten. 'Mikael Blomkvist,' mompelde hij. Zal hij mijn link met de wereld worden?

Frans Balder wist niet veel van het Zweedse journalistenkorps. Maar van Mikael Blomkvist had hij wel gehoord en voor zover hij wist was dat iemand die altijd diep doorgroef en niet toegaf aan pressie. Hij was misschien op zichzelf niet de juiste man voor deze zaak en Frans meende ook andere, minder vleiende dingen over hem gehoord te hebben, dus hij stond op en belde Gabriella Grane weer. Gabriella wist zo ongeveer alles over de media en ze had gezegd dat ze vannacht zou doorwerken.

Ze nam meteen op. 'Hallo. Ik wilde net contact met je opnemen. Ik kijk nu naar die man op de bewakingscamera. We moeten je toch meteen ergens anders heen brengen.'

'Maar verdorie, Gabriella, nu zijn die bewakers er net. Die zitten pal voor de deur.'

'Die man hoeft niet per se door de hoofdingang te komen.'

'Waarom zou hij überhaupt terugkomen? Hij zag eruit als een junk, zei die man van Milton.'

'Daar ben ik nog niet zo zeker van. Hij heeft een of ander doosje in zijn handen, iets technisch. We moeten het zekere voor het onzekere nemen.'

'Morgen wil ik wel verkassen. Dat is misschien ook wel goed voor mijn zenuwen. Maar vannacht doe ik niks. Die agenten van je wekken een professionele indruk, redelijk professioneel althans.'

'Ga je nu weer dwarsliggen?'

'Inderdaad.'

'Oké, dan zal ik ervoor zorgen dat Flinck en Blom overeind komen en over je perceel gaan lopen om het in de gaten te houden.'

'Mooi, mooi, maar daar bel ik niet voor. Go public, raadde jij me aan, weet je nog?'

'Ja ... Jazeker ... Dat is nu niet direct wat de veiligheidsdienst mensen normaal gesproken adviseert, hè, maar op zichzelf vind ik dat nog steeds een goed idee. Maar eerst zou ik graag willen dat je óns vertelt wat je weet. Ik begin een slecht gevoel te krijgen over dit alles.'

'Daar hebben we het morgenvroeg wel over, als we allebei geslapen hebben. Maar wat vind je van Mikael Blomkvist van *Millennium*? Zou dat iemand zijn om mee te praten?'

Gabriella schoot in de lach.

'Als je mijn collega's een beroerte wilt bezorgen moet je dat beslist doen.'

'Is het zo erg?'

'Hier bij de Säpo mijden ze hem als de pest. "Als Mikael Blomkvist voor je deur staat, weet je dat je hele jaar naar de klote is," zeggen ze. Iedereen hier, inclusief Helena Kraft, zou het je ten zeerste afraden.'

'Maar ik vraag het aan jou.'

'Dan zeg ik dat het een goed idee is. Het is een verdomd goede journalist.'

'Maar er was toch ook kritiek op hem?'

'Absoluut. De laatste tijd zeggen ze dat hij passé is en niet positief of vlot genoeg schrijft of zoiets. Hij is een ouderwets degelijke onderzoeksjournalist. Heb je zijn gegevens?'

'Die heeft mijn assistent me gegeven.'

'Mooi. Super. Maar voordat je contact met hem opneemt, moet je het ons vertellen. Beloof je dat?'

'Ik beloof het, Gabriella. Nu ga ik een paar uur slapen.'

'Doe dat, dan hou ik contact met Flinck en Blom, en regel ik een veilig adres voor je voor morgen.'

Toen hij had opgehangen probeerde hij weer tot rust te komen. Maar dat lukte nog steeds niet helemaal, en door het slechte weer haalde hij zich van alles in 't hoofd. Het leek alsof er vanaf de zee iets naar hem toe kwam en ongewild luisterde hij gespannen naar alle afwijkende geluiden om hem heen, en na enige tijd werd hij steeds rustelozer en ongeruster.

Hij had Gabriella beloofd dat hij eerst met haar zou praten, maar nu had hij het gevoel dat niets meer kon wachten. Alles wat hij al zo lang had opgekropt, beukte om eruit te komen, ook al besefte hij dat dat irrationeel was. Niets was zo acuut. Het was midden in de nacht en ondanks wat Gabriella had gezegd mocht hij aannemen dat hij nu veiliger was dan hij in lange tijd was geweest. Hij had politiebewaking en een eersteklas alarm. Maar dat maakte zijn gevoel van urgentie niet minder. Koortsachtig zocht hij het nummer dat Linus hem had gegeven, en hij belde het, maar natuurlijk nam Blomkvist niet op.

Waarom zou hij ook? Het was veel te laat, dus Frans sprak een boodschap in, wat geforceerd fluisterend om August niet wakker te maken. Toen deed hij het lampje op het nachtkastje aan zijn kant aan. Hij keek even op het boekenplankje rechts van het bed. Daar stond wat lectuur die niets met zijn werk te maken had, en verstrooid en rusteloos bladerde hij door een oude roman van Stephen King, *Dodenwake*. Maar toen moest hij nog meer denken aan griezelige figuren die bij nacht en ontij onderweg waren. Hij bleef lang met het boek in zijn hand staan en in die tijd gebeurde er iets met hem. Hij kreeg een idee, een intens gevoel van gevaar, dat hij bij daglicht wellicht als onzin had afgedaan, maar dat op dit moment heel reëel leek, en opeens had hij zin om met Farah Sharif te praten of misschien nog liever met Steven Warburton in Los Angeles, die nu ongetwijfeld wakker was, en terwijl hij daarover nadacht en zich allerlei onplezierige scenario's voorstelde, keek hij naar de zee en de nacht en de onstuimig langs de lucht voortjagende wolken. Op dat moment rinkelde zijn telefoon, alsof die zijn wens had gehoord. Maar het was natuurlijk niet Farah of Steven.

'Met Mikael Blomkvist,' zei een stem. 'U wilde me spreken.'

'Inderdaad. Neem me niet kwalijk dat ik zo laat belde.'

'Geeft niet. Ik lag toch wakker.'

'Ik ook. Hebt u nu tijd?'

'Jazeker. Ik heb net een mailtje beantwoord van iemand die we geloof ik allebei kennen. Ze heet Salander.'

'Hoe?'

'Sorry, misschien heb ik het verkeerd begrepen. Maar ik meende te weten dat u haar had ingeschakeld om uw computers te checken op verdachte indringers.'

Frans schoot in de lach.

'O god, ja, dat is een speciaal mens,' zei hij. 'Maar ze heeft me nooit haar achternaam verteld, hoewel we een tijdlang vrij veel contact hadden. Ik nam aan dat ze daar zo haar redenen voor had en ik heb er nooit op aangedrongen. Ik heb haar ontmoet bij een van mijn lezingen op de Koninklijke Technische Hogeschool. Daar vertel ik u graag later meer over; het was echt verbluffend. Maar wat ik wilde vragen was ... ja, u vindt het vast een belachelijk idee.'

'Soms ben ik dol op belachelijke ideeën.'

'U hebt zeker geen zin om hier nu meteen naartoe te komen? Dat zou ik heel erg waarderen. Ik zit met een verhaal dat volgens mij nogal explosief is. Ik wil wel een taxi heen en terug voor u betalen.'

'Heel aardig van u, maar wij nemen onze onkosten altijd zelf voor onze rekening. Waarom moeten we nu, midden in de nacht, praten?'

'Omdat ...' Frans aarzelde. 'Omdat ik het gevoel heb dat het haast heeft, of eigenlijk is het meer dan een gevoel. Ik heb net gehoord dat ik in gevaar ben en een paar uur geleden heeft er hier iemand om mijn huis heen lopen snuffelen. Ik ben bang, eerlijk gezegd, en ik wil mijn verhaal kwijt. Ik wil niet langer de enige zijn die alles weet.'

'Oké.'

'Hoezo oké?'

'Ik kom eraan – als ik een auto kan regelen.'

Frans gaf hem het adres en hing op. Daarna belde hij professor Steven Warburton in Los Angeles. Hij sprak een minuut of twintig, dertig geconcentreerd en intensief met hem over een beveiligde lijn. Daarna trok hij een spijkerbroek en een zwarte kasjmieren polo aan en ging een fles Amarone halen, voor het geval dat Mikael Blomkvist zin had in zoiets lekkers. Maar hij kwam niet verder dan de deur. Hij schrok.

Hij meende een beweging te hebben gezien, iets wat voorbijfladderde, en nerveus keek hij naar de steiger en de zee. Maar hij zag niets. Het was hetzelfde verlaten, door de storm geteisterde uitzicht als eerder, dus hij deed het af als verbeelding, een product van zijn zenuwachtige stemming. Dat probeerde hij althans. Hij ging de slaapkamer uit en liep langs het grote raam om naar de eerste verdieping te gaan. Maar toen overviel de angst hem weer. Hij draaide zich snel om en deze keer ontwaarde hij echt iemand bij het huis van de buren, van Cedervall.

Er snelde iemand voorbij, daar in de schaduw van de bomen, en hoewel Frans de persoon niet erg lang had gezien, kon hij wel vaststellen dat het een sterke man was, met een rugzak, in donkere kleren. De man rende voorovergebogen en zijn bewegingen hadden iets professioneels, alsof hij al vaak zo had gerend, in een oorlog ergens ver weg of zo; ze leken effectief, getraind en deden Frans denken aan thrillers, en misschien duurde het daardoor een paar seconden voordat hij zijn mobiele telefoon uit zijn zak had gehaald en had uitgemaakt welke nummers in de lijst van de politiemannen voor zijn huis waren.

Hij had ze nog niet in zijn contactenlijst gezet, maar hen alleen opgebeld om de nummers op zijn display te krijgen en nu werd hij onzeker. Welke waren nou toch van hen? Hij wist het niet, en met trillende handen probeerde hij een nummer waarvan hij dacht dat het er een was. Eerst werd er niet opgenomen. Drie, vier keer ging de telefoon over voordat een stem hijgde: 'Met Blom. Wat is er aan de hand?'

'Ik zag een man tussen de bomen bij het huis van de buren rennen. Ik weet niet waar hij nu is. Maar hij zou best eens bij jullie op de weg kunnen zijn.'

'Oké, we gaan even kijken.'

'Hij zag er ...' vervolgde Frans.

'Ja?'

'Ik weet het niet ... snel uit.'

Dan Flinck en Peter Blom zaten in de politiewagen over hun jonge collega Anna Berzelius te praten en over de omvang van haar kont. Peter en Dan waren allebei net gescheiden.

De scheidingen waren aanvankelijk heel pijnlijk geweest. Ze hadden allebei kleine kinderen, een vrouw die zich in de steek gelaten voelde en schoonouders die hen in wisselende bewoordingen voor onverantwoordelijke klootzakken hadden uitgemaakt. Maar toen het allemaal wat tot bedaren was gekomen, de zorg voor de kinderen was geregeld en ze een nieuw, zij het pretentieloos huis hadden, waren ze allebei tot dezelfde conclusie gekomen: ze hadden het vrijgezellenleven gemist. De laatste tijd hadden ze in hun kinderloze weken gefeest als nooit tevoren en daarna namen ze, net als in hun tienerjaren, alle details van de avond door; ze beoordeelden de vrouwen die ze hadden gezien van top tot teen en recenseerden zorgvuldig hun lichaam en hun kwaliteiten in bed. Maar deze keer hadden ze zich nog niet zo lang in de billen van Anna Berzelius kunnen verdiepen als ze wel hadden gewild.

Peters mobieltje ging over, en ze schrokken er allebei van, voor een deel doordat Peter pas een nogal extreme uitvoering van *Satisfaction* als ringtone had gekozen, maar vooral omdat de nacht, de storm en de eenzaamheid hier hen nogal schrikachtig maakten. Bovendien had Peter zijn telefoon in zijn broekzak en omdat zijn broek nogal krap zat – het uitgaansleven had zijn buik wat doen opzwellen – duurde het even voordat hij hem te pakken had. Toen hij ophing, zag hij er bezorgd uit.

'Wat was er?'

'Balder heeft een man gezien, een snel type blijkbaar.'

'Waar?'

'Daarbeneden bij de bomen bij het huis van de buren. Maar waarschijnlijk komt hij hierheen.'

Peter en Dan stapten uit en weer sneed de kou door hen heen. Ze waren deze lange avond en nacht al vaak uitgestapt, maar ze hadden nog niet eerder zo gehuiverd. Even bleven ze staan en keken ze willekeurig naar links en rechts. Toen nam Peter, de langste, het commando en zei tegen Dan dat hij hier bij de weg moest blijven, terwijl hij zelf naar de waterkant zou gaan.

Er liep een laantje met pas geplante bomen over een helling naar beneden langs een houten schutting. Er was sneeuw gevallen en het was glad, en onder aan de helling lag de zee, de Baggensfjärd, dacht Peter, en eigenlijk was het gek dat het water niet was bevroren. Misschien was de golfslag daarvoor te hevig. De storm ging waanzinnig tekeer en Peter vervloekte de wind, de nachtdienst die hem afmatte en zijn schoonheidsslaapje bedierf. Toch probeerde hij zijn werk te doen. Misschien niet van harte, maar toch.

Hij luisterde naar geluiden en keek om zich heen. Aanvankelijk viel hem niets bijzonders op. Maar het was ook donker. Op het hele terrein brandde slechts één lamp, vlak bij de steiger. Hij liep naar beneden, langs een grijze of groene tuinstoel die in de storm rondvloog en het volgende moment zag hij Frans Balder achter de grote ruiten.

Balder stond achter in het huis, over een groot bed gebogen, in een stramme houding. Misschien trok hij het dekbed goed; dat was niet duidelijk. Hij leek bezig te zijn met een kleinigheid bij het bed. Peter maakte zich er niet druk om. Hij moest hierbuiten opletten. Toch was er iets in Balders lichaamstaal wat hem fascineerde, en hij verloor een paar seconden zijn concentratie. Toen werd hij teruggezogen in de realiteit.

Hij had opeens het ijzige gevoel dat iemand hem bekeek. Hij draaide zich snel om en zijn blik dwaalde wild rond. Aanvankelijk zag hij niets, en hij begon net rustiger te worden toen hij twee dingen in één keer waarnam: een plotselinge beweging bij de glanzende verzinkte vuilnisbakken bij de schutting en het geluid van een auto boven, op de weg. De auto stopte en er ging een portier open.

Geen van beide was op zichzelf opmerkelijk. De beweging bij de vuilnisbakken kon best van een dier afkomstig zijn geweest en natuurlijk konden er ook zo laat in de nacht auto's aankomen. Toch spande Peter al zijn spieren en even bleef hij staan, niet goed wetend wat te doen. Toen hoorde hij Dans stem: 'Er komt iemand aan!'

Peter verroerde zich niet. Hij voelde zich bekeken, en haast onbewust peuterde hij aan het dienstwapen op zijn heup. Opeens dacht hij aan zijn moeder, en aan zijn ex en zijn kinderen, alsof er iets ergs zou gaan gebeuren. Maar langer kon hij er niet over nadenken.

Dan schreeuwde weer, en nu klonk hij wanhopig: 'Politie! Blijf staan verdomme!' Nu rende Peter naar de weg, hoewel het hem zelfs op dat moment geen voor de hand liggende keus leek. Hij kon zich niet aan de gedachte onttrekken dat hij daar bij de vuilnisbakken iets onaangenaams, iets dreigends achterliet. Maar als zijn collega zo schreeuwde, had hij geen keus, nietwaar, en stiekem was hij opgelucht. Hij was banger geweest dan hij wilde toegeven, dus hij stormde eropaf en bereikte struikelend de weg.

Verderop liep Dan achter een waggelende man met een brede rug in veel te dunne kleren aan en hoewel Peter bedacht dat deze figuur niet direct als 'een snel type' kon worden omschreven, rende hij achter hen aan, en even later kregen ze hem bij een greppel te pakken, vlak bij een paar brievenbussen en een lampje dat het hele spektakel met een mat licht bescheen.

'Wie ben jij verdomme?' vroeg Dan verbazend agressief – hij was misschien ook bang geweest – en toen keek de man hen verward en angstig aan. Hij had geen muts op en de rijp stond op zijn stoppelbaard en zijn haar. Hij had het zichtbaar koud en was er over het algemeen beroerd aan toe. Maar bovenal had zijn gezicht iets heel bekends.

Peter dacht even dat hij een bekende, gezochte schurk had gegrepen en beleefde enkele momenten van trots.

Frans Balder was teruggegaan naar de slaapkamer en had August ingestopt, misschien wel om hem onder het dekbed te verstoppen als er iets zou gebeuren. Toen kwam er uit het niets een gedachte in hem op die te maken had met het gevoel van gevaar dat hij net had ervaren en dat nog was versterkt door het gesprek met Steven Warburton. Eerst deed hij het af als iets ontzettend doms, wat zich alleen maar midden in de nacht kon voordoen, als je brein vertroebeld werd door opwinding en angst.

Maar vervolgens bedacht hij dat het eigenlijk geen nieuw idee was, maar dat het al in talloze slapeloze nachten in Amerika in zijn onderbewustzijn had liggen rijpen, dus hij pakte zijn laptop, zijn eigen kleine supercomputer, die verbonden was met een heleboel andere apparaten om voldoende capaciteit te hebben voor zijn AI-programma, waar hij zijn hele leven aan gewijd had, en toen ... Hij moest wel ...

Zonder er goed en wel over na te denken wiste hij domweg alle bestanden en back-ups. Hij voelde zich een kwade god die een leven beëindigde, en misschien was dat ook wel precies wat hij deed – wie kon het zeggen, hijzelf zeker niet. Even bleef hij zitten en vroeg zich af of hij in zou storten van spijt en berouw. Met het indrukken van een paar toetsen was zijn levenswerk verdwenen.

Maar eigenaardig genoeg werd hij juist rustiger, alsof hij zich nu tenminste op één punt had beschermd. Hij stond op en keek weer naar de nacht en het noodweer. Toen ging de telefoon. Het was Dan Flinck, de andere politieman.

'Ik wilde even zeggen dat we de man hebben opgepakt die u zag,' zei hij. 'U kunt dus weer gerust zijn. We hebben de situatie onder controle.'

'Wie is het?' vroeg Frans.

'Dat kan ik niet zeggen. Hij is stomdronken en we moeten hem eerst tot bedaren brengen. Ik wilde het alleen even doorgeven. We melden ons straks weer.'

Frans legde de telefoon op het nachtkastje naast zijn laptop en probeerde zichzelf op te peppen. De man was opgepakt en zijn onderzoek kon dus niet in verkeerde handen vallen. Toch hielp het niet. Eerst begreep hij niet waarom, maar toen drong het tot hem door: dat van die dronkenschap klopte niet. De man die tussen de bomen door sprintte, was allesbehalve dronken.

Het duurde een paar minuutjes voordat Peter Blom besefte dat ze helemaal geen beruchte, gezochte misdadiger hadden gegrepen, maar de acteur Lasse Westman, die wel vaak een bandiet of een afperser speelde op tv, maar voor wie nu niet bepaald een opsporingsbevel gold, en van die wetenschap werd Peter niet direct geruster. Niet alleen omdat hij weer het gevoel had dat het een vergissing was geweest om bij de bomen en de vuilnisbakken daarbeneden weg te gaan, maar ook omdat hij meteen begreep dat dit voorval tot schandalen en krantenkoppen zou kunnen leiden.

Hij wist niet veel van Lasse Westman, maar wel dat hij maar al te vaak in de roddelbladen stond, en de acteur zag er niet direct vrolijk uit. Hij stonk en vloekte en probeerde overeind te komen, en Peter probeerde te begrijpen wat die vent hier in vredesnaam midden in de nacht te zoeken had.

'Woont u hier?' vroeg hij.

'Ik voel er geen ruk voor om jou ook maar iets te vertellen,' snauwde Lasse Westman, waarop Peter zich omdraaide naar Dan om erachter te komen hoe dit hele drama was ontstaan.

Maar Dan stond een eindje verderop al te bellen, waarschijnlijk met Balder. Hij wilde laten zien hoe goed hij was en vertellen dat ze de verdachte hadden opgepakt, als het tenminste de verdachte was.

'Wat doet u hier op het terrein van professor Balder?' vervolgde Peter.

'Hoorde je niet wat ik zei? Ik zeg geen ruk tegen jullie. Verdomme nog aan toe, ik loop hier volkomen vreedzaam rond en dan komt die idioot en begint met een pistool te zwaaien. Schandalig. Weten jullie wel wie ik ben?'

'Ik weet wie u bent en als we iets verkeerd hebben gedaan bied ik u daarvoor mijn excuses aan. Er komt vast nog wel een gelegenheid om daarover door te praten. Maar we hebben hier op dit moment een uiterst gespannen situatie en ik wil dat u onmiddellijk vertelt wat u bij professor Balder te zoeken had. Nee, nee, nu niet proberen ervandoor te gaan!'

Lasse Westman was eindelijk overeind gekrabbeld en probeerde er waarschijnlijk helemaal niet vandoor te gaan; hij had gewoon moeite zijn evenwicht te bewaren. Hij schraapte zijn keel een beetje melodramatisch en spuugde voor zich op de grond. De fluim kwam niet ver, maar vloog als een projectiel terug en bevroor op zijn wang.

'Zal ik je eens wat vertellen?' zei hij, terwijl hij zijn gezicht schoonveegde.

'Nou?'

'Ik ben hier niet de schurk.'

Peter keek ongerust naar het water en het bomenlaantje en vroeg zich opnieuw af wat hij daar had gezien. Toch bleef hij staan, als verlamd door de absurde situatie.

'Wie dan wel?'

'Balder.'

'Waarom?'

'Hij heeft de zoon van mijn vriendin meegenomen.'

'En waarom zou hij dat hebben gedaan?'

'Dat moet je mij niet vragen. Vraag het dat computergenie daar maar! Die zak heeft helemaal niet het recht om hem te hebben,' zei Lasse Westman, en hij rommelde wat aan de binnenzak van zijn jas alsof hij iets zocht.

'Hij heeft daar geen kind, hoor, als u dat denkt,' zei Peter.

'Jazeker heeft hij daar een kind, verdomme.'

'Echt waar?'

'Echt waar!'

'En nu had u bedacht om hier midden in de nacht en ladderzat heen te komen om het kind te halen,' vervolgde Peter, en hij wilde nog iets zeggen, maar dat werd verhinderd door een geluid, een zacht rinkelend geluid van de kant van het water.

'Wat was dat?' vroeg hij.

'Wat?' vroeg Dan, die nu weer naast hem stond en die niets leek te hebben gehoord. Het was ook geen erg hard geluid geweest, hiervandaan niet tenminste.

Toch kreeg Peter er de rillingen van, net zo'n gevoel als zo-even bij de bomen en de vuilnisbakken. Hij wilde ernaartoe lopen, maar aarzelde weer. Misschien was hij bang, misschien gewoon besluiteloos en incompetent, hij wist het niet, maar hij keek ongerust om zich heen. En toen hoorde hij nog een auto aankomen.

Het was een taxi, die langs hen heen reed en bij Frans Balder voor het huis stopte. Dat gaf Peter een excuus om op de weg te blijven staan. Terwijl de chauffeur en zijn klant de betaling regelden, wierp hij nog een keer een ongeruste blik op het water, en daar meende hij weer iets te horen, ook al geen geruststellend geluid.

Maar hij wist het niet zeker en nu ging het portier open en er stapte een man uit die Peter na een kortstondige verwarring herkende als de journalist Mikael Blomkvist. Kwamen alle bekende Zweden nu verdomme midden in de nacht hierheen?

10
21 NOVEMBER 'S MORGENS VROEG

Frans Balder stond naast zijn computer en zijn telefoon in de slaapkamer en keek naar August, die onrustig in bed lag te kreunen. Hij vroeg zich af wat de jongen droomde. Zou Frans die wereld zelfs maar begrijpen? Hij wilde het graag weten. Hij wilde gaan leven, zich niet langer begraven in kwantumalgoritmen en broncodes, en al helemaal niet bang en paranoïde zijn.

Hij wilde gelukkig zijn en niet lijden onder die voortdurende druk, hij wilde zich in iets groots en meeslepends storten, een romance zelfs, een liefdesrelatie, en in een paar emotionele flitsen dacht hij terug aan vrouwen die hij aantrekkelijk vond: Gabriella, Farah en nog een aantal.

Hij dacht ook aan de vrouw die blijkbaar Salander heette. Ze had hem gefascineerd, en nu hij aan haar terugdacht, meende hij iets nieuws in haar te zien, iets wat tegelijkertijd bekend en vreemd was, en opeens bedacht hij: ze deed hem denken aan August. Die vergelijking sloeg natuurlijk nergens op. August was een klein, autistisch jongetje. Lisbeth was dan misschien nog niet zo oud en had iets jongensachtigs, maar verder was ze precies het tegenovergestelde van August. Ze had altijd zwarte kleren aan, was punk. En ze was volkomen compromisloos. Toch dacht hij dat ze dezelfde eigenaardige gloed in haar ogen had als August toen hij naar dat verkeerslicht in de Hornsgata keek.

Frans had Lisbeth ontmoet bij een lezing die hij op de Koninklijke Technische Hogeschool gaf over technologische singulariteit, de hypothetische toestand waarbij computers intelligenter worden dan de mens. Hij was net begonnen en had het begrip 'singulariteit' in wiskundige en natuurkundige zin uitgelegd, toen de deur openging en een zwartgekleed, mager meisje de collegezaal binnenkwam. Zijn eerste gedachte was dat het toch wel zielig was dat junks nergens anders meer heen konden. Vervolgens vroeg hij zich af of ze echt wel verslaafd was. Ze zag er niet verloederd uit, wel verveeld en chagrijnig, en ze leek geen woord te horen van zijn lezing. Ze hing maar wat in de collegebank en toen, midden in een ingewikkelde redenering over de wiskundige analyse van het singuliere punt, vroeg hij haar plompverloren wat zij ervan vond. Dat was gemeen. Dat was snobistisch. Waarom vond hij het nodig haar voor schut te zetten met zijn eigen nerderige kennis? Maar wat gebeurde er?

Het meisje keek op en zei dat hij in plaats van met zulke vage begrippen te strooien liever sceptisch moest zijn als zijn berekeningen niet afdoende waren. Dat was geen fysische ineenstorting in de reële wereld, maar een teken dat zijn eigen wiskunde ontoereikend was, en daarom was het ook in wezen populistisch van hem om de singulariteiten in de zwarte gaten te mystificeren, terwijl het grote probleem overduidelijk was dat er geen kwantummechanische manier was om de zwaartekracht te berekenen.

Vervolgens leverde ze met ijzige helderheid – het veroorzaakte geroezemoes in de zaal – fundamentele kritiek op de singulariteitstheoretici die hij had aangehaald, en toen kon hij alleen nog maar reageren met een ontzet: 'Wie ben jij in godsnaam?'

Zo waren ze met elkaar in contact gekomen, en later had Lisbeth hem nog een paar keer verrast. Razendsnel, met één zo'n gloeiende blik, begreep ze waar hij mee bezig was, en toen hij merkte dat zijn technologie gestolen was, vroeg hij haar om hulp, en dat had een band geschapen. Sindsdien deelden ze een geheim, en nu moest hij hier in de slaapkamer aan haar denken. Maar toen werden zijn gedachten abrupt onderbroken. Weer overviel hem een akelig angstig gevoel en hij keek door de deuropening naar het grote raam dat uitkeek op het water.

Voor hem stond een rijzige gestalte in zwarte kleren, met een strakke, zwarte muts op en een lampje op zijn voorhoofd. De gestalte deed iets met het raam. Hij ging er met een snelle, krachtige haal overheen, ongeveer zoals een kunstenaar die aan een werk begint, en voordat Frans zelfs maar een schreeuw had kunnen geven, viel de hele ruit aan diggelen en zette de gestalte zich in beweging.

De gestalte noemde zich Jan Holtser en hij zei meestal dat hij werkte in de industriële beveiliging. In werkelijkheid was hij een oude Russische elitesoldaat die liever beveiligingssystemen forceerde dan aanlegde. Hij voerde operaties als deze uit en doorgaans was het voorwerk zo zorgvuldig gedaan dat de risico's minder groot waren dan je zou verwachten.

Hij had een kleine staf van bekwame mensen. Hij was ook niet de jongste meer, eenenvijftig, maar hij hield zich met hard trainen in vorm en stond bekend om zijn effectiviteit en zijn improvisatievermogen. Als er zich andere omstandigheden voordeden, paste hij zich daaraan aan en veranderde hij zijn planning.

Sowieso compenseerde hij met ervaring wat hij aan jeugdige veerkracht had verloren en soms – in de beperkte kring waarin hij openlijk kon spreken – had hij het over een zesde zintuig, een verworven instinct. De jaren hadden hem geleerd wanneer hij moest afwachten en wanneer hij moest toeslaan, en hoewel hij een paar jaar geleden een zware inzinking had gehad en tekenen van zwakheid had vertoond – van menselijkheid, zou zijn dochter zeggen – voelde hij zich nu sterker dan ooit.

Hij had weer plezier gekregen in zijn werk; het oude gevoel van nervositeit en spanning was terug. Wel nam hij vóór een operatie nog altijd tien milligram Stesolid, maar dat was alleen omdat het zijn precisie met wapens bevorderde. Hij bleef op kritieke momenten glashelder en alert, en bovendien: hij voerde zijn opdracht altijd uit. Jan Holtser was niet iemand die je in de steek liet of eruit stapte. Zo zag hij zichzelf.

Toch had hij vannacht, hoewel zijn opdrachtgever nadrukkelijk had gezegd dat het haast had, overwogen de operatie af te breken. Het slechte weer was natuurlijk een factor, maar de storm op zich zou niet genoeg zijn geweest om zelfs maar te overwegen ermee op te houden. Hij was Rus en militair; hij had wel in ergere omstandigheden gevochten en hij haatte mensen die zanikten over pietluttigheden.

Wat hem verontrustte, was de politiebewaking die plotseling en onaangekondigd was opgedoken. Hij was niet erg onder de indruk van de mannen. Hij had ze stiekem geobserveerd en gezien hoe ze met onhandige tegenzin, als kleine jongetjes die er in slecht weer op uit waren gestuurd, over het terrein slopen. Ze wilden het liefst in hun auto zitten kletsen en ze waren gauw bang, vooral de langste van de twee.

Hij hield blijkbaar niet van het donker, de storm en het zwarte water. Daarnet stond die vent zo te zien verlamd van angst naar de bomen te staren, waarschijnlijk omdat hij Jans aanwezigheid daar vermoedde, maar daar maakte hij zich geen zorgen om. Hij wist dat hij hem razendsnel en geluidloos de keel kon doorsnijden. Toch was het niet goed, natuurlijk.

Zelfs als die flikken groentjes waren, was de politiebewaking aanzienlijk verscherpt, en dat was boven alles een aanwijzing dat er iets van de plannen uitgelekt was en dat de paraatheid was verhoogd. Misschien was de professor zelfs al aan het praten geslagen, en dan zou de operatie zinloos zijn en hun situatie zelfs kunnen verslechteren, en Jan wilde zijn opdrachtgever geen onnodige risico's laten lopen. Dat beschouwde hij als een onderdeel van zijn kracht. Hij hield altijd het grotere beeld voor ogen en ondanks zijn beroep was hij vaak degene die tot voorzichtigheid maande.

Er waren hij wist niet hoeveel criminele organisaties in zijn vaderland ten onder gegaan omdat ze te gewelddadig waren. Geweld kan respect afdwingen. Het kan tot zwijgen brengen, angst aanjagen en risico's en bedreigingen wegnemen. Maar geweld kan ook chaos of een hele kettingreactie van ongewenste effecten tot gevolg hebben, en dat had hij allemaal bedacht terwijl hij daar achter de bomen en de vuilnisbakken verstopt zat. Een kort moment was hij zelfs vast van plan de operatie af te blazen en naar zijn hotelkamer terug te gaan. Toch deed hij dat niet.

Er arriveerde boven aan de weg iemand met een auto, die de aandacht van de politiemannen trok, en toen zag hij een kans, een opening, en zonder dat hij goed wist waarom zette hij zijn hoofdlamp op. Hij pakte zijn diamantzaag en zijn wapen, een 1911 R1 Carry met speciaal gemaakte geluiddemper, en woog ze in zijn hand. Toen zei hij, zoals altijd: 'Uw wil geschiede, amen.'

Toch bleef hij nog even waar hij was. De onzekerheid ging niet weg. Deed hij er echt goed aan? Hij moest razendsnel handelen. Aan de andere kant kende hij het huis als zijn broekzak, en Jurij was hier twee keer geweest om het alarm te hacken. Bovendien waren die politiemannen hopeloze amateurs. Zelfs als hij binnen vertraging opliep – bijvoorbeeld als de professor de laptop niet bij zijn bed had staan zoals iedereen hem had verzekerd, en de politie hem te hulp schoot – zou Jan die smerissen ook moeiteloos kunnen liquideren. Daar verheugde hij zich zelfs op, dus hij mompelde nogmaals: 'Uw wil geschiede, amen.'

Toen ontgrendelde hij zijn pistool en liep hij haastig naar het grote raam dat uitkeek op het water. Hij tuurde naar binnen en misschien kwam het door het onzekere van de hele situatie, maar hij reageerde ongewoon heftig toen hij Frans Balder in zijn slaapkamer zag staan, diep in gedachten verzonken, en hij probeerde zichzelf in te prenten dat het in orde was. Het doel was goed zichtbaar. Toch kreeg hij weer een slecht voorgevoel en opnieuw dacht hij na: moest hij stoppen?

Hij stopte niet. Integendeel, hij drukte zijn rechterarm tegen het raam en trok de diamantzaag er met alle kracht overheen. Het glas viel met een schrikbarend gekletter uit zijn sponningen. Jan rende naar binnen en richtte zijn pistool op Frans Balder, die hem kwaad aankeek en met zijn hand zwaaide als in een wanhopige groet. Daarna begon de professor verward en plechtig te praten, het leek wel een gebed, een litanie. Maar in plaats van 'God' of 'Jezus' hoorde Jan het woord 'idioot'. Meer verstond hij niet, en het haalde sowieso niets uit. Mensen hadden al alle mogelijke rare dingen tegen hem gezegd.

Hij kende toch geen genade.

Snel en vrijwel geluidloos kwam de gestalte door de hal naar de slaapkamer. Toch had Frans nog tijd om zich erover te verbazen dat het alarm niet afging en te zien dat er een grote spin op de trui van de man stond, vlak onder de schouder, en dat het gezicht onder de muts en de lamp een smal, lang litteken vertoonde.

Daarna zag hij het wapen. De man richtte een pistool op hem en Frans stak een hand op in een vergeefse poging zichzelf te beschermen. Hij dacht aan August. Ja, hoewel zijn eigen leven zo duidelijk in gevaar was en de angst zijn klauwen in hem sloeg, dacht hij aan zijn zoon, en verder nergens aan. Wat er ook gebeurde, al zou hijzelf sterven, August mocht niet dood, dus hij riep uit: 'Dood mijn zoon niet! Hij is een idioot, hij begrijpt niets.'

Maar Frans Balder zou nooit weten of zijn smeekbede werd gehoord. De wereld stond stil, de nacht en de storm leken op hem af te komen en alles werd zwart.

Jan Holtser schoot, en zoals hij had verwacht, mankeerde er niets aan zijn precisie. Hij trof Frans Balder twee keer in het hoofd. De professor viel als een fladderende vogelverschrikker op de grond en het leed geen twijfel dat hij dood was. Toch leek er iets niet in orde. Er kwam een stormvlaag binnen van de kant van het water, die langs Jans nek streek als een koud levend wezen, en even begreep hij niet wat er met hem aan de hand was.

Alles was volgens plan verlopen en daar stond Balders computer, precies zoals hem was verteld. Hij hoefde hem alleen maar te grijpen en weg te rennen. Hij moest uitermate effectief zijn. Toch bleef hij staan alsof hij bevroren was, en pas met een merkwaardige vertraging begreep hij waarom.

In het grote tweepersoonsbed, bijna volledig aan het oog onttrokken door een dekbed, lag een jongetje met wild, warrig haar hem glazig aan te kijken; een akelige blik, vond hij, en dat kwam niet alleen doordat hij dwars door hem heen leek te kijken. Er was nog iets. Maar aan de andere kant, het maakte niet uit.

Hij moest zijn opdracht vervullen. Niets mocht de operatie in gevaar brengen, een risico zijn voor hen allemaal, en hier was een overduidelijke getuige, en getuigen mochten er niet zijn, zeker niet nu hij zijn gezicht had blootgegeven. Dus hij richtte zijn pistool op het kind, keek het in de eigenaardig gloeiende ogen en mompelde voor de derde keer: ‘Uw wil geschiede. Amen.’

Mikael Blomkvist stapte uit de taxi. Hij had een oude bontjas met een brede kraag aan die hij van zijn vader had geërfd, met daarboven een bontmuts en daaronder een paar zwarte laarzen.

Het was twintig voor drie in de nacht. Op het nieuws was melding gemaakt van een ernstig ongeluk met een vrachtwagen die de doorgaande weg zou blokkeren. Maar Mikael en de taxichauffeur hadden er niets van gezien en waren alleen onderweg in de donkere, door de storm geteisterde voorsteden. Mikael was misselijk van moeheid en had het liefst thuis willen blijven, weer bij Erika in bed willen kruipen en in slaap willen vallen.

Maar hij had geen nee kunnen zeggen tegen Balder. Hij begreep niet goed waarom niet. Misschien uit een soort plichtsbesef, een gevoel dat hij er niet zijn gemak van mocht nemen terwijl *Millennium* een crisis doormaakte, of misschien ook wel omdat Balder eenzaam en bang had geklonken en omdat Mikael hem sympathiek vond en nieuwsgierig was. Niet dat hij iets sensationeels verwachtte te horen. Hij bekeek het nuchter en rekende op een teleurstelling. Misschien zou hij daar vooral zitten als therapeut, als nachtwaker in de storm. Aan de andere kant, je wist het nooit, en weer moest hij aan Lisbeth denken. Bovendien was Frans Balder ongetwijfeld een boeiende man, die zich nooit had laten interviewen. Het kan best interessant worden, dacht Mikael, en hij keek om zich heen in het donker.

Een lantaarnpaal met een blauwachtig schijnsel verlichtte het huis. Geen slecht huis, trouwens, chic, met grote ramen; het had iets weg van een trein. Bij de brievenbus stond een lange, licht zongebruinde politieman van een jaar of veertig, met een gespannen en nerveus gezicht. Verderop op de weg stond een kleinere collega ruzie te maken met een dronken man die met zijn armen zwaaide. Er heerste hier duidelijk meer activiteit dan Mikael had verwacht.

'Wat is er aan de hand?' vroeg hij aan de lange politieman.

Hij kreeg geen antwoord. De telefoon van de agent ging over en Mikael begreep meteen dat er iets was gebeurd. Het alarm werkte blijkbaar niet goed, maar hij nam niet de tijd om het gesprek tot het eind toe te beluisteren. Hij hoorde geluid, beneden bij het huis, een knappend, verontrustend geluid, en instinctief koppelde hij dat aan het telefoontje. Hij deed een paar passen naar rechts en keek uit over een helling die naar een steiger aan zee liep, waar nog een lantaarnpaal stond die een mat, blauwachtig schijnsel verspreidde. Op dat moment kwam er vanuit het niets een gestalte aan rennen, en Mikael besefte dat er iets helemaal mis was.

Jan Holtser kromde zijn vinger om de trekker van zijn pistool en wilde het jongetje net doodschieten toen hij een auto op de weg boven het huis hoorde, en toen aarzelde hij ondanks alles. Maar dat kwam eigenlijk niet door de auto; het kwam door het woord 'idioot' dat hem weer te binnen schoot, en hij begreep natuurlijk wel dat de professor alle reden had gehad om te liegen toen zijn laatste uur geslagen had. Maar nu Jan naar het kind keek, vroeg hij zich af of het misschien toch klopte.

De jongen lag er te rustig bij en zijn gezicht straalde eerder verwondering uit dan angst, alsof hij niets begreep van wat er gebeurde. Zijn blik was te glazig om iets waar te nemen. Die hoorde bij iemand die niet kon praten en van niets wist, en dat was niet iets wat Jan nu pas bedacht. Hij herinnerde zich iets wat hij had gelezen toen hij zijn research deed. Balder had inderdaad een zwaar verstandelijk gehandicapte zoon, al stond er wel in de kranten en de rechtbankverslagen dat de professor niet de voogdij over het kind had. Maar dat moest toch dit jongetje zijn, en dat kon of hoefde Jan niet dood te schieten. Dat zou zinloos zijn en een inbreuk op zijn beroepsethiek. Dat inzicht was opeens een grote opluchting voor hem, wat hem wantrouwend zou hebben gemaakt als hij er beter over had nagedacht.

Nu liet hij echter zijn pistool zakken, pakte de laptop en de telefoon van het nachtkastje en stopte ze in zijn rugzak. Toen rende hij naar buiten, de storm en de nacht in, naar de vluchtweg die hij had uitgezet. Maar hij kwam niet ver. Hij hoorde een stem achter zich en draaide zich om. Boven hem, op de weg, stond een man die niet de lange of de kleine politieman was, maar een nieuwe figuur, met een bontjas aan, een bontmuts op en met een heel andere uitstraling, met veel meer gezag, en daarom hief Jan Holtser nogmaals zijn pistool. Er dreigde gevaar.

De man die wegrende, was in het zwart gekleed en goed getraind; hij had een hoofdlamp op zijn muts en hoewel hij niet begreep waarom vond hij dat het leek alsof de man een deel van een grotere oefening, een gecoördineerde operatie was. Mikael verwachtte haast dat er nog meer van dergelijke gestalten uit het donker tevoorschijn zouden komen, en dat gaf hem een slecht gevoel. Hij riep: ‘Hallo daar! Stop!’

Dat was een vergissing. Dat begreep Mikael zodra de man verstijfde, als een soldaat in gevecht, en ongetwijfeld reageerde hij daarom zo snel. Toen de man een wapen trok en met verbluffende vanzelfsprekendheid een schot loste, had Mikael zichzelf al om de hoek van het huis heen gegooid. Het schot was nauwelijks te horen. Maar omdat Balders brievenbus een knal gaf, was er geen twijfel mogelijk over wat er was gebeurd, en de langste politieman maakte abrupt een einde aan zijn telefoongesprek. Toch verroerde hij zich niet. Hij bleef als verlamd staan, en de enige die op dat moment iets zei, was de dronken man.

‘Wat is dat hier verdomme voor circus? Wat gebeurt er?’ schreeuwde hij met een harde stem, die Mikael merkwaardig bekend voorkwam, en toen pas begonnen de agenten tegen elkaar te praten, nerveus en hees: ‘Schiet daar iemand?’

‘Ik geloof het wel.’

‘We moeten versterking oproepen.’

‘Maar hij ontsnapt!’

‘Dan moeten we erachteraan,’ antwoordde de langste, en weifelend, aarzelend, alsof ze wilden dat de schutter ontkwam, trokken ze hun wapen en liepen ze naar de waterkant.

Verderop in de winterse duisternis blafte een hond, een klein, fel beestje, en van zee kwam een harde wind. De sneeuw stoof en de grond was glad. De kleinste politieman gleed bijna uit en zwaaide clownesk met zijn handen. Als ze geluk hadden, kwamen ze de man daarbeneden niet tegen. Iets zei Mikael dat die de beide mannen probleemloos uit de weg zou ruimen. De snelle, effectieve manier waarop hij zich had omgedraaid en zijn wapen had getrokken wees erop dat hij op dit soort situaties getraind was en Mikael vroeg zich af of hij ook iets moest doen.

Hij had niets om zich mee te verdedigen. Toch stond hij op, veegde de sneeuw van zijn kleren en keek voorzichtig de heuvel af; voor zover hij kon zien, gebeurde er niets dramatisch. De agenten liepen langs het water naar de villa van de buren, maar de zwartgeklede schutter was nergens te bekennen, en toen liep Mikael ook naar beneden.

Al gauw zag hij dat er een raam was ingeslagen. Er zat een groot, gapend gat in het huis. Binnen stond een deur open en hij vroeg zich af of hij de agenten moest roepen. Zover kwam het niet. Hij hoorde iets, een eigenaardig, zacht gejammer, dus hij stapte door de kapotte ruit naar binnen. Hij kwam in een gang met een mooie eikenhouten vloer die zwak oplichtte in het donker en liep langzaam naar de openstaande deur. Het geluid kwam duidelijk daarvandaan.

‘Balder,’ riep hij. ‘Ik ben het, Mikael Blomkvist. Is er iets gebeurd?’

Er kwam geen antwoord. Maar het gejammer werd luider. Mikael haalde diep adem, stapte naar binnen en bleef als aan de grond genageld staan. Later wist hij niet meer wat hij het eerst had gezien of wat hem het bangst had gemaakt: het lichaam op de vloer, met het bloed en het gezicht met de levenloze, starre blik, of het grote tweepersoonsbed dat daarnaast stond. Daar zat een klein kind, een jongetje van een jaar of zeven, acht, met fijne gelaatstrekken en een wilde bos donkerblond haar, in een blauwgeruite pyjama, systematisch en hard met zijn lichaam tegen het ledikant en de muur te bonken. Hij leek zijn uiterste best te doen om zichzelf te verwonden, en als hij jammerde, klonk dat niet als een kind dat pijn had of huilde, maar alsof hij zich inspande om zichzelf zo veel mogelijk te bezeren. Nog voordat Mikael zelfs maar één gedachte had gehad, rende hij naar het kind. Maar dat maakte het er niet beter op. De jongen schopte wild om zich heen.

'Rustig maar,' probeerde Mikael. 'Rustig maar.' Hij sloeg zijn armen om hem heen.

Maar de jongen rukte zich met een verbluffende explosieve kracht razendsnel los uit zijn greep, holde de gang in en liep op zijn blote voeten over de glassplinters naar het ingeslagen raam. Mikael rende achter hem aan terwijl hij 'nee, nee' riep, en toen stuitte hij op de politiemannen. Ze stonden in de sneeuw. In opperste verwarring.

11
21 NOVEMBER

Naderhand werd geconstateerd dat de politie haar zaakjes weer niet op orde had en dat er pas een soort van afzetting rond de buurt kwam toen het al te laat was. De man die professor Frans Balder had doodgeschoten, had zich in alle rust uit de voeten kunnen maken, want de agenten die het eerst ter plaatse waren, Peter Blom en Dan Flinck – die intern ietwat sarcastisch De Casanova's werden genoemd – hadden te lang gewacht met alarm slaan en hadden dat ook niet gedaan met de benodigde autoriteit.

Pas om twintig voor vier in de ochtend arriveerden er technisch en opsporingsrechercheurs van de afdeling Geweldsdelicten, plus een jongedame die zich voorstelde als Gabriella Grane, van wie de meesten dachten dat ze een familielid was, zo aangeslagen was ze, maar van wie men later begreep dat ze bij de veiligheidsdienst werkte en gestuurd was door de baas van de Säpo zelf. Geheel overeenkomstig de verzamelde vooroordelen in het korps of misschien omdat ze als buitenstaander werd gezien, kreeg zij tot taak het kind onder haar hoede te nemen.

'Je hebt er zo te zien handigheid in,' zei de dienstdoende rechercheleider Erik Zetterlund toen hij zag dat Gabriella zich zorgvuldig vooroverboog om de gewonde voeten van het kind te onderzoeken, en hoewel Gabriella hem toesnauwde dat ze wel iets beters te doen had, gaf ze zich gewonnen toen ze de jongen in de ogen keek.

August, zoals hij heette, was volkomen verstijfd van angst en zat een hele tijd op de eerste verdieping op de grond met zijn hand over een rood Perzisch tapijt te strijken. Peter Blom, die in andere opzichten niet erg daadkrachtig was geweest, haalde ergens een paar sokken vandaan en plakte pleisters op de voeten van het kind. Intussen constateerden ze dat de jongen een gebarsten lip had en blauwe plekken op zijn hele lichaam. Volgens de journalist Mikael Blomkvist – wiens aanwezigheid in huis onmiskenbaar tot nervositeit leidde – had de jongen beneden met zijn hoofd tegen het bed en de muur gebonkt en was hij op blote voeten over de glassplinters in de gang gelopen.

Gabriella, die er om de een of andere reden van afzag om zich voor te stellen aan Blomkvist, begreep natuurlijk direct dat August een getuige was. Maar ze kreeg geen enkel contact met hem en kon hem ook niet troosten. Normale omhelzingen en liefkozingen waren duidelijk niet de juiste methode. Het rustigst werd hij wanneer Gabriella gewoon bij hem zat, op een afstandje, en met haar eigen zaken bezig was. Hij leek slechts één keer te luisteren. Dat was toen Gabriella in een telefoontje met Helena Kraft het huisnummer noemde: 79. Maar ze stond er op dat moment niet bij stil, en even later kreeg ze een geschokte Hanna Balder te pakken.

Hanna eiste haar zoon onmiddellijk weer op en verklaarde enigszins verrassend dat Gabriella meteen een puzzel moest pakken, meer in het bijzonder een van het oorlogsschip de *Vasa*, die Frans daar vast wel ergens had liggen. Ze beschuldigde haar ex-man er echter niet van dat hij het kind wederrechtelijk had meegenomen en ze kon ook niet uitleggen waarom haar vriend hier was geweest. Lasse Westman leek in elk geval niet te zijn gedreven door bezorgdheid voor August.

Het kind leek wel een aantal zaken te verduidelijken. Gabriella begreep nu waarom Frans Balder soms wat afwezig was en waarom hij geen waakhond had willen hebben. In de vroege ochtenduren zorgde ze er ook voor dat er een psycholoog en een dokter kwamen om August naar zijn moeder in Vasastan te brengen, tenzij hij meer acute zorg nodig zou blijken te hebben. Toen kwam ze op een heel ander idee.

Ze bedacht dat het motief voor de moord niet per se het tot zwijgen brengen van Balder hoefde te zijn. Misschien wilde de dader hem wel beroven – niet van zoiets banaals als geld natuurlijk, maar van zijn werk. Waar Frans Balder zich het laatste jaar van zijn leven mee had beziggehouden wist Gabriella niet. Misschien wist niemand behalve hijzelf dat. Maar het was niet moeilijk na te gaan wat het ongeveer moest zijn geweest: hoogstwaarschijnlijk een verdere ontwikkeling van zijn AI-programma, dat al voordat het werd gestolen als revolutionair werd beschouwd.

Zijn collega's bij Solifon hadden alles gedaan om er inzage in te krijgen en Frans had zich een keer laten ontvallen dat hij erover waakte als een moeder over haar baby, en dat betekende, dacht Gabriella, dat hij er ook mee naar bed ging of het daar toch in elk geval vlakbij had staan. Dus ze stond op, zei tegen Peter Blom dat hij een oogje op August moest houden en liep naar de slaapkamer op de begane grond, waar technisch rechercheurs aan het werk waren.

'Stond er hier een computer?' vroeg ze.

De technici schudden hun hoofd en Gabriella pakte haar telefoon en belde Helena Kraft weer.

Al snel werd vastgesteld dat Lasse Westman verdwenen was. Hij had waarschijnlijk kans gezien er in het algehele tumult vandoor te gaan, wat voorlopig onderzoeksleider Erik Zetterlund tot gevloek en getier bracht, vooral toen bleek dat Westman ook niet thuis in de Torsgata was.

Erik Zetterlund overwoog zelfs een landelijk opsporingsbevel te laten uitgaan, waarop zijn jonge collega Axel Andersson vroeg of Lasse Westman als gevaarlijk moest worden beschouwd. Kennelijk kon Andersson geen onderscheid maken tussen Lasse Westman en de personages die hij speelde. Maar tot zijn verdediging kon worden aangevoerd dat de situatie steeds rommeliger werd.

De moord was overduidelijk geen gewone familieruzie, geen uit de hand gelopen zuippartij, geen in een plotselinge opwelling begane daad, maar een koele, zorgvuldig geplande aanslag op een Zweedse topwetenschapper. En het werd nog erger toen districtspolitiecommissaris Jan-Henrik Rolf liet weten dat de moord moest worden beschouwd als een zware klap voor de Zweedse industrie. Erik Zetterlund stond opeens in het centrum van een belangrijk binnenlands incident, en hoewel hij niet het slimste jongetje van het korps was, begreep hij wel dat wat hij nu deed van essentieel belang was voor het komende onderzoek.

Erik, die net twee dagen geleden eenenveertig was geworden en enige naweeën van het verjaardagsfeest nog niet helemaal te boven was gekomen, was zelfs bij benadering nog nooit verantwoordelijk geweest voor een onderzoek van dit kaliber. Dat hij het toch mocht doen, zij het slechts enkele uren, kwam natuurlijk doordat er 's nachts niet voldoende competente mensen beschikbaar waren en doordat zijn chef de heren van het bureau Moordzaken van de nationale recherche of de meer ervaren rechercheurs van de politie van Stockholm niet wakker wilde maken.

Erik bevond zich midden in het tumult; hij werd steeds onzekerder en schreeuwde zijn orders. Hij probeerde vooral een effectief buurtonderzoek op gang te brengen. Hij wilde zo snel mogelijk zo veel mogelijk getuigenverklaringen hebben, hoewel hij daar eigenlijk geen hoge verwachtingen van had. Het was nacht, donker en het stormde. De buren hadden waarschijnlijk niet veel gezien. Aan de andere kant: je wist maar nooit. En hij had Mikael Blomkvist verhoord, wat die daar in godsnaam ook te zoeken had gehad.

De aanwezigheid van een van Zwedens bekendste journalisten maakte de zaak er niet gemakkelijker op, en even had Erik het idee dat Blomkvist hem kritisch in de gaten hield om een onthullend artikel te kunnen schrijven. Maar dat waren waarschijnlijk zijn eigen demonen. Blomkvist was duidelijk zelf ook geschokt; hij was tijdens het hele verhoor zeer beleefd en hulpvaardig geweest.

Toch hadden ze niet veel aan hem. Het was allemaal te snel gegaan, en dat was op zichzelf al opmerkelijk, vond de journalist. De verdachte leek nietsontziend en effectief door de manier waarop hij zich bewoog en het was volgens Blomkvist geen al te gewaagde veronderstelling dat hij militair was of was geweest, elitesoldaat zelfs. De manier waarop hij omkeek en schoot zag er zeer getraind uit. En hoewel de man een hoofdlamp om een strakke zwarte muts had bevestigd, had Blomkvist zijn gezicht niet gezien.

Daarvoor was de afstand te groot, en Mikael had zich op de grond gegooid zodra de man zich omdraaide. Waarschijnlijk mocht hij van geluk spreken dat hij nog leefde. Dus hij kon alleen de gestalte en de kleding beschrijven, en dat deed hij heel goed. Volgens de journalist was de man waarschijnlijk niet erg jong, misschien zelfs wel boven de veertig. Hij was goed getraind en langer dan gemiddeld, tussen de 1 meter 85 en 1 meter 95 lang, stevig gebouwd, met een smalle taille en brede schouders. Hij had zwarte, militair uitziende kleren aan en stevige schoenen. Hij droeg een rugzak en had waarschijnlijk een mes aan zijn rechterbeen bevestigd.

Mikael Blomkvist dacht dat de man langs de waterkant was ontkomen, langs de buurhuizen, en dat kwam overeen met de getuigenissen van Peter Blom en Dan Flinck. De agenten hadden de man helemaal niet gezien, maar ze hadden zijn voetstappen langs het water horen verdwijnen en waren tevergeefs in de achtervolging gegaan; dat beweerden ze althans. Zetterlund was daar niet volledig van overtuigd.

Waarschijnlijk hadden Blom en Flinck het niet aangedurfd om hem te volgen, dacht hij, en hadden ze daar in het donker staan bibberen zonder ook maar iets te ondernemen. In elk geval was op dat moment de grote vergissing begaan. In plaats van versterking op te roepen, de vluchtmogelijkheden in kaart te brengen en afzettingen aan te brengen was er vrijwel niets gebeurd. Flinck en Blom wisten toen nog wel niet dat er een moord had plaatsgevonden en hadden hun handen vol aan een jongetje dat hysterisch en op blote voeten uit het huis was komen rennen, dus het was ook niet zo eenvoudig om het hoofd koel te houden. Toch verloren ze steeds meer tijd en hoewel Mikael Blomkvist terughoudend was in zijn verhaal, was ook hij onmiskenbaar kritisch. Hij had de mannen twee keer gevraagd of ze alarm hadden geslagen en toen hadden ze geknikt.

Later, toen Mikael toevallig een telefoontje van Flinck met de centrale opving, begreep hij dat dat knikje toch 'nee' betekende of in het beste geval een soort verward onbegrip. Hoe dan ook, ze hadden te laat om versterking gevraagd en zelfs daarna was niet alles correct verlopen, waarschijnlijk omdat Flincks verslag te onduidelijk was.

Hun onbekwaamheid had zich voortgeplant naar andere niveaus en Zetterlund was dolblij dat hem dat niet aangerekend kon worden. Op dat moment was hij nog niet bij het onderzoek betrokken geweest. Maar nu wel, en hij mocht de zaak niet verpesten. Zijn staat van dienst was de laatste tijd niet bepaald briljant en hij moest van de gelegenheid gebruikmaken om te laten zien wat hij kon en in elk geval geen flater slaan.

Hij stond op de drempel van de woonkamer en had net een telefoongesprek beëindigd met Milton Security over de gestalte die eerder die nacht op de bewakingsbeelden te zien was. Dat was een man die absoluut niet overeenkwam met het signalement dat Mikael Blomkvist had gegeven van de vermoedelijke moordenaar. Hij zag eruit als een oude, magere junk – maar dan wel een met grote technologische kwaliteiten. Bij Milton Security dachten ze dat de man het inbraakalarm had gehackt en alle camera's en sensoren had uitgeschakeld, en dat maakte het hele verhaal nog vervelender.

Het was niet alleen de professionaliteit van de planning. Het was ook het idee om een moord uit te voeren ondanks de politiebewaking en een geavanceerd inbraakalarm. Wat een zelfvertrouwen! Erik was onderweg naar de technisch rechercheurs op de begane grond. Toch bleef hij boven bezorgd voor zich uit staan staren, totdat zijn blik bleef hangen bij de zoon van Balder, die weliswaar hun hoofdgetuige was, maar kennelijk niet kon praten en ook geen woord begreep van wat ze zeiden – dat kon er ook nog wel bij in deze warboel.

Erik zag dat het jongetje een klein puzzelstukje van een veel te grote puzzel in zijn hand had en liep in de richting van de trap die met een bocht naar de benedenverdieping liep. Toen verstijfde hij. Hij dacht aan de eerste indruk die hij van het kind had gekregen. Toen hij net het huis binnen was gelopen en nog niet zo goed wist wat er was gebeurd, had de jongen een heel normale indruk op hem gemaakt. Er was niets wat hem onderscheidde van andere kinderen, vond hij, behalve dan die geschrokken blik en die gespannen schouders. Erik had hem zelfs kunnen omschrijven als een bijzonder lief ventje met grote ogen en een flinke bos krullen. Pas later vernam hij dat het kind autistisch en zwaar gehandicapt was. Dat was dus niet iets wat hij zelf had gezien, maar wat hem was verteld, en dat betekende – dacht hij – dat de moordenaar het jochie al van vroeger kende of precies wist wat er met hem aan de hand was. Anders had hij hem waarschijnlijk niet in leven gelaten, met het risico dat hij bij een getuigenconfrontatie zou worden aangewezen, toch? Hoewel Erik zichzelf de tijd niet gunde om hier verder over na te denken, wond het idee hem op en hij liep snel een paar stappen naar het kind toe.

'We moeten hem nu meteen verhoren,' zei hij met een stem die onwillekeurig te hoog en te hectisch klonk.

'God, wees een beetje voorzichtig met hem,' zei Mikael Blomkvist, die toevallig naast hem stond.

'Bemoei je er niet mee,' snauwde Erik. 'Hij heeft de dader misschien herkend. We moeten foto's hebben en ze hem laten zien. We moeten op de een of andere manier ...'

De jongen onderbrak hem door zijn puzzel met één grote veeg weg te slaan en Erik zag geen andere uitweg dan een excuus te mompelen en de trap af te gaan naar zijn technische mensen.

Toen Erik Zetterlund naar beneden was gegaan bleef Mikael Blomkvist nog even naar August staan kijken. Hij had het gevoel dat er nog iets stond te gebeuren, nog een uitbarsting misschien, en het laatste wat hij wilde was dat de jongen zichzelf weer zou verwonden. Maar het kind kreeg een strakke blik in zijn ogen en begon razendsnel met zijn rechterhand over het tapijt te draaien. Toen stopte hij abrupt en keek hij hem smekend aan, en hoewel Mikael zich even afvroeg wat dat kon betekenen, liet hij die gedachte weer los toen de lange politieman, van wie hij nu wist dat hij Peter Blom heette, bij de jongen ging zitten en hem weer aan het puzzelen probeerde te krijgen. Zelf ging Mikael naar de keuken om wat tot rust te komen. Hij was bekaf en wilde naar huis. Maar hij moest blijkbaar eerst nog naar een paar beelden van een bewakingscamera kijken. Hij wist niet wanneer dat ging gebeuren. Alles duurde heel lang; het kwam rommelig en ongeorganiseerd over.

Mikael verlangde wanhopig naar zijn bed. Hij had Erika al twee keer gesproken en verteld wat er was gebeurd en hoewel ze tot dusver nog maar heel weinig over de moord wisten, waren ze het erover eens dat Mikael er een lang artikel over zou schrijven voor het volgende nummer. Niet alleen omdat het misdrijf op zichzelf een groot drama was en Frans' leven de moeite waard leek om te beschrijven, maar ook omdat Mikael een persoonlijke invalshoek had die het verhaal iets extra's gaf waardoor hij een voordeel had ten opzichte van zijn concurrenten. Alleen al het dramatische telefoontje in de nacht dat hem hiernaartoe had gebracht zou zijn stuk een extra dimensie geven.

Ze hoefden ook geen van beiden speciaal te verwijzen naar de toestand met Serner en de crisis bij het tijdschrift. Dat speelde impliciet mee in hun gesprek. Erika had al bedacht dat hun vaste invaller Andrei Zander het voorwerk voor de research zou kunnen doen terwijl Mikael eens goed zou gaan slapen. Ze had tamelijk beslist – als iets wat het midden hield tussen een bezorgde moeder en een autoritaire hoofdredacteur – gezegd dat ze niet wilde hebben dat haar topreporter al uitgeput was voordat het werk zelfs maar was begonnen.

Mikael accepteerde dat zonder meer. Andrei was ambitieus en sympathiek, en het zou fijn zijn als de hele basisresearch al gedaan was wanneer hij wakker werd, liefst met lijstjes met mensen uit Balders omgeving die hij moest interviewen. Omdat er niets anders was om aan te denken, stond hij ook even stil bij Andreis voortdurende problemen met vrouwen, die Mikael had ontdekt tijdens een paar avondsessies in eetcafé Kvarnen. Andrei was jong en intelligent en zag er goed uit. Hij zou voor alle meisjes aantrekkelijk moeten zijn. Maar omdat hij iets zachts, te afwachtends in zijn karakter had, lieten ze hem steeds weer zitten, en dat trok hij zich erg aan. Andrei was een onverbeterlijke romanticus. Hij bleef maar dromen van de grote liefde en de grote scoop.

Mikael ging aan Balders keukentafel zitten en keek naar het donker buiten. Op tafel, naast een doosje lucifers, een exemplaar van het blad *New Scientist* en een notitieblok met onbegrijpelijke vergelijkingen, lag een mooie, wat dreigende tekening van een zebrapad. Bij een verkeerslicht stond een man met troebele, spiedende ogen en smalle lippen. De man leek te bewegen en elke rimpel in zijn gezicht en elke plooi in zijn jack en broek waren te zien. Hij zag er niet bepaald aardig uit. Hij had een hartvormige levervlek op zijn kin.

Toch was het verkeerslicht het meest opvallende van de tekening. Het straalde een pregnant, verontrustend licht uit en was knap weergegeven, met een soort wiskundige techniek. Je kon de geometrische lijnen erachter bijna zien. Waarschijnlijk tekende Frans Balder als hobby. Mikael verbaasde zich wel een beetje over het onderwerp; het was niet direct traditioneel.

Aan de andere kant: waarom zou iemand als Balder zonsondergangen of schepen schilderen? Een verkeerslicht was vast net zo interessant. Mikael vond het een fascinerende momentopname. Het verkeerslicht had Frans Balder kunnen bestuderen, maar hij had die man toch moeilijk kunnen vragen steeds maar weer over te steken. Misschien was hij maar een fictieve toevoeging. Of misschien had Balder een fotografisch geheugen, net als ... Mikael verzonk in gepeins. Toen pakte hij zijn telefoon en belde hij Erika voor de derde keer.

'Ben je al op weg naar huis?' vroeg ze.

'Nee, jammer genoeg nog niet. Ik moet nog een paar dingen bekijken. Maar zou je iets voor me willen doen?'

'Waar ben ik anders voor?'

'Zou je naar mijn computer willen gaan en inloggen? Je kent mijn wachtwoord, toch?'

'Ik weet alles van je.'

'Goed. Dan ga je naar Documenten en open je een bestand dat *Lisbeths Laatje* heet.'

'Ik begin te vermoeden welke kant dit opgaat.'

'O ja? Ik wil dat je het volgende in dat bestand zet ...'

'Wacht even, ik moet het nog openen. Oké ... Wacht, er staat hier al van alles.'

'Laat dat maar zitten. Dit wil ik boven al het andere hebben, snap je?'

'Ik snap het.'

'Schrijf: *Lisbeth, misschien weet je het al, maar Frans Balder is doodgeschoten. Twee kogels in zijn hoofd. Kun jij achterhalen waarom iemand hem dood wilde hebben?*'

'Is dat alles?'

'Dat is heel wat als je bedenkt dat we heel lang niets van elkaar hebben gehoord. Ze vindt het vast onbehoorlijk dat ik dat zomaar vraag. Maar ik denk dat het geen kwaad kan als zij ons helpt.'

'Een beetje onwettig hacken kan geen kwaad, bedoel je.'

'Dat heb ik niet gehoord. Tot gauw, hoop ik.'

'Ik ook.'

Lisbeth was toch weer in slaap gevallen en werd om halfacht in de ochtend wakker. Ze was niet bepaald in topvorm. Ze had hoofdpijn en was misselijk. Toch voelde ze zich beter. Ze kleedde zich vlug aan en nam een snel ontbijt bestaande uit twee pasteitjes uit de magnetron en een groot glas Coca-Cola. Toen stopte ze haar trainingspak in een zwarte tas en wandelde wat in zichzelf mopperend van het Mosebacketorg naar de Götgata.

Ze zag er kwaad uit en zeker twee mensen deden enigszins geschrokken een stap opzij. Maar Lisbeth was helemaal niet boos; ze was alleen geconcentreerd en doelgericht. Ze had helemaal geen zin in trainen, maar ze wilde vasthouden aan haar routines en het gif uit haar lijf werken. Daarom liep ze verder naar de Hornsgata. Daar waar de straat zich even splitst in een hoog en een laag deel ging ze rechtsaf een trap af naar een kelder waar boksclub Zero zat; die leek vanmorgen vervallener dan ooit.

De club zou best eens een verfje en een algehele opfrisbeurt kunnen gebruiken. Er leek sinds de jaren zeventig niets te zijn veranderd, niet aan de inrichting en niet aan de affiches. Nog altijd hingen Ali en Foreman aan de muren. Nog altijd zag het er daar uit zoals in Kinshasa op de dag na de legendarische wedstrijd. Dat zou kunnen komen doordat Obinze, de baas van de club, dat gevecht als kleine jongen had meegemaakt en na afloop in de bevrijdende moessonregen, al '*Ali Bombaye*!' roepend, had rondgerend. Dat gehol was niet alleen zijn gelukkigste herinnering, maar ook wat hij het laatste moment van zijn 'dagen van onschuld' noemde.

Niet lang daarna moest hij met zijn familie vluchten voor de terreur van Moboetoe en nadien was niets meer geworden zoals het vroeger was, dus misschien was het helemaal niet zo gek dat hij dat ogenblik van de geschiedenis wilde vasthouden of in zekere zin wilde overbrengen naar deze godvergeten bokszaal op Södermalm in Stockholm. Obinze had het nog altijd voortdurend over die wedstrijd. Hij had het trouwens voortdurend over van alles en nog wat.

Hij was groot, breed, kaal en een ongekende praatjesmaker, en een van de velen bij de club die een zwak hadden voor Lisbeth, ook al dacht hij net als de anderen dat ze min of meer verknipt was. Af en toe trainde ze een tijdlang ongekend hard en ging ze als een wilde tekeer tegen boksballen, zakken en sparringpartners. Ze had een soort oeroude, woeste energie in zich die Obinze nog niet vaak was tegengekomen. Voordat hij haar beter had leren kennen had hij haar weleens voorgesteld aan wedstrijdboksen te gaan doen.

Het gebries dat hij toen als reactie had gekregen, had gemaakt dat hij het nooit meer had gevraagd. Waarom ze zo hard trainde, had hij nooit begrepen, mede omdat hij op die vraag eigenlijk geen antwoord hoefde te hebben. Stevig trainen kon je zonder enige reden. Het was beter dan stevig zuipen. Het was beter dan van alles en nog wat, en misschien was het wel gewoon waar wat ze een keer 's avonds laat tegen hem had gezegd: dat ze fysiek voorbereid wilde zijn op het geval dat ze weer eens in de problemen zou komen.

Hij wist dat ze al eerder in de problemen was geweest. Dat had hij gegoogeld. Hij had elk woord gelezen dat er op internet over haar was geschreven en begreep heel goed dat ze in vorm wilde zijn voor het geval dat er weer een kwaadaardige schaduw uit haar verleden zou opduiken. Als iemand dat begreep, dan hij wel. Zijn eigen ouders waren allebei vermoord door Moboetoes handlangers.

Wat hij niet begreep was waarom Lisbeth van tijd tot tijd compleet de brui gaf aan het trainen, überhaupt niet in beweging leek te komen en alleen nog maar junkfood at. Dat plotselinge vervallen van het ene tot het andere uiterste was voor hem onbegrijpelijk, en toen ze op deze ochtend de bokszaal binnenkwam, net zo demonstratief in het zwart gekleed en gepiercet als altijd, had hij haar twee weken niet gezien.

'Hoi, schoonheid. Waar ben je geweest?'

'Ik heb iets vreselijk ongeoorloofds gedaan.'

'Dacht ik wel. Weer een motorbende in elkaar geslagen of zo?'

Maar op dat grapje ging ze niet in. Ze liep stug door naar de kleedkamer en toen deed hij iets waarvan hij wist dat ze er de pest aan had. Hij ging voor haar staan en keek haar recht in de ogen.

'Je ogen zijn vuurrood.'

'Ik heb een verschrikkelijke kater. Ga opzij!'

'Dan wil ik je hier niet zien; dat weet je.'

'*Skip the crap*. Ik wil dat je me helemaal afbeult,' gromde ze. Ze kleedde zich om en kwam terug in haar veel te grote sportbroek en haar witte shirtje met de zwarte doodskop. En toen wist hij niets beters te verzinnen dan haar ook inderdaad helemaal af te beulen.

Hij putte haar zo uit dat ze drie keer in zijn prullenbak moest overgeven en hij schold haar uit zo goed als hij kon. Ze schold heel behoorlijk terug. Toen liep ze weg, kleedde zich om en ging de club uit zonder zelfs maar gedag te zeggen. Op zulke momenten kwam er vaak een gevoel van leegte over Obinze. Misschien was hij toch een beetje verliefd. In elk geval deed ze hem iets – ongelooflijk voor een meisje dat zo bokste.

Het laatste wat hij van haar zag, waren haar kuiten die de trap opgingen en hij had er dus geen idee van dat de wereld om Lisbeth heen draaide toen ze in de Hornsgata kwam. Ze zocht steun tegen de muur en ademde diep in en uit. Vervolgens liep ze naar haar huis in de Fiskargata, en toen ze daar eenmaal was dronk ze een groot glas Coca-Cola en een halve liter vruchtensap. Ze liet zich op haar bed vallen en keek tien, vijftien minuten naar het plafond. Ze dacht aan van alles, aan singulariteiten en gebeurtenishorizonnen, aan bepaalde elementen van de schrödingervergelijking, aan Ed the Ned en aan nog veel meer.

Pas toen de wereld was opgehouden met draaien stond ze op en liep ze naar haar computer. Hoe weinig zin ze er soms ook in had, ze werd er steeds weer heen gezogen, met een kracht die sinds haar kinderjaren niet was afgenomen. Vanmorgen was ze echter niet in de stemming voor ingewikkelde uitstapjes. Ze hackte zich naar binnen in de pc van Mikael Blomkvist, en toen verstijfde ze. Ze weigerde zelfs het tot zich door te laten dringen. Laatst hadden ze nog grappen gemaakt over Balder. Nu schreef Mikael dat hij was vermoord, doodgeschoten met twee kogels in zijn hoofd.

'Godverdomme,' mompelde ze, en ze keek op internet op de websites van de kranten. Die hadden er nog niets over, niet expliciet. Maar er was weinig fantasie voor nodig om te begrijpen dat Balder de man was die schuilging achter het bericht: ZWEEDSE ACADEMICUS DOODGESCHOTEN IN ZIJN HUIS IN SALTSJÖBADEN. De politie wilde voorlopig niet meer zeggen en de journalisten die zich ermee bezig hadden gehouden waren tot nu toe nog geen goede bloedhonden, waarschijnlijk omdat ze het belang van het verhaal niet doorhadden of er niet voldoende mankracht op hadden gezet. Er waren die nacht duidelijk belangrijkere dingen gebeurd: de storm, de stroomstoring in het hele land, de waanzinnige vertragingen in het treinverkeer en nieuwtjes over beroemdheden die Lisbeth niet eens wilde weten.

Over de moord schreven ze alleen dat die omstreeks drie uur in de ochtend had plaatsgevonden en dat de politie getuigen zocht in de buurt, waarnemingen van alles wat afweek van normaal. Er was nog geen verdachte, maar getuigen hadden blijkbaar onbekende en verdachte personen op het bij het huis horende perceel gezien. Over hen wilde de politie graag meer informatie hebben. Aan het eind van de artikelen stond dat er later die dag een persconferentie zou worden gehouden onder leiding van commissaris Jan Bublanski. Lisbeth glimlachte een beetje weemoedig toen ze dat las. Ze had met Bublanski – of 'Bubbel', zoals hij soms ook werd genoemd – te maken gehad en dacht dat het onderzoek redelijk effectief zou kunnen worden uitgevoerd, als hij tenminste geen enorme sukkels in zijn team kreeg.

Toen las ze het bericht van Mikael Blomkvist nog een keer. Mikael vroeg haar om hulp en zonder er zelfs maar over na te denken schreef ze: *Oké*. Niet alleen omdat hij het vroeg, maar ook omdat het iets persoonlijks voor haar was. Verdriet was niets voor haar, niet op de gebruikelijke manier. Kwaadheid echter wel, een koel voortgaande woede, en hoewel ze een zeker respect had voor Jan Bublanski vertrouwde ze liever niet op de sterke arm als dat niet nodig was.

Ze was gewend zaken zelf ter hand te nemen en had alle reden om uit te zoeken waarom Frans Balder was vermoord. Want het was natuurlijk geen toeval dat ze hem had opgezocht en hem had geholpen. Waarschijnlijk waren zijn vijanden ook de hare.

Het was allemaal begonnen met de oude vraag of haar vader in zekere zin nog voortleefde. Alexander Zalachenko, Zala, had niet alleen haar moeder vermoord en haar jeugd verpest. Hij had ook aan het hoofd gestaan van een crimineel netwerk, drugs en wapens verkocht, geleefd van vrouwenuitbuiting en -vernedering, en Lisbeth was ervan overtuigd dat een dergelijk kwaad niet zomaar verdwijnt. Het gaat gewoon over op andere levensvormen en al sinds die dag ruim een jaar geleden dat ze 's morgens vroeg wakker werd in hotel Schloss Elmau in de Beierse Alpen was Lisbeth bezig met een eigen onderzoek naar wat er nu precies met de erfenis van haar vader was gebeurd.

De oude kompanen bleken echter bijna allemaal losers te zijn geworden, gemene smeerlappen, smerige pooiers of kleine gangsters. Geen van hen was een schurk van het niveau van haar vader en lange tijd was Lisbeth ervan overtuigd dat de organisatie na de dood van Zalachenko was verzwakt en in verval was geraakt. Toch gaf ze het niet op en uiteindelijk stuitte ze op iets wat in een volkomen onverwachte richting wees. De sporen die een van Zala's jonge volgelingen, een zekere Sigfrid Gruber, naliet, brachten haar daarheen.

Gruber was al een van de intelligentste mannen in het netwerk toen Zala nog leefde en in tegenstelling tot de anderen had hij universitaire opleidingen in informatica en bedrijfseconomie afgerond. Dat had hem blijkbaar in meer exclusieve kringen gebracht. Hij kwam voor in onderzoeken naar zware criminaliteit tegen hoogtechnologische ondernemingen: diefstal van innovaties, afpersing, handel met voorkennis, hacking.

Normaal gesproken zou Lisbeth het spoor niet verder dan tot hier hebben gevolgd en dat was niet alleen omdat deze kwestie afgezien van Grubers betrokkenheid niets te maken leek te hebben met haar vaders vroegere activiteiten. Niets kon haar minder schelen dan dat een paar vermogende concerns hun innovaties waren kwijtgeraakt. Maar toen was alles anders geworden.

In een als geheim bestempeld rapport van het GCHQ, het Government Communications Headquarters in Cheltenham, kwam ze een paar gecodeerde teksten tegen die in verband werden gebracht met de bende waartoe Gruber nu kennelijk behoorde, en daarvan was ze geschrokken; daarna kon ze het niet meer loslaten. Ze zocht alle informatie over deze groep op en ten slotte stuitte ze op iets twijfelachtigs als een halfopen hackerssite, op het terugkerende gerucht dat deze organisatie Frans Balders AI-technologie had gestolen en verkocht aan de Russisch-Amerikaanse gameproducent Truegames.

Op grond van die informatie was ze bij de lezing van de professor op de Koninklijke Technische Hogeschool verschenen en had ze met hem zitten bekvechten over de singulariteit in het binnenste van de zwarte gaten. Dat was in elk geval een van de redenen.

Deel 2

DWAALWEGEN VAN HET GEHEUGEN

21 november – 23 november

Eidetiek, de studie van mensen met een eidetisch oftewel fotografisch geheugen.

Uit onderzoek is gebleken dat mensen met een eidetisch geheugen eerder nerveus en gestrest raken dan anderen.

De meeste mensen met een eidetisch geheugen zijn autistisch, maar niet allemaal. Er bestaat ook een verband tussen een fotografisch geheugen en synesthesie – dat is het geval wanneer verschillende zintuigen met elkaar verbonden zijn, bijvoorbeeld wanneer iemand cijfers in kleuren ziet of getallenseries in iemands gedachten een schilderij vormen.

12
21 NOVEMBER

Jan Bublanski had uitgekeken naar een vrije dag en een lang gesprek met rabbi Goldman van de synagoge op Södermalm over bepaalde vragen die hem de laatste tijd bezighielden aangaande het bestaan van God.

Hij was nog niet direct bezig atheïst te worden, maar hij had toch steeds meer moeite met het begrip 'God' als zodanig. Daar wilde hij over praten en over de gevoelens van zinloosheid die hem geregeld overvielen, en misschien ook over zijn droom om zijn baan op te zeggen.

Bublanski vond zichzelf een goede rechercheur. Het aantal zaken dat hij wist op te lossen was zeer hoog en soms haalde hij ook wel energie uit zijn werk. Maar hij wist niet of hij wel moorden wilde blijven onderzoeken. Misschien moest hij zich laten omscholen nu daar nog genoeg tijd voor was. Zijn droom was om les te geven, om jonge mensen te laten groeien en in zichzelf te leren geloven, misschien wel omdat hij zelf vaak erg aan zichzelf twijfelde. Bublanski had zich nooit ergens in gespecialiseerd, behalve in wat het lot hem had toegeworpen – dood door geweld en de morbide perversiteit van de mens –, en dáár wilde hij beslist geen les in geven.

Het was tien over acht in de ochtend en hij zette zijn keppeltje op, dat helaas zijn beste tijd had gehad. Ooit was het mooi lichtblauw geweest; men vond dat een tikkeltje extravagant. Nu zag het er vooral verbleekt en versleten uit, bijna symbolisch voor zijn eigen ontwikkeling, dacht hij, want hij kon niet zeggen dat hij verder wel content was met zijn uiterlijk.

Hij voelde zich papperig en afgeleefd, en hij was kaal. Verstrooid pakte hij Singers roman *De duizendkunstenaar van Lublin*, die hij met zoveel liefde had gelezen dat hij het boek nu al jaren op de wc had liggen voor het geval dat hij zin kreeg erin te lezen als hij een grote boodschap deed. Maar deze keer kwam hij niet verder dan een paar regels. De telefoon ging, en dat het hoofdofficier van justitie Richard Ekström bleek te zijn maakte hem niet vrolijker. Een telefoontje van Ekström betekende niet alleen werk, maar waarschijnlijk ook werk dat veel stof deed opwaaien in de politiek en media. Anders zou Ekström zich er als een slang onderuit gekronkeld hebben.

'Dag Richard, wat leuk,' loog Bublanski. 'Maar ik ben helaas druk.'

'Huh ... nee, nee, hiervoor niet, Jan. Dit mag je niet missen. Ik hoorde dat je vandaag vrij had.'

'Dat klopt, maar ik ben op weg naar ...' Hij wilde niet zeggen 'de synagoge'. Zijn joodsheid lag niet bij iedereen in het korps goed. '... de dokter,' vulde hij aan.

'Ben je ziek?'

'Niet echt.'

'Wat bedoel je daarmee? Een beetje ziek?'

'Zoiets.'

'Ach, hou toch op. Een beetje ziek zijn we allemaal, toch? Dit is een belangrijke zaak, Jan. Minister Lisa Green van Economische Zaken heeft zich al gemeld en ze is het er helemaal mee eens dat jij het onderzoek gaat leiden.'

'Ik kan me haast niet voorstellen dat Lisa Green weet wie ik ben.'

'Nou ja, niet bij naam misschien, en eigenlijk moet ze zich er ook niet mee bemoeien, maar we zijn het er allemaal over eens dat we een topkracht nodig hebben.'

'Slijmen helpt bij mij niet meer, Richard. Waar gaat die zaak over?' vroeg hij, en hij had er meteen spijt van. Die vraag stellen was al een half ja, en hij merkte dat Richard Ekström het direct als een kleine overwinning opvatte.

'Professor Frans Balder is vannacht vermoord in zijn huis in Saltsjöbaden.'

'En wie is dat?'

'Een van onze internationaal bekendste wetenschappers. Wereldwijd bekend op het gebied van AI-technologie.'

'Wat voor technologie?'

'Hij hield zich bezig met neurale netwerken en digitale kwantumprocessen en dat soort dingen.'

'Begrijp ik nog steeds niet.'

'Hij probeerde met andere woorden computers te leren denken, tja, gewoon het menselijk brein na te maken.'

Het menselijk brein namaken? Bublanski vroeg zich af wat rabbi Goldman daarvan zou vinden.

'Ze denken dat hij eerder al slachtoffer van bedrijfsspionage was,' vervolgde Ekström. 'Daarom is het ministerie van Economische Zaken erbij betrokken. Je weet vast nog wel hoe plechtig Lisa Green heeft beloofd de Zweedse wetenschap en innovatie te zullen beschermen.'

'Ja, ik geloof het wel.'

'Er waren blijkbaar ook al signalen dat zijn leven in gevaar was. Balder had politiebewaking.'

'En desondanks is hij vermoord?'

'Het was misschien niet de beste bewaking van de wereld. Het waren Flinck en Blom.'

'De Casanova's!'

'Ja. Die waren er midden in de storm en de algehele wanorde naartoe gestuurd. Maar tot hun verdediging kan ik zeggen dat ze het niet gemakkelijk hadden. Het was er een rommeltje. Frans Balder werd door zijn hoofd geschoten terwijl die jongens met een dronkenlap bezig waren die ineens uit het niets voor de deur stond. Nou ja, je kunt je wel voorstellen: de moordenaar greep dat moment van onoplettendheid aan.'

'Dat klinkt niet goed.'

'Nee, het lijkt heel professioneel gedaan. En op de koop toe hebben ze waarschijnlijk het inbraakalarm onklaar gemaakt.'

'Dus het waren er meer dan één?'

'Dat denken we wel. Bovendien ...'

'Ja?'

'... zijn er nog een paar precaire details.'

'Waar de media op af zullen komen?'

'Waar de media van zullen smullen,' vervolgde Ekström. 'Die dronkenlap die ineens opdook bijvoorbeeld, was niemand minder dan Lasse Westman.'

'De acteur?'

'Die. En dat is uitermate vervelend.'

'Omdat het op de voorpagina's komt te staan?'

'Gedeeltelijk daarom natuurlijk, maar ook omdat we de kans lopen om ons een hoop lastige echtscheidingsperikelen op de hals te halen. Lasse Westman zei dat hij daar was om zijn achtjarige stiefzoon op te halen die bij Frans Balder was, een jongen die ... Wacht even ... Ik moet zorgen dat ik het goed zeg ... Balder is wel zijn biologische vader, maar volgens een voogdijvonnis niet in staat voor hem te zorgen.'

'Waarom zou een professor die met computers mensen kan namaken niet in staat zijn om voor zijn eigen kind te zorgen?'

'Omdat hij daarin eerder schromelijk tekort is geschoten en werkte in plaats van op zijn zoon te letten en sowieso een volstrekt hopeloze vader was, als ik het goed heb begrepen. In elk geval ligt het erg gevoelig. Dit jongetje, dat dus helemaal niet bij Balder had horen te zijn, was waarschijnlijk getuige van de moord.'

'Jemig! En wat zegt hij?'

'Niets.'

'Te geschokt?'

'Vast, maar hij zegt überhaupt nooit iets. Hij kan niet praten en is zwaar gehandicapt. Dus we hebben niets aan hem.'

'Geen spoor van de dader dus.'

'Als er niet een reden was waarom Lasse Westman net op het moment verscheen waarop de moordenaar de benedenverdieping binnendrong en Balder doodschoot. Het is heel belangrijk dat jullie Westman snel oppakken en verhoren.'

'Als ik het onderzoek op me neem.'

'Dat doe je wel.'

'O ja?'

'Je hebt geen keus, zou ik zeggen. Bovendien heb ik het beste voor het laatst bewaard.'

'En wat is dat?'

'Mikael Blomkvist.'

'Wat is er met hem?'

'Om de een of andere reden was hij ter plaatse. Ik geloof dat Frans Balder hem had gevraagd te komen om iets te onthullen.'

'Midden in de nacht?'

'Kennelijk.'

'En daarna is hij doodgeschoten?'

'Vlak voordat Blomkvist aanbelde. Hij schijnt zelfs een glimp van de moordenaar te hebben opgevangen.'

Bublanski schoot in de lach. Dat was een volkomen verkeerde reactie, die hij zelf ook niet kon verklaren. Misschien was het nervositeit of wellicht het gevoel dat het leven zich herhaalde.

'Pardon?' vroeg Ekström.

'Ik ben alleen een beetje hoesterig. Dus nu zijn jullie bang dat jullie je een privédetective op de hals hebben gehaald die jullie allemaal in een kwaad daglicht zal stellen.'

'Hm, misschien wel. In elk geval gaan we ervan uit dat *Millennium* al met een verhaal bezig is, en feit is ook dat ik op dit moment bezig ben een wettelijke grond te vinden om hen tegen te houden of in elk geval beperkingen op te leggen. Het is niet onmogelijk dat dit iets is wat de rijksveiligheid aangaat.'

'Dus we hebben ook de Säpo in onze nek hijgen?'

'Geen commentaar,' antwoordde Ekström.

Krijg de klere, dacht Bublanski. 'Zijn Ragnar Olofsson en de anderen van Bedrijfsbescherming ermee bezig?' vroeg hij.

'Geen commentaar, zei ik al. Wanneer kun je beginnen?'

Krijg nog een keer de klere, dacht Bublanski. 'Ik doe het op een paar voorwaarden,' zei hij toen. 'Ik wil mijn normale ploeg hebben: Sonja Modig, Curt Svensson, Jerker Holmberg en Amanda Flod.'

'Natuurlijk. Oké, maar je krijgt Hans Faste ook.'

'Nooit van mijn leven. Over mijn lijk!'

'Sorry, Jan, dat is niet onderhandelbaar. Je mag blij zijn dat je de anderen mag kiezen.'

'Je bent hopeloos, weet je dat?'

'Dat heb ik weleens meer gehoord.'

'Dus Faste wordt ons Säpo-infiltrantje?'

'Absoluut niet, maar ik denk dat het voor alle teams goed is om iemand te hebben die langs andere lijnen denkt.'

'Dus als wij alle vooroordelen en vooropgezette meningen van ons afgeschud hebben, hebben we iemand nodig die ons weer die kant op trekt?'

'Klets niet.'

'Hans Faste is een idioot.'

'Nee, Jan, echt niet. Hij is wel ...'

'Nou?'

'Conservatief. Hij is niet iemand die meeloopt met de laatste feministische golf.'

'Ook niet met de eerste. Hij heeft misschien net het vrouwenkiesrecht geaccepteerd.'

'Luister eens, Jan. Hans Faste is een uitermate betrouwbare, loyale rechercheur en meer wil ik er niet over horen. Had je nog meer eisen?'

'Ik wil eerst dat doktersbezoekje nog afleggen en in die tijd wil ik dat Sonja Modig het onderzoek leidt,' zei hij.

'Is dat wel verstandig?'

'Dat is verdomd verstandig,' brieste Bublanski.

'Oké, oké, ik zorg dat Erik Zetterlund de zaak aan haar overdraagt,' antwoordde Ekström, en hij grijnsde stiekem. Hij wist zelf helemaal niet of hij er goed aan had gedaan dit onderzoek te accepteren.

Alona Casales werkte maar zelden 's nachts. Ze had zich er jaren aan onttrokken, waarbij ze niet geheel ten onrechte een beroep deed op haar reuma, die haar dwong soms een tijdlang sterke cortisonpillen te gebruiken. Daarvan kreeg ze niet alleen een papperig gezicht, ook haar bloeddruk vloog ervan omhoog, en ze had haar slaap en haar vaste gewoonten nodig. Toch was ze hier nu. Het was tien over drie in de nacht.

Ze was in een licht regentje van haar huis in Laurel, Maryland, over de 175 East gereden, langs het bord NSA, EERSTVOLGENDE RECHTSAF, UITSLUITEND PERSONEEL. Ze was door de bewaakte toegangen en het elektrische hek naar het zwarte, kubusachtige hoofdgebouw in Fort Meade gereden en had haar auto op de enorme, wijdvertakte parkeerplaats gezet, pal rechts van de lichtblauwe, op een golfbal lijkende radarkoepel met zijn wirwar van schotelantennes en ze was door de veiligheidspoortjes naar haar werkplek op de twaalfde verdieping gegaan. Daar was niet bepaald veel activiteit gaande.

Toch was de sfeer tot haar verbazing een beetje verhit en al gauw begreep ze dat Ed the Ned en zijn jonge hackers verantwoordelijk waren voor dit gevoel van geladenheid en ernst dat over het kantoorlandschap lag, en hoewel ze op goede voet stond met Ed deed ze geen moeite om hem te begroeten.

Hij ging zo te zien volkomen in zijn werk op. Hij stond net op om een jongeman uit te schelden wiens gezicht ijzig bleekjes oplichtte, sowieso een merkwaardig type, vond Alona, net als al die andere jonge, geniale hackers die Ed om zich heen had verzameld. Deze knul was mager en anemisch, en had een afgrijselijk kapsel. Bovendien had hij een eigenaardig kromme rug en een soort spasme in zijn schouders. Af en toe ging er een rilling door hem heen. Misschien was hij echt bang; en dat Ed tegen een stoelpoot schopte, maakte het er niet beter op. Hij verwachtte blijkbaar een klap. Maar toen gebeurde er iets onverwachts.

Ed bedaarde en woelde als een liefhebbende vader met zijn hand door het haar van de jongen. Dat was niets voor hem. Ed was niet zo goed in klefheid en geknuffel. Hij was een cowboy die nooit zoiets suspects zou doen als een vent omhelzen. Maar misschien was hij zo wanhopig dat hij het nu zelfs probeerde met wat algemene menselijkheid. Ed had zijn broek openhangen. Hij had koffie of cola gemorst op zijn bloes, zijn gezicht had een ongezonde, rode kleur en zijn stem was hees en rauw, alsof hij te veel had geschreeuwd. Alona bedacht dat iemand van zijn leeftijd en met zoveel overgewicht zichzelf niet zo zou moeten afmatten.

Hoewel er pas een half etmaal was verstreken, zag het eruit alsof Ed en zijn jongens hier al een week bivakkeerden. Overal lagen koffiebekertjes, resten van fastfoodmaaltijden, afgezette petjes en uitgetrokken collegetruien, en uit hun lichamen steeg een zure stank van zweet en inspanning op. De groep was duidelijk bezig de hele wereld ondersteboven te keren om de hacker op te sporen.

Na een tijdje riep ze hun met gespeelde kordaatheid toe: 'Doe je best, jongens!'

'Je moest eens weten!'

'Goed zo. Zorg dat je 'm te pakken krijgt, die klootzak!'

Dat meende ze niet echt. Stiekem vond ze de cyberaanval wel amusant. Sommige mensen bij de NSA dachten kennelijk dat ze konden doen wat ze wilden, alsof ze carte blanche hadden, dus misschien was het zelfs wel gezond als het tot hen doordrong dat de andere kant kon terugslaan. 'Wie mensen bespioneert, wordt uiteindelijk ook zelf door mensen bespioneerd,' zou de hacker hebben geschreven en dat vond ze best grappig, al was het dat natuurlijk niet.

Hier in Puzzle Palace hadden ze alles onder controle en kwam hun ontoereikendheid alleen aan het licht wanneer ze iets echt serieus probeerden te doen, zoals zij nu deed. Catrin Hopkins had haar wakker gemaakt en gezegd dat de Zweedse professor in zijn huis bij Stockholm was vermoord en hoewel dat op zichzelf geen grote zaak was voor de NSA – nog niet tenminste – betekende het wel iets voor Alona.

De moord toonde aan dat ze de aanwijzingen goed had geïnterpreteerd en nu moest ze zien of ze nog een stapje verder kon komen, dus ze logde in op haar computer en ging naar het overzicht van de organisatie, waar de onbekende, schimmige Thanos bovenaan stond, maar waar ook bekende namen stonden als Ivan Gribanov, lid van de Russische Doema, en de Duitser Gruber, een hoogopgeleide misdadiger die vroeger bij een ingewikkelde *trafficking*zaak betrokken was geweest.

Eigenlijk begreep ze niet waarom dit dossier zo'n lage prioriteit had en waarom haar bazen haar voortdurend doorverwezen naar andere organisaties, die de criminaliteit meer volgens de regeltjes bestreden. Het leek haar niet onwaarschijnlijk dat het netwerk door de staat beschermd werd of banden had met de Russische inlichtingendienst, en dat het allemaal deel uitmaakte van de handelsoorlog tussen oost en west. Hoewel er weinig gegevens en bepaald geen onweerlegbare bewijzen waren, bestonden er toch duidelijke aanwijzingen dat westerse technologie werd gestolen en in Russische handen terechtkwam.

Maar de situatie was inderdaad ingewikkeld en lastig te overzien, en het was niet altijd gemakkelijk om zelfs maar vast te stellen óf er een misdaad was begaan of dat een soortgelijke technologie door puur toeval ook ergens anders was ontwikkeld. Bedrijfsdiefstal was tegenwoordig ook een zeer rekbaar begrip. Er werd voortdurend gestolen en geleend, soms als onderdeel van een creatieve uitwisseling en soms om de vergrijpen juridische legitimiteit te geven.

Grote bedrijven joegen kleinere geregeld de stuipen op het lijf met behulp van dreigende advocaten, en niemand vond het gek dat individuele vernieuwers min of meer rechteloos waren. Bovendien werden bedrijfsspionage en cyberaanvallen vaak slechts beschouwd als een wat minder gebruikelijke omgevingsanalyse. En hier in Puzzle Palace werd ook niet direct een bijdrage geleverd aan morele verheffing op dit gebied.

Aan de andere kant ... Moord kon je niet zomaar relativeren en Alona nam zich bijna plechtig voor elke steen om te keren om de organisatie uit te schakelen. Ze kwam niet ver. Ze had zich nog maar net uitgerekt en haar nek gemasseerd toen ze achter zich met veel gepuf iemand aan hoorde komen.

Het was Ed, en hij zag er slecht uit, helemaal scheef en krom. Zíjn rug had het ook begeven, blijkbaar. Haar eigen nek deed minder zeer als ze naar hem keek.

'Ed, wat verschaft me de eer?'

'Ik vermoed dat we een gezamenlijk probleem hebben.'

'Ga zitten, oudje. Je moet zitten.'

'Of op de pijnbank worden gelegd. Je weet, vanuit mijn beperkte perspectief ...'

'Nou doe je jezelf tekort, Ed.'

'Ik doe mezelf niks tekort. Maar zoals je weet kan het mij geen bal schelen of iemand hoog of laag is, en iedereen mag van mij van alles over van alles vinden. Ik bemoei me met mijn eigen zaken. Ik bescherm onze systemen. Het enige waar ik echt van onder de indruk ben, is of iemand goed is in zijn vak.'

'Jij zou de duivel zelf nog aannemen als hij een goede ICT'er was.'

'In elk geval heb ik respect voor iedere vijand, als hij maar goed genoeg is. Snap je?'

'Dat snap ik.'

'Ik begin te denken dat we gelijkwaardig zijn, hij en ik, en dat we puur toevallig tot verschillende kampen behoren. Je hebt waarschijnlijk wel gehoord dat er een RAT in onze server en tot ons intranet is doorgedrongen, en dat spionageprogramma, Alona ...'

'Ja?'

'... is puur muziek. Zo compact en elegant geschreven!'

'Je bent een waardige tegenstander tegengekomen.'

'Zeker weten. En dat geldt ook voor mijn jongens daar. Ze doen alsof ze verontwaardigd zijn en vaderlandslievend of weet ik wat ze proberen uit te stralen. Maar eigenlijk willen ze niets liever dan die hacker ontmoeten en zich met hem meten. Eerst probeerde ik ook te denken: oké, *fine*, zet je eroverheen. Misschien valt de schade wel mee. Het is maar één geniale hacker die wil laten zien wat hij kan, en misschien komt er wel iets goeds uit voort. We hebben al heel veel over onze eigen kwetsbaarheid geleerd door op die gast te jagen. Maar later ...'

'Nou?'

'Toen begon ik me af te vragen of ik ook in dat opzicht niet in de luren werd gelegd. Of die hele vertoning met mijn mailaccount niet een rookgordijn was, een dekmantel om iets heel anders te verhullen.'

'Wat dan?'

'Dat hij eigenlijk iets heel anders wilde uitzoeken.'

'Nu word ik nieuwsgierig.'

'Dat moet ook. We hebben achterhaald wat die hacker precies zocht en het gaat in grote lijnen allemaal om hetzelfde, namelijk dat criminele netwerk waar jij je mee bezighoudt, Alona. Noemen ze zich niet de Spiders?'

'The Spider Society zelfs. Maar dat is meer een geintje.'

'De hacker zocht informatie over die bende en hun samenwerking met Solifon, en toen dacht ik dat hij misschien zelf bij dat netwerk hoorde, dat hij wilde weten wat wij over hen weten.'

'Dat klinkt niet onaannemelijk. Hacken kunnen ze duidelijk goed.'

'Maar toen begon ik weer te twijfelen.'

'Waarom?'

'Omdat het erop lijkt dat de hacker ons ook iets wilde laten zien. Hij heeft zich de status van supergebruiker verschaft en kon daardoor documenten lezen waarvan zelfs jij misschien geen weet hebt, zeer geheime stukken, hoewel het bestand dat hij heeft gekopieerd en thuis heeft geüpload zo zwaar versleuteld is dat hij het net zomin kan lezen als wij, als degene die het heeft geschreven de privécodes niet geeft, maar toch ...'

'Ja?'

'De hacker onthulde via ons eigen systeem dat ook wij met Solifon samenwerken. Wist jij dat?'

'Nee. Wel alle ... Nee.'

'Dacht ik al. Maar het ziet ernaar uit dat wij ook mensen in de groep van Eckerwald hebben zitten. De diensten die Solifon de Spiders levert, levert het ook aan ons. Ze vormen een onderdeel van onze bedrijfsspionage en daarom zal jouw dossier dus wel zo'n lage prioriteit hebben. Ze zijn bang dat jouw werk ook schadelijk kan zijn voor onszelf.'

'Stomme idioten.'

'Dat ben ik met je eens. Het lijkt me alleen niet onwaarschijnlijk dat je dit dossier nu helemaal kwijtraakt.'

'Dan word ik gek.'

'Rustig maar, rustig maar. Er is een alternatief, en daarom heb ik mijn arme lijf helemaal naar jouw bureau gesleept. Je kunt voor mij gaan werken.'

'Hoezo?'

'Die verrekte hacker weet dingen over de Spiders en als we zijn identiteit achterhalen, is dat voor ons allebei een doorbraak, en dan kun jij misschien heel mooie dingen aan het licht brengen.'

'Ik begrijp waar je heen wilt.'

'Is dat een ja?'

'Een tja,' zei ze. 'Ik wil me eerst concentreren op het oplossen van de moord op Frans Balder.'

'Maar je houdt me op de hoogte?'

'Oké.'

'Mooi.'

'Maar,' vervolgde Alona, 'als die hacker zo goed is, is hij dan niet zo slim geweest om al zijn sporen uit te wissen?'

'Wees maar gerust. Het maakt niet uit hoe slim hij is. We vinden hem sowieso, en dan villen we hem levend.'

'En je had nog wel zoveel respect voor je tegenstander!'

'Dat heb ik nog steeds, hoor, maar we maken hem toch kapot en sluiten hem levenslang op. Niemand dringt binnen in mijn systeem.'

13
21 NOVEMBER

Mikael Blomkvist kwam ook nu niet erg aan slapen toe. De gebeurtenissen van de afgelopen nacht achtervolgden hem, en om kwart over elf in de ochtend ging hij rechtop in bed zitten en gaf hij het op.

Hij liep naar de keuken, belegde twee sneetjes brood met cheddar en parmaham en deed yoghurt en muesli in een kom. Maar hij at niets. Hij gaf de voorkeur aan koffie, water en pijnstillers. Hij dronk een stuk of vijf, zes glazen bronwater met twee paracetamolletjes, pakte een notitieboekje en probeerde samen te vatten wat er was gebeurd. Hij kwam niet ver, want er brak een hels kabaal los. De telefoons gingen over en het duurde niet lang voordat hij begreep wat er was gebeurd.

Het nieuws was opeens tot de buitenwereld doorgedrongen, en het saillantste detail was dat 'topjournalist Mikael Blomkvist en acteur Lasse Westman' het middelpunt waren van een 'mysterieus' moorddrama; mysterieus omdat niemand kon begrijpen waarom, of all people, nu juist Westman en Blomkvist, samen dan wel apart, ter plaatse waren geweest toen een Zweedse professor met twee kogels in zijn hoofd was doodgeschoten. De vragen hadden iets insinuerends en dat was waarschijnlijk de reden waarom Mikael tamelijk openlijk vertelde dat hij daar, ondanks het late tijdstip, naartoe was gegaan omdat Balder hem iets dringends te vertellen had.

'Ik was daar voor mijn werk,' zei hij.

Hij hoefde zich niet te verdedigen, maar hij voelde zich beschuldigd en hij wilde het uitleggen, ook al kon dat meer verslaggevers ertoe brengen in hetzelfde verhaal te gaan graven. Verder zei hij 'geen commentaar', maar dat bleek ook geen ideale reactie. Het enige voordeel van die woorden was in elk geval dat ze direct en duidelijk waren. Daarna zette hij zijn mobieltje uit, trok hij zijn vaders oude bontjas weer aan en liep de stad in, naar de Götgata.

De drukte op de redactie deed hem aan oude tijden denken. Overal, in elk hoekje, zaten collega's geconcentreerd te werken. Erika had waarschijnlijk een vurige toespraak gehouden en iedereen was zich bewust van de ernst van de situatie. Ze hadden nog maar tien dagen tot de deadline. Boven hen hing de dreiging van Levin en Serner, en de hele ploeg was kennelijk bereid de strijd aan te gaan. Toch vlogen ze natuurlijk allemaal overeind toen ze hem zagen en wilden ze alles horen over Balder en de afgelopen nacht en ook wat hij vond van de manoeuvre van de Noren. Maar hij wilde niet voor de anderen onderdoen in ijver.

'Later, later,' zei hij, en hij liep naar Andrei Zander.

Andrei was zesentwintig, de jongste medewerker van de redactie. Hij had stage gelopen bij het blad en was blijven hangen, soms als invaller, zoals nu, soms als freelancer. Mikael vond het vervelend dat ze hem niet vast in dienst konden nemen, vooral omdat ze Emil Grandén en Sofie Melker wel een aanstelling hadden gegeven. Eigenlijk had hij liever Andrei aangenomen, maar hij had nog geen naam gemaakt en schreef ook nog niet goed genoeg.

Hij was een geweldige teamspeler, en dat was goed voor het blad, maar niet per se goed voor hemzelf. Niet in deze zelfzuchtige branche. Die jongen was niet ijdel genoeg, al had hij daar alle reden voor. Hij zag eruit als een jonge Antonio Banderas en was sneller van begrip dan de meeste anderen. Maar hij deed niets om zich op te werken. Hij wilde alleen maar meedoen en goede journalistiek bedrijven. Hij hield van *Millennium* en Mikael hield van mensen die van *Millennium* hielden. Hij zou ooit iets terugdoen voor Andrei.

'Hoi Andrei,' zei hij. 'Hoe gaat het?'

'Gaat wel. Druk.'

'Ik had niet anders verwacht. Wat heb je gevonden?'

'Heel wat. Het ligt op mijn bureau en ik heb er een samenvatting van gemaakt. Maar mag ik je een advies geven?'

'Een goed advies is precies wat ik nodig heb.'

'Ga nu meteen naar de Zinkensväg en ga praten met Farah Sharif.'

'Met wie?'

'Een heel knappe professor in de informatica die daar woont en de hele dag vrij heeft genomen.'

'Je bedoelt dat ik op dit moment behoefte heb aan een mooie, intelligente vrouw?'

'Dat niet. Maar professor Sharif belde net. Ze had gehoord dat Frans Balder je iets wilde vertellen. Ze denkt te weten wat dat was en ze wil je graag spreken. Misschien voer je daarmee zijn eigen wens uit. Het klinkt als een ideale start, vind ik.'

'Heb je nog iets over haar uitgezocht?'

'Jazeker. Natuurlijk kunnen we niet uitsluiten dat ze een eigen agenda heeft, maar ze was een goede bekende van Balder. Ze hebben samen gestudeerd en samen een paar wetenschappelijke artikelen geschreven. Er bestaan ook een paar partyfoto's waar ze op staan. Ze is een grote naam in haar vakgebied.'

'Oké, ik ga erheen. Meld jij dat ik weg ben?'

'Doe ik,' zei Andrei, en hij gaf Mikael het precieze adres.

En toen ging het net als de dag ervoor: Mikael verliet de redactie alweer voordat hij er goed en wel was. Hij las het onderzoeksmateriaal terwijl hij over de Hornsgata liep. Een paar keer botste hij tegen iemand op. Maar hij was zo geconcentreerd dat hij zich nauwelijks excuseerde, en het verbaasde hem dat hij onbewust niet direct naar het huis van Farah Sharif was gelopen. Hij stopte even bij Mellqvist Kaffebar en dronk staande aan de bar twee dubbele espresso's. Dat was niet alleen om de vermoeidheid uit zijn lijf te jagen.

Hij dacht ook dat een cafeïne-injectie tegen de hoofdpijn zou helpen. Maar even later vroeg hij zich af of dat wel het juiste medicijn was geweest. Toen hij het café uit ging was hij er slechter aan toe dan toen hij er binnenging, maar dat kwam niet door de espresso. Dat kwam door alle imbecielen die over het nachtelijk drama hadden gelezen en allerlei idiote dingen tegen hem zeiden. Ze zeggen dat jonge mensen niets liever willen dan bekend worden. Hij moest hun eens uitleggen dat dat niet de moeite waard was. Je wordt er alleen maar gek van, vooral als je niet hebt geslapen en dingen hebt gezien die mensen niet zouden moeten zien.

Mikael Blomkvist liep verder over de Hornsgata, langs McDonald's en de Coop en stak de Ringväg schuin over. Hij wierp een blik naar rechts en verstijfde, alsof hij iets belangrijks had gezien. Maar wat was er hier voor belangrijks? Niets, toch? Het was een hopeloos kruispunt waar veel ongelukken gebeurden en te veel uitlaatgassen hingen, meer niet. Maar toen wist hij het.

Het was het verkeerslicht. Het verkeerslicht dat Frans Balder met meetkundige precisie had getekend. Mikael verbaasde zich opnieuw over het onderwerp. Zelfs de oversteekplaats was niet erg opvallend; die was afgesleten en simpel. Maar misschien ging het daar juist om.

Het onderwerp was onbelangrijk. Het was wat je erin zag. Het kunstwerk ontstaat in het oog van de beschouwer. Verder had het niets met de zaak te maken, hooguit dat het aangaf dat Frans Balder hier was geweest en misschien ergens op een stoel het stoplicht had zitten bestuderen. Mikael liep verder, langs het Zinkendamms Stadion, en ging toen rechtsaf de Zinkensväg in.

Inspecteur Sonja Modig had de hele ochtend hard gewerkt. Nu zat ze op haar kamer en keek ze even naar een ingelijste foto op haar bureau. Op de foto stond haar zesjarige zoon Axel, die juichte nadat hij een doelpunt had gemaakt bij het voetballen. Sonja was een alleenstaande moeder, en het was een hele klus om het leven met haar zoontje draaiende te houden. Ze ging ervan uit dat het de komende tijd ook een flinke klus zou blijven.

Er werd op de deur geklopt. Daar was Bublanski eindelijk; nu kon ze de leiding van het onderzoek aan hem overdragen. Hij zag er overigens niet uit alsof hij de leiding van wat dan ook wilde hebben. Hij had ongebruikelijk nette kleren aan: een colbertje, een stropdas en een pas gestreken overhemd. Zijn haar was over zijn kale hoofd gekamd. Hij keek dromerig en afwezig. Hij leek aan iets totaal anders te denken dan aan moordonderzoeken.

'Wat zei de dokter?' vroeg ze.

'De dokter zei dat het er niet om gaat of we in God geloven. God is niet kleinzielig. Het gaat erom dat we inzien dat het leven gewichtig en rijk is. Daar moeten we waardering voor hebben én we moeten proberen de wereld beter te maken. Wie daar het evenwicht tussen vindt, staat dicht bij God.'

'Dus je was eigenlijk bij je rabbi?'

'Klopt.'

'Oké, Jan. Ik weet niet wat ik aan dat waarderen van het leven kan doen, behalve dan dat ik je een stukje Zwitserse chocola met sinaasappel kan aanbieden die ik toevallig in mijn bureaula heb liggen. Maar als we de kerel te pakken krijgen die Frans Balder heeft doodgeschoten maken we de wereld beslist een beetje beter.'

'Zwitserse chocola en een onopgehelderde moord klinken als een goed begin.'

Sonja pakte de reep, brak er een stukje af en gaf het aan Bublanski, die er met enige toewijding op kauwde.

'Voortreffelijk,' zei hij.

'Ja, hè?'

'Stel je voor dat het leven af en toe zo kon zijn,' zei hij, en hij wees naar de foto van de juichende Axel op het bureau.

'Hoe bedoel je?'

'Dat je geluk met dezelfde kracht kunt voelen als verdriet,' ging hij door.

'Ja, stel je voor.'

'Hoe gaat het met de zoon van Balder?' vroeg hij. 'August heette hij toch?'

'Moeilijk te zeggen,' zei ze. 'Hij is nu bij zijn moeder. Een psycholoog heeft hem onderzocht.'

'En wat weten we tot nu toe?'

'Nog niet zoveel, helaas. We hebben het type wapen. Een Remington 1911 R1 Carry, waarschijnlijk pas gekocht. We zoeken het nog verder uit, maar ik ben er vrij zeker van dat we het niet zullen kunnen traceren. We hebben de foto's van de bewakingscamera's; die zijn we aan het analyseren. Maar hoe we ze ook draaien of keren, we zien het gezicht van de man niet en ook geen specifieke kenmerken, geen littekens, niets. Alleen op één sequentie is een horloge te zien dat nogal duur lijkt. De kleren van de man zijn zwart. Zijn petje is grijs, zonder tekst. Jerker zegt dat hij loopt als een oude junk. Op één still heeft hij een zwarte doos in zijn hand, waarschijnlijk een laptop of een gsm-station. Waarschijnlijk heeft hij daarmee het alarmsysteem gehackt.'

'Dat hoorde ik. Hoe hack je een alarm?'

'Daar heeft Jerker naar gekeken en dat is nog niet zo simpel, zeker niet bij een alarm van deze kwaliteit, maar het kan. Het systeem was aangesloten op internet en het mobiele telefoonnet en zond voortdurend informatie uit naar Milton Security bij Slussen. Het is niet onmogelijk dat die man met zijn apparaat een frequentie van het alarm heeft opgenomen en het langs die weg heeft gehackt. Of hij is Balder bij een wandelingetje tegengekomen en heeft elektronisch informatie gestolen van de NFC van de professor.'

'Van zijn wát?'

'Near Field Communication, een functie op de mobiele telefoon van Frans Balder waarmee hij het alarm aan kon zetten.'

'Vroeger was alles zoveel simpeler. Toen hadden dieven nog een koevoet,' zei Bublanski. 'Geen auto's in de omgeving?'

'Honderd meter verderop stond aan de kant van de weg een auto geparkeerd die af en toe zijn motor liet draaien, maar de enige die die auto heeft gezien is een oude dame die Birgitta Roos heet, en zij heeft geen idee wat voor auto het was. Misschien een Volvo, zegt ze. Of zo een als haar zoon heeft. Haar zoon heeft een BMW.'

Bublanski zuchtte.

'Ja, het ziet er nogal somber uit aan het onderzoeksfront,' vervolgde Sonja Modig. 'De daders profiteerden van de nacht en de storm. Ze konden zich ongestoord door de omgeving bewegen en afgezien van het getuigenis van Mikael Blomkvist hebben we eigenlijk maar één andere getuige: een dertienjarige jongen, Ivan Grede. Een niet erg vrolijk, mager ventje dat leukemie heeft gehad toen hij klein was en zijn hele kamer in Japanse stijl heeft gemeubileerd. Praat een beetje wijsneuzerig. Ivan moest midden in de nacht naar de wc en zag toen vanuit het raam van de badkamer een sterke man aan de waterkant. Die man keek uit over de zee en sloeg met zijn vuist een kruis. Dat zag er agressief uit, maar tegelijk ook religieus, zei Ivan.'

'Geen beste combinatie.'

'Nee, als religie en geweld samengaan, is dat meestal geen goed teken. Maar Ivan was er niet zeker van dat het een kruis was. Het zag eruit als een kruis met nog iets extra's, zei hij. Of als een militaire eed of zo. Ivan was even bang dat de man het water in zou lopen en zichzelf van kant zou maken. De situatie had iets plechtigs, zei hij, iets agressiefs.'

'Maar er volgde geen zelfmoord.'

'Nee. De man holde verder naar het huis van Balder. Hij had een rugzak op en donkere kleren aan, misschien een camouflagebroek.

Hij was krachtig gebouwd en goed getraind, en deed Ivan denken aan zijn oude speelgoed, zei hij, ninjakrijgers.'

'Ook niet best.'

'Helemaal niet, en waarschijnlijk was dat dezelfde man als degene die op Mikael Blomkvist schoot.'

'En Blomkvist heeft zijn gezicht niet gezien?'

'Nee, hij gooide zich al op de grond terwijl de man zich omdraaide en schoot. Bovendien ging het allemaal heel snel. Maar volgens Blomkvist was de man waarschijnlijk militair getraind; dat komt wel overeen met de waarnemingen van Ivan Grede en lijkt ook wel te kloppen. De snelheid en de effectiviteit van de operatie wijzen ook in die richting.'

'Is het jullie trouwens duidelijk geworden waarom Blomkvist daar was?'

'Jazeker. Als er vannacht iets goed is uitgevoerd zijn het zijn verhoren. Kijk hier maar.' Sonja gaf hem een print. 'Blomkvist heeft contact gehad met een van Balders vroegere assistenten, die zegt dat de professor slachtoffer is geweest van een cyberaanval en bestolen is van zijn technologie, en dat verhaal interesseerde Blomkvist. Hij had Balder willen spreken. Maar Balder had niets van zich laten horen. Dat deed hij nooit. De laatste tijd leefde hij geïsoleerd en had hij nauwelijks nog contact met de buitenwereld. Alle inkopen en boodschappen werden gedaan door een huishoudster die ... wacht ... die Lottie Rask heet. Mevrouw Rask had trouwens de strikte opdracht om geen woord te zeggen over het feit dat de zoon in huis was. Daar kom ik zo op terug. Maar vannacht gebeurde er iets. Ik denk dat Balder ongerust was en iets kwijt wilde wat hem dwarszat. Vergeet niet dat hij net te horen had gekregen dat er een ernstige dreiging tegen hem bestond. Bovendien was zijn alarm afgegaan en werd zijn huis door twee politiemannen bewaakt. Misschien had hij een voorgevoel dat zijn dagen geteld waren. Ik weet het niet. Maar midden in de nacht belde hij Mikael Blomkvist omdat hij hem iets wilde vertellen.'

'Vroeger belde je in zulke omstandigheden een priester.'

'Nu bel je blijkbaar een journalist. Maar goed, dat is allemaal pure speculatie. We weten alleen wat Balder op Blomkvists voicemail heeft ingesproken. Verder hebben we geen idee wat hij wilde vertellen. Blomkvist weet het ook niet, zegt hij, en ik geloof hem. Maar daar ben ik blijkbaar de enige in. Richard Ekström, die trouwens ontzettend zeurt, is ervan overtuigd dat Blomkvist iets achterhoudt wat hij in zijn tijdschrift wil publiceren. Maar dat kan ik haast niet geloven. Blomkvist is een sluwe vos, dat weet iedereen, maar hij is niet iemand die bewust een politieonderzoek saboteert.'

'Zeker niet.'

'Maar Ekström gaat als een idioot tekeer en zegt dat Blomkvist moet worden aangehouden wegens meineed en tegenwerking en God weet wat allemaal. Blomkvist weet meer, loopt hij te tieren. Ik denk dat hij iets gaat ondernemen.'

'Dat kan haast niet goed aflopen.'

'Nee, en gezien Blomkvists kwaliteiten denk ik dat het beter is dat we goede maatjes met hem blijven.'

'We moeten hem nog een keer verhoren, denk ik.'

'Ja, ik ook.'

'En wat is dat met Lasse Westman?'

'Hem hebben we net verhoord, en dat is niet bepaald een vrolijk verhaal. Westman was naar de Konstnärsbar, de Teatergrill, de Operabar en Riche en God weet waar nog meer geweest en daar had hij urenlang over Balder en zijn zoon gepraat. Zijn maten werden er gek van. Hoe meer Westman dronk en hoe meer geld er in rook opging, hoe irritanter hij werd.'

'Waarom was hij daar zo mee bezig?'

'Voor een deel was het vermoedelijk een hang-up, zo'n dronkenmansprobleem. Ik herken het van mijn oom, vroeger. Elke keer als hij bezopen was, had hij iets te mekkeren. Maar natuurlijk zat er meer achter. In het begin zeurde Westman de hele tijd over het voogdijvonnis, en als hij iemand anders was geweest, meer empathisch, had dat het voor een deel kunnen verklaren. Dan zou je kunnen denken dat hij het beste wilde voor het kind. Maar nu ... Je weet dat Lasse Westman is veroordeeld wegens mishandeling?'

'Nee, dat wist ik niet.'

'Hij woonde een paar jaar geleden samen met die modeblogster, Renata Kapusinski. Die heeft hij helemaal in elkaar geslagen. Ik geloof dat hij zelfs haar wang kapot heeft gebeten.'

'Getver.'

'Bovendien ...'

'Ja?'

'... had Balder een paar aanklachten opgesteld die hij nog niet had verstuurd, misschien in verband met de juridische situatie, maar daaruit blijkt duidelijk dat hij Lasse Westman ervan verdacht dat hij ook zijn zoon had mishandeld.'

'Echt waar?'

'Balder had verdachte blauwe plekken op het lichaam van zijn zoon gezien, en hij werd gesteund door een psycholoog van het Autistisch Centrum. Dus Lasse Westman ...'

'... werd niet bepaald door liefde en zorgzaamheid naar Saltsjöbaden gedreven.'

'Nee, maar wel door geld. Nadat Balder zijn zoon had opgehaald, had hij de alimentatie die hij voor het kind moest betalen ingetrokken of in elk geval teruggeschroefd.'

'Heeft Westman hem daarvoor niet aangeklaagd?'

'Dat durfde hij waarschijnlijk niet, gezien de omstandigheden.'

'Wat staat er verder nog in dat voogdijvonnis?' vroeg Bublanski.

'Dat Balder een hopeloze vader was.'

'Was dat ook zo?'

'Hij was in elk geval geen slecht mens, zoals Westman. Maar er was wel een incident geweest. Na de scheiding had Balder zijn zoon om het weekend, en in die tijd woonde hij in een flat op Östermalm met boeken van de vloer tot het plafond. In zo'n weekend, toen August zes was, zat hij in de woonkamer, terwijl Balder zoals gewoonlijk in de kamer ernaast volledig in gedachten voor zijn computer zat. Wat er precies is gebeurd weten we niet. Maar er stond een trapje tegen een boekenkast. August klom daarop, hield zich waarschijnlijk aan de bovenste boeken vast, viel, brak zijn elleboog en belandde bewusteloos op de grond. Maar Frans hoorde niets. Hij werkte gewoon door en ontdekte August pas uren later, jammerend op de grond tussen die boeken, en toen werd hij hysterisch en reed hij met de jongen naar de Spoedeisende Hulp.'

'En toen raakte hij zijn bezoekregeling helemaal kwijt?'

'En dat niet alleen. Er werd vastgesteld dat hij gevoelsmatig onvolwassen was en niet in staat om voor zijn kind te zorgen. Hij mocht niet meer alleen zijn met August. Maar eerlijk gezegd hecht ik niet veel waarde aan dat vonnis.'

'Waarom niet?'

'Omdat er bij dat proces geen verdediging is gevoerd. De advocaat van zijn ex stelde zich keihard op, terwijl Frans Balder alleen maar het boetekleed aantrok en zei dat hij ongeschikt en onverantwoordelijk was, en niet in staat om te leven en God weet wat. De rechtbank heeft volgens mij erg bevooroordeeld vastgesteld dat Balder geen relaties aan kon gaan met andere mensen en altijd zijn toevlucht zocht tot apparaten. Ik heb zijn leven nu voor een deel kunnen bestuderen en ik betwijfel dat. Wat eigenlijk alleen maar schuldbewuste tirades en zelfbeschuldigingen waren, zag de rechtbank aan voor de waarheid. En Balder was eigenlijk heel coöperatief. Hij stemde in met een heel hoge alimentatie, veertigduizend kronen per maand, geloof ik, plus een eenmalig bedrag van negenhonderdduizend kronen voor onvoorziene uitgaven. Niet veel later vertrok hij naar Amerika.'

'Maar toen kwam hij terug.'

'Ja, en daar had hij waarschijnlijk verschillende redenen voor. Zijn technologie was gestolen en misschien was hij er wel achter gekomen wie dat had gedaan. Hij had een ernstig conflict met zijn werkgever. Maar ik denk dat zijn zoon ook een rol speelde. De vrouw van het Autistisch Centrum over wie ik het net had – ze heet trouwens Hilda Melin – was aanvankelijk heel optimistisch over de ontwikkelingskansen van het kind. Maar daar was niets van terechtgekomen. Bovendien had ze berichten gekregen dat Hanna en Lasse Westman hem aan de leerplicht onttrokken. Volgens het vonnis moest August thuis onderwijs krijgen. Maar de gespecialiseerde pedagogen die dat moesten geven werden tegen elkaar uitgespeeld en vermoedelijk heeft er ook fraude plaatsgevonden met een onderwijssubsidie en verzonnen namen van leraren, kortom alle denkbare ellende. Maar dat is een ander verhaal. Daar moet later maar iemand naar kijken.'

'Je had het over die vrouw van het Autistisch Centrum.'

'Ja, Hilda Melin. Zij vermoedde dat het niet klopte, belde met Hanna en Lasse, en kreeg te horen dat het allemaal prima in orde was. Maar iets zei haar dat dat niet waar was. Daarom ging ze er, tegen alle gewoonten in, onaangekondigd op bezoek, en toen ze eindelijk werd binnengelaten kreeg ze sterk de indruk dat de jongen het niet naar zijn zin had en dat zijn ontwikkeling stagneerde. Bovendien zag ze die blauwe plekken. Toen belde ze Frans Balder in San Francisco, en ze spraken lang met elkaar. Korte tijd later kwam hij terug naar Zweden en nam hij zijn zoon mee naar zijn nieuwe huis in Saltsjöbaden, waarbij hij het voogdijvonnis dus aan zijn laars lapte.'

'Hoe ging dat? Als Lasse Westman zo gehecht was aan die alimentatie?'

'Dat is niet duidelijk. Volgens Westman heeft Balder het kind min of meer gekidnapt. Maar Hanna heeft een andere versie. Zij zegt dat Frans ineens voor de deur stond. Hij leek veranderd en ze liet hem de jongen meenemen. Ze dacht zelfs dat August het bij hem beter zou hebben.'

'En Westman?'

'Westman was volgens haar dronken. En hij had net een grote rol in een nieuwe tv-serie gekregen en was daardoor over de hele linie opschepperig en overmoedig. Hij vond het ook goed. Hij mag nu dan klagen over het wel en wee van het kind, maar ik denk dat hij toen gewoon blij was dat hij van hem af was.'

'Maar toen?'

'Toen kreeg hij spijt en hij werd ook nog ontslagen bij die tv-serie omdat hij er niet in slaagde om nuchter te blijven, en toen wilde hij August opeens terug. Of eigenlijk niet hem, natuurlijk ...'

'Maar de alimentatie.'

'Precies. En dat wordt ook bevestigd door zijn kroegmaten, onder wie die evenementenmakelaar, Rindevall. Toen Westmans creditcard geblokkeerd bleek te zijn begon hij als een gek met zijn armen te zwaaien en onzin te praten over die jongen. Daarna troggelde hij een jong grietje in het café vijfhonderd piek af voor een taxi en ging hij midden in de nacht naar Saltsjöbaden.'

Jan Bublanski liet het even op zich inwerken en keek opnieuw naar de foto van de juichende Axel.

'Wat een zootje,' zei hij.

'Zeg dat wel.'

'In normale gevallen zouden we nu dicht bij de oplossing zijn. Dan zou het motief daar ergens in die voogdijruzie en die scheiding van destijds liggen. Maar alarmsystemen hacken en mannen die eruitzien als ninjakrijgers passen niet in het plaatje.'

'Nee.'

'En dan vraag ik me nog iets af.'

'En dat is?'

'Als August niet kon lezen, wat moest hij dan met die boeken?'

Mikael Blomkvist zat met een kop thee aan de keukentafel tegenover Farah Sharif en keek uit op het grote park Tantolunden. Hij wist dat het een teken van zwakheid was, maar hij wilde het liefst dat hij geen verhaal hoefde te schrijven. Hij wilde hier het liefst alleen maar zitten, zonder haar ook maar een strobreed in de weg te leggen.

Ze leek het onprettig te vinden om te praten. Haar hele gezicht was ingevallen en haar felle, donkere ogen, die toen ze de deur opendeed dwars door hem heen hadden gekeken, leken nu heen en weer te schieten. Soms mompelde ze Frans' naam als in een mantra of een bezwering. Misschien had ze van hem gehouden. Hij had vast en zeker van háár gehouden. Farah was tweeënvijftig jaar en zeer innemend, niet mooi in klassieke zin, maar met een koninklijke statuur.

'Wat was hij voor iemand?' probeerde hij.

'Frans?'

'Ja.'

'Een paradox.'

'In welk opzicht?'

'In alle mogelijke opzichten. Maar misschien vooral omdat hij hard werkte aan iets wat hem meer dan wie ook verontrustte. Een beetje zoals Oppenheimer in Los Alamos. Hij was bezig met iets waarvan hij dacht dat het onze ondergang zou kunnen worden.'

'Dat kan ik niet volgen.'

'Frans wilde de biologische evolutie op digitaal niveau herscheppen. Hij werkte met zelflerende algoritmen – die zichzelf door trial-and-error kunnen verbeteren. Hij leverde ook bijdragen aan de zogeheten kwantumcomputers waarmee Google, Solifon en de NSA werken. Zijn doel was AGI tot stand te brengen, Artificial General Intelligence.'

'En wat is dat?'

'Iets wat net zo intelligent is als de mens, maar tevens de snelheid en de mechanische precisie van een computer heeft. De creatie daarvan zou ons op alle onderzoeksgebieden enorme voordelen geven.'

'Zeker.'

'Het onderzoek op dit terrein is ontzettend omvangrijk en hoewel de meeste mensen niet uitgesproken de ambitie hebben om AGI te maken, dwingt de concurrentie ons er wel toe. Niemand kan het zich veroorloven geen zo intelligent mogelijke applicaties te maken of de ontwikkeling ervan tegen te houden. Denk maar aan wat we tot nu toe al hebben bereikt. Denk maar aan wat er vijf jaar geleden in je telefoon zat en wat er nu in zit.'

'Zeker.'

'Frans schatte eerder in – voordat hij zo geheimzinnig ging doen – dat we over dertig, veertig jaar AGI zouden kunnen hebben, en dat klinkt misschien ongeloofwaardig, maar persoonlijk vraag ik me af of hij niet te voorzichtig was. De capaciteit van computers verdubbelt elke achttien maanden en ons brein kan niet goed bevatten wat zo'n exponentiële ontwikkeling inhoudt. Het is een beetje zoals met rijstkorrels op een schaakbord, weet je. Je legt één rijstkorrel op het eerste veld, twee op het tweede, vier op het derde en acht op het vierde.'

'En al gauw wordt de hele wereld bedolven onder de rijstkorrels.'

'De toenamesnelheid stijgt alleen maar en wordt uiteindelijk onbeheersbaar voor ons. Het interessante is eigenlijk niet wanneer we AGI hebben, maar wat er daarna gebeurt. Er zijn een heleboel scenario's mogelijk, afhankelijk van de manier waarop we het tot stand brengen. Maar we gaan zeker programma's gebruiken die zichzelf updaten en verbeteren. En vergeet niet dat we dan ook een nieuw begrip van tijd krijgen.'

'Hoezo?'

'We verlaten de menselijke beperkingen. We worden in een nieuwe ordening gestort waarin de machines zichzelf dag en nacht razendsnel updaten. Al een paar dagen nadat we AGI tot stand hebben gebracht, zullen we ASI hebben.'

'En wat is dat?'

'Artificial Super Intelligence. Iets wat intelligenter is dan wij. Daarna zal het steeds sneller gaan. Computers zullen zichzelf verbeteren in een accelererend tempo, misschien wel met een factor tien, en zullen honderd, duizend, tienduizend keer zo slim worden als wij. En wat gebeurt er dan?'

'Nou?'

'Dat is het nou juist. Intelligentie op zichzelf is niet voorspelbaar. We weten niet waar de menselijke intelligentie ons zal brengen. We weten nog minder wat er met superintelligentie zal gaan gebeuren.'

'In het ergste geval zijn we voor computers niet interessanter dan witte muisjes,' merkte Mikael op, en hij dacht aan wat hij Lisbeth had geschreven.

'In het ergste geval? We hebben negentig procent van ons DNA gemeen met muizen en we nemen aan dat we ongeveer honderd keer zo slim zijn. Honderd keer. Meer niet. Hier staan we voor iets totaal nieuws, iets waar volgens wiskundige modellen geen rem op zit, iets wat misschien wel miljoenen keren zo intelligent kan worden. Kun je het je voorstellen?'

'Ik doe mijn best,' zei Mikael met een voorzichtig glimlachje.

'Ik bedoel ...' vervolgde ze. 'Hoe denk je dat een computer zich voelt als hij wakker wordt en merkt dat hij gevangen is genomen en onder de duim wordt gehouden door primitieve onderkruipsels als wij? Waarom zou hij überhaupt rekening met ons houden, laat staan ons in zijn binnenste laten rommelen om het proces stop te zetten? We lopen het risico op een intelligentie-explosie, een technologische singulariteit, zoals Vernor Vinge het noemde. Alles wat er daarna gebeurt, ligt achter onze gebeurtenishorizon.'

'Dus zodra we superintelligentie creëren, zijn we de controle kwijt.'

'De kans bestaat dat alles wat we over onze wereld weten niet meer geldig is en dat het afgelopen is met de menselijke existentie.'

'Meen je dat nou?'

'Ik weet dat het raar klinkt voor mensen die niet in dit vakgebied werken, maar het is een heel realistisch scenario. Er zijn momenteel duizenden mensen in de hele wereld aan het werk om die ontwikkeling te verhinderen. Velen zijn optimistisch of zelfs utopisch. Ze hebben het over *friendly* ASI, over vriendelijke superintelligenties die van het begin af aan zo geprogrammeerd zijn dat ze ons alleen maar helpen. Ze denken aan iets in de stijl van wat Asimov zich voorstelde in zijn boek *Ik, Robot*: ingebouwde wetten die de apparaten verbieden ons kwaad te doen. De uitvinder en schrijver Ray Kurzweil ziet een prachtige wereld voor zich, waarin we met behulp van nanotechniek integreren met computers en onze toekomst met hen delen. Maar er zijn natuurlijk geen garanties. Wetten kunnen worden ingetrokken. De betekenis van initiële programmeringen kan veranderen en het is ontzettend gemakkelijk om antropomorfische fouten te maken, apparaten menselijke eigenschappen toe te kennen en hun intrinsieke energie verkeerd te interpreteren. Frans was geobsedeerd door deze vraagstukken, en zoals ik al zei: hij stond er ambigu tegenover. Hij verlangde naar intelligente computers en hij maakte zich er zorgen over.'

'Hij kon niet nalaten zijn monsters te bouwen.'

'Zo ongeveer, sterk uitgedrukt.'

'Hoever was hij?'

'Verder dan iemand zich maar kon voorstellen, geloof ik, en ik denk dat dat eens te meer een reden was om zo geheimzinnig te doen over zijn werk bij Solifon. Hij was bang dat zijn programma in verkeerde handen zou vallen. Hij was zelfs bang dat het programma met internet in contact zou komen en zich daarmee zou verenigen. Hij noemde het August, naar zijn zoon.'

'En waar is het nu?'

'Hij zette nooit een stap zonder het bij zich in de buurt te hebben. Waarschijnlijk stond het naast zijn bed toen hij werd doodgeschoten. Maar het griezelige is dat de politie zegt dat er geen computer was.'

'Ik heb er ook geen gezien. Maar ik lette dan ook op iets anders.'

'Dat moet akelig zijn geweest.'

'Je weet misschien dat ik de dader ook heb gezien,' ging Mikael door. 'Hij had een rugzak op.'

'Dat klinkt niet goed. Maar met een beetje mazzel is de computer ergens in huis opgedoken. Ik heb maar heel kort met de politie gesproken en kreeg het gevoel dat ze de situatie nog niet onder controle hadden.'

'Laten we het hopen. Heb je enig idee wie zijn technologie de eerste keer heeft gestolen?'

'Ja, dat heb ik inderdaad.'

'Nu vind ik het heel interessant worden.'

'Snap ik. Maar voor mij is het trieste van het verhaal dat ik daar persoonlijk een rol in heb gespeeld. Weet je, Frans was bezig zich over de kop te werken en ik maakte me zorgen dat hij overspannen zou raken. Hij had toen net de voogdij over August verloren.'

'Wanneer was dat?'

'Twee jaar geleden. Hij sliep niet, liep uitgeput rond en voelde zich schuldig. Toch kon hij zijn werk niet loslaten. Hij stortte zich erop alsof het het enige was wat hij nog had in het leven, dus ik zorgde ervoor dat hij een paar assistenten kreeg om hem te ontlasten. Ik kreeg mijn beste studenten zover en ik wist ook wel dat het niet allemaal engeltjes waren. Maar ze waren ambitieus en begaafd, en ze hadden een mateloze bewondering voor Frans; alles zag er veelbelovend uit. Maar toen ...'

'Werd hij bestolen.'

'Hij kreeg het zwart op wit toen het Amerikaanse octrooibureau in augustus vorig jaar een patentaanvraag van Truegames binnenkreeg. Alle unieke onderdelen van zijn technologie waren gekopieerd en uitgeschreven, en eerst dachten ze natuurlijk dat hun computers waren gehackt. Zelf was ik meteen al sceptisch. Maar omdat er geen andere verklaring mogelijk was, gingen ze daarvan uit, en op een gegeven moment geloofde Frans dat zelf ook. Maar dat was natuurlijk flauwekul.'

'Hè?' vroeg Mikael opgewonden. 'De cyberaanval is toch bevestigd door deskundigen?'

'Door een of andere idioot van de FRA, ja, die aandacht wilde trekken. Maar verder was dat alleen maar een manier van Frans om zijn jongens te beschermen. Of dat niet alleen, vrees ik. Ik verdenk hem ervan dat hij ook detectivetje wilde spelen. Hoe kon hij toch zo dom zijn? Weet je ...'

Farah haalde diep adem.

'Ja?' zei Mikael.

'Ik hoorde het een paar weken geleden. Frans kwam hier eten met de kleine August, en ik merkte meteen dat hij iets belangrijks wilde vertellen. Het hing in de lucht, en al na een paar glaasjes vroeg hij me mijn mobieltje weg te leggen en begon hij te fluisteren. Ik moet bekennen dat ik aanvankelijk vooral geïrriteerd was. Hij zeurde weer over die geniale jonge hacker.'

'Geniale jonge hacker?' vroeg Mikael, en hij probeerde neutraal te klinken.

'Een meisje over wie hij zoveel praatte dat ik er hoorndol van werd. Ik zal je er niet mee vermoeien, maar het was een grietje dat uit het niets op zijn lezingen was opgedoken en praatte over het begrip "singulariteit".'

'Hoe?'

Farah verzonk in gedachten.

'Hè? Eh ... nou ja, dat heeft hier eigenlijk niets mee te maken,' antwoordde ze. 'Maar het begrip "technologische singulariteit" is afkomstig van de gravitationele singulariteit.'

'En wat is dat?'

'Het "hart van de duisternis", zeg ik altijd. Datgene wat er helemaal binnen in de zwarte gaten zit, wat het eindstation is van alles wat we weten over het universum en wat misschien zelfs openingen heeft naar andere werelden en tijdperken. Veel mensen zien singulariteit als iets volstrekt irrationeels en denken dat het daarom noodzakelijkerwijs moet worden beschermd door een gebeurtenishorizon. Maar dat meisje zocht naar kwantummechanische manieren om mee te rekenen en beweerde dat er heel goed naakte singulariteiten konden zijn zonder gebeurtenishorizon; nou ja, laat ik daar niet verder op ingaan. Maar ze maakte indruk op Frans en hij begon dingen aan haar toe te vertrouwen. Dat is misschien ook wel begrijpelijk. Zo'n aartsnerd als Frans had niet veel mensen met wie hij op zijn eigen niveau kon praten, en toen hij begreep dat het meisje ook hacker was, vroeg hij haar hun computers te onderzoeken. De hele installatie stond toen bij een van zijn assistenten thuis, een jongen die Linus Brandell heet.'

Mikael besloot weer niet te vertellen wat hij wist.

'Linus Brandell,' zei hij slechts.

'Precies,' vervolgde ze. 'Het meisje kwam bij hem op Östermalm, gooide hem zijn eigen huis uit en stortte zich op de computers. Ze vond geen enkel bewijs voor een cyberaanval. Maar dat was nog niet genoeg voor haar. Ze had een lijst van Frans' assistenten en vanuit de computer van Linus hackte ze die allemaal, en het duurde niet lang of ze begreep dat een van hen de kennis aan Solifon had verkocht.'

'Wie?'

'Dat wilde Frans niet vertellen, hoe ik ook aandrong. Maar blijkbaar belde dat meisje direct vanuit het huis van Linus. Frans was toen in San Francisco en je kunt je wel voorstellen: verraad van zijn eigen mensen! Ik had verwacht dat hij meteen aangifte tegen die knaap zou doen, hem zwart zou maken en er een vreselijke stampij over zou maken. Maar hij kwam op een ander idee. Hij vroeg het meisje te doen alsof er wel een cyberaanval was geweest.'

'Waarom?'

'Hij wilde niet dat er sporen of bewijzen zouden worden uitgewist. Hij wilde meer weten over wat er was gebeurd, en dat begrijp ik ook wel. Dat een van de voornaamste softwareproducenten ter wereld zijn technologie had gestolen was natuurlijk erger dan dat een of andere idioot, een of andere amorele klojo van een student, iets achter zijn rug om had gedaan. Solifon is immers niet alleen een van de meest gerenommeerde onderzoeksconcerns van de Verenigde Staten. Solifon had ook jaar in jaar uit geprobeerd Frans binnen te halen. Dat maakte hem razend. "Die klootzakken hebben me eerst ingepalmd en me vervolgens bestolen," zei hij.'

'Wacht even,' zei Mikael. 'Even voor de duidelijkheid. Dus je bedoelt dat hij de baan bij Solifon nam om uit te zoeken waarom en hoe ze hem hadden bestolen?'

'Als ik in de loop der jaren iets heb geleerd, is het wel dat het niet zo gemakkelijk is de motieven van mensen te begrijpen. Het salaris en de mogelijkheden waren vast ook wel belangrijk. Maar verder: ja! Zo was het, denk ik. Al voordat dat grietje zijn computers had doorzocht, had hij begrepen dat Solifon met de diefstal te maken had. Maar dat meisje gaf hem meer specifieke informatie, en toen begon hij dieper te graven. Dat bleek natuurlijk veel lastiger te zijn dan hij had gedacht en het zorgde voor een hoop wantrouwen rondom hem. Ze hadden al gauw een ongelooflijke hekel aan hem en hij werd steeds teruggetrokkener. Maar hij vond wel iets.'

'Wat dan?'

'Dit is allemaal heel gevoelig. Ik zou het je eigenlijk niet moeten vertellen.'

'Maar toch zitten we hier.'

'En toch doe ik het, en niet alleen omdat ik altijd veel respect heb gehad voor je werk. Vanmorgen bedacht ik ineens dat het misschien geen toeval was dat Frans jou vannacht belde, en niet de afdeling Bedrijfsbescherming van de Säpo, waar hij ook contact mee heeft gehad. Ik denk dat hij begon te vermoeden dat er daar een lek zat. Dat kan natuurlijk pure paranoia zijn geweest. Frans vertoonde alle mogelijke tekenen van achtervolgingswaanzin. Maar jou belde hij wel, en nu hoop ik dat ik met een beetje mazzel zijn wil kan uitvoeren.'

'Ik begrijp het.'

'Bij Solifon is een afdeling die Y heet, kort en goed,' vervolgde Farah. 'Naar het voorbeeld van Google X, de afdeling bij Google waar ze zich bezighouden met "*moonshots*", zoals zij dat noemen: wilde, vergezochte ideeën, zoals streven naar eeuwig leven of zoekmachines koppelen aan hersenneuronen. Als ze ergens AGI of ASI kunnen maken, dan is het daar wel. Frans kwam bij Y te werken. Maar dat was niet zo slim als het leek.'

'Waarom niet?'

'Omdat hij van zijn hackermeisje had gehoord dat er bij Y een geheime groep omgevingsanalisten was, geleid door iemand die Zigmund Eckerwald heet.'

'Zigmund Eckerwald?'

'Ja. Ook wel Zeke genoemd.'

'En wie is dat?'

'Dat was nu net de man die met de verraderlijke assistent van Frans had gecommuniceerd.'

'Dus Eckerwald was de dief.'

'Dat kun je wel zeggen. Een dief op hoog niveau. Het werk van zijn groep was zo op het oog volkomen legitiem. Ze maakten profielen van vooraanstaande onderzoekers en veelbelovende projecten. Alle grote hightechondernemingen doen iets soortgelijks. Ze willen weten wat er gaande is en wie ze in dienst moeten nemen. Maar Frans begreep dat deze groep verderging. Zij beschreven niet alleen, ze stalen ook – door middel van hacking, spionage, mollen en smeergeld.'

'Waarom deed hij geen aangifte tegen hen?'

'Het was lastig te bewijzen. Ze waren natuurlijk voorzichtig. Maar uiteindelijk ging hij toch naar de eigenaar, Nicolas Grant. Die was ontzet, en volgens Frans liet hij een intern onderzoek uitvoeren. Maar dat leverde niets op, ofwel omdat Eckerwald de bewijzen had weggewerkt ofwel omdat het onderzoek alleen maar voor de show was. Frans kwam in een uiterst vervelende situatie terecht. Alle woede richtte zich op hem. Ik denk dat Eckerwald daarbij de drijvende kracht was, en waarschijnlijk was het niet moeilijk de anderen mee te krijgen. Frans werd toen al als paranoïde en wantrouwend beschouwd, en hij raakte steeds meer geïsoleerd. Ik zie het zó voor me. Hoe hij daar zit en steeds dwarser en onbuigzamer wordt, en weigert nog een woord met iemand te wisselen.'

'Dus hij had geen harde bewijzen, denk je?'

'Nou ja, hij had in elk geval het bewijs dat hij van dat hackermeisje had gekregen: dat Eckerwald zijn technologie had gestolen en doorverkocht.'

'Dus dat wist hij zeker?'

'Blijkbaar wel. Bovendien had hij inmiddels door dat Eckerwalds groep niet alleen werkte. Ze kregen steun en hulp van buitenaf, waarschijnlijk van de Amerikaanse inlichtingendiensten en ook ...'

Farah zweeg.

'Ja?'

'Hierover was hij cryptischer. Misschien wist hij wel niet zoveel, maar hij was wel een codenaam tegengekomen, zei hij, van de echte leider buiten Solifon. Die naam was "Thanos".'

'Thanos?'

'Ja. Er heerste een flinke angst voor die figuur, zei hij. Maar meer wilde hij niet zeggen. Hij had een levensverzekering nodig, beweerde hij, voor als de advocaten achter hem aan kwamen.'

'Je zei dat je niet wist wie van zijn assistenten hem had verraden. Maar daar heb je vast wel over nagedacht,' zei Mikael.

'Dat heb ik zeker. En soms ... ik weet niet ...'

'Nou?'

'... vroeg ik me af of ze het niet allemaal samen hebben gedaan.'

'Waarom denk je dat?'

'Toen ze bij Frans begonnen, waren ze jong, talentvol en ambitieus. Toen ze er stopten, waren ze zwaarmoedig en zorgelijk. Misschien beulde Frans ze af, maar het kan ook zijn dat hen iets dwarszit.'

'Heb je hun namen?'

'Jazeker. Het zijn immers mijn jongens. Helaas, mag ik wel zeggen. Allereerst heb je Linus Brandell; die noemde ik al. Hij is nu vierentwintig en zwerft alleen nog maar wat rond, speelt computerspelletjes en drinkt veel te veel. Een tijdje had hij een goede baan als spelontwikkelaar bij Crossfire, maar die raakte hij kwijt omdat hij zich te pas en te onpas ziek meldde en zijn collega's ervan beschuldigde dat ze hem bespioneerden. Verder heb je Arvid Wrange; je hebt misschien wel van hem gehoord. Hij was ooit een veelbelovende schaker. Zijn vader pushte hem onmenselijk hard en uiteindelijk had Arvid er genoeg van en kwam hij bij mij studeren. Ik had gehoopt dat hij nu allang gepromoveerd zou zijn, maar nee hoor, hij loopt de kroegen rond het Stureplan af en lijkt volkomen de weg kwijt. Bij Frans was hij een tijdje helemaal opgeleefd. Maar er was ook een hoop kinderachtige concurrentie onder die jongens, en Arvid en Basim, zoals de derde heet, kregen een gruwelijke hekel aan elkaar; in elk geval had Arvid een hekel aan Basim. Basim Malik is niet zo'n haatdragend type. Dat is een gevoelige, talentvolle jongen die vorig jaar bij Solifon Noord-Europa is aangesteld. Maar de fut was er al gauw uit bij hem. Momenteel ligt hij met een depressie in het Ersta-ziekenhuis. Vanmorgen belde zijn moeder zelfs nog – die ken ik een beetje – om te vertellen dat ze hem kalmeringsmiddelen geven. Toen hij hoorde wat er met Frans was gebeurd probeerde hij zijn pols door te snijden, en dat doet me uiteraard wel wat. Maar tegelijk vraag ik me natuurlijk af: Was het alleen verdriet? Of was het ook schuldgevoel?'

'Hoe gaat het nu met hem?'

'Puur lichamelijk bestaat er niet veel gevaar meer. En dan is er nog Niklas Lagerstedt, en die ... Ja, wat zal ik zeggen? Hij is in elk geval niet zoals de anderen, zo op het oog. Hij is niet iemand die als een ketter zuipt of op het idee zou komen om zichzelf iets aan te doen. Hij is een jongeman die morele bezwaren heeft tegen van alles en nog wat, zelfs tegen gewelddadige computerspelletjes en porno. Hij is actief in de oecumenische Kerk. Zijn vrouw is kinderarts en ze hebben een zoontje, Jesper. Bovendien is hij adviseur bij de nationale recherche voor het computersysteem dat ze daar vanaf volgend jaar gaan invoeren, en dat betekent natuurlijk dat ze een antecedentenonderzoek bij hem hebben gedaan. Maar ik weet niet hoe diep dat ging.'

'Waarom zeg je dat?'

'Omdat hij achter die prachtige façade een inhalig huftertje is. Ik weet toevallig dat hij een deel van het vermogen van zijn schoonvader en zijn vrouw erdoor heeft gejaagd. Het is een huichelaar.'

'Zijn die jongens verhoord?'

'De Säpo heeft met hen gepraat, maar dat heeft niets opgeleverd. In die tijd dachten ze ook nog dat Frans het slachtoffer was van een cyberaanval.'

'Ik verwacht dat de politie hen nu wel weer zal verhoren.'

'Ik neem aan van wel.'

'Weet je trouwens of Balder in zijn vrije tijd veel tekende?'

'Tekende?'

'Of hij het leuk vond om dingen tot in detail na te tekenen?'

'Nee, daar heb ik nooit iets over gehoord,' zei ze. 'Waarom vraag je dat?'

'Ik zag bij hem thuis een fantastische tekening van het verkeerslicht hier op het kruispunt Hornsgata-Ringväg, helemaal perfect, een soort snapshot in het donker.'

'Dat vind ik vreemd. Frans kwam niet vaak in deze buurt.'

'Wat raar.'

'Ja.'

'Die tekening heeft iets wat me niet loslaat,' zei Mikael, en hij merkte tot zijn verbazing dat Farah zijn hand vastpakte.

Hij streelde haar troostend over haar hoofd. Toen stond hij op met het gevoel dat hij iets op het spoor was. Hij nam afscheid en liep naar buiten, het voetpad op.

Terwijl hij naar de Zinkensväg liep, belde hij Erika en vroeg haar een nieuwe vraag te noteren in *Lisbeths Laatje*.

14
21 NOVEMBER

Ove Levin zat in zijn kantoor met uitzicht op Slussen en de Riddarfjärd. Hij deed zo goed als helemaal niets, behalve zichzelf googelen in de hoop iets te vinden wat hem zou opvrolijken. Helaas was het enige wat hij kon vinden dat hij een opgeblazen pad was die zijn idealen had verkwanseld en dat nog wel in een blog van een jong meisje dat op de School voor de Journalistiek zat, en toen werd hij zo woedend dat hij het niet eens meer voor elkaar kreeg om haar naam in zijn zwartboek te zetten van mensen die nooit een baan zouden krijgen bij het Serner-concern.

Hij wilde zijn hersens niet belasten met idioten die er geen snars van begrepen en die nooit verder zouden komen dan hooguit onderbetaalde stukjes schrijven in obscure cultuurblaadjes. Hij wilde niet in destructieve denkpatronen blijven hangen, dus hij ging naar de website van zijn bank en checkte zijn saldo. Dat hielp een beetje, in elk geval in het begin. Het was een goede dag op de beurs. De Nasdaq en de Dow Jones waren gisteravond gestegen en de Stockholmse beurs stond op plus 1,1 procent. De koers van de dollar, waar hij veel in had belegd, was gestegen en zijn portefeuille was volgens de realtime-update 12.161.389 kronen waard.

Niet slecht voor een man die ooit verslagen van branden en steekpartijen had geschreven voor de ochtendeditie van *Expressen*. Twaalf miljoen, plus het appartement in Villastaden en het huis in Cannes. Ze mochten in hun blogs schrijven wat ze wilden. Hij had het goed voor elkaar. Hij controleerde de waarde opnieuw. 12.149.101. Ging het nu omlaag, verdomme? 12.131.737. Hij trok een grimas. Er was toch geen reden voor de beurs om te zakken? De werkgelegenheidscijfers waren toch goed? Hij vatte de daling bijna persoonlijk op. Toen moest hij onwillekeurig weer aan *Millennium* denken, hoe onbelangrijk dat in dit verband ook was. Toch wond hij zich weer op en hoe hij het ook van zich af probeerde te zetten, hij zag alwéér voor zich hoe het mooie gezichtje van Erika Berger gistermiddag verstijfde en puur vijandig werd; en vanmorgen was het nog niet bepaald beter geworden.

Hij had zowat een rolberoerte gekregen. Mikael Blomkvist beheerste alle nieuwssites, en dat deed zeer, en dat was niet alleen omdat Ove net met veel genoegen had vastgesteld dat de jongere generatie nauwelijks wist wie Blomkvist was. Hij had ook de pest aan die medialogica dat iedereen top werd genoemd – topjournalisten en topacteurs en God weet wie nog meer –, alleen maar omdat ze zich in de nesten hadden gewerkt. Blomkvist, de man die zijn beste tijd heeft gehad, had er moeten staan. De man die niet eens bij zijn eigen blad mocht blijven werken, als het aan Ove en Serner Media lag. Alleen ... Frans Balder, of all people?

Waarom moest uitgerekend hij voor de ogen van Mikael Blomkvist worden vermoord? Dat zou je nu net zien. Hopeloos. Ook al hadden al die stompzinnige journalisten het nog niet door, Ove wist dat Frans Balder een grote was. Serners eigen krant *Dagens Affärsliv* had nog niet zo lang geleden een speciale bijlage aan Zweedse onderzoekers gewijd en een prijskaartje aan hem gehangen: vier miljard. Hoe kwamen ze daarbij? Maar Balder was ongetwijfeld een topper, en bovendien was hij een Garbo. Hij gaf geen interviews, en dat maakte zijn faam natuurlijk nog groter.

Hoeveel verzoeken had hij niet gehad, alleen al van Serners eigen journalisten? Hij had ze stuk voor stuk afgewezen, of eigenlijk niet eens afgewezen, hij vertikte het zelfs erop te antwoorden. Veel collega's – dat wist Ove – dachten dat de man een fantastisch verhaal te vertellen had, en daarom kon hij niet uitstaan dat Balder volgens de kranten midden in de nacht met Blomkvist had willen praten. Mikael zou toch niet uitgerekend in deze situatie aan een scoop werken? Dat zou vreselijk zijn. Weer, haast dwangmatig, ging Ove naar de site van *Aftonbladet*, waar hij deze kop zag staan:

Wat wilde de Zweedse toponderzoeker aan Mikael Blomkvist vertellen?

Mysterieus telefoontje vlak voor de moord

Bij het artikel stond een grote foto van Mikael, waarop die er niet in het minst opgeblazen uitzag. Die verdomde eindredactie had natuurlijk een zo voordelig mogelijke foto uitgekozen. Hij vloekte opnieuw. Hoe moest hij Mikael stoppen zonder als de eerste de beste Oost-Duitse censor over de redactie heen te walsen, waardoor hij het alleen maar erger zou maken? Hoe moest hij ... Hij keek weer uit over de Riddarfjärd en kwam op een idee. William Borg, dacht hij. De vijand van mijn vijand kan mijn beste vriend worden.

'Sanna,' riep hij.

Sanna Lind was zijn jonge secretaresse.

'Ja, Ove?'

'Regel nu meteen een lunch met William Borg voor me in de Sturehof. Als hij iets anders te doen heeft, zeg je maar tegen hem dat het belangrijk is. Hij kan ook nog een salarisverhoging krijgen,' zei hij, en hij dacht: waarom niet? Als hij me uit deze ellende helpt, mag hij best wat extra hebben.

Hanna Balder stond in de woonkamer in de Torsgata wanhopig naar August te kijken, die voor de zoveelste keer papier en potloden te pakken had gekregen. Ze had de instructie gekregen hem die af te pakken, en dat beviel haar niet. Niet dat ze twijfelde aan de adviezen en de kennis van de psycholoog, maar toch voelde het niet goed. August had gezien dat zijn vader werd vermoord. Waarom moest ze hem dan tegenhouden? Hij leek er toch echt door aangeslagen te zijn.

Zijn lichaam trilde toen hij begon te tekenen en uit zijn ogen sprak een felle, gekwelde blik. Maar schaakvelden die zich uitstrekten en zich in spiegels vermenigvuldigden waren een merkwaardig onderwerp, als je bedacht wat er was gebeurd. Maar wat wist zij er eigenlijk van? Het was misschien net als met zijn cijferreeksen. Zij begreep er niets van, maar voor hem betekende het vast iets, en wie weet, misschien verwerkte hij alle gebeurtenissen met die schaakvelden. Moest ze het verbod aan haar laars lappen? Niemand hoefde het immers te weten, en ze had ook ergens gelezen dat een moeder op haar intuïtie moet vertrouwen. Je onderbuikgevoel is vaak een betere maatstaf dan psychologische theorieën, dus ze besloot dat August toch mocht tekenen.

Maar opeens spande de jongen zijn rug als een boog, en toen dacht Hanna toch aan wat de psycholoog had gezegd. Ze zette een wilde stap in Augusts richting en keek op het papier. Ze schrok en was hevig ontdaan, maar ze begreep eerst niet waarom.

De schaakvelden plantten zich aan weerskanten voort in de spiegels; dat was razend knap gedaan. Maar er was nog iets: een schaduw die uit de ruiten opsteeg, als een demon, een geestverschijning die Hanna de stuipen op het lijf joeg. Ze moest zelfs denken aan films over kinderen die bezeten zijn door slechte wezens en ze rukte de tekening bij de jongen weg met een heftigheid die ze niet goed kon verklaren. Daarna deed ze haar ogen dicht en verwachtte ze die hartverscheurende, toondove schreeuw weer te horen.

Er kwam echter geen schreeuw, alleen een gemompel dat bijna klonk als woorden. Maar dat kon natuurlijk niet. August kon niet praten. Hanna bereidde zich voor op een aanval, een gewelddadige uitbarsting, waarbij de jongen zich heen en weer zou gooien over de vloer. Er kwam echter ook geen aanval. Hij had slechts een zwijgende, geconcentreerde uitdrukking op zijn gezicht, waarna hij een nieuw vel papier pakte en dezelfde schaakvelden weer begon te tekenen. Toen zag Hanna geen andere uitweg dan hem naar zijn kamer te dragen. Later zou ze dat moment 'één grote verschrikking' noemen.

August schopte, schreeuwde en sloeg, en Hanna kon hem maar ternauwernood vasthouden. Lange tijd bleef ze met haar armen om hem heen geslagen bij hem in bed liggen. Even overwoog ze Lasse wakker te maken en te vragen een paar van die kalmerende zetpillen bij August in te brengen die ze hadden gekregen, maar die gedachte liet ze al gauw varen. Lasse zou ongetwijfeld in een afgrijselijk humeur zijn, en hoeveel valium ze zelf ook nam, ze haatte het om kinderen kalmerende middelen te geven. Het moest anders kunnen.

Ze stond op het punt in te storten en zocht wanhopig de ene uitweg na de andere. Ze dacht aan haar moeder in Katrineholm, aan haar impresario Mia, aan de vriendelijke vrouw die vannacht had gebeld, Gabriella, en toen weer aan de psycholoog, Einar Fors-en-nog-wat, die August had gebracht. Ze mocht hem niet erg. Aan de andere kant had hij wel aangeboden tijdelijk voor de jongen te zorgen, en deze hele toestand was toch zijn schuld?

Hij had gezegd dat August niet mocht tekenen, dus hij moest het ook maar oplossen, en uiteindelijk liet ze haar zoon los, diepte het visitekaartje van de psycholoog op en belde hem op, terwijl August natuurlijk weer naar de woonkamer stoof om van die ellendige schaakvelden te gaan tekenen.

Einar Forsberg had eigenlijk niet veel ervaring. Hij was achtenveertig jaar en met zijn diepliggende blauwe ogen, zijn fonkelnieuwe Dior-bril en zijn bruine manchesterjasje zou je hem voor een intellectueel kunnen aanzien. Maar iedereen die weleens met hem in discussie was gegaan wist dat hij een nogal starre, dogmatische manier van denken had en dat hij zijn onkunde vaak verborg achter theorieën en zelfverzekerde uitspraken.

Hij had zijn studie psychologie ook pas twee jaar geleden afgerond. Van oorsprong was hij gymnastiekleraar in Tyresö, en als je zijn vroegere leerlingen naar hem vroeg, brulden ze allemaal: 'Silentium, runderen! Zwijg, mijn schaapjes!' Einar was er destijds dol op dat te roepen als hij de klas stil wilde hebben, half serieus, half voor de grap, en hoewel hij niet meteen hun lievelingsleraar was, had hij er bij de jongens goed de wind onder; en dat vermogen had hem er dan ook van overtuigd dat zijn psychologische vaardigheden in een ander verband beter tot hun recht zouden komen.

Sinds een jaar werkte hij bij Odens Kinder- en Jeugdopvang aan de Sveaväg in Stockholm. Daar werden kinderen en jongeren opgevangen als hun ouders hen niet meer aankonden. Zelfs Einar, die zijn werk altijd met enige hartstocht verdedigde, besefte dat de opvang niet erg goed functioneerde. Het was te veel crisismanagement en te weinig langetermijnwerk. Kinderen kwamen naar Oden na traumatische ervaringen thuis en de psychologen waren te druk bezig de noodsituatie en de agressiviteit de baas te worden om zich met de achterliggende oorzaken bezig te kunnen houden. Toch vond Einar dat hij nuttig werk deed, vooral wanneer hij de hysterische kinderen met al zijn oude lerarengezag stil kreeg of wanneer hij kritieke praktijksituaties oploste.

Hij hield van werken met de politie, hij was dol op de spanning en de stilte in de lucht na dramatische gebeurtenissen. Toen hij tijdens zijn nachtdienst naar het huis in Saltsjöbaden reed, was hij opgewonden en vol verwachting. De situatie had iets Hollywoodachtigs, vond hij. Er was een Zweedse wetenschapper vermoord en zijn achtjarige zoon was getuige, en niemand minder dan Einar zou de jongen aan het praten krijgen.

Onderweg deed hij keer op keer in de achteruitkijkspiegel zijn haar en zijn bril goed. Hij wilde een stijlvolle entree maken, maar toen hij er eenmaal was, was het niet bepaald een succes. Hij begreep niets van het kind. Toch voelde hij zich gezien en belangrijk. De rechercheurs vroegen hoe ze het kind konden verhoren, en ook al had hij geen idee, zijn antwoorden werden met respect geaccepteerd. Hij deed nog meer zijn best om te helpen. Hij kwam erachter dat het kind leed aan infantiel autisme en dat het nog nooit had gepraat of sowieso nog nooit had gereageerd op zijn omgeving.

'Op dit moment kunnen we niets doen,' zei hij. 'Zijn verstandelijke vermogen is te gering. Als psycholoog moet ik zijn zorgbehoefte vooropstellen.' En de politiemensen luisterden naar hem met ernstige gezichten en lieten hem de jongen naar zijn moeder brengen, en dat was nog een kleine bonus in dit verhaal.

De moeder was de actrice Hanna Balder. Hij had haar met veel plezier gezien in *De muiters*. Hij herinnerde zich haar heupen en haar lange benen, en hoewel ze ouder was geworden, was ze nog steeds aantrekkelijk. Bovendien was haar huidige man duidelijk een lul. Einar deed zijn best deskundig en discreet charmant over te komen en hij kreeg ook vrijwel onmiddellijk de kans om zich te doen gelden, en daar was hij heel trots op.

Met een waanzinnige uitdrukking op zijn gezicht begon de jongen zwart-witte blokken of ruiten te tekenen, en Einar begreep meteen: dat was ongezond gedrag. Dat was nu precies het soort destructieve dwangmatigheid waarin autistische kinderen gemakkelijk terechtkomen, dus hij stond erop dat hij daar onmiddellijk mee ophield. Die instructie werd met minder dank aanvaard dan hij had gehoopt. Toch voelde hij zich daadkrachtig en mannelijk, en hij had Hanna bijna in één moeite door gecomplimenteerd met *De muiters*, maar bij nader inzien leek het hem toch geen geschikte gelegenheid. Misschien was dat een vergissing geweest.

Nu was het een uur in de middag. Hij was net thuisgekomen in zijn rijtjeshuis in Vällingby, stond met zijn elektrische tandenborstel in de badkamer en voelde zich uitgeput. Toen ging zijn mobieltje. Het eerste wat hij voelde was irritatie maar toen glimlachte hij toch. Het was uitgerekend Hanna Balder.

'Forsberg,' zei hij routineus.

'Hallo,' zei ze.

Ze klonk wanhopig en kwaad, maar hij begreep niet waarom.

'August,' zei ze. 'August ...'

'Wat is er met hem?'

'Hij wil niets anders doen dan schaakvelden tekenen. Maar dat mag niet, zegt u.'

'Nee, nee, dat is dwangmatig. Maar rustig nu.'

'Hoe kan ik nou in godsnaam rustig zijn?'

'Omdat uw zoon er behoefte aan heeft dat u rustig bent.'

'Maar dat lukt me niet. Hij schreeuwt en slaat om zich heen. U zei dat u kon helpen.'

'Jawel,' zei hij, aanvankelijk een beetje aarzelend. Toen klaarde zijn gezicht op, alsof hij een soort overwinning had behaald.

'Absoluut. Natuurlijk. Ik zal zorgen dat hij een plekje krijgt in Oden.'

'Maar laat ik hem dan niet in de steek?'

'Integendeel, u doet wat het beste voor hem is, en ik zal er persoonlijk voor zorgen dat u hem zo vaak mag bezoeken als u wilt.'

'Dat is dan misschien toch het beste.'

'Daar ben ik vast van overtuigd.'

'Komt u meteen?'

'Ik ben zo gauw mogelijk bij u,' zei hij, en hij bedacht dat hij zich eerst een beetje moest opfrissen.

Toen voegde hij er voor alle zekerheid aan toe: 'Had ik al gezegd dat ik u geweldig vond in *De muiters*?'

Het verbaasde Ove Levin niet dat William Borg al op hem zat te wachten in de Sturehof en nog minder dat hij het duurste gerecht van het menu bestelde, tong à la meunière, en een glas Pouilly-Fumé. Die journalisten namen het er altijd van als hij hen mee uit lunchen nam. Het verbaasde hem dat William het initiatief nam, alsof hij degene met het geld en de macht was, en dat ergerde Ove.

Waarom had hij over een salarisverhoging gesproken? Hij had hem in spanning moeten houden, hem daar peentjes moeten laten zweten.

'Een vogeltje heeft me in het oor gefluisterd dat jullie problemen hebben met *Millennium*,' zei William Borg, en Ove had er alles voor over om die zelfvoldane grijns van zijn gezicht te krijgen.

'Je bent niet goed geïnformeerd,' reageerde hij stijfjes.

'O nee?'

'We hebben de situatie onder controle.'

'Hoe dan, als ik vragen mag?'

'Als de redacteuren bereid zijn tot verandering en laten blijken dat ze begrijpen in welke problemen ze verkeren, dan zullen we het blad steunen.'

'En zo niet?'

'Dan trekken we ons terug en dan kan *Millennium* zichzelf hooguit nog een paar maanden draaiende houden; dat is natuurlijk heel vervelend, maar zo is de markt nu eenmaal. Er zijn al betere tijdschriften dan *Millennium* verdwenen, en voor ons was het een kleine investering. Wij redden het wel zonder hen.'

'*Skip the bullshit*, Ove. Ik weet dat het een prestigezaak voor je is.'

'Business is business.'

'Ik hoorde dat jullie Mikael Blomkvist weg willen hebben.'

'We denken erover hem in Londen te stationeren.'

'Nogal bot, als je bedenkt wat hij voor het blad heeft gedaan.'

'We hebben hem een heel mooi aanbod gedaan,' vervolgde Ove, en hij voelde zich onnodig defensief en vervelend. Hij zou bijna zijn eigenlijke boodschap vergeten.

'Ik neem het jullie niet kwalijk,' vervolgde William Borg. 'Jullie mogen hem wat mij betreft naar China wegtoveren. Maar ik vraag me wel af of het niet wat lastig voor jullie wordt als Mikael Blomkvist nu net een grootse comeback maakt met dat verhaal over Frans Balder.'

'Waarom zou hij? De fut is er bij hem wel uit. Als iemand dat heeft aangetoond, dan jij wel – en met behoorlijk succes ook nog,' probeerde Ove sarcastisch te doen.

'Nou, ik heb wel een beetje hulp gehad, hoor.'

'Niet van mij; dat kan ik je wel verzekeren. Ik verfoeide die column. Ik vond hem slecht geschreven en tendentieus. Thorvald Serner was de aanstichter; dat weet je best.'

'Maar in de gegeven omstandigheden komt hij toch niet verkeerd uit, hè?'

'Luister, William. Ik heb het grootst mogelijke respect voor Mikael Blomkvist.'

'Je hoeft tegen mij niet diplomatiek te doen, Ove.'

Ove zou William Borg het liefst alle diplomatie door de strot duwen.

'Ik ben alleen maar open en eerlijk,' zei hij. 'En het is een feit dat ik Mikael altijd een geweldige journalist heb gevonden. Van een heel ander kaliber dan jij en alle anderen van zijn generatie.'

'Jaja,' zei William Borg. Hij leek opeens een beetje onder de indruk en Ove voelde zich op slag beter.

'Ja, zo is dat. We mogen dankbaar zijn voor alle onthullingen die Mikael Blomkvist ons heeft bezorgd, en ik wens hem alle goeds, echt. Maar helaas, moet ik zeggen, behoort het niet tot mijn werk om achterom te kijken en nostalgisch te worden, dus ik wil wel toegeven dat Blomkvist niet echt mee is gegaan met de tijd en dat hij de vernieuwing van *Millennium* in de weg kan staan.'

'Zeker, zeker.'

'En daarom denk ik dat het goed zou zijn als hij op dit moment niet te veel in het nieuws komt.'

'Positief in het nieuws, bedoel je.'

'Zoiets ja,' vervolgde Ove. 'En daarom wilde ik dan ook met je lunchen.'

'Daar ben ik natuurlijk blij mee. En ik geloof dat ik ook echt met iets goeds kan komen. Ik kreeg vanmorgen een telefoontje van mijn oude squashmaat,' vervolgde William Borg, die duidelijk probeerde zijn eerdere zelfvertrouwen te herwinnen.

'En wie is dat?'

'Richard Ekström, de hoofdofficier van justitie. Hij leidt het vooronderzoek naar de moord op Balder. En hij is niet echt lid van de fanclub van Blomkvist.'

'Na die Zalachenko-zaak?'

'Precies. Blomkvist heeft toen zijn hele plan in de war gegooid, en nu maakt hij zich zorgen dat Mikael dit onderzoek ook zal saboteren. Of beter gezegd: dat hij dat al heeft gedaan.'

'Hoezo?'

'Blomkvist vertelt niet alles wat hij weet. Hij heeft Balder vlak voor de moord gesproken en bovendien heeft hij de moordenaar recht in het gezicht gekeken. Toch had hij in het verhoor verbazend weinig te melden. Richard Ekström vermoedt dat hij het spannendste achterhoudt voor zijn eigen artikel.'

'Interessant.'

'Ja, hè? We hebben het hier over een man die in de media weggehoond is en daarom nu zo wanhopig op zoek is naar een scoop dat hij zelfs bereid is een moordenaar te laten ontkomen. Een voormalig topjournalist die, wanneer zijn blad zich in een financiële crisis bevindt, er niet voor terugdeinst om zijn maatschappelijke verantwoordelijkheid overboord te gooien. En die dan ook nog net heeft gehoord dat Serner Media hem uit de redactie wil zetten. Is het dan zo raar dat hij de kluts kwijtraakt?'

'Ik begrijp je gedachtegang. Ben je van plan dat op te schrijven?'

'Ik denk dat dat niet goed zou zijn, eerlijk gezegd. Te veel mensen weten dat Blomkvist en ik elkaar niet kunnen uitstaan. Jullie kunnen het beter naar een nieuwsverslaggever laten uitlekken en dan een follow-up geven op jullie opiniepagina's. Jullie krijgen vast wel een goed citaat van Richard Ekström.'

'Hm,' zei Ove, en hij keek naar het Stureplan. Hij zag daar een mooie vrouw met lang roodblond haar in een vuurrode jas, en voor het eerst die dag schoot hij hartelijk en oprecht in de lach.

'Misschien niet eens zo'n gek idee,' voegde hij eraan toe, en hij bestelde ook een wijntje.

Mikael Blomkvist liep over de Hornsgata naar het Mariatorg. Verderop, bij de Maria Magdalenakerk stond een witte bestelwagen met een grote deuk in de motorkap. Daarnaast stonden twee mannen met hun armen te zwaaien en naar elkaar te schreeuwen. Hoewel het incident de aandacht van de meeste mensen in de omgeving trok, zag Mikael het nauwelijks.

Hij dacht eraan hoe de zoon van Frans Balder op de eerste verdieping van het grote huis in Saltsjöbaden had gezeten en met zijn hand over het Perzisch tapijt had gestreken. Zijn hand was wit, herinnerde hij zich, met vlekken op de vingers en de rug, alsof hij er potloden of pennen mee had vastgehouden, en de beweging op het tapijt – zag die er ook niet uit alsof hij iets ingewikkelds aan het tekenen was in de lucht? Mikael zag de hele scène opeens in een nieuw licht, en toen dacht hij weer wat hij bij Farah Sharif ook al had gedacht: misschien was het toch niet Frans Balder, die het verkeerslicht had getekend.

Misschien had August een onvermoed, groot talent. Om de een of andere reden verbaasde hem dat niet zo erg als je zou verwachten. Al vanaf het eerste moment dat hij August Balder had gadegeslagen, in de slaapkamer op de begane grond, naast zijn dode vader op de schaakruitenvloer, en had gezien hoe hij met zijn lichaam tegen het ledikant beukte, had hij het vermoeden gehad dat er iets bijzonders met hem aan de hand was. Nu, terwijl hij het Mariatorg schuin overstak, kwam er een eigenaardige gedachte in Mikael op, ongetwijfeld vergezocht, maar ze liet hem niet meer los en toen hij bij de Götgatsbacke was, bleef hij staan.

Hij moest het in elk geval natrekken, dus hij pakte zijn mobiele telefoon en probeerde het nummer van Hanna Balder te achterhalen. Het was vast geheim en stond waarschijnlijk ook niet in de telefoonlijst van *Millennium*. Wat moest hij doen? Hij dacht aan Freja Granliden. Freja was showbizzreporter bij *Expressen*, en wat ze schreef was niet bepaald hoogstaande journalistiek te noemen. Het ging over scheidingen, romances en royaltydingen. Maar ze was slim en gevat, en de keren dat ze elkaar hadden ontmoet hadden ze het leuk gehad samen. Daarom toetste hij nu haar nummer in. Het was natuurlijk in gesprek.

Journalisten van roddelbladen zaten tegenwoordig non-stop aan de telefoon. Ze stonden zo onder tijdsdruk dat ze nooit meer uit hun stoel kwamen om een kijkje te nemen in de buitenwereld. Ze zaten maar op hun plek teksten uit te spuwen. Maar na een tijdje kreeg hij haar toch te pakken, en het verbaasde hem niet dat ze een kreetje van vreugde slaakte.

'Mikael,' zei ze. 'Wat een eer. Kom je me eindelijk een primeur bezorgen? Daar wacht ik al zo lang op.'

'Sorry. Deze keer moet je míj helpen. Ik heb een adres en een telefoonnummer nodig.'

'En wat krijg ik daarvoor? Een pittig citaat misschien over wat je vannacht hebt aangetroffen?'

'Ik kan je een paar beroepsgerelateerde adviezen geven.'

'Zoals?'

'Ophouden met rotzooi schrijven.'

'Haha, en wie moet dan alle telefoonnummers beheren die de chique reporters nodig hebben? Wie zoek je?'

'Hanna Balder.'

'Ik heb wel zo'n vermoeden waarom. Haar man was blijkbaar behoorlijk dronken gisteren. Hebben jullie elkaar daar gesproken?'

'Hou op met vissen. Weet je waar ze woont?'

'Torsgata 40.'

'En dat weet je zo uit je hoofd?'

'Ik heb een uitstekend geheugen voor rotzooi. Maar wacht, dan krijg je ook de code van de deur beneden en het telefoonnummer.'

'Dank je.'

'Maar zeg ...'

'Ja?'

'Je bent niet de enige die haar zoekt. Onze eigen bloedhonden zijn ook naar haar op jacht, en voor zover ik weet heeft ze de telefoon de hele dag nog niet opgenomen.'

'Verstandige vrouw.'

Na dit gesprek stond Mikael even stil op straat. Hij wist niet goed wat hij moest doen en dat stond hem bepaald niet aan. Samen met misdaadverslaggevers van sensatiekranten achter ongelukkige moeders aan zitten was niet wat hij van de dag had verwacht. Desondanks wenkte hij een taxi en ging hij op weg naar Vasastan.

Hanna Balder was met August en Einar Forsberg meegegaan naar Odens Kinder- en Jeugdopvang aan de Sveaväg, tegenover het Observatoriumpark. De opvang bestond uit twee vrij grote appartementen die waren samengevoegd, maar hoewel het interieur en de bijbehorende tuin vrij persoonlijk en gezellig aandeden, had het toch iets van een inrichting. Dat kwam waarschijnlijk niet zozeer door de lange gang en de gesloten deuren als wel door de grimmige, waakzame gezichtsuitdrukking van het personeel. De medewerkers leken een zeker wantrouwen te hebben ontwikkeld voor de kinderen die aan hun zorg waren toevertrouwd.

Directeur Torkel Lindén was een klein, ijdel mannetje dat veel ervaring beweerde te hebben met autistische kinderen, en dat klonk natuurlijk vertrouwenwekkend. Maar de manier waarop hij naar August keek, stond Hanna niet aan; het verschil in leeftijd in het huis beviel haar trouwens ook niet. Ze zag zowel tieners als baby's door elkaar heen. Maar het was nu te laat om terug te krabbelen en op weg naar huis troostte ze zich met de gedachte dat het maar voor korte tijd was. Misschien kon ze August vanavond wel weer ophalen.

Ze verzonk in gepeins en dacht aan Lasse en zijn dronken buien, en weer bedacht ze dat ze bij hem weg moest gaan en haar leven weer op de rails moest zien te krijgen. Toen ze in de Torsgata uit de lift stapte, schrok ze. In het trapportaal zat een aantrekkelijke man in een notitieblokje te schrijven. Toen hij opstond en haar begroette, zag ze dat het Mikael Blomkvist was, en ze werd bang en had het gevoel dat hij haar kwam ontmaskeren. Onzin natuurlijk. Het was gewoon haar schuldgevoel. Blomkvist glimlachte gegeneerd en bood zelfs twee keer zijn excuses aan dat hij stoorde, en toen voelde ze ondanks haar eerdere gedachte een grote opluchting. Ze bewonderde hem al lang.

'Ik heb geen commentaar,' zei ze op een toon die eigenlijk het tegendeel aangaf.

'Daar ben ik ook niet op uit,' zei hij, en toen herinnerde ze zich dat Lasse en hij die nacht samen of in elk geval tegelijkertijd bij Frans waren, ook al had ze geen idee wat die twee gemeenschappelijk hadden, integendeel: ze leken op dat moment elkaars absolute tegenpolen.

'Zoek je Lasse?' vroeg ze.

'Ik zou meer willen horen over Augusts tekeningen,' zei hij, en toen voelde ze een steek van paniek.

Toch liet ze hem binnen. Dat was beslist onvoorzichtig. Lasse was weggegaan om in een of andere kroeg in de buurt zijn kater weg te werken en kon elk moment terugkomen. Hij zou razend worden als hij een journalist van dit kaliber in hun huis aantrof. Maar Hanna was niet alleen ongerust, maar ook nieuwsgierig. Hoe wist Blomkvist in vredesnaam van die tekeningen? Ze vroeg hem op de grijze bank in de woonkamer te gaan zitten en ging naar de keuken.

Toen ze terugkwam met een dienblad met thee en biscotti, zei hij: 'Ik zou je niet storen als het niet echt nodig was.'

'Je stoort niet,' zei ze.

'Weet je, ik heb August vannacht gezien,' vervolgde hij, 'en daar moet ik steeds weer aan denken.'

'O ja?' zei ze verbaasd.

'Ik begreep het toen niet,' vervolgde hij. 'Maar ik kreeg het idee dat hij ons iets wilde vertellen, dus bij nader inzien geloof ik dat hij wilde tekenen. Hij zwaaide zo doelgericht met zijn hand over de vloer.'

'Hij was er bezeten van.'

'Dus hij ging er thuis mee door?'

'Nou en of! Hij begon meteen toen hij thuiskwam. Hij was helemaal manisch, en het was echt geweldig mooi. Maar hij kreeg ook rode vlekken in zijn gezicht en begon zwaar te ademen, dus de psycholoog die hier was, zei dat hij er meteen mee op moest houden. Het was dwangmatig en destructief, zei hij.'

'Wat tekende hij?'

'Niets bijzonders. Ik denk dat het geïnspireerd was door zijn puzzel. Maar heel knap gedaan met schaduwen en perspectief en zo.'

'Maar wat stelde het voor?'

'Schaakvelden, geloof ik,' antwoordde ze, en misschien verbeeldde ze het zich, maar in de ogen van Mikael Blomkvist meende ze een zweem van spanning te zien.

'Alleen maar schaakvelden?' vroeg hij. 'Meer niet?'

'Ook spiegels,' zei ze. 'Schaakvelden die in spiegels werden gereflecteerd.'

'Ben je weleens bij Frans in huis geweest?' vroeg hij met een nieuwe scherpte in zijn stem.

'Waarom vraag je dat?'

'Omdat de vloer in de slaapkamer waarin hij werd vermoord bestaat uit schaakvelden die weerspiegeld worden in de spiegels van de wandkast.'

'O nee!'

'Waarom zeg je dat?'

Een golf van schaamte ging door haar heen.

'Omdat het laatste wat ik zag voordat ik die tekening van hem afpakte, een dreigende schaduw was die uit die schaakvelden opdoemde,' vervolgde ze.

'Heb je die tekening nog?'

'Ja ... Of nee.'

'Nee?'

'Ik heb hem weggegooid, vrees ik.'

'Ai.'

'Maar misschien ...'

'Ja?'

'... ligt hij nog in de vuilnisbak.'

Mikael Blomkvist had koffieprut en yoghurt aan zijn handen toen hij een verkreukelde prop papier uit de vuilnisbak haalde. Hij vouwde die voorzichtig uit op het aanrecht, veegde het papier met de rug van zijn hand glad en bekeek het in het licht van de spotjes onder de keukenkastjes. De tekening was bij lange na niet af en zoals Hanna al had gezegd stonden er vooral schaakvelden op, van boven of van opzij gezien, en als je niet in de slaapkamer van Frans Balder was geweest, was het vast moeilijk om te zien dat de schaakvelden een vloer voorstelden. Maar Mikael herkende meteen de spiegels in de wandkast rechts en hij dacht dat hij ook het donker herkende, het speciale donker dat hem die nacht tegemoet was gekomen.

Hij dacht zelfs dat hij werd teruggebracht naar het moment waarop hij door het kapotgeslagen raam naar binnen was gekomen, op één belangrijk detail na: de kamer waarin híj was binnengekomen, was vrijwel helemaal donker geweest. Op de tekening was echter een dunne lichtkegel te zien, die schuin van boven kwam, over de schaakvelden viel en de omtrekken aangaf van een schaduw die niet erg duidelijk was, maar juist daarom zo griezelig leek.

De schaduw stak een arm uit en Mikael, die de tekening in een heel ander perspectief zag dan Hanna, had geen enkele moeite te begrijpen wat voor hand dat was. Het was een hand die wilde doden, en boven de schaakvelden en de schaduw stond een gezicht dat nog niet af was.

'Waar is August?' vroeg hij. 'Slaapt hij?'

'Nee, hij ...'

'Ja?'

'Ik heb hem tijdelijk weggebracht. Ik kon hem niet aan, eerlijk gezegd.'

'Waar is hij nu dan?'

'In Odens Kinder- en Jeugdopvang aan de Sveaväg.'

'Wie weet dat hij daar is?'

'Niemand.'

'Alleen jij en het personeel dus.'

'Ja.'

'Dat moet ook maar zo blijven. Excuseer me een momentje.'

Mikael pakte zijn mobieltje en belde Jan Bublanski. In zijn hoofd had hij ook alweer een vraag voor *Lisbeths Laatje* geformuleerd.

Jan Bublanski was gefrustreerd. Het onderzoek stagneerde. De Blackphone van Frans Balder was niet gevonden en zijn laptop ook niet, dus ondanks indringende telefoontjes met de provider konden ze zijn contacten met de buitenwereld niet in kaart brengen of zelfs maar een duidelijke indruk krijgen van de juridische processen die hij voorbereidde.

Tot dusver hadden ze niet veel meer dan rookgordijnen en clichés, vond Bublanski. Niet veel meer dan dat een ninjakrijger snel en effectief uit het donker tevoorschijn was gekomen en daarin weer net zo snel was verdwenen. De operatie had sowieso iets al te perfects, alsof ze was uitgevoerd door iemand die geen last had van gewone menselijke tekortkomingen en zwakheden die je anders altijd vaag kon waarnemen in het totale beeld van een moord. Het was te netjes en te klinisch, en Bublanski kon de gedachte niet van zich afzetten dat het een gewone werkdag was geweest voor de dader. Onder andere daarover stond hij te piekeren toen Mikael Blomkvist belde.

'Hallo,' zei hij. 'We hadden het net over je. We willen je zo gauw mogelijk nog een keer verhoren.'

'Dat is natuurlijk prima. Maar op dit moment heb ik iets dringenders te vertellen. De getuige, August Balder, is een savant,' zei Mikael Blomkvist.

'Een wat?'

'Een jongen die misschien zwaar gehandicapt is, maar toch een heel bijzonder talent heeft. Hij tekent meesterlijk, met een wonderlijke, meetkundige precisie. Hebben jullie de tekeningen van het verkeerslicht gezien die in Saltsjöbaden op de keukentafel lagen?'

'Ja, vluchtig. Had Frans Balder die niet gemaakt, bedoel je?'

'Nee. Nee, die heeft August gemaakt.'

'Ze zagen er ontzettend volwassen uit.'

'Maar hij heeft ze gemaakt. En vanmorgen begon hij de schaakvelden op de vloer in Balders slaapkamer te tekenen, en niet alleen die. Hij heeft ook een lichtstreep en een schaduw getekend. Zelf denk ik dat het de schaduw van de dader is en het licht van zijn hoofdlamp. Maar dat valt nog niet met zekerheid te zeggen. Hij heeft de tekening alleen niet af kunnen maken.'

'Hou je me voor de gek?'

'Dit lijkt me geen situatie voor geintjes.'

'Hoe weet jij dat allemaal?'

'Ik ben bij zijn moeder thuis, bij Hanna Balder in de Torsgata en ik sta naar de tekening te kijken. Maar het kind is hier niet meer. Hij is bij ...' Mikael leek te aarzelen.

'Meer wil ik over de telefoon niet vertellen,' voegde hij eraan toe.

'En je zei dat de jongen niet verder kon met tekenen?'

'Een psycholoog verbood hem door te gaan.'

'Hoe kun je zoiets verbieden?'

'Die psycholoog heeft waarschijnlijk niet begrepen wat de tekeningen voorstelden. Hij zag het enkel als iets dwangmatigs. Ik raad je aan om meteen hiernaartoe te komen. Jullie hebben je getuige.'

'We komen gelijk. Dan kunnen we ook meteen een beetje doorpraten met jou.'

'Het spijt me, ik moet weg. Ik moet terug naar de redactie.'

'Ik zou liever zien dat je daar nog even bleef, maar ik begrijp het. En zeg ...'

'Ja?'

'Dank je!'

Jan Bublanski hing op en gaf de informatie aan zijn hele team door. Dat zou later een vergissing blijken.

15
21 NOVEMBER

Lisbeth Salander zat in de schaakclub Raucher in de Hälsingegata. Ze had niet direct veel zin om te spelen. Ze had hoofdpijn. Maar ze was de hele dag op jacht geweest en die jacht had haar hierheen gebracht. Toen ze had begrepen dat Frans Balder door zijn eigen mensen was verraden had ze hem beloofd zijn verraders met rust te laten. Die strategie beviel haar niet, maar ze had woord gehouden. Pas door de moord voelde ze zich van die belofte ontheven.

Nu zou ze op haar eigen manier doorgaan. Dat was echter nog niet zo eenvoudig. Arvid Wrange was niet thuis en ze wilde hem niet bellen maar als een donderslag bij heldere hemel in zijn leven toeslaan, dus ze had rondgelopen om hem te zoeken, met de capuchon van haar hoodie over haar hoofd. Arvid leidde een lui leventje. Maar zoals bij veel luilakken zat daar toch enige regelmaat in en dankzij foto's die hij op Instagram en Facebook had gezet had Lisbeth toch een paar aanknopingspunten gevonden: Riche in de Birger Jarlsgata, de Teatergrill in de Nybrogata, de schaakclub Raucher, café Ritorno in de Odengata en nog een paar: een schiethal in de Fridhemsgata en de adressen van twee vriendinnen.

Arvid Wrange was veranderd sinds ze hem de laatste keer op haar radar had gehad. Hij had niet alleen zijn nerdachtige uiterlijk gewijzigd, ook zijn normen en waarden waren niet meer wat ze geweest waren. Lisbeth was weliswaar niet een type voor psychologische theorieën, maar ze stelde toch wel vast dat een eerste grote overtreding leidt tot een hele reeks volgende. Arvid was geen ambitieuze, leergierige student meer. Nu surfte hij tot aan de grens van verslaafdheid over pornosites en kocht hij seks – gewelddadige seks

– via internet. Twee of drie vrouwen hadden gedreigd aangifte tegen hem te doen.

In plaats van voor computergames en AI-onderzoek interesseerde hij zich nu voor prostituees en dronkaards in de binnenstad. Hij beschikte blijkbaar over heel wat geld. Hij zat ook duidelijk in de problemen. Vanmorgen nog had hij gegoogeld op 'getuigenbescherming Zweden' en dat was natuurlijk onvoorzichtig. Ook al had hij geen contact meer met Solifon, in elk geval niet vanaf zijn pc, ze hielden hem vast nog wel in de gaten. Misschien waren er barstjes ontstaan in zijn nieuwe, gesofistikeerde uiterlijk, en dat was natuurlijk prima. Het kwam haar goed van pas, en toen ze de schaakclub weer belde – schaken leek nog de enige band met zijn vroegere leven – kreeg ze onverwacht te horen dat Arvid Wrange net was gearriveerd.

Daarom liep ze nu het trappetje in de Hälsingegata af en een gang door naar een grauw, aftands zaaltje, waar hier en daar mensen – vooral mannen – boven een schaakbord gebogen zaten. Er heerste een slaperige stemming en niemand merkte haar aanwezigheid op of verbaasde zich daarover. Iedereen was met zichzelf bezig en het enige wat er te horen was, was het geklik van schaakklokken en een enkele vloek. Aan de muren hingen foto's van Kasparov, Magnus Carlsen en Bobby Fischer, en zelfs van Arvid Wrange in zijn tienerjaren, vol jeugdpuistjes, terwijl hij tegen de topschaakster Judit Polgár speelde.

In een andere, oudere versie zat hij nu aan een tafeltje iets verder naar rechts. Hij leek een nieuwe opening te bestuderen. Naast hem stonden een paar winkeltasjes. Hij droeg een gele lamswollen trui over een pas gestreken, wit overhemd en had glimmende Engelse schoenen aan. Hij zag er iets te net uit in deze context. Schuchter, aarzelend liep Lisbeth naar hem toe en vroeg of hij een potje wilde spelen. Bij wijze van reactie monsterde hij haar van boven tot onder.

'Oké,' zei hij toen.

'Aardig van je,' antwoordde ze als een welopgevoed meisje en ze ging zitten zonder verder nog iets te zeggen. Toen ze met E4 opende, antwoordde hij met B5, Pools gambiet, en daarna deed ze haar ogen dicht en liet ze hem het spel bepalen.

Arvid Wrange probeerde zich op het spel te concentreren. Maar dat lukte niet goed. Gelukkig stelde dat punkgrietje niet veel voor. Ze speelde op zichzelf niet slecht, was waarschijnlijk een hartstochtelijk schaker, maar dat hielp niet. Hij speelde met haar; ze was vast onder de indruk en wie weet, misschien kon hij haar straks mee naar huis krijgen. Ze keek wel chagrijnig, en Arvid hield niet van chagrijnige meisjes. Maar ze had goeie tieten en hij zou al zijn frustratie op haar uit kunnen leven. Het was een kloteochtend geweest. Hij was helemaal ondersteboven van het nieuws dat Frans Balder was vermoord.

Maar wat hij voelde, was niet direct verdriet. Het was angst. Tegenover zichzelf hield Arvid Wrange vol dat hij correct had gehandeld. Wat kon die vervloekte professor ook verwachten als hij hem behandelde als lucht? Maar het zou natuurlijk geen beste indruk wekken als uitkwam dat Arvid hem had verraden, en het ergste van alles was dat er ongetwijfeld een verband bestond. Hij begreep niet precies wat dat verband was en probeerde zich te troosten met de gedachte dat een idioot als Balder vast duizenden vijanden had. Maar ergens wist hij dat het een samenhing met het ander, en dat maakte hem doodsbenauwd.

Al sinds Frans bij Solifon was gaan werken was Arvid bang geweest dat het drama een nieuwe, gevaarlijke wending zou nemen en nu, terwijl hij hier zat, wilde hij alles het liefst laten verdwijnen. Waarschijnlijk was hij daarom die ochtend de stad in gegaan, had hij dwangmatig een hoop merkkleding gekocht en was hij uiteindelijk hier in de schaakclub terechtgekomen. Met schaken verzette hij nog altijd af en toe zijn zinnen en het was een feit dat hij zich nu al iets beter voelde. Hij had het gevoel dat hij de zaken onder controle had en dat hij slim genoeg was om ze allemaal om de tuin te leiden. Kijk maar hoe hij speelde. En dan was dat grietje niet eens slecht.

Integendeel, ze had iets onorthodox en creatiefs in haar spel waarmee ze de meeste mensen hier waarschijnlijk van het bord zou spelen. Maar híj, Arvid Wrange, maakte haar in. Hij speelde zo slim en geraffineerd dat ze niet eens merkte dat hij haar dame omsingelde. Hij verbeterde stiekem zijn stelling en pakte haar de dame af terwijl hij er niet meer dan een loper voor hoefde te offeren.

Op een flirtende, coole toon die vast wel indruk op haar maakte, zei hij: '*Sorry, baby. Your queen is down*!'

Maar hij kreeg geen reactie, geen glimlachje, geen woord, niets. Het grietje verhoogde het tempo alsof ze snel een einde wilde maken aan haar vernedering, en waarom ook niet? Hij maakte graag korte metten met haar en zou haar dan ergens een paar drankjes aanbieden voordat hij haar een beurt zou geven. Hij zou misschien niet erg aardig voor haar zijn in bed. Toch zou ze hem naderhand waarschijnlijk dankbaar zijn. Zo'n chagrijnig grietje had vermoedelijk al heel lang geen seks meer gehad en was vast niet gewend aan zulke coole gasten als hij – die op dit niveau speelde. Hij besloot zich een beetje uit te sloven en haar wat hogere schaaktheorie te laten zien. Maar dat kwam er niet van. Er zat toch iets niet helemaal goed. Hij begon een tegenstand te voelen die hij niet begreep, een nieuw soort sloomheid. Een tijdje hield hij zichzelf voor dat het maar verbeelding was of het gevolg van een paar onvoorzichtige zetten van hemzelf. Hij zou het wel weer corrigeren als hij zich maar concentreerde, dus hij mobiliseerde zijn hele killersinstinct. Maar het ging alleen maar slechter.

Hij voelde zich opgesloten en hoe hij ook zijn best deed, ze sloeg terug en uiteindelijk moest hij toegeven dat het machtsevenwicht onherroepelijk was verschoven, en daar was hij niet blij mee. Hij had haar dame geslagen, maar in plaats van zijn overwicht te versterken was hij rampzalig in het nadeel geraakt. Wat was er gebeurd? Ze had haar dame toch niet geofferd? Zo vroeg in de partij? Dat bestond niet. Dat was iets waar je over in de boeken las, niet iets wat in een lokale schaakclub in Vasastan gebeurt, en zeker niet iets wat punky, gepiercete grietjes doen die niet weten hoe ze zich moeten gedragen, en al helemaal niet tegen grote spelers als hij. Toch was er niets meer aan te doen.

Over vier, vijf zetten zou hij verloren hebben. Dus hij zag geen andere uitweg meer dan zijn koning met zijn wijsvinger om te gooien en 'gefeliciteerd' te mompelen. Hij wilde wel met een paar uitvluchten komen, maar iets zei hem dat dat de zaak er alleen maar slechter op zou maken. Toen al vermoedde hij dat dit verlies niet het gevolg was van ongelukkige omstandigheden, en onwillekeurig werd hij weer bang. Wie was die vrouw in godsnaam?

Voorzichtig keek hij haar in de ogen, en nu zag ze er niet meer uit als een chagrijnig, ietwat onzeker kutwijf. Nu vond hij haar ijskoud, als een roofdier dat zijn prooi bekijkt, en hij voelde een hevige angst in zich opkomen, alsof het verlies op het schaakbord nog maar het begin van iets veel ergers was. Hij wierp een blik op de deur.

'Jij gaat nergens heen,' zei ze.
'Wie ben jij?' vroeg hij.
'Niemand.'
'Dus wij hebben elkaar nog nooit ontmoet?'
'Niet direct.'
'Hoe dan?'
'We hebben elkaar ontmoet in je nachtmerries, Arvid.'
'Is dat een geintje?'
'Niet echt.'
'Wat bedoel je dan?'
'Wat denk je dat ik bedoel?'
'Hoe moet ik dat nou weten?'
Hij begreep niet waarom hij zo bang was.
'Frans Balder is vannacht vermoord,' vervolgde ze monotoon.
'Ja ... Ja ... Ik heb het gelezen,' stamelde hij.
'Akelig, hè?'
'Jazeker.'
'Vooral voor jou, hè?'
'Waarom zou dat vooral akelig voor mij zijn?'
'Omdat jij hem hebt verraden, Arvid. Omdat jij hem een judaskus hebt gegeven.'
Zijn lichaam bevroor.
'Gelul,' bracht hij uit.
'Helemaal niet. Ik heb je computer gehackt en je encryptie gekraakt en het heel duidelijk gezien. En weet je wat?' vervolgde ze.
Hij kreeg moeite met ademhalen.
'Ik ben ervan overtuigd dat je je, toen je vanmorgen wakker werd, afvroeg of zijn dood jouw schuld was. En daar kan ik je wel bij helpen. Het was jouw schuld. Als jij niet zo inhalig en hatelijk en kleingeestig was geweest en zijn technologie niet had verkocht aan Solifon, had Frans Balder nu nog geleefd. En ik moet je waarschuwen: dat maakt me ziedend, Arvid. Ik ga jou vreselijk veel pijn doen. Om te beginnen ga ik je dezelfde behandeling geven als wat die vrouwen moeten doorstaan die jij op internet vindt.'
'Je bent niet goed snik!'
'Waarschijnlijk niet helemaal, nee,' antwoordde ze. 'Tekort aan empathie. Overdreven gewelddadig. Zoiets.'
Ze greep zijn hand met een kracht waarvan hij ontzettend schrok.

'Dus eerlijk gezegd, Arvid, het ziet er slecht uit voor je, en weet je wat ik op dit moment doe? Weet je waarom ik zo'n afwezige indruk maak?' ging ze door.

'Nee.'

'Ik zit te bedenken wat ik met je zal doen. Ik denk aan een puur Bijbels lijden. Daarom ben ik zo verstrooid.'

'Wat wil je?'

'Ik wil wraak – is dat niet vrij duidelijk?'

'Je kletst uit je nek.'

'Absoluut niet, en ik denk dat je dat ook best weet. Maar feit is: er is een uitweg.'

'Wat moet ik dan doen?'

Hij begreep niet waarom hij dat zei. Wat moet ik dan doen? Dat was zoveel als een bekentenis, een capitulatie, en hij bedacht dat hij het meteen moest terugnemen en haar onder druk moest zetten om te kijken of ze überhaupt bewijs had of dat ze alleen maar bluftte. Maar het lukte hem niet, en pas later begreep hij dat het niet alleen het dreigement was dat ze had geuit en zelfs niet de griezelige kracht van haar handen.

Het was de schaakpartij, het dameoffer. Daardoor was hij in shock en iets in zijn onderbewuste zei hem dat een meisje dat zo kan schaken ook de bewijzen van zijn geheimen heeft.

'Wat moet ik doen?' herhaalde hij.

'Je moet met me meegaan, en dan moet je het me vertellen, Arvid. Je moet me precies vertellen hoe je Frans Balder hebt verraden.'

'Het is een wonder,' zei Jan Bublanski bij Hanna Balder in de keuken, terwijl hij de verkreukelde tekening bekeek die Mikael Blomkvist uit de vuilnisbak had gehaald.

'Juich nou maar niet te vroeg,' zei Sonja Modig, die vlak naast hem stond, en ze had natuurlijk gelijk.

Het was per slot van rekening niet veel meer dan een paar schaakvelden op een vel papier en zoals Mikael aan de telefoon al had gezegd had de tekening iets merkwaardig wiskundigs, alsof de jongen meer geïnteresseerd was in de geometrie van de ruitjes en de verdubbelingen in de spiegels dan in de dreigende schaduw erboven. Toch was Bublanski opgewonden. Steeds weer had hij te horen gekregen dat August Balder zwakzinnig was en dat hij hen niet zou kunnen helpen. En nu had de jongen een tekening gemaakt die Bublanski meer hoop gaf dan enig ander onderzoeksaspect; het sterkte hem in zijn mening dat je niemand mag onderschatten en niet mag blijven steken in vooroordelen.

Ze wisten weliswaar nog niet zeker of August Balder hier het moment van de moord had vastgelegd. De schaduw kon – in theorie in elk geval – ook verwijzen naar iets anders, en ze hadden geen garanties dat de jongen het gezicht van de moordenaar had gezien of dat zou kunnen tekenen, maar toch ... Diep in zijn hart geloofde Jan Bublanski dat de jongen dat wel kon, en niet alleen omdat de tekening zelfs in de huidige staat al virtuoos was.

Hij had ook de andere tekeningen bestudeerd en ze zelfs gekopieerd en meegenomen. Daarop stonden niet alleen een zebrapad en een verkeerslicht, maar ook een sjofele man met dunne lippen, die uit strikt politieoogpunt op heterdaad betrapt was: de man liep duidelijk door rood. En zijn gezicht was niet alleen knap weergegeven, Amanda Flod uit zijn team had hem onmiddellijk herkend als de oude, werkloze acteur Roger Winter, die veroordeeld was wegens rijden onder invloed en geweldpleging.

De fotografische precisie van August Balders talent zou een droom moeten zijn voor iedere moordonderzoeker. Maar ja, natuurlijk, Bublanski begreep ook wel dat het onprofessioneel zou zijn om hier al te hoge verwachtingen van te koesteren. Misschien was de moordenaar tijdens de daad wel gemaskerd of was zijn gezicht al verbleekt in de herinnering van het kind. Er waren heel wat scenario's denkbaar en Bublanski keek Sonja Modig met enige weemoed aan.

'Jij denkt dat ik alleen maar aan het wensdenken ben,' zei hij.

'Voor een man die aan God twijfelt, zie je in elk geval wel erg snel een wonder.'

'Hm, ja, misschien wel.'

'Maar het is het absoluut waard om dit tot op de bodem uit te zoeken. Dat ben ik met je eens,' zei Sonja Modig.

'Mooi. Laten we naar die jongen toe gaan.'

Bublanski liep de keuken uit en knikte Hanna Balder toe, die in de kamer in gedachten verzonken met een paar pillen zat te spelen.

Lisbeth en Arvid Wrange kwamen het Vasapark uit, arm in arm, als een paar oude bekenden. Maar schijn bedriegt. Arvid stond stijf van angst en Lisbeth Salander stuurde hen in de richting van een bankje. Het was niet bepaald weer om buiten te zitten en de duiven te voeren. De wind stak weer op en de temperatuur daalde, en Arvid Wrange had het koud. Maar Lisbeth vond het bankje goed genoeg; ze greep hem hard bij zijn arm en zorgde ervoor dat hij ging zitten.

'Zo,' zei ze. 'Laten we het nu niet verder rekken.'

'Hou je mijn naam erbuiten?'

'Ik beloof niets, Arvid. Maar je kansen om je ellendige leventje weer op te pakken nemen aanzienlijk toe als je me alles vertelt.'

'Oké,' zei hij. 'Ken je Darknet?'

'Ja, dat ken ik,' zei ze.

Dat was het understatement van de dag. Niemand kende Darknet beter dan Lisbeth Salander. Darknet was de wetteloze onderwereld van internet. Op Darknet kon je niet komen zonder speciale, versleutelde software. Op Darknet is de anonimiteit van de gebruiker gegarandeerd. Niemand kan je tevoorschijn googelen of je bezigheden traceren. Darknet zit daarom vol drugsdealers, terroristen, oplichters, gangsters, illegale wapenhandelaren, bommenleggers, pooiers en black hats. Nergens in de digitale wereld gebeurt zoveel smerigs als daar. Als internet een hel heeft, dan is het Darknet.

Maar Darknet op zichzelf is niet slecht. Dat wist Lisbeth als geen ander. Tegenwoordig, nu spionageorganisaties en grote softwarebedrijven elke stap volgen die we op internet zetten, hebben ook eerzame lieden behoefte aan een plek waar niemand hen ziet, en daarom was Darknet ook een toevluchtsoord voor dissidenten, klokkenluiders en geheime bronnen geworden. Op Darknet kunnen mensen van de oppositie zich uitspreken en protesteren zonder dat hun regering hen kan vinden en via Darknet had Lisbeth Salander haar meest geheime onderzoeken en aanvallen uitgevoerd.

Dus ja, ze kende Darknet. Ze kende de sites en zoekmachines ervan en het wat ouderwetse, trage mechanisme ver buiten het gezichtsveld van het bekende, zichtbare internet.

'Heb je Balders technologie te koop gezet op Darknet?' vroeg ze.

'Nee, nee, ik dwaalde daar gewoon lukraak wat rond. Ik was zo kwaad. Weet je, Frans zag me nauwelijks staan. Hij behandelde me alsof ik lucht was. En eerlijk gezegd bekommerde hij zich ook niet om zijn technologie. Hij wilde er alleen onderzoek mee doen, niet dat ze ooit zou worden gebruikt. Wij begrepen natuurlijk allemaal dat zijn technologie ontzettend veel op kon leveren, dat we allemaal rijk konden worden. Maar dat kon hem geen barst schelen. Hij wilde alleen maar spelen en experimenteren, net een kind, en op een avond toen ik wat gedronken had, gooide ik er op een nerdsite de vraag uit: "Wie wil er goed betalen voor een revolutionaire AI-technologie?"'

'En toen kreeg je antwoord?'

'Het duurde even. Ik was al bijna vergeten dat ik het had gevraagd. Maar op een gegeven moment schreef er iemand terug die zich Bogey noemde en die vragen stelde, goed ingewijde vragen. Eerst antwoordde ik onnozel onvoorzichtig, alsof het gewoon een dom spelletje was. Maar op een dag besefte ik dat ik me behoorlijk in de nesten had gewerkt en toen werd ik doodsbenauwd dat Bogey de technologie zou jatten.'

'Zonder dat jij er iets voor kreeg.'

'Ik begreep gewoon niet in wat voor riskante onderneming ik me had gestort. Het was een klassiek geval, denk ik. Om de technologie van Frans te verkopen moest ik erover vertellen. Maar als ik te veel vertelde, was ik alles kwijt. En Bogey slijmde gruwelijk. Op het laatst wist hij precies waar we zaten en met wat voor software we werkten.'

'Hij wilde jullie hacken.'

'Vermoedelijk. Via via kwam hij erachter hoe ik heette, en toen had hij me helemaal te pakken. Ik werd volkomen paranoïde en zei dat ik me wilde terugtrekken. Maar toen was het al te laat. Hij bedreigde me niet, niet rechtstreeks in elk geval. Hij zat maar te zeuren dat hij en ik samen grote dingen konden doen en een hoop geld konden verdienen, en uiteindelijk maakte ik een afspraak met hem in Stockholm, bij een Chinees bootrestaurant in Söder Mälarstrand. Het was die dag koud en winderig, weet ik nog, en ik stond daar een hele tijd kou te lijden. Maar hij kwam niet, ook niet na een halfuur, en later vroeg ik me af of hij me in de gaten had gehouden of zo.'

'Later kwam hij toch?'

'Ja, en eerst was ik perplex. Ik kon niet geloven dat hij het was. Hij zag eruit als een junk of een bedelaar, en als ik dat Patek Philippe-horloge niet om zijn pols had gezien, had ik hem bij wijze van spreken een briefje van twintig gegeven. Hij had lelijke littekens op zijn armen en zelfgezette tatoeages, zijn armen fladderden als hij liep en hij droeg een regenjas uit het jaar nul. Het leek wel of hij min of meer op straat leefde, en het gekste van alles was dat hij daar nog trots op was ook. Eigenlijk zag je alleen aan dat horloge en aan zijn handgemaakte schoenen dat hij zich had opgewerkt uit de goot. Verder leek hij aan zijn roots vast te willen houden. Toen ik hem later alles had gegeven en we de overeenkomst vierden met een paar flessen wijn vroeg ik hem naar zijn achtergrond.'

'Dan hoop ik maar voor je dat hij een paar details heeft genoemd.'

'Als je hem wilt opsporen moet ik je waarschuwen ...'

'Ik wil geen adviezen, Arvid. Ik wil feiten.'

'Oké. Hij was natuurlijk voorzichtig,' vervolgde hij. 'Maar toch liet hij wel iets los, waarschijnlijk omdat hij het niet kon laten. Hij was opgegroeid in een grote stad in Rusland. In welke zei hij niet. Hij had alles tegen gehad, zei hij. Alles. Zijn moeder was een heroinehoer en zijn vader had iedereen wel kunnen zijn. Als kind kwam hij al in een beestachtig kindertehuis terecht. Er was daar een gek, vertelde hij, die hem in de keuken op een hakblok legde en een pak slaag gaf met een kapotte stok. Toen hij elf was, liep hij uit dat tehuis weg en vanaf dat moment leefde hij op straat. Hij stal en brak in in kelders en trappenhuizen om het een beetje warm te krijgen, bezoop zich met goedkope wodka, snoof thinner en lijm, en werd misbruikt en mishandeld. Maar hij ontdekte ook iets.'

'Wat dan?'

'Hij had een talent. Wat anderen uren tijd kostte, deed hij in een paar seconden. Hij was een meesterinbreker, en dat werd zijn eerste trots, zijn eerste identiteit. Voor die tijd was hij gewoon een dakloze snotaap die door iedereen werd veracht en uitgekotst. Nu was hij de man die overal binnenkwam, waar dan ook. Het duurde niet lang of hij werd er helemaal door geobsedeerd. Hele dagen droomde hij ervan een soort Houdini te worden, maar dan andersom. Hij wilde niet uitbreken, hij wilde inbreken. Hij trainde om nog beter te worden, soms wel tien, twaalf, veertien uur per dag, en ten slotte was hij een legende – tenminste, dat zei hij – en begon hij grotere acties uit te voeren en computers te gebruiken, die hij stal en ombouwde. Maar alles ging op aan drugs en zo, en vaak werd hij beroofd en mishandeld. Hij was broodnuchter als hij zijn kraken deed, maar daarna lag hij in een drugsroes op straat en dan was er altijd wel iemand om hem in elkaar te rammen. Hij was een genie en een volslagen idioot tegelijk, zei hij. Maar op een dag werd alles anders. Hij werd gered, uit de hel getrokken.'

'Wat gebeurde er dan?'

'Hij lag te slapen in een of ander slooppand en voelde zich slechter dan ooit. Maar toen hij zijn ogen opendeed en in het gelige licht om zich heen keek, stond er een engel voor hem.'

'Een engel?'

'Dat zei hij: een engel. Misschien kwam het ook door het contrast met wat er daar verder was, de spuiten, de etensresten, de kakkerlakken, weet ik het. Hij zei dat ze de mooiste vrouw was die hij ooit had gezien. Hij kon bijna niet naar haar kijken en dacht dat hij dood zou gaan. Hij ervoer het als een zeer plechtig, beslissend moment. Maar de vrouw zei, alsof het de gewoonste zaak van de wereld was, dat ze hem rijk en gelukkig zou maken en als ik het goed begreep, heeft ze woord gehouden. Ze gaf hem een nieuw gebit en stuurde hem naar een afkickkliniek, en ze zorgde ervoor dat hij een opleiding tot ICT-ingenieur kon volgen.'

'En sindsdien hackt hij computers en steelt hij voor die vrouw en haar netwerk?'

'Zoiets, ja. Hij werd een ander mens. Misschien niet helemaal, want hij is in veel opzichten nog dezelfde oude dief en schooier als vroeger. Maar hij gebruikt geen drugs meer, zegt hij, en gebruikt al zijn vrije tijd om op de hoogte te blijven van de nieuwste technologische ontwikkelingen. Hij vindt veel op Darknet en zegt dat hij schatrijk is.'

'En die vrouw? Heeft hij nog meer over haar gezegd?'

'Nee, daar was hij ontzettend voorzichtig over. Hij praatte zo zweverig en eerbiedig over haar dat ik me afvroeg of ze geen pure fantasie of een hallucinatie was. Maar ik denk toch wel dat ze bestaat. Er hing gewoon een fysieke angst om hem heen toen hij over haar vertelde. Hij zei dat hij liever zou sterven dan haar te verraden. Hij liet me ook een gouden Russisch kruis zien dat ze hem had gegeven. Zo'n kruis, weet je wel, met een schuine dwarsbalk aan de onderkant, die dus naar boven en naar onderen wijst. Hij vertelde dat dat verwees naar het evangelie van Lucas en de twee rovers die naast Jezus aan het kruis hangen. De ene rover gelooft in hem en komt in de hemel. De andere bespot hem en gaat naar de hel.'

'En dat stond jullie ook te wachten als jullie haar zouden verraden?'

'Ja, zoiets.'

'Dus ze vond zichzelf Jezus?'

'Het kruis had in dat opzicht niets met het christendom te maken. Dat was de boodschap die hij wilde uitdragen.'

'Trouw of de kwellingen van de hel.'

'Iets in die richting.'

'En toch zit jij hier je mond voorbij te praten, Arvid.'

'Ik heb geen keus.'

'Ik hoop dat je goed betaald bent.'

'Jawel, ja ... Best wel.'

'En daarna is Balders ontdekking doorverkocht aan Solifon en Truegames?'

'Ja, maar ik snap niet ... Nu ik erover nadenk ...'

'Wat snap je niet?'

'Hoe wist jij dat?'

'Je was zo onhandig om Eckerwald bij Solifon te mailen, Arvid, weet je nog?'

'Maar ik heb toch niets geschreven over het verkopen van Balders technologie? Ik heb het heel zorgvuldig geformuleerd.'

'Voor mij was het genoeg,' zei Lisbeth, en ze stond op.

Het leek wel of hij helemaal instortte. 'Hé, en nu? Hou je mijn naam hierbuiten?'

'Dat moet je maar hopen,' antwoordde ze, en ze liep snel en doelbewust weg in de richting van het Odenplan.

Terwijl Bublanski in de flat in de Torsgata de trap afliep, ging zijn telefoon. Het was professor Charles Edelman. Bublanski zocht al contact met hem sinds hij wist dat August een savant was. Op internet had Bublanski gelezen dat er in Zweden twee autoriteiten op dat gebied waren, die voortdurend werden geciteerd: professor Lena Ek van de universiteit van Lund en Charles Edelman van het Karolinska Instituut. Hij had hen echter geen van beiden te pakken kunnen krijgen en had het dus maar laten zitten toen hij naar Hanna Balder ging. Nu belde Charles Edelman terug. Hij leek oprecht geschokt. Hij was in Boedapest, zei hij, bij een conferentie over verhoogde geheugencapaciteit. Hij was net gearriveerd en had het nieuws nu pas gezien op CNN.

'Anders had ik me natuurlijk meteen gemeld,' verklaarde hij.
'Hoezo?'
'Frans Balder heeft me gisteravond gebeld.'
Er ging een schokje door Bublanski heen, geprogrammeerd als hij was om zo te reageren op toevalligheden.
'Waarom?'
'Hij wilde het hebben over zijn zoon en diens talent.'
'Kende u elkaar?'
'Helemaal niet. Hij belde omdat hij zich zorgen maakte om zijn zoon, en ik was min of meer perplex.'
'Waarom?'
'Omdat het Frans Balder was. Voor ons als neurologen is hij toch een soort begrip. We zeggen altijd dat hij het brein wil begrijpen, net als wij. Het verschil is alleen dat hij er ook een wilde bouwen en het wilde verbeteren.'
'Daar heb ik iets over gehoord.'
'Maar ik had ook vernomen dat hij zeer gesloten en lastig was. Hij was zelf een beetje een machine, werd er wel gegrapt; hij functioneerde uitsluitend in zijn eigen kringen. Maar tijdens ons gesprek was hij bijzonder emotioneel en ik was geschokt, eerlijk gezegd. Het was ... Ik weet niet ... Alsof jullie stoerste politieman in huilen uitbarst. Ik dacht nog: er moet ook iets anders zijn gebeurd, meer dan waar wij over spraken.'
'Dat lijkt me een correcte waarneming. Hij had te horen gekregen dat hij in levensgevaar verkeerde,' zei Bublanski.
'Maar hij had ook redenen om opgewonden te zijn. De tekeningen van zijn zoon waren blijkbaar van hoog niveau, en dat is bepaald niet gewoon op die leeftijd, zelfs niet voor savants, vooral niet als het voorkomt in combinatie met wiskundige vaardigheden.'
'Wiskundige vaardigheden?'
'Ja, volgens Balder was zijn zoon ook wiskundig begaafd. Daar zou ik heel lang over door kunnen gaan.'
'Hoezo?'
'Omdat het me aan de ene kant heel erg verbaasde en aan de andere kant ook weer niet, want we weten dat erfelijke factoren ook bij savants een rol spelen, en hier hebben we een vader die een legende is dankzij zijn geavanceerde algoritmen. Maar aan de andere kant ...'
'Ja?'

'... gaan artistieke en numerieke talenten bij deze kinderen nooit samen.'

'Is het niet het mooic van het leven dat we nu en dan reden hebben om ons te verbazen?' vroeg Bublanski.

'Inderdaad, commissaris. Waarmee kan ik u helpen?'

Bublanski herinnerde zich wat er in Saltsjöbaden was gebeurd en bedacht dat het geen kwaad kon om voorzichtig te zijn.

'Laten we het erop houden dat we uw hulp en deskundigheid dringend nodig hebben.'

'Het kind was getuige van de moord, hè?'

'Ja.'

'En nu willen jullie dat ik hem zover krijg dat hij tekent wat hij heeft gezien?'

'Daar kan ik geen commentaar op geven.'

Charles Edelman stond bij de receptie van het conferentiehotel Boscolo in Boedapest, niet ver van de glinsterende Donau. Het leek wel een operadecor. Een enorme, hoge ruimte met ouderwetse koepels en pilaren. Hij had uitgekeken naar deze week met dinertjes en lezingen. Nu was zijn gezicht vertrokken en streek hij met zijn hand door zijn haar. Hij had zijn jonge collega, de universitair docent Martin Wolgers, aanbevolen.

'Ik kan u helaas zelf niet helpen. Ik heb morgen een belangrijke lezing,' had hij tegen commissaris Bublanski gezegd, en dat was ook zo.

Hij had zich al weken voorbereid op deze lezing en zou in debat gaan met een aantal vooraanstaande geheugenonderzoekers. Maar toen hij had opgehangen en Lena Ek vluchtig naar hem had zien kijken – ze kwam gehaast voorbij met een sandwich in haar hand – kreeg hij spijt. Hij werd zelfs jaloers op de jonge Martin, die nog geen vijfendertig was en het altijd onbeschoft goed deed op foto's en die bovendien zelf ook al naam begon te maken.

Charles Edelman snapte niet goed wat er aan de hand was. De commissaris was nogal cryptisch geweest. Waarschijnlijk was hij bang dat ze werden afgeluisterd, maar toch waren de grote lijnen niet zo moeilijk te begrijpen. August Balder kon goed tekenen en hij was getuige geweest van een moord. Dat kon maar één ding betekenen, en hoe meer Edelman erover nadacht, hoe meer hij zich ergerde. Belangrijke lezingen zou hij in zijn leven nog vaak geven. Maar betrokken zijn bij een moordonderzoek op dit niveau – zo'n kans zou hij nooit meer krijgen. Hoe hij de opdracht die hij zo lichtvaardig aan Martin had overgelaten ook bekeek, het was vast en zeker interessanter dan alles wat hij hier in Boedapest kon meemaken, en wie weet, misschien zou hij er nog een zekere faam aan overhouden ook.

Hij zag de koppen al voor zich: BEKENDE NEUROLOOG HELPT MOORD OPLOSSEN of, nog beter, EDELMANS WERK LEIDT TOT DOORBRAAK IN MOORDZAAK. Hoe kon hij zo stom zijn geweest om nee te zeggen? Dat was toch geschift? Hij pakte zijn mobieltje en belde de commissaris opnieuw.

Jan Bublanski hing op. Sonja Modig en hij hadden hun auto geparkeerd in de buurt van Stockholms *Stadsbibliotek*, en ze waren net overgestoken. Het was weer hopeloos weer en Bublanski had koude handen.

'Had hij spijt?' vroeg Sonja.

'Ja. Hij laat zijn lezing zitten.'

'Wanneer kan hij hier zijn?'

'Dat zoekt hij uit. Op zijn vroegst morgenochtend.'

Ze waren op weg naar Odens Kinder- en Jeugdopvang aan de Sveaväg voor een gesprek met directeur Torkel Lindén. Eigenlijk zouden daarin alleen de praktische omstandigheden rond het getuigenis van August Balder worden geregeld – dat was althans Bublanski's plan. Maar hoewel Torkel Lindén nog niets wist van hun werkelijke bedoelingen was hij aan de telefoon opvallend afwijzend geweest en had hij gezegd dat de jongen op dit moment 'in geen geval' mocht worden 'lastiggevallen'. Bublanski had een instinctieve vijandigheid bij Lindén gevoeld en was zo dom geweest om niet erg aardig terug te doen. Dat was geen veelbelovend begin.

Torkel Lindén bleek geen grote, krachtige figuur te zijn, zoals Bublanski had verwacht. Integendeel, hij was hooguit een meter vijftig lang en had kort, misschien geverfd zwart haar en verbeten lippen, wat de stroefheid van zijn karakter accentueerde. Hij had een zwarte spijkerbroek en een zwarte polotrui aan en droeg een kruisje aan een kettinkje om zijn hals. Hij zag er priesterlijk uit en zijn vijandigheid was ongetwijfeld gemeend.

Zijn ogen straalden arrogantie uit en Bublanski was zich bewust van zijn Joodsheid – dat overkwam hem vaak als hij dit soort kwaadwilligheid tegenkwam. Waarschijnlijk was Lindéns blik ook een demonstratie van morele macht. Torkel Lindén wilde laten zien dat hij beter was, omdat hij het psychische welzijn van het kind vooropstelde en het niet misbruikte voor politiedoeleinden. Bublanski zag geen andere mogelijkheid dan zo beminnelijk mogelijk te beginnen.

'Aangenaam,' zei hij.

'Hm?' zei Torkel Lindén.

'Jazeker. Heel vriendelijk van u om ons zo snel al te ontvangen. We zouden hier heus niet zomaar binnen komen lopen als we niet van mening waren dat het uitermate belangrijk was.'

'Ik neem aan dat u de jongen op de een of andere manier wilt verhoren.'

'Niet direct,' vervolgde Bublanski, iets minder beminnelijk. 'We willen hem liever ... Maar ik moet er eerst nadrukkelijk op wijzen dat wat ik nu ga zeggen onder ons moet blijven. Dat is belangrijk in verband met zijn veiligheid.'

'Geheimhouding is voor ons vanzelfsprekend. We hebben hier geen lekken,' zei Torkel Lindén, alsof Bublanski dat had gezegd.

'Ik wil alleen maar zeker weten dat August hier veilig is,' zei Bublanski stijfjes.

'Dus dat is uw prioriteit?'

'Jazeker,' zei de commissaris nu nog stijver, 'dus ik meen het serieus: niets van wat ik zeg mag worden doorverteld, en al helemaal niet via de mail of de telefoon. Kunnen we ergens gaan zitten?'

Sonja Modig was niet bepaald enthousiast over het tehuis, en daarbij speelde het gehuil vast een rol. Ergens vlakbij huilde een meisje aanhoudend en wanhopig. Ze zaten in een kamer die naar schoonmaakmiddel rook en ook vaag naar iets anders, een rooklucht die was blijven hangen of zo. Aan de muur hing een kruis en op de vloer lag een bruin teddybeertje. Verder was er niet veel aan gezelligheid of meubilering. De anders zo goedmoedige Bublanski stond op ontploffen, dus ze nam het van hem over en vertelde zakelijk en rustig hoe het onderzoek ervoor stond.

'Maar nu hebben we begrepen,' vervolgde ze, 'dat uw medewerker, de psycholoog Einar Forsberg, heeft gezegd dat August niet mag tekenen.'

'Dat was zijn professionele beoordeling en die deel ik. Het gaat niet goed met het kind,' antwoordde Torkel Lindén.

'Maar je zou toch kunnen zeggen dat het sowieso niet goed gaat met het kind. Hij heeft gezien dat zijn vader werd vermoord.'

'Toch moeten we de zaak er niet erger op maken, hè?'

'Dat is zo. Maar deze tekening, die August niet heeft kunnen afmaken, kan tot een doorbraak in het onderzoek leiden, en daarom staan we er toch op. We zullen ervoor zorgen dat er deskundige mensen bij aanwezig zijn.'

'Ik moet toch nee zeggen.'

Sonja geloofde haar oren bijna niet.

'Wat?' vroeg ze.

'Met alle respect voor uw werk,' ging Torkel Lindén onverstoorbaar door, '... maar hier in Oden helpen we kwetsbare kinderen. Dat is onze taak en onze roeping. We zijn niet het verlengstuk van de politie. Zo is het, en daar zijn we trots op. Zolang de kinderen hier zijn, kunnen ze erop vertrouwen dat we hun belang vooropstellen.'

Sonja Modig legde een hand op Bublanski's bovenbeen om te voorkomen dat hij op zou springen.

'We kunnen hiervoor zonder meer een gerechtelijk bevel krijgen,' zei ze. 'Maar die route nemen we liever niet.'

'Verstandig van u.'

'Laat me liever één ding vragen,' vervolgde ze. 'Weten Einar Forsberg en u echt heel zeker dat u weet wat het beste is voor August? Of voor dat huilende meisje, trouwens? Wij kunnen praten en schrijven, zelfs contact opnemen met advocaten. August Balder heeft die uitdrukkingsmogelijkheden niet. Maar hij kan wel tekenen en hij lijkt ons iets te willen vertellen. Moeten we dat dan verhinderen? Zou het niet net zo inhumaan zijn om hem dat te weigeren als het zou zijn om kinderen te verhinderen te praten? Moeten we August niet toestaan te uiten wat hem waarschijnlijk verschrikkelijk kwelt?'

'Onze beoordeling is ...'

'Nee,' kapte ze hem af. 'Kom me niet aan met uw beoordelingen. Wij hebben contact gehad met de man die dit soort problematiek als beste van het land kan beoordelen. Hij heet Charles Edelman en is professor in de neurologie, en hij is onderweg uit Hongarije hierheen om August te zien. Zou het niet redelijk zijn om hem te laten beslissen?'

'We kunnen natuurlijk naar hem luisteren,' zei Torkel Lindén tegenstribbelend.

'Niet alleen luisteren. We laten hem beslissen.'

'Ik beloof dat ik een constructieve dialoog met hem zal voeren, als deskundigen onder elkaar.'

'Goed. Wat doet August op dit moment?'

'Hij slaapt. Hij was volkomen uitgeput toen hij hier kwam.'

Sonja begreep dat het weinig zou opleveren als ze nu voorstelde om de jongen wakker te maken.

'Dan komen we morgenochtend terug met professor Edelman, en dan hoop ik dat we in deze kwestie allemaal kunnen samenwerken.'

16
21 NOVEMBER 'S AVONDS – 22 NOVEMBER 'S MORGENS

Gabriella Grane verborg haar gezicht in haar handen. Ze had al veertig uur niet geslapen en werd gekweld door een hevig schuldgevoel, dat nog erger werd door de aanhoudende slapeloosheid. Toch had ze de hele dag hard gewerkt. Sinds deze ochtend maakte ze deel uit van een groep binnen de veiligheidsdienst die ook werkte aan het onderzoek naar de moord op Frans Balder – een soort schaduwresearch –, officieel voor een beter begrip van het totale beeld voor de binnenlandse veiligheid, maar in het geheim betrokken bij elk detail.

De groep bestond uit Mårten Nielsen, die als hoofdambtenaar de formele leiding had; hij was net terug van een studiereis naar de University of Maryland in Amerika en ongetwijfeld intelligent en belezen, maar een beetje al te rechts naar Gabriella's smaak. Mårten was vrijwel de enige hoogopgeleide Zweed die een fervent supporter was van de Republikeinen, hij had zelfs een zwak voor de Tea Party. Bovendien was hij gespecialiseerd in krijgsgeschiedenis en hield hij lezingen aan de Militaire Hogeschool. En hoewel hij nog vrij jong was – negenendertig – scheen hij een groot internationaal netwerk te hebben.

Toch kon hij zich soms moeilijk handhaven in de groep. De feitelijke leiding berustte dan ook bij Ragnar Olofsson, die ouder en kordater was, en die Mårten met één kribbige zucht of één ontevreden frons van zijn borstelige wenkbrauwen tot zwijgen kon brengen. Dat ook commissaris Lars Åke Grankvist tot de groep behoorde, maakte het er voor Mårten ook al niet beter op.

Voordat hij bij de Säpo kwam, was Lars Åke een haast legendarische rechercheur bij de afdeling Geweldsdelicten van de nationale recherche geweest, in elk geval in die zin dat hij de reputatie had dat hij iedereen onder de tafel kon drinken en er met een soort luidruchtige charme voor zorgde dat hij in elke stad een andere minnares had. Het was sowieso geen gemakkelijk gezelschap om je in staande te houden en ook Gabriella hield zich 's middags gedeisd. Maar dat kwam niet zozeer door de mannen en hun haantjesgedrag als wel door een toenemend gevoel van onzekerheid. Soms dacht ze zelfs dat ze nu minder wist dan eerder.

Zo was het inmiddels tot haar doorgedrongen dat er in de oude zaak van de veronderstelde cyberaanval maar weinig of zelfs helemaal geen bewijs was. Eigenlijk was er niet meer dan een verklaring van Stefan Molde van de FRA, en hij was niet eens zeker van zijn zaak. In zijn analyse stond een hoop flauwekul, vond ze, en Frans Balder leek meer vertrouwen te hebben gehad in de vrouwelijke hacker die hij in dienst had genomen; die had in het onderzoek niet eens een naam, maar Balders assistent Linus Brandell had een levendige beschrijving van haar gegeven. Het zag ernaar uit dat Balder al voordat hij naar Amerika was vertrokken veel voor Gabriella verborgen had gehouden. Was het bijvoorbeeld toeval dat hij uitgerekend een baan bij Solifon aannam?

De onzekerheid knaagde aan Gabriella en ze was kwaad omdat ze niet meer hulp uit Fort Meade kreeg. Alona Casales was niet meer te bereiken en de deur naar de NSA was weer gesloten. Ze kwam net als Mårten en Lars Åke in de schaduw van Ragnar Olofsson te staan, die voortdurend nieuwe informatie kreeg van zijn bron bij de afdeling Geweldsdelicten en die doorgaf aan Säpo-baas Helena Kraft.

Dat beviel Gabriella niet en ze had er tevergeefs op gewezen dat deze communicatie niet alleen de kans op lekken vergrootte, ze verloren er ook hun zelfstandigheid door. In plaats van via hun eigen kanalen te werken volgden ze veel te slaafs de informatie die binnenkwam vanuit de groep van Bublanski.

'Het is net alsof we bij een examen proberen te spieken en in plaats van zelf na te denken zitten te wachten tot de antwoorden ons in het oor worden gefluisterd,' had ze in de groep gezegd, en daar had ze zichzelf niet direct populairder mee gemaakt.

Nu zat ze alleen op haar kamer, vastbesloten om op eigen houtje door te werken. Ze probeerde het grotere beeld te zien en verder te komen. Misschien zou het nergens toe leiden, maar aan de andere kant kon het ook geen kwaad als ze haar eigen weg ging en niet in dezelfde tunnel keek als alle anderen. Ze hoorde voetstappen op de gang; hoog, resoluut geklak, dat Gabriella inmiddels maar al te goed herkende. Het was Helena Kraft, die nu haar kamer binnenkwam in haar Armani-jasje, met haar haar in een strakke knot. Helena keek haar hartelijk aan. Er waren momenten waarop Gabriella die houding niet aanstond.

'Hoe gaat het?' vroeg Helena Kraft. 'Kun je het nog aan?'

'Nauwelijks.'

'Ik stuur je na dit gesprek naar huis. Je moet slapen. We hebben een heldere analist nodig.'

'Klinkt verstandig.'

'Weet je wat Erich Maria Remarque ooit heeft gezegd?'

'Dat het geen pretje is in de loopgraven of zo?'

'Haha, nee, dat het altijd de verkeerde mensen zijn die een slecht geweten hebben. Degenen die het lijden in de wereld hebben veroorzaakt maken zich er niet druk om. Maar degenen die zich inzetten voor het goede krijgen last van een knagend geweten. Jij hoeft je nergens voor te schamen, Gabriella. Je hebt gedaan wat je kon.'

'Dat weet ik zo net nog niet. Maar toch bedankt.'

'Heb je het al gehoord van Balders zoon?'

'In het voorbijgaan, van Ragnar.'

'Morgen om tien uur zien commissaris Bublanski, inspecteur Modig en een zekere professor Charles Edelman hem in Odens Kinder- en Jeugdopvang aan de Sveaväg. Dan gaan ze proberen hem meer te laten tekenen.'

'Ik zal voor ze duimen. Maar ik vind het niet fijn dat ik het weet.'

'Rustig maar. Het is mijn taak om paranoïde te zijn. Alleen mensen die hun mond kunnen houden weten het.'

'Daar vertrouw ik dan maar op.'

'Ik wilde je iets laten zien.'

'Wat dan?'

'Foto's van de man die Balders inbraakalarm heeft gehackt.'

'Die heb ik al gezien. Ik heb ze zelfs al tot in detail bestudeerd.'

'Weet je het zeker?' vroeg Helena Kraft, en ze overhandigde Gabriella een onscherpe vergroting van een pols.

'Wat is daarmee?'

'Kijk nog eens. Wat zie je?'

Gabriella keek en zag toen twee dingen: het exclusieve horloge dat ze al eerder had menen te zien en daaronder, onduidelijk, in de smalle opening tussen de handschoenen en het jack, een paar lijntjes die eruitzagen als zelfgezette tatoeages.

'Twee contrasten. Een paar goedkope tatoeages en een peperduur horloge,' zei ze toen.

'Meer dan dat,' zei Helena Kraft. 'Het is een Patek Philippe uit 1951, model 2499, eerste serie, eventueel tweede.'

'Zegt me niks.'

'Een van de chicste horloges die er zijn. Zo'n klokje is een paar jaar geleden op de veiling van Christie's in Genève voor meer dan twee miljoen dollar verkocht.'

'Nou hou je me voor de gek.'

'Nee, en het is niet door de eerste de beste gekocht, maar door Jan van der Waal, advocaat bij Dackstone & Partner. Hij kocht het voor een cliënt.'

'Dackstone & Partner? Die Solifon vertegenwoordigt?'

'Precies.'

'Allemachtig.'

'We weten natuurlijk niet of het horloge op de foto van de bewakingscamera dezelfde is als dat van de veiling in Genève en we zijn er ook nog niet achter wie die cliënt was. Maar het is een begin, Gabriella. Nu hebben we een mager type dat eruitziet als een junk en een horloge heeft van dit kaliber. Dat zou het aantal mogelijke verdachten moeten beperken.'

'Weet Bublanski het al?'

'Zijn technicus Jerker Holmberg heeft het ontdekt. Maar nu wil ik dat jij je analytische hoofd daar niet verder over breekt. Ga naar huis, ga slapen en kom morgenvroeg maar terug.'

De man die zich Jan Holtser noemde, zat thuis in zijn flat aan de Korkeavuorenkatu in Helsinki, niet ver van het Esplanadepark. Hij bladerde door een album met foto's van zijn dochter Olga, die vandaag tweeëntwintig werd en medicijnen studeerde in Gdansk in Polen.

Olga was lang, donker en fel, en het beste wat hem in zijn leven was overkomen, zoals hij altijd zei. Niet alleen omdat het goed klonk en een beeld van hem gaf als verantwoordelijke vader, hij geloofde ook zelf graag dat het zo was. Maar waarschijnlijk was het niet meer waar. Olga begon te vermoeden wat voor werk hij deed.

'Bescherm jij slechte mensen?' had ze op een dag gevraagd, en daarna was ze woedend geworden vanwege haar betrokkenheid bij wat ze 'de zwakken en kwetsbaren' noemde.

Volgens Jan was het aperte linkse dwaasheid en paste het totaal niet bij Olga's karakter. Hij beschouwde het maar als uiting van haar emancipatie. Achter al dat opgeblazen geklets over bedelaars en zieken leek ze nog steeds op hem, dacht hij. Olga was ooit een veelbelovende honderdmeterloopster geweest. Ze was een meter zesentachtig lang, gespierd en explosief, en vroeger hield ze ervan naar actiefilms te kijken en naar zijn oorlogsherinneringen te luisteren. Op school wist iedereen dat het geen zin had om ruzie met haar te maken. Ze was een vechter en sloeg terug. Olga was absoluut niet gemaakt om zich bezig te houden met gedegenereerden en zwakken.

Toch beweerde ze dat ze wilde werken voor Artsen zonder Grenzen of dat ze naar Calcutta wilde gaan, alsof ze moeder Teresa was, verdomme. Jan Holtser kon er niet tegen. De wereld is van de sterken, vond hij. Maar hij hield ook van zijn dochter, wat ze ook uitkraamde. Morgen zou ze voor het eerst sinds een halfjaar een paar dagen thuis zijn en hij nam zich plechtig voor deze keer beter naar haar te luisteren en niet te oreren over Stalin en andere grote leiders en meer van die dingen waar zij een hekel aan had.

Nee, hij zou haar weer aan zich verbinden. Hij wist zeker dat ze hem nodig had. Hij wist heel zeker dat hij háár nodig had. Het was acht uur in de avond. Hij liep naar de keuken, perste drie sinaasappels uit met zijn citruspers, goot Smirnoff in een glas en maakte een Screwdriver. Het was zijn derde vandaag. Als hij een karwei had uitgevoerd kon hij er wel zes of zeven op, en misschien moest hij dat nu ook maar doen. Hij was moe van het gewicht van de verantwoordelijkheid die op zijn schouders was gelegd en moest ontspannen. Hij stond een paar minuten stil met zijn drankje in zijn hand te dromen van een heel ander leven. Maar dat was te hoog gegrepen voor de man die zich Jan Holtser noemde.

Zodra Jurij Bogdanov hem op zijn niet-afluisterbare mobieltje belde, was het gedaan met de rust. Jan hoopte eerst nog dat Jurij alleen maar wat opwinding van zich af wilde babbelen die elke opdracht onvermijdelijk met zich meebracht. Maar zijn collega had een heel concrete boodschap en klonk een beetje opgelaten.

'Ik heb T. gesproken,' zei hij, en dat maakte bij Jan een hele serie gevoelens los, in de eerste plaats jaloezie.

Waarom belde Kira Jurij en niet hem? Ook al bracht Jurij het grote geld binnen en werd hij daarvoor beloond met mooie cadeaus en fikse bedragen, Jan was er toch altijd van overtuigd geweest dat híj Kira het meest na stond. Maar hij was ook ongerust. Was er toch iets misgegaan?

'Zijn er problemen?' vroeg hij.

'Het karwei is niet af.'

'Waar ben je?'

'In de stad.'

'Kom dan hierheen en leg uit wat je in godsnaam bedoelt.'

'Ik heb een tafel gereserveerd bij Postres.'

'Ik kan zo'n chique eettent en jouw nouveaurichesgewoonten nu niet aan. Je komt maar hierheen.'

'Ik heb nog niet gegeten.'

'Ik gooi wel iets voor je in de pan.'

'Oké. We hebben een lange nacht voor ons.'

Jan Holtser wilde niet nog een lange nacht en hij wilde zijn dochter al helemaal niet vertellen dat hij morgen niet thuis zou zijn. Maar hij had geen keus. Dat wist hij even zeker als hij van Olga hield. Je kon geen nee zeggen tegen Kira.

Ze bezat een onzichtbare macht over hem en hoe hij het ook probeerde, hij slaagde er nooit in zich zo waardig tegenover haar te gedragen als hij wilde. Ze veranderde hem in een klein jongetje en hij wrong zich in allerlei bochten om haar te zien glimlachen of, nog liever, haar verleidelijk gedrag te ontlokken.

Kira was duizelingwekkend mooi en wist daarvan te profiteren zoals geen andere schoonheid ooit had gedaan. Ze kon geweldig goed manipuleren en beheerste een heel register aan tactieken. Ze kon zwak en smekend zijn, maar ook onbedwingbaar, hard en ijskoud, soms zelfs puur slecht. Niemand kon het sadisme in hem zo naar boven halen als zij.

Ze was misschien niet uitzonderlijk intelligent in de klassieke zin van het woord, en dat werd ook vaak gezegd, misschien omdat men haar tot aardse proporties wilde reduceren, maar diezelfde mensen hadden helemaal niets meer in te brengen als ze tegenover haar stonden. Kira zette hen volkomen in hun hemd en kon zelfs de stoerste kerels als schooljongetjes aan het blozen en stotteren krijgen.

Het was inmiddels negen uur 's avonds en Jurij zat naast hem de lamsfilet naar binnen te schrokken die Jan voor hem had gebakken. Merkwaardig genoeg waren zijn tafelmanieren bijna fatsoenlijk. Dat was ongetwijfeld ook Kira's invloed. In veel opzichten was Jurij een keurig mannetje geworden, maar in andere natuurlijk niet. Hoe hij zich ook uitsloofde, hij raakte nooit helemaal de kruimeldief en wiethandelaar in zich kwijt. Hoewel hij allang was afgekickt en was afgestudeerd als ICT-ingenieur zag hij er gehavend uit, en in zijn bewegingen en zijn fladderende manier van lopen zag je nog de sporen van de verwaarlozing door het leven op straat.

'Waar is dat burgerlijke horloge van je?' vroeg Jan.

'Heb ik afgedaan.'

'Ben je in ongenade gevallen?'

'We zijn allebei in ongenade gevallen.'

'Is het zo erg?'

'Misschien niet.'

'Maar het karwei was nog niet af, zei je?'

'Nee, het gaat om die jongen.'

'Welke jongen?'

Jan deed alsof hij het niet begreep.

'Die jij zo edelmoedig hebt gespaard.'

'Wat is er met hem? Die is toch idioot!'

'Misschien wel, maar nu is hij gaan tekenen.'

'Hoezo tekenen?'

'Hij is een savant.'

'Een watte?'

'Je zou eens iets anders moeten lezen dan die stomme wapenblaadjes.'

'Waar heb je het over?'

'Een savant is een autistisch of op een andere manier gehandicapt iemand die een speciaal talent heeft. Deze jongen kan misschien niet praten of iets zinnigs denken, maar hij heeft blijkbaar een fotografisch geheugen. Commissaris Bublanski denkt dat het ventje jouw gezicht met een soort wiskundige precisie kan tekenen, en daarna wil hij die tekening door het gezichtsherkenningsprogramma van de politie halen, en dan hang je, snap je? Sta je niet ergens in het register van Interpol?'

'Ja, maar Kira wil toch niet ...'

'Ja, dat wil ze wel. We moeten het oplossen.'

Er ging een vlaag van verontwaardiging en verwarring door Jan heen. Hij zag de lege, glazige blik uit het tweepersoonsbed weer voor zich die hij zo akelig had gevonden.

'Van mijn levensdagen niet,' zei hij zonder dat hij het zelf helemaal geloofde.

'Ik weet dat je problemen hebt met kinderen. Ik vind het ook niet leuk. Maar we ontkomen er niet aan, vrees ik. Bovendien mag je blij zijn. Kira had je net zo makkelijk kunnen opofferen.'

'In feite wel, ja.'

'Nou dan! Ik heb de vliegtickets op zak. We nemen morgen het eerste vliegtuig naar Arlanda, om halfzeven, en dan gaan we naar iets wat Odens Kinder- en Jeugdopvang heet, aan de Sveaväg.'

'Dus dat kind zit in een tehuis?'

'Ja, en daarom moeten we het een beetje plannen. Ik eet dit op en dan begin ik meteen.'

De man die zich Jan Holtser noemde, deed zijn ogen dicht en probeerde te bedenken wat hij tegen Olga moest zeggen.

Lisbeth Salander stond de volgende ochtend om vijf uur op en hackte zich naar binnen in de supercomputer NSF MRI van het New Jersey Institute of Technology. Ze had alle wiskundige kennis nodig die ze maar kon krijgen, dus ze pakte haar eigen programma voor factorisatie met elliptische krommen erbij. Met behulp daarvan probeerde ze het bestand van de NSA te kraken dat ze had gedownload. Maar wat ze ook deed, het lukte niet. Ze had eigenlijk ook niet anders verwacht.

Het was een geavanceerde RSA-encryptie. RSA – genoemd naar de uitvinders Rivest, Shamir en Adleman – bestaat uit twee sleutels, een publieke en een geheime, en is gebaseerd op de getaltheorie van Euler en de kleine stelling van Fermat, maar vooral op het simpele feit dat het gemakkelijk is om twee vrij grote priemgetallen te vermenigvuldigen. Je voert ze in en floep, de rekenmachine geeft het antwoord. Toch is het bijna onmogelijk om het andersom te doen en vanuit het antwoord te berekenen welke priemgetallen er zijn gebruikt. In het factoriseren van priemgetallen zijn computers voorlopig nog niet erg goed, en daar hadden niet alleen Lisbeth, maar ook alle inlichtingendiensten ter wereld al heel vaak over zitten vloeken.

Normaal gesproken is de getallenlichamenzeef voor dat doel het effectiefst. Maar Lisbeth dacht sinds een paar jaar dat het met het algoritme van Lenstra beter zou lukken. Daarom had ze in eindeloze nachtsessies een eigen computerprogramma voor factorisatie ontwikkeld. Maar in deze vroege ochtenduren begreep ze dat ze dat nog verder moest verfijnen als ze een kans van slagen wilde hebben, en na drie uur werken laste ze een pauze in. Ze liep naar de keuken, dronk wat sinaasappelsap uit een pak en at twee pasteitjes uit de magnetron.

Daarna ging ze terug naar haar bureau en hackte ze zich in de computer van Mikael Blomkvist om te zien of hij nog nieuws had. Hij had haar twee vragen gesteld en ze zag meteen: hij was toch niet zo hopeloos.

Wie van zijn assistenten heeft Frans Balder verraden? schreef hij, en dat was natuurlijk een redelijke vraag.

Toch gaf ze geen antwoord. Niet omdat Arvid Wrange haar iets kon schelen, maar ze was al verder en wist wie de hologige junk was met wie Wrange contact had gehad. De man noemde zich Bogey, en Trinity van de Hackersrepubliek herinnerde zich iemand met die handle die een paar jaar geleden op sommige hackerssites opdook. Dat hoefde natuurlijk niets te betekenen.

Bogey was geen uniek of bijzonder origineel alias. Maar Lisbeth had hem opgespoord en zijn bijdragen gelezen, en het gevoel gekregen dat het hem weleens zou kunnen zijn, vooral omdat de man achter dit pseudoniem in een onvoorzichtige passage had geschreven dat hij als ICT'er was afgestudeerd aan de universiteit van Moskou.

Lisbeth kon geen examenjaar achterhalen, überhaupt geen jaar, maar ze vond wel iets beters: een paar nerderige details dat Bogey verzot was op mooie horloges en dol op de films uit de jaren zeventig met Arsène Lupin, de gentleman-dief, hoewel die niet bepaald van zijn generatie was.

Lisbeth stelde vervolgens vragen op alle denkbare websites voor oude en nieuwe studenten van de universiteit van Moskou of iemand een magere, hologige voormalige junk kende die straatjongen en meesterdief was geweest en die van Arsène Lupin-films hield. Het duurde niet lang of ze had beet.

'Dat klinkt als Jurij Bogdanov,' schreef een meisje dat zich Galina noemde.

Volgens Galina was Jurij op de universiteit een legendarische figuur. Niet alleen omdat hij zich in de computers van de docenten had gehackt en ze allemaal in zijn greep had. Hij had ook voortdurend weddenschappen afgesloten en mensen gevraagd: 'Wedden om honderd roebel dat ik dat huis daar kan binnenkomen?'

Veel mensen die hem niet kenden, dachten dat dat gemakkelijk verdiend was. Maar Jurij kwam overal binnen. Hij brak elk slot open en als dat onverhoopt toch niet lukte, klom hij tegen gevels en muren op. Men zei dat hij een keer een hond had doodgeschopt die hem stoorde. En hij bestal mensen aan één stuk door, vaak gewoon uit balorigheid. Misschien leed hij aan kleptomanie, dacht Galina. Maar hij werd ook beschouwd als een geniale hacker en een analytisch talent, en na zijn examen lag de wereld voor hem open. Toch wilde hij niet voor een bedrijf gaan werken. Hij wilde zijn eigen gang gaan, zei hij, en het kostte Lisbeth natuurlijk niet veel tijd om erachter te komen wat hij na zijn studie had gedaan – volgens de officiële versie.

Jurij Bogdanov bleek nu vierendertig te zijn. Hij had Rusland verlaten en woonde tegenwoordig aan de Budapester Strasse 8 in Berlijn, niet ver van het gourmetrestaurant Hugos. Hij had een *white-hat*-onderneming, Outcast Security, met zeven man personeel, die in het afgelopen boekjaar een omzet van tweeëntwintig miljoen euro had gehad. Het was een beetje ironisch – maar misschien ook wel logisch – dat zijn façade een bedrijf was dat industrieconcerns moest beschermen tegen mensen zoals hijzelf. Hij was sinds zijn examen in 2009 voor geen enkel misdrijf veroordeeld en zijn sociale netwerk zag er groot uit; in zijn bestuur zat onder meer Ivan Gribanov, lid van de Russische Doema en grootaandeelhouder van oliemaatschappij Gazprom, maar behalve dat vond ze niets wat haar verder kon brengen.

Mikael Blomkvists tweede vraag was: *Odens Kinder- en Jeugdopvang aan de Sveaväg. Is dat veilig? (Wis dit zodra je het hebt gelezen.)*

Hij legde niet uit waarom dat tehuis hem interesseerde. Maar ze kende Mikael Blomkvist goed genoeg om te weten dat hij niet zomaar lukraak vragen stelde. En onduidelijk was hij ook niet echt.

Als hij cryptisch was, had hij daar zijn redenen voor en dat hij schreef dat ze het bericht moest wissen betekende dat het gevoelige informatie was. Blijkbaar was Odens Kinder- en Jeugdopvang heel belangrijk. Lisbeth ontdekte al gauw dat er heel wat klachten bij Oden waren ingediend. Kinderen waren vergeten of genegeerd of hadden zichzelf verwond. Oden was een particuliere instelling van directeur Torkel Lindén en zijn bedrijf Care Me, en het werd – als je vroegere personeelsleden moest geloven – min of meer geleid als een privémachtscentrum, waarin het woord van Torkel Lindén geacht werd wet te zijn en waar niemand onnodige kosten maakte, zodat de winstmarge altijd groot was.

Torkel Lindén zelf was een voormalig topgymnast, onder andere Zweeds kampioen rekstok. Tegenwoordig was hij een hartstochtelijk jager en lid van de groepering Vrienden van Christus, die een onbuigzame lijn volgde jegens homo's. Lisbeth ging naar de websites van de Jagersbond en de Vrienden van Christus en keek of er activiteiten gaande waren waar ze iets aan kon hebben. Daarna schreef ze Lindén twee valse, maar zeer vriendelijke, uitnodigende mailtjes die eruitzagen alsof ze van deze organisaties afkomstig waren. Bij de mailtjes zaten pdf-bestanden met een geavanceerd spionagevirus, dat automatisch in werking zou treden als Lindén de berichten opende en las.

Om 8.23 uur zat ze op de server, en ze ging meteen geconcentreerd aan het werk. Het was zoals ze al had verwacht: August was gistermiddag ingeschreven in Odens Kinder- en Jeugdopvang. In het dossier stond, onder een uiteenzetting over de tragische omstandigheden waardoor hij hier was opgenomen: *Infantiel autisme, zware mentale retardatie. Onrustig. Ernstig getraumatiseerd na de dood van zijn vader. Heeft een puzzel meegekregen. Mag niet tekenen! Dat wordt beschouwd als dwangmatig en destructief. Besluit van psycholoog Forsberg, gesteund door TL.*

Daaronder was, blijkbaar iets later, toegevoegd: *Professor Charles Edelman, commissaris Bublanski en inspecteur Modig bezoeken*

August woensdag 22 november om 10.00 uur. TL is hierbij aanwezig. Tekenen onder toezicht.

Nog een stukje daaronder stond: *Plaats van de afspraak gewijzigd. August wordt door TL en professor Edelman naar moeder Hanna Balder in de Torsgata gebracht, waar ook commissaris Bublanski en inspecteur Modig naartoe komen. De inschatting is dat de jongen in zijn thuisomgeving beter kan tekenen.*

Lisbeth controleerde snel wie professor Charles Edelman was en toen ze zag dat hij deskundige was op het gebied van savants begreep ze meteen wat er gaande was. Er moest een of andere vorm van getuigenis op papier aan het ontstaan zijn. Waarom zouden Bublanski en Sonja Modig anders belangstelling hebben voor Augusts tekeningen en waarom zou Mikael Blomkvist anders zo voorzichtig zijn geweest met zijn vraag?

Het mocht natuurlijk niet bekend worden. De dader mocht niet te weten komen dat August hem misschien kon tekenen en Lisbeth besloot dus te checken hoe voorzichtig Torkel Lindén in zijn mailwisseling was geweest. Dat leek gelukkig in orde. Hij had verder niets over het tekenen geschreven. Hij had gisteravond om 23.10 uur echter wel een mailtje van Charles Edelman gekregen, met een cc aan Sonja Modig en Jan Bublanski. De bedoeling daarvan was kennelijk de plaats van de afspraak te wijzigen.

Charles Edelman schreef: *Beste Torkel. Fijn dat je me in jullie opvang wilt ontvangen. Ik waardeer dat zeer. Maar ik vrees dat het toch enigszins problematisch is. Ik denk dat we de meeste kans op een goed resultaat hebben indien we ervoor zorgen dat de jongen kan tekenen in een omgeving waarin hij zich veilig voelt. Daarmee geen kwaad woord over jullie tehuis. Ik heb daar veel goeds over gehoord.*

Echt niet, dacht Lisbeth, en ze las verder.

Daarom zou ik graag willen dat we de jongen morgenochtend naar zijn moeder brengen, Hanna Balder, in de Torsgata. De reden daarvoor is dat in de literatuur erkend wordt dat de aanwezigheid van de moeder een positieve uitwerking heeft op kinderen met savantbegaafdheden. Wanneer u om 9.15 uur met de jongen voor de deur staat aan de Sveaväg haal ik u wel op. Dan hebben we tevens de gelegenheid om wat te praten, als collega's onder elkaar. Met vriendelijke groet, Charles Edelman.

Om 7.01 en 7.14 uur hadden Jan Bublanski en Sonja Modig op

het mailtje gereageerd. Ze hadden alle reden, schreven ze, om op Edelmans deskundigheid te vertrouwen en zijn advies op te volgen. Torkel Lindén had net, om 7.57 uur, bevestigd dat hij voor de deur met de jongen op Charles Edelman zou wachten. Lisbeth Salander dacht na. Toen ging ze naar de keuken, haalde een paar beschuitjes uit de voorraadkast en keek naar buiten, naar Slussen en de Riddarfjärd.

Dus de plaats van de afspraak was veranderd, dacht ze. In plaats van in het tehuis te tekenen zou de jongen naar zijn moeder worden gebracht. Dat zou een *positieve uitwerking* hebben, schreef Edelman. *De aanwezigheid van de moeder heeft een positieve uitwerking.* Er was iets met die zin wat Lisbeth niet beviel. Hij leek nogal ouderwets, niet? En de eerste helft was al niet veel beter: *De reden daarvoor is dat in de literatuur erkend wordt dat ...*

Dat klonk ouderwets. Nu schreven veel academici nogal oubollig, dat wel, en ze wist niet hoe Charles Edelman zich normaal uitdrukte, maar zou een neuroloog van wereldfaam zich echt beroepen op wat de literatuur erkende? Zou hij niet meer eigendunk moeten hebben?

Lisbeth liep naar haar pc en bekeek een paar artikelen van Edelman op internet. Daar was misschien een grappig vleugje ijdelheid tussen de zakelijke zinnen waar te nemen. Maar ze vond geen al te onbeholpen taalgebruik of psychologische naïviteit. Integendeel, het was een scherpzinnig mannetje. Toen ging ze terug naar het mailtje, controleerde welke SMTP-server erachter zat en schrok. De server heette Birdino. Daar had ze nog nooit van gehoord en dat klopte niet. Ze stuurde er een reeks commando's heen om erachter te komen wat het voor iets was en toen werd het haar duidelijk: het was een *mail relay server*. De afzender kon dus vanaf elk willekeurig adres mailen.

Met andere woorden: het mailtje van Edelman was vals en de kopieën aan Bublanski en Modig waren maar een rookgordijn, ontdekte ze. Ze waren geblokkeerd en nooit verzonden. Ze hoefde het niet eens na te kijken, ze wist het al: het antwoord van de rechercheurs, hun instemming met de gewijzigde planning, was ook nep. Dit was geen kleinigheid; dat begreep ze meteen. Het betekende niet alleen dat iemand deed alsof hij Edelman was, er moest ook een lek zijn, en vooral: iemand wilde August weg hebben van de Sveaväg.

Iemand wilde hem onbeschermd op straat hebben om ... tja, waarom? Hem te ontvoeren of uit de weg te ruimen? Lisbeth keek op de klok. Het was al vijf voor negen. Over tien minuten zouden Torkel Lindén en August Balder al naar buiten gaan om op iemand te wachten die niet Charles Edelman was en die hun niet bepaald gunstig gezind was. Wat moest ze doen?

De politie bellen? Lisbeth hield niet zo van de politie bellen. Vooral niet omdat de kans op lekken bestond. Ze ging naar de website van Oden en zocht naar Torkel Lindéns telefoonnummer. Maar ze kwam niet verder dan het nummer van de receptie. Lindén zat in een vergadering. Toen zocht ze zijn mobiele nummer op en belde dat, maar daar kreeg ze de voicemail. Ze vloekte luidkeels en stuurde hem een sms'je en een mailtje dat hij absoluut niet met August de straat op mocht gaan, onder geen beding. Ze ondertekende met 'Wasp'. Ze kon zo gauw niets beters verzinnen.

Toen schoot ze haar leren jack aan en ging naar buiten. Ze draaide zich meteen om, rende weer naar binnen en stopte de laptop met het versleutelde bestand en haar pistool, een Beretta 92, in haar zwarte trainingstas. Toen holde ze weer naar buiten. Ze vroeg zich af of ze haar auto zou pakken, haar BMW M6 Convertible, die stof stond te verzamelen in de garage, maar ze besloot toch een taxi te nemen. Het duurde even voor ze er een had en vervolgens bleek de ochtendspits nog niet voorbij.

Het verkeer kroop vooruit en op de Centralbro stond het vast. Was er een ongeluk gebeurd? Alles ging zo traag, behalve de tijd, die omvloog. Het werd vijf over negen, tien over negen. Het werd krap, heel krap. In het ergste geval was het al te laat. Want het zou logisch zijn als Torkel Lindén en August al van tevoren op straat gingen staan, en dan zou de dader, wie het ook was, hen al te grazen hebben kunnen nemen.

Ze toetste Lindéns nummer weer in. Nu ging zijn toestel wel over, maar er werd niet opgenomen. Weer vloekte ze. Ze moest aan Mikael Blomkvist denken. Ze had hem al in geen eeuwen meer gesproken. Maar nu belde ze hem. Hij klonk een beetje nors toen hij opnam en pas toen hij doorhad dat zij het was, fleurde hij op, en hij riep: 'Lisbeth, ben jij het?'

'Kop dicht, luisteren,' zei ze.

Mikael stond op de redactie in de Götgata. Hij was in een slecht humeur, en niet alleen omdat hij weer slecht had geslapen. Het kwam door TT, of all people. Het serieuze, discrete, anders zo correcte persbureau TT had een stuk de wereld in gestuurd dat er in het kort op neerkwam dat Mikael het moordonderzoek saboteerde door essentiële informatie achter te houden, die hij eerst in *Millennium* wilde publiceren.

De bedoeling daarvan zou zijn dat hij het blad van de financiële ondergang wilde redden en zijn eigen 'verwoeste reputatie' wilde herstellen. Mikael wist dat het artikel eraan kwam. Hij had de vorige avond een lang gesprek gehad met de schrijver, Harald Wallin, maar hij had zich niet kunnen voorstellen dat het resultaat zo vernietigend zou zijn, zeker niet omdat het allemaal idiote insinuaties en ongefundeerde beschuldigingen waren.

Toch had Wallin er iets van gemaakt wat bijna zakelijk en geloofwaardig leek. De man had blijkbaar goede bronnen bij Serner en de politie. De kop ging weliswaar niet verder dan KRITIEK VAN AANKLAGER OP BLOMKVIST en in het artikel kreeg Mikael genoeg ruimte om zich te verdedigen. Het bericht op zichzelf had niet veel schade kunnen aanrichten, maar de vijand die dit verhaal in de wereld had gebracht, wist hoe de medialogica werkte. Als een serieuze nieuwsdienst als TT zo'n artikel publiceert, is het niet alleen legitiem voor alle anderen om aan te haken, het is zelfs zaak om er nog harder tegenaan te gaan. Als TT briest, moeten de sensatiekranten brullen en blèren. Dat is een oud journalistiek principe, dus Mikael was wakker geworden bij koppen als BLOMKVIST SABOTEERT MOORDONDERZOEK en BLOMKVIST WIL ZIJN BLAD REDDEN EN LAAT MOORDENAAR LOPEN. De kranten waren nog wel zo vriendelijk om in de artikelen aan te geven dat de koppen gebaseerd waren op citaten maar het kwaad was al geschied, en een columnist die Gustav Lund heette en die zei dat hij genoeg had van het gehuichel schreef: 'Mikael Blomkvist, die zich altijd graag voordoet als een beetje beter dan wij gewone mensen, is nu ontmaskerd als de grootste cynicus van ons allemaal.'

'Laten we hopen dat ze niet met juridische dwangmaatregelen gaan zwaaien,' zei vormgever en mede-eigenaar Christer Malm, die naast Mikael nerveus op een kauwgommetje stond te kauwen.

'Laten we hopen dat ze de ME er niet bij halen,' reageerde Mikael.

'Huh?'

'Ik probeer een geintje te maken. Het is allemaal onzin.'

'Natuurlijk is het onzin. Maar de stemming bevalt me niet,' zei Christer.

'Die bevalt niemand. Maar het beste wat we nu kunnen doen, is op onze tanden bijten en gewoon doorgaan met werken.'

'Je telefoon gaat.'

'Die gaat de hele tijd.'

'Misschien is het slim om op te nemen, zodat ze niet iets nog ergers bedenken.'

'Ja ja,' bromde Mikael, en hij nam niet erg vriendelijk op.

Het was een vrouw. Hij meende haar stem te herkennen, maar omdat hij iets heel anders verwachtte, kon hij hem eerst niet thuisbrengen.

'Met wie?' vroeg hij.

'Salander,' antwoordde de stem, en toen begon hij breeduit te grijnzen.

'Lisbeth, ben jij het?'

'Kop dicht, luisteren,' zei ze. En dat deed hij.

De file was opgelost en Lisbeth en de taxichauffeur, een jongeman uit Irak die Ahmed heette, de oorlog van nabij had meegemaakt en zijn moeder en twee broers had verloren bij terreuracties, waren op de Sveaväg aangekomen. Ze reden langs het concertgebouw, links van hen. Lisbeth, die er niet van hield om zich passief te laten vervoeren, stuurde nog een sms'je naar Torkel Lindén en probeerde iemand anders van het personeel van Oden te pakken te krijgen, iemand die naar hem toe kon rennen om hem te waarschuwen. Niemand nam op. Ze vloekte en hoopte dat Mikael meer succes zou hebben.

'Is er paniek?' vroeg Ahmed vanaf de voorbank.

'Ja,' antwoordde ze, en toen reed Ahmed door rood en glimlachte Lisbeth even.

Daarna concentreerde ze zich op de meters die ze nog te gaan hadden. Iets verderop aan de linkerkant zag ze de Economische Hogeschool en de bibliotheek. Het was nu niet ver meer. Ze keek naar de huisnummers aan de rechterkant. Ze zag waar ze heen moesten en gelukkig, er lag niemand dood op het trottoir. Het was een gewone, sombere novemberdag, meer niet, en de mensen gingen naar hun werk. Maar wacht ... Lisbeth wierp Ahmed een paar briefjes van honderd toe en keek naar de lage, groen gevlekte muur aan de overkant van de straat.

Daar stond een stevige man met een muts en een donkere zonnebril op. Hij keek intensief naar de deur tegenover hem. Er was iets met zijn lichaamstaal. Ze kon zijn rechterhand niet zien. Maar zijn arm was gespannen en paraat. Toen ze weer naar de deur aan de overkant keek, voor zover dat kon vanuit de schuine hoek waarin ze nog zat, merkte ze dat die openging, langzaam, alsof degene die hem vasthield aarzelde, of hem te zwaar vond, en Lisbeth schreeuwde naar Ahmed dat hij moest stoppen. Ze sprong uit de nog min of meer rijdende auto, terwijl de man aan de overkant van de straat zijn rechterhand omhoog bracht en een pistool met vizierkijker op de openzwaaiende deur richtte.

17
22 NOVEMBER

De situatie beviel de man die zich Jan Holtser noemde niet. Het was er te open en het was het verkeerde moment van de dag. Er waren te veel mensen op de been en ook al had hij zich zo goed mogelijk onherkenbaar gemaakt, het daglicht en het geflaneer in het park achter hem stonden hem niet aan, en meer dan ooit voelde hij dat hij het haatte om kinderen te doden.

Maar het moest nu eenmaal en hij kon ergens ook wel accepteren dat hij er niet onderuit kon. Hij had de jongen onderschat en moest die fout nu herstellen, en deze keer mocht hij niet ten prooi vallen aan wensdenken of eigen demonen. Hij had een droge mond. De wind was guur en ijzig. Er lag sneeuw aan de kant van de weg en op het trottoir, en overal liepen mensen gehaast naar hun werk. Hij hield zijn pistool steviger vast en wierp een blik op zijn horloge.

Het werd 9.16 uur, 9.17 uur, maar nog steeds kwam er niemand door de deur daar aan de overkant en hij vloekte inwendig. Was er iets misgegaan? Hij had geen andere garantie dan Jurij's woord. Normaal gesproken was dat meer dan voldoende. Jurij was een tovenaar met computers en gisteravond had hij in opperste concentratie een paar valse mailtjes gestuurd, met taalkundige hulp van zijn Zweedse contacten, terwijl Jan zich in alle andere dingen had verdiept: de situatie ter plaatse, het te kiezen wapen en vooral de vlucht met de huurauto die Dennis Wilton van de Svavelsjö Motorclub onder een valse naam voor hen had geregeld en die nu een paar blokken verderop klaarstond met Jurij achter het stuur.

Jan voelde beweging vlak achter zich en schrok. Maar het was niets, gewoon twee jongemannen die langsliepen en iets te dichtbij kwamen. Het leek sowieso drukker te worden om hem heen en dat vond hij maar niets. De situatie beviel hem nu nog minder. Verderop blafte een hond en er hing een stank, misschien de baklucht van McDonald's. Maar toen ... Achter de deur aan de overkant was eindelijk een klein mannetje in een grijze jas te zien, met naast zich een jongen met een wilde bos haar in een rood, gewatteerd jack. Jan maakte zoals altijd een kruisteken met zijn linkerhand en bracht zijn vinger naar de trekker. Maar wat ...

Hij ging niet open. De man achter de glazen deur aarzelde en keek op zijn telefoon. Kom op, dacht Jan. Doe het! En toen ging de deur toch heel zachtjes open en kwamen ze naar buiten. Jan richtte zijn pistool en nam het gezicht van de jongen in het vizier. Weer zag hij die glazige ogen, en hij voelde een bijzonder gewelddadige opwinding. Opeens wilde hij de jongen echt doden. Opeens wilde hij die onrustbarende blik voorgoed doven. Maar toen gebeurde er iets.

Uit het niets kwam er een vrouw aan rennen. Ze stortte zich op het kind en toen schoot hij. Raak. Hij raakte in elk geval iets en schoot nog eens. En nog eens. Maar de jongen en de vrouw waren razendsnel achter een auto gerold. Jan Holtser hapte naar adem en keek naar links en naar rechts. Toen rende hij de straat over in wat hij beschouwde als een snelle commandoactie.

Hij was niet van plan nog een keer te falen.

Torkel Lindén hield niet van telefoons. In tegenstelling tot zijn vrouw Saga, die altijd als ze gebeld werd vol verwachting overeind schoot in de hoop dat het een nieuwe baan of een nieuwe aanbieding was, voelde hij zich alleen maar ongemakkelijk als de telefoon ging. Dat kwam natuurlijk door al die klachten.

Zijn tehuis en hij kregen voortdurend de wind van voren; dat kwam door de aard der dingen, dacht hij. Oden was een crisisopvang en dan kregen de emoties soms zomaar de overhand. Maar ergens wist hij ook wel dat die klachten gegrond waren. Hij had zijn bezuinigingsdrift veel te ver doorgedreven. Soms ontvluchtte hij het tehuis, ging hij naar het bos en liet hij het de anderen zelf opknappen. Maar daar stond tegenover dat hij soms ook complimenten kreeg, zoals nu van niemand minder dan professor Edelman.

Aanvankelijk had hij zich aan hem geërgerd. Hij hield er niet van als buitenstaanders zich bemoeiden met de manier waarop ze hier hun werk deden. Maar het compliment in het mailtje van vanmorgen had hem verzoenlijker gestemd en wie weet, misschien kon hij de professor zover krijgen dat die adviseerde om de jongen een tijdje in Oden te laten verblijven. Dat zou een lichtpuntje voor hem zijn, ook al begreep hij niet goed waarom. Hij bleef doorgaans op afstand van de kinderen.

Maar August Balder had iets raadselachtigs dat hem aantrok, en de rechercheurs en hun eisen irriteerden hem al vanaf het begin. Hij wilde August voor zichzelf hebben, zich misschien een beetje laten aansteken door diens mystiek of in elk geval uitdokteren wat dat voor eindeloze cijferreeksen waren die hij op dat stripboekje in de speelkamer had geschreven. Maar gemakkelijk was het niet. August leek een hekel te hebben aan alle vormen van contact, en nu weigerde hij mee de straat op te gaan. Hij was weer verschrikkelijk koppig en Torkel moest hem met zich meetrekken.

'Kom nou toch,' bromde hij.

Toen zoemde zijn telefoon. Iemand probeerde hem heel hardnekkig te bereiken.

Maar hij deed geen moeite om op te nemen. Het was vast weer gezeur, weer een klacht. Toch keek hij even, vlak bij de deur. Er waren diverse sms'jes binnengekomen van een afgeschermd nummer en er stond iets vreemds in, het moest wel een grap zijn. Hij moest niet naar buiten gaan, stond er. Hij moest absoluut niet de straat op gaan.

Onbegrijpelijk. En juist op dat moment leek August ervandoor te willen gaan. Torkel greep hem weer stevig bij zijn arm, deed aarzelend de deur open en trok de jongen mee naar buiten. Even leek alles normaal. Er kwamen mensen voorbij alsof er niets gebeurd was of op het punt stond te gebeuren. Weer dacht hij aan het sms'je, maar voordat hij die gedachte voltooid had, kwam er iemand van links aan gerend die zich op de jongen stortte. Op hetzelfde moment hoorde hij schoten.

Hij begreep dat hij in gevaar was, keek doodsbenauwd naar de overkant en zag daar een grote, goed getrainde man staan die de Sveaväg over rende, recht op hem af. En wat had hij in godsnaam in zijn hand? Was dat niet een wapen?

Zonder zelfs nog maar aan August te denken probeerde Torkel

weer terug naar binnen te gaan en even dacht hij dat het zou lukken. Maar Torkel Lindén kon zich niet in veiligheid brengen.

Lisbeth had instinctief gereageerd en zich op de jongen geworpen om hem te beschermen. Ze bezeerde zich flink toen ze de stoep raakte; zo leek het in elk geval. Haar schouder en haar borst deden pijn. Maar daar kon ze nu niet bij stilstaan. Ze trok het kind naar zich toe en zocht dekking achter een auto. Daar lagen ze hijgend, terwijl iemand op hen schoot. Vervolgens werd het stil, verontrustend stil. Toen Lisbeth onder de auto door naar de straat keek, zag ze de benen van de schutter: atletische benen, die de straat in hoog tempo overstaken. Even overwoog ze haar Beretta uit haar tas te halen en terug te schieten.

Maar ze begreep dat ze daar de tijd niet voor zou hebben – en toen ... Een grote Volvo reed stapvoets voorbij. Ze vloog overeind, pakte het kind vast, rende naar de auto, rukte de deur open en sprong in de auto – het was één grote chaos.

'Rijden!' riep ze, en op hetzelfde moment ontdekte ze dat er bloed op de zitting stroomde, van het kind of van haar.

Jacob Charro was tweeëntwintig jaar en de trotse eigenaar van een Volvo XC60, die hij op afbetaling had gekocht, met zijn vader als borg. Hij was op weg naar Uppsala om met zijn oom en diens vrouw en kinderen te lunchen, en hij had er zin in. Hij wilde graag vertellen dat hij het eerste van de Syrianska FC had gehaald.

De radio draaide *Wake Me Up* van Avicii en hij trommelde met zijn vingers op het stuur terwijl hij langs het concertgebouw en de Economische Hogeschool reed. Verderop in de straat was er iets aan de hand. Mensen renden alle kanten op. Een man schreeuwde en de auto's remden af, dus hij minderde vaart zonder zich veel zorgen te maken. Als er een ongeluk was gebeurd kon hij misschien helpen. Jacob Charro was iemand die er voortdurend van droomde een held te worden.

Maar nu werd hij toch echt bang. Waarschijnlijk kwam dat door de man links, die over de weg rende en eruitzag als een aanvallende militair. Zijn bewegingen zagen er atletisch uit en Jacob wilde net plankgas geven toen hij een enorme ruk aan het achterportier voelde. Iemand probeerde in te stappen en hij brulde iets. Wat wist hij niet, misschien was het niet eens Zweeds. Maar degene die instapte – een jong meisje met een kind – schreeuwde terug: 'Rijden!'

Hij aarzelde even. Wie waren die mensen? Ze wilden hem misschien beroven en zijn auto jatten. Hij kon niet helder denken. Het was een idiote situatie. Toen moest hij wel reageren. De achterruit werd verbrijzeld. Iemand schoot op hen en hij gaf als een gek gas. Met bonzend hart reed hij op het kruispunt met de Odengata door rood.

'Wat is er aan de hand?' riep hij. 'Wat gebeurt er?'

'Stil!' snauwde het meisje terug, en in de achteruitkijkspiegel zag hij dat ze snel en met vaardige handen, als een verpleegster, een jongetje met verschrikte ogen onderzocht, en toen pas ontdekte hij dat er daarachter niet alleen maar glassplinters lagen. Er lag ook bloed.

'Is hij geraakt?'

'Ik weet het niet. Rij nou maar, rij maar. Of nee, ga daar linksaf... Nu!'

'Oké, oké,' zei hij doodsbang, en hij stuurde abrupt naar links en reed met hoge snelheid Vasastan in via de Vanadisväg. Hij vroeg zich af of ze achtervolgd werden en of er nog een keer iemand op hen zou schieten en kromp in elkaar boven het stuur. Hij voelde de wind door de kapotte achterruit. Waar was hij in vredesnaam in verzeild geraakt? Wie was dat meisje? Hij keek naar haar in de achteruitkijkspiegel. Ze had zwart haar, piercings en een duistere blik. Even kreeg hij het gevoel dat hij helemaal niet bestond voor haar. Maar toen mompelde ze iets wat bijna blij klonk.

'Goed nieuws?' vroeg hij.

Ze gaf geen antwoord. Wel trok ze haar leren jack uit en pakte haar witte T-shirt en ... wat was dat nou weer? Ze scheurde haar T-shirt opeens met een ruk kapot en zat daar met ontbloot bovenlijf, zonder beha of zo. Even keek hij perplex naar haar borsten, die recht naar voren priemden, en naar al het bloed dat er als een kleine rivier overheen stroomde naar haar buik en haar broek.

Het meisje was ergens onder haar schouder getroffen, niet ver van haar hart en ze bloedde hevig. Haar T-shirt – begreep hij nu – wilde ze als verband gebruiken. Ze wikkelde het heel stevig om de wond om de stroom bloed tegen te houden. Daarna trok ze haar leren jack weer aan. Ze zag er belachelijk stoer uit, vooral omdat er wat bloed op haar wang en voorhoofd terecht was gekomen, als een soldaat in een oorlog.

'Dus het goede nieuws is dat jíj geraakt bent en niet het kind,' zei hij.

'Zoiets,' antwoordde ze.

'Moet ik je naar het Karolinska brengen?'

'Nee,' zei ze.

Lisbeth had een gat gevonden waar de kogel was binnengekomen en een waar hij er weer uit was gegaan. Hij moest er vanaf de voorkant van haar schouder dwars doorheen zijn gegaan. Het bloedde vreselijk en het klopte helemaal tot aan haar slapen. Maar ze dacht niet dat er een slagader was doorboord. Dan was het erger geweest. Dat hoopte ze tenminste, en ze keek weer achterom. Het lag voor de hand dat de moordenaar een vluchtauto in de buurt had staan, maar er leek niemand achter hen aan te rijden. Hopelijk waren ze snel genoeg weggekomen. Snel keek ze naar August.

Hij zat met zijn handen kruiselings over zijn borst naar voren en naar achteren te wiegen. Lisbeth bedacht dat ze iets moest doen. Het enige wat ze kon bedenken was de glassplinters van zijn haar en zijn benen af te vegen, en toen bleef August even stilzitten. Maar Lisbeth was er niet van overtuigd dat dat een goed teken was. Zijn ogen stonden te strak en glansden. Ze knikte naar hem en probeerde eruit te zien alsof ze de situatie onder controle had. Waarschijnlijk lukte dat niet helemaal. Ze voelde zich misselijk en duizelig en het T-shirt was nu al bloedrood. Was ze bezig het bewustzijn te verliezen? Ze was er bang voor en probeerde dus snel een soort plan te bedenken. Eén ding was meteen duidelijk: de politie was geen optie. Die had de jongen recht in de handen van de dader gestuurd en leek niet te weten wat er aan de hand was. Dus wat nu?

Ze kon niet doorrijden met deze auto. Die was gezien op de plaats van de misdaad en zou met zijn kapotte ruit de aandacht van mensen trekken. Ze moest ervoor zorgen dat de man haar naar haar huis in de Fiskargata bracht, zodat ze de BMW kon pakken die op naam stond van haar andere identiteit, Irene Nesser. Maar zou ze kunnen rijden? Ze voelde zich beroerd.

'Rij naar de Västerbro!' beval ze.

'Oké, oké,' zei de man die reed.

'Heb je iets te drinken?'

'Ik heb een fles whisky die ik aan mijn oom had willen geven.'

'Geef me die maar,' zei ze, en ze kreeg een fles Grant's die ze met grote moeite openmaakte.

Ze haalde het provisorische verband weg, goot whisky op de schotwond, nam een paar flinke slokken en wilde August net wat aanbieden toen ze bedacht dat dat niet zo'n goed idee was. Kinderen drinken geen whisky. Zelfs kinderen in shock niet. Ze moest haar hersens erbij houden.

'Je moet je overhemd uittrekken,' zei ze tegen de man voorin.

'Wat?'

'Ik moet iets nieuws hebben voor mijn schouder.'

'Oké, maar ...'

'Niet zeiken.'

'Als ik jullie moet helpen, moet ik toch op z'n minst weten waarom er op jullie geschoten is. Zijn jullie criminelen?'

'Ik probeer deze jongen te beschermen, zo simpel is het. Er zitten een paar schoften achter hem aan.'

'Waarom?'

'Dat gaat je niks aan.'

'Dus het is niet jouw zoon?'

'Ik ken hem niet eens.'

'Waarom help je hem dan?'

Lisbeth aarzelde.

'We hebben gemeenschappelijke vijanden,' zei ze, en toen begon de man met tegenzin en ook met enige moeite zijn trui met V-hals uit te trekken, terwijl hij met zijn linkerhand de auto bestuurde.

Hij knoopte zijn overhemd open, trok het uit en gaf het aan Lisbeth, die het zorgvuldig om haar schouder begon te wikkelen, terwijl ze opnieuw naar August keek. Die zat nu merkwaardig onbeweeglijk met een verstijfde blik naar zijn smalle beentjes te kijken, en Lisbeth vroeg zich opnieuw af wat ze moest doen.

Ze konden zich natuurlijk eerst bij haar in de Fiskargata verstoppen. Alleen Mikael Blomkvist kende het adres en de flat was niet via haar naam in officiële registers terug te vinden. Maar ze had een andere schuilplaats nodig, die niet aan een van haar identiteiten gekoppeld was en daarvoor had ze hulp nodig. Maar van wie? Van Holger?

Haar vroegere curator Holger Palmgren was vrijwel volledig hersteld van de beroerte die hij had gehad en woonde nu in een tweekamerflat aan het Liljeholmstorg. Holger was de enige die haar echt kende. Hij zou onvoorwaardelijk loyaal zijn en alles doen wat in zijn vermogen lag om haar te helpen. Maar hij was ook oud en angstig, en ze wilde hem er niet nodeloos bij betrekken.

Dan was er natuurlijk Mikael Blomkvist, en eigenlijk was er niets mis met hem. Toch aarzelde ze om weer contact met hem op te nemen – misschien juist wel omdát er niets mis was met hem. Hij was té goed en correct en wat al niet. Maar verdomme ... dat kon je hem toch niet kwalijk nemen, niet heel erg in elk geval. Ze belde hem. Hij nam al na één keer overgaan op en klonk opgewonden.

'Hallo! Wat fijn om je stem te horen. Wat is er gebeurd?'

'Kan ik nu niet zeggen.'

'Ze zeggen dat jullie geraakt zijn. Er zijn hier bloedvlekken.'

'Het gaat goed met August.'

'En met jou?'

'Ik ben oké.'

'Dus jij bent geraakt.'

'Wacht even, Blomkvist.'

Ze keek naar de stad en zag dat ze al vlak bij de Västerbro waren. Ze zei tegen de man die reed: 'Stop daar bij die bushalte.'

'Stappen jullie uit?'

'Jíj stapt uit. Geef me je telefoon en wacht buiten de auto terwijl ik doorpraat. Begrepen?'

'Ja, ja.'

Hij keek haar angstig aan, gaf haar zijn mobiele telefoon, stopte en stapte uit. Lisbeth hervatte het gesprek.

'Wat gebeurt er?' vroeg Mikael.

'Maak je daar maar niet druk om,' zei ze. 'Ik wil dat je van nu af aan altijd een Android-telefoon bij je hebt, een Samsung bijvoorbeeld. Die hebben jullie vast wel op de redactie.'

'Ja, er zijn er vast wel een paar.'

'Goed, en ga dan naar Google Play en download een Headphone-app en ook een Threema-app voor sms. We moeten veilig kunnen communiceren.'

'Oké.'

'En als je zo idioot bent als ik denk dat je bent, dan mag je niemand vertellen wie degene is die je daarbij helpt. Ik wil geen zwakke punten hebben.'

'Goed.'

'Bovendien ...'

'Ja?'

'... mag je die telefoon alleen in noodgevallen gebruiken. Verder zullen we communiceren via een speciale link op je computer. Ik wil dat jij of die anonieme persoon naar www.pgpi.org gaat en een encryptieprogramma voor je mail downloadt. Ik wil dat jullie dat nu doen en dat jullie daarna een goede, veilige schuilplaats vinden voor August en mij, die niet aan *Millennium* of jou gelinkt kan worden, en dat je me het adres stuurt in een versleutelde mail.'

'Lisbeth, het is niet jouw taak om die jongen in veiligheid te brengen.'

'Ik vertrouw de politie niet.'

'Dan moeten we iemand vinden die je wel vertrouwt. Die jongen is autistisch en heeft speciale behoeften. Ik denk niet dat jij hem onder je hoede moet nemen, zeker niet als je een schotwond hebt ...'

'Ga je uit je nek lullen of ga je me helpen?'

'Ik help je natuurlijk.'

'Mooi. Kijk over vijf minuten in *Lisbeths Laatje*. Daar geef ik je meer informatie. Wis dat bericht daarna.'

'Lisbeth, luister. Je moet naar het ziekenhuis. Je hebt verzorging nodig. Ik hoor aan je stem ...'

Ze hing op, riep de chauffeur terug van de bushalte, pakte haar laptop en hackte zich met behulp van haar mobiele telefoon in Mikaels computer. Daar schreef ze haar instructies voor het downloaden en de installatie van de encryptiesoftware.

Toen zei ze tegen de man dat hij haar naar het Mosebacketorg moest brengen. Dat was een risico, maar ze zag geen andere mogelijkheid. De stad om haar heen werd steeds waziger.

Mikael Blomkvist vloekte zacht. Hij stond op de Sveaväg, niet ver van de dode en de afzetting die net door de politie, die het eerst ter plaatse was, was aangebracht. Sinds Lisbeth de eerste keer had gebeld, was hij koortsachtig actief geweest. Hij was in een taxi hierheen gesprongen en had onderweg al het mogelijke gedaan om te voorkomen dat de directeur en de jongen de straat op zouden gaan.

Hij had alleen een personeelslid van Odens Kinder- en Jeugdopvang te pakken gekregen, een zekere Birgitta Lindgren, die de hal in was gerend, alleen om haar collega met een dodelijke hoofdwond tegen de deur te zien vallen. Toen Mikael tien minuten later arriveerde, was Birgitta Lindgren nog vreselijk van streek, maar toch hadden zij en een andere vrouw, die Ulrika Franzén heette en onderweg was naar uitgeverij Albert Bonnier even verderop in de straat, Mikael een heel behoorlijk beeld gegeven van wat er was gebeurd.

Al voordat zijn telefoon ging, wist Mikael dus dat Lisbeth het leven van August Balder had gered. Hij had begrepen dat zij en de jongen nu in een auto zaten met een chauffeur die waarschijnlijk niet al te bereidwillig zou zijn om hen te helpen nu hij zelf ook beschoten was. Maar Mikael had vooral de bloedvlekken op het trottoir en de straat gezien en hoewel hij door het gesprek wel enigszins was gerustgesteld, was hij nog steeds erg bezorgd. Lisbeth klonk een beetje verzwakt, en toch – maar dat verbaasde hem eigenlijk niet – was ze heel koppig.

Hoewel ze waarschijnlijk een schotwond had, wilde ze August zelf verbergen, en dat was nog wel te begrijpen gezien haar achtergrond, maar moesten *Millennium* en hij haar hierbij echt helpen? Hoe dapper ze aan de Sveaväg ook was opgetreden, het zou strikt juridisch ongetwijfeld ontvoering kunnen worden genoemd. Daar mocht hij haar niet bij helpen. Hij hád al problemen met de media en de officier van justitie.

Maar het ging hier wel om Lisbeth en hij had het haar beloofd. Het was overduidelijk dat hij haar moest helpen, ook al zou Erika boos worden en al zou er God weet wat gebeuren, dus hij haalde diep adem en pakte zijn telefoon. Maar hij kreeg niet de tijd een nummer in te toetsen. Achter zich hoorde hij een bekende stem. Jan Bublanski, die snel over het trottoir zijn kant op kwam. Hij zag eruit of hij op het punt stond in te storten. Naast hem liepen inspecteur Sonja Modig en een lange, fit uitziende man van een jaar of vijftig, waarschijnlijk de professor die Lisbeth over de telefoon had genoemd.

'Waar is het kind?' hijgde Bublanski.

'In noordelijke richting verdwenen in een grote, rode Volvo. Iemand heeft hem gered.'

'Wie?'

'Ik zal je vertellen wat ik weet,' zei Mikael, hoewel hij niet meteen wist wat hij wel of niet zou moeten vertellen. 'Maar ik moet eerst een telefoontje plegen.'

'Nee nee, eerst moet je met ons praten. We moeten een landelijk opsporingsbevel laten uitgaan.'

'Praat met die vrouw daar. Ulrika Franzén heet ze. Zij weet meer. Ze heeft gezien wat er is gebeurd en heeft zelfs een signalement van de dader. Zelf kwam ik pas tien minuten later aan.'

'En de man die het kind redde?'

'De vróúw die hem redde. Ulrika Franzén heeft van haar ook een signalement. Maar neem me niet kwalijk ...'

'Hoe wist jij überhaupt dat er hier iets zou gebeuren?' vroeg Sonja Modig met onverwachte woede in haar stem. 'Op de radio zeiden ze dat je de alarmcentrale al had gebeld voordat er een schot was gelost.'

'Ik ben getipt.'

'Door wie?'

Mikael haalde nogmaals diep adem en keek Sonja recht in de ogen, met alle betrouwbaarheid waarover hij beschikte.

'Wat voor shit er vandaag ook in de kranten staat, ik wil echt op alle mogelijke manieren met jullie samenwerken; ik hoop dat jullie dat weten.'

'Ik heb je altijd vertrouwd, Mikael, maar nu begin ik voor het eerst te twijfelen,' antwoordde Sonja.

'Oké, dat respecteer ik, maar dan moeten jullie ook respecteren dat ík júllie niet helemaal vertrouw. Er is een ernstig lek; dat hebben jullie toch wel begrepen, hè? Anders zou dit niet zijn gebeurd,' zei hij, en hij wees op het dode lichaam van Torkel Lindén.

'Dat is waar. Vreselijk,' merkte Bublanski op.

'Daarom. En nu moet ik bellen,' zei Mikael, en hij ging een stukje verderop staan om ongestoord te kunnen praten.

Maar hij bedacht dat hij nu extra voorzichtig moest zijn, dus hij deelde Bublanski en Modig mee dat hij tot zijn spijt meteen naar de redactie moest, maar dat hij natuurlijk tot hun beschikking stond wanneer ze hem ook maar nodig hadden. Toen pakte Sonja Mikael tot haar eigen verbazing bij de arm.

'Je moet eerst vertellen hoe je wist dat er iets ging gebeuren,' zei ze scherp.

'Ik moet me helaas beroepen op bronbescherming,' antwoordde Mikael, en hij glimlachte moeilijk. Toen wenkte hij een taxi en ging naar de redactie, diep in gedachten verzonken. Meer complexe ICT-zaken had *Millennium* sinds enige tijd ondergebracht bij Tech Source, een stel jonge meiden die de redactie altijd snel en doelmatig hielpen. Maar die wilde hij hier nu niet bij betrekken, net zomin als Christer Malm, hoewel dat de deskundigste man van de redactie was op ICT-gebied. Hij dacht eerder aan Andrei. Die was al bij het verhaal betrokken en was bovendien ontzettend handig met computers. Mikael besloot het hem te vragen en beloofde zichzelf dat hij zich sterk zou maken voor een vaste aanstelling voor die jongen, als Erika en hij deze puinhoop hadden opgeruimd.

Erika's ochtend was al vóór de schoten op de Sveaväg een nachtmerrie, en dat kwam natuurlijk door dat verdomde bericht van TT, dat in zekere zin een voortzetting van de eerdere hetze tegen Mikael was. Weer kwamen alle jaloerse en bekrompen zielen naar voren en spuwden hun gal op Twitter, in mailtjes en op contactformulieren op de website. Ditmaal deed ook het racistisch gespuis mee, natuurlijk omdat *Millennium* zich al jaren inzette tegen alle vormen van vreemdelingenhaat en discriminatie.

Het ergste was dat het voor iedereen op de redactie zoveel moeilijker werd om zijn werk te doen. Mensen leken opeens minder bereid om het blad informatie te verstrekken. Bovendien ging het gerucht dat hoofdofficier van justitie Richard Ekström een huiszoeking op de redactie voorbereidde. Erika Berger geloofde daar niet veel van. Een huiszoeking bij een tijdschrift was een ernstige zaak, vooral met het oog op bronbescherming.

Maar ze was het met Christer Malm eens dat de stemming nu zo onaangenaam was geworden dat zelfs juristen en verstandige mensen op domme ideeën zouden kunnen komen. Ze stond zich net af te vragen wat voor tegenstand ze zouden kunnen bieden toen Mikael de redactie op kwam. Tot haar verbazing wilde hij niet met haar praten, maar liep hij rechtstreeks naar Andrei Zander. Hij trok hem mee naar haar kamer, en even later ging ze achter hen aan.

Toen ze binnenkwam, zag Andrei er gespannen en geconcentreerd uit, en ze verstond het begrip PGP. Sinds ze een cursus over ICT-beveiliging had gevolgd wist ze wat dat was, en ze zag dat Andrei aantekeningen maakte op een notitieblok. Daarna, zonder ook maar een blik op haar te werpen, ging hij de kamer uit en liep hij naar Mikaels laptop, die op de redactie stond.

'Waar ging dat over?' vroeg ze.

Mikael bracht haar fluisterend op de hoogte, ze bleef er niet bepaald rustig onder. Ze kon het nauwelijks bevatten. Mikael moest het een paar keer herhalen.

'Dus je wilt dat ik een schuilplaats voor hen zoek?' vroeg ze.

'Het spijt me dat ik je hierbij betrek, Erika,' antwoordde hij. 'Maar ik ken niemand die zoveel mensen met zomerhuizen kent als jij.'

'Ik weet het niet, Mikael. Ik weet het echt niet.'

'We mogen ze niet in de steek laten, Erika. Lisbeth is gewond. Het is een wanhopige situatie.'

'Als ze gewond is, moet ze naar het ziekenhuis.'

'Maar dat wil ze niet. Ze wil die jongen koste wat het kost beschermen.'

'Zodat hij de moordenaar in alle rust kan tekenen.'

'Ja.'

'Dat is een te grote verantwoordelijkheid, Mikael, en een te groot risico. Als er iets gebeurt, slaat dat terug op ons en dat zou het blad kunnen nekken. We lenen ons niet voor getuigenbescherming, dat is niet onze taak. Dit is een zaak voor de politie – stel je voor tot hoeveel onderzoekstechnische en psychologische vragen die tekening aanleiding zou kunnen geven. Het moet op een andere manier kunnen.'

'Vast wel – als we hier met iemand anders dan Lisbeth Salander te maken hadden.'

'Soms word ik er moe van dat jij haar altijd maar verdedigt.'

'Ik probeer het gewoon realistisch te bekijken. De overheid heeft August Balder lelijk in de steek gelaten en hem in levensgevaar gebracht, en ik weet dat dat Lisbeth woedend maakt.'

'En daar moeten wij ons dan maar bij neerleggen, vind jij?'

'We zullen wel moeten. Ze is kwaad, ze loopt ergens rond en kan nergens heen.'

'Breng ze dan naar Sandhamn.'

'Dat is te voor de hand liggend. Als bekend wordt dat zij het is, zullen ze meteen mijn adressen natrekken.'

'Goed dan.'

'Hoezo "goed dan"?'

'Ik zal iets zoeken.'

Ze geloofde zelf haast niet dat ze dat zei, maar zo was het met Mikael: als hij haar iets vroeg, kon ze niet weigeren. En ze wist dat het bij hem net zo was. Hij zou ook alles doen voor haar.

'Geweldig, Ricky. Waar?'

Ze probeerde iets te verzinnen maar kon niets bedenken. Het was helemaal stil in haar hoofd. Geen naam, geen mens kwam in haar op, alsof ze opeens helemaal geen sociaal netwerk had.

'Ik moet nadenken,' zei ze.

'Denk snel en geef het adres en een routebeschrijving aan Andrei. Hij weet wat hij moet doen.'

Erika had behoefte aan frisse lucht, dus ze ging de trap af en liep de Götgata op. Ze wandelde naar de Medborgarplats terwijl de ene na de andere naam door haar gedachten fladderde, maar niet één gaf haar een goed gevoel. Er stond te veel op het spel en ze zag bij iedereen aan wie ze dacht wel een foutje of een minpuntje. En als dat al niet zo was, wilde ze hen niet aan het risico blootstellen of hen met het verzoek belasten. Aan de andere kant ... Het was een klein jongetje en ze hadden op hem geschoten, en ze had het beloofd. Ze moest iets verzinnen.

In de verte gilde een politiesirene. Ze keek naar het park, naar het metrostation en naar de moskee op de heuvel. Er liep een jongeman langs die met papieren aan het winkelen was alsof hij iets geheims bij zich had, en toen, opeens: Gabriella Grane. Die naam verbaasde haar eerst. Gabriella was geen dikke vriendin en ze werkte ergens waar je de wet vast en zeker niet moest overtreden. Dus nee, dat was een idioot idee. Gabriella zou haar baan in de waagschaal stellen als ze zelfs maar over het voorstel nádacht, en toch ... het idee liet Erika niet los.

Gabriella was een zeldzaam goed en verantwoordelijk mens. Een herinnering drong zich op. Afgelopen zomer, in de kleine uurtjes of zelfs al tegen de ochtend, op het kreeftenfeest in Gabriella's tweede huis op Ingarö. Gabriella en zij zaten op een schommelbank op een klein terras uit te kijken over het water, dat door een opening tussen de bomen te zien was.

'Hier wil ik heen als de hyena's achter me aan zitten,' had Erika gezegd zonder dat ze precies wist welke hyena's ze bedoelde, maar waarschijnlijk was ze moe geweest en had ze het druk gehad op haar werk, en dat huis leek haar een heerlijk toevluchtsoord.

Het lag op de rotsen en werd door bomen en hellingen tegen inkijk beschermd. Ze herinnerde zich heel goed dat Gabriella een antwoord gaf dat ze als een belofte opvatte: 'Als de hyena's aanvallen, ben je hier welkom, Erika.' Daar dacht ze nu aan en ze vroeg zich af of ze toch niet even zou informeren.

Misschien was het brutaal om de vraag zelfs maar te stellen. Maar ze besloot het toch te proberen, dus ze zocht in haar contactenlijst, liep weer naar de redactie en belde met de versleutelde RedPhone-app die Andrei voor haar had aangeschaft.

18
22 NOVEMBER

Gabriella Grane wilde net naar een inderhaast bijeengeroepen vergadering gaan met Helena Kraft en het team van de Säpo over het onverwachte drama aan de Sveaväg toen haar mobiele telefoon begon te zoemen en hoewel ze kwaad was, of misschien juist daarom, nam ze op met een gehaast: 'Ja?'

'Met Erika.'

'Hallo. Ik heb nu geen tijd. Ik bel je later wel terug.'

'Ik had een ...' ging Erika door.

Maar toen had Gabriella al opgehangen. Ze had geen tijd voor een gesprek met een vriendin, en met een gezicht alsof ze een behoorlijke oorlog zou willen beginnen ging Gabriella de vergaderzaal in. Er was vitale informatie uitgelekt en nu was er nog iemand dood, en waarschijnlijk ook nog iemand ernstig gewond, en meer dan ooit zou ze iedereen die daar was willen vragen om op te hoepelen. Ze waren heel slordig geweest en zo gretig om meer informatie te krijgen dat ze onvoorzichtig waren geworden. Een halve minuut of zo hoorde ze niets van wat er werd gezegd en ging ze alleen maar op in haar woede. Maar opeens ving ze iets op en begon ze te luisteren.

Er werd gezegd dat Mikael Blomkvist de alarmcentrale al had gebeld voordat de schoten aan de Sveaväg waren gevallen. Dat was toch wel merkwaardig, en nu had Erika Berger gebeld, die anders toch echt geen contact zocht als het niet nodig was, zeker niet onder werktijd. Gabriella stond op en excuseerde zich.

'Gabriella, ik denk dat het heel belangrijk is dat je dit hoort,' zei Helena Kraft ongewoon scherp.

'Ik moet een telefoontje plegen,' antwoordde ze Ze vond het opeens niet meer belangrijk om de baas van de Säpo tevreden te houden.

'Wat voor telefoontje?'

'Een telefoontje,' zei ze, en ze liep weg. Ze ging naar haar kamer, waar ze Erika Berger meteen terugbelde.

Erika vroeg Gabriella weer op te hangen en haar op haar Samsung te bellen. Toen ze haar vriendin weer aan de lijn had, merkte ze meteen op dat die anders klonk dan normaal. In haar stem klonk niets van haar gebruikelijke vriendschappelijke enthousiasme. Integendeel, Gabriella klonk formeel en bezorgd, alsof ze inmiddels vermoedde dat Erika haar iets belangrijks wilde voorleggen.

'Hallo,' zei ze alleen. 'Ik heb het nog steeds verschrikkelijk druk, maar gaat het over August Balder?'

Dat gaf Erika een heel ongemakkelijk gevoel.

'Hoe weet je dat?' vroeg ze.

'Ik werk aan dat onderzoek en ik hoorde net dat Mikael van tevoren een tip had gehad over wat er aan de Sveaväg zou gebeuren.'

'Dus dat hebben jullie al vernomen?'

'Ja, en nu willen we natuurlijk heel graag weten hoe dat kon.'

'Sorry, daarvoor moet ik me beroepen op bronbescherming.'

'Oké. Maar wat wilde je? Waarvoor belde je?'

Erika deed haar ogen dicht en haalde diep adem. Hoe kon ze zo stom zijn geweest?

'Ik vrees dat ik me tot iemand anders moet wenden,' zei ze. 'Ik wil je niet in een ethisch conflict brengen.'

'Ik ga graag elk ethisch conflict aan, Erika, maar ik kan er niet tegen als je dingen voor me achterhoudt. Dit onderzoek is belangrijker voor mij dan jij je zelfs maar kunt voorstellen.'

'O ja?'

'Ja. En ook ik heb van tevoren een tip gekregen. Ik hoorde dat er een serieuze dreiging bestond voor Balder. Maar ik ben er desondanks niet in geslaagd de moord te verhinderen, en dat is iets waar ik de rest van mijn leven mee door moet. Dus kom op, waarom belde je me?'

'Dat kan ik niet zeggen, Gabriella. Het spijt me. Ik wil niet dat je door ons in de problemen komt.'

'Ik heb Mikael in de nacht van de moord in Saltsjöbaden gezien.'

'Daar heeft hij niets over gezegd.'

'Ik nam aan dat ik er niets aan had als ik zou laten weten wie ik was.'

'Heel verstandig.'

'We kunnen elkaar in deze puinhoop misschien helpen.'

'Dat klinkt goed. Ik kan Mikael vragen je straks te bellen. Maar nu moet ik dit regelen.'

'En ik weet net als jullie dat er een lek is op het politiebureau. Ik begrijp dat je in deze situatie ongewone bondgenootschappen moet sluiten.'

'Zeker weten. Maar het spijt me, ik moet weer aan het werk.'

'Oké,' zei Gabriella teleurgesteld. 'Ik doe wel alsof dit gesprek niet heeft plaatsgevonden. Succes.'

'Dank je,' zei Erika, en ze zocht verder in haar contactenlijst.

Gabriella liep diep in gedachten terug naar de vergadering. Wat had Erika willen vragen? Ze begreep het niet en toch had ze een vaag vermoeden dat het belangrijk was. Zodra ze de vergaderzaal weer binnenkwam, verstomden de gesprekken, en iedereen keek haar aan.

'Wat was dat?' vroeg Helena Kraft.

'Privé.'

'Wat je per se nu moest doen?'

'Wat ik per se nu moest doen. Waar waren we gebleven?'

'We hadden het over wat er op de Sveaväg is gebeurd, maar zoals ik al opmerkte: we beschikken nog maar over gebrekkige informatie,' zei Ragnar Olofsson. 'De situatie is op dit moment chaotisch. Maar het ziet ernaar uit dat we onze bron in de groep van Bublanski kwijt zijn. De commissaris is nu blijkbaar volkomen paranoïde.'

'Terecht,' zei Gabriella scherp.

'Ja ... Ja, dat zeiden wij ook. We zullen natuurlijk de onderste steen bovenhalen om erachter te komen hoe de schutter kon weten dat het kind in dat tehuis was of hoe hij kon weten dat ze op dat moment de deur uit zouden komen. We zullen kosten noch moeite sparen; dat spreekt voor zich. Maar ik moet er toch wel op wijzen dat het lek niet per se bij de politie hoeft te zitten. De informatie lijkt bij veel mensen bekend te zijn geweest: bij het tehuis natuurlijk, bij de moeder en die onbetrouwbare vriend van haar, Lasse Westman, en bij de redactie van *Millennium*. Bovendien kunnen we hackersaanvallen natuurlijk niet uitsluiten. Daar kom ik nog op terug. Maar mag ik nu mijn betoog vervolgen?'

'Natuurlijk.'

'We hebben net gesproken over de rol van Mikael Blomkvist, en daar maken we ons toch ernstig zorgen over. Hoe kan hij kennis hebben van een schietincident voordat het plaatsvindt? Volgens mij heeft hij een bron in de buurt van die criminelen, en dan hoeven we die bronbescherming niet overmatig te respecteren. We moeten erachter zien te komen hoe hij aan die informatie kwam.'

'Vooral omdat hij weleens wanhopig zou kunnen zijn en alles zou willen doen voor een primeur,' merkte Mårten Nielsen op.

'Mårten heeft blijkbaar ook goede bronnen. Hij leest de roddelbladen,' zei Gabriella sarcastisch.

'Geen roddelbladen, meisje, TT. Een organisatie waar wij van de Säpo ook geregeld enig vertrouwen in hebben.'

'Het was bewust gezaaide laster, en dat weet je net zo goed als ik,' pareerde Gabriella.

'Ik wist niet dat je zo verkikkerd was op Blomkvist.'

'Idioot.'

'Hou op,' viel Helena hen in de rede. 'Wat is dat voor flauwekul? Ga door, Ragnar. Wat zijn de feiten?'

'De eersten die ter plaatse waren, waren twee man van de politie: Erik Sandström en Tord Landgren,' vervolgde Ragnar Olofsson. 'Voorlopig heb ik mijn informatie van hen. Ze waren er om 9.24 uur precies en toen was alles al gebeurd. Torkel Lindén was dood, in zijn achterhoofd geschoten, en het jochie, tja, dat weten we niet. Er zijn getuigenverklaringen dat hij ook is geraakt. Er zaten bloedvlekken op het trottoir en op de weg. Maar niets is zeker. Het kind is verdwenen in een rode Volvo; we hebben een deel van het kenteken en het type. Ik denk dat we de eigenaar van die auto vrij snel te pakken kunnen hebben.'

Het viel Gabriella op dat Helena Kraft nauwkeurig aantekeningen maakte, net als bij hun eerdere vergaderingen.

'Maar wat gebeurde er nou?' vroeg ze.

'Volgens twee jongemannen, twee studenten van de Economische Hogeschool aan de overkant van de Sveaväg, leek het op een afrekening tussen twee criminele groepen die allebei achter August Balder aan zaten.'

'Klinkt vergezocht.'

'Dat weet ik nog zo net niet,' zei Ragnar Olofsson.

'Waarom niet?' vroeg Helena Kraft.

'Aan beide kanten waren het professionals. De schutter heeft de deur waarschijnlijk in de gaten gehouden vanaf het lage groene muurtje aan de overkant, voor het park. Veel duidt erop dat het dezelfde man was als degene die Balder heeft vermoord. Niet dat iemand zijn gezicht duidelijk heeft gezien. Hij droeg mogelijk een of andere vermomming. Maar hij lijkt zich net zo effectief en snel te hebben bewogen. En aan de andere kant was er die vrouw.'

'Wat weten we over haar?'

'Niet veel. Ze had een zwartleren jack aan, denken we, en een donkere spijkerbroek. Ze was jong, had zwart haar, piercings, zei iemand, een beetje rock- of punkachtig, klein en op de een of andere manier leek ze explosief. Ze kwam uit het niets, stortte zich op de jongen en beschermde hem. Alle getuigen zijn het erover eens dat het niet iemand uit het publiek kan zijn geweest. De vrouw kwam aan rennen alsof ze erop getraind was. Of alsof ze zich in elk geval al eerder in zo'n situatie had bevonden. Ze ging bijzonder doelbewust te werk. En dan is er de auto, de Volvo. Daarover hebben we tegenstrijdige informatie. Sommigen zeggen dat die toevallig voorbijkwam en dat de vrouw en het kind er min of meer in het voorbijgaan in sprongen. Anderen – vooral die Handelsjongens – denken dat de auto deel uitmaakte van de operatie. Hoe dan ook, ik ben bang dat we te maken hebben met een ontvoering.'

'Wat zou de zin daarvan zijn?'

'Dat moet je mij niet vragen.'

'Dus die vrouw zou August niet alleen hebben gered, maar hem ook hebben gekidnapt,' zei Gabriella.

'Daar lijkt het op, niet? Anders hadden we toch wel al iets van haar gehoord.'

'Hoe kwam ze daar?'

'Dat weten we nog niet. Maar een getuige, de voormalig hoofdredacteur van een vakbondskrant, zegt dat de vrouw hem bekend voorkwam,' vervolgde Ragnar Olofsson, en hij ging nog even door.

Maar toen luisterde Gabriella al niet meer. Ze dacht geschrokken: de dochter van Zalachenko, het moet de dochter van Zalachenko zijn geweest. Natuurlijk wist ze dat die bijvoeglijke bepaling uitermate onrechtvaardig was. De dochter had niets met de vader te maken. Integendeel, ze had hem gehaat. Maar Gabriella was haar gaan beschouwen als 'de dochter van Zalachenko' sinds ze eerder dat jaar alles over de zaak-Zalachenko had gelezen wat ze maar te pakken kon krijgen en terwijl Ragnar Olofsson nu doorging met speculeren, vielen de stukjes voor haar op hun plaats. Ze had gisteren al een paar aanknopingspunten gevonden tussen het oude netwerk van Zalachenko en de groep die zich de Spiders noemde, maar toen had ze het weggewuifd omdat ze meende dat er grenzen waren aan de competentieontwikkeling van een criminele organisatie.

Van sjofele types die in leren vesten zitten te hacken en bij motorclubs pornoblaadjes zitten te lezen naar speerpunttechnologie stelen leek haar geen logische stap. Toch was de gedachte in haar opgekomen, en Gabriella had zich zelfs afgevraagd of het meisje dat Linus Brandell had geholpen de cyberaanval in de computers van Balder te traceren misschien de dochter van Zalachenko was. In een document van de veiligheidsdienst over de vrouw had gestaan 'hacker? verstand van computers?' en hoewel dat eerder een verdwaalde vraag leek naar aanleiding van het verbazend goede getuigschrift van haar werk bij Milton Security, was het duidelijk dat de vrouw veel tijd had gestoken in het onderzoek naar haar vaders misdaadsyndicaat.

Maar het meest opvallende in dit geval was toch wel dat er een verband bestond tussen deze vrouw en Mikael Blomkvist. Hoe dat precies in elkaar zat, was Gabriella niet duidelijk maar ze geloofde geen snars van al die boosaardige speculaties dat het ging om chantage of sadomasochistische seks. Maar het verband was er, en zowel Mikael Blomkvist als de vrouw die voldeed aan het signalement van de dochter van Zalachenko en die er volgens een getuige bekend uitzag, was kennelijk van tevoren op de hoogte van de schietpartij aan de Sveaväg. En nu had Erika Berger Gabriella gebeld om te praten over iets wat belangrijk was met betrekking tot deze misdaad. Wees alles niet in dezelfde richting?

'Ik dacht ineens ...' zei Gabriella misschien iets te hard, en ze viel Ragnar Olofsson in de rede.

'Ja?' zei hij geïrriteerd.

'Ik vroeg me af ...' vervolgde ze, en ze wilde net haar theorie uiteenzetten toen haar iets opviel wat haar aan het twijfelen bracht.

Het was niet iets speciaals, helemaal niet. Het kwam door Helena Kraft, die weer uiterst nauwkeurig opschreef wat Ragnar Olofsson net had gezegd, en eigenlijk was het alleen maar goed dat een hoge chef zo geïnteresseerd was. Het gekras van haar pen had iets overijverigs, en Gabriella vroeg zich af of een chef die het grotere beeld hoorde te zien wel zo op details moest letten, en zonder goed te begrijpen waarom kreeg ze een heel ongemakkelijk gevoel.

Dat kon er natuurlijk mee te maken hebben dat ze zelf op het punt stond iemand ongefundeerd te beschuldigen, maar waarschijnlijk kwam het toch meer doordat Helena Kraft voelde dat ze geobserveerd werd en toen beschaamd wegkeek en zelfs bloosde. Gabriella besloot haar zin niet af te maken.

'Of liever ...'

'Ja, Gabriella?'

'Nee, het was niets,' zei ze. Ze voelde een plotselinge behoefte om te vertrekken en hoewel ze wist dat het geen goede indruk zou wekken als ze de vergaderzaal weer verliet, stond ze op en ging ze naar het toilet.

Later zou ze zich herinneren hoe ze daar naar haar gezicht in de spiegel staarde en probeerde te begrijpen wat ze had gezien. Bloosde Helena Kraft werkelijk en zo ja, wat betekende dat dan? Vast niets, besloot ze, helemaal niets, en ook al was dat wat Gabriella in haar gezicht had waargenomen schaamte of schuldgevoel, dan nog kon dat overal betrekking op hebben, iets pijnlijks misschien wat in haar opkwam. Ze bedacht dat ze Helena Kraft niet door en door kende, maar ze wist wel dat ze geen kind de dood in zou sturen om er financieel of ander voordeel uit te halen; nee, dat was onmogelijk.

Gabriella was paranoïde geworden. Een klassiek geval van een zenuwachtige spion die overal mollen ziet, zelfs in haar eigen spiegelbeeld. 'Idioot,' mompelde ze, en ze glimlachte berustend naar zichzelf, alsof ze al die domheid achter zich wilde laten en wilde terugkeren naar de werkelijkheid. Maar het was nog helemaal niet voorbij. Op dat moment meende ze een nieuwe waarheid in haar eigen ogen te zien.

Ze vond dat ze op Helena Kraft leek. Ze leek op haar in die zin dat ze ambitieus was en goed wilde zijn, een schouderklopje wilde krijgen van haar bazen, en dat waren natuurlijk niet alleen maar leuke eigenschappen. Als de cultuur waarin je werkt ongezond is, loop je met zo'n instelling de kans om zelf ook ongezond te worden, en wie weet, misschien was het net zo vaak de wil om het iedereen naar de zin te maken als kwaadwilligheid of hebzucht waardoor mensen op het verkeerde pad raakten.

Mensen willen erbij horen en goed werk leveren, en begaan daardoor ontzettende stommiteiten. En plotseling vroeg ze zich af: was het in dit geval ook zo gegaan? In elk geval had Hans Faste – want hij was vermoedelijk hun bron in het team van Bublanski – naar hen gelekt omdat dat zijn taak was en omdat hij een wit voetje wilde halen bij de Säpo en Ragnar Olofsson had alles tot in detail aan Helena Kraft doorgegeven omdat ze zijn baas was en hij een goede beurt bij haar wilde maken, en toen ... ja, toen had Helena Kraft misschien weer verder gelekt omdat ook zij goed werk wilde leveren en wilde laten zien hoe competent ze was. Maar aan wie? Aan het hoofd van de landelijke politie, aan de regering of aan een buitenlandse inlichtingendienst, en dan bij voorkeur de Amerikaanse of de Engelse, die misschien op hun beurt ...

Gabriella ging niet door met die gedachtegang en vroeg zich opnieuw af of ze niet gewoon paranoïde was, en al dacht ze dat eigenlijk wel, ze bleef toch zitten met het gevoel dat ze haar team niet kon vertrouwen. Ze wilde wel goed werk leveren, maar niet per se op de manier van de veiligheidsdienst. Ze wilde dat August Balder het overleefde. In plaats van het gezicht van Helena Kraft zag ze de ogen van Erika Berger voor zich en ze liep snel naar haar kamer en pakte haar Blackphone, dezelfde die ze altijd gebruikte voor haar telefoontjes met Frans Balder.

Erika was weer naar buiten gegaan om ongestoord te kunnen praten, en nu stond ze voor de Söderboekhandel in de Götgata en vroeg zich af of ze iets doms had gedaan. Gabriella Grane had echter zulke sterke argumenten aangevoerd dat Erika wel toe moest geven; dat was waarschijnlijk het nadeel van intelligente vriendinnen. Die kijken dwars door je heen.

Gabriella had niet alleen uitgedokterd waar Erika voor had gebeld, ze had haar er ook van overtuigd dat ze zich moreel verantwoordelijk voelde en nooit van haar leven de schuilplaats zou verklappen, hoezeer dat ook tegen haar beroepsethiek in zou gaan. Ze voelde zich schuldig, zei ze, en daarom wilde ze helpen. Ze zou de sleutels van haar huis op Ingarö geven en ervoor zorgen dat er een routebeschrijving op de versleutelde link zou komen te staan die Andrei Zander op aanwijzing van Lisbeth Salander had aangemaakt.

Verderop in de Götgata zakte een bedelaar in elkaar, en de petflessen uit twee tassen rolden over het trottoir. Erika rende erheen om te helpen, maar de man, die al gauw weer op de been was, wilde geen hulp hebben, dus Erika glimlachte mistroostig naar hem en liep terug naar *Millennium*.

Toen ze de redactie weer op kwam, zag Mikael er geëmotioneerd en doodmoe uit. Zijn haar stond overeind en zijn overhemd hing uit zijn broek. Het was lang geleden sinds ze hem zo moe had gezien. Toch maakte ze zich geen zorgen. Als hij ergens zo mee bezig was, was hij niet meer tegen te houden. Dan had hij die volkomen concentratie bereikt die niet zou verdwijnen voordat hij de zaak tot op de bodem had uitgezocht.

'Heb je een schuilplaats gevonden?' vroeg hij.

Ze knikte.

'Misschien maar beter als je niet meer zegt. We moeten de kring zo klein mogelijk houden,' vervolgde hij.

'Dat klinkt verstandig. Laten we hopen dat het een oplossing voor korte tijd is. Het staat me niet aan dat Lisbeth voor die jongen zorgt.'

'Misschien zijn ze wel goed voor elkaar, wie weet.'

'Wat heb je tegen de politie gezegd?'

'Te weinig.'

'Geen goed moment om dingen achter te houden.'

'Nee, niet bepaald.'

'Misschien wil Lisbeth iets bekendmaken, zodat ze jou met rust laten.'

'Ik wil haar op dit moment niet onder druk zetten. Ik maak me ongerust over haar. Wil jij haar via Andrei vragen of we een dokter moeten sturen?'

'Dat zal ik doen, maar zeg ...'

'Ja?'

'Ik begin te denken dat ze gelijk heeft,' zei Erika.
'Waarom zeg je dat nu opeens?'
'Omdat ik ook zo mijn bronnen heb. Het politiebureau is op dit moment geen veilige plek,' zei ze, en ze liep resoluut naar Andrei Zander.

19
22 NOVEMBER 'S AVONDS

Jan Bublanski was alleen in zijn kantoor. Hans Faste had eindelijk toegegeven dat hij naar de veiligheidsdienst had gelekt en zonder zelfs maar naar zijn verdediging te luisteren had Bublanski hem uit het onderzoeksteam gezet. Maar hoewel het voor hem eens te meer bewees dat Hans Faste een onbetrouwbare carrièrejager was, kon hij zich niet voorstellen dat de man ook naar criminelen had gelekt. Bublanski kon zich sowieso niet voorstellen dat iemand dat zou doen.

Ook bij de politie werkten natuurlijk corrupte en verdorven mensen, maar een klein, gehandicapt jongetje uitleveren aan een koudbloedige moordenaar was toch iets anders, en hij weigerde te geloven dat iemand van het korps daartoe in staat was. Misschien was de informatie op een andere manier uitgelekt. Ze konden afgeluisterd zijn of gehackt, al wist hij niet of er ergens op een computer stond dat August Balder de dader kon tekenen, laat staan dat hij zich in Odens Kinder- en Jeugdopvang bevond. Hij had Säpo-baas Helena Kraft geprobeerd te bereiken om dit te bespreken, maar hoewel hij nadrukkelijk had gezegd dat het belangrijk was, had ze niet teruggebeld.

Hij had ook verontrustende telefoontjes gekregen van de Handelsraad en het ministerie van Economische Zaken, en ook al zei niemand het met zoveel woorden, de grootste bezorgdheid daar gold niet het kind of wat er nu verder zou gaan gebeuren na het drama op de Sveaväg, maar het onderzoek waarmee Frans Balder bezig was geweest en dat door de moord leek te zijn beëindigd.

Hoewel enkele van de deskundigste ICT'ers van de politie en drie informatici van de universiteit van Linköping en de Technische

Universiteit in Stockholm in het huis in Saltsjöbaden waren geweest, hadden ze geen spoor van zijn werk gevonden, niet in de computers en niet in de aangetroffen papieren.

'Dus nu hebben we ook nog te maken met artificiële intelligentie,' mompelde Bublanski voor zich uit, en om de een of andere reden moest hij denken aan een oud raadseltje dat zijn ondeugende neef Samuel zijn leeftijdsgenoten in de synagoge altijd voorhield om hen in verwarring te brengen.

Het was een paradox die hierop neerkwam: als God almachtig is, kan Hij dan iets scheppen wat knapper is dan Hijzelf? Ze vonden het raadsel respectloos, herinnerde Bublanski zich, en zelfs godslasterlijk, want het antwoord was altijd fout, wat je ook zei. Maar Bublanski kreeg niet de tijd zich daar verder in te verdiepen. Er werd op de deur geklopt. Het was Sonja Modig, die hem met een zekere plechtstatigheid nog een stuk Zwitserse chocola overhandigde.

'Dank je,' zei hij. 'Wat heb je te melden?'

'We denken te weten hoe de daders Torkel Lindén en de jongen naar de straat lokten. Ze stuurden valse mailtjes uit naam van Charles Edelman en ons, waarin stond dat we ergens anders bij elkaar zouden komen.'

'Dus dat kunnen ze ook al?'

'Het is niet eens zo moeilijk.'

'Dat kan er ook nog wel bij.'

'Ja, maar het verklaart nog altijd niet hoe de dader wist dat ze nu juist in de computer van Oden moesten zijn en hoe ze wisten dat professor Edelman erbij was gehaald.'

'Ik neem aan dat we onze eigen computers ook moeten laten onderzoeken.'

'Daar zijn ze al mee bezig.'

'Was dit nu de bedoeling, Sonja?'

'Hoe bedoel je?'

'Dat we nu niet eens meer iets durven te schrijven of te zeggen omdat we dan de kans lopen om te worden afgeluisterd?'

'Ik weet het niet. Ik hoop van niet. Er zit buiten een zekere Jacob Charro te wachten om te worden verhoord.'

'Wie is dat?'

'Een goede voetballer van Syrianska FC. Maar ook de man bij wie die vrouw en August Balder zijn ingestapt.'

Sonja Modig zat in de verhoorkamer met een jonge, gespierde man met kort, donker haar en geprononceerde jukbeenderen. De man droeg een okerkleurige V-trui zonder overhemd en wekte een opgewonden en tegelijkertijd ietwat trotse indruk.

'Aanvang verhoor op 22 november om 18.35 uur, informatief, met getuige Jacob Charro, tweeëntwintig jaar, woonachtig in Norsborg. Vertel maar wat er vanmorgen is gebeurd,' begon ze.

'Ja, nou ...' begon Jacob Charro. 'Ik reed over de Sveaväg en zag dat er wat opwinding was op straat. Ik dacht dat er een ongeluk was gebeurd. Daarom minderde ik vaart. Maar toen zag ik een man van links over de straat rennen. Hij liep heel hard zonder op het verkeer te letten en ik dacht dat het een terrorist was.'

'Waarom dacht je dat?'

'Omdat hij een haast heilige woede uitstraalde.'

'Kon je zijn gezicht zien?'

'Dat niet, maar later bedacht ik dat er iets onnatuurlijks mee was.'

'Hoe bedoel je dat?'

'Alsof het niet zijn echte gezicht was. Hij had een ronde zonnebril op, die waarschijnlijk om zijn oren vastzat. En dan zijn wangen. Het was alsof hij iets in zijn mond had, ik weet niet, en dan zijn snor, zijn wenkbrauwen en de kleur van zijn gezicht.'

'Denk je dat hij vermomd was?'

'Zoiets. Maar ik had geen tijd om daar goed over na te denken. Het volgende moment werd het achterportier opengerukt en toen ... hoe moet ik het zeggen? Het was zo'n moment waarop er te veel tegelijk gebeurt, alsof de hele wereld op je hoofd valt. Opeens zaten er vreemde mensen in mijn auto, en de hele achterruit ging aan diggelen. Ik schrok me dood.'

'Wat deed je toen?'

'Ik gaf gas als een gek. Ik geloof dat het meisje dat in de auto was gesprongen naar me riep dat ik dat moest doen en ik was zo bang dat ik nauwelijks wist wat ik deed. Ik volgde gewoon haar bevelen op.'

'"Bevelen", zeg je?'

'Zo kwam het op me over. Ik dacht dat we achtervolgd werden en ik zag geen andere mogelijkheid dan te gehoorzamen. Ik reed lukraak rond, waar het meisje me maar heen stuurde, en bovendien ...'

'Ja?'

'Er was iets met haar stem. Die was zo kil en geconcentreerd dat ik me eraan vastklampte. Het leek wel alsof haar stem het enige beheerste was in de hele waanzin.'

'Je dacht dat je wist wie de vrouw was, zei je?'

'Ja, maar toen nog niet, hoor. Toen was ik er vooral mee bezig dat alles zo geschift was, en ik was doodsbang. Bovendien stroomde er bloed op de achterbank.'

'Van de jongen of van de vrouw?'

'Dat wist ik eerst niet en zij wisten het blijkbaar ook niet. Maar toen opeens hoorde ik "Yes!", een kreet, alsof er iets goeds was gebeurd.'

'Waar ging dat over?'

'Het meisje begreep dat zíj gewond was, en niet het jongetje, en daar heb ik wel even over na zitten denken. Zo van: hoera, ik ben gewond! En dan moeten jullie weten dat het geen kléín wondje was. Hoe ze het ook verbond, het bloed bleef maar komen. Het stroomde er gewoon uit en het meisje werd steeds bleker. Het ging slecht met haar.'

'En toch was ze blij dat zij getroffen was en niet het jongetje.'

'Exact. Als een moeder.'

'Maar ze was niet de moeder van het kind?'

'Absoluut niet. Ze kenden elkaar niet, zei ze, en dat werd ook steeds duidelijker. Het meisje had echt geen verstand van kinderen, leek het. Ze gaf het jochie geen knuffel en kwam niet met troostende woorden. Ze behandelde hem eerder als een volwassene en praatte tegen hem op dezelfde toon als tegen mij. Even dacht ik zelfs dat ze hem whisky wilde geven.'

'Whisky?' vroeg Bublanski.

'Ik had een fles in de auto die ik aan mijn oom had willen geven, maar die gaf ik aan haar om haar wond te desinfecteren en wat te drinken. Ze dronk er heel wat van.'

'Hoe vond je dat ze de jongen over het algemeen behandelde?' vroeg Sonja Modig.

'Ik weet niet goed wat ik daarop moet antwoorden, eerlijk gezegd. Het was niet bepaald een sociaal wonder. Ze behandelde mij als een stomme bediende en ze had geen bal verstand van omgaan met kinderen, zoals ik al zei, maar toch ...'

'Ja?'

'Toch geloof ik dat ze een goed mens was. Ik zou haar niet als kindermeisje hebben aangenomen, als jullie begrijpen wat ik bedoel, maar ze was oké.'

'Dus je denkt dat het kind veilig is bij haar?'

'Ik zou zeggen dat dat grietje levensgevaarlijk is of knettergek. Maar dat jongetje, August heet hij toch?'

'Inderdaad.'

'August zal ze met haar leven beschermen als het nodig is. Die indruk kreeg ik.'

'Hoe zijn jullie uit elkaar gegaan?'

'Ze wilde dat ik hen naar het Mosebacketorg bracht.'

'Woonde ze daar?'

'Dat weet ik niet. Ze kwam helemaal niet met verklaringen. Ze wilde daar gewoon heen. Ik had het idee dat ze daar ergens een eigen auto had. Ze zei verder niet veel. Ze vroeg me wel mijn gegevens op te schrijven. Ze zou de schade aan de auto vergoeden, zei ze, plus nog wat extra.'

'Kreeg je de indruk dat ze geld had?'

'Tja ... als ik alleen op haar uiterlijk zou afgaan zou ik zeggen dat ze in een krot woonde. Maar de manier waarop ze zich gedroeg ... Ik weet het niet. Het zou me niet verbazen als ze goed bij kas zit. Ik had het idee dat ze gewend was om te doen wat ze wil.'

'En hoe ging het verder?'

'Ze zei tegen het jongetje dat hij uit moest stappen.'

'En deed hij dat?'

'Hij leek wel verlamd. Hij wiegde alleen maar met zijn lichaam heen en weer en kwam niet van zijn plek. Maar toen zei ze het strenger, dat het van levensbelang was of zo, en toen stapte hij uit, met heel stijve armen, alsof hij aan het slaapwandelen was.'

'Zag je waar ze heen gingen?'

'Alleen dat ze naar links liepen, richting Slussen. Maar dat meisje ...'

'Ja?'

'Het ging duidelijk heel slecht met haar. Ze maakte een misstap en leek elk moment te kunnen vallen.'

'Dat klinkt niet goed. En het kind?'

'Daar ging het niet veel beter mee. Zijn ogen stonden dof en de hele rit was ik bang dat hij in huilen uit zou barsten of zoiets. Maar toen hij uitstapte, leek hij de situatie te accepteren. In elk geval vroeg hij een paar keer: "Waarheen? Waarheen?"'

Sonja Modig en Bublanski keken elkaar aan.

'Weet je dat zeker?'

'Waarom zou ik dat niet zeker weten?'

'Ik bedoel: je dácht misschien dat je het hem hoorde zeggen, omdat hij vragend keek bijvoorbeeld.'

'Waarom zou ik dat alleen maar denken?'

'Omdat de moeder van August Balder zegt dat de jongen helemaal niet praat,' zei Sonja Modig.

'Dat meen je niet!'

'Jawel, en het zou wel raar zijn als hij in deze omstandigheden zijn eerste woorden zei.'

'Ik heb gehoord wat ik heb gehoord.'

'Oké. En wat zei de vrouw terug?'

'"Weg", geloof ik. "Ervandoor." Zoiets. Toen viel ze bijna om, zoals ik al zei. Bovendien zei ze tegen mij dat ik weg moest rijden.'

'En dat deed je?'

'Als de bliksem. Ik scheurde gewoon weg.'

'Maar toen bedacht je wie je in de auto had gehad.'

'Ik had al begrepen dat het jongetje de zoon van dat genie was over wie het op internet ging. Maar dat meisje ... haar herkende ik alleen vaag ergens van. Ze deed me aan iets denken, en op het laatst kon ik niet meer rijden. Ik trilde helemaal en stopte op de Ringväg, ter hoogte van Skanstull, rende bij hotel Clarion naar binnen, dronk een biertje en probeerde te kalmeren, en toen schoot het me te binnen. Het was dat meisje dat een paar jaar geleden voor moord werd gezocht, maar later overal van werd vrijgesproken toen bleek dat ze als kind slachtoffer was geweest van een heleboel psychisch geweld. Ik herinner me dat nog heel goed, want ik had in die tijd een vriend wiens vader in Syrië was gemarteld, en die had ongeveer dezelfde dingen doorstaan, een hoop elektrische schokken en dat soort ellende, alleen maar omdat hij niet tegen zijn herinneringen kon. Het leek wel alsof hij hier ook werd gemarteld.'

'Weet je dat zeker?'

'Dat hij werd gemarteld?'

'Nee, dat zij het was, Lisbeth Salander.'

'Ik heb met mijn telefoon naar alle foto's gekeken op internet, en er is geen twijfel mogelijk. Andere dingen kloppen ook, weet je ...'

Jacob aarzelde, alsof hij zich geneerde.

'Ze ontblootte haar bovenlichaam omdat ze haar T-shirt als verband wilde gebruiken, en toen ze zich een stukje omdraaide om haar schouder te verbinden zag ik dat ze een grote tatoeage van een draak op haar rug had, tot aan haar schouderblad. Die tatoeage werd genoemd in een van die oude krantenartikelen.'

Erika Berger was in het vakantiehuis van Gabriella op Ingarö met twee tassen met eten, potloden en papier, een paar geavanceerde puzzels en nog wat spullen. August en Lisbeth waren echter nergens te bekennen, en ze had ze ook niet kunnen bereiken. Lisbeth reageerde niet op de RedPhone-app en ook niet op de versleutelde link, en dat maakte Erika ziek van ongerustheid. Hoe ze het ook bekeek, ze kon het alleen maar zien als uitermate onheilspellend. Lisbeth Salander was dan wel geen prater, maar nu had ze zelf om een veilige schuilplaats gevraagd. Bovendien had ze de zorg voor een kind. Als ze dan niet reageerde op hun telefoontjes, dan moest ze er wel slecht aan toe zijn. Misschien lag ze wel ergens dood te gaan.

Erika vloekte en liep het terras op, hetzelfde terras waar Gabriella en zij hadden besproken hoe ze zich zouden verstoppen voor de wereld. Dat was nog maar een paar maanden geleden. Toch leek het zo ver weg. Nu stond er geen tafel buiten, geen stoelen, geen flessen, nu was er geen lawaai achter hen, alleen door de storm hierheen gewaaide sneeuw, takken en rommel. Het leek wel of er hier niets levends meer was, en de herinnering aan het kreeftenfeest van toen leek de uitgestorvenheid van het huis nog te versterken. De geest van het feest hing als het ware nog in de muren.

Erika liep weer naar de keuken en legde eten in de koelkast dat in de magnetron kon worden klaargemaakt: gehaktballetjes, bakjes met spaghetti bolognese, beef stroganoff, gegratineerde vis, aardappelpartjes en een lading junkfood die Mikael haar had aangeraden te kopen: Billys Pan Pizza, pasteitjes, patat, Coca-Cola, een fles Tullamore Dew, een slof sigaretten en drie zakken chips, snoepjes, drie chocoladecakejes en dropstaven. Op de grote, ronde keukentafel legde ze tekenpapier, potloden, pennen, een gum, een liniaal en een passer neer. Op het bovenste velletje tekende ze een zon en een bloem en schreef ze in vier warme kleuren het woord WELKOM.

Het huis stond op een hoog punt aan de rotsachtige scherenkust, niet ver van Ingarö en je kon er niet naar binnen kijken. Het stond verscholen achter een paar naaldbomen en had vier kamers. De grote keuken met de glazen deuren naar het terras vormde het hart van het huis; daar stonden behalve de ronde eettafel een oude schommelstoel en twee versleten, doorgezakte bankjes, die er dankzij een paar nieuwe rode plaids toch fris en gezellig uitzagen. Het was een prettig huis.

Het was vast ook een goede schuilplaats. Erika liet de deur openstaan, legde de sleutels volgens afspraak in de bovenste la van de kast in de hal en liep de lange houten trap over de rotsige helling af; dat was de enige weg naar het huis voor iemand die met de auto was.

De lucht zag er donker en onrustig uit, en het waaide weer hard. Ze was neerslachtig, en dat werd nog erger toen ze tijdens de rit naar huis aan de moeder moest denken, aan Hanna Balder. Erika had haar nooit ontmoet en eerder was ze geen fan van haar geweest. Vroeger speelde Hanna vaak vrouwen van wie alle mannen dachten dat ze hen konden verleiden, sexy en ietwat naïef onschuldig. Erika vond het typerend voor de filmindustrie dat juist zulke personages centraal stonden. Maar dat was nu niet meer zo, en Erika schaamde zich voor haar antipathie van toen. Ze had te hard geoordeeld over Hanna Balder; dat ging zo gemakkelijk bij knappe meisjes die op jonge leeftijd veel succes hadden.

Tegenwoordig – de weinige keren dat Hanna nog in grotere producties te zien was – straalden haar ogen eerder een ingehouden verdriet uit, waardoor haar rollen diepgang kregen; en misschien – dat wist Erika niet – was dat verdriet wel echt. Hanna Balder had het blijkbaar niet gemakkelijk gehad. Het afgelopen etmaal zeker niet, en vanmorgen had Erika voorgesteld om Hanna op de hoogte te stellen en naar August te brengen. Het leek haar een situatie waarin een kind zijn moeder nodig heeft.

Maar Lisbeth, die toen nog met hen communiceerde, was het daar niet mee eens. Niemand wist nog waar het lek zat, schreef ze; het was niet onmogelijk dat het zich in de kring rond de moeder bevond, met die Lasse Westman, die niemand vertrouwde en die voorlopig dag en nacht thuis scheen te zijn om de journalisten te ontlopen. Het was een hopeloze situatie, die Erika niet beviel. Ze hoopte vurig dat ze waardig en diepgaand over deze zaak zouden kunnen gaan schrijven, zonder dat het blad of iemand persoonlijk daar schade door leed.

Ze twijfelde er niet aan dat Mikael dat kon, zeker als hij er zo uitzag als nu. Bovendien had hij hulp van Andrei Zander. Erika had een zwak voor Andrei. Het was een knappe jongen, die soms ten onrechte voor homo werd aangezien. Niet lang geleden, tijdens een etentje met Greger en haar in Saltsjöbaden, had hij zijn levensverhaal verteld, en daardoor was hij niet bepaald in haar achting gedaald.

Toen Andrei elf was, verloor hij zijn ouders bij een bomexplosie in Sarajevo en daarna woonde hij bij een zus van zijn moeder in Tensta bij Stockholm, die geen enkel begrip had voor zijn intellectuele aanleg of voor de trauma's die hij had opgelopen. Andrei was er niet bij toen zijn ouders omkwamen. Toch reageerde zijn lichaam alsof hij aan een posttraumatische stressstoornis leed en nog altijd kon hij niet tegen hoge geluiden en plotselinge bewegingen. Hij hield niet van tassen die onbeheerd in restaurants of openbare ruimten stonden en Erika had nog nooit iemand ontmoet die geweld en oorlog zo hartstochtelijk haatte.

In zijn jeugd was hij in zijn eigen wereld gevlucht. Hij dompelde zich onder in fantasyboeken, las gedichten, biografieën, hield van Sylvia Plath, Borges en Tolkien en leerde zichzelf alles over computers. Hij droomde ervan hartverscheurende romans over liefde en tragiek te schrijven. Hij was een onverbeterlijke romanticus, die hoopte zijn wonden te kunnen helen met grote passies en die zich totaal niet bezighield met wat er in de samenleving of in de wereld gebeurde. Op een avond, hij was toen een jaar of negentien, ging hij naar een openbare lezing van Mikael Blomkvist op de School voor Journalistiek in Stockholm, en dat veranderde zijn leven.

Iets in Mikaels bezieling maakte dat hij om zich heen ging kijken en een wereld zag die bloedde van onrechtvaardigheid, intolerantie en intriges, en in plaats van over liefdesromans begon hij te fantaseren over maatschappijkritische artikelen, en niet lang daarna klopte hij aan bij *Millennium* en vroeg hij of hij iets mocht doen, het maakte niet uit wat: koffiezetten, drukproeven corrigeren, loopjongen zijn. Hij wilde er koste wat het kost werken. Hij wilde bij de redactie horen en Erika, die al vanaf het begin de gloed in zijn ogen zag, liet hem wat kleine karweitjes doen: notities opstellen, research doen, korte portretten schrijven. Maar bovenal zei ze tegen hem dat hij moest gaan studeren, en dat deed hij met dezelfde energie als alles waar hij zich toe zette. Hij studeerde politicologie, communicatiewetenschappen, economie en polemologie, en werkte als invaller bij *Millennium*, en natuurlijk wilde hij een serieuze onderzoeksjournalist worden, zoals Mikael.

Maar in tegenstelling tot veel andere speurende reporters was hij geen harde jongen. Hij bleef een romanticus. Hij droomde voortdurend over de grote liefde, en net als Mikael had Erika veel tijd besteed aan zijn liefdesperikelen. Vrouwen voelden zich aangetrokken tot Andrei, maar lieten hem net zo vaak weer zitten. Misschien was hij te wanhopig, misschien werden veel vrouwen afgeschrikt door de intensiteit van zijn gevoelens en waarschijnlijk biechtte hij te snel zijn tekortkomingen en zwakheden op. Hij was te open, te doorzichtig, te goed, zoals Mikael zei.

Maar Erika dacht dat Andrei op het punt stond die jeugdige kwetsbaarheid van zich af te schudden. Dat zag ze tenminste wel in zijn journalistiek. Die krampachtige ambitie om mensen te willen raken, waardoor zijn proza te geladen was, had plaatsgemaakt voor een nieuwe, effectievere zakelijkheid, en ze wist dat hij alles op alles zou zetten nu hij de kans kreeg Mikael te helpen met het verhaal over Balder.

Het was de bedoeling dat Mikael het grote basisverhaal zou schrijven. Andrei zou hem helpen met de research, maar ook met een paar toelichtende kleinere stukken en portretten, en Erika vond dat die er veelbelovend uitzagen. Toen ze haar auto in de Hökensgata had geparkeerd en de redactie op kwam, zaten Mikael en Andrei uiterst geconcentreerd te werken, zoals ze al had verwacht.

Maar Mikael mompelde af en toe wel iets voor zich uit en in zijn ogen zag ze niet alleen doelgerichtheid fonkelen. Ze zag er ook iets gekwelds in, en dat verbaasde haar niet. Hij had belabberd geslapen. De media pakten hem hard aan en hij was door de politie verhoord, waarbij hij precies dat had moeten doen wat de pers hem verweet, de waarheid achterhouden, en daar hield Mikael niet van.

Mikael Blomkvist was door en door gezagsgetrouw, een modelburger in zekere zin. Maar als er iemand was die hem over de grens kon krijgen van wat verboden was, dan was het Lisbeth Salander.

Mikael liet zich liever te schande maken dan dat hij haar ook maar op één punt zou verraden, en daarom had hij bij de politie alleen maar gereageerd met: 'Ik moet me op bronbescherming beroepen.' Het was niet zo vreemd dat dat hem dwarszat en ongerust maakte voor de gevolgen, maar toch ... Het belangrijkste voor hem was zijn verhaal en net als Erika maakte hij zich veel meer zorgen om Lisbeth en August dan om hun eigen situatie, en nadat ze hem een tijdje had geobserveerd liep ze naar hem toe en vroeg ze: 'Hoe gaat het met je?'

'Hè? Eh ... ja, goed. Hoe was het daar?'

'Ik heb de bedden opgemaakt en eten in de koelkast gezet.'

'Mooi. En niemand heeft je gezien?'

'Ik ben niemand tegengekomen.'

'Wanneer laten ze nu toch eindelijk iets van zich horen?' vroeg hij.

'Ik weet het niet. Ik word er gek van.'

'Laten we hopen dat ze uitrusten bij Lisbeth.'

'Laten we het hopen. Wat heb je verder nog?'

'Een paar dingen.'

'Klinkt goed.'

'Maar ...'

'Ja?'

'Het is net ...'

'Nou?'

'Ik heb het gevoel dat ik in de tijd teruggeworpen word, of ik ergens kom waar ik al eerder ben geweest.'

'Dat moet je me uitleggen,' zei ze.

'Ik zal ...'

Mikael wierp een blik op het scherm van zijn pc.

'Maar eerst moet ik verder zoeken. Ik vertel het je later wel,' zei hij, en toen liet ze hem met rust en maakte ze zich klaar om naar huis te gaan, al was ze bereid om elk moment in actie te komen.

20
23 NOVEMBER

De nacht was rustig, bedenkelijk rustig, en om acht uur in de ochtend stond een tobberige Jan Bublanski voor zijn team in de vergaderkamer. Nu hij Hans Faste eruit had gegooid kon hij er weer behoorlijk zeker van zijn dat ze vrijuit konden praten. In elk geval voelde hij zich hier bij zijn collega's veiliger dan achter zijn computer of aan zijn mobiele telefoon.

'Jullie zijn je allemaal bewust van de ernst van de situatie,' begon hij. 'Geheime informatie is uitgelekt. Daardoor is er iemand overleden en is er een jongetje in levensgevaar. Hoewel we er koortsachtig aan werken, weten we nog niet hoe het is gekomen. Het lek kan bij ons hebben gezeten of bij de Säpo of bij de jeugdopvang Oden of in de kring rond professor Edelman of bij de moeder en haar vriend, Lasse Westman. We weten niets met zekerheid, dus we moeten extreem voorzichtig zijn, op het paranoïde af.'

'We kunnen ook gehackt of afgeluisterd zijn. We hebben blijkbaar te maken met criminelen die de nieuwste technieken veel beter beheersen dan we gewend zijn,' vulde Sonja Modig aan.

'Precies, en dat maakt het nog vervelender,' vervolgde Bublanski. 'We moeten over de hele linie voorzichtig zijn en niets belangrijks zeggen over de telefoon, ook al prijzen onze bazen de veiligheid van ons mobiele netwerk de hemel in.'

'Dat doen ze vooral omdat het zo duur was om te installeren,' zei Jerker Holmberg.

'Misschien moeten we ook even over onze eigen rol nadenken,' vervolgde Bublanski. 'Ik heb net een jonge, talentvolle analist van de Säpo gesproken, Gabriella Grane, misschien hebben jullie haar naam weleens gehoord. Zij wees me erop dat loyaliteit voor ons als politiemensen niet zo'n eenvoudig begrip is als je zou denken. We hebben veel verschillende loyaliteiten, nietwaar? Uiteraard die aan de wet. Dan is er loyaliteit aan het publiek, aan collega's, maar ook aan onze superieuren, en dan nog aan onszelf en onze carrière. En soms – dat weten jullie allemaal – botsen die dingen met elkaar. Soms bescherm je een collega en verbreek je je loyaliteit aan het publiek, soms heb je orders van hogerhand, zoals Hans Faste, en dan gaat dat ten koste van de loyaliteit die hij aan ons had moeten hebben. Maar voortaan – en nu ben ik heel serieus – wil ik nog maar van één loyaliteit horen, namelijk die aan het onderzoek. We moeten de schuldigen te pakken zien te krijgen en we moeten ervoor zorgen dat de dader niet nog meer slachtoffers kan maken. Zijn jullie het daarmee eens? Het maakt niet uit, al belt de premier zelf of de baas van de CIA om te praten over vaderlandsliefde en enorme carrièremogelijkheden, niemand gaat daarop in.'

'Nee,' antwoordden ze als uit één mond.

'Uitstekend! Zoals jullie weten, was het niemand minder dan Lisbeth Salander die ingreep op de Sveaväg. We doen ons best om haar te lokaliseren,' vervolgde Jan Bublanski.

'Daarom moeten we haar naam aan de media bekendmaken,' riep Curt Svensson nogal fel. 'We hebben de hulp van het publiek nodig.'

'Ik weet dat de meningen daarover verdeeld zijn; daarom wil ik het nog een keer bespreken. In de eerste plaats moet ik erop wijzen dat Salander vroeger door ons en ook door de media erg slecht is behandeld.'

'Dat speelt nu toch geen rol,' zei Curt Svensson.

'Het is niet onmogelijk dat meer mensen op de Sveaväg haar hebben herkend en dat haar naam toch wel uitkomt, en dan is het geen punt meer. Maar voor die tijd wil ik jullie eraan herinneren dat Lisbeth Salander het leven van de jongen heeft gered en dat dat ons respect verdient.'

'Geen twijfel over,' ging Curt Svensson door. 'Maar daarna heeft ze hem min of meer gekidnapt.'

'Onze informatie wijst er eerder op dat ze het kind koste wat het kost wil beschermen,' bracht Sonja Modig in. 'Lisbeth Salander is iemand die verschrikkelijk slechte ervaringen heeft met instanties. Haar hele jeugd was één groot drama vol geweld door gezagdragers en als zij, net als wij, vermoedt dat er een lek is bij de politie, zal ze niet uit zichzelf contact met ons opnemen, daar kunnen we zeker van zijn.'

'Dat heeft er nog minder mee te maken,' hield Curt Svensson vol.

'Daar heb je in zekere zin wel gelijk in,' vervolgde Sonja. 'Jan en ik zijn het natuurlijk met je eens dat het enige wat op dit moment telt, is of het uit oogpunt van ons onderzoek nut heeft om haar naam bekend te maken of niet. De veiligheid van het kind gaat boven alles, en ook in dat opzicht hebben we grote twijfels.'

'Ik kan die gedachtegang wel volgen,' zei Jerker Holmberg op zachte, peinzende toon, waardoor ze meteen allemaal luisterden. 'Als mensen Salander zouden vinden, dan wordt ook meteen de locatie van dat jongetje bekend. Toch blijven er een heleboel vragen over, te beginnen met de wat plechtige vraag: wat is juist? En ik vind dat zelfs als we hier een lek hebben, we niet moeten accepteren dat Salander August Balder verborgen houdt. Hij is een belangrijk deel van ons onderzoek en met of zonder lek kunnen wij een kind beter beschermen dan een jonge vrouw met een verstoord gevoelsleven.'

'Absoluut, zeker,' mompelde Bublanski.

'Nou dan,' vervolgde Jerker. 'En ook al is het geen, laat ik zeggen, normale ontvoering, zelfs al is het allemaal met de beste bedoelingen, dan nog kan de schade voor het kind heel groot zijn. Psychologisch gezien moet het bijzonder slecht zijn voor August om op de vlucht te zijn, na alles wat hem al is overkomen.'

'Klopt, klopt,' mompelde Bublanski. 'Maar de vraag blijft dan toch hoe we met de informatie moeten omgaan.'

'Daarover ben ik het eigenlijk wel met Curt eens. We moeten meteen haar naam en een foto naar buiten brengen. Dat kan tips van onschatbare waarde opleveren.'

'Dat kan wel zo zijn,' zei Bublanski, 'maar het kan ook de daders tips van onschatbare waarde opleveren. We moeten ervan uitgaan dat de moordenaars hun jacht op August niet hebben opgegeven, integendeel, en omdat we ook niets weten over de link tussen August en Salander weten we ook niet welke aanwijzingen haar naam de daders zou kunnen geven. Ik ben er lang niet zeker van dat de veiligheid van de jongen gediend is met het bekendmaken van deze gegevens.'

'Maar we weten ook niet of we hem beschermen als we het niet doen,' bracht Jerker Holmberg daartegen in. 'Er ontbreken te veel puzzelstukjes om zulke conclusies te kunnen trekken. Werkt Salander bijvoorbeeld voor iemand? Is ze zelf iets van plan met het kind?'

'En hoe wist ze dat Torkel Lindén net op dat moment met August de deur uit zou komen?' voegde Curt Svensson daaraan toe.

'Ze kan toevallig op de Sveaväg zijn geweest.'

'Dat klinkt niet erg waarschijnlijk.'

'De werkelijkheid is vaak onwaarschijnlijk,' vervolgde Bublanski. 'het is zelfs het voornaamste kenmerk ervan. Maar je hebt gelijk, het ziet er niet naar uit dat ze daar toevallig was, gezien de situatie.'

'Net zomin als het toeval kan zijn dat Mikael Blomkvist ook wist dat er iets ging gebeuren,' merkte Amanda Flod op.

'En er is zeker een verband tussen Blomkvist en Salander,' vervolgde Jerker Holmberg.

'Klopt.'

'Wist Mikael Blomkvist dat August in Odens Kinder- en Jeugdopvang was?'

'Dat had Hanna Balder hem verteld,' zei Bublanski. 'Met de moeder gaat het momenteel niet erg goed, zoals jullie begrijpen. Ik heb net een lang telefoongesprek met haar gehad. Maar Blomkvist had natuurlijk nooit mogen weten dat Lindén met August naar de straat was gelokt.'

'Kan hij toegang hebben gehad tot de computers van Oden?' vroeg Amanda Flod peinzend.

'Ik kan me niet voorstellen dat Mikael Blomkvist een hacker is,' zei Sonja Modig.

'Maar Salander?' vroeg Jerker Holmberg. 'Wat weten we eigenlijk van haar? We hebben een dik dossier over haar. De vorige keer dat we met haar te maken hadden, verraste ze ons op alle punten. Misschien bedriegt de schijn nu ook weer.'

'Precies,' zei Curt Svensson instemmend. 'We hebben veel te veel vraagtekens.'

'We hebben niet veel meer dan vraagtekens. En juist daarom moeten we volgens het boekje handelen,' vervolgde Jerker Holmberg.

'Ik wist niet dat hier ook iets over in het boekje stond,' zei Bublanski met een sarcasme waar hij eigenlijk niet van hield.

'Ik bedoel alleen maar dat we het moeten nemen voor wat het is:

de ontvoering van een kind. Er is al bijna een etmaal verstreken sinds ze zijn verdwenen en we hebben nog geen woord van hen gehoord. We gaan naar buiten met Salanders naam en foto en dan gaan we heel zorgvuldig verder met alle tips die we binnenkrijgen,' zei Jerker Holmberg met veel gezag, en hij leek de hele groep aan zijn kant te hebben.

Bublanski deed zijn ogen dicht en bedacht dat hij van zijn team hield. Hij voelde meer saamhorigheid met hen dan met zijn ouders en zijn broers en zussen. Maar nu voelde hij zich toch genoodzaakt tegen zijn collega's in te gaan.

'We proberen ze te vinden met alle middelen waarover we beschikken, maar we wachten nog even met het bekendmaken van namen en foto's. Dat zou de gemoederen alleen maar verhitten, en ik wil de daders geen enkele aanwijzing geven.'

'Bovendien voel je je schuldig,' zei Jerker, niet zonder sympathie.

'Zeker,' zei Jan Bublanski, en hij dacht weer aan zijn rabbi.

Mikael Blomkvist maakte zich erg ongerust over August en Lisbeth en had dus weer niet lang geslapen. Steeds weer probeerde hij Lisbeth te bellen op haar RedPhone-app, maar ze reageerde niet. Sinds gistermiddag had hij geen woord meer van haar gehoord. Nu zat hij op de redactie en probeerde hij in zijn werk te vluchten en te begrijpen wat hij over het hoofd had gezien. Hij had al een tijdje vaag het gevoel dat er iets elementairs ontbrak in het plaatje, iets wat nieuw licht op de situatie zou kunnen werpen. Misschien was het slechts wishful thinking en zocht hij er te veel achter.

Het laatste wat Lisbeth hem via de versleutelde link had geschreven was: *Jurij Bogdanov, Blomkvist. Trek hem na. Hij heeft Balders uitvinding verkocht aan Eckerwald van Solifon.*

Er stonden een paar foto's van Bogdanov op internet. Daarop droeg hij krijtstreeppakken, maar hoe perfect die ook zaten, ze leken niet bij hem te passen. Het zag eruit alsof hij ze vóór de foto nog gauw even ergens had gestolen. Bogdanov had lang haar dat alle kanten op stond, een pokdalige huid en donkere wallen onder zijn ogen; onder de mouwen van zijn overhemd piepten zelfgezette, amateuristische tatoeages tevoorschijn. Hij had een felle, donkere blik, die dwars door je heen leek te kijken. Hij was lang maar woog waarschijnlijk hooguit zestig kilo.

Hij zag eruit als een oude bajesklant, maar vooral: iets in zijn houding deed Mikael denken aan de beelden van de bewakingscamera's die hij bij Balder in Saltsjöbaden had gezien. De man had diezelfde uitgebluste, onbeholpen uitstraling. In de weinige interviews die hij had gegeven naar aanleiding van zijn successen als ondernemer in Berlijn had hij aangegeven dat hij min of meer op straat was geboren.

'Ik was gedoemd om naar de haaien te gaan en dood in een steeg te worden gevonden met een spuit in mijn arm. Maar ik ben uit de goot gekropen. Ik ben intelligent en ik ben een enorme vechter,' had hij ooit trots gezegd.

Niets in zijn leven leek dat tegen te spreken, maar Mikael had toch het gevoel dat hij niet uit eigen kracht was opgeklommen. Er waren aanwijzingen dat hij hulp had gehad van machtige mensen die zijn talent hadden herkend. In een Duits technisch tijdschrift verklaarde een beveiligingschef van kredietinstelling Horst: 'Bogdanov heeft een magisch oog. Hij ziet kwetsbaarheden in een beveiligingssysteem als geen ander. Hij is een genie.'

Bogdanov was blijkbaar een eersteklas hacker, ook al was hij volgens het officiële beeld uitsluitend werkzaam als white hat, iemand die aan de goede, legale kant stond, en die bedrijven tegen een aanzienlijke vergoeding hielp tekortkomingen in hun ICT-beveiliging te vinden. Bij zijn bedrijf Outcast Security was natuurlijk ook niets verdachts te vinden, niets wat zelfs maar de vage verdenking opriep dat het misschien een façade voor iets anders was. De leden van de raad van bestuur waren stuk voor stuk betrouwbare mensen met een goede opleiding, zonder smetjes op hun blazoen. Maar daar nam Mikael natuurlijk geen genoegen mee. Andrei en hij onderzochten iedereen die ooit zelfs maar oppervlakkig met het bedrijf te maken had gehad, compagnons van compagnons, en toen ontdekten ze dat iemand die Orlov heette korte tijd plaatsvervangend lid van het bestuur was geweest, en dat was bij nadere beschouwing meteen al een beetje eigenaardig. Vladimir Orlov was geen ICT-man, maar een sjacheraar in de bouw. Ooit was hij een veelbelovend zwaargewicht geweest op de Krim, en op de weinige foto's die Mikael van hem op internet kon vinden zag hij er gehavend en hard uit, niet iemand die jonge meisjes zomaar thuis op de thee zouden uitnodigen.

Volgens onbevestigde berichten was hij veroordeeld wegens grove mishandeling en pooierpraktijken. Hij was twee keer getrouwd geweest. Beide vrouwen waren overleden, maar Mikael kon geen doodsoorzaak vinden. Maar wat in dit verband echt interessant was, was dat hij ook plaatsvervangend lid was geweest van het bestuur van het onbeduidende en allang opgeheven bedrijf Bodin Bouw & Export, dat zich bezighield met 'de verkoop van bouwmaterialen'.

De eigenaar daarvan was Karl Axel Bodin, alias Alexander Zalachenko, en die naam riep niet alleen een heel scala aan criminele associaties bij hem op, maar deed hem ook denken aan zijn grote scoop. Zalachenko was immers de vader van Lisbeth en de man die de dood van haar moeder op zijn geweten had en Lisbeths jeugd had verwoest. Zalachenko was haar donkere schaduw, de zwarte drijfveer achter haar vurige wil om terug te slaan.

Was het toeval dat hij in deze zaak opdook? Mikael wist als geen ander dat je, als je maar diep genoeg ergens in graaft, altijd alle mogelijke verbanden vindt. Het leven is een aaneenschakeling van vermeende correlaties. Alleen ... als het om Lisbeth Salander ging, geloofde hij niet erg in toeval.

Als zij een chirurg zijn vingers brak of zich bezighield met geavanceerde AI-technologie had ze daar niet alleen grondig over nagedacht, dan had ze ook een reden, een motief. Lisbeth vergat geen onrecht of vernedering. Ze zette het anderen betaald, stelde orde op zaken. Zou alles wat ze in deze affaire had gedaan verband houden met haar eigen achtergrond? Het was niet onmogelijk.

Mikael keek op van de computer en draaide zich naar Andrei. Die knikte terug. In de gang hing een vage etenslucht. Vanaf de Götgata kwam het geluid van dreunende rockmuziek. De storm nam een beetje af, maar de lucht zag er nog steeds donker en onstuimig uit. Mikael klikte op de versleutelde link, meer omdat het al een gewoonte was geworden dan omdat hij er iets van verwachtte. Maar toen fleurde zijn gezicht op. Hij slaakte zelfs een vreugdekreetje.

Onder de link stond: *Alles oké. We vertrekken zo meteen naar de schuilplaats.*

Hij antwoordde onmiddellijk: *Fijn om te horen. Rij voorzichtig.* En toen kon hij het niet nalaten eraan toe te voegen: *Lisbeth, op wie maken we eigenlijk jacht?*

Ze antwoordde gelijk: *Zoek dat zelf maar uit,* smart-ass!

Alles oké was overdreven. Lisbeth voelde zich al wel wat beter, maar nog steeds onbegrijpelijk slecht in vorm. Gisteren was ze zich de halve dag nauwelijks bewust geweest van tijd en ruimte. Slechts met de grootste moeite was ze overeind gekomen en had ze August eten en drinken gegeven en ervoor gezorgd dat hij pennen en papier had om de moordenaar te kunnen tekenen. Maar toen ze weer naar hem toe ging, zag ze al van veraf dat hij nog steeds helemaal niets had getekend.

Er lag wel overal papier voor hem op de salontafel, maar dat waren geen tekeningen, maar veel geklieder. Meer verstrooid dan nieuwsgierig keek ze wat het voorstelde. Het waren cijfers, zag ze, eindeloze rijen cijfers. Hoewel ze er eerst niets van begreep, was ze toch geïnteresseerd en opeens floot ze tussen haar tanden.

'Allemachtig,' mompelde ze.

Ze had staan turen naar duizelingwekkend hoge getallen, die haar weliswaar niet erg veel zeiden, maar die, in combinatie met de getallen ernaast, toch een bekend patroon vormden. Toen ze doorbladerde en zelfs stuitte op de eenvoudige getallenreeks 641 - 647 - 653 - 659 was er geen twijfel meer mogelijk: het waren *sexy prime quadruplets*, zoals dat in het Engels heette, sexy getallen in die zin dat het series van vier priemgetallen achter elkaar waren met steeds zes eenheden ertussen. Er stonden ook priemtweelingen bij, dat wil zeggen alle mogelijke combinaties van priemgetallen. Ze glimlachte.

'Klasse!' zei ze. 'Cool.'

Maar August reageerde niet, hij keek zelfs niet naar haar op. Hij bleef op zijn knieën voor de salontafel zitten, alsof hij niets liever wilde dan doorgaan met zijn cijfers. Toen herinnerde ze zich vaag dat ze iets had gelezen over savants en priemgetallen, maar ze dacht er verder niet over na. Te veel denken lukte haar niet in haar conditie, dus ze ging naar de badkamer en nam nog twee antibioticapillen in die ze nog overhad van een paar jaar geleden. Die had ze zichzelf meteen 'voorgeschreven' nadat ze meer dood dan levend was thuisgekomen.

Ze pakte haar pistool, haar computer en wat schone kleding en zei tegen August dat hij op moest staan. Hij wilde niet. Hij hield krampachtig zijn pen vast en even stond ze besluiteloos voor hem. Vervolgens zei ze streng 'Sta op!' en dat werkte. Zelf zette ze voor de zekerheid een pruik en een donkere zonnebril op.

Ze trokken hun jas aan, namen de lift naar de garage en vertrokken in haar BMW naar Ingarö. Ze stuurde met haar rechterhand. Haar linkerschouder was stevig verbonden en deed zeer. Ook de bovenkant van haar borst deed zeer. Ze had nog steeds koorts en moest een paar keer aan de kant van de weg stoppen om uit te rusten. Toen ze eindelijk de kust en de bootsteiger bij Stora Barnvik op Ingarö hadden bereikt, conform de aanwijzingen over de lange houten trap de helling op waren geklommen en het huis in waren gegaan viel ze uitgeput op het bed in de kamer vlak bij de grote keuken. Ze rilde van de kou.

Toch stond ze meteen weer op en ze ging aan de ronde keukentafel achter haar laptop zitten. Ze ademde zwaar en probeerde opnieuw het bestand te kraken dat ze van de NSA had gedownload. Dat lukte nu natuurlijk ook niet. Ze kwam niet eens in de buurt. Naast haar zat August. Hij keek strak naar de stapeltjes papier en de potloden die Erika Berger had klaargelegd, maar het lukte hem nu niet om priemgetallenreeksen te schrijven, laat staan moordenaars te tekenen. Misschien was hij nog te veel in shock.

De man die zich Jan Holtser noemde, zat in een hotelkamer in het Clarion Hotel Arlanda en was telefonisch in gesprek met zijn dochter Olga en zoals hij al had verwacht geloofde ze hem niet.

'Wil je me niet zien?' vroeg ze. 'Ben je bang dat ik moeilijke vragen ga stellen of zo?'

'Nee nee, heus niet,' probeerde hij. 'Ik moest alleen ...'

Het kostte hem moeite de juiste woorden te vinden. Hij wist dat Olga begreep dat hij iets verborg en hij sloot het gesprek sneller af dan hij eigenlijk had gewild. Naast hem op het hotelbed zat Jurij. Hij vloekte. Hij was al zeker honderd keer door de computer van Frans Balder gegaan en had 'geen reet, geen moer, verdomme!' gevonden, zoals hij zei.

'Dus ik heb een laptop gejat waar niets op staat,' zei Jan Holtser.

'Precies.'

'Waarvoor had de professor die dan?'

'Voor iets heel bijzonders, blijkbaar. Ik kan zien dat er onlangs een groot bestand is gewist, dat vermoedelijk gekoppeld was aan andere computers. Maar wat ik ook doe, ik kan het niet herstellen. Hij had er wel verstand van, die knaap.'

'Hopeloos,' zei Jan Holtser.

'Verrekt verdomd hopeloos,' vulde Jurij aan.

'En de telefoon, die Blackphone?'

'Ik kan wel een paar gesprekken terugvinden, waarschijnlijk van de Zweedse veiligheidsdienst of van de FRA. Maar waar ik me eigenlijk de meeste zorgen over maak, is iets anders.'

'Wat dan?'

'Een lang gesprek dat de professor had vlak voordat jij het huis binnenstormde. Hij sprak met een medewerker van het MIRI, het Machine Intelligence Research Institute.'

'En wat is daar zo zorgwekkend aan?'

'Het tijdstip natuurlijk. Ik krijg het idee dat het een soort crisisgesprek was. Maar ook het feit dat het met het MIRI was. Dat instituut werkt eraan dat intelligente computers in de toekomst niet gevaarlijk kunnen worden voor de mens en ik weet het niet, dat voelt niet goed. Ik heb het idee dat Balder zijn werk ofwel aan het MIRI heeft gegeven ofwel ...'

'Ja?'

'... de hele shit over ons heeft doorgebriefd, wat hij dan ook wist.'

'Dat zou verschrikkelijk zijn.'

Jurij knikte en Jan Holtser vloekte inwendig. Niets was gegaan zoals ze hadden gehoopt en dat waren ze geen van beiden gewend. Nu hadden ze twee keer achter elkaar gefaald, en dat door een kind, een achterlijk kind. Dat was al erg genoeg, maar het was niet het ergste.

Het ergste was dat Kira op weg was hiernaartoe, en dan ook nog totaal uit haar humeur, en dat waren ze ook geen van beiden gewend. Integendeel, ze waren verwend met haar kille elegantie, die hun werk een air van onoverwinnelijkheid gaf. Nu was ze razend, volkomen uitzinnig en brulde ze dat ze miezerige, incompetente idioten waren. Maar de reden daarvan was eigenlijk niet hun schuld, de schoten die het achterlijke jongetje wel of niet hadden geraakt. De oorzaak was de vrouw die uit het niets was opgedoken en August Balder had beschermd. Zíj had Kira zo van haar stuk gebracht.

Toen Jan haar beschreef – voor zover hij haar had gezien althans – kwam Kira met een stortvloed aan vragen. Toen ze het verkeerde – of het goede, dat was maar hoe je het bekeek – antwoord had gekregen, raakte ze buiten zinnen en begon ze te schelden en tieren dat ze die vrouw hadden moeten doodschieten en dat het allemaal typisch voor hen en hopeloos was. Jan en Jurij begrepen niet waarom ze zo heftig reageerde. Geen van beiden had haar ooit eerder zo tekeer horen gaan.

Aan de andere kant wisten ze ook maar weinig van haar. Jan Holtser zou nooit vergeten dat hij in een suite van hotel D'Angleterre in Kopenhagen voor de derde of de vierde keer seks met haar had gehad. Toen ze daarna in het tweepersoonsbed champagne dronken en, zoals wel vaker, nog wat lagen te babbelen over zijn oorlogen en zijn moorden, had hij haar over haar schouder en arm gestreeld en een driedelig litteken op haar pols ontdekt.

'Hoe ben je daaraan gekomen, schoonheid van me?' had hij gevraagd, en hij had een dodelijke blik, vol haat, teruggekregen.

Daarna was hij nooit meer met haar naar bed geweest. Hij vatte dat op als straf voor die vraag. Kira zorgde voor hen en gaf hun een heleboel geld, maar hij mocht nooit vragen stellen over haar verleden, en Jurij of iemand anders uit hun kring ook niet. Dat was een van de ongeschreven regels en geen van hen zou op het idee komen om het toch te doen. Zij was hun weldoener in voor- en tegenspoed, vooral voorspoed, dachten ze; ze hadden zich maar te schikken naar haar nukken en leefden in voortdurende onzekerheid of ze hen liefdevol of koel zou behandelen, hun de les zou lezen of opeens een ziedende klap zou geven.

Jurij klapte zijn laptop open en nam een slok van zijn drankje. Ze probeerden allebei zo terughoudend mogelijk te zijn met alcohol, zodat Kira hun dat niet ook nog zou kunnen verwijten. Maar dat was vrijwel onmogelijk. Een teveel aan frustratie en adrenaline dreef hen naar de drank. Jan peuterde nerveus aan zijn telefoon.

'Geloofde Olga je niet?' vroeg Jurij.

'Absoluut niet, en binnenkort ziet ze waarschijnlijk een kindertekening van mij op alle voorpagina's.'

'Ik geloof niet zo in die tekening. Dat lijkt me eerder wensdenken van de politie.'

'Dus het was onnodig dat we een kind hebben geprobeerd te doden?'

'Zou me niet verbazen. Had Kira er niet al moeten zijn?'

'Ze kan elk moment aankomen.'

'Wie denk jij dat het was?'
'Wie?'
'Dat grietje dat ineens uit het niets opdook.'
'Geen idee,' zei Jan. 'Ik ben er ook niet van overtuigd dat Kira het weet. Ik denk eerder dat ze zich ergens zorgen over maakt.'
'Ik denk dat we ze allebei een kopje kleiner moeten zien te maken.'
'En daar zal het wel niet bij blijven, vrees ik.'

Het ging niet goed met August. Dat was wel duidelijk. Hij had rode vlekken in zijn hals en zijn vuisten waren gebald. Lisbeth Salander, die naast hem aan de ronde keukentafel in het huis op Ingarö zat te werken aan haar RSA-encryptie, was bang dat hij een of andere aanval zou krijgen. Maar het enige wat er gebeurde, was dat August een kleurpotlood pakte, zwart.

Op dat moment begonnen de grote ruiten waar ze voor zaten te rammelen door een stormvlaag. August aarzelde en veegde zijn linkerhand heen en weer over de tafel. Maar toen begon hij toch te tekenen. Een streep hier en een daar, en toen kleine rondjes, knopen, dacht Lisbeth, en toen een hand, stukjes van een kin, een borst met een opengeknoopt overhemd. Daarna ging het sneller en langzamerhand trok de spanning uit zijn rug en schouders. Het was alsof er een wond begon te genezen. Maar een harmonische indruk wekte de jongen nu ook weer niet.

Zijn ogen brandden gekweld en af en toe beefde hij. Maar er was beslist iets in hem losgekomen. hij pakte andere potloden en tekende een vloer, een eikenhouten vloer, en daarop een wirwar van puzzelstukjes die een glinsterende stad bij nacht leken te vormen. Toch was nu al duidelijk dat het geen onschuldige tekening zou worden.

De hand en het opengeknoopte overhemd bleken te horen bij een sterke man met een uitpuilende dikke buik. De man stond als een schaar boven een kleine, andere persoon gebogen en sloeg die; de ander was niet te zien om de eenvoudige reden dat het degene was die de scène zag en de klappen kreeg. Het was een akelige tekening, dat was duidelijk.

Hij leek echter niets met de moord te maken te hebben, ook al ontmaskerde ook deze tekening een dader. In het midden kwam een woedend, zwetend gezicht tevoorschijn, waarvan elke venijnige, verbitterde plooi exact was gevangen. Lisbeth herkende het gezicht. Niet omdat ze zo vaak televisiekeek of naar de bioscoop ging, maar ze begreep dat het het gezicht van de acteur Lasse Westman was, Augusts stiefvader. Ze boog zich naar de jongen toe en zei met van verontwaardiging trillende stem: 'Dat zal hij nooit meer doen, nooit!'

21
23 NOVEMBER

Alona Casales begreep dat er iets helemaal mis was toen ze de lange, magere gestalte van commander Jonny Ingram naar Ed the Ned toe zag gaan. Al aan zijn aarzelende lichaamstaal was te zien dat hij met slecht nieuws kwam. Normaal gesproken deed hem dat natuurlijk niets.

Het leedvermaak was Jonny Ingram vaak aan te zien als hij zijn dolk in iemands rug stak. Maar bij Ed was dat anders. Zelfs de hoge pieten waren bang voor hem. Hij maakte ontzettend veel heisa als iemand hem iets flikte en Jonny Ingram hield niet van scènes; hij wilde niet alle aandacht naar zich toe trekken, maar als Ed ruzie wilde, dan kon hij die krijgen.

Hij zou worden weggeblazen. Terwijl Ed sterk en explosief was, was Jonny Ingram een tenger mannetje uit de upper class met spillebeentjes en een ietwat aanstellerige manier van doen. Hij was een eersteklas machtsspeler; hij had genoeg invloed in belangrijke kringen, zowel in Washington als in het bedrijfsleven. Hij zat in de directie meteen onder NSA-baas Charles O'Connor en hoewel hij vaak glimlachte en complimentjes uitdeelde, was die glimlach nooit in zijn ogen te zien. Weinig mensen waren zo gevreesd als hij. Hij wist dingen waarmee hij mensen zou kunnen chanteren.

Hij was onder meer verantwoordelijk voor 'het observeren van strategische technologieën', oftewel voor bedrijfsspionage: het deel van de NSA dat de Amerikaanse hightechindustrie ondersteunt in de wereldwijde concurrentiestrijd.

Maar nu hij in zijn overdreven chique kostuum voor Ed stond, kromp hij ineen en hoewel Alona er meer dan dertig meter vandaan zat, had ze precies door wat er ging gebeuren: Ed stond op het punt te ontploffen. Zijn bleke, door het harde werken uitgeputte gezicht had een rossige tint gekregen en opeens kwam hij met zijn kromme, scheve rug en zijn dikke buik overeind en brulde hij woedend: 'Jij glad onderkruipertje!'

Niemand anders dan Ed zou Jonny Ingram een glad onderkruipertje durven noemen. Daarom hield Alona van Ed.

August begon aan een nieuwe tekening.

Hij zette een paar snelle lijnen op het papier. Dat deed hij zo hard dat het zwarte potlood afbrak. Net als de vorige keer tekende hij snel, met hier en daar een detail, wanhopige stukjes die bij elkaar kwamen en een geheel vormden. Het was weer dezelfde kamer. Maar nu lag er een andere puzzel op de grond, een die gemakkelijker te herkennen was. Er stond een rode, voorbijracende sportwagen op en een schreeuwende menigte op een tribune. Daarboven stonden nu niet één, maar twee mannen.

De ene was Lasse Westman weer. Hij had een T-shirt en een korte broek aan en zijn ogen waren bloedrood en stonden een beetje scheel. Hij zag er wankel en dronken uit, maar daarom niet minder woedend. Hij kwijlde. Toch was hij niet de meest angstaanjagende figuur op de tekening. Dat was de andere man. Diens troebele ogen straalden puur sadisme uit. Hij was ongeschoren en ook dronken; zijn lippen waren dun, bijna niet aanwezig en hij leek August te schoppen, ook al was die net als de vorige keer niet in beeld maar juist door zijn afwezigheid ontzettend aanwezig.

'Wie is die andere man?' vroeg Lisbeth.

August gaf geen antwoord, maar zijn schouders schokten en zijn benen verwrongen zich onder de tafel.

'Wie is die andere man?' herhaalde Lisbeth, een beetje strenger, en toen schreef August met kinderlijke, bibberige letters op de tekening:

Roger

Roger – dat zei Lisbeth niets.

Toen zijn hackers in Fort Meade een paar uur later hadden opgeruimd en waren weggegaan, kwam Ed naar Alona. Maar het merkwaardige was: Ed zag er helemaal niet meer kwaad of gekrenkt uit, eerder een beetje uitdagend en hij had zo te zien totaal geen last meer van zijn rug. Hij had een notitieblokje in zijn hand. De ene band van zijn bretels was afgezakt.

'Hé ouwe,' zei ze. 'Nu ben ik heel nieuwsgierig. Wat is er gebeurd?'

'Ik heb vakantie gekregen,' antwoordde hij. 'Ik ga naar Stockholm.'

'Of all places. Is het daar niet koud om deze tijd van het jaar?'

'Slechter dan ooit, blijkbaar.'

'Maar je gaat er eigenlijk niet naartoe op vakantie.'

'Onder ons gezegd, nee.'

'Nu word ik nog nieuwsgieriger.'

'Jonny Ingram heeft ons opgedragen te stoppen met ons onderzoek. De hacker gaat vrijuit en wij moeten genoegen nemen met het dichten van een paar veiligheidsgaatjes. En dan moeten we de zaak vergeten.'

'Hoe kan hij in godsnaam zo'n opdracht geven?'

'Om geen slapende honden wakker te maken, zegt hij, en het risico te lopen dat de aanval bekend wordt. Het zou dodelijk zijn als bekend werd dat we zijn gehackt, om nog maar te zwijgen van het leedvermaak dat het zou veroorzaken en al die mensen, met mij voorop, die de directie zou moeten ontslaan om haar gezicht te redden.'

'Dus hij heeft gedreigd je te ontslaan?'

'En niet zo'n klein beetje ook. Dat ik openlijk zou worden vernederd en gedagvaard en gekielhaald.'

'Maar daar lijk je niet erg bang voor te zijn.'

'Ik ben van plan hem kapot te maken.'

'Hoe wilde je dat gaan doen? Die kwal heeft overal machtige vrienden.'

'Ik ken ook wel een paar mensen. Bovendien is Ingram niet de enige die dingen over mensen weet. Die verdomde hacker is zo vriendelijk geweest onze bestanden te vergelijken en ons inzicht te verschaffen in onze eigen vuile was.'

'Een tikkeltje ironisch, niet?'

'Nou en of. Je hebt een schurk nodig om een schurk te ontmaskeren. Eerst vond ik het niet zo gek, vergeleken met wat we hier verder allemaal doen. Maar toen we het nader gingen onderzoeken ...'

'Nou?'

'Bleek het puur dynamiet te zijn.'

'Hoezo?'

'Jonny Ingrams naaste medewerkers verzamelen niet alleen informatie over bedrijfsgeheimen om onze eigen grote concerns te helpen, soms verkopen ze die ook door. En het geld, Alona, komt niet altijd in de kassa van onze organisatie terecht ...'

'Maar in hun eigen zakken.'

'Precies. Ik heb al genoeg bewijs om Joacim Barclay en Brian Abbot in de gevangenis te krijgen.'

'Jemig!'

'Het vervelende is alleen dat het bij Ingram wat gecompliceerder ligt. Ik ben ervan overtuigd dat hij het brein achter de hele operatie is. Anders klopt het verhaal niet. Maar ik heb nog geen smoking gun, en dat ergert me en maakt het riskant. Het is niet onmogelijk – hoewel ik dat betwijfel – dat er iets concreets tegen hem te vinden is in het bestand dat de hacker heeft gedownload, maar dat kunnen we niet kraken. Dat is zo'n klote-RSA-encryptie.'

'Dus wat ga je doen?'

'Het net om hem heen sluiten. Alles en iedereen laten zien dat zijn eigen medewerkers met zware criminelen onder één hoedje spelen.'

'Zoals de Spiders.'

'Zoals de Spiders. Echt grote schoften. Het zou me niet verbazen als ze ook betrokken zijn bij de moord op jouw professor in Stockholm. Ze hadden er in elk geval duidelijk belang bij.'

'Dat meen je niet!'

'Jazeker wel. Jouw professor zat op kennis die in hun gezicht had kunnen ontploffen.'

'Jezus!'

'Zeg dat wel.'

'En nu ga je als een soort privédetective naar Stockholm om dat allemaal uit te zoeken.'

'Niet als privédetective, Alona. Ik krijg alle steun, en als ik dan toch bezig ben, zal ik die hacker zo te grazen nemen dat ze geen poot meer kan verzetten.'

'Dat heb ik vast verkeerd gehoord, Ed. Zei je nou "ze"?'

'Ik zei "ze", ja. Ze!'

De tekeningen van August voerden Lisbeth terug in de tijd en weer herinnerde ze zich de vuist die ritmisch en hardnekkig op een bed tikte.

Ze dacht terug aan het gebons, het gegrom en het gehuil in de slaapkamer. Ze dacht terug aan de tijd in de Lundagata, toen ze haar toevlucht alleen nog maar kon zoeken in stripboeken en in wraakfantasieën. Maar ze schudde de herinnering van zich af. Ze verzorgde haar wond, verschoonde het verband, controleerde haar pistool en checkte of het geladen was. Ze ging naar de PGP-link.

Andrei Zander vroeg hoe het met haar ging; ze antwoordde kort. Buiten gierde de storm door de bomen en struiken. Ze nam een glas whisky en een stuk chocola en liep via het terras naar de helling; ze verkende het terrein nauwkeurig, vooral een plateautje onder een overhangende rots, een stukje verder naar beneden. Ze telde zelfs haar stappen en nam elke nuance van het landschap in zich op.

Toen ze weer binnenkwam, had August nog een tekening van Lasse Westman en Roger gemaakt. Lisbeth nam aan dat hij het van zich af moest tekenen. Maar hij had nog steeds geen tekening gemaakt van het moment van de moord; hij had nog geen lijn gezet. Had hij die ervaring verdrongen?

Het onaangename gevoel bekroop Lisbeth dat de tijd hun aan het ontglippen was. Ze keek bezorgd naar August en zijn nieuwe tekening en naar de duizelingwekkende getallen die hij daarnaast had geschreven. Ze verdiepte zich een paar minuten in de cijfers en hun samenhang en zag toen opeens een getallenreeks die niet tussen de andere thuis leek te horen.

Het was een betrekkelijk korte. Er stond 2305843008139952128 en ze begreep het meteen. Dat was geen priemgetal maar – en haar gezicht lichtte op – een getal dat in perfecte harmonie wordt gevormd door de som van al zijn positieve delers. Met andere woorden: een volmaakt getal, net als 6, omdat 6 kan worden gedeeld door 3, 2 en 1 en 3 + 2 + 1 samen 6 is. Ze lachte en kwam op een eigenaardig idee.

'Dat moet je uitleggen,' zei Alona.

'Goed,' antwoordde Ed. 'Maar hoewel ik weet dat het niet nodig is, wil ik dat je me plechtig belooft dat je er niemand iets over zult vertellen.'

'Dat beloof ik, lummel.'

'Mooi. Want het zit zo: nadat ik Jonny Ingram de huid vol had gescholden, vooral voor de schijn, gaf ik hem gelijk. Ik deed zelfs alsof ik dankbaar was dat hij ons onderzoek stillegde. We zouden er toch niet verder mee komen, zei ik, en in zekere zin was dat ook zo. Puur technisch waren onze mogelijkheden uitgeput. We hadden alles geprobeerd, meer zelfs. Maar het leverde niets op. De hacker heeft overal dwaalsporen uitgezet, waardoor we steeds weer in nieuwe doolhoven en labyrinten terechtkwamen. Een van mijn jongens zei dat we, als we onverhoopt toch het juiste spoor zouden vinden, we het waarschijnlijk niet zouden geloven. We zouden gewoon denken dat het wéér een valstrik was. We konden van deze hacker al het mogelijke verwachten, maar geen gaten of zwakke plekken. Dus nee, de gebruikelijke weg leverde niets op.'

'Maar jij bent niet zo'n type van de gebruikelijke weg.'

'Nee, ik geloof meer in sluiproutes. In werkelijkheid hadden we het helemaal niet opgegeven. We hadden onze hackerscontacten gesproken en onze vrienden van verschillende softwarebedrijven. We hadden mensen afgeluisterd en zelf cyberaanvallen en geavanceerde zoekopdrachten uitgevoerd. Je begrijpt: bij een zo gecompliceerde aanval als deze is er altijd research gedaan. Er is informatie ingewonnen, er zijn specifieke sites bezocht, en het is onvermijdelijk dat wij daar sporen van zullen vinden. Maar bovendien, Alona, sprak er nog iets in ons voordeel: het talent van de hacker. Dat was zo groot dat dat het aantal verdachten beperkte. Het is alsof een misdadiger op de plaats delict opeens de honderd meter in 9,7 seconden loopt. Dan weet je vrij zeker dat het Bolt of een van zijn concurrenten is, nietwaar?'

'Dus het niveau is zeer hoog.'

'Ja, die aanval heeft aspecten waar ik alleen maar met open mond naar kan staren, en ik heb toch heel wat gezien. Daarom hebben we erg veel werk gemaakt van gesprekken met hackers en mensen die in die wereld ingevoerd zijn. We hebben gevraagd: wie is in staat iets heel erg groots te doen? Wie zijn vandaag de dag de besten? We moesten de vragen natuurlijk een beetje slim stellen, zodat niemand in de gaten had wat er was gebeurd. Lange tijd bereikten we niets. Het was zoeken naar een speld in een hooiberg. Niemand wist iets of iedereen deed alsof hij niets wist, of liever gezegd: er werden een hoop namen genoemd, maar niet van degene die we zochten. Een tijdje dachten we aan een Rus, Jurij Bogdanov. Dat is een oude junk, een dief met magische vingers. Hij komt overal naar binnen. Hackt wat hij maar wil. Al toen hij nog een afgeleefde dakloze was in St. Petersburg die auto's jatte en veertig kilo schoon aan de haak woog, probeerden beveiligingsbedrijven hem te rekruteren. Zelfs mensen van de politie en de inlichtingendienst wilden hem aan zich verbinden, om criminele organisaties vóór te zijn. Maar natuurlijk verloren ze die slag, en vandaag de dag is Bogdanov afgekickt en succesvol, en weegt hij minstens vijftig kilo. We zijn er zeker van dat hij een van de schurken van jouw bende is, Alona, en dat was ook een van de redenen waarom we belangstelling voor hem hadden, want we hadden wel door dat er bij die zoekopdrachten een relatie was met de Spiders. Maar ...'

'Jullie begrepen niet waarom een van hun eigen mensen ons nieuwe aanknopingspunten zou willen geven?'

'Precies. Dus we zochten verder, en na een tijdje hoorden we over een andere bende.'

'En welke is dat?'

'Ze noemen zich de Hackersrepubliek. Ze hebben een goede naam in het wereldje. Louter toptalenten, die allemaal heel waakzaam en zorgvuldig zijn met hun encrypties. Terecht, mag je wel zeggen. Wij – en vele anderen – proberen die groepen voortdurend te infiltreren, en niet alleen om erachter te komen waar ze mee bezig zijn. We willen ook mensen rekruteren. Er wordt gevochten om de beste hackers.'

'We zijn nu immers allemaal crimineel.'

'Haha, ja misschien wel. Hoe dan ook, bij de Hackersrepubliek zat een supertalent. Daar kregen we veel verklaringen over. Maar dat niet alleen. Het gerucht ging ook dat ze met iets groots bezig waren, met name dat een hacker die zich Bob the Dog noemt en van wie wij denken dat hij lid is van deze bende, zoekopdrachten heeft uitgevoerd en informatie heeft gezocht over iemand bij ons die Richard Fuller heet. Ken je die?'

'Nee.'

'Een manisch-depressief, zelfingenomen mannetje over wie ik me al een hele tijd zorgen maak. Een klassiek veiligheidsrisico, overmoedig en slordig in zijn manische buien. Voor een hackersbende is hij precies de man die ze moeten hebben, maar je hebt beveiligde kennis nodig om dat te weten. Zijn psychische gesteldheid is niet bepaald gemeengoed. Zelfs zijn moeder heeft er nauwelijks weet van. Maar ik ben ervan overtuigd dat ze toch niet via Fuller zijn binnengekomen. We hebben alle bestanden gecontroleerd die Richard de laatste tijd heeft ontvangen, en daar zit niets bij. We hebben hem helemaal binnenstebuiten gekeerd. Maar ik denk wel dat Richard Fuller deel uitmaakte van de oorspronkelijke plannen van de Hackersrepubliek. Niet dat ik daar bewijs van heb, absoluut niet, maar mijn intuïtie zegt me toch dat deze bende achter de aanval zit, zeker nu we buitenlandse overheden uit kunnen sluiten.'

'Je zei dat het een meisje was.'

'Exact. Toen we die groep eenmaal in beeld hadden, hebben we er zo veel mogelijk informatie over verzameld. Het was nog niet zo simpel om geruchten en mythen van feiten te onderscheiden, maar één ding kwam zo regelmatig terug dat ik er uiteindelijk niet meer aan twijfelde.'

'En wat was dat?'

'Dat de grootste ster van de Hackersrepubliek iemand is die zich Wasp noemt.'

'Wasp?'

'Ja, en ik zal je niet vermoeien met technische details. Maar die naam is in sommige kringen min of meer een legende, onder andere doordat Wasp het vermogen heeft om gevestigde methodes op hun kop te zetten. Iemand zei dat je Wasp in een cyberaanval kunt waarnemen zoals je Mozart kunt waarnemen in een melodielijn. Wasp heeft een eigen, onmiskenbare stijl, en dat was ook het eerste wat een van mijn jongens zei toen hij de aanval bestudeerde: dit is anders dan alles wat we tot dusverre hebben gezien; dit is van een compleet nieuwe originaliteit, iets wat raar en verrassend is, maar toch direct en effectief.'

'Een genie dus.'

'Ongetwijfeld. Dus we zochten op internet naar informatie over die Wasp om uit te vinden wie het is. En het verbaasde ons niet erg dat dat niet lukte. Het was niets voor die persoon om zulke openingen te bieden. Maar weet je wat ik toen heb gedaan?' vroeg Ed trots.

'Nee.'

'Ik heb opgezocht wat het woord zelf betekent.'

'Behalve de letterlijke betekenis "wesp".'

'Ja, precies. Niet dat ik of iemand anders dacht dat dat iets zou opleveren. Maar zoals ik al zei: als je er niet langs de hoofdweg komt, ga je zoeken via de kronkelpaadjes. Je weet nooit wat je tegenkomt. En wasp bleek een heleboel betekenissen te kunnen hebben. Wasp is een Brits jachtvliegtuig uit de Tweede Wereldoorlog. Het is een komedie van Aristofanes, een bekende korte film uit 1915, een satirisch tijdschrift uit het San Francisco van de negentiende eeuw, en natuurlijk een afkorting van White Anglo-Saxon Protestant, en nog veel meer. Maar dat leken me allemaal verwijzingen die niet bij deze geniale hacker pasten, bij haar stijl. Maar weet je wat wel bij haar paste?'

'Nou?'

'Waar wasp op internet meestal naar verwijst, is de superheldin Wasp uit de strips van Marvel Comics, een van de stichters van de Avengers.'

'Waar een film van is gemaakt?'

'Exact. Die met Thor, Iron Man, Captain America en de hele bende. In de oorspronkelijke strip is ze zelfs een tijdje hun leider. Wasp is een heel coole stripfiguur, moet ik zeggen. Ziet er een beetje rockachtig en rebels uit, kleedt zich in zwart en geel, met insectenvleugels, heeft kort, zwart haar en een stoere uitstraling; een meisje dat toeslaat vanuit een onderliggende positie, dat kan groeien en krimpen in grootte. Alle bronnen waarmee we hebben gesproken denken dat het die Wasp is. Nu hoeft de persoon achter die schuilnaam natuurlijk geen Marvel Comics-fan te zijn, zeker nu niet meer. Die handle bestaat al lang. Misschien is het alleen maar iets wat uit iemands kindertijd is blijven hangen, of hooguit een wat ironisch knipoogje, iets wat niet meer te betekenen heeft dan dat ik mijn kat ooit Peter Pan heb gedoopt hoewel ik die zelfingenomen figuur die niet volwassen wil worden eigenlijk helemaal niet leuk vind. Maar toch ...'

'Nou?'

'Ik constateerde dat ook het criminele netwerk waar Wasp naar op zoek was codenamen van Marvel Comics gebruikt, en niet alleen dat, want soms noemen ze zich The Spider Society, niet?'

'Ja, maar dat is volgens mij meer een spelletje om de spot te drijven met ons afluisteraars.'

'Natuurlijk, natuurlijk; daar ben ik het mee eens. Maar ook spelletjes kunnen aanwijzingen geven of iets serieus verhullen. Weet je wat in Marvel Comics kenmerkend is voor The Spider Society?'

'Nou?'

'Dat ze strijden tegen de Sisterhood of the Wasp.'

'Oké. Ik snap dat dat een detail is om over na te denken, maar ik snap niet hoe het jullie verder kon helpen.'

'Wacht maar, dan zal ik je dat vertellen. Zeg, heb je zin om met me mee te rijden? Ik moet zo naar het vliegveld.'

Mikael Blomkvist kon zijn ogen niet meer openhouden. Het was nog niet erg laat, maar hij voelde met zijn hele lichaam dat hij het niet lang meer zou volhouden. Hij moest naar huis om een paar uur te slapen, zodat hij er vannacht of morgenvroeg weer met nieuwe energie tegenaan kon gaan. Het zou misschien ook helpen als hij onderweg een paar biertjes dronk. De slapeloosheid bonkte tegen zijn voorhoofd en hij moest een aantal herinneringen en angsten verjagen. Misschien kon hij Andrei mee krijgen. Hij keek naar zijn collega.

Andrei zag er zo jong en energiek uit dat Mikael met de helft al tevreden zou zijn. Hij zat achter zijn pc te werken alsof hij net binnen was gekomen en bladerde af en toe fanatiek door zijn aantekeningen. Toch was hij al sinds vanmorgen vijf uur op de redactie. Nu was het kwart voor zes in de middag, en veel pauzes had hij niet gehad.

'Wat denk je, Andrei? Zullen we ergens een biertje en een hapje eten halen en de zaak bespreken?'

Andrei leek de vraag eerst niet te horen, maar toen keek hij op en zag hij er opeens lang niet meer zo energiek uit. Met een vage grijns masseerde hij zijn schouder.

'Hè? Eh ... ja, misschien,' zei hij aarzelend.

'Dat vat ik op als een ja,' zei Mikael. 'Wat denk je van de Folkopera?'

De Folkopera was een café-restaurant op de hoek van de Hornsgata, niet ver van *Millennium*, waar heel wat journalisten en artistiekelingen kwamen.

'Alleen ...' reageerde Andrei.

'Ja?'

‘Ik zit met dat portret van die kunsthandelaar van veilinghuis Bukowskis, die in Malmö Centraal op een trein stapte en nooit meer terugkwam. Erika vond dat ik dat er wel bij kon hebben.’

‘Jesses, wat beult ze je toch af!’

‘Dat valt best mee, vind ik. Maar ik krijg het gewoon niet zoals ik het wil hebben. Ik vind het nog zo stuntelig en stijf geschreven.’

‘Wil je dat ik er eens naar kijk?’

‘Graag, maar ik wil er eerst nog iets verder mee komen. Ik zou me doodschamen als je het in deze vorm zou zien.’

‘Dan wachten we daar nog even mee. Maar kom op, dan gaan we in elk geval iets eten. Dan kun je daarna weer gaan werken als je dat per se wilt,’ zei Mikael, en hij keek Andrei aan.

Dat beeld zou hij zich nog lang herinneren. Andrei had een bruin geruit jasje aan en een wit overhemd waarvan de bovenste knoopjes open waren. Hij zag eruit als een filmster, in elk geval nog meer dan anders als een jonge Antonio Banderas, een weifelende Banderas.

‘Ik blijf toch nog even om het te ordenen,’ zei hij aarzelend. ‘Ik heb nog wel een magnetronmaaltijd in de koelkast liggen.’

Mikael overwoog even of hij zijn hogere positie in moest zetten om Andrei toch mee te krijgen om een biertje te gaan drinken. In plaats daarvan zei hij echter: ‘Oké, dan zien we elkaar morgen weer. Hoe is het met die twee daar? Nog geen tekening van de moordenaar?’

‘Blijkbaar niet.’

‘Morgen moeten we een andere oplossing proberen te vinden. Hou je haaks,’ zei Mikael, en hij stond op en trok zijn jas aan.

Lisbeth was iets te binnen geschoten wat ze lang geleden in het tijdschrift *Science* over savants had gelezen. De getaltheoreticus Enrico Bombieri had in een artikel verwezen naar een voorval in het boek *De man die zijn vrouw voor een hoed hield* van Oliver Sacks, waarbij een autistische, verstandelijk gehandicapte tweeling op hun dooie gemak duizelingwekkend hoge priemgetallen met elkaar uitwisselden, alsof ze die in een inwendig wiskundig landschap voor zich zagen en daar een raadselachtig doorsteekje hadden gevonden naar het mysterie van de getallen.

Wat de tweeling had gepresteerd was iets heel anders dan wat Lisbeth wilde bereiken. Toch had het wel iets met elkaar te maken, dacht ze, en ze besloot het te proberen, hoe weinig vertrouwen ze er ook in had. Ze opende het versleutelde NSA-bestand en haar factoriseringsprogramma met elliptische curven. Toen keek ze August weer aan. Hij reageerde door met zijn bovenlichaam heen en weer te wiegen.

'Priemgetallen. Jij houdt van priemgetallen,' zei ze.

August keek haar niet aan en hield niet op met wiegen.

'Ik ook,' vervolgde ze. 'Maar er is iets wat me op dit moment nog meer interesseert. Dat heet factorisering. Weet je wat dat is?'

August staarde wiegend naar het tafelblad en leek haar niet te begrijpen.

'Priemgetalfactorisering is als we een getal herschrijven als product van priemgetallen. Met een product bedoel ik het resultaat van een vermenigvuldiging. Kun je het volgen?'

August vertrok geen spier en Lisbeth vroeg zich af of ze maar niet gewoon haar mond moest houden.

'Volgens de hoofdstelling van de rekenkunde heeft elk geheel getal een unieke priemgetalfactorisering, en dat is best wel heftig. Een eenvoudig getal als 24 kunnen we op allerlei manieren krijgen, bijvoorbeeld door 12 met 2 te vermenigvuldigen, of 3 met 8, of 4 met 6. Toch is er maar één manier om het met priemgetallen te factoriseren, namelijk 2 x 2 x 2 x 3. Kun je het volgen? Alle getallen hebben een unieke factorisering. Het probleem is: het is makkelijk om priemgetallen te vermenigvuldigen en grote getallen te krijgen, maar andersom is het vaak niet te doen, om van het antwoord terug te gaan naar de priemgetallen. En dat is iets wat een heel dom iemand heeft gedaan in een geheim bericht. Snap je? Het is net zoiets als van siroop en water limonade maken: heel simpel om te doen, maar je kunt het niet meer terugdraaien.'

August knikte niet en zei ook niets, maar hij wiegde tenminste niet meer met zijn bovenlichaam.

'Zullen we eens kijken of jij goed bent in priemgetalfactorisering, August? Zullen we dat doen?'

August verroerde zich niet.

'Dat vat ik op als een ja. Laten we beginnen met het getal 456.'

Augusts ogen begonnen afwezig te staren en Lisbeth was ervan overtuigd dat het een absurd idee was geweest.

Buiten was het koud en stormachtig, maar Mikael had toch het idee dat de kou hem goeddeed en dat hij er een beetje wakkerder van werd. Er waren vrij weinig mensen op straat en hij moest aan zijn dochter Pernilla denken, die had gezegd dat ze 'echt' wilde gaan schrijven, en aan Lisbeth natuurlijk, en aan het jongetje. Wat zouden die nu aan het doen zijn?

Onderweg naar het hoger liggende deel van de Hornsgata, bleef hij even naar een schilderij in een etalage staan kijken. Daarop stonden blije, zorgeloze mensen op een cocktailparty en het was vast niet zo, maar het leek hem op dat moment eeuwen geleden dat hij zelf voor het laatst zo onbekommerd een drankje had staan drinken. Heel even wilde hij dat hij hier ver vandaan was. Toen rilde hij omdat hij opeens het gevoel had dat hij werd gevolgd. Toen hij zich echter omdraaide, zag hij dat het vals alarm was. Misschien kwam het door wat hij de afgelopen dagen allemaal had meegemaakt.

De enige die achter hem stond, was een betoverend mooie vrouw met loshangend, donkerblond haar in een knalrode mantel die een beetje onzeker en verlegen naar hem glimlachte. Hij glimlachte voorzichtig terug en wilde weer doorlopen. Toch bleef hij nog even naar haar staan kijken, misschien zelfs verbaasd, alsof hij had verwacht dat de vrouw zou veranderen in iets anders, iets meer alledaags.

Ze werd echter met de seconde oogverblindender, kreeg een bijna koninklijke waardigheid, een elegantie die per ongeluk te midden van gewone mensen terecht was gekomen. Op dit moment, op dit eerste ogenblik van verbazing, had Mikael haar niet goed kunnen beschrijven, hij had zelfs geen klein, significant detail van haar uiterlijk kunnen noemen. Ze kwam hem voor als een cliché, als iets prachtigs uit een modetijdschrift.

'Kan ik u ergens mee helpen?' vroeg hij.

'Nee, nee,' antwoordde ze, en ze leek gegeneerd. Het viel niet te ontkennen: het was een innemende onzekerheid. Ze was geen vrouw van wie je zou denken dat ze verlegen was. Ze zag eruit alsof de wereld van haar zou moeten zijn.

'Nou, fijne avond dan,' zei hij, en hij draaide zich om, maar ze hield hem tegen met een nerveus kuchje.

'Bent u niet Mikael Blomkvist?' vroeg ze, nog onzekerder, en ze keek naar de straatstenen.

'Dat klopt,' zei hij, en hij glimlachte beleefd. Hij deed zijn best om net zo beleefd te glimlachen als hij naar ieder ander zou hebben gedaan.

'Ik wil alleen maar zeggen dat ik altijd veel bewondering voor u heb gehad,' vervolgde ze; ze tilde haar hoofd voorzichtig op en keek hem met een donkere blik in haar ogen aan.

'Daar ben ik blij om. Maar het is wel lang geleden dat ik iets zinnigs heb geschreven. Wie bent u?'

'Mijn naam is Rebecka Svensson,' zei ze. 'Ik woon tegenwoordig in Zwitserland.'

'En nu bent u even terug in Zweden?'

'Heel kort maar, jammer genoeg. Ik mis Zweden. Ik mis zelfs november in Stockholm.'

'Dat gaat wel ver.'

'Haha, ja! Maar zo gaat het met heimwee, hè?'

'Hoe bedoelt u?'

'Dat je zelfs de slechte dingen mist.'

'Klopt.'

'Maar weet u wat ik daaraan doe? Ik volg de Zweedse journalistiek. Ik denk dat ik de afgelopen jaren geen artikel uit *Millennium* heb gemist,' ging ze door. Hij keek nog eens goed naar haar en het viel hem op dat alles wat ze aanhad, van haar zwarte hoge hakken tot en met haar blauwgeruite kasjmieren sjaaltje, er duur en exclusief uitzag.

Rebecka Svensson zag er niet bepaald uit als de gemiddelde *Millennium*-lezer. Maar er was geen reden om vooroordelen te hebben over rijke, in het buitenland wonende Zweden.

'Werkt u in Zwitserland?' vroeg hij.

'Ik ben weduwe.'

'Aha.'

'Soms verveel ik me zo. Was u op weg ergens naartoe?'

'Ik wilde iets gaan drinken en een hapje eten,' zei hij, en hij vond meteen dat dat geen goed antwoord was. Het was te uitnodigend, te veel voor de hand liggend, maar het was wel waar. Hij was inderdaad op weg om iets te gaan eten en drinken.

'Mag ik u gezelschap houden?' vroeg ze.

'Graag,' zei hij aarzelend. Ze raakte even zijn hand aan – waarschijnlijk per ongeluk; dat wilde hij tenminste graag geloven. Ze zag er nog steeds verlegen uit. Ze liepen langzaam het hoger liggende deel van de Hornsgata op, langs de rij galerietjes.

'Wat leuk om hier met u te lopen,' zei ze.

'Nogal verrassend.'

'Bepaald niet wat ik had verwacht toen ik vanmorgen wakker werd.'

'Wat verwachtte u dan?'

'Dat het net zo'n sombere dag zou worden als anders.'

'Ik weet niet of ik vandaag wel zulk prettig gezelschap ben,' zei hij. 'Ik ga helemaal op in een verhaal.'

'Werkt u te hard?'

'Waarschijnlijk wel.'

'Misschien heeft u een korte pauze nodig,' zei ze, en ze glimlachte vertrouwelijk, plotseling vervuld van een verlangen of van een belofte, en op dat moment meende hij iets in haar te herkennen, alsof hij dat glimlachje eerder had gezien, maar dan anders, in een vervormende spiegel.

'Hebben wij elkaar al eens eerder ontmoet?' vroeg hij.

'Dat denk ik niet. Behalve dan dat ik u duizenden keren op foto's en op tv heb gezien, natuurlijk.'

'Dus u hebt nooit in Stockholm gewoond?'

'Alleen toen ik klein was.'

'Waar woonde u toen?'

Ze wees vaag naar verderop in de Hornsgata.

'Het was een fijne tijd,' zei ze. 'Mijn vader zorgde voor ons. Ik denk daar nog weleens aan. Ik mis hem.'

'Leeft hij niet meer?'

'Hij is te jong gestorven.'

'Dat spijt me.'

'Ja, ik mis hem af en toe nog steeds. Waar gaan we heen?'

'Even denken,' zei hij. 'Er is hier een pub, een klein stukje de Bellmansgata in, de Bishops Arms. Ik ken de eigenaar. Het is een erg leuke zaak.'

'Oké ...'

Haar gezicht kreeg weer die gegeneerde, verlegen uitdrukking en weer raakte haar hand even zijn vingers aan; deze keer was hij er niet zo zeker van dat het per ongeluk was.

'Of is dat niet chic genoeg?'

'Jawel, ja hoor,' zei ze verontschuldigend. 'Maar ik voel me al gauw bekeken in pubs. Ik ben al zoveel schoften tegengekomen.'

'Dat kan ik me voorstellen.'

'Zou u niet ...'

'Ja?'

Ze keek weer naar de grond en werd rood – ja, eerst dacht hij dat hij het verkeerd zag. Volwassen mensen blozen toch niet op die manier? Maar Rebecka Svensson uit Zwitserland, die eruitzag alsof ze zo'n zeven miljoen dollar waard was, bloosde als een klein schoolmeisje.

'Zou u me niet liever mee naar huis willen nemen als u me een paar wijntjes wilt aanbieden?' ging ze door. 'Dat zou ik leuker vinden.'

'Jawel ...'

Hij had slaap nodig en moest morgenochtend vroeg weer goed in vorm zijn. Toch antwoordde hij aarzelend: 'Natuurlijk, zeker. Ik heb nog wel een flesje Barolo liggen.' En hij dacht even dat hij ondanks alles wat er speelde toch een leuke avond zou hebben, alsof hem een opwindend avontuurtje te wachten stond.

Maar zijn onzekerheid ging niet weg. Dat begreep hij aanvankelijk niet. Hij was niet moeilijk in dit soort dingen en, eerlijk gezegd, hij was verwend met vrouwen die hem probeerden te verleiden. Het ging deze keer wel verbluffend snel, maar ook dat was niet volkomen ongewoon voor hem en hij had een uiterst onsentimentele opvatting over die dingen. Dus nee, het zat 'm niet in de snelheid op zich, in elk geval niet alleen daarin. Wat was er toch met Rebecka Svensson?

Ze was niet alleen jong en opwindend mooi en zou iets beters te doen moeten hebben dan achter bezwete, afgematte journalisten van middelbare leeftijd aan zitten. Er was iets met haar oogopslag en met dat heen en weer slingeren tussen gewaagd en verlegen, dat ogenschijnlijk toevallige aanraken van zijn handen. Die dingen, die hem aanvankelijk zo onweerstaanbaar voorkwamen, leken hem nu eerder berekenend.

'Wat gezellig. Ik zal niet lang blijven. Ik wil geen artikel voor u bederven,' zei ze.

'Ik draag de volledige verantwoordelijkheid voor al mijn mislukte artikelen,' antwoordde hij, en hij probeerde terug te glimlachen.

Maar het was geen erg natuurlijk glimlachje, en op dat moment zag hij iets eigenaardigs in haar ogen, een plotselinge ijzigheid, die binnen een seconde omsloeg in het tegendeel: weer hartelijkheid, warmte, als bij een groot actrice die haar vaardigheden toont, en hij raakte er steeds meer van overtuigd dat er iets mis was. Hij begreep alleen niet wat, en hij wilde zijn wantrouwen ook niet laten merken, nog niet in elk geval. Hij wilde het begrijpen. Wat gebeurde er? Hij kreeg het idee dat het belangrijk was daarachter te komen.

Ze liepen verder de Bellmansgata in, maar hij was niet meer van plan haar mee naar huis te nemen. Hij had tijd nodig om het te begrijpen, en hij keek weer naar haar. Ze was echt opvallend mooi. Toch viel het hem op dat het niet zozeer haar schoonheid was die hem zo boeide. Het was eerder iets anders, iets ongrijpbaarders, wat zijn gedachten naar een totaal andere wereld leidde dan die van de weekbladglamour. Rebecka Svensson leek hem eerder een raadsel waarop hij het antwoord moest weten.

'Leuke buurt, dit,' zei ze.

'Niet gek,' antwoordde hij peinzend, en hij keek naar de Bishops Arms.

Schuin tegenover het café stond een man met een zwart petje en een donkere bril een kaart te bestuderen. Je kon hem gemakkelijk aanzien voor een toerist. Hij had een bruin koffertje in zijn hand, droeg witte sneakers en een zwartleren jack met een grote, achterovergevouwen bontkraag. Normaal gesproken zou hij Mikael niet zijn opgevallen.

Nu keek hij echter niet meer onschuldig om zich heen, maar vond hij dat de man zich nerveus en gespannen gedroeg. Dat kon natuurlijk komen doordat Mikael al achterdochtig was, maar hij vond echt dat de wat verstrooide manier waarop de man met de kaart omging gekunsteld was. Nu draaide hij ook nog zijn hoofd om en keek hij naar Mikael en de vrouw.

Hij bekeek hen even aandachtig en draaide zich toen weer naar zijn kaart, maar het kwam niet erg overtuigend over. Hij leek zich opgelaten te voelen en zijn gezicht te willen verbergen onder zijn pet, maar er was iets mee ... met dat gebogen, schijnbaar schuwe hoofd, wat Mikael aan iets deed denken, en weer keek hij in de donkere ogen van Rebecka Svensson.

Hij staarde haar lang en indringend aan en kreeg een lieve blik terug. Die beantwoordde hij echter niet, maar hij bleef haar hard en geconcentreerd aankijken. Toen bevroor haar gezicht, en pas op dat moment glimlachte Mikael Blomkvist terug.

Hij glimlachte omdat hij opeens begreep hoe het zat.

22

23 NOVEMBER 'S AVONDS (ZWEEDSE TIJD)

Lisbeth stond op van de keukentafel. Ze wilde August niet langer storen. De jongen had nog meer te verwerken en het was sowieso een raar idee geweest.

Het was typerend dat er te veel van die arme savants werd verwacht. Wat August had gedaan was al indrukwekkend genoeg. Ze liep weer naar het terras en raakte voorzichtig haar gewonde schouder aan, die nog steeds zeer deed. Toen ze achter zich een haastig geschraap op het papier hoorde, draaide ze zich om en liep ze terug naar de keukentafel. Het volgende moment glimlachte ze.

August had geschreven: '2^3 x 3 x 19.'

Lisbeth ging op haar stoel zitten en zei, ditmaal zonder hem aan te kijken: 'Oké! Ik ben onder de indruk. Maar laten we het een beetje moeilijker maken. Doe eens: 18.206.927.'

August kromp ineen boven het tafelblad. Lisbeth vond het wel een beetje gemeen om hem meteen een getal van acht cijfers voor de voeten te werpen, maar als ze ooit een kans wilden hebben, dan moesten ze nog veel hoger gaan. Het verbaasde haar niet dat August weer nerveus met zijn bovenlichaam begon te wiegen. Toch boog hij zich na een paar tellen over de tafel en schreef hij op zijn vel papier: '9419 x 1933.'

'Mooi. Wat dacht je van 971.230.541?'

'983 x 991 x 997,' schreef August.

Op de overvolle parkeerplaats voor het zwarte, kubusvormige hoofdkantoor in Fort Meade met zijn spiegelende glazen wanden, niet ver van de grote radarkoepel met al zijn satellietantennes stonden Ed en Alona. Ed speelde nerveus met zijn autosleutels en keek naar het bos achter het schrikdraadhek. Hij wilde naar het vliegveld en zei dat hij al laat was, maar Alona wilde hem niet laten gaan. Ze had haar hand op zijn schouder gelegd en schudde haar hoofd.

'Het is ongelooflijk.'

'Heel bijzonder, inderdaad,' zei hij.

'Dus alle codenamen van de Spiders die we hebben opgevangen – Thanos, Enchantress, Zemo, Alkhema, Cyclone en wat het ook allemaal was – hebben gemeen dat het ...'

'In het oorspronkelijke stripverhaal vijanden van Wasp zijn, ja.'

'Krankzinnig.'

'Een psycholoog zou er vast wel iets interessants van kunnen maken.'

'Het moet een diepgaande obsessie zijn.'

'Ongetwijfeld. Haat, denk ik zelfs.'

'Pas maar goed op jezelf.'

'Vergeet niet dat ik in wezen ook een oud bendelid ben.'

'Dat is al lang geleden, Ed, een hoop kilo's geleden.'

'Het komt niet op gewicht aan. Hoe zeggen ze het ook weer? Je kunt de man wel uit het getto halen ...'

'Maar het getto niet uit de man.'

'Je komt er nooit meer van af. Bovendien krijg ik hulp van de militaire inlichtingendienst in Stockholm, de FRA. Die hebben hetzelfde belang als ik: eens en voor altijd afrekenen met die hacker.'

'Maar als Jonny Ingram erachter komt?'

'Dat zou niet best zijn. Maar je begrijpt dat ik niet onvoorbereid te werk ga. Ik heb zelfs een woordje gewisseld met O'Connor.'

'Dat vermoedde ik al. Kan ik iets voor je doen?'

'Yep.'

'*Shoot*.'

'De groep van Jonny Ingram lijkt volledig op de hoogte te zijn van het Zweedse politieonderzoek.'

'Dus je verdenkt hen ervan dat ze de politie afluisteren of zo?'

'Of ze hebben ergens een bron, bijvoorbeeld een of andere streber bij de Zweedse veiligheidsdienst. Als ik je twee van mijn beste hackers geef, zou je daar dan wat graafwerk naar kunnen doen?'

'Klinkt riskant.'

'Oké, vergeet het dan maar.'

'Nee, ik vind het leuk.'

'Dank je, Alona. Ik stuur je straks meer informatie.'

'Goede reis dan maar,' zei ze, en Ed glimlachte een beetje uitdagend, stapte in de auto en reed weg.

Naderhand kon Mikael niet goed uitleggen waardoor hij het had gezien. Maar waarschijnlijk was het iets in het gezicht van Rebecka Svensson, iets wat hem tegelijkertijd vreemd en bekend voorkwam, iets wat hem, misschien juist door de volkomen harmonie van haar gelaatstrekken, herinnerde aan de tegenhanger van dat gezicht en hem, in combinatie met de vermoedens en verdenkingen die hij in de loop van het werken aan zijn artikel had gekregen, het inzicht verschafte. Hij wist nog niet wat het was, maar hij twijfelde er niet aan dat er iets totaal mis was.

De man daar op het kruispunt, die nu met zijn kaart en zijn bruine koffertje wegwandelde, was ongetwijfeld dezelfde figuur als die hij op de bewakingscamera in Saltsjöbaden had gezien, en dat was een te onwaarschijnlijk toeval om niets te betekenen, dus Mikael bleef een paar seconden doodstil staan nadenken. Toen wendde hij zich tot de vrouw die zich Rebecka Svensson noemde. Hij probeerde zelfverzekerd te klinken toen hij zei: 'Je vriend gaat weg.'

'Mijn vriend?' vroeg ze oprecht verbaasd. 'Hoe bedoel je?'

'Hij daar,' vervolgde hij, en hij wees naar de magere rug van de man, die met haast klapwiekende ledematen in de Tavastgata verdween.

'Neem je me in de maling? Ik ken niemand in Stockholm.'

'Wat willen jullie van me?'

'Ik wilde je alleen leren kennen, Mikael,' zei ze, en ze maakte een gebaar langs zijn bloes naar beneden, alsof ze een knoopje wilde openmaken.

'Hou op!' zei hij scherp, en hij wilde net zeggen wat hij dacht toen ze hem zo teder en lief aankeek dat hij totaal van zijn stuk raakte en even het idee had dat hij zich toch vergiste.

'Ben je kwaad op me?' vroeg ze gekwetst.

'Nee, maar ...'

'Maar wat?'

'Ik vertrouw je niet,' zei hij, harder dan hij eigenlijk had willen zeggen, en toen glimlachte ze weemoedig en zei: 'Het lijkt erop dat je vandaag niet helemaal jezelf bent, hè Mikael? Laten we een andere keer afspreken.'

Ze kuste hem zo discreet en snel op zijn wang dat hij het niet kon voorkomen. Toen wuifde ze koket met haar vingers en liep ze op haar hoge hakken weg, de helling op, bestudeerd zelfbewust, alsof niets in de wereld haar kon deren. Even vroeg hij zich af of hij haar moest tegenhouden en onderwerpen aan een soort kruisverhoor. Maar hij zag niet in hoe dat iets concreets kon opleveren, dus besloot hij achter haar aan te gaan.

Dat was natuurlijk idioot, besefte hij, maar hij zag geen andere oplossing. Hij liet haar over de heuveltop verdwijnen en liep toen achter haar aan. Hij liep snel naar het kruispunt, ervan overtuigd dat ze nog niet ver weg kon zijn. Maar eenmaal boven was er geen spoor meer van haar te bekennen. En van de man ook niet. Het was alsof ze door de aarde waren verzwolgen. De straat was vrijwel helemaal leeg, afgezien van een zwarte BMW die een stukje verderop achteruit inparkeerde en waar een man met een sikje en een ouderwetse Afghaanse bontjas uitstapte, die aan de overkant van de straat in zijn richting kwam lopen.

Waar waren ze gebleven? Er waren geen zijstraatjes, geen verborgen steegjes om in te verdwijnen. Waren ze ergens naar binnen gegaan? Hij liep door tot aan de Torkel Knutssonsgata en spiedde naar rechts en naar links. Hij zag niets. Hij liep langs wat ooit Samirs Stoofpot, zijn favoriete restaurant, was geweest, maar wat nu Tabbouli heette en een Libanees café was, waar ze misschien naartoe gevlucht was.

Hij begreep alleen niet hoe ze daar had kunnen komen. Zoveel voorsprong had ze niet gehad. Waar was ze in godsnaam gebleven? Twee keer draaide hij zich snel om omdat hij dacht dat ze opeens achter hem liep en een andere keer schrok hij op van het ijzige gevoel dat iemand hem met een vizierkijker volgde. Maar dat was vals alarm, voor zover hij kon nagaan tenminste.

De man en de vrouw waren nergens te bekennen, en toen hij het uiteindelijk opgaf en naar huis liep, had hij het gevoel dat hij aan een groot gevaar was ontsnapt. Hij had er geen idee van hoe reëel dat gevoel was, maar zijn hart bonsde en zijn keel was droog. Hij was anders niet zo snel bang, maar nu had een vrijwel lege straat hem de stuipen op het lijf gejaagd. Hij begreep het niet.

Maar hij wist wel heel goed met wie hij moest gaan praten. Hij moest Holger Palmgren te pakken zien te krijgen, Lisbeths vroegere voogd. Maar eerst moest hij zijn burgerschapsplicht doen. Als de man die hij had gezien inderdaad dezelfde was als degene die op de beelden van de bewakingscamera van Frans Balder stond en als er ook maar een miniem kansje was om hem te vinden, moest de politie dat weten, dus hij belde Jan Bublanski.

Het viel niet mee om de commissaris te overtuigen. Het viel zelfs niet mee om zelf overtuigd te blijven. Maar waarschijnlijk kon hij nog terugvallen op vertrouwen uit het verleden, ook al had hij het de laatste tijd niet zo nauw genomen met de waarheid. Bublanski zei dat hij een paar mensen zou sturen.

'Waarom zou hij in jouw buurt zijn?'

'Dat weet ik niet, maar ik vermoed dat het geen kwaad kan om het na te gaan.'

'Waarschijnlijk niet, nee.'

'Dan wens ik jullie succes.'

'Het is nog steeds verdomd vervelend dat August Balder op een onbekende plek is,' voegde Bublanski er op licht verwijtende toon aan toe.

'Het is nog steeds verdomd vervelend dat iemand bij jullie heeft gelekt,' antwoordde Mikael.

'Ik kan je mededelen dat wij óns lek hebben geïdentificeerd.'

'O ja? Dat is fantastisch.'

'Ook weer niet zó fantastisch, vrees ik. We denken dat er meerdere lekken kunnen zijn geweest, die allemaal betrekkelijk onschuldig waren, behalve het laatste.'

'Dan moeten jullie dat zien te vinden.'

'We doen wat we kunnen. Maar we beginnen te vermoeden ...'

'Wat?'

'Niks ...'

'Oké. Je hoeft me niets te vertellen.'

'We leven in een zieke wereld, Mikael.'

'O ja?'

'Een wereld waarin paranoia gezond is.'

'Daar zou je weleens gelijk in kunnen hebben. Goedenavond, commissaris.'

‘Goedenavond, Mikael. Haal geen stommiteiten uit.’
‘Ik doe mijn best,’ antwoordde hij.

Mikael stak de Ringväg over en liep het metrostation in. Hij nam de rode lijn naar Norsborg en stapte uit bij Liljeholmen, waar Holger Palmgren sinds een paar jaar in een kleine, moderne flat zonder drempels woonde. Palmgren was een beetje geschrokken toen hij Mikaels stem aan de telefoon hoorde, maar nadat Mikael hem had verzekerd dat het met Lisbeth goed ging – hij hoopte dat hij op dat punt de waarheid sprak – was hij van harte welkom.

Holger Palmgren was een gepensioneerde advocaat. Hij was jarenlang Lisbeths voogd geweest, al sinds het meisje dertien was en opgesloten zat in de psychiatrische kliniek St. Stefan in Uppsala. Nu, na een paar beroertes, was hij oud en vaak ziek. Sinds een tijdje liep hij met een rollator, maar vaak liep hij helemaal niet.

De linkerhelft van zijn gezicht hing slap en zijn linkerhand kon hij vrijwel niet meer bewegen. Maar zijn brein was nog helder en zijn geheugen uitstekend, zolang het ging over dingen die ver teruggingen in de tijd en zeker als het ging om Lisbeth Salander. Niemand kende Lisbeth zo goed als hij.

Holger Palmgren was geslaagd waar alle psychiaters en psychologen hadden gefaald – of misschien niet eens hadden *willen* slagen. Nadat haar kinderjaren een hel waren geweest en toen het meisje alle volwassenen en alle overheidsvertegenwoordigers wantrouwde, had Holger Palmgren Lisbeths vertrouwen weten te winnen en haar aan het praten gekregen. Mikael beschouwde dat als een wonder. Lisbeth was de nachtmerrie van alle therapeuten, maar aan Holger had ze de pijnlijkste dingen uit haar jeugd verteld, en dat was de reden waarom Mikael nu de code van de buitendeur van Liljeholmstorget 96 intoetste, de lift naar de vijfde verdieping nam en aanbelde.

‘Beste vriend,’ zei Holger in de deuropening. ‘Wat geweldig fijn om je te zien. Je ziet er bleek uit.’

‘Ik heb nogal slecht geslapen.’

‘Dat kan zomaar gebeuren als mensen op je schieten. Ik las het in de krant. Een verschrikkelijk verhaal.’

‘Dat mag je wel zeggen.’

‘Is er nog meer gebeurd?’

'Dat zal ik je vertellen,' zei Mikael, en hij ging op een mooie bank van gele stof zitten, vlak bij het balkon, en wachtte tot Holger met grote moeite weer in een rolstoel naast hem was gaan zitten.

Mikael vertelde in grote lijnen wat er was gebeurd. Maar toen hij bij zijn gedachte of zijn gevoel op de keien van de Bellmansgata was gekomen, werd hij meteen onderbroken.

'Wat zeg je?'

'Ik denk dat het Camilla was.'

Holger zag er volkomen verbouwereerd uit.

'Dé Camilla?'

'Ja, die.'

'Nee,' zei Holger. 'En toen?'

'Ze verdween. Maar daarna was het alsof mijn hersenen kookten.'

'Dat snap ik. Ik dacht dat Camilla eens en voor altijd van de aardbodem was verdwenen.'

'Zelf was ik bijna vergeten dat ze met z'n tweeën waren.'

'Ze waren heel erg met z'n tweeën. Tweelingzussen die elkaar haatten.'

'Ik wist het natuurlijk wel,' vervolgde Mikael, 'maar ik moest eraan worden herinnerd om er serieus over na te gaan denken. Ik had me, zoals gezegd, al afgevraagd waarom Lisbeth zich met deze zaak bemoeide. Waarom zij, de oude superhacker, zich zou interesseren voor een simpele cyberaanval.'

'En nu wil je dat ik je help het te begrijpen.'

'Zoiets.'

'Oké,' begon Holger. 'Je kent het verhaal waar het allemaal mee begon, hè? Lisbeths moeder, Agneta Salander, was caissière bij de Zinken-Konsum en woonde als alleenstaande moeder met haar twee dochters in de Lundagata. Ze hadden samen misschien een mooi leven kunnen hebben. Ze hadden niet veel geld en Agneta was heel jong, en ze had geen kans gehad om zich te ontwikkelen. Maar ze was lief en attent. Ze wilde haar kinderen een goede opvoeding geven. Alleen ...'

'Af en toe kwam hun vader op bezoek.'

'Ja, af en toe kwam hun vader, Alexander Zalachenko, en die bezoekjes eindigden altijd op dezelfde manier. Hij verkrachtte en mishandelde Agneta, terwijl hun dochters in het kamertje ernaast zaten en alles hoorden. Op een dag vond Lisbeth haar moeder bewusteloos op de grond.'

'En toen nam ze voor de eerste keer wraak.'

'Voor de tweede keer. De eerste keer had ze Zalachenko met een mes in zijn schouder gestoken.'

'O ja. Maar deze keer gooide ze een melkpak vol benzine in zijn auto en stak die aan.'

'Exact. Zalachenko brandde als een fakkel, liep zware brandwonden op en er moest een voet bij hem worden geamputeerd. Lisbeth zelf werd opgesloten in een psychiatrische inrichting voor kinderen.'

'En haar moeder kwam in een verzorgingstehuis terecht.'

'Ja, en dat was voor Lisbeth het ergste van alles. Haar moeder was toen pas negenentwintig, maar ze is er nooit meer bovenop gekomen. Veertien jaar heeft ze nog met zwaar hersenletsel en veel pijn geleefd in dat tehuis. Vaak kon ze niet eens met haar omgeving communiceren. Lisbeth bezocht haar zo vaak als ze kon en ik weet dat ze ervan droomde dat haar moeder op een dag weer gezond zou zijn, zodat ze weer konden praten en voor elkaar konden zorgen. Maar dat is niet gebeurd. Dat is Lisbeths grote verdriet. Ze zag haar moeder wegkwijnen en langzaam sterven.'

'Ik weet het. Het is verschrikkelijk. Maar Camilla's rol in het geheel heb ik nooit goed begrepen.'

'Die is gecompliceerder, en in zekere zin vind ik dat we haar moeten vergeven. Zij was ook nog maar een kind, en voordat ze het goed en wel wist, was ze een pion in het spel geworden.'

'Hoezo?'

'Ze kozen verschillende kanten in de strijd, zou je kunnen zeggen. Lisbeth en Camilla zijn wel een twee-eiige tweeling, maar ze hebben nooit op elkaar geleken, uiterlijk niet en in hun manier van doen niet. Lisbeth is het eerst geboren, Camilla kwam twintig minuten later. Ze was al toen ze klein was een genot om naar te kijken, terwijl Lisbeth een driftig wezentje was, en iedereen riep bij het zien van Camilla uit: "Och, wat een lief meisje." Het was vast geen toeval dat Zalachenko vanaf het begin verdraagzamer was tegenover haar. "Verdraagzaam," zeg ik, want van meer was die eerste jaren natuurlijk nooit sprake. Agneta was voor hem maar een hoer, dus haar kinderen waren logischerwijs niet meer dan hoerenkinderen, mormels die in de weg liepen. Maar toch ...'

'Ja?'

'Toch constateerde zelfs Zalachenko dat een van de meisjes in elk geval heel mooi was. Lisbeth zei weleens dat er een genetische fout in haar familie zat, en hoewel dat zuiver medisch gezien twijfelachtig is, moet je toch toegeven dat Zala bijzondere kinderen heeft nagelaten. Lisbeths halfbroer Ronald heb je ontmoet, niet? Hij was blond, groot als een reus en leed aan congenitale analgesie, het onvermogen om pijn te voelen, en was dus een gorilla en een ideale moordenaar, en Camilla ... ja, in haar geval was de genetische fout domweg dat ze uitzonderlijk, gewoonweg bespottelijk mooi was; en hoe ouder ze werd, hoe erger. "Erger," zeg ik, want ik ben ervan overtuigd dat het een soort ongeluk was. Misschien viel het nog meer op doordat haar tweelingzus er altijd chagrijnig en kwaad uitzag. Volwassenen trokken soms gezichten als ze haar zagen maar dan ontdekten ze Camilla, en dan lichtte hun gezicht op en dan gingen ze zich belachelijk gedragen. Kun je je voorstellen wat voor invloed dat op haar had?'

'Dat moet moeilijk zijn geweest.'

'Nu dacht ik niet aan Lisbeth. Ik geloof niet dat ik ooit jaloezie bij haar heb gezien. Als het alleen die schoonheid was geweest, had ze die haar zus best gegund. Nee, ik bedoelde Camilla. Kun je je voorstellen wat voor invloed het heeft op een kind dat toch al niet veel empathie heeft, als ze de hele tijd te horen krijgt dat ze schitterend en goddelijk is?'

'Dat stijgt haar naar het hoofd.'

'Dat geeft haar een gevoel van macht. Als ze glimlacht, smelten we. Als ze het niet doet, voelen we ons buitengesloten en doen we alles om haar weer te zien stralen. Camilla leerde al vroeg hoe ze daarvan kon profiteren. Ze werd er een meester in, een meester in manipuleren. Ze had grote, expressieve reeënogen.'

'Die heeft ze nog steeds.'

'Lisbeth vertelde me dat Camilla uren voor de spiegel kon zitten om haar blik te trainen. Haar ogen waren een fantastisch wapen. Ze konden betoveren en ijzig zijn en kinderen – maar ook volwassenen – de ene dag het gevoel geven dat ze uitverkoren en bijzonder waren en de volgende dag dat ze verworpen en afgewezen waren. Het was een boosaardig talent, en je kunt je wel voorstellen dat ze al heel snel ongelooflijk populair was op school. Iedereen wilde bij haar zijn, en daar profiteerde ze op alle mogelijke manieren van. Elke dag zorgde ze ervoor dat haar klasgenoten haar kleine cadeautjes gaven - knikkers, snoepgoed, kleingeld, kralen, broches – en wie dat niet deed, of wie zich in het algemeen niet gedroeg zoals zij wilde, werd de volgende dag geen groet of blik gegund; en iedereen die ooit in het licht van haar schijnwerpers had gestaan wist hoe dat voelde. Haar klasgenoten deden alles om bij haar in de gunst te komen. Ze kropen voor haar – op één na, natuurlijk.'

'Haar zus.'

'Precies, en daarom zette Camilla haar klasgenoten tegen Lisbeth op. Ze organiseerde afschuwelijke pesterijen, waarbij Lisbeths hoofd in een toiletpot werd geduwd, anderen noemden haar stom en raar, en weet ik wat niet al. Dat bleven ze doen totdat ze ontdekten met wie ze te maken hadden. Maar dat is een ander verhaal, en dat ken je al.'

'Lisbeth keert je niet bepaald de andere wang toe.'

'Niet direct, nee. Maar het interessante van dit verhaal, puur psychologisch, is dat Camilla leerde zich te beheersen en haar omgeving te manipuleren. Ze leerde hoe ze iedereen onder de duim kon houden, behalve de twee belangrijkste mensen in haar leven, Lisbeth en haar vader, en daar kon ze niet tegen. Ze stak er een hoop energie in om ook die gevechten te winnen, en natuurlijk waren daar heel andere strategieën voor nodig. Ze is er nooit in geslaagd Lisbeth aan haar kant te krijgen, en ik denk ook niet dat haar dat veel kon schelen. In haar ogen was Lisbeth alleen maar een raar, chagrijnig, lastig kind. Maar haar vader ...'

'Die was door en door slecht.'

'Hij was slecht, maar hij was ook het feitelijke krachtenveld van het gezin. In wezen draaide alles om hem, ook al was hij er maar zelden. Hij was de afwezige vader. In normale gevallen kan die een bijna mythische betekenis voor een kind krijgen. Maar hier was het veel meer.'

'Hoe bedoel je?'

'Ik bedoel dat Camilla en Zalachenko een ongelukkige combinatie vormden. Zonder dat Camilla het zelf helemaal begreep, geloof ik dat ze eigenlijk maar in één ding geïnteresseerd was: macht. En haar vader – ja, je kunt veel van hem zeggen, maar hij had geen gebrek aan macht. Dat hebben veel mensen verteld, niet in de laatste plaats die stakkers van de veiligheidsdienst. Die konden vreselijk duidelijk zeggen waar het op stond en gedecideerd eisen stellen, maar ze krompen als bange schapen in elkaar als ze oog in oog stonden met hem. Zalachenko straalde een akelige onaantastbaarheid uit, die natuurlijk nog versterkt werd door het feit dat niemand hem iets kon maken en dat het niet uitmaakte hoe vaak hij bij de sociale dienst werd aangegeven. De Säpo hield hem altijd de hand boven het hoofd, en dat wist Lisbeth en daarom besloot ze het recht in eigen hand te nemen. Maar voor Camilla lag het totaal anders.'

'Zij wilde zelf zo zijn.'

'Ja, dat denk ik. Haar vader was haar ideaal. Ze wilde dezelfde immuniteit en kracht uitstralen als hij. Maar misschien wilde ze wel vooral door hem worden gezien. Als een waardige dochter worden beschouwd.'

'Ze wist toch ook hoe vreselijk hij haar moeder behandelde?'

'Dat wist ze natuurlijk wel, maar toch koos ze partij voor haar vader. Ze koos voor kracht en macht, zou je kunnen zeggen. Al toen ze klein was, zei ze herhaaldelijk dat ze zwakke mensen verachtte.'

'Dus ze verachtte haar moeder ook, bedoel je?'

'Ik denk helaas van wel. Lisbeth vertelde me een keer iets wat ik nooit meer ben vergeten.'

'Wat dan?'

'Ik heb het nog nooit aan iemand verteld.'

'Wordt het dan niet eens tijd?'

'Ja, misschien wel, maar dan heb ik eerst een opkikkertje nodig. Wat dacht je van een goede cognac?'

'Dat lijkt me geen gek idee, maar blijf zitten, dan haal ik de fles en de glazen,' zei Mikael, en hij liep naar het mahoniehouten barkastje in de hoek van de kamer, bij de keukendeur.

Hij stond net tussen de flessen te zoeken toen zijn iPhone overging. Het was Andrei Zander. Dat stond tenminste op het display. Maar toen Mikael opnam, was er niemand aan de lijn. Waarschijnlijk per ongeluk overgegaan in zijn zak, dacht hij, en peinzend schonk hij twee glazen Rémy Martin in, waarna hij weer bij Holger Palmgren ging zitten.

‘Laat maar horen,’ zei hij.

‘Ik weet niet goed waar ik moet beginnen. Maar het was een mooie zomerdag, begreep ik, en Camilla en Lisbeth zaten opgesloten in hun kamer.’

23
23 NOVEMBER 'S AVONDS

August verstijfde weer. Hij kon geen antwoord meer geven. De getallen waren te groot geworden en in plaats van zijn pen te pakken, balde hij zijn vuisten zo hard dat de ruggen van zijn handen wit werden. Hij bonkte zelfs met zijn hoofd op het tafelblad. Lisbeth had hem natuurlijk moeten proberen te troosten of er in elk geval op moeten letten dat hij zichzelf niet verwondde.

Maar ze was zich niet helemaal bewust van wat er gebeurde. Ze dacht aan haar versleutelde bestand en besefte dat ze langs deze weg ook niet verder kwam, en dat was natuurlijk niet zo verwonderlijk. Waarom zou het August lukken wat supercomputers niet eens konden? Het was van meet af aan een idioot idee geweest. Wat hij voor elkaar had gekregen was indrukwekkend genoeg, maar ze was toch teleurgesteld. Ze liep naar buiten, het donker in, en keek naar het schrale, verwilderde landschap. Onder aan de steile helling lag de kust en een besneeuwd veld met een dansschuur.

Op mooie zomerdagen wemelde het daar vast van de mensen. Nu was het er volkomen verlaten. De boten lagen op de wal, er was geen levende ziel te bekennen en aan de andere kant van het water brandde nergens licht in de huizen. Het waaide weer hard. Lisbeth vond het een mooie plek. In elk geval als schuilplaats eind november.

Ze zou niet door motorgeluid worden gewaarschuwd als er iemand op bezoek kwam. De enige denkbare parkeerplaats lag beneden bij de zwemplaats en om bij het huis te komen moest je de houten trap op over de helling. In de bescherming van het nachtelijk duister zou iemand zeker naar hen toe kunnen sluipen, maar ze dacht dat ze vannacht wel zou kunnen slapen. Ze had er behoefte aan. De schotwond deed nog steeds pijn en daarom reageerde ze waarschijnlijk ook zo heftig op iets waar ze nooit in had geloofd. Maar toen ze weer binnenkwam, besefte ze dat het ook door iets anders kwam.

'Normaal gesproken is Lisbeth iemand die zich niet druk maakt om het weer of om wat er in de periferie gebeurt,' vervolgde Holger Palmgren. 'Haar blik snijdt weg wat onbelangrijk is. Maar deze keer zei ze toch dat de zon scheen in de Lundagata en het Skinnarviks-park. Ze hoorde een kind lachen. Aan de andere kant van het raam waren de mensen gelukkig – misschien probeerde ze dat ermee te zeggen. Ze wilde het contrast aangeven. Gewone mensen aten ijsjes en speelden met vliegers en ballen. Camilla en Lisbeth zaten opgesloten in hun kamer en hoorden dat hun vader hun moeder verkrachtte en mishandelde. Ik geloof dat dat vlak voordat Lisbeth serieus terugsloeg tegen Zalachenko was. Maar ik ken de chronologie niet precies. Er waren veel verkrachtingen, en ze volgden allemaal hetzelfde patroon. Zala verscheen 's middags of 's avonds, vreselijk dronken, en soms woelde hij met zijn hand door Camilla's haar en zei iets als: "Hoe kan zo'n mooi meisje zo'n afschuwelijke zus hebben?" Dan sloot hij zijn dochters op in hun kamer en ging hij in de keuken zitten om nog meer te zuipen. Hij dronk zijn wodka puur. In het begin zat hij vaak stilletjes te smakken, als een hongerig dier. Dan mompelde hij iets als: "En hoe gaat het vandaag met mijn hoertje?" Dat klonk bijna liefdevol. Maar dan deed Agneta iets verkeerd, of liever gezegd: dan besloot Zalachenko iets verkeerds te zien, en dan kwam de eerste klap, doorgaans in het gezicht, gevolgd door de woorden: "Ik dacht dat mijn hoertje vandaag lief zou zijn." Dan duwde hij haar de slaapkamer in en ging daar door met slaan, en na een tijdje deed hij dat met gebalde vuisten. Dat hoorde Lisbeth aan het geluid. Ze hoorde precies wat voor soort klap het was en waar hij terechtkwam. Het voelde voor haar alsof ze zelf werd mishandeld. Na de klappen kwamen de trappen. Zala schopte en smeet haar moeder tegen de muur, schreeuwde "kreng", "loeder" en "hoer"; dat wond hem op. Hij kickte erop als hij haar zag lijden. Pas als Agneta bont en blauw was en bloedde, verkrachtte hij haar en als hij klaarkwam, schreeuwde hij nog ergere dingen. En dan werd het stil. Het enige wat er dan te horen was, waren het gesnik van Agneta en zijn zware ademhaling. Dan stond hij op, nam nog een wodka, mompelde en vloekte wat, en spuugde op de vloer. Soms maakte hij de deur van Camilla en Lisbeths slaapkamer open en zei dan iets in de trant van: "Nu is mama weer lief." Daarna ging hij weg en sloeg hij de deur achter zich dicht. Dat was het normale patroon. Maar deze keer gebeurde er iets anders.'

'Wat dan?'

'De kamer van de meisjes was nogal klein. Hoe ze ook probeerden bij elkaar vandaan te komen, de bedden stonden heel dicht bij elkaar, en terwijl hun moeder mishandeld en verkracht werd, zaten ze doorgaans ieder op hun eigen bed, tegenover elkaar. Ze zeiden maar zelden iets en meestal vermeden ze oogcontact. Die dag staarde Lisbeth veel uit het raam naar de Lundagata; daarom vertelde ze waarschijnlijk over het weer en de kinderen buiten. Maar toen draaide ze zich naar haar zus toe, en zag ze het.'

'Wat?'

'De rechterhand van haar zus. Die tikte bewust op het bed. Dat was natuurlijk niet per se raar. Misschien was het niet meer dan een nerveuze of dwangmatige beweging. Zo vatte Lisbeth het aanvankelijk ook op. Maar toen merkte ze dat de hand tikte op de maat van de mishandeling in de slaapkamer, en ze keek naar Camilla's gezicht. De ogen van haar zus gloeiden van opwinding, en het gekste van alles: het leek wel alsof Camilla Zala zelf was. En hoewel ze het eerst niet wilde geloven bestond er geen twijfel over dat Camilla glimlachte. Ze onderdrukte een honende grijns, en op dat moment besefte Lisbeth dat haar zus niet alleen probeerde bij haar vader in het gevlij te komen, maar ook dat ze zijn onaantastbare stijl probeerde te imiteren. Ze stond ook achter zijn klappen. Ze moedigde hem aan.'

'Klinkt krankzinnig.'

'Maar zo was het. En weet je wat Lisbeth deed?'

'Nou?'

'Ze bleef volkomen kalm, ging naast Camilla zitten en pakte bijna liefdevol haar hand. Ik denk dat Camilla niet helemaal begreep wat er gebeurde. Misschien dacht ze dat haar zus troost of vertrouwelijkheid zocht. Er zijn wel gekkere dingen gebeurd. Lisbeth rolde de mouw van de bloes van haar zus op en toen ...'

'Nou?'

'... boorde ze haar nagels tot op het bot in Camilla's pols en haalde die verschrikkelijk open. Het bloed gutste over het bed. Lisbeth trok Camilla op de grond en zwoer dat ze haar en haar vader zou doden als de mishandelingen en verkrachtingen niet ophielden. Later zag Camilla eruit alsof ze door een tijger was opengescheurd.'

'Gatverdamme!'

'Je kunt je de haat tussen die zussen wel voorstellen. Agneta was bang dat er een keer iets heel ernstigs zou gebeuren, en dat dacht de sociale dienst ook. Ze werden van elkaar gescheiden. Er werd zelfs een tijdje ergens een tijdelijk onderkomen voor Camilla gezocht. Toch was dat natuurlijk niet voldoende. Vroeg of laat zouden ze weer met elkaar in botsing zijn gekomen. Maar zoals je weet, gebeurde dat niet. Er gebeurde iets anders. Agneta liep dat hersenletsel op, Zalachenko brandde als een fakkel en Lisbeth werd opgesloten. Als ik het goed heb begrepen hebben de zussen elkaar sindsdien maar één keer gezien, jaren later, en toen liep het bijna uit de hand, al weet ik daar het fijne niet van. Camilla is nu al heel lang verdwenen. Het laatste spoor is het pleeggezin in Uppsala waarbij ze woonde – Dahlgren heten die. Ik kan je hun nummer wel geven als je wilt. Maar sinds Camilla achttien of negentien was, een koffer pakte en het land verliet, heeft niemand ooit meer iets van haar gehoord. Daarom viel ik haast om van verbazing toen je zei dat je haar had ontmoet. Zelfs Lisbeth, met haar vermogen om mensen op te sporen, heeft haar niet kunnen vinden.'

'Dus dat heeft ze wel geprobeerd?'

'O ja. De laatste keer voor zover ik weet toen de erfenis van hun vader werd verdeeld.'

'Dat wist ik niet.'

'Lisbeth zei het een keer terloops. Ze wilde natuurlijk geen cent van die erfenis hebben. Ze beschouwde het als bloedgeld. Maar ze begreep meteen dat er iets niet aan klopte. In totaal ging het om een bedrag van vier miljoen kronen: de boerderij in Gosseberga, wat waardepapieren en een bouwvallig industriegebouwtje in Norrtälje, en een of ander zomerhuisje. Niet weinig, hoor, maar toch ...'

'Had het veel meer moeten zijn?'

'Ja. Lisbeth wist immers als geen ander dat hij een heel crimineel imperium bezat. Vier miljoen kronen was in dat verband peanuts.'

'Dus jij denkt dat ze zich afvroeg of Camilla niet een groter deel had geërfd.'

'Ik denk dat ze dat wilde uitzoeken. Alleen al het idee dat haar vaders geld ook na zijn dood nog schade aan kon richten zat haar dwars. Maar heel lang kon ze niets vinden.'

'Camilla moet haar identiteit goed hebben verborgen.'

'Dat neem ik ook aan.'

'Denk je dat Camilla haar vaders traffickingactiviteiten kan hebben overgenomen?'

'Misschien. Misschien ook niet. Ze kan ook iets heel nieuws zijn begonnen.'

'Zoals?'

Holger Palmgren deed zijn ogen dicht en nam een slok cognac. 'Dat weet ik natuurlijk niet, Mikael. Maar toen jij over Frans Balder vertelde, bedacht ik ineens iets. Heb jij enig idee waarom Lisbeth zo goed is met computers? Weet je hoe dat is begonnen?'

'Nee, geen idee.'

'Dan zal ik je dat vertellen en ik vraag me af of daar niet de sleutel tot dit verhaal te vinden is.'

Toen Lisbeth weer binnenkwam vanaf het terras en August bevroren in een krampachtige, onnatuurlijke houding aan de keukentafel zag zitten, besefte ze dat de jongen haar deed denken aan haarzelf als kind.

Zo had ze zich ook gevoeld in de Lundagata, totdat ze op een dag begreep dat ze veel te vroeg volwassen had moeten worden en zich moest wreken op haar vader. Dat had de zaken er niet bepaald eenvoudiger op gemaakt. Dat was een last die geen kind zou moeten hoeven dragen. Maar het was wel het begin geweest van een echt, waardig leven. Wat zo'n vervloekte klootzak als Zalachenko of de moordenaar van Frans Balder had gedaan mocht niet ongestraft blijven. Mensen die zo kwaadaardig waren, mochten niet vrij rondlopen. Daarom ging ze naar August toe en zei ze plechtig, alsof ze een belangrijk bevel uitvaardigde: 'Nu ga je naar bed. Als je wakker wordt, moet je die tekening van je vaders moordenaar maken. Begrepen?' De jongen knikte en sloop naar zijn slaapkamer, terwijl

Lisbeth haar laptop openklapte en op zoek ging naar informatie over de acteur Lasse Westman en zijn vrienden.

'Ik geloof niet dat Zalachenko zelf veel met computers had,' vervolgde Holger Palmgren. 'Hij was niet echt van die generatie. Maar misschien ging het zo goed met die smerige zaakjes van hem dat hij de gegevens in een database moest invoeren en misschien moest hij die boekhouding voor zijn kompanen verbergen. Op een dag kwam hij naar de Lundagata met een IBM-apparaat. Dat zette hij op de tafel bij het raam. Ik denk dat de rest van de familie in die tijd nog nooit een computer had gezien. Agneta had niet bepaald de middelen voor extravagante aankopen. Ik weet dat Zalachenko zei dat hij iedereen levend zou villen die het apparaat zou aanraken. Psychologisch gezien was dat misschien wel goed, weet ik het. Het maakte de verleiding groter.'

'Verboden vruchten.'

'Lisbeth was toen elf, geloof ik. Dit was voordat ze Camilla's rechterpols openhaalde en voordat ze haar vader te lijf ging met messen en brandbommen. Het was, zeg maar, vlak voordat ze de Lisbeth werd die we nu kennen. In die tijd vroeg ze zich niet alleen af hoe ze Zalachenko onschadelijk kon maken, ze werd ook onvoldoende gestimuleerd. Ze had nauwelijks vrienden of vriendinnen, aan de ene kant natuurlijk omdat Camilla haar zwartmaakte en ervoor zorgde dat niemand op school bij haar in de buurt kwam, maar aan de andere kant ook omdat ze anders was. Ik weet niet of ze dat toen zelf al begreep. Haar leraren en haar omgeving in elk geval niet. Maar ze was extreem begaafd. Alleen al op grond daarvan was ze anders. De school was dodelijk saai voor haar. Alles was vanzelfsprekend en makkelijk. Ze hoefde ergens maar naar te kijken of ze begreep het, dus meestal zat ze tijdens de lessen te dagdromen. Ik geloof dat ze toen in haar vrije tijd al wel dingen had gevonden waarmee ze zich amuseerde – wiskundeboeken voor oudere leerlingen en zo. Maar in wezen verveelde ze zich. Meestal zat ze thuis met haar Marvel Comics-strips, dingen die eigenlijk ver onder haar niveau lagen, maar die misschien een andere, therapeutische functie hadden.'

'Hoe bedoel je?'

'Ik hou er in principe niet van om Lisbeth te psychologiseren. Ze zou me verfoeien als ze het hoorde. Maar in die strips komen veel superhelden voor die vechten tegen door en door slechte vijanden, die het recht in eigen hand nemen, wraak willen en gerechtigheid brengen. In zekere zin was dat misschien geschikte lectuur, weet ik het. Die verhalen met al die ondubbelzinnigheden hielpen haar misschien om tot inzicht te komen.'

'Je bedoelt dat ze begreep dat ze volwassen moest worden en zelf een superheld moest worden.'

'In zekere zin wel, in haar eigen kleine wereldje. In die tijd wist ze natuurlijk niet dat Zalachenko een oude Russische topspion was en dat zijn geheimen hem een unieke positie hadden verschaft in de Zweedse samenleving. Ze had er absoluut geen idee van dat er een afdeling bij de Säpo was die hem beschermde. Maar net als Camilla voelde ze wel aan dat haar vader een soort onkwetsbaarheid bezat. Er kwam zelfs een keer een heer in een grijze jas bij hen op bezoek die daarop zinspeelde: dat haar vader niets kon overkomen, dat dat gewoon onmogelijk was. Lisbeth had al snel door dat het geen zin had aangifte tegen Zalachenko te doen bij de politie of de sociale dienst. Het enige wat er dan zou gebeuren was dat er weer zo'n type in een grijze jas langs zou komen.

Nee, Lisbeth kende de achtergrond niet. Ze wist nog niets over inlichtingendiensten en doofpotaffaires. Maar de machteloosheid van het gezin ervoer ze tot in het diepst van haar ziel, en dat deed haar vreselijk zeer. Machteloosheid, Mikael, kan een verwoestende kracht zijn en voordat Lisbeth groot genoeg was om iets te doen, had ze een toevluchtsoord nodig, een plek waar ze kracht kon opdoen. Zo'n plek was de wereld van de superhelden. Veel mensen van mijn generatie hebben natuurlijk minachting voor dat soort dingen. Maar ik weet als geen ander dat lezen, of het nu strips zijn of mooie oude romans, heel belangrijk kan zijn en ik weet ook dat Lisbeth zich vooral hechtte aan een jonge heldin die Janet van Dyne heette.'

'Van Dyne.'

'Precies. Een meisje met een vader die een rijke wetenschapper was. De vader wordt vermoord – door aliens, als ik het me goed herinner – en om zich te kunnen wreken zoekt Janet van Dyne een van haar vaders collega's op, en in diens laboratorium krijgt ze superkrachten. Ze krijgt vleugels en het vermogen om groter en kleiner te worden en nog een paar van die dingen. Kortom, ze wordt een keihard grietje, gekleed in zwart en geel, als een wesp, en daarom noemde ze zich ook Wasp – iemand die je niet kon pakken, letterlijk en figuurlijk.'

'Hé, dat wist ik niet. Dus daar komt die bijnaam vandaan!'

'En niet alleen die bijnaam, denk ik. Ik wist niets van al die dingen – ik was maar een oud mannetje dat niet verder was gekomen dan Superman. Maar de eerste keer dat ik een afbeelding van Wasp zag, schrok ik. Daar zat heel veel Lisbeth in. En dat is in zekere zin nog steeds zo. Ik denk dat ze haar stijl gedeeltelijk aan dat personage heeft ontleend, al hecht ik er ook weer niet overdreven veel waarde aan. Het was maar een stripfiguur, en Lisbeth leefde in hoge mate in de werkelijkheid. Maar ik weet dat ze veel nadacht over de verandering die Janet van Dyne onderging toen ze Wasp werd. Ergens begreep ze dat ze zelf net zo drastisch moest veranderen: van een kind en slachtoffer in iemand die kon terugslaan tegen een volledig getrainde spion, een volslagen meedogenloos mens.

Dat soort gedachten hielden haar dag en nacht bezig en daarom werd Wasp een tijdlang een belangrijke figuur voor haar, een fictieve inspiratiebron. Camilla ontdekte dat. Die had een ijzingwekkend vermogen om de zwakheden van mensen te achterhalen. Met haar tentakels vond ze de zwakke plekken bij mensen, en daar plaatste ze dan haar aanval. Ze begon Wasp op allerlei manieren belachelijk te maken. Meer nog dan dat zelfs: ze zocht uit wie Wasps vijanden in de strip waren en noemde zichzelf zo. Thanos en weet ik hoe nog meer.'

'Zei je "Thanos"?' vroeg Mikael, opeens gealarmeerd.

'Zo heette ze, geloof ik. Een mannelijk karakter, een verwoester die ooit verliefd werd op de dood zelf, die zich aan hem voordeed als vrouw, en die zich haar daarna waardig wilde tonen of zoiets. Camilla koos zijn kant om Lisbeth te provoceren. Ze noemde haar vriendengroepje zelfs The Spider Society, omdat die groep in de strip de doodsvijand is van Wasp.'

'Echt waar?' vroeg Mikael peinzend.

'Ja. Het was kinderachtig, natuurlijk, maar dat betekent niet dat het onschuldig was. De vijandschap tussen de zussen was toen al zo groot dat die namen een akelige lading kregen. Het was net als in een oorlog, weet je wel? Dan worden symbolen ook tot dodelijke proporties opgeblazen.'

'Kunnen ze nog altijd betekenis hebben?'

'Die namen, bedoel je?'

'Ja, ik denk het wel.'

Mikael wist niet precies wat hij bedoelde. Hij had alleen een donker vermoeden dat hij iets belangrijks op het spoor was gekomen.

'Dat weet ik niet,' ging Holger Palmgren verder. 'Ze zijn nu volwassen, maar je mag niet vergeten dat dit een tijd in hun leven was waarin alles veranderde, alles werd bepaald. Later kunnen zelfs de kleinste details waarschijnlijk wel een noodlottige betekenis krijgen, want niet alleen Lisbeth verloor haar moeder en werd in een kliniek opgesloten, ook Camilla's bestaan viel in duigen. Ze raakte haar ouderlijk huis kwijt en de vader die ze zo bewonderde, was zwaargewond. Zalachenko liep onherstelbaar letsel op door Lisbeths brandbom, zoals je weet, en Camilla werd in een pleeggezin ondergebracht, ver van de wereld waarin ze zo vanzelfsprekend het middelpunt was. Dat moet ook voor haar vreselijk pijnlijk zijn geweest en ik twijfel er geen seconde aan dat ze Lisbeth sindsdien uit de grond van haar hart haat.'

'Daar ziet het ontegenzeggelijk naar uit,' zei Mikael.

Holger Palmgren nam nog een slokje cognac.

'Zoals ik al zei: deze periode van hun leven mag je niet onderschatten. De zussen waren verwikkeld in een totale oorlog, en ergens wisten ze ook allebei wel dat alles op het punt stond te ontploffen. Ik denk zelfs dat ze zich daarop voorbereidden.'

'Maar op verschillende manieren.'

'O ja. Lisbeth was superintelligent en in haar hoofd kwamen voortdurend duivelse plannen en strategieën op, maar ze stond er alleen voor. Camilla was niet uitzonderlijk slim, niet in de traditionele betekenis van het woord. Ze was geen studiebol en begreep niets van abstracte redeneringen, maar ze kon manipuleren. Ze kon mensen als geen ander gebruiken en betoveren en daarom was ze, in tegenstelling tot Lisbeth, nooit alleen. Ze had altijd mensen die haar opdrachten uitvoerden. Als Camilla ontdekte dat Lisbeth ergens goed in was dat gevaarlijk voor haar kon worden, probeerde ze nooit daar zelf ook goed in te worden – om de eenvoudige reden dat ze wist dat ze geen schijn van kans had tegen haar zus.'

'Wat deed ze dan?'

'Dan zocht ze iemand, liefst meerdere mensen, die dat wel konden, wat het ook was, en ging ze met behulp van hen in de tegenaanval. Ze had altijd handlangers, vriendjes die alles voor haar deden. Maar sorry, nu weid ik te veel uit.'

'Ja, maar wat gebeurde er met Zalachenko's computer?'

'Lisbeth werd onvoldoende gestimuleerd, zei ik al. Bovendien sliep ze slecht. Ze lag zich 's nachts zorgen te maken om haar moeder. Agneta had na de verkrachtingen hevige bloedingen, maar ze ging niet naar een dokter. Waarschijnlijk schaamde ze zich. Soms zakte ze een tijdje weg in zware depressies. Dan kon ze niet naar haar werk of voor haar dochters zorgen, en Camilla minachtte haar dan nog meer. "Mama is zwak," zei ze dan. In haar wereld was zwak zijn het ergste wat er was. Maar Lisbeth ...'

'Ja?'

'Zij zag iemand van wie ze hield, de enige van wie ze ooit heeft gehouden; ze zag vreselijke onrechtvaardigheid, en daar lag ze 's nachts over na te denken. Ze was nog maar een kind, dat wel. In zekere zin. Maar ze raakte er ook steeds meer van overtuigd dat zij de enige in de wereld was die kon voorkomen dat haar moeder werd doodgeslagen. Daar dacht ze aan, en aan nog veel meer, en toen stond ze een keer op – voorzichtig, om Camilla niet wakker te maken. Misschien ging ze iets halen om te lezen? Dat maakt niet zoveel uit. Het gaat erom dat ze de computer bij het raam zag staan.

In die tijd wist ze amper hoe je een computer aan moest zetten. Maar daar kwam ze natuurlijk wel achter en er maakte zich een soort koorts van haar meester. De computer leek haar toe te fluisteren: "Ontrafel mijn geheimen." Maar natuurlijk kwam ze niet ver, de eerste keer. Ze moest een wachtwoord invoeren, en ze probeerde steeds opnieuw verschillende opties. Haar vader werd Zala genoemd, dus daar probeerde ze het mee, en met Zala666 en soortgelijke combinaties, en met nog veel meer. Maar het lukte allemaal niet. Ik geloof dat er twee of drie nachten verstreken. Als ze al ergens sliep, was het in de schoolbanken of 's middags thuis.

Maar toen op een nacht schoot haar een zin te binnen die haar vader in de keuken op een papiertje had geschreven, in het Duits: *Was mich nicht umbringt, macht mich stärker. Wat me niet doodt, maakt me sterker.* In die tijd betekende die zin nog niets voor haar. Maar ze begreep dat die uitspraak belangrijk was voor haar vader, dus probeerde ze het daarmee. Maar dat ging ook niet. Het waren te veel letters, en toen probeerde ze het met Nietzsche, de schrijver van het citaat, en toen zat ze er opeens in en ging er een heel nieuwe, geheime wereld voor haar open. Later noemde ze dat het moment dat haar voorgoed veranderde. Ze begon zich te ontwikkelen toen ze de barrière had geslecht die voor haar was opgeworpen en toen ze ontdekte wat geheim had moeten blijven. Maar toch ...'

'Nou?'

'Ze begreep er aanvankelijk niets van. Het was allemaal in het Russisch. Allerlei lijsten en een stel cijfers. Ik vermoed dat het overzichten waren van hoeveel Zalachenko's trafficking opleverde. Maar ik weet nog altijd niet hoeveel zij toen al wist en wat ze later nog allemaal te weten is gekomen. Maar ze besefte wel dat Zalachenko niet alleen haar moeder iets aandeed. Hij maakte ook het leven van andere vrouwen kapot en dat maakte haar woedend, natuurlijk; het vormde haar in zekere zin tot de Lisbeth die we nu kennen, die mannen haat die ...'

'Die vrouwen haten.'

'Precies. Maar het maakte haar ook sterker en ze begreep dat ze niet meer terug kon. Ze moest haar vader tegenhouden en ze ging verder op andere computers, op school soms. Dan sloop ze de lerarenkamer in, en soms deed ze alsof ze ging logeren bij een van de vriendinnen die ze niet had, maar dan bleef ze 's nachts stiekem op school en zat ze tot vroeg in de ochtend achter de computer. Ze leerde zichzelf alles over hacken en programmeren. Ik denk dat het bij haar net zo ging als bij andere hoogbegaafde kinderen: ze raakte erdoor gefascineerd. Ze had het gevoel dat ze hiervoor in de wieg was gelegd en veel mensen met wie ze in de digitale wereld contact kreeg, interesseerden zich voor haar, zoals de oudere generatie zich altijd over jongere talenten ontfermt, of ze hen nu aan- of ontmoedigen. Ze kreeg veel weerstand en er werd veel over haar gekletst. Veel mensen ergerde het dat ze dingen verkeerd deed, of gewoon anders. Maar anderen waren onder de indruk en ze kreeg vrienden, zoals die Plague. Haar eerste echte vrienden kreeg ze via de computer en vooral: voor het eerst in haar leven voelde ze zich vrij. In de virtuele wereld kon ze vliegen, net als Wasp. Ze was nergens aan gebonden.'

'Had Camilla door hoe goed Lisbeth werd?'

'Ze had er wel een vermoeden van in elk geval. En ik weet niet, ik wil niet speculeren, maar soms stel ik me Camilla voor als Lisbeths zwarte kant, haar schaduwgestalte.'

'*The bad twin*.'

'Ja, zo ongeveer! Ik hou er niet van om mensen slecht te noemen, zeker jonge vrouwen niet. Toch denk ik vaak zo over haar. Maar ik ben er nooit op doorgegaan, niet diep in elk geval, en als je er zelf nader onderzoek naar wilt doen, dan raad ik je aan Margareta Dahlgren te bellen, Camilla's pleegmoeder na het drama in de Lundagata. Ze woont in Stockholm; in Solna, geloof ik. Ze is weduwe en heeft een heel tragisch leven achter de rug.'

'Hoezo?'

'Dat is ook interessant natuurlijk. Haar man Kjell, die programmeur was bij Ericsson, heeft zich opgehangen vlak nadat Camilla bij hen is weggegaan. Een jaar later pleegde hun negentienjarige dochter ook zelfmoord, door van de veerboot naar Finland te springen; tenminste, dat was de conclusie. Het meisje zou persoonlijke problemen hebben gehad en zich lui en dik hebben gevoeld. Maar dat heeft Margareta nooit geloofd. Ze heeft zelfs een tijdje een privédetective in de arm genomen. Margareta is volkomen geobsedeerd door Camilla en eerlijk gezegd wist ik niet goed wat ik met haar aan moest. Daar schaam ik me een beetje voor. Margareta nam contact met me op vlak nadat jij je verhaal over Zalachenko had gepubliceerd, en toen was ik, zoals je weet, net ontslagen uit de revalidatiekliniek van Ersta. Ik was lichamelijk en geestelijk helemaal op, en Margareta praatte me de oren van het hoofd. Ze was volkomen geobsedeerd. Ik werd al moe als ik haar nummer op het display zag en was vooral druk met haar ontlopen. Maar nu ik erover nadenk, begrijp ik haar steeds beter. Ik denk dat ze het fijn zou vinden om met je te praten, Mikael.'

'Heb je haar gegevens?'

'Ik zal ze even pakken. Wacht even. Dus je weet zeker dat Lisbeth en de jongen veilig zijn?'

'Ja,' zei hij. Dat hoop ik tenminste, dacht hij, en hij stond op en omarmde Holger.

Op het Liljeholmstorg rukte de storm weer aan hem. Hij trok zijn jas dichter om zich heen en dacht aan Camilla en Lisbeth, en om de een of andere reden ook aan Andrei Zander.

Hij besloot hem te bellen om te vragen hoe het ging met de verdwenen kunsthandelaar. Maar Andrei nam niet op.

24
23 NOVEMBER 'S AVONDS

Andrei Zander had Mikael geprobeerd te bellen omdat hij spijt had gekregen. Natuurlijk wilde hij graag een biertje met hem drinken. Hij begreep niet eens waarom hij nee had gezegd. Mikael Blomkvist was zijn idool, de reden waarom hij de journalistiek in was gegaan. Maar toen Andrei eenmaal had gebeld, geneerde hij zich en hing hij op. Misschien had Mikael wel iets leukers te doen. Andrei was niet iemand die mensen lastigviel als het niet nodig was, en zeker Mikael Blomkvist niet.

Dus werkte hij maar door. Maar hoe hij ook zijn best deed, het wilde niet lukken. De zinnen liepen niet en na een uurtje besloot hij een pauze te nemen en naar buiten te gaan, dus hij ruimde zijn bureau op en controleerde nog een keer of alles wat via de versleutelde link was verstuurd was gewist. Daarna zei hij Emil Grandén gedag, de enige die behalve Andrei nog op de redactie was.

Er mankeerde niet echt iets aan Emil Grandén. Hij was zesendertig en had gewerkt voor een tv-actualiteitenrubriek en voor *Svenska Morgonposten*. Vorig jaar had hij de Stora Journalistprijs gekregen voor de Onthulling van het Jaar. Maar Andrei vond Emil – al probeerde hij dat te verdringen – opschepperig en verwaand, in elk geval tegen een jonge invaller als Andrei.

'Ik ga even naar buiten,' zei Andrei.

Emil keek hem aan alsof hij iets vergeten was te zeggen. Toen kwam er ietwat afwachtend: 'Oké.'

Andrei voelde zich beroerd. Hij begreep niet goed waarom. Misschien kwam het door Emils superieure gedrag, maar waarschijnlijk was het toch dat stuk over de kunsthandelaar. Waarom wilde dat maar niet lukken? Waarschijnlijk omdat hij Mikael liever wilde helpen met het verhaal over Balder. Alle andere dingen leken daaraan ondergeschikt. Maar was hij ook niet gewoon laf? Waarom had hij Mikael niet laten kijken naar wat hij had geschreven?

Niemand kon een stuk met een paar simpele pennenstreken zo verbeteren als Mikael. Nou ja. Morgen zou hij er vast anders tegenaan kijken en dan mocht Mikael het lezen, hoe slecht het ook was. Andrei deed de deur van de redactie dicht en liep naar de lift. Het volgende moment schrok hij. Onder hem in het trappenhuis was een drama aan de gang. Hij begreep eerst niet wat er aan de hand was, maar het leek een magere, hologige figuur, die een jonge, mooie vrouw lastigviel. Andrei stond als aan de grond genageld. Hij had altijd moeite met geweld. Al sinds zijn ouders in Sarajevo waren vermoord was hij belachelijk snel bang, en hij had de pest aan ruzie. Maar nu besefte hij: zijn zelfrespect stond op het spel. Zelf vluchten was één ding, maar een medemens in gevaar achterlaten was iets anders. Dus hij rende naar beneden en schreeuwde: 'Hou op! Laat haar los!' Dat leek een fatale vergissing.

De hologige man trok een mes, mompelde iets dreigends in het Engels en toen lieten Andreis benen hem bijna in de steek. Toch raapte hij zijn laatste restje moed bij elkaar en snauwde hij, als in een slechte actiefilm, terug: '*Get lost! You will only make yourself miserable.*' En waarachtig, na een paar seconden heen en weer staren droop de man met de staart tussen de benen af. Andrei en de vrouw bleven alleen achter. Zo begon het. Ook net als in een film.

Eerst aarzelden ze. De vrouw was erg geschrokken en verlegen. Ze praatte zo zacht dat Andrei zich naar haar voorover moest buigen om te horen wat ze zei, en daardoor duurde het even voordat hij begreep wat er aan de hand was. De vrouw had blijkbaar een afschuwelijk huwelijk achter de rug en hoewel ze nu gescheiden was en een nieuwe identiteit had, had haar ex haar toch opgespoord en een handlanger gestuurd om haar te treiteren.

'Het was al de tweede keer vandaag dat die kerel me lastigviel,' zei ze.

'Waarom waren jullie hier?'

'Ik probeerde te vluchten door hier naar binnen te rennen, maar het hielp niet.'

'Wat akelig.'

'Ik kan je niet genoeg bedanken.'

'Geen dank, hoor.'

'Ik ben die ploertige kerels toch zo zat,' zei ze.

'Ik ben een aardige kerel,' zei hij iets te snel, en hij geneerde zich. Het verbaasde hem niets dat de vrouw niet reageerde, maar slechts verlegen naar de stenen trap staarde.

Hij schaamde zich ervoor dat hij zichzelf had geprobeerd te verkopen met zo'n goedkope opmerking. Maar opeens – net toen hij dacht dat hij afgewezen was – keek ze hem met een voorzichtig glimlachje aan.

'Dat geloof ik best. Ik heet Linda.'

'Ik heet Andrei.'

'Wat leuk, Andrei. Nogmaals bedankt.'

'Jij ook bedankt.'

'Waarvoor?'

'Omdat je ...'

Hij maakte zijn zin niet af. Hij voelde zijn hart bonzen. Hij had een droge mond en keek naar beneden in het trappenhuis.

'Ja, Andrei?' vroeg ze.

'Wil je dat ik je naar huis breng?'

Ook van die zin had hij meteen spijt. Hij was bang dat ze die verkeerd zou opvatten. Maar ze liet hem weer datzelfde verrukkelijke, onzekere lachje zien en zei dat het haar een veilig gevoel leek om hem aan haar zijde te hebben. Toen gingen ze de straat op en liepen naar Slussen. Ze vertelde dat ze min of meer opgesloten in een groot huis in Djursholm woonde. Hij zei dat hij dat begreep, gedeeltelijk tenminste. Hij had een serie artikelen geschreven over vrouwenmishandeling.

'Ben je journalist?' vroeg ze.

'Ik werk bij *Millennium*.'

'O,' zei ze. 'Echt? Ik heb zo'n bewondering voor dat blad!'

'Het heeft wel goede dingen gedaan,' probeerde hij verlegen.

'Zeker,' zei ze. 'Een tijdje geleden las ik een prachtig artikel over een Irakees die in de oorlog verminkt was geraakt en die ontslagen was bij een restaurant in de city. Hij zat helemaal aan de grond. Vandaag de dag bezit hij een hele restaurantketen. Ik moest huilen toen ik dat las. Het artikel was zo mooi geschreven. Het gaf zo'n hoop dat je er altijd weer bovenop kunt komen.'

'Dat heb ik geschreven,' zei hij.

'Meen je dat?' vroeg ze. 'Dat was echt fantastisch.'

Andrei was niet verwend met complimenten over zijn journalistieke werk, en al helemaal niet van onbekende vrouwen. Zodra *Millennium* ter sprake kwam, wilden mensen praten over Mikael Blomkvist, en daar had Andrei eigenlijk niets op tegen. Maar stiekem droomde hij dat ook hij gezien zou worden, en nu had deze prachtige Linda hem geprezen zonder dat ze daarop uit was geweest.

Het maakte hem zo blij en trots dat hij haar durfde voor te stellen een glaasje te drinken in de buurtbistro Papagallo, waar ze net langsliepen, en tot zijn vreugde antwoordde ze 'Wat een goed idee!', en dus gingen ze het restaurant in, terwijl Andreis hart bonsde en hij probeerde haar niet aan te kijken.

Als hij in haar ogen keek, verloor hij zijn verstand. Hij kon haast niet geloven dat ze hier, niet ver van de bar, echt gingen zitten. Linda stak onzeker haar hand uit. Hij pakte die en mompelde glimlachend iets – hij wist nauwelijks wat hij zei. Hij wist alleen dat Emil Grandén belde en dat hij zich tot zijn eigen verbazing niets van dat telefoontje aantrok en zijn mobieltje op stil zette. *Millennium* moest voor één keer wachten.

Hij wilde naar Linda's gezicht kijken, in haar ogen verdrinken. Haar aantrekkelijke uiterlijk bracht hem totaal van zijn stuk, en toch leek ze zo broos en teer, net een gewond vogeltje.

'Ik begrijp niet dat iemand jou pijn zou willen doen,' zei hij.

'Toch is dat precies wat er de hele tijd gebeurt,' antwoordde ze, en toen bedacht hij dat hij dat misschien ook wel begreep. Een vrouw als zij trok waarschijnlijk psychopaten aan, dacht hij. Anderen durven haar niet te benaderen en mee uit te vragen. Ze krimpen in elkaar van minderwaardigheidsgevoel. Alleen grote klootzakken hebben genoeg moed om hun klauwen in haar te slaan.

'Wat fijn om hier met jou te zitten,' zei hij.

'Wat fijn om hier met jóú te zitten,' antwoordde zij, en ze streelde voorzichtig zijn hand. Ze bestelden allebei een glas rode wijn en begonnen tegelijk te praten, en daardoor merkte hij niet dat zijn telefoon weer ging, twee keer zelfs, en zo kwam het dat hij voor de eerste keer in zijn leven een telefoontje van Mikael Blomkvist negeerde.

Even later stond ze op, pakte hem bij de hand en nam hem mee naar buiten. Hij vroeg niet waar ze heen gingen. Hij had het gevoel dat hij overal met haar naartoe zou gaan, waar ze maar heen wilde. Ze was het prachtigste wezen dat hij ooit had ontmoet. Af en toe glimlachte ze hem onzeker en verleidelijk toe en dan hield elke straatsteen daar in de storm, elke ademhaling de belofte van iets groots en belangrijks in. Hij had zijn hele leven op deze wandeling gewacht, dacht hij, en hij merkte nauwelijks iets van de kou en de stad om hem heen.

Het was alsof hij bedwelmd was door haar nabijheid en door wat hij hoopte dat er komen ging. Maar misschien was er ook iets wat hem wantrouwend maakte, hoewel hij dat eerst afdeed als zijn gebruikelijke scepsis tegenover alle vormen van geluk. Toch kwam een paar keer onvermijdelijk de vraag in hem op: is dit niet te mooi om waar te zijn?

Hij bekeek Linda met hernieuwde aandacht en zag nu niet alleen maar sympathieke trekjes meer. Toen ze langs de Katarinalift liepen, meende hij zelfs iets ijskouds in haar ogen te zien, en hij keek ongerust naar het stormachtige water.

'Waar gaan we heen?' vroeg hij.

'Ik heb een vriendin,' antwoordde ze. 'Die heeft een appartementje in de Mårten Trotzigsgränd waar ik de sleutel van heb. Misschien kunnen we daar nog een glaasje drinken?' vervolgde ze, en hij glimlachte alsof het het heerlijkste idee was dat hij ooit had gehoord.

Toch raakte hij steeds meer in de war. Net was hij degene die haar bij de hand nam. Nu had zij het initiatief genomen. Hij keek snel op zijn mobieltje, zag dat Mikael Blomkvist twee keer had gebeld en wilde meteen terugbellen. Wat er ook gebeurde, hij mocht *Millennium* niet in de steek laten.

'Graag,' zei hij. 'Maar ik moet eerst even een telefoontje plegen voor mijn werk. Ik ben met een verhaal bezig.'

'Nee, Andrei,' zei ze, verbazend beslist. 'Je belt niemand. Vanavond gaat het alleen om jou en mij.'

'Oké,' zei hij, een beetje mistroostig.

Ze kwamen op het Järntorg. Daar waren ondanks het slechte weer vrij veel mensen en Linda keek naar de grond, alsof ze niet wilde worden gezien. Zelf keek hij naar rechts, naar de Österlånggata, naar het standbeeld van Evert Taube. De zanger stond met een blad muziek in zijn rechterhand en een donkere bril op onverstoorbaar naar de lucht te kijken. Moest hij voorstellen om maar liever morgen af te spreken?

'Misschien ...' begon hij.

Verder kwam hij niet, want ze trok hem tegen zich aan en kuste hem. Ze kuste hem met een kracht waardoor hij alles wat hij had gedacht vergat, en daarna liep ze nog harder. Ze hield zijn hand vast, trok hem mee linksaf de Västerlånggata in en opeens sloegen ze rechts af een donkere steeg in. Liep er iemand achter hen? Nee nee, de voetstappen en stemmen die hij hoorde, kwamen van verder weg. Hier waren toch alleen Linda en hij? Ze liepen langs een raam met rode kozijnen en zwarte luiken en kwamen bij een grijze deur, die Linda met enige moeite openmaakte met een sleutel die ze uit haar handtas haalde. Hij zag dat haar handen trilden, en dat verbaasde hem. Was ze nog steeds bang voor haar ex en zijn handlanger?

Ze gingen een donkere stenen trap op. Hun voetstappen galmden en hij rook vaag de geur van verrotting. Op een traptree naar de derde verdieping lag een speelkaart, schoppen vrouw. Dat beviel hem niet. Hij begreep niet waarom; het was vast een of ander idioot bijgeloof. Hij probeerde het te verdringen en eraan te denken hoe fijn het was dat ze elkaar hadden ontmoet. Linda ademde zwaar. Haar rechterhand was tot een vuist gebald. Verderop in de steeg lachte een man. Toch niet om hem? Doe niet zo dom! Hij was gewoon opgewonden. Het leek wel alsof ze maar aan het lopen waren zonder dat ze ooit ergens aankwamen. Was het complex echt zo hoog? Nee, nu waren ze er. De vriendin woonde helemaal boven, op de zolderverdieping.

Er stond ORLOV op de deur. Linda pakte haar sleutelbos weer. Deze keer trilde haar hand niet.

Mikael Blomkvist zat in een ouderwets gemeubileerde flat aan de Prostväg in Solna, tegenover het grote kerkhof. Zoals Holger Palmgren al had voorspeld wilde Margareta Dahlgren hem zonder enige aarzeling onmiddellijk ontvangen, en hoewel ze aan de telefoon een beetje manisch klonk, bleek ze een elegante, slanke dame van in de zestig te zijn. Ze had een mooie gele trui aan en een zwarte broek met een scherpe vouw erin. Misschien had ze zich nog gauw even voor hem omgekleed. Ze droeg hoge hakken en als ze niet zo'n onrustige blik had gehad, had hij haar kunnen aanzien voor een welgestelde vrouw.

'U wilde horen over Camilla,' zei ze.

'Vooral over haar leven in de afgelopen jaren – als u daar iets van weet,' antwoordde hij.

'Ik weet nog dat we haar kregen,' zei ze, alsof ze hem niet had gehoord. 'Mijn man Kjell vond dat we ons gezin konden uitbreiden en tegelijkertijd iets konden doen voor de samenleving. We hadden maar één kind, onze arme Moa. Ze was toen veertien en nogal eenzaam. We dachten dat het haar goed zou doen als we een pleegkind van haar eigen leeftijd bij ons opnamen.'

'Wist u wat er bij de familie Salander was gebeurd?'

'We kenden niet alle details, natuurlijk, maar we wisten wel dat er iets akeligs en traumatisch was gebeurd, dat de moeder ziek was en dat de vader zwaargewond was door een brand. Dat greep ons erg aan en we verwachtten dat we een gebroken meisje in huis zouden krijgen, iemand die heel veel zorg en liefde van ons nodig zou hebben. Maar weet u wat er kwam?'

'Nou?'

'Het meest betoverende meisje dat we ooit hadden gezien. Niet alleen omdat ze zo mooi was. O, u had haar moeten horen in die tijd. Ze was zo verstandig, zo rijp, en vertelde zulke hartverscheurende verhalen over haar krankzinnige zus die het gezin had geterroriseerd. Ja, nu weet ik dat dat heel weinig met de waarheid te maken had. Maar hoe konden we daar toen aan twijfelen? Haar ogen straalden zo overtuigend en als we zeiden "Wat vreselijk, arm kind", antwoordde ze: "Het was niet gemakkelijk, maar ik hou toch van mijn zus. Ze is alleen ziek en krijgt nu verzorging." Het klonk zo volwassen en empathisch; het leek bijna alsof zíj voor óns zorgde. Ons hele gezin leefde op, alsof er iets prachtigs in ons bestaan was gekomen wat alles mooier en belangrijker maakte en we bloeiden op, vooral Moa. Ze begon zich erom te bekommeren hoe ze eruitzag en werd meteen populairder op school. Ik zou toen alles voor Camilla hebben gedaan en Kjell, mijn man, wat zal ik zeggen? Hij werd een ander mens. Hij straalde en lachte in het begin voortdurend, we gingen weer vrijen – sorry dat ik zo openhartig ben – en misschien had ik me toen al zorgen moeten maken. Maar ik dacht dat het gewoon blijdschap was omdat het ons gezin nu eindelijk voor de wind ging. Een tijdlang waren we gelukkig, net als iedereen die Camilla ontmoet. Aanvankelijk zijn ze gelukkig. Later ... willen ze alleen nog maar dood. Na een tijdje met haar wil je niet meer leven.'

'Is het zo erg?'

'Zo erg is het.'

'Wat gebeurde er?'

'Na een poosje verspreidde er zich een gif onder ons. Camilla nam langzaam de macht in ons gezin over. Achteraf is het bijna onmogelijk om aan te geven wanneer de droom veranderde in een nachtmerrie. Het ging zo ongemerkt en geleidelijk alsof we opeens wakker waren geworden en beseften dat alles kapot was: ons vertrouwen, onze geborgenheid, de hele grondslag van ons gezin. Moa's zelfvertrouwen, dat in het begin groeide, was verdwenen. Ze lag 's nachts wakker; dan huilde ze en zei ze dat ze lelijk was en afschuwelijk, en niet verdiende te leven. Pas later begrepen we dat haar spaarrekening was leeggehaald. Ik weet nog steeds niet wat er was gebeurd. Maar ik ben ervan overtuigd dat Camilla haar chanteerde. Ze verzamelde informatie over mensen waarmee ze hen onder druk kon zetten. Ik dacht lang dat ze een soort dagboek bijhield, met daarin alle vuiligheid die ze over mensen te weten kwam. En Kjell ... stomme, idiote Kjell ... weet u, ik geloofde hem toen hij zei dat hij slecht sliep en in de logeerkamer in de kelder wilde slapen. Maar dat was natuurlijk om daar met Camilla te kunnen zijn. Vanaf haar zestiende sloop ze 's nachts naar hem toe en dan hadden ze ziekelijke seks. Ik zeg "ziekelijk", want ik kwam erachter doordat ik vragen begon te stellen over de snijwonden op zijn borst. Toen zei hij niets natuurlijk. Hij kwam met een of andere domme, rare verklaring en ik kon mijn verdenking nog een beetje verdringen. Maar weet u wat er toen gebeurde? Kjell bekende het later: Camilla bond hem vast en sneed met een mes in hem. Hij zei dat hij daarvan genoot. Soms hoop ik dat dat waar was. Het klinkt misschien raar, maar soms hoop ik dat het hem iets heeft opgeleverd en dat ze hem niet alleen heeft gekweld en zijn leven kapot heeft gemaakt.'

'Chanteerde ze hem ook?'

'O ja, maar ook hier weet ik niet alles van. Camilla vernederde hem zo erg dat hij me, zelfs toen alles al verloren was, niet de hele waarheid kon vertellen. Kjell was de stabiele rots van ons gezin geweest. Als we verdwaalden, als we een probleem hadden, als een van ons ziek was, was hij degene die kalm bleef en raad wist. "Het komt wel goed," zei hij dan altijd met een prettige stem, die ik in mijn verbeelding nog altijd hoor. Maar na een paar jaar met Camilla was hij een wrak. Hij durfde de straat bijna niet meer op; hij keek honderd keer om zich heen. Op zijn werk raakte hij al zijn motivatie kwijt. Een van zijn naaste collega's, Mats Hedlund, belde me in vertrouwen dat er een onderzoek aan de gang was naar de vraag of Kjell bedrijfsgeheimen had verkocht. Dat klonk me volkomen waanzinnig in de oren. Kjell was de meest rechtschapen man die ik ooit heb gekend. En als hij iets had verkocht, waar was al dat geld dan? We hadden minder dan ooit. Zijn rekening was kaalgeplukt, onze gezamenlijke rekening ook bijna.'

'Hoe is hij gestorven?'

'Hij heeft zich opgehangen, zonder enige verklaring. Ik vond hem op een dag toen ik uit mijn werk kwam. Hij hing aan het plafond van de logeerkamer in de kelder, ja, diezelfde kamer waar Camilla zich met hem had geamuseerd. Ik had in die tijd een goedbetaalde baan als econoom en ik denk dat ik een mooie carrière voor me had. Maar daarna stortte de hele wereld in voor Moa en mij. Ik zal er niet verder op ingaan. U wilde weten wat er met Camilla is gebeurd. Maar het hield niet op. Moa begon zichzelf te verminken en stopte vrijwel helemaal met eten. Op een dag vroeg ze me of ik vond dat ze uitschot was. "Mijn god, schat," zei ik. "Hoe kun je zoiets zeggen?" Toen zei ze dat Camilla dat had gezegd. Dat iedereen vond dat Moa walgelijk uitschot was, iedereen die haar ooit had ontmoet. Ik nam alle hulp aan die ik kon krijgen: psychologen, dokters, verstandige vriendinnen, prozac. Maar niets hielp. En op een prachtige lentedag toen heel Zweden een of andere stomme overwinning bij het Eurovisie Songfestival vierde, sprong Moa van de boot naar Finland. Daarmee kwam er voor mijn gevoel ook een einde aan mijn leven. Ik verloor al mijn levenslust en liep een hele tijd in de ziektewet met een zware depressie. Maar toen ... ik weet niet ... op de een of andere manier sloegen mijn verlamming en verdriet om in woede en kreeg ik behoefte om het te begrijpen. Wat was er nu precies met ons gezin gebeurd? Ik begon navraag te doen naar Camilla, niet omdat ik haar weer wilde ontmoeten, onder geen beding. Maar ik wilde haar begrijpen, misschien zoals de ouders van een slachtoffer van moord de moordenaar en zijn motief willen begrijpen.'

'Wat hebt u gevonden?'

'Aanvankelijk niets. Ze had alle sporen uitgewist. Het was alsof ik achter een schaduw aan zat, een geestverschijning, en ik weet niet hoeveel tienduizenden kronen ik heb uitgegeven aan privédetectives en andere onbetrouwbare types die beloofden dat ze me zouden helpen. Ik bereikte niets, en dat maakte me gek. Ik raakte gewoon geobsedeerd. Ik sliep haast niet en mijn vrienden hielden het niet meer met me uit. Het was een afschuwelijke tijd. Ik werd beschouwd als een querulant, misschien nog steeds wel; ik weet niet wat Holger Palmgren u heeft verteld. Maar toen ...'

'Ja?'

'Toen werd uw reportage over Zalachenko gepubliceerd. Die naam zei me natuurlijk niets, maar ik telde een en een bij elkaar op. Ik las over zijn Zweedse identiteit, Karl Axel Bodin, en over zijn samenwerking met de Svavelsjö MC, en toen herinnerde ik me al die akelige avonden tegen het eind, toen Camilla ons allang de rug had toegekeerd. In die tijd werd ik vaak gewekt door het geluid van motoren en vanuit mijn slaapkamerraam zag ik die leren jacks met dat enge logo. Het verbaasde me helemaal niet dat ze met dat soort mensen omging. Ik had geen enkele illusie meer over haar. Maar ik had er geen idee van dat het met haar afkomst te maken had, met de zaken van haar vader, die zij wilde overnemen.'

'Deed ze dat?'

'O ja, in haar smerige wereldje maakte ze zich sterk voor de rechten van de vrouw, voor haar eigen rechten in elk geval, en ik weet dat dat veel betekende voor de meisjes van de club, vooral voor Kajsa Falk.'

'Voor wie?'

'Kajsa was een knap, pittig meisje dat verkering had met een van de leiders. Ze kwam het laatste jaar geregeld bij ons over de vloer en ik weet nog dat ik haar wel mocht. Ze had grote blauwe ogen en loenste een beetje. Achter die stoere buitenkant zat een kwetsbaar meisje, en nadat ik uw stuk had gelezen heb ik haar weer opgezocht. Ze zei natuurlijk niets over Camilla. Ze was niet onaardig, helemaal niet, en het viel me op dat ze zich een andere stijl had aangemeten. Het motorclubmeisje was een zakenvrouw geworden. Maar ze hield haar mond en ik dacht: wéér een doodlopende straat.'

'Maar dat was het niet?'

'Nee, want een jaartje geleden of zo kwam Kajsa uit eigen beweging bij me op bezoek en toen was ze weer veranderd. Ze had niets kils of cools meer. Ze was eerder gejaagd, nerveus. Niet lang daarna werd ze dood aangetroffen, doodgeschoten op het sportcomplex Stora Mossens in Bromma. Maar toen ze bij me op bezoek was, vertelde ze dat er na de dood van Zalachenko ruzie was ontstaan over de erfenis. Camilla's tweelingzus, Lisbeth, bleef min of meer met lege handen staan – al wilde ze het beetje dat ze kreeg niet eens hebben. De grote bedragen gingen naar de beide nog levende zonen in Berlijn en ook naar Camilla. Zij erfde een deel van het traffickingbedrijf waarover u in uw reportage schreef, dus mijn maag kromp samen. Ik betwijfel of die vrouwen Camilla iets kunnen schelen, of ze ook maar een klein beetje met hen meevoelt, maar toch wilde ze niets met dat werk te maken hebben. "Alleen losers houden zich met dat soort rotzooi bezig," had ze tegen Kajsa gezegd. Zij had een heel andere, moderne visie op wat de organisatie moest gaan doen, en na harde onderhandelingen kreeg ze een van haar halfbroers zover dat hij haar uitkocht. Daarna vertrok ze met haar kapitaal en een paar medewerkers, onder wie Kajsa Falk, naar Moskou.'

'Weet u wat ze daar wilde gaan doen?'

'Kajsa kreeg er nooit zoveel van mee dat ze het volledig doorzag, maar we hadden zo onze vermoedens. Ik geloof dat het met die bedrijfsgeheimen van Ericsson te maken had. Op dit moment ben ik er vrij zeker van dat Camilla Kjell werkelijk zover heeft gekregen om iets waardevols te verkopen, waarschijnlijk doordat ze hem chanteerde. Ik kwam er ook achter dat ze al de eerste jaren bij ons aan een paar computernerds op school vroeg om mijn computer binnen te dringen. Volgens Kajsa was ze min of meer geobsedeerd door hacking. Niet dat ze het zelf kon, absoluut niet, maar ze had het er voortdurend over wat je wel niet kon verdienen als je rekeningen leegroofde, servers hackte, informatie stal en al dat soort dingen. Daarom denk ik dat ze in die richting is doorgegaan.'

'Dat is ook zo.'

'Ja, en waarschijnlijk gebeurt dat op een heel hoog niveau. Met minder zou Camilla geen genoegen nemen. Volgens Kajsa drong ze snel door tot invloedrijke kringen in Moskou en werd ze onder meer de minnares van een leider van de Doema, een of ander rijk en machtig type, en samen met hem wist ze een grote schare topingenieurs en criminelen aan zich te binden. Camilla wond hen blijkbaar moeiteloos om haar vinger en ze wist precies waar de zwakke plek bij de financiële macht zat.'

'En waar zat die?'

'In het feit dat Rusland niet veel meer is dan een benzinestation met een vlag erop. Ze exporteren olie en gas maar produceren niets noemenswaardigs. Rusland heeft behoefte aan geavanceerde technologie.'

'En die wilde zij hun geven?'

'In elk geval deed ze alsof. Maar ze had natuurlijk haar eigen agenda, en Kajsa was enorm onder de indruk van de manier waarop ze mensen aan zich verbond en zichzelf politieke bescherming bezorgde. Ze zou Camilla zeker eeuwig trouw zijn gebleven als ze niet bang was geworden.'

'Hoe kwam dat?'

'Kajsa leerde een oude militaire commando kennen, een majoor geloof ik, en daarna was het net of ze haar houvast verloor. De man had volgens vertrouwelijke informatie van Camilla's minnaar een paar geheime opdrachten uitgevoerd voor de Russische regering – oftewel moorden gepleegd. Hij had onder anderen een bekende vrouwelijke journalist vermoord; ik neem aan dat je haar wel kent: Irina Azarova. Ze had in een serie artikelen en boeken kritiek geuit op de regering.'

'O ja, een echte heldin. Een vreselijk verhaal.'

'Inderdaad. Er ging iets fout bij de uitvoering van die moord. Irina Azarova zou een criticus van het regime ontmoeten in een flat in een achterafstraatje in een voorstad aan de zuidoostkant van Moskou en het plan was dat de majoor haar zou neerschieten als ze naar buiten kwam. Maar wat niemand wist, was dat de zus van de journaliste een longontsteking had gekregen en dat Irina opeens op twee nichtjes van acht en tien jaar moest passen, en toen zij en de meisjes de deur uit kwamen, schoot de majoor hen alle drie dood. Hij schoot hen in het gezicht en daarna viel hij in ongenade. Niet omdat iemand zich druk maakte om de kinderen, maar omdat de publieke opinie niet meer te controleren was; de hele operatie liep het risico aan het licht te komen en dan zou het volk zich tegen de regering keren. Ik geloof dat de majoor bang was dat hij als zondebok zou worden aangewezen. Ik denk dat er zich op hetzelfde moment sowieso een hoop problemen voor hem opstapelden. Zijn vrouw liet hem zitten en hij bleef achter met een dochtertje van tien; ik geloof dat hij zelfs het risico liep uit zijn flat te worden gezet. Voor Camilla was dat natuurlijk een perfect scenario: een meedogenloze man die zij goed kon gebruiken en die zich in een kwetsbare positie bevond.'

'Dus die nam ze ook in dienst.'

'Ja. Ze maakten een afspraak. Kajsa was erbij en die was gek genoeg meteen weg van de man. Hij was helemaal niet zoals ze had verwacht; hij leek totaal niet op de killers die ze bij de Svavelsjö MC had gekend. Hij was natuurlijk goed getraind en zag er hard uit, maar hij was ook gecultiveerd en beleefd, zei ze, en op een bepaalde manier kwetsbaar en gevoelig. Kajsa had het idee dat hij er echt onder leed dat hij die kinderen had moeten doodschieten. Hij was duidelijk een moordenaar, een man die zich tijdens de oorlog in Tsjetsjenië gespecialiseerd had in martelen, maar die toch zijn morele grenzen had, zei ze, en daarom vond ze het ook zo erg dat Camilla haar klauwen in hem zette. Ja, bijna letterlijk, blijkbaar. Ze zou haar nagels over zijn borst hebben getrokken en als een kat hebben gesist: "Ik wil dat je mensen doodt voor mij." Ze zette haar woorden kracht bij met seks, met erotische macht. Met een duivelse handigheid wekte ze sadisme bij hem op, en hoe akeliger de details die hij over zijn moorden vertelde, hoe opgewondener ze werd. Ik weet niet of ik het goed heb begrepen, maar juist dáárdoor, en nergens anders door, werd Kajsa doodsbang. Niet door de moordenaar, maar door Camilla, door hoe ze met haar schoonheid en aantrekkelijkheid het beest in hem wekte en zijn ogen deed stralen als een waanzinnig roofdier.'

'U bent nooit met die informatie naar de politie gegaan.'

'Ik heb het Kajsa herhaaldelijk gevraagd. Ik zei dat ze bang was en bescherming moest hebben. Ze zei dat ze al bescherming had. Bovendien verbood ze me met de politie te praten, en ik was dom genoeg om te gehoorzamen. Na haar dood heb ik de politie verteld wat ik had gehoord, maar of ze me geloofden weet ik niet. Waarschijnlijk niet. Ik had het per slot van rekening alleen maar van horen zeggen, over een man zonder naam uit een ander land, en

Camilla was in geen enkel register meer te vinden en ik was nooit iets te weten gekomen over haar nieuwe identiteit. In elk geval leidde mijn verhaal tot niets. De moord op Kajsa is nog altijd niet opgelost.'

'Ik begrijp het,' zei Mikael.

'Echt?'

'Ik denk het wel,' zei hij, en hij wilde net een hand op de arm van Margareta Dahlgren leggen om zijn sympathie te tonen, toen zijn telefoon in zijn zak begon te zoemen. Hij hoopte dat het Andrei was. Maar het was een zekere Stefan Molde. Pas na een paar seconden begreep Mikael dat het de man van de FRA was, de militaire dienst voor het opvangen van radiosignalen, die contact had gehad met Linus Brandell.

'Waar gaat het om?'

'Het gaat om een afspraak met een hooggeplaatste ambtenaar die onderweg is naar Zweden en die u morgen zo vroeg mogelijk wil ontmoeten in het Grand Hôtel.'

Mikael maakte een verontschuldigend gebaar naar Margareta Dahlgren.

'Ik heb een drukke agenda,' zei hij, 'en als ik morgen überhaupt een afspraak met iemand wil maken, wil ik op z'n minst een naam en een gespreksonderwerp weten.'

'De man heet Edwin Needham en het gespreksonderwerp is de hacker Wasp, die wordt verdacht van een ernstig misdrijf.'

Mikael voelde een golf van paniek opkomen.

'Oké,' zei hij. 'Hoe laat?'

'Vijf uur morgenochtend zou heel goed uitkomen.'

'Je maakt een geintje!'

'Er is helaas geen enkele reden voor geintjes in deze kwestie. Ik raad u aan op tijd te zijn. Mr Needham ontvangt u in zijn kamer. Uw mobiele telefoon moet u achterlaten bij de receptie. U wordt gefouilleerd.'

'Ik begrijp het,' zei hij met een groeiend gevoel van onbehagen.

Daarna stond Mikael Blomkvist op en nam hij afscheid van Margareta Dahlgren aan de Prostväg in Solna.

Deel 3

ASYMMETRISCHE PROBLEMEN

24 november – 3 december

Soms is het gemakkelijker iets in elkaar te zetten dan uit elkaar te halen.

Computers kunnen tegenwoordig gemakkelijk priemgetallen van miljoenen cijfers vermenigvuldigen. Het is echter uitermate gecompliceerd om die procedure om te keren. Getallen van slechts honderd cijfers leveren al grote problemen op.

Van de ingewikkeldheid van priemgetalfactorisatie, zoals dit heet, wordt gebruikgemaakt bij encryptiealgoritmen als RSA. De priemgetallen zijn de vriend van de verborgenheid geworden.

25

24 NOVEMBER 'S NACHTS EN 'S MORGENS

Het had niet lang geduurd voordat Lisbeth de Roger had gevonden die August had getekend. Op een website over voormalige acteurs van het zogeheten Revolutionsteater in Vasastan had ze een jongere versie van de man gevonden. Hij heette Roger Winter en er werd gezegd dat hij gewelddadig en jaloers was. In zijn jeugd had hij een paar belangrijke filmrollen gehad. Maar daarna stagneerde zijn carrière en tegenwoordig was hij veel minder bekend dan zijn aan een rolstoel gebonden broer Tobias, een welbespraakte professor in de biologie, die zich van Roger zou hebben gedistantieerd.

Lisbeth noteerde Roger Winters adres en hackte zich vervolgens naar binnen in de supercomputer NSF MRI. Ze opende ook haar eigen softwareprogramma, waarin ze had geprobeerd een dynamisch systeem te construeren om de elliptische curven te vinden waarmee de klus de meeste kans van slagen zou hebben, en dan natuurlijk met zo weinig mogelijk iteraties. Maar wat ze ook probeerde, ze kwam niet dichter bij een oplossing. Het NSA-bestand bleef ondoordringbaar, en ten slotte stond ze op en wierp ze een blik in de slaapkamer van August. Hij was wakker en schreef aan het nachtkastje iets op een stuk papier. Toen ze dichterbij kwam, zag ze dat het nieuwe priemgetalfactorisaties waren.

Ze mopperde een beetje en zei met haar monotone stem streng: 'Dat is geen goed idee. We komen op die manier sowieso niet verder,' en toen August weer hysterisch met zijn bovenlichaam begon te wiegen zei ze tegen hem dat hij zich moest beheersen en weer moest gaan slapen.

Het was al veel te laat en ze wilde zelf ook even uitrusten, dus ze ging in het bed ernaast liggen en probeerde te ontspannen, maar dat was volslagen onmogelijk. August woelde en kreunde, en uiteindelijk besloot Lisbeth toch nog maar iets te zeggen. Het beste wat ze kon bedenken was: 'Weet je iets van elliptische curven?'

Daar kreeg ze natuurlijk geen antwoord op. Toch legde ze het zo eenvoudig en overzichtelijk mogelijk uit. 'Snap je?' vroeg ze.

August gaf geen antwoord.

'Nou,' ging ze door. 'Neem bijvoorbeeld het getal 3034267. Ik weet dat je daar gemakkelijk de priemgetalfactoren van kunt vinden. Maar je kunt er ook komen door elliptische curven te gebruiken. Neem bijvoorbeeld de curve $y^2 = x^3 - x + 4$ en het punt $P = (1,2)$ op de curve.'

Ze krabbelde de vergelijking op een papiertje op het nachtkastje. Maar August leek er helemaal niet bij te zijn en toen herinnerde ze zich weer die autistische tweeling over wie ze had gelezen. Die konden op de een of andere raadselachtige manier grote priemgetallen vinden, maar de eenvoudigste vergelijkingen konden ze niet uitrekenen. Misschien was het met August net zo. Hij was misschien meer een rekenmachine dan een wiskundig talent, en dat maakte op dit moment verder ook niet uit. Haar wond deed weer zeer en ze had slaap nodig. Ze moest alle oude demonen uit haar jeugd, die August in haar had gewekt, proberen te verjagen.

Het was al na middernacht toen Mikael Blomkvist thuiskwam en hoewel hij bekaf was en al voor dag en dauw op moest, ging hij meteen achter zijn computer zitten om Edwin Needham te googelen.

Er waren verschillende Edwin Needhams in de wereld, onder anderen een bekende rugbyer die een fantastische comeback had gemaakt na leukemie. Er was een Edwin Needham die blijkbaar expert was in waterzuivering en er was er een die heel goed was in gekke bekken trekken op partyfoto's. Maar geen van allen paste bij iemand die Wasps identiteit had kunnen achterhalen en haar van een misdrijf zou kunnen beschuldigen.

Er was wel een Edwin Needham die ICT'er was en gepromoveerd aan het MIT. Dat was in elk geval de goede branche. Maar ook dat leek niet de juiste. Hij had wel een hoge baan bij Safeline, een vooraanstaand bedrijf voor virusbescherming van computers dat ongetwijfeld belangstelling had voor hackers. Maar wat Ed, zoals hij werd genoemd, in interviews zei, ging alleen maar over marktaandelen en nieuwe producten. Geen woord buiten de gebruikelijke, clichématige verkooppraat om, zelfs niet toen hij de kans kreeg om iets te vertellen over zijn hobby's, bowlen en vliegvissen. Hij hield van de natuur, zei hij, en van het competitie-element. Het gevaarlijkste wat die vent in zich had, was mensen dood vervelen, leek het.

Er was een foto van hem waarop hij grijnzend en met ontbloot bovenlichaam een grote zalm omhooghield. Zo'n foto waarvan er bij vissers wel dertien in een dozijn gaan. Net zo triest als de rest. En toch, langzamerhand begon Mikael zich af te vragen of dat trieste, nietszeggende misschien juist de bedoeling was. Hij las de informatie nog eens en kreeg toen het gevoel dat het in elkaar gezet was, een façade, en langzaam maar zeker raakte hij ervan overtuigd dat dit wel de juiste man was. Dit riekte naar inlichtingendienst, niet? Naar NSA of CIA. Hij keek nog eens naar de foto met de zalm en toen meende hij iets heel anders te zien.

Hij meende een harde jongen te zien die maar deed alsof. De manier waarop hij met zijn benen stond en spottend naar de camera grijnsde, had iets onverstoorbaars. Dat verbeeldde Mikael zich in elk geval, en weer moest hij aan Lisbeth denken. Hij vroeg zich af of hij haar iets moest laten weten. Maar er was geen reden om haar ongerust te maken, zeker niet omdat hij eigenlijk nog niets wist, en hij besloot naar bed te gaan. Hij moest een paar uur slapen en een beetje een helder hoofd hebben als hij morgenochtend vroeg Ed Needham zou ontmoeten. In gedachten verzonken poetste hij zijn tanden, kleedde zich uit en ging in bed liggen. Toen voelde hij dat hij onvoorstelbaar moe was. Hij viel in een mum van tijd in slaap en droomde dat hij onder water werd getrokken en bijna verdronk in de rivier waarin Ed Needham stond. Naderhand herinnerde hij zich nog een vaag beeld dat hij op de bodem van de rivier had rondgekropen met slingerende, zwiepende zalmen. Maar hij kon niet lang hebben geslapen. Hij werd met een schok wakker en kreeg het idee dat hij iets over het hoofd had gezien. Op het nachtkastje lag zijn telefoon, en toen dacht hij aan Andrei. Hij had de hele tijd onbewust aan Andrei gedacht.

Linda had de deur op twee sloten gedaan, en dat was natuurlijk niet zo gek. Een vrouw met haar achtergrond moest zich heel zorgvuldig beveiligen. Toch had Andrei er een onprettig gevoel van gekregen, maar dat kwam waarschijnlijk door de flat, hield hij zichzelf voor. Die zag er helemaal niet uit zoals hij had verwacht. Woonde hier echt een vriendin?

Het bed was breed, maar niet erg lang, en voorzien van een glanzend stalen traliewerk aan het hoofd- en voeteneinde. De sprei was zwart en deed hem denken aan een lijkbaar of een graf, en de kunst aan de muren vond hij ook lelijk. Die bestond vooral uit foto's van mannen met wapens. De hele flat had sowieso iets steriels en kils. Hier woonde vast geen aardig mens.

Aan de andere kant was hij waarschijnlijk nerveus en overdreef hij. Misschien probeerde hij alleen maar een excuus te bedenken om te vluchten. Een man wil altijd wegvluchten van wat hij liefheeft – had Oscar Wilde niet zoiets gezegd? Hij keek naar Linda. Hij had nog nooit zo'n betoverend mooie vrouw gezien, dat vond hij nog steeds, en dat was al beangstigend genoeg, maar nu kwam ze ook nog in haar strakke blauwe jurkje, waarin haar vormen goed uitkwamen, naar hem toe en zei ze, alsof ze zijn gedachten kon lezen: 'Wil je naar huis, Andrei?'

'Ik heb het heel druk.'

'Snap ik,' zei ze, en ze kuste hem. 'Dan moet je natuurlijk naar huis gaan, aan het werk.'

'Dat is misschien wel het beste,' mompelde hij, terwijl ze zich tegen hem aan drukte en hem weer kuste, met zo'n kracht dat hij zich er niet tegen kon verzetten.

Hij kuste haar terug en pakte haar heupen vast. Toen gaf ze hem een por. Zo hard dat hij wankelde en ruggelings op het bed viel. Even werd hij bang. Maar toen keek hij haar aan. Ze glimlachte nog net zo lief als eerder en hij begreep: het was alleen maar speelse agressie. Ze wilde hem wel, toch? Ze wilde met hem vrijen, hier en nu. Hij liet toe dat ze schrijlings op hem ging zitten, de knopen van zijn hemd openmaakte en haar nagels over zijn borst trok, terwijl haar ogen fel gloeiden en haar grote borsten onder haar jurk bewogen. Haar mond hing open. Er liep een sliertje speeksel naar haar kin en ze fluisterde hem iets toe.

Eerst hoorde hij het niet, maar later verstond hij: 'Nu, Andrei.'

'Nu!'

'Nu,' herhaalde hij onzeker, en hij voelde dat ze zijn broek uittrok.

Ze was geraffineerder dan hij had verwacht, gehaaider en wilder dan enige andere vrouw die hij ooit had ontmoet.

'Ogen dicht en heel stil blijven liggen,' zei ze.

Hij deed zijn ogen dicht en bleef stilliggen. Hij merkte dat ze met iets aan het prutsen was, maar hij wist niet waarmee. Hij hoorde een klikgeluid en voelde iets van metaal om zijn polsen. Hij keek en zag dat hij handboeien om had gekregen. Hij wilde protesteren. Daar hield hij niet van, maar ze was hem te snel af. Vliegensvlug, alsof ze er veel ervaring mee had, bond ze zijn handen vast aan het ledikant. Toen maakte ze zijn benen vast met een touw. Ze trok het hard aan.

'Voorzichtig,' zei hij.

'Ja, hoor.'

'Goed zo,' zei hij. Ze keek hem opeens met heel andere ogen aan, een niet erg prettige blik, vond hij. En toen zei ze op plechtige toon iets, maar dat had hij vast verkeerd verstaan.

'Wat?' vroeg hij.

'Nu ga ik in je snijden met een mes, Andrei,' zei ze, en ze plakte een groot stuk tape over zijn mond.

Mikael hield zichzelf voor dat hij niet ongerust hoefde te zijn. Waarom zou er iets met Andrei gebeurd zijn? Niemand – behalve Erika en hij – wist dat Andrei betrokken was bij de bescherming van Lisbeth en August. Ze waren uitermate voorzichtig geweest met die informatie, voorzichtiger dan ooit. Maar toch ... Waarom kon hij die jongen dan niet te pakken krijgen?

Andrei was niet iemand die zich niets van zijn telefoon aantrok. Integendeel, hij nam altijd meteen op als Mikael belde. Maar nu kon hij hem absoluut niet bereiken. Dat was toch raar? Of ... Mikael probeerde zichzelf er opnieuw van te overtuigen dat Andrei alleen maar zat te werken en tijd en ruimte was vergeten of desnoods dat hij zijn mobieltje was kwijtgeraakt. Meer was het vast niet. Maar het was of de duvel ermee speelde ... Camilla was na al die jaren uit het niets opgedoken. Er broeide iets. En wat had commissaris Bublanski ook alweer gezegd?

We leven in een zieke wereld.

Mikael pakte de telefoon van het nachtkastje en probeerde Andrei opnieuw te bellen. Ook nu kreeg hij geen gehoor en hij besloot hun nieuwe medewerker Emil Grandén te bellen, die bij Andrei in de buurt woonde in Vasastan. Emil klonk een beetje bezorgd en beloofde meteen naar Andrei te lopen om te kijken of hij thuis was. Twintig minuten later belde hij terug. Hij had een hele tijd op Andreis deur staan kloppen, zei hij.

'Daar is hij zeker niet.'

Mikael hing op, trok zijn kleren aan en haastte zich door een leeg en door de storm geteisterd Södermalm naar de redactie in de Götgata. Met een beetje mazzel, dacht hij, lag Andrei daar op de bank te slapen. Het zou niet de eerste keer zijn dat Andrei op zijn werk in slaap was gevallen en de telefoon niet had gehoord. Hopelijk was dat alles. Toch werd Mikael steeds ongeruster en toen hij de deur opendeed en het alarm uitzette, huiverde hij alsof hij een ravage verwachtte. Maar waar hij ook keek, hij zag geen spoor van iets ongewoons en in zijn versleutelde mailprogramma was alle informatie zorgvuldig gewist, zoals ze hadden afgesproken. Alles zag eruit zoals het hoorde, maar er lag geen Andrei op de bank te slapen.

Die stond er nog net zo versleten en leeg bij als anders. Mikael dacht even na. Toen belde hij Emil Grandén weer.

'Emil,' zei hij. 'Het spijt me dat ik je zo midden in de nacht terroriseer. Maar die hele toestand maakt me paranoïde.'

'Snap ik.'

'Dus ik dacht aan je stem te horen dat je een beetje bezorgd klonk toen ik het over Andrei had. Is er iets wat je me niet hebt verteld?'

'Niets wat je niet al weet,' antwoordde Emil.

'Hoe bedoel je?'

'Ik bedoel dat jij ook met de Data-inspectie hebt gesproken.'

'Hoezo "ook"?'

'Bedoel je dat je niet ...'

'Nee!' kapte Mikael hem af en hij hoorde aan de andere kant van de lijn dat Emils ademhaling zwaarder werd. Hij begreep dat er iets vreselijk mis was gegaan.

'Vertel op, Emil, en snel,' zei hij.

'Nou ...'

'Ja?'

'Er belde een heel aardige, professionele mevrouw van de Datainspectie. Linda Robertsson heette ze. Ze zei dat jullie contact met elkaar hadden gehad en dat jullie hadden afgesproken het beveiligingsniveau van jouw computer te verhogen in verband met de situatie. Het ging om gevoelige persoonsinformatie.'

'En ...'

'En blijkbaar had ze je verkeerd geadviseerd en daar was ze heel ongelukkig over. Ze zei dat ze zich schaamde voor haar onkunde en dat ze bang was dat de bescherming onvoldoende was, dus ze wilde snel in contact komen met degene die de encryptie voor jou had geregeld.'

'En wat zei je toen?'

'Dat ik er niets van wist, maar dat ik Andrei iets aan jouw pc had zien doen.'

'Dus je raadde haar aan contact op te nemen met Andrei.'

'Ik was net even weg en zei dat Andrei vast nog wel op de redactie was. Ze kon hem wel bellen, zei ik. Dat was alles.'

'Verdomme, Emil.'

'Maar ze klonk echt ...'

'Het kan me niet schelen hoe ze klonk. Maar ik hoop dat je Andrei daarna over haar telefoontje hebt verteld.'

'Niet meteen, geloof ik. Ik heb het momenteel ook heel druk, net als iedereen.'

'Maar later heb je het hem verteld.'

'Nou, hij ging weg voordat ik het had kunnen zeggen.'

'Dus toen heb je hem gebeld.'

'Jazeker, een paar keer. Maar ...'

'Ja?'

'Hij nam niet op.'

'Oké,' antwoordde Mikael ijzig.

Toen hing hij op en toetste hij het nummer van Jan Bublanski in. Hij moest twee keer bellen om de commissaris wakker en aan de lijn te krijgen, en toen zag hij geen andere mogelijkheid dan hem het hele verhaal te vertellen. Hij biechtte alles op, behalve waar Lisbeth en August waren.

Vervolgens lichtte hij ook Erika in.

Lisbeth Salander was warempel in slaap gevallen. Toch was ze op alles voorbereid. Ze sliep met haar kleren, inclusief haar leren jack, en haar laarzen aan. Bovendien werd ze een paar keer wakker, of het nu kwam door de storm of door August, die zelfs in zijn slaap jammerde en kreunde. Maar in de meeste gevallen sliep ze weer in of doezelde ze in elk geval weg en soms had ze korte, merkwaardig realistische droombeelden.

Nu droomde ze van haar vader die haar moeder sloeg, en zelfs in haar droom voelde ze weer die oude, blinde woede uit haar kinderjaren, zo duidelijk dat ze er weer wakker van werd. Het was toen kwart voor vier in de ochtend en op het nachtkastje lagen de papieren waarop August en zij hun cijfers hadden geschreven. Buiten sneeuwde het nog steeds, maar de storm leek enigszins te zijn geluwd en er was niets ongewoons te horen, alleen de wind die floot en door de bomen ruiste.

Toch voelde ze zich onrustig. Eerst dacht ze dat dat kwam doordat haar droom nog als een raster over de kamer lag. Toen huiverde ze. Het bed naast haar was leeg. August was verdwenen. Lisbeth stond razendsnel en geluidloos op, greep haar Beretta uit haar tas op de vloer en sloop naar de woonkamer aan het terras.

Het volgende moment haalde ze opgelucht adem. August was aan de ronde eettafel iets aan het doen. Discreet, om hem niet te storen, boog ze zich over zijn schouder, en ze zag dat hij geen nieuwe priemgetalfactoren schreef of andere mishandelingen door Lasse Westman en Roger Winter tekende. Hij tekende nu schaakvelden, die weerspiegeld werden in de wandkasten, en daarboven ontstond een dreigende gestalte met een uitgestrekte hand. Eindelijk kreeg de dader vorm. Lisbeth glimlachte en trok zich terug.

Ze liep de slaapkamer weer in en ging op haar bed zitten. Ze trok haar trui uit, deed het verband af en inspecteerde de schotwond. Die zag er nog niet goed uit en ze voelde zich nog steeds slap en duizelig. Ze nam twee antibioticapillen in en probeerde nog wat te rusten. Misschien viel ze in slaap. Later had ze vaag het idee dat ze Zala en Camilla had gezien, allebei, en vervolgens kreeg ze het gevoel alsof er iemand was. Buiten vloog een vogel op. In de woonkamer hoorde ze August zwaar en gekweld ademen. Lisbeth wilde net weer opstaan toen een ijselijke schreeuw de lucht doorkliefde.

Toen Mikael in de vroege ochtend de redactie verliet om een taxi naar het Grand Hôtel te nemen had hij nog steeds niets van Andrei gehoord. Voor de zoveelste keer hield hij zichzelf voor dat hij overdreef en dat zijn collega elk moment bij een vriend of vriendin vandaan kon bellen. Maar hij raakte zijn onrust niet kwijt en terwijl hij in de Götgata zag dat het weer sneeuwde en dat iemand een eenzame damesschoen op het trottoir had laten liggen, pakte hij zijn Samsung en belde hij Lisbeth via de RedPhone-app.

Lisbeth nam niet op en daar werd hij ook al niet geruster van. Hij probeerde het nog een keer en stuurde uiteindelijk een sms'je vanuit zijn Threema-app: *Camilla zit achter jullie aan. Jullie moeten de schuilplaats verlaten!* Toen zag hij een taxi uit de Hökensgata de hoek om komen. Hij hield hem aan en het verbaasde hem even dat de taxichauffeur schrok toen hij instapte, maar Mikael zag er echt levensgevaarlijk vastberaden uit en het hielp ook al niet dat hij daar achterin maar wat in het donker zat met zijn ongerust glanzende ogen en geen antwoord gaf toen de chauffeur een praatje probeerde te maken.

Stockholm lag er min of meer verlaten bij. De storm was enigszins geluwd, maar er stonden nog schuimkoppen op het water. Mikael keek naar het Grand Hôtel aan de overkant van de baai en vroeg zich af of hij de afspraak met Mr Needham zou laten zitten en naar Lisbeth zou rijden, of er in elk geval voor zou zorgen dat er een politieauto langs zou gaan. Nee, dat kon hij niet doen zonder haar te informeren. Als er een lek was, kon het catastrofaal zijn om die kennis te verspreiden.

Hij opende zijn Threema-app weer en schreef: *Moet ik hulp regelen?*

Hij kreeg geen antwoord. Natuurlijk niet. Even later betaalde hij de taxichauffeur, stapte uit en liep door de draaideuren het hotel in. Het was twintig over vier in de ochtend; hij was veertig minuten te vroeg. Hij was waarschijnlijk nog nooit ergens veertig minuten te vroeg geweest. Voordat hij volgens afspraak zijn telefoons bij de receptie achterliet, belde hij Erika nog een keer. Hij zei tegen haar dat ze Lisbeth moest proberen te bereiken, contact moest houden met de politie en de besluiten moest nemen die ze nodig achtte.

'Zodra je iets hoort, bel je het Grand Hôtel en vraag je naar Mr Needham.'

'Wie is dat?'

'Iemand die mij wil spreken.'

'Zo vroeg?'

'Zo vroeg,' herhaalde hij, en hij liep naar de receptie.

Edwin Needham had kamer 654. Mikael klopte aan. De deur ging open en op de drempel stond een man die droop van het zweet en woedend uit zijn ogen keek. Hij leek op de figuur op de vissersfoto zoals een pas aangetreden dictator met een drankprobleem lijkt op zijn gestileerde standbeeld. Ed Needham had een glas grog in zijn hand, zag er grimmig en verfomfaaid uit en deed denken aan een buldog.

'Mr Needham,' zei Mikael.

'Ed,' zei Needham. 'Het spijt me dat ik je op dit onchristelijke uur laat komen, maar ik heb iets dringends te bespreken.'

'Blijkbaar,' zei Mikael droog.

'Heb je enig idee wat?'

Mikael schudde zijn hoofd en ging in een fauteuil zitten bij een bureau waarop een fles gin en een flesje Schweppes stonden.

'Nee, waarom zou je ook?' vervolgde Ed. 'Aan de andere kant weet je het nooit met mannen als jij. Ik heb je natuurlijk gecheckt en eigenlijk heb ik er de pest aan om mensen te vleien. Dat geeft me een vieze smaak in de mond. Maar jij bent echt uniek in je vak, hè?'

Mikael glimlachte geforceerd.

'Het zou fijn zijn als je ter zake komt,' zei hij.

'Rustig maar, ik zal glashelder zijn. Ik neem aan dat je weet waar ik werk.'

'Ik weet het niet zeker,' antwoordde Mikael eerlijk.

'In Puzzle Palace, in Sigint City. Ik werk voor de spuwbak van de hele wereld.'

'De NSA.'

'Precies. En kun je je voorstellen hoe verdomd stompzinnig het is om geintjes met ons uit te halen, Mikael Blomkvist?'

'Ik geloof dat ik me dat wel kan voorstellen,' zei hij.

'En kun je je ook indenken waar ik vind dat je vriendin eigenlijk thuishoort?'

'Nee.'

'In de gevangenis. Levenslang!'

Mikael toverde een naar hij hoopte rustig, beheerst glimlachje op zijn gezicht, maar in werkelijkheid tolden de gedachten door zijn hoofd. Hoewel hij begreep dat er van alles kon zijn gebeurd en dat hij geen overhaaste conclusies moest trekken, dacht hij meteen: heeft Lisbeth de NSA gehackt? Alleen het idee al maakte hem vreselijk ongerust. Werd ze niet alleen door moordenaars gezocht, maar had ze bovendien ook nog alle Amerikaanse inlichtingendiensten achter zich aan? Dat klonk ... Ja, hoe klonk dat? Onwaarschijnlijk.

Als er iets kenmerkend was voor Lisbeth, dan was het wel dat ze nooit iets deed zonder een nauwkeurige consequentieanalyse. Niets wat ze bedacht, was impulsief en onbezonnen, en daarom kon hij zich niet voorstellen dat ze zoiets idioots had gedaan als de NSA hacken als er ook maar een minieme kans was om te worden ontdekt. Soms deed ze gevaarlijke dingen, dat was waar, maar dan stonden de risico's in verhouding tot het nut. Hij weigerde te geloven dat ze was binnengedrongen om zich vervolgens te laten overtroeven door deze galbak, deze buldog.

'Ik denk dat jullie overhaaste conclusies hebben getrokken,' zei hij.

'Vergeet dat maar, makker. Maar ik neem aan dat je hebt gehoord dat ik het woord "eigenlijk" gebruikte?'

'Dat hoorde ik, ja.'

'Een rotwoord, hè? Kun je overal voor gebruiken. Eigenlijk drink ik 's morgens niet en toch zit ik hier met een drankje, haha. Wat ik wil zeggen is dat je je vriendin zou kunnen redden als je belooft me met een paar dingen te helpen.'

'Ik luister,' zei hij.

'Aardig van je. En dan wil ik om te beginnen de garantie hebben dat je me bronbescherming geeft.'

Mikael keek hem verbaasd aan. Dat had hij niet verwacht.

'Ben je een soort klokkenluider?'

'Godsamme, nee. Ik ben een loyale oude bloedhond.'

'Maar je handelt niet in opdracht van de NSA.'

'Je zou kunnen zeggen dat ik momenteel mijn eigen agenda heb. Dat ik als het ware positie kies. Nou, hoe zit het?'

'Ik geef je bronbescherming.'

'Mooi. En ik wil ook zeker weten dat wat ik nu vertel onder ons blijft. Dat klinkt natuurlijk raar. Waarom vertel ik een onderzoeksjournalist in godsnaam een fantastisch verhaal en vraag ik hem dan zijn mond te houden?'

'Dat kun je je afvragen, ja.'

'Ik heb zo mijn redenen, en het gekke is dat ik denk dat ik het je niet eens hoef te vragen. Ik denk dat jij je vriendin wilt beschermen, en het voor jou interessante verhaal ligt duidelijk ergens anders. Het is niet onmogelijk dat ik je op dat punt zal helpen als je bereid bent om samen te werken.'

'Dat valt nog te bezien,' zei Mikael stroef.

'Nou goed. Een paar dagen geleden was er een cyberaanval op ons intranet, in de wandeling NSANet geheten, ken je dat?'

'Min of meer.'

'NSANet is na 11 september opgepoetst om een betere coördinatie te verkrijgen tussen onze nationale inlichtingendiensten aan de ene kant en de spionageorganisaties van de Angelsaksische landen, de zogeheten *Five Eyes*, aan de andere kant. Het is een gesloten systeem met eigen routers, poorten en bruggen, volkomen gescheiden van internet. Van daaruit beheren wij via satellieten en vezelkabels onze signals intelligence, en daar bevinden zich ook onze grote databanken en natuurlijk onze geheime analyses en rapporten – ongeacht of ze de aanduiding "Moray" hebben, om de minst geheime maar te noemen, of "Umbra Ultra Top Secret", die zelfs de president niet mag zien. Het systeem wordt aangestuurd vanuit Texas, wat overigens pure idioterie is. Maar na de meest recente updates en herzieningen beschouw ik het toch als mijn kindje. Weet je, Mikael, ik heb me uit de naad gewerkt. Ik heb me helemaal kapotgewerkt om ervoor te zorgen dat geen enkele klootzak er nog misbruik van kan maken, laat staan het kan hacken. Tegenwoordig zorgt elke kleine afwijking, elk minuscuul overtredinkje ervoor dat bij mij de alarmbellen gaan rinkelen, en denk maar niet dat ik de enige ben. We hebben een hele staf van onafhankelijke specialisten die het systeem bewaken en je kunt vandaag de dag niets meer op dat net doen zonder je sporen achter te laten. Je kunt er zelfs niet op één toets drukken zonder dat het wordt opgemerkt. Maar toch ...'

'Is het gelukt.'

'Ja. En ergens had ik dat ook nog wel kunnen accepteren. Er zijn altijd zwakke plekken. Die zijn er voor ons om op te zoeken en beter van te worden. Zwakke plekken houden ons wakker en alert. Maar het is niet alleen dát ze binnenkwam. Het was ook de manier waaróp. Ze forceerde onze netserver, bouwde een geavanceerde brug en kwam via onze systeembeheerders op ons intranet. Alleen dat al was magistraal. Maar daarmee was het nog niet gedaan, bij lange na niet. Het loeder nam de gedaante aan van een *ghost user*.'

'Een wat?'

'Een geestverschijning, een spook dat daarbinnen rondvloog zonder dat we het merkten.'

'Zonder dat jouw alarmbellen afgingen.'

'Dat verdomde genie bracht een spionagevirus binnen dat anders was dan alles wat we al kenden, anders had ons systeem het meteen geïdentificeerd, en dat virus verhoogde voortdurend haar status. Ze kreeg steeds meer bevoegdheden, kwam achter topgeheime wachtwoorden en codes, begon registers en databanken samen te voegen en opeens ... bingo!'

'Hoezo bingo?'

'Ze vond wat ze zocht. En op dat moment wilde ze geen ghost user meer zijn. Toen wilde ze ons juist laten zien wat ze had gevonden, en toen pas gingen mijn alarmbellen af. Ze rinkelden precies op het moment waarop zij dat wilde.'

'En wat had ze gevonden?'

'Onze dubbele moraal, Mikael, ons valse spel, en ook daarom zit ik hier met jou en niet op mijn vette reet in Maryland, en stuur ik de mariniers niet op haar af. Het was net een inbreker die alleen maar inbrak om te laten zien dat er al gestolen goederen in huis waren, en toen we dat ontdekten, werd ze pas echt gevaarlijk. Zo gevaarlijk dat een paar hoge pieten bij ons haar wilden laten lopen.'

'Maar jij niet.'

'Nee, ik niet. Ik wilde haar vastbinden aan een lantaarnpaal en haar villen. Maar ik moest mijn jacht noodgedwongen opgeven. En dat, Mikael, maakte me razend. Ik zie er nu misschien redelijk beheerst uit, maar eigenlijk, zoals ik al zei, eigenlijk ...!'

'Ben je strontnijdig.'

'Precies. En daarom heb ik jou hier in alle vroegte laten komen. Ik wil jouw Wasp te pakken krijgen voordat ze het land uit vlucht.'

'Waarom zou ze vluchten?'

'Omdat ze iets waanzinnigs heeft gevonden, of niet soms?'

'Dat weet ik niet.'

'Dat weet je best.'

'En waarom denk je überhaupt dat zij je hacker is?'

'Dat, Mikael, wilde ik je nu net vertellen.'

Maar verder kwam hij niet.

De vaste telefoon op de hotelkamer ging en Ed nam snel op. Het was de man van de receptie, die Mikael Blomkvist zocht, en dus gaf Ed de hoorn door. Hij begreep al gauw dat de journalist iets alarmerends te horen kreeg, dus het verbaasde hem niet dat de Zweed een onduidelijk excuus mompelde en de kamer uit rende. Maar hoewel het hem niet verbaasde, accepteerde hij het ook niet, dus hij griste zijn jas van de kapstok en ging achter hem aan.

Verderop in de gang rende Blomkvist als een sprinter en hoewel Ed niet wist wat er was gebeurd, vermoedde hij dat het met zijn verhaal te maken had en besloot hij hem te volgen. Maar omdat de journalist niet eens de rust had om de lift te nemen, maar de trappen af stormde, had hij moeite om hem bij te houden. Toen Ed hijgend op de begane grond aankwam, had Mikael Blomkvist zijn telefoons al opgehaald en rende hij verdiept in een nieuw gesprek door de draaideuren de straat op.

'Wat is er gebeurd?' vroeg Ed toen de reporter had opgehangen en verderop, bij het water, een taxi probeerde te krijgen.

'Problemen!' antwoordde Mikael.

'Ik kan je erheen rijden.'

'Jij kunt geen meter rijden. Je hebt gedronken.'

'Maar we kunnen mijn auto nemen.'

Mikael stopte even en keek Ed verbluft aan.

'Wat wil je?' vroeg hij.

'Ik wil dat we elkaar helpen.'

'Die hacker moet je zelf maar oppakken.'

'Ik heb geen mandaat meer om iemand op te pakken.'

'Oké, waar staat je auto?'

Ze renden naar Eds huurauto, die bij het Nationalmuseum geparkeerd stond en Mikael legde heel kort uit dat ze naar de scherenkust gingen, naar Ingarö. Hij zou onderweg horen waar hij precies moest zijn, zei hij, en hij was niet van plan zich aan de maximumsnelheid te houden.

26
24 NOVEMBER 'S MORGENS

August gilde en op hetzelfde moment hoorde Lisbeth het geluid van voetstappen; snelle voetstappen langs de korte kant van het huis. Ze greep haar pistool weer en stond snel op. Ze voelde zich beroerd maar gunde zich niet de tijd om daarover na te denken. Ze stormde naar de deur en zag een grote man op de veranda. Even dacht ze dat ze in het voordeel was, dat ze een seconde voorsprong had, maar toen veranderde de situatie dramatisch.

De gestalte stopte niet en liet zich zelfs niet tegenhouden door de glazen deuren. Hij sprong er gewoon met getrokken pistool dwars doorheen en schoot met razendsnelle vanzelfsprekendheid op August. Lisbeth beantwoordde het vuur, of misschien had ze dat al gedaan; dat wist ze niet meer. Ze wist ook niet meer op welk moment ze naar de man toe begon te rennen. Ze merkte alleen dat ze met daverende kracht tegen hem aan botste en boven op hem op de grond terechtkwam, vlak voor de ronde keukentafel waar het jongetje net nog had gezeten. Zonder een moment te aarzelen gaf ze de man een kopstoot.

Die was zo hevig dat haar hoofd ervan tolde en ze kwam wankelend overeind. De hele kamer bewoog. Ze had bloed op haar bloes. Was ze weer geraakt? Ze had geen tijd om erover na te denken. Waar was August? De plek bij de tafel was leeg; daar lagen alleen nog de pennen, de tekeningen, de potloden, de priemgetalberekeningen. Waar was hij in godsnaam? Ze hoorde een jammerend geluid bij de koelkast en ... daar zat hij, trillend, met zijn knieën tegen zijn borst opgetrokken. Hij had zich blijkbaar opzij kunnen gooien.

Lisbeth wilde net naar hem toe rennen toen ze opnieuw verontrustende geluiden hoorde, verder weg: gedempte stemmen, brekende takken. Er kwamen meerdere mensen aan en ze begreep dat ze nu moesten maken dat ze hier wegkwamen. Als het haar zus was, had ze mensen op sleeptouw. Dat was altijd zo. Lisbeth was alleen en Camilla verzamelde hele bendes om zich heen. Dus net als vroeger was het zaak slimmer en sneller te zijn. Ze zag het terrein rondom het huis voor zich alsof er een schijnwerper op stond. Ze stormde naar August toe. 'Kom!' zei ze. August verroerde zich niet. Hij bleef op de grond zitten alsof hij eraan vastgevroren was. Lisbeth tilde hem met een snelle ruk op en vertrok haar gezicht. Elke beweging deed zeer. Maar er was geen tijd meer te verliezen en waarschijnlijk begreep August dat toch ook. Hij gaf aan dat hij zelf kon rennen, dus Lisbeth holde naar de keukentafel, greep haar laptop en sprintte naar het terras, langs de man op de vloer, die verdwaasd opstond en Augusts benen probeerde te grijpen.

Lisbeth overwoog hem te doden maar gaf hem in plaats daarvan een paar geweldige trappen tegen zijn hals en in zijn buik en schopte zijn wapen weg. Daarna rende ze met August het terras op naar de rotsen en de helling. Plotseling bleef ze echter staan. Ze dacht aan de tekening. Ze had niet gezien hoever August ermee was gekomen. Moest ze omkeren? Nee, ze konden er elk moment zijn. Ze moesten vluchten. Maar toch ... de tekening was ook een wapen, de oorzaak zelfs van al deze waanzin. Dus ze liet August en haar laptop op het rotsplateau achter dat ze de avond tevoren al had bekeken. Toen rende ze weer naar boven, het huis in, en ze keek op de tafel. Eerst zag ze de tekening niet. Er lagen overal papieren met die vervloekte Lasse Westman erop, en lijsten met priemgetallen.

Maar daar! Daar lag ze. Boven de schaakvelden en de spiegels was nu een bleke figuur te zien met een scherp litteken op zijn voorhoofd, die Lisbeth inmiddels maar al te goed kende. Het was de man die hier op de grond lag te kreunen. Ze pakte razendsnel haar mobieltje, maakte er een foto van en mailde die naar Jan Bublanski en Sonja Modig van de politie. Ze krabbelde zelfs nog een zinnetje op de tekening. Maar meteen besefte ze dat ze dat niet had moeten doen.

Ze stond op het punt te worden omsingeld.

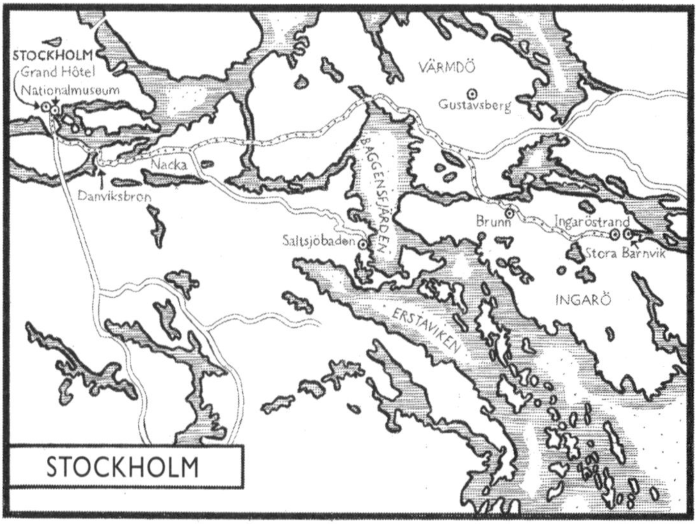

Aan zijn Samsung-telefoon had Lisbeth hetzelfde woord gestuurd als aan Erika. Dat woord was CRISIS, en dat maakte de situatie gelijk duidelijk, zeker als het van Lisbeth kwam. Wat Mikael ook verzon, hij kon het niet anders opvatten dan dat de dader haar had opgespoord. Misschien overviel hij haar wel op het moment dat ze het woord intikte, dus zodra hij de Stadsgårdskaj voorbij was en op de provinciale weg kwam, trapte hij het gaspedaal diep in.

Hij reed in een zilverkleurige, nieuwe Audi A8 en naast hem zat Ed Needham. Ed zag er grimmig uit. Af en toe tikte hij iets in op zijn telefoon. Waarom Mikael hem had laten meegaan wist hij niet goed – misschien wilde hij weten welke bewijzen de man tegen Lisbeth had, maar nee, er was ook nog iets anders. Misschien hadden ze iets aan Ed. In elk geval zou hij de situatie niet kunnen verslechteren. Het was toch al crisis. De politie was gealarmeerd, maar er was nauwelijks tijd om snel voldoende manschappen op te roepen – vooral niet omdat ze sceptisch waren over de schaarse informatie. Erika onderhield de contacten. Zij wist de weg en hij had hulp nodig. Alle hulp die hij maar kon krijgen.

Toen ze bij de Danviksbro waren, zei Ed Needham iets, maar Mikael verstond hem niet. Hij was met zijn gedachten ergens anders. Hij dacht aan Andrei – wat hadden ze met hem gedaan? Mikael zag hem voor zich zoals hij peinzend en besluiteloos op de redactie had gezeten, terwijl hij eruitzag als een jonge Antonio Banderas. Waarom was hij in godsnaam niet meegegaan om een biertje te drinken? Mikael probeerde hem weer te bellen, vervolgens probeerde hij ook Lisbeth te bereiken, maar hij kreeg bij geen van beiden gehoor. Toen hoorde hij Ed weer.

'Wil je dat ik je vertel wat we hebben?' vroeg Ed.

'Ja ... misschien wel ... doe maar,' zei Mikael.

Maar ook deze keer kwam het er niet van. Mikaels telefoon ging. Het was Jan Bublanski.

'Wij hebben straks heel wat om over te praten, dat begrijp je wel, hè? En je kunt erop rekenen dat dit nog een juridisch staartje krijgt.'

'Ik begrijp het.'

'Maar ik belde nu eigenlijk om je wat informatie te geven. We weten dat Lisbeth Salander om 4.22 uur nog in leven was. Was dat vóór- of nádat ze alarm sloeg bij jou?'

'Ervoor. Vlak ervoor.'

'Oké.'

'Hoe kom je aan dat tijdstip?'

'Salander stuurde ons iets. Iets geweldig interessants.'

'Wat dan?'

'Een tekening. En ik moet zeggen, Mikael: die overtreft onze stoutste verwachtingen.'

'Dus Lisbeth heeft het joch aan het tekenen gekregen.'

'Nou en of. En ik weet natuurlijk niet wat voor bewijstechnische kwesties er nog kunnen ontstaan of wat een handige advocaat tegen die tekening in kan brengen, maar voor mij bestaat er geen enkele twijfel dat dit de moordenaar is. Het is ongelooflijk knap gedaan, weer met die merkwaardige wiskundige precisie. Er staat ook nog een vergelijking onder, met x- en y-coördinaten. Ik heb geen idee of dat er iets mee te maken heeft, maar ik heb de tekening naar Interpol gestuurd om door hun gezichtsherkenningsprogramma te halen. Als die man ergens in hun database zit, is hij erbij.'

'Gaan jullie er ook mee naar de media?'

'We denken erover.'

'Wanneer kunnen jullie ter plaatse zijn?'

'Zo snel mogelijk ... wacht!'

Mikael hoorde op de achtergrond een andere telefoon overgaan. Bublanski bleef een minuutje weg. Toen hij terugkwam, zei hij kort: 'We hebben informatie dat er daar geschoten is. Het ziet er niet goed uit, vrees ik.'

Mikael ademde diep in en uit.

'En geen nieuws over Andrei?' vroeg hij.

'We hebben zijn telefoon getraceerd op een basisstation in Gamla Stan, maar verder kwamen we niet. Sinds enige tijd krijgen we helemaal geen signalen meer, alsof het mobieltje kapot is.'

Mikael hing op en ging nog harder rijden. Een tijdlang reed hij honderdtachtig en aanvankelijk zei hij heel weinig. Hij vertelde Ed Needham in het kort wat er aan de hand was, maar na een tijdje hield hij het niet meer uit. Hij moest aan iets anders denken.

'Nou, wat hebben jullie?'

'Over Wasp?'

'Ja.'

'Heel lang hadden we geen fluit. We waren ervan overtuigd dat we op een dood spoor zaten,' vertelde Needham. 'We hadden alles gedaan wat we konden, meer nog. We hadden de onderste steen bovengehaald en toch kwamen we nergens, en ergens vond ik dat wel logisch.'

'Hoezo?'

'Een hacker die in staat was tot zo'n aanval zou ook alle sporen kunnen wissen. Ik begreep al gauw dat we langs de normale weg niets zouden bereiken, maar ik gaf het niet op en uiteindelijk lapte ik al onze onderzoeksprotocollen aan mijn laars. Ik stelde direct de hamvraag: wie kan zo'n operatie uitvoeren? Ik wist al dat die vraag onze beste kans was. Het niveau van de aanval was zo hoog dat er niet veel mensen zouden zijn die dat konden. In die zin had de hacker zijn talent tegen. Bovendien hadden we het spionagevirus geanalyseerd en dat ...'

Ed Needham keek weer op zijn telefoon.

'Ja?'

'... dat had bepaalde artistieke kenmerken, en dat waren voor ons natuurlijk goede aanwijzingen. We hadden, zou je kunnen zeggen, een knap werkstuk met een specifieke persoonlijke stijl en nu hoefden we alleen nog maar de maker daarvan te vinden, dus we begonnen informatie te zoeken bij hackerscollectieven, en al snel was er een naam, een handle, die steeds weer opdook. Raad eens welke?'

'Nou?'

'Wasp! Er kwamen ook veel andere namen, maar Wasp trok onze aandacht, ook door de naam zelf ... Nou ja, dat is een lang verhaal waarmee ik je niet zal vermoeien. Maar die naam ...'

'... kwam uit dezelfde strip als die van de organisatie die achter de moord op Frans Balder zit.'

'Inderdaad. Dus dat weet je?'

'Ja, en ik weet ook dat zo'n verband bedrieglijk en verleidelijk is. Als je maar goed genoeg zoekt, vind je overal wel samenhang tussen.'

'Klopt. Dat weten wij als geen ander. We winden ons op over verbanden die niets te betekenen hebben en dan missen we die waar wel iets in zit. Dus nee, in eerste instantie gaf ik er eigenlijk niet veel voor. Wasp kon ook van alles betekenen. Maar ik had op dat moment niet veel anders om achteraan te gaan. Bovendien had ik zoveel mythisch geleuter over die persoon gehoord dat ik zijn identiteit hoe dan ook wilde achterhalen. We gingen ver terug in de tijd. We reconstrueerden oude dialogen op hackerssites. We lazen alles wat we maar konden vinden dat Wasp op internet had geschreven, we bestudeerden alle operaties waarvan we wisten dat die handle erachter zat, en al gauw leerden we Wasp een beetje kennen. We raakten ervan overtuigd dat het een vrouw was, al drukte ze zich niet bepaald vrouwelijk uit, en we begrepen dat ze een Zweedse was. Veel vroege bijdragen waren in het Zweeds geschreven. Dat gaf ons op zichzelf nog niet veel houvast, maar omdat de organisatie die ze onderzocht een link had met Zweden en omdat Frans Balder ook een Zweed was, werd het spoor in elk geval niet minder warm. Ik nam contact op met mensen van de FRA; die doorzochten hun registers en toen ...'

'Nou?'

'... vonden ze iets wat tot een doorbraak leidde. Jaren geleden hadden de autoriteiten een hackersboodschap met de handle Wasp onderzocht, in een tijd dat Wasp nog niet zo goed was in encryptie.'

'Wat was er gebeurd?'

'De FRA was erop geattendeerd dat een hacker die zich Wasp noemde kennis probeerde te verkrijgen over mensen die waren overgelopen van buitenlandse inlichtingendiensten, en dat was voldoende om de waarschuwingssystemen van de FRA te activeren. De dienst had een onderzoek uitgevoerd dat leidde naar een psychiatrische kliniek in Uppsala, naar een computer van een arts die Teleborian heette. Om de een of andere reden – waarschijnlijk omdat hij soms samenwerkte met de Zweedse veiligheidsdienst – was Teleborian boven alle verdenking verheven. Daarna concentreerde de FRA zich op een paar psychiatrisch verpleegkundigen die als verdacht werden beschouwd omdat ze... nou ja, gewoon omdat het allochtonen waren. Dat was onvoorstelbaar dom en stereotiep gedacht, en het leverde niets op.'

'Dat zal wel niet, nee.'

'Nee. Maar nu, veel later, vroeg ik iemand van de FRA me al dat oude materiaal te sturen en toen bestudeerden we het op een heel andere manier. Weet je, om goed te zijn in hacken hoef je niet groot en dik te zijn en je 's morgens te scheren. Ik heb kinderen van twaalf, dertien jaar ontmoet die er waanzinnig goed in waren, dus ik vond het vanzelfsprekend om alle kinderen na te trekken die in die tijd in die kliniek zaten. De namenlijst zat bij het materiaal. Ik zette er drie van mijn jongens op om ze allemaal te checken, ze binnenstebuiten te keren, en weet je wat we vonden? Een van de kinderen was de dochter van de oude spion en topcrimineel Zalachenko, voor wie onze collega's van de CIA zoveel belangstelling hadden en toen werd het opeens heel interessant. Zoals je misschien weet, zijn er raakpunten tussen het netwerk dat de hacker onderzocht en het oude misdaadsyndicaat van Zalachenko.'

'Dat hoeft niet te betekenen dat Wasp jullie daarom heeft gehackt.'

'Absoluut niet. Maar we bekeken dat meisje nader en ... wat zal ik zeggen? Ze heeft een boeiende achtergrond, hè? Weliswaar is er heel wat informatie over haar op mysterieuze wijze gewist uit officiële bronnen, maar we hebben toch meer dan voldoende gevonden. En ik weet het niet, misschien heb ik het mis, maar ik heb het idee dat er een soort oergebeurtenis is, een basistrauma. Een klein flatje in Stockholm en een alleenstaande moeder die achter de kassa van een supermarkt zit en moet knokken om voor haar tweelingdochters de eindjes aan elkaar te knopen. In zekere zin zijn we heel ver verwijderd van de grote wereld. Maar toch ...'

'... is de grote wereld dichtbij.'

'Ja. Toch komt er een ijzige wind van de grote politiek binnen wanneer de vader op bezoek komt. Mikael, je weet geen zak van mij.'

'Nee.'

'Maar ik weet heel goed hoe het voor een kind is om grof geweld van nabij mee te maken.'

'O ja?'

'Ja. En ik weet nog beter hoe het voelt als de samenleving geen poot uitsteekt om de schuldigen te straffen. Dat doet zeer, man, vreselijk zeer, en het verbaast me absoluut niet dat de meeste kinderen die dat meemaken eraan onderdoor gaan. Dat worden zelf later ook gewelddadige klootzakken.'

'Helaas wel, ja.'

'Maar een paar, Mikael, worden zo sterk als een beer, komen in verzet en slaan terug. Zo iemand was Wasp, hè?'

Mikael knikte peinzend en gaf nog wat meer gas.

'Ze sloten haar op in gekkenhuizen en probeerden haar steeds kapot te maken. Maar elke keer kwam ze weer terug, en weet je wat ik denk?' vroeg Ed.

'Nee.'

'Dat ze elke keer sterker werd. Dat ze die hel doorstond en erdoor groeide. Ik denk eerlijk gezegd dat ze levensgevaarlijk is geworden en ik geloof niet dat ze ook maar iets is vergeten van alles wat er is gebeurd. Alles staat in haar geheugen gegrift, denk je niet? Misschien heeft die hele waanzin van haar jeugd deze steen wel aan het rollen gebracht.'

'Dat zou kunnen.'

'Precies. We hebben te maken met twee zussen die door iets verschrikkelijks totaal verschillend zijn beïnvloed en daardoor bittere vijanden zijn geworden. En bovendien hebben we te maken met de erfenis van een groot crimineel imperium.'

'Daar heeft Lisbeth niets mee te maken. Ze heeft de pest aan alles wat met haar vader te maken heeft.'

'Dat weet ik heel goed, Mikael, maar wat is er met die erfenis gebeurd? Is dat niet wat zij aan het uitzoeken is? Is dat niet wat ze wil vernietigen, net als de oorsprong ervan?'

'En wat wil jíj?' vroeg Mikael scherp.

'Misschien wel hetzelfde als Wasp. Ik wil iets rechtzetten.'

'En je hacker grijpen.'

'Ik wil haar ontmoeten, haar de mantel uitvegen en elk kloteveiligheidsgaatje dichten. Maar vooral wil ik wraak nemen op bepaalde mensen die mij mijn werk niet lieten afmaken alleen maar omdat Wasp hen dreigde te ontmaskeren. En ik heb zo'n vermoeden dat jij me op dat punt wel wilt helpen.'

'Waarom?'

'Omdat je een goede journalist bent. Goede journalisten willen niet dat smerige geheimen geheim blijven.'

'En Wasp?'

'Wasp moet met de billen bloot. Ze moet meer vertellen dan ze in haar hele leven ooit heeft gedaan. En jij gaat me daarbij helpen.'

'Want?'

'Want anders vind ik wel een manier om haar op te sluiten en haar leven weer tot een hel te maken; dat kan ik je verzekeren.'

'Maar voorlopig wil je alleen met haar praten.'

'Niet één klootzak mag mijn systeem ooit nog kraken, Mikael, en daarom wil ik precies weten wat ze heeft gedaan. Dus dat moet jij aan haar doorgeven. Ik ben bereid je vriendin te laten lopen als ze me vertelt hoe ze haar cyberaanval heeft uitgevoerd.'

'Ik zal het doorgeven. Maar laten we eerst hopen ...' begon Mikael.

'Dat ze nog leeft,' vulde Ed aan, en even later sloegen ze met hoge snelheid links af naar Ingarö.

Het was 4.48 uur. Twintig minuten nadat Lisbeth Salander alarm had geslagen.

Zelden had Jan Holtser zich zo vergist.

Hij leed aan de romantische veronderstelling dat je al van afstand kon uitmaken of je een man-tegen-mangevecht of een grote fysieke test kon doorstaan en daarom had het hem, in tegenstelling tot Orlov en Bogdanov, niet verbaasd dat het plannetje met Mikael Blomkvist was mislukt. Zij waren er volkomen zeker van geweest: er bestaat geen man die niet voor Kira valt. Maar Holtser had – nadat hij de journalist in Saltsjöbaden slechts één duizelingwekkende seconde van afstand had gezien – zijn twijfels gehad. Mikael Blomkvist zag er lastig uit, als een man die niet zo gemakkelijk om de tuin te leiden of uit te schakelen was, en niets wat Jan sindsdien had gehoord, had hem van gedachten doen veranderen.

Maar met die jongere journalist was het een ander verhaal. Die zag eruit als het prototype van een slappeling. Niets was echter minder waar gebleken. Andrei Zander had langer gevochten dan enig ander die Jan ooit had gemarteld. Ondanks alle gruwelijke kwellingen weigerde hij zich gewonnen te geven. Er straalde een soort onwankelbaarheid uit zijn ogen die geschraagd leek op een hoger beginsel, en Jan dacht lange tijd dat ze het op zouden moeten geven, dat Andrei Zander liever het hevigste lijden onderging dan dat hij ook maar iets los zou laten. Pas toen Kira zwoer dat ze ook Erika en Mikael van *Millennium* zo zouden martelen, brak Andrei uiteindelijk.

Toen was het al halfvier in de ochtend. Het was een van die momenten waarvan Jan dacht dat ze hem altijd bij zouden blijven. Er viel sneeuw op de dakramen. Het gezicht van de jongeman was uitgedroogd en hologig. Het bloed van zijn borst was tegen zijn mond en wangen op gespat. Zijn lippen, waar lang tape op had gezeten, waren gebarsten en kapot. Hij was nog maar een schim van zichzelf. Toch kon je zien dat het een knappe jongen was, en Jan dacht aan Olga. Wat zou zij van hem hebben gevonden?

Was die journalist niet precies het ontwikkelde type waarvan zij hield, dat tegen onrecht streed en partij koos voor bedelaars en uitgestotenen? Daarover en over andere zaken uit zijn eigen leven dacht hij na. Vervolgens maakte hij het kruisteken, het Russische, waarbij één weg leidt naar het hemelrijk en één naar de hel. Toen keek hij uit zijn ooghoeken naar Kira. Ze was mooier dan ooit.

In haar ogen brandde iets. Ze zat naast het bed op een krukje in een dure, blauwe jurk die bijna helemaal vrij was gebleven van bloedspetters en zei in het Zweeds iets tegen Andrei, iets wat oprecht lief klonk. Ze pakte zijn hand. Hij kneep in de hare. Hij had ook niets anders om troost bij te zoeken. Buiten in de steeg huilde de wind. Kira knikte glimlachend naar Jan. En weer vielen er sneeuwvlokken op het raam.

Later zaten ze allemaal in een landrover naar Ingarö. Jan voelde zich leeg en zag op tegen wat er stond te gebeuren, maar hij kon niet ontkennen dat het door zijn eigen fout kwam dat ze hier nu reden en daarom zweeg hij maar en luisterde hij naar Kira, die zo merkwaardig opgewonden en gloeiend van haat sprak over de vrouw naar wie ze toe gingen. Jan vond dat geen goed teken en als het in zijn macht had gelegen, had hij haar laten omdraaien en hadden ze het land meteen verlaten.

Maar hij hield zijn mond, terwijl ze door het donker en de vallende sneeuw reden. Soms als hij Kira zag, met haar fonkelende, ijskoude ogen, werd hij bang voor haar. Maar hij zette die gedachte van zich af en bedacht dat hij haar in één ding toch gelijk moest geven: ze had verbluffend snel goed gezeten.

Niet alleen had ze uitgevonden wie zich op de Sveaväg op August Balder had gestort en zijn leven had gered, maar ze had ook uitgedokterd wie zou kunnen weten waar de vrouw en het kind waren gebleven, en de naam die ze noemde was niemand minder dan Mikael Blomkvist. Geen van hen had de logica van de redenering kunnen volgen. Waarom zou een gerenommeerd Zweeds journalist iemand verstoppen die uit het niets was opgedoken en een kind had meegenomen van een plaats delict? Maar hoe meer ze de theorie onderzochten, hoe meer die leek te kloppen. Niet alleen bleek dat de vrouw – die Lisbeth Salander heette – nauwe banden had met de journalist, bij de redactie van *Millennium* was ook iets gebeurd.

Op de ochtend na de moord in Saltsjöbaden had Jurij de computer van Mikael Blomkvist gehackt om erachter te komen waarom Frans Balder hem midden in de nacht bij zich had uitgenodigd, en toen had hij die informatie zonder veel problemen gevonden. Sinds gistermiddag kon hij niet meer in de computer van de journalist, en wanneer was dat voor het laatst gebeurd? Wanneer was het voor Jurij onmogelijk geweest om de mail van een journalist te lezen? Nooit, voor zover Jan wist. Mikael Blomkvist was opeens veel voorzichtiger geworden, en dat was gebeurd meteen nadat de vrouw en de jongen van de Sveaväg waren verdwenen.

Dat garandeerde op zich nog niet dat hij wist waar Salander en het kind zich bevonden. Maar hoe meer tijd er verstreek, hoe meer aanwijzingen er kwamen dat de theorie weleens zou kunnen kloppen. Kira leek trouwens sowieso geen duidelijke bewijzen nodig te hebben. Ze wilde Blomkvist te grazen nemen en als dat niet zou lukken dan maar iemand anders van het blad. En bovendien had ze een haast obsessieve ambitie om de vrouw en het kind op te sporen, en dat had hen al wantrouwig moeten maken.

Maar Jan mocht al blij zijn. Hij begreep Kira's motieven dan misschien niet, maar het was toch zijn schuld dat ze het kind nu zo moesten doden; daar kon hij niet omheen. Kira had hem net zo goed kunnen opofferen. Maar ze wilde flinke risico's nemen om hem te kunnen behouden, en daar was hij blij om, echt, ook al voelde hij zich op dit moment in de auto niet prettig.

Hij probeerde kracht te putten uit Olga. Wat er ook gebeurde, zij mocht niet wakker worden en een tekening van haar vader op alle voorpagina's zien; en keer op keer hield hij zichzelf voor dat ze tot dusver gelukkig waren geweest en dat ze het moeilijkste achter de rug hadden. Als Andrei Zander nu maar het goede adres had gegeven, zou het verder van een leien dakje moeten gaan.

Zij waren met drie zwaargewapende mannen, vier als je Jurij ook meetelde, maar die was natuurlijk, zoals gebruikelijk, vooral met zijn computer bezig. Hijzelf, Jurij en Orlov, en Dennis Wilton, een gangster die vroeger bij de Svavelsjö MC zat, maar die tegenwoordig geregeld diensten uitvoerde voor Kira en die ook hielp bij de planning in Zweden. Ze waren dus met drie of vier getrainde mannen plus Kira, en tegenover hen stond maar één vrouw, die waarschijnlijk lag te slapen en die bovendien een kind moest beschermen. Het zou geen probleem mogen opleveren, absoluut niet. Ze zouden snel toeslaan, hun karwei afmaken en het land verlaten.

Maar Kira bleef maar doorgaan, bijna manisch: 'Jullie mogen Salander niet onderschatten!'

Ze zei het zo vaak dat zelfs Jurij, die het anders altijd met haar eens was, geïrriteerd raakte. Weliswaar had ook Jan op de Sveaväg gezien dat het meisje goed getraind, snel en onbevreesd was, maar volgens Kira was het haast een soort supervrouw. Belachelijk. Jan had nog nooit een vrouw ontmoet die zich in een gevecht met hem kon meten, of zelfs maar met Orlov. Toch beloofde hij dat hij voorzichtig zou zijn. Hij beloofde dat hij eerst naar boven zou gaan om het terrein te verkennen en dat hij een strategie, een plan zou bedenken. Ze moesten niet overhaast te werk gaan, zich niet in een of andere val laten lokken. Hij verzekerde het haar steeds weer, en toen ze dan eindelijk bij een baaitje bij een rotshelling en een eenzame steiger parkeerden, nam hij meteen de leiding. Hij gaf de anderen opdracht zich onder dekking van de auto klaar te maken, terwijl hijzelf vast vooruitging om te kijken waar het huis stond. Dat was waarschijnlijk niet zo heel gemakkelijk te vinden.

Jan Holtser hield van de vroege ochtend. Van de stilte en het gevoel van overgang dat in de lucht hing. Hij liep met gebogen bovenlichaam en luisterde. Het was geruststellend donker om hem heen, er was geen mens te zien en nergens brandde licht. Hij liep langs de botensteiger en de helling en kwam bij een hek met een gammel poortje bij een spar en een stekelige struik. Hij deed het poortje open, liep een steile houten trap op met een leuning aan de rechterkant en ontwaarde al gauw een huis.

Het stond verscholen tussen dennen en espen, volledig in het duister gehuld. Het had een terras aan de zuidkant, waarop glazen deuren uitkwamen die gemakkelijk te forceren zouden zijn. Dat moest geen probleem zijn. Hij stelde vast dat hij vrijwel geluidloos bewoog en hij overwoog even het karwei zelf af te maken. Dat was misschien zelfs zijn morele plicht. Hij alleen had hen in deze situatie gebracht. Dan moest hij het ook alleen oplossen. Het zou niet de zwaarste klus van zijn leven zijn, integendeel.

Er was blijkbaar geen politie, zoals bij Balder, zelfs niets wat op een alarm wees. Hij had dan wel niet zijn machinegeweer bij zich, maar daar had hij ook geen behoefte aan. Zo'n geweer was volkomen overdreven, een product van Kira's verhitte gemoed. Hij had zijn pistool, zijn Remington, en dat was genoeg. En opeens, zonder zijn gebruikelijke zorgvuldige planning, maakte hij tempo, wel met dezelfde effectiviteit als anders.

Hij liep heel snel langs de korte kant van het huis naar het terras en de glazen deuren. Maar opeens verstijfde hij. Eerst begreep hij niet waarom. Het kon van alles zijn – een geluid, een beweging, een gevaar waarvan hij zich maar half bewust was – en hij keek snel op naar het rechthoekige raam boven hem. Hij kon hiervandaan niet naar binnen kijken. Toch, onzekerder geworden, verroerde hij zich niet. Was het soms het verkeerde huis?

Hij besloot dichterbij te sluipen en naar binnen te kijken, voor de zekerheid, en toen ... stond hij in het donker als aan de grond genageld. Hij was gezien. De ogen die hem al eerder hadden gezien staarden glazig in zijn richting vanaf een ronde tafel binnen, en toen had hij in actie moeten komen. Hij had naar het terras moeten rennen, razendsnel naar binnen moeten gaan en moeten schieten. Hij had al zijn killersinstinct in moeten zetten. Maar hij aarzelde weer. Hij kreeg het niet voor elkaar om zijn pistool te trekken. Hij verloor zich als het ware in die blik en misschien zou hij nog een tijdje in die positie zijn blijven staan als het kind niet iets had gedaan waar Jan het niet toe in staat had geacht.

De jongen slaakte een ijselijke kreet, waarvan het raam leek te gaan trillen, en toen pas rukte Jan zich los uit zijn verlamming en rende hij het terras op. Zonder nog een seconde na te denken stormde hij dwars door de glazen deuren, en hij schoot. Hij dacht dat hij dat heel nauwkeurig deed, maar hij kreeg de kans niet om te zien of hij ook raak had geschoten.

Een explosieve, op een schaduw lijkende gestalte kwam met zo'n snelheid op hem af dat hij nauwelijks de tijd had om zich om te draaien of een behoorlijke positie in te nemen. Hij was er zich van bewust dat hij weer schoot en dat er iemand terugschoot, maar meer kon hij niet denken, want het volgende moment klapte hij met zijn volle gewicht op de grond en boven op hem tuimelde een jonge vrouw met een razernij in haar ogen zoals hij die nog nooit bij iemand had gezien. Hij reageerde instinctief, vanuit een soortgelijke woede. Hij probeerde nog een keer te schieten, maar de vrouw leek wel een wild dier. Ze zat op hem en tilde zijn hoofd op ... Baf. Jan kreeg niet de tijd om te begrijpen wat er gebeurde. Hij raakte waarschijnlijk buiten bewustzijn.

Toen hij weer bijkwam, proefde hij bloed in zijn mond en was het vies nat onder zijn trui. Hij was zeker geraakt. Op dat moment liepen de vrouw en het kind langs hem heen, en hij probeerde de jongen bij zijn benen te grijpen. Tenminste, dat dacht hij, maar waarschijnlijk werd hij weer aangevallen. Opeens moest hij happen naar adem.

Hij begreep niet meer wat er gebeurde, alleen dat het met hem gedaan was, dat hij was verslagen. En door wie? Door een meisje. Dat besef verergerde zijn pijn, terwijl hij daar te midden van de glassplinters in zijn eigen bloed lag, met gesloten ogen en zwaar ademend, en hij hoopte dat het gauw afgelopen zou zijn. Maar toen hoorde hij weer iets, stemmen, verder weg, en toen hij zijn ogen opendeed, zag hij tot zijn verbazing de vrouw weer. Ze was er nog. Ze was toch net weggegaan? Nee, ze stond met haar dunne jongensbenen bij de keukentafel en was met iets in de weer. Hij deed zijn best om op te staan. Hij kon zijn pistool niet vinden, maar het lukte hem wel om in een zithouding te komen en hij ving tegelijkertijd bij het raam een glimp op van Orlov. Hij draaide zich weer naar de vrouw maar verder kwam hij niet.

Het leek wel of ze ontplofte. Ze greep een paar papieren, stormde met geweldige kracht naar buiten en vloog halsoverkop het bos in. Vlak daarna daverden de schoten door het donker en hij mompelde voor zich uit: 'Maak ze af, die klootzakken!', alsof dat zou helpen. Maar in feite had hij niets meer in te brengen. Hij kon niet eens meer goed op zijn benen staan of zich druk maken om de chaos buiten. Hij stond daar maar wat te wankelen en ging ervan uit dat Orlov en Wilton de vrouw en het kind neermaaiden; hij probeerde daar blij om te zijn en het als genoegdoening te beschouwen, maar alleen al om op de been te blijven had hij al zijn wilskracht nodig, dus hij kon niet veel meer dan suffig naar de tafel voor hem kijken.

Daar lagen een hoop potloden en papieren en hij keek er niet-begrijpend naar. Toen was het alsof er zich iets om zijn hart klemde. Hij zag zichzelf, of liever gezegd: eerst zag hij alleen een slecht mens, een demon met een bleek gezicht die zijn hand hief om te doden. Pas na een paar seconden begreep hij dat hij die demon was, en hij begon te trillen van angst.

Toch kon hij zijn ogen niet van de tekening afhouden. Hij werd er als gehypnotiseerd door aangetrokken. En toen ontdekte hij dat er niet alleen maar een soort wiskundige vergelijking onder stond, maar dat er boven aan het papier nog iets was geschreven, met slordige, grove halen.

Er stond: *Mailed to police 4.22!*

27
24 NOVEMBER 'S MORGENS

Toen Aram Barzani van de Zweedse commandotroepen om 4.52 uur in de ochtend het huis van Gabriella Grane binnenkwam, zag hij naast de ronde eettafel een grote, in het zwart geklede man op de grond liggen.

Aram liep voorzichtig naar hem toe. Het huis leek verlaten, maar hij wilde geen risico nemen. Niet lang geleden was er een rapport binnengekomen over een felle schotenwisseling hier, en op het rotsplateau achter het huis klonk opgewonden geschreeuw van zijn collega's.

'Hier!' riepen ze. 'Hier!'

Aram wist niet waar het over ging en aarzelde even. Moest hij naar hen toe rennen? Hij besloot binnen te blijven en te kijken hoe de man op de grond eraan toe was. Om hem heen lagen glassplinters en bloed. Op tafel had iemand papier kapotgescheurd en een paar potloden verpulverd. De man lag op zijn rug en maakte met een slap gebaar een kruisteken. Hij mompelde iets. Een gebed vermoedelijk. Het klonk Russisch. Aram verstond het woord 'Olga' en zei tegen de man dat er een ambulance onderweg was.

'*They were sisters*,' antwoordde de man.

Maar het kwam er zo verward uit dat Aram er geen belang aan hechtte. Hij doorzocht de kleren van de man en stelde vast dat hij ongewapend was en waarschijnlijk in zijn buik was geschoten. Zijn trui was nat van het bloed en hij zag er verontrustend bleek uit. Aram vroeg wat er was gebeurd. Aanvankelijk kreeg hij geen antwoord. Toen piepte de man nog een eigenaardige zin in het Engels.

'*My soul was captured in a drawing*,' zei hij, terwijl hij kennelijk bezig was het bewustzijn te verliezen.

Aram bleef een paar minuten bij hem om er zeker van te zijn dat de man hun geen problemen meer kon bezorgen, maar toen hij het ambulancepersoneel hoorde aankomen liet hij hem achter en ging hij het rotsplateau op. Hij wilde weten waarom zijn collega's zo hadden geschreeuwd. Het sneeuwde nog steeds en de grond was bevroren en glad. Verder naar beneden hoorde hij stemmen en het motorgeluid van nieuwe auto's die eraan kwamen. Het was nog steeds donker en dat bemoeilijkte het zicht, en er waren veel stenen en stekelige naaldbomen. Het landschap was dramatisch en de rots liep steil naar beneden. Geen gemakkelijk terrein om op te vechten. Aram had een slecht voorgevoel. Hij vond dat het merkwaardig stil was geworden en begreep niet waar zijn collega's waren gebleven.

Toch stonden ze niet ver van hem vandaan, op de rand van de helling, achter een grote, wilde esp. Toen hij hen ontdekte, schrok hij. Dat was niets voor hem. Maar hij werd bang toen hij hen ernstig naar de grond zag kijken. Wat was daar te zien? Was het autistische jongetje dood?

Hij liep langzaam naar hen toe en dacht aan zijn eigen zonen; die waren nu zes en negen en dol op voetbal. Ze deden niets anders en praatten over niets anders. Ze heetten Björn en Anders. Dilvan en hij hadden hun Zweedse namen gegeven omdat ze dachten dat ze daar baat bij zouden hebben in hun verdere leven. Wat waren dat voor mensen die hiernaartoe kwamen om een kind te doden? Hij voelde een plotselinge woede in zich opkomen en riep naar zijn collega's. Het volgende moment slaakte hij een zucht van verlichting.

Er lag geen jongen op de grond, maar twee mannen, blijkbaar ook in de buik geschoten. Een van hen – een sterke, grove kerel met een pokdalige huid en een platte boksersneus – probeerde op te staan, maar hij werd meteen weer naar beneden geduwd. In zijn gezicht was iets van vernedering te zien. Zijn rechterhand trilde van pijn of van woede. De andere man, die een leren jack aanhad en zijn haar in een paardenstaart droeg, leek er erger aan toe te zijn. Hij lag stil en in shock naar de donkere lucht te staren.

'Geen spoor van het kind?' vroeg Aram.

'Niets,' antwoordde zijn collega Klas Lind.

'En van de vrouw?'

'Nee.'

Aram wist niet of dat een goed teken was en hij stelde nog een paar vragen, maar zijn collega's hadden geen duidelijk idee van wat er was gebeurd. Het enige wat zeker was, was dat ze dertig, veertig meter verder onder aan de helling twee machinegeweren van het merk Barrett REC7 hadden gevonden. Ze namen aan dat die van de twee mannen waren. Maar waarom ze hun geweren daar hadden achtergelaten was niet duidelijk. De pokdalige man had op die vraag alleen iets onbegrijpelijks gesputterd.

In het daaropvolgende kwartier zochten Aram en zijn collega's het terrein af zonder dat ze iets anders vonden dan nog meer tekenen van een gevecht. Intussen kwamen er steeds meer mensen bij: medisch personeel, inspecteur Sonja Modig, een stuk of drie technisch rechercheurs, een heel stel mensen van de geüniformeerde politie en de journalist Mikael Blomkvist met een zwaarlijvige Amerikaanse man met stekeltjeshaar, die bij iedereen onmiddellijk een onduidelijk respect afdwong. Om 5.25 uur kwam de melding dat er op de parkeerplaats bij het water een getuige was die wachtte om verhoord te worden. De man wilde KG worden genoemd. Hij heette eigenlijk Karl-Gustaf Matzon en had onlangs een nieuwbouwhuis gekocht aan de andere kant van het water.

Volgens Klas Lind moest je hem met een korreltje zout nemen: 'Die man vertelt kletsverhalen.'

Sonja Modig en Jerker Holmberg stonden al op de parkeerplaats en probeerden erachter te komen wat er was gebeurd. Tot dusverre was het beeld echter veel te fragmentarisch, dus ze hoopten dat de getuige KG Matzon duidelijkheid kon verschaffen.

Toen ze hem echter langs de kust naar hen toe zagen komen, begonnen ze daaraan te twijfelen. KG Matzon had namelijk niets minder dan een Tiroler hoed op. Verder droeg hij een groen geruite broek en een rood Canada Goose-jack en had hij een krulsnor. Hij zag er lachwekkend uit.

'KG Matzon?' vroeg Sonja Modig.

'In hoogsteigen persoon,' zei hij, en hij vertelde ongevraagd – misschien omdat hij dacht dat hij zijn geloofwaardigheid moest vergroten – dat hij de eigenaar was van uitgeverij True Crimes, die waargebeurde verhalen over bijzondere misdaden uitgaf.

'Uitstekend. Maar deze keer willen we een zakelijk verslag van wat u hebt gezien, geen marketing voor uw volgende boek,' zei

Sonja Modig voor de zekerheid, en KG Matzon zei dat hij dat natuurlijk begreep. Hij was immers een 'serieus iemand'.

Hij was belachelijk vroeg wakker geworden, zei hij, en had naar de 'stilte en de rust' liggen luisteren. Maar even voor halfvijf hoorde hij iets waarvan hij onmiddellijk begreep dat het een pistoolschot was. Hij kleedde zich gauw aan en liep zijn terras op, dat uitzicht bood op de kust, de rotsen en de parkeerplaats waar ze nu stonden.

'En wat zag u?'

'Niets. Het was griezelig stil. Maar toen barstte de hel los. Het klonk alsof er oorlog was uitgebroken.'

'Hoorde u schoten?'

'Het leek wel vuurwerk aan de andere kant van de baai. Ik keek er volkomen perplex heen en ... had ik al gezegd dat ik vogelspotter ben?'

'Dat had u nog niet gezegd.'

'Dat heeft mijn blik getraind, ziet u. Ik heb je reinste valkenogen. Ik ben gewend van veraf kleine details waar te nemen en waarschijnlijk viel me daarom een stipje op die richel op. Ziet u die? Die richel gaat de rots in als een soort plooi.'

Sonja keek naar de helling en knikte.

'Eerst zag ik niet wat het was,' vervolgde KG Matzon. 'Maar toen begreep ik dat het een kind was, een jongetje, denk ik. Hij zat op zijn hurken te trillen – tenminste, zo stelde ik het me voor. En toen opeens ... God, dat vergeet ik nooit meer.'

'Toen wat?'

'Er kwam iemand vanboven rennen, een jonge vrouw. Die stortte zich naar beneden en landde zo hard op de richel dat ze bijna nog verder naar beneden viel. En daarna zaten ze daar samen, dat jongetje en zij. Ze zaten te wachten op het onvermijdelijke. En toen ...'

'Ja?'

'... verschenen er twee mannen met machinegeweren en die bleven maar schieten. En u begrijpt wel: ik gooide me op de grond. Ik was bang dat ik geraakt zou worden. Maar ik kon toch niet nalaten stiekem te kijken. Weet u, hiervandaan waren de vrouw en het jongetje heel goed zichtbaar, maar voor de mannen daarboven waren ze dat niet, nog niet in elk geval. Toch besefte ik dat het maar een kwestie van tijd zou zijn voordat ze ontdekt zouden worden en ik begreep dat ze nergens heen konden. Zodra ze het rotsplateau zouden verlaten, zouden de mannen hen zien en doodschieten. Het was een hopeloze situatie.'

'Toch hebben we daar geen vrouw en geen jongetje gevonden,' zei Sonja.

'Dat is het 'm nou juist! Die mannen kwamen steeds dichterbij. Op het laatst moeten ze hun ademhaling zelfs hebben kunnen horen. Ze stonden zo dichtbij dat ze alleen maar voorover hadden hoeven leunen om de vrouw en het kind te ontdekken. Maar toen ...'

'Nou?'

'U zult me niet geloven. Die man van de commando's geloofde me in elk geval absoluut niet.'

'Vertel nou maar, dan beoordelen we de geloofwaardigheid daarna wel.'

'Toen die mannen stilstonden om te luisteren of gewoon omdat ze vermoedden dat ze dichtbij waren, precies op dat moment stond de vrouw vliegensvlug op en schoot hen neer. Pang, pang! Daarna rende ze langs hen heen en gooide ze hun wapens de heuvel af. Waanzinnig effectief, net als in een actiefilm. En toen rende ze, of liever gezegd: ze rende, rolde en duikelde met de jongen naar een BMW die hier op de parkeerplaats stond. Vlak voordat ze in de auto stapten zag ik nog dat de vrouw iets in haar hand had, een tas of een laptop.'

'Reden ze weg in die BMW?'

'En verschrikkelijk hard ook. Ik weet niet waarheen.'

'Oké.'

'Maar het is nog niet afgelopen.'

'Hoe bedoelt u?'

'Er stond daar nog een auto, een Range Rover, geloof ik, zo'n hoge, zwarte; een nieuw model.'

'Wat gebeurde daarmee?'

'Ik stond er eigenlijk niet bij stil en later had ik het druk met de alarmcentrale bellen. Maar net toen ik wilde ophangen, zag ik twee mensen van die houten trap daar afkomen: een magere, lange man en een vrouw. Natuurlijk heb ik hen niet goed gezien; ze waren te ver weg, maar toch kan ik twee dingen zeggen over die vrouw.'

'Wat dan?'

'Het was een stuk en ze was kwaad.'

'Een stuk in de zin dat ze mooi was?'

'In elk geval chic, exclusief. Dat zag je van een afstand. Maar ze was ook ziedend. Vlak voordat ze in de Range Rover stapte, gaf ze de man een klap, en het gekke is: die vent reageerde nauwelijks. Hij knikte alleen maar alsof hij vond dat hij het verdiende. Toen reden ze weg. De man zat achter het stuur.'

Sonja Modig maakte aantekeningen en begreep dat ze zo gauw mogelijk een opsporingsbevel moest laten uitgaan voor de Range Rover en de BMW.

Gabriella Grane dronk thuis in de keuken in de Villagata een cappuccino, en hoewel ze dacht dat ze zichzelf weer behoorlijk onder controle had, verkeerde ze waarschijnlijk in shock.

Helena Kraft wilde dat ze om acht uur naar haar werkkamer bij de veiligheidsdienst kwam. Gabriella nam aan dat ze niet alleen ontslagen zou worden, maar dat het ook een juridisch vervolg zou krijgen, en daarmee waren haar kansen op een andere baan zo goed als verkeken. Haar carrière was afgelopen op haar drieëndertigste.

Toch was dat nog lang niet het ergste. Ze wist dat ze de wet had overtreden en bewust een risico had genomen, maar dat had ze gedaan omdat ze dacht dat dat de beste manier was om de zoon van Frans Balder te beschermen. Nu was er een geweldige schotenwisseling geweest bij haar buitenhuis en niemand scheen te weten waar August was gebleven. Misschien was hij wel zwaargewond of dood. Gabriella werd verscheurd door schuldgevoelens – eerst de vader en nu de zoon.

Ze stond op en keek op de klok. Het was kwart over zeven. Ze moest maken dat ze wegkwam en haar bureau een beetje opruimen vóór het gesprek met Helena. Ze besloot zich waardig te gedragen, niet met excuses te komen of te smeken of ze mocht blijven. Ze wilde sterk zijn of toch in elk geval sterk lijken. Haar Blackphone ging. Ze kon het niet opbrengen om op te nemen. Ze trok haar laarzen en haar Prada-jas aan en deed een extravagant rood sjaaltje om. Als ze dan toch ten onder ging, dan maar in stijl, dus ze ging voor de spiegel in de hal staan en werkte haar make-up bij. Vanuit een soort galgenhumor maakte ze het V-teken, net als Nixon bij zijn aftreden. Toen ging haar Blackphone weer, en deze keer nam ze met tegenzin op. Het was Alona Casales van de NSA.

'Ik heb het gehoord,' zei ze.

Natuurlijk had ze het gehoord.

'Hoe gaat het met je?'

'Wat denk je?'

'Je voelt je de slechtste mens van de wereld.'

'Ongeveer.'

'Die nooit meer een baan zal krijgen.'

'Je slaat de spijker op z'n kop, Alona.'

'Dan kan ik je meedelen dat er niets is om je voor te schamen. Je hebt helemaal goed gehandeld.'

'Grappig, hoor.'

'Dit lijkt me niet het moment om grapjes te maken, schat. Jullie hadden een mol.'

'Wie was dat?'

'Mårten Nielsen.'

Gabriella verstijfde.

'Kunnen jullie dat bewijzen?'

'Jazeker. Ik stuur je over een paar minuten alles.'

'Waarom zou Mårten ons verraden?'

'Ik denk dat hij het niet als verraad zag.'

'Hoe zag hij het dan?'

'Als samenwerking met big brother misschien, als plicht jegens de staat die de wereld leidt, weet ik veel.'

'Dus hij gaf jullie informatie?'

'Hij zorgde ervoor dat wij onszelf van informatie konden voorzien. Hij gaf ons gegevens over jullie server en jullie encrypties en normaal gesproken was dat niet erger dan al die andere shit waar wij ons mee bezighouden. We luisteren per slot van rekening alles af, van het geroddel van de buren tot de telefoontjes van de premier.'

'Maar nu lekte het verder.'

'Nu zakte het door ons heen alsof we een trechter waren. En ik weet wel dat jij niet helemaal volgens het boekje handelde, Gabriella, maar moreel gezien deed je het juiste; daar ben ik absoluut van overtuigd, en ik zal zorgen dat je bazen dat te horen krijgen. Je begreep dat er een rotte appel in jullie organisatie zat, dus je kon niet volgens de regels te werk gaan, maar je wilde je verantwoordelijkheid niet ontlopen.'

'Maar toch ging het mis.'

'Soms gaat het mis, hoe secuur je ook bent.'

‘Dank je, Alona, heel aardig van je om dat te zeggen, maar als August Balder iets is overkomen, zal ik dat mezelf nooit vergeven.’

‘Gabriella, het gaat goed met hem. Hij zit met de jonge miss Salander in een auto en gaat naar een geheime plek voor het geval dat er nog steeds iemand achter hem aan zit.’

Gabriella snapte er niets van.

‘Hoe bedoel je?’

‘Dat hij ongedeerd is, schat, en dankzij hem is de moordenaar van zijn vader opgepakt en geïdentificeerd.’

‘Dus je bedoelt dat August Balder nog leeft?’

‘Dat bedoel ik.’

‘Hoe weet jij dat nou?’

‘Ik heb een strategisch geplaatste bron, zou je kunnen zeggen.’

‘Alona ...’

‘Ja?’

‘Als het waar is wat je zegt, heb je mijn carrière gered.’

Nadat ze het telefoontje had beëindigd belde Gabriella Grane Helena Kraft, en ze stond erop dat Mårten Nielsen bij het gesprek aanwezig zou zijn. Daar ging haar baas na enig aarzelen mee akkoord.

Het was halfacht in de ochtend toen Ed Needham en Mikael Blomkvist de trap voor het huis van Gabriella Grane afliepen naar de Audi op de parkeerplaats bij de kust. Er lag sneeuw. Geen van beiden zeiden ze iets.

Om halfzes had Mikael een sms’je van Lisbeth ontvangen, net zo kort van stof als anders: *August ongedeerd. Houden ons nog een tijdje schuil.*

Ze schreef weer niets over haar eigen gezondheidstoestand, maar toch was het erg geruststellend om te horen dat het met de jongen goed ging. Daarna werd Mikael langdurig verhoord door Sonja Modig en Jerker Holmberg. Hij vertelde nauwkeurig wat hijzelf en het blad de afgelopen dagen hadden gedaan. Dat werd niet overdreven enthousiast ontvangen. Nu, een uurtje later, liep hij langs de steiger en de helling. Verderop verdween een ree in het bos. Mikael ging achter het stuur van de Audi zitten en wachtte op Ed, die een paar meter achter hem aan slenterde. Hij had blijkbaar pijn in zijn rug.

Toen ze naar Brunn reden, kwamen ze onverwacht in een file terecht. Een paar minuten stonden ze helemaal stil en Mikael dacht aan Andrei. Hij was nooit opgehouden met aan Andrei denken. Nog steeds hadden ze geen enkel teken van leven van hem gekregen.

'Zou je een of andere lawaaierige radiozender willen opzetten?' vroeg Ed.

Mikael zette Vinyl 107 aan en hoorde James Brown al gauw brullen wat voor seksmachine hij was.

'Mag ik je telefoons even hebben?' vervolgde Ed.

Hij kreeg ze en legde ze vlak voor de luidsprekers achter in de auto. Hij wilde blijkbaar iets vertrouwelijks vertellen, en daar had Mikael natuurlijk niets op tegen. Hij moest zijn verhaal schrijven en kon alle informatie gebruiken die hij maar kon krijgen. Maar hij wist ook als geen ander dat een onderzoeksjournalist altijd de kans loopt een instrument van een betrokken partij te worden.

Niemand lekt zonder dat hij een eigen agenda heeft. Soms is het motief zoiets edels als rechtvaardigheidsgevoel, de wil om corruptie of een vergrijp aan de kaak te stellen. Maar meestal draait het om macht – om de tegenstander de grond in te boren en de eigen positie te verbeteren. Daarom mag een journalist nooit vergeten zich af te vragen: waarom krijg ik dit te horen?

Het kan zijn dat er niets op tegen is om een pion in het spel te worden, tot op zekere hoogte althans. Elke onthulling verzwakt onvermijdelijk iemand en versterkt daardoor de invloed van een ander. Iedere machthebber die valt, wordt snel door een nieuwe vervangen, die niet per se beter is. Maar als de journalist daar deel van uit gaat maken, moet hij of zij de vooronderstellingen doorzien en weten dat er niet slechts één persoon als winnaar uit de strijd komt, maar dat ook het vrije woord en de democratie moeten zegevieren.

Zelfs als er puur uit kwade wil informatie wordt gelekt – uit hebzucht of machtsbelustheid – kan daar iets goeds uit voortkomen: dat misstanden aan het licht komen en worden gecorrigeerd. Een journalist moet dan wel de mechanismen erachter doorzien en in elke zin, elke vraag, elke feitencheck zijn eigen integriteit zien te bewaren. En hoewel Mikael een zekere saamhorigheid met Ed Needham voelde en zelfs wel een zwak had voor diens stuurse charme, vertrouwde hij hem voor geen cent.

'Laat maar horen,' zei hij.

'Je zou kunnen zeggen,' begon Ed, 'dat er een soort kennis is die gemakkelijker tot daden leidt dan andere.'

'De soort die geld oplevert?'

'Inderdaad. We weten dat er in het bedrijfsleven over het algemeen altijd wordt geprofiteerd van inside-information. Er worden misschien weleens een paar mensen opgepakt, maar vóór de publicatie van positief bedrijfsnieuws stijgen de koersen elke keer weer. Er zijn altijd wel mensen die van de gelegenheid gebruikmaken om dan aandelen te kopen.

'Klopt.'

'In de inlichtingenwereld zijn we hier lang van verschoond gebleven om de eenvoudige reden dat de geheimen die wij bewaarden van een andere aard waren. De explosiviteit lag ergens anders. Maar sinds het einde van de Koude Oorlog is er op dat gebied veel veranderd. De bedrijfsspionage is opgerukt. Het bespioneren en observeren van mensen en bedrijven in het algemeen is nu heel belangrijk, en vandaag de dag beschikken wij over grote hoeveelheden informatie waar je rijk van kunt worden, soms heel snel.'

'En daar wordt van geprofiteerd, bedoel je.'

'Dat ervan moet worden geprofiteerd ligt eraan ten grondslag. We houden ons met bedrijfsspionage bezig om onze eigen industrie te steunen, om onze eigen grote concerns te bevoordelen, om ze te informeren over de sterke en zwakke punten van de concurrenten. Bedrijfsspionage maakt deel uit van onze vaderlandsliefde. Maar net als bij inlichtingenwerk in het algemeen is er een grijze zone. Wanneer gaat ondersteuning over in pure criminaliteit?'

'Nou, wanneer?'

'Dat is het nu juist. In dat opzicht is er ongetwijfeld sprake geweest van normalisering. Wat een paar decennia geleden nog voor crimineel of immoreel werd gehouden, is vandaag de dag comme il faut. Met behulp van advocaten worden diefstallen en misdrijven gelegitimeerd. Bij de NSA zijn we niet veel beter, mag ik wel zeggen, misschien zelfs ...'

'Slechter.'

'Rustig, rustig. Laat me duidelijk zijn,' ging Ed door. 'Ik zou zeggen dat we toch nog altijd een zekere moraal hebben, maar we zijn een grote organisatie, met tienduizenden medewerkers, en daar zitten ongetwijfeld rotte appels tussen, hooggeplaatste rotte appels zelfs, van wie ik jou de namen wil geven.'

'Uit pure sympathie natuurlijk,' zei Mikael licht sarcastisch.

'Ha, nou ja, misschien niet helemaal, maar luister. Als hooggeplaatste personen bij ons de grens van de criminaliteit overgaan, wat denk je dat er dan gebeurt?'

'Geen leuke dingen.'

'Dan worden het serieuze concurrenten van de georganiseerde criminaliteit.'

'De staat en de maffia spelen altijd al in dezelfde arena,' probeerde Mikael.

'Zeker, zeker. Ze hebben allebei hun eigen soort rechtvaardigheid, verkopen drugs, beschermen mensen en doden zelfs mensen. Maar het echte probleem ontstaat wanneer ze elkaar op een of ander gebied nodig hebben.'

'En dat is hier het geval?'

'Ja, helaas wel. Solifon heeft, zoals je weet, een geheime afdeling, geleid door Zigmund Eckerwald, die onderzoekt waar hoogtechnologische concurrenten mee bezig zijn.'

'Maar dat niet alleen.'

'Nee. Ze stelen ook en verkopen wat ze stelen, en dat is natuurlijk heel slecht voor Solifon, zelfs voor de hele Nasdaq.'

'Maar ook voor jullie.'

'Precies. Want gebleken is dat onze boosdoeners in de eerste plaats twee hoge pieten zijn van de afdeling Bedrijfsspionage – Joacim Barclay en Brian Abbot heten ze trouwens. Ik zal je later alle details geven. Deze jongens en hun handlangers krijgen hulp van Eckerwald en zijn kliek, en helpen hen op hun beurt met afluisteren op grote schaal. Solifon geeft aan waar de grote innovaties plaatsvinden en die verdomde idioten van ons achterhalen dan de schetsen en de technische details.'

'En het geld dat ze incasseren, komt niet altijd in de staatskas terecht.'

'Erger nog, maat. Als je dit als ambtenaar doet, maak je jezelf vreselijk kwetsbaar, vooral omdat Eckerwald en de zijnen ook zware criminelen helpen. Hoewel, in het begin wisten ze nog niet dat het zware criminelen waren.'

'Maar dat waren het wel?'

'Jazeker, en gek waren ze ook niet. Ze hadden hackers van een niveau waarvan ik alleen maar kan dromen dat ik ze aan zou kunnen nemen, dus je begrijpt wel wat er gebeurde: toen ze doorhadden waar onze jongens bij de NSA mee bezig waren, zaten ze in een ideale positie.'

'Afpersing.'

'Dat noem je nog eens overwicht. En daar profiteren ze natuurlijk ten volle van, want onze jongens hadden niet alleen grote concerns bestolen, ze hadden ook gejat van kleine familiebedrijfjes en individuele uitvinders die moeite hebben om het hoofd boven water te houden. Het zou er niet erg fraai uitzien als dat uitkwam, en daardoor ontstond de uitermate betreurenswaardige situatie dat onze mannen zich gedwongen zagen niet alleen Eckerwald en zijn mensen te helpen, maar ook de criminelen.'

'Je bedoelt de Spiders?'

'Inderdaad. En misschien waren alle partijen toen een tijdje blij. Het was big business, en ze werden allemaal schatrijk. Maar dan verschijnt er een geniaal mannetje ten tonele, een zekere professor Balder, en die is net zo handig in rondsnuffelen als in alle andere dingen, en die ontdekt die activiteiten, of in elk geval een deel ervan, en dan worden ze natuurlijk allemaal doodsbenauwd en snappen ze dat er iets moet gebeuren. Ik weet niet helemaal hoe de besluitvorming is verlopen. Maar ik ga ervan uit dat onze mannen hopen dat ze kunnen volstaan met juridische foefjes, met gerommel en gedreig van advocaten. Maar daar redden ze het niet mee, niet als ze met bandieten in hetzelfde schuitje zitten. De Spiders geven de voorkeur aan geweld en op een later tijdstip zullen ze onze mannen bij hun plannen betrekken om hen nog meer aan zich te binden.'

'Jezus!'

'Inderdaad. Maar er zit slechts één etterbuil in onze organisatie. We hebben de rest van het bedrijf nagetrokken en die ...'

'Heeft vast een hoge moraal,' zei Mikael sarcastisch. 'Maar dat kan me niet schelen. We hebben het hier over mensen die nergens voor terugdeinzen.'

'Geweld heeft zijn eigen logica: je moet afmaken waar je aan bent begonnen. Maar weet je wat nu het grappige is?'

'Ik zie niets grappigs.'

‘Het paradoxale dan. Dat is dat ik dit niet geweten had als er geen cyberaanval had plaatsgevonden op ons intranet.’

‘Nog een reden om de hacker met rust te laten.’

‘Dat zal ik ook doen. Als ze vertelt hoe ze het heeft gedaan.’

‘Waarom is dat zo belangrijk?’

‘Geen enkele klootzak mag mijn systeem meer binnendringen. Ik wil precies weten hoe ze het heeft gedaan en er maatregelen tegen nemen. Daarna zal ik haar met rust laten.’

‘Ik weet niet hoeveel jouw beloften waard zijn. Maar ik vraag me nog iets af,’ vervolgde Mikael.

‘Shoot!’

‘Je noemde twee namen. Barclay en Abbot, toch? Weet je zeker dat het daarbij is gebleven? Wie is het hoofd van hun afdeling? Dat moet een van jullie topmannen zijn, of niet?’

‘Ik kan zijn naam helaas niet noemen. Dat is geheim.’

‘Dan moet ik dat maar accepteren.’

‘Doe dat,’ zei Ed onverstoorbaar, en Mikael merkte dat het verkeer weer op gang kwam.

28
24 NOVEMBER 'S MIDDAGS

Professor Charles Edelman stond op de parkeerplaats van het Karolinska Instituut en vroeg zich af waar hij in hemelsnaam mee had ingestemd. Hij kon het bijna niet geloven en had er ook helemaal geen tijd voor, maar toch had hij ja gezegd tegen een regeling die hem zou dwingen een hele reeks vergaderingen, lezingen en conferenties af te zeggen.

Toch was hij merkwaardig vrolijk. Hij was in de ban geraakt, niet alleen van het jongetje, maar ook van de jonge vrouw, die eruitzag alsof ze rechtstreeks van een vechtpartij in een steegje kwam, maar die in een nieuwe BMW reed en met ijzige autoriteit sprak. Zonder dat hij zich er goed en wel van bewust was, had hij 'Ja oké, ja hoor' geantwoord op haar vragen, hoewel dat duidelijk onverstandig en overhaast was, en het enige greintje zelfstandigheid dat hij had getoond was dat hij haar aanbiedingen voor een vergoeding van de hand had gewezen.

Hij zou ook zijn reis en zijn hotelkamer zelf betalen, had hij gezegd. Waarschijnlijk voelde hij zich schuldig. Hij wilde de jongen helpen; hij had met hem te doen en bovendien was zijn wetenschappelijke nieuwsgierigheid gewekt. Een savant die niet alleen met fotografische precisie tekende, maar ook nog priemgetalfactorisaties maakte, fascineerde hem enorm en tot zijn eigen verbazing besloot hij zelfs het Nobeldiner te laten voor wat het was. De jonge vrouw had zijn verstand uitgeschakeld.

Hanna Balder zat te roken in de keuken in de Torsgata. Voor haar gevoel had ze niet veel meer gedaan dan daar zitten paffen, met een steen op haar maag. Ze had dan wel ongewoon veel hulp en steun gehad, maar daar stond tegenover dat ze ook ongewoon veel slaag had gehad. Lasse Westman kon niet tegen haar onrust. Waarschijnlijk ging dat ten koste van zijn eigen martelaarschap.

Hij vloog voortdurend op en schreeuwde dan: 'Kun je niet eens op je eigen kind letten?', en vaak had hij losse handjes en sloeg hij haar als een lappenpop door de flat. Hij zou nu ook wel weer woest worden. Met een onvoorzichtige beweging had ze koffie gemorst op de cultuurbijlage van *Dagens Nyheter*, waarover Lasse zich net had zitten opwinden, want er stond een toneelrecensie in die hij te positief vond voor een paar collega's die hij niet mocht.

'Verdomme, wat doe je?' brieste hij.

'Sorry,' zei ze snel. 'Ik veeg het even af.'

Ze zag aan zijn mondhoeken dat dat niet genoeg was. Ze besefte al dat hij haar zou slaan voordat hij het zelf wist en daardoor was ze zo goed voorbereid op zijn klap dat ze geen woord uitbracht en zelfs haar hoofd niet bewoog. Ze merkte wel dat haar ogen zich vulden met tranen en dat haar hart bonsde, maar dat was eigenlijk niet vanwege de klap. Die was slechts de aanleiding. Vanmorgen had ze een telefoontje gekregen dat zo verwarrend was dat ze het nauwelijks begreep: August was gevonden en weer verdwenen, maar 'waarschijnlijk' was hij ongedeerd. Waarschijnlijk. Hanna wist niet eens of ze nu meer of minder ongerust moest zijn door dit bericht.

Ze had haast niet kunnen luisteren en nu waren de uren verstreken en was er niets gebeurd en niemand leek er meer over te weten. Plotseling stond ze op, zonder zich erom te bekommeren of ze daardoor meer slaag zou krijgen. Ze liep naar de woonkamer en hoorde Lasse hijgend achter zich aan komen. Op de grond lag Augusts tekenpapier nog en buiten gilde de sirene van een ambulance. Ze hoorde voetstappen in het trappenhuis. Kwam er iemand aan? Er werd aangebeld.

'Niet opendoen. Het is alleen maar weer zo'n klotejournalist,' siste Lasse.

Hanna wilde ook niet opendoen. Ze voelde zich ongemakkelijk bij alle confrontaties. Maar ze kon het ook niet negeren, toch? Misschien wilde de politie haar nog een keer horen, misschien wisten ze nu meer, goed of slecht nieuws. Ze liep naar de deur en moest aan Frans denken.

Ze dacht eraan dat hij daar had gestaan en August wilde meenemen. Ze herinnerde zich zijn ogen, de afwezigheid van een baard, haar eigen verlangen naar haar oude leven vóór Lasse Westman, toen de telefoon niet stilstond, toen de aanbiedingen binnenstroomden en de angst zijn klauwen nog niet in haar had gezet. Toen deed ze de deur open, met de veiligheidsketting er nog voor. Eerst zag ze niets, alleen de lift en de roodbruine muren. Toen ging er een schok door haar heen en ze kon haast niet geloven wat ze zag, maar het was August! Zijn haar was één warrige bos, zijn kleren waren vuil en aan zijn voeten had hij een paar veel te grote gymschoenen, maar toch. Hij keek haar met hetzelfde ernstige, ondoorgrondelijke gezicht aan als anders, en toen rukte ze de veiligheidsketting eraf en deed ze de deur helemaal open. Ze had niet verwacht dat August alleen zou verschijnen, maar toch schrok ze. Naast haar zoon stond een stoere jonge vrouw in een leren jack met schrammen op haar gezicht en aarde in haar haar naar de grond te kijken. In haar hand had ze een grote koffer.

'Ik ben hier om je zoon terug te brengen,' zei ze zonder op te kijken.

'O god,' zei Hanna. 'O god!'

Meer kon ze niet uitbrengen. Een paar seconden stond ze onbeholpen in de deuropening. Toen begonnen haar schouders te schokken. Ze zakte op haar knieën en trok zich er niets van aan dat August een hekel had aan omhelzingen. Ze sloeg haar armen om hem heen en mompelde 'Mijn jochie toch, mijn jochie toch' tot de tranen kwamen, en het gekke was: August liet haar gewoon begaan. Het leek wel alsof hij ook iets wilde zeggen – alsof hij op de koop toe ook nog had leren praten. Maar hij kreeg er de tijd niet voor. Lasse Westman verscheen in de deuropening.

'Wel alle ... daar is hij toch weer,' siste hij, en het leek alsof hij weer klappen wilde gaan uitdelen. Maar toen klaarde zijn gezicht op. Het was in feite een schitterende acteerprestatie. Van het ene op het andere moment straalde hij op de manier die altijd zoveel indruk maakte op vrouwen.

'En we krijgen hem nog wel aan huis bezorgd,' vervolgde hij. 'Te gek! Gaat het goed met hem?'

'Hij is in orde,' zei de vrouw in de deuropening met een eigenaardig monotone stem, en zonder het te vragen stapte ze met haar grote koffer en haar smerige zwarte laarzen de flat binnen.

'Ja, kom gerust binnen,' zei Lasse zuinig. 'Doe of je thuis bent.'

'Ik ben hier om je te helpen pakken, Lasse,' zei de vrouw nog steeds met die ijzige stem.

Dat was zo'n merkwaardige opmerking dat Hanna ervan overtuigd was dat ze het verkeerd had verstaan, en het was duidelijk dat Lasse het ook niet begreep. Hij staarde haar schaapachtig aan.

'Wat zeg je?' vroeg hij.

'Je moet hier weg.'

'Probeer je grappig te zijn?'

'Helemaal niet. Je gaat nú het huis uit en je komt nooit meer in de buurt van August. Dit is de laatste keer dat je hem ziet.'

'Jij bent echt helemaal geschift!'

'Integendeel, ik ben bijzonder royaal. Ik heb overwogen om je gewoon hier de trap af te gooien en je iets vreselijks aan te doen. Maar ik heb toch maar een koffer meegenomen. Ik dacht dat je wel een paar overhemden en onderbroeken zou willen inpakken.'

'Wat ben jij voor een gedrocht?' beet Lasse haar toe, verbluft en woedend tegelijk, en hij kwam met zijn hele dreigende postuur op haar af, en even dacht Hanna dat hij haar ook te lijf zou gaan.

Maar iets bracht hem aan het twijfelen. Misschien waren het de ogen van de vrouw of het simpele feit dat ze niet reageerde zoals anderen. In plaats van terug te deinzen en angstig te kijken glimlachte ze koeltjes en haalde ze een paar verkreukelde velletjes papier uit haar binnenzak, die ze aan Lasse gaf.

'Als jij en je maat Roger August gaan missen kunnen jullie altijd hier nog naar kijken,' zei ze.

Lasse stond perplex. Hij bladerde verward door de papieren. Toen trok hij een kwade grimas en Hanna kon niet nalaten ook te kijken. Het waren tekeningen en op de bovenste stond ... Lasse. Hij zwaaide met zijn vuisten en zag er waanzinnig gemeen uit. Later zou ze het nauwelijks kunnen uitleggen. Niet alleen begreep ze wat er was gebeurd als August alleen thuis was met Lasse en Roger, ze zag nu ook haar eigen leven. Ze had het in jaren niet zo helder en nuchter bekeken.

Zo, met zo'n zelfde van woede vertrokken gezicht, had Lasse haar ook honderden keren aangekeken, een minuut geleden nog, en ze begreep dat niemand zoiets zou moeten hoeven ondergaan, August niet en zij ook niet, en ze deed een stapje terug. Ze dacht tenminste dat ze een stapje terug deed, want de vrouw keek haar met hernieuwde aandacht aan en Hanna keek voorzichtig terug; het zou overdreven zijn dit contact te noemen, maar op de een of andere manier moesten ze elkaar toch hebben begrepen.

De vrouw vroeg: 'Nietwaar, Hanna? Hij moet toch weg?'

Dat was een levensgevaarlijke vraag. Hanna keek naar Augusts grote gymschoenen.

'Wat voor schoenen heeft hij aan?'

'De mijne.'

'Waarom?'

'We moesten vanmorgen een beetje snel weg.'

'En wat hebben jullie gedaan?'

'Ons verstopt.'

'Ik snap niet ...' begon ze, maar verder kwam ze niet.

'Ga je die psychopaat hier nog uitleggen dat er hier maar één persoon is die weggaat, en dat zij dat is?' brulde hij.

'Ja ... jawel,' zei Hanna.

'Doe dat dan!'

Maar toen ... Ze kon het niet goed uitleggen. Misschien had het met Lasses gezichtsuitdrukking te maken, misschien was het de onverzettelijkheid die de jonge vrouw uitstraalde of waren het haar ijskoude ogen.

Opeens hoorde Hanna zichzelf zeggen: 'Jij moet weg, Lasse! En kom nooit meer terug!'

Ze kon het nauwelijks geloven. Lasse hief zijn hand op om te slaan, maar er kwam geen klap, niet van hem. De jonge vrouw reageerde bliksemsnel, sloeg hem twee, drie keer als een getrainde bokser in zijn gezicht en velde hem toen met een schop tussen zijn benen.

'Wel godver...' bracht hij uit, meer niet.

Hij klapte tegen de grond. De jonge vrouw ging over hem heen staan en later zou Hanna zich steeds weer herinneren wat Lisbeth Salander toen zei. Het was alsof ze door die woorden iets van zichzelf terugkreeg, en ze begreep hoe hevig en hoe lang ze al wilde dat Lasse Westman uit haar leven verdween.

Bublanski verlangde naar rabbi Goldman.

Hij verlangde naar de sinaasappelchocola van Sonja Modig, naar zijn nieuwe Dux-bed en naar een ander jaargetijde. Maar nu had hij tot taak duidelijkheid te brengen in dit onderzoek, en dat zou hij doen.

Op één punt was hij tevreden: August Balder zou ongedeerd op weg zijn naar zijn moeder. De moordenaar van zijn vader was gegrepen, dankzij de jongen én Lisbeth Salander, al was het nog niet zeker of de moordenaar het zou overleven. Hij was zwaargewond overgebracht naar het Danderyds Ziekenhuis. Hij heette Boris Lebedev, maar gebruikte al lang de identiteit Jan Holtser en woonde in Helsinki. Hij was majoor en een oude elitemilitair uit het Sovjetleger. Hij was eerder al in verschillende moordonderzoeken voorgekomen, maar nooit veroordeeld. Officieel was hij zelfstandig ondernemer in de beveiligingsbranche. Hij had zowel de Finse als de Russische nationaliteit; waarschijnlijk had iemand hem een valse identiteit verstrekt.

Ook de beide andere mannen die bij het huis op Ingarö waren aangetroffen waren via hun vingerafdrukken geïdentificeerd. Het waren Dennis Wilton, een oude gangster van de Svavelsjö MC die vast had gezeten wegens gewelddadige beroving en zware mishandeling, en Vladimir Orlov, een Rus die in Duitsland was veroordeeld wegens pooierpraktijken en wiens beide echtgenotes onder ongelukkige en verdachte omstandigheden waren overleden. Geen van beide mannen had een woord gezegd over wat er was gebeurd, ze hadden sowieso nergens een woord over gezegd, en Bublanski koesterde geen overdreven verwachtingen dat ze dat alsnog zouden doen. Dat soort kerels was in politieverhoren meestal niet zo spraakzaam. Aan de andere kant: dat hoorde ook bij de spelregels.

Wat Bublanski werkelijk dwarszat, was het gevoel dat die mannen maar voetsoldaten waren en dat er boven hen nog iemand stond die het bevel voerde, kennelijk met relaties in de hoogste kringen van de samenleving, zowel in Rusland als in de Verenigde Staten. Bublanski had er geen problemen mee dat een journalist meer over zijn onderzoek wist dan hijzelf. Wat dat betreft had hij geen gevoel voor prestige. Hij wilde alleen maar meer weten en nam elke informatie dankbaar aan, van wie die ook kwam. Maar de diepgaande kennis van Mikael Blomkvist van deze zaak herinnerde Bublanski eens te meer aan hun eigen tekortkomingen, aan de lekken in het team en aan het gevaar waaraan ze het kind hadden blootgesteld.

Zijn woede daarover zou nooit temperen, en misschien ergerde het hem daarom ook dat Säpo-baas Helena Kraft zo haar best deed om hem te pakken te krijgen. En niet alleen Helena Kraft, trouwens. De ICT-jongens van de nationale recherche zaten ook achter hem aan, en hoofdofficier van justitie Richard Ekström, en een zekere Steven Warburton, een Stanford-hoogleraar van het Machine Intelligence Research Institute, het MIRI, die hem wilde spreken over 'een aanzienlijk gevaar'. Dat en nog duizend andere dingen irriteerden Bublanski.

En nu klopte er ook nog iemand op zijn deur. Het was Sonja Modig, die er moe uitzag en helemaal niet opgemaakt was. Haar gezicht had iets wat hij nog nooit eerder gezien had, iets bloots.

'Alle drie onze arrestanten worden geopereerd,' zei ze. 'Het zal even duren voordat we hen weer kunnen verhoren.'

'Proberen te verhoren, bedoel je.'

'Ja, misschien wel. Maar ik heb toch nog een kort gesprekje gehad met Lebedev. Hij was voor de operatie even bij bewustzijn.'

'En wat zei hij?'

'Dat hij een priester wilde spreken.'

'Waarom zijn alle gekken en moordenaars tegenwoordig gelovig?'

'Terwijl alle verstandige oude commissarissen aan hun God twijfelen, bedoel je?'

'Nou zeg!'

'Maar Lebedev wekte ook een berustende indruk, en dat is een goed teken, vind ik,' ging Sonja door. 'Toen ik hem de tekening liet zien, wuifde hij die gewoon verdrietig weg.'

'Dus hij probeerde niet te zeggen dat het een verzinsel was?'

'Hij deed alleen zijn ogen dicht en begon over die priester.'

'Weet jij wat die Amerikaanse professor wil die de hele tijd belt?'

'Hè? Nee ... Hij staat erop om met jou te praten. Ik geloof dat het over Balders werk gaat.'

'En die jonge journalist, Zander?'

'Daar kwam ik voor. Het ziet er niet goed uit.'

'Wat weten we?'

'Dat hij lang doorwerkte en laat op de avond langs de Katarinalift liep met een mooie vrouw met roodblond of donkerblond haar en dure, exclusieve kleren.'

'Dat had ik nog niet gehoord.'

'Iemand heeft hen gezien, een bakker uit Skansen, ene Ken Eklund; hij woont in het pand waar de redactie van *Millennium* zit. Hij vond dat ze er verliefd uitzagen, Zander in elk geval.'

'Dus je denkt dat het een soort val was?'

'Het is niet ondenkbaar.'

'En die vrouw, is dat soms dezelfde als die op Ingarö is gezien?'

'Dat zijn we aan het uitzoeken. Maar het baart me zorgen dat ze op weg leken naar Gamla Stan.'

'Snap ik.'

'Maar niet alleen omdat we het signaal van Zanders mobiele telefoon in Gamla Stan hebben opgevangen. Orlov, die kwal die alleen maar naar mij spuugt als ik hem probeer te verhoren, heeft een flat in de Mårten Trotzigsgränd.'

'Zijn we daar al geweest?'

'Nog niet. We zijn onderweg. We weten het nog maar net. De flat stond op naam van een van zijn bedrijven.'

'Laten we dan maar hopen dat we daar niets vreselijks aantreffen.'

'Ja, laten we dat hopen.'

Lasse Westman lag in het halletje in de Torsgata op de grond en begreep niet waarom hij zo bang was. Het was toch maar een grietje, een punkgrietje met piercings dat nauwelijks tot aan zijn borst kwam? Hij zou haar als een rat de deur uit moeten kunnen smijten. Toch was hij als het ware verlamd; dat kwam eigenlijk niet door de manier waarop het meisje vocht en al helemaal niet door haar voet op zijn buik. Het kwam door iets anders, iets ongrijpbaars in haar blik, in haar hele verschijning.

Een paar minuten lag hij gewoon stil, als een idioot, en hoorde hij haar aan: 'Ik ben er net weer aan herinnerd,' zei ze, 'dat er iets vreselijk mis is in mijn familie. Het lijkt wel of we tot alles in staat zijn. Tot de meest onbegrijpelijke wreedheden. Misschien is het een soort genetische stoornis. Persoonlijk heb ik iets met mannen die vrouwen en kinderen haten; dan word ik levensgevaarlijk. Toen ik Augusts tekeningen van jou en Roger zag, wilde ik jullie echt iets aandoen. Ik zou er lang over kunnen praten, maar nu vind ik dat August genoeg heeft moeten meemaken en daarom is er een kleine kans dat ik jou en je vriend er wat beter vanaf laat komen.'

'Ik ben ...' begon Lasse.

'Hou je mond,' ging ze verder. 'Dit is geen onderhandeling en ook geen gesprek. Ik stel gewoon de voorwaarden vast; dat is alles. Juridisch zijn er geen problemen. Frans is zo verstandig geweest om deze flat op naam van August te zetten. Maar verder geldt dit: je pakt je spullen in exact vier minuten en maakt dat je hier wegkomt. Als jij of Roger hier terugkomt of op de een of andere manier contact met August opneemt, zal ik jullie persoonlijk zo aftuigen dat jullie de rest van je leven nooit meer iets leuks kunnen doen. Intussen bereid ik een aanklacht tegen jullie voor wegens mishandeling van August, en daarvoor beschik ik, zoals je weet, niet alleen over de tekeningen. Er zijn ook getuigenverklaringen van psychologen en deskundigen. Ik neem ook contact op met de roddelbladen, en ik vertel ze dat ik materiaal heb dat jou in verband brengt met de mishandeling van Renata Kapusinski. Wat deed je ook weer, Lasse? Je beet haar wang kapot en schopte haar tegen het hoofd, toch?'

'Dus je gaat naar de media.'

'Ik ga naar de media. Ik zal jou en je vriend alle denkbare schade toebrengen. Maar misschien – ik zeg: misschien – kunnen jullie de ergste vernedering vermijden als jullie je nooit meer in de buurt van Hanna en August laten zien en nooit meer een vrouw kwaad doen. Eigenlijk kunnen jullie me geen zak schelen. Ik wil alleen maar dat August en wij jullie niet meer hoeven te zien. Dus je moet weg, en als je je gedeisd houdt als een brave monnik, dan hoef je je nergens zorgen om te maken. Ik betwijfel of je dat lukt, want je weet: er is een grote kans op recidive bij daders van vrouwenmishandeling en je bent in wezen een klootzak en een kwal, maar met een beetje mazzel ... Heb je dat begrepen?'

'Ik heb het begrepen,' zei hij, en hij vervloekte zichzelf.

Maar hij zag geen andere mogelijkheid dan akkoord te gaan en te gehoorzamen, dus hij stond op, liep naar de slaapkamer en pakte snel wat kleren in. Toen pakte hij zijn jas en zijn telefoon en ging hij de deur uit. Hij had geen idee waar hij heen moest.

Hij voelde zich beroerder dan ooit. Buiten viel een vieze, met sneeuw vermengde regen, die van opzij tegen hem aan sloeg.

Lisbeth hoorde de voordeur dichtslaan en de voetstappen de trap af gaan. Ze keek naar August. Die stond stil, met zijn armen strak langs zijn lichaam, en keek haar fel aan. Dat beklemde haar. Waar ze net nog de controle had, werd ze nu ineens onzeker. En wat was er toch met Hanna Balder?

Het leek of ze op het punt stond in tranen uit te barsten, en August ... die begon nu ook nog met zijn hoofd te schudden en onverstaanbaar te mompelen, geen priemgetallen deze keer maar iets heel anders. Lisbeth zou het liefst weggaan, maar ze besloot te blijven. Haar taak was nog niet volbracht. Ze haalde twee vliegtickets uit haar zak, een hotelvoucher en een dikke stapel bankbiljetten, kronen en euro's.

'Ik wil je uit de grond van mijn hart ...' begon Hanna.

'Stil,' viel Lisbeth haar in de rede. 'Hier zijn vliegtickets naar München. Jullie vertrekken vanavond om kwart over zeven, dus je moet opschieten. Jullie worden rechtstreeks naar Schloss Elmau gebracht. Dat is een mooi hotel, niet ver van Garmisch-Partenkirchen. Jullie krijgen een kamer bovenin, onder de naam Müller, en jullie blijven daar om te beginnen drie maanden. Ik heb contact gehad met professor Charles Edelman en hem uitgelegd dat het belangrijk is dat dit absoluut geheim blijft. Hij zal jullie regelmatig opzoeken en ervoor zorgen dat August zorg en hulp krijgt. Edelman zorgt ook voor geschikt en deskundig onderwijs.'

'Dat meen je niet!'

'Stil, zei ik. Dit is bloedserieus. De politie heeft de tekening en de moordenaar is gepakt, maar zijn opdrachtgevers lopen nog vrij rond en het is niet te voorspellen wat zij van plan zijn. Jullie moeten de flat meteen verlaten. Zelf moet ik iets anders doen, maar ik heb een chauffeur geregeld die jullie naar Arlanda brengt. Hij ziet er misschien een beetje maf uit, maar hij deugt. Jullie kunnen hem Plague noemen. Snappen jullie dat?'

'Ja, maar ...'

'Geen gemaar. Luister liever. Tijdens jullie hele verblijf mogen jullie geen creditcard gebruiken en je mag ook niet met jouw telefoon bellen, Hanna. Hier is een versleuteld mobieltje, een Blackphone, voor als jullie alarm moeten slaan. Mijn nummer is al ingeprogrammeerd. Alle hotelkosten komen voor mijn rekening. Jullie krijgen een paar honderdduizend kronen in contanten mee voor onvoorziene uitgaven. Nog vragen?'

'Het klinkt waanzinnig.'

'Nee.'
'Maar hoe kun je dat betalen?'
'Ik kan het betalen.'
'Hoe moeten we ...'
Verder kwam Hanna niet. Ze was volkomen de kluts kwijt en leek niet te weten wat ze ervan moest denken. Toen begon ze opeens te huilen.
'Hoe kunnen we je bedanken?' bracht ze uit.
'Bedanken?'
Lisbeth herhaalde het woord alsof het volkomen onbegrijpelijk was, en toen Hanna met uitgestrekte armen op haar afkwam, liep ze achteruit en zei, met haar ogen op de vloer van de hal gericht: 'Sterk zijn! Je moet sterk zijn en ophouden met die troep die je gebruikt, die pillen of wat het ook is. Zo kun je me bedanken.'
'Ja, natuurlijk, zeker ...'
'En als iemand op het idee komt om August in een tehuis of een instituut onder te brengen moet je hard en meedogenloos terugslaan. Je moet op hun zwakste punt mikken. Je moet een soort strijder worden.'
'Een soort strijder?'
'Ja. Niemand mag ...'
Lisbeth viel stil en bedacht dat dat nu niet direct mooie afscheidswoorden waren. Maar het moest, dus ze draaide zich om en liep naar de voordeur. Ze kwam echter niet ver. August begon weer te mompelen en nu verstonden ze wat hij zei.
'Niet weggaan, niet weggaan ...' sputterde hij.
Daar had Lisbeth ook geen goed antwoord op. Ze zei alleen maar: 'Je redt het wel', en voegde er toen, alsof ze in zichzelf praatte, aan toe: 'Bedankt voor je gil vanmorgen.' Toen was het even stil en Lisbeth vroeg zich af of ze nog iets moest zeggen. Maar ze zag ervan af, draaide zich om en glipte de deur uit.
Achter haar riep Hanna: 'Ik kan niet beschrijven wat dit voor me betekent!'
Maar Lisbeth hoorde daar geen woord meer van. Ze rende de trap al af naar haar auto in de Torsgata. Toen ze op de Västerbrug was, belde Mikael Blomkvist op haar RedPhone-app. Hij vertelde dat de NSA haar op het spoor was.
'Zeg maar dat ik hen ook op het spoor ben,' kaatste ze terug.

Toen reed ze naar de woning van Roger Winter en joeg hem de stuipen op het lijf. Daarna ging ze naar huis en werkte ze aan het versleutelde NSA-bestand, maar ze kwam geen stap dichter bij de oplossing.

Ed en Mikael hadden de hele dag hard gewerkt op de kamer in het Grand Hôtel. Ed had een fantastisch verhaal voor hem en Mikael kon de scoop schrijven die *Millennium*, Erika en hij zo hard nodig hadden, en dat was mooi. Toch raakte hij zijn onrust maar niet kwijt, en dat kwam niet alleen doordat Andrei nog steeds vermist werd. Er was iets met Ed wat niet klopte. Waarom was hij überhaupt opgedoken en waarom stopte hij zoveel energie in het helpen van een klein Zweeds blaadje, ver van alle Amerikaanse machtscentra?

De deal was natuurlijk wel een uitwisseling van diensten. Mikael had beloofd dat hij de cyberaanval niet bekend zou maken en ook min of meer dat hij Lisbeth zou proberen over te halen om met Ed te praten. Maar dat kon haast niet de hele verklaring zijn, dus als Mikael naar Ed luisterde, was hij ook gespitst op wat die tussen de regels door zei.

Ed gedroeg zich alsof hij enorme risico's nam. De gordijnen bleven dicht en de telefoons lagen op geruststellende afstand. Er heerste een gevoel van paranoia in de kamer. Op het hotelbed lagen geheime documenten die Mikael mocht lezen maar niet mocht kopiëren en waaruit hij niet mocht citeren. Af en toe onderbrak Ed zijn verhaal om bepaalde aspecten van bronbescherming te bespreken. Hij lette er bijna manisch op dat het lek niet tot hem zou kunnen worden herleid. Af en toe luisterde hij nerveus naar voetstappen in de gang en een paar keer keek hij door een kier in het gordijn naar buiten om te zien of iemand hen daar in de gaten hield. Maar toch ... Mikael kon de gedachte niet van zich afzetten dat het voornamelijk theater was.

Hij had steeds meer het idee dat Ed de situatie in feite volledig onder controle had en precies wist wat hij deed; de man was eigenlijk niet eens overdreven bang om te worden afgeluisterd. Waarschijnlijk had hij dekking van bovenaf, bedacht Mikael, misschien was hemzelf in dit toneelstuk wel een rol toebedeeld die hij nog niet doorhad.

Daarom was het interessante niet alleen wat Ed zei, maar ook wat hij niét vertelde en wat hij met de publicatie wilde bereiken. Er zat duidelijk een bepaalde woede in hem. 'Een paar verdomde idioten' van de afdeling Observatie van Strategische Technologieën hadden Ed ervan weerhouden de hacker die de aanval op zijn systeem had uitgevoerd op te sporen omdat ze zelf niet ontmaskerd wilden worden, en dat maakte hem gek, zei hij, en Mikael had geen reden om hem op dat punt te wantrouwen, laat staan te twijfelen aan Eds oprechte wil om die mensen een kopje kleiner te maken, 'ze te verbrijzelen, ze onder mijn laarzen te vermorzelen'. Tegelijkertijd was er iets anders in zijn verhaal dat Mikael niet zo prettig vond. Soms leek het alsof Ed worstelde met een soort zelfcensuur.

Af en toe ging Mikael naar de receptie beneden, alleen maar om na te denken of om Erika en Lisbeth te bellen. Erika nam altijd na één signaal op en hoewel ze allebei enthousiast waren over het verhaal waren hun gesprekken ook een beetje somber en zwaarmoedig. Andrei werd nog steeds vermist.

Lisbeth nam helemaal niet op. Pas om 17.20 uur kreeg hij haar te pakken, en toen klonk ze geconcentreerd en afstandelijk. Ze meldde kort dat August nu veilig bij zijn moeder was.

'Hoe gaat het met jou?' vroeg hij.

'Goed.'

'Ongedeerd?'

'Zo goed als.'

Mikael haalde diep adem.

'Heb jij het intranet van de NSA gehackt, Lisbeth?'

'Heb je met Ed the Ned gepraat?'

'Daar kan ik geen commentaar op geven.'

Hij mocht er zelfs tegenover Lisbeth geen commentaar op geven. Bronbescherming was heilig voor hem.

'Dus die Ed is toch niet zo dom,' zei ze, alsof hij iets heel anders had beweerd.

'Dus je hebt het gedaan.'

'Misschien.'

Mikael wilde boos op haar worden en vragen waar ze in godsnaam mee bezig was, maar hij zei zo beheerst mogelijk: 'Ze zijn bereid je vrijuit te laten gaan als je hen ontmoet en vertelt hoe je het hebt gedaan.'

'Zeg maar dat ik hen ook op het spoor ben.'

'Wat bedoel je daarmee?'

'Dat ik meer heb dan ze denken.'

'Oké,' zei Mikael nadenkend. 'Maar zou je je een ontmoeting kunnen voorstellen met ...'

'Ed?'

Verdorie, dacht Mikael. Ed had zichzelf aan haar willen bekendmaken.

'Ed,' herhaalde hij.

'Een verwaande kwast.'

'Best verwaand, ja. Maar zou je je een gesprek met hem kunnen voorstellen als we je de garantie geven dat ze je niet oppakken?'

'Zulke garanties bestaan niet.'

'Is het goed als ik mijn zus Annika bel en vraag of zij jou wil vertegenwoordigen?'

'Ik heb iets anders aan mijn hoofd,' zei ze, alsof ze het er niet meer over wilde hebben.

En toen kon hij niet nalaten te zeggen: 'Dat verhaal waar we mee bezig zijn ...'

'Wat is daarmee?'

'Ik weet niet of ik het helemaal begrijp.'

'Wat is het probleem?' vroeg Lisbeth.

'Om te beginnen snap ik niet waarom Camilla na al die jaren opeens opduikt.'

'Ik neem aan dat ze het moment heeft afgewacht.'

'Hoe bedoel je?'

'Dat ze altijd heeft geweten dat ze terug zou komen om wraak te nemen voor wat ik haar en Zala heb aangedaan. Maar ze wilde wachten tot ze op alle niveaus sterk genoeg was. Niets is belangrijker voor Camilla dan sterk zijn, en nu zag ze waarschijnlijk opeens een mogelijkheid, een gelegenheid om twee vliegen in één klap te slaan; dat denk ik tenminste. Dat moet je haar maar vragen als jullie weer eens samen een glaasje gaan drinken.'

'Heb je Holger gesproken?'

'Ik had het druk.'

'Maar toch is het haar niet gelukt. Jij hebt het gered, goddank,' vervolgde Mikael.

'Ik heb het gered.'

'Maar maak je je geen zorgen dat ze elk moment kan terugkomen?'

'Het is in me opgekomen.'

'Oké, goed. En je weet dat Camilla en ik alleen maar een klein stukje over de Hornsgata hebben gewandeld?'

Lisbeth antwoordde niet op de vraag.

'Ik ken je, Mikael,' zei ze slechts. 'En nu heb je Ed ook ontmoet. Ik neem aan dat ik me tegen hem ook moet beschermen.'

Mikael glimlachte stilletjes.

'Ja,' antwoordde hij. 'En je hebt gelijk, hoor. We zullen hem ons vertrouwen niet geven als het niet nodig is. Ik ben zelfs bang dat ik zijn nuttige idioot word.'

'Klinkt niet als een geschikte rol voor jou, Mikael.'

'Nee, dus ik zou graag willen weten wat je bij je aanval hebt ontdekt.'

'Een hoop belastende rotzooi.'

'Over de relatie van Eckerwald en de Spiders met de NSA.'

'Dat en nog een beetje.'

'Was je van plan om het aan mij te vertellen?'

'Als je je netjes had gedragen, had ik dat wel gewild,' zei ze zo sarcastisch dat het hem onwillekeurig een beetje plezier deed.

Toen begon hij te grinniken, want op dat moment begreep hij opeens waar Ed the Ned mee bezig was. Het drong met zo'n kracht tot hem door dat het hem moeite kostte zijn gezicht in de plooi te houden toen hij even later terugging naar de hotelkamer en daarna, toen hij tot tien uur in de avond met de Amerikaan bleef werken.

29
25 NOVEMBER 'S MORGENS

In de flat van Vladimir Orlov in de Mårten Trotzigsgränd troffen ze niets onprettigs aan. Het was er schoon en netjes. De bedden waren pas opgemaakt en de lakens verschoond. De wasmand in de badkamer was leeg. Toch waren er tekenen dat er iets niet in orde was. De buren meldden dat er die ochtend verhuizers waren geweest en bij nader onderzoek vonden ze bloedvlekken op de vloer en aan de muur boven de korte kant van het bed. Het bloed werd vergeleken met speekselsporen in de flat van Andrei en het bleek van de jonge journalist te zijn.

De gearresteerden – de twee die nog konden communiceren althans – deden echter alsof ze niets wisten van die vlekken of van wat dan ook dat met Zander te maken had, dus Bublanski en zijn groep concentreerden zich erop meer informatie te verkrijgen over de vrouw met wie Andrei Zander was gezien. De media hadden niet alleen meterslange kolommen volgeschreven over het drama op Ingarö, maar ook over de verdwijning van Andrei. *Svenska Morgonposten*, *Metro* en de roddelbladen brachten grote foto's van de journalist. Geen van de verslaggevers had het verband nog helemaal door, maar er werd al gespeculeerd dat Andrei wellicht vermoord was, en normaal gesproken verscherpte dat de herinnering van mensen; in elk geval schoot hun dan vaak iets te binnen wat er verdacht had uitgezien. Nu was het bijna andersom.

De getuigenverklaringen die binnenkwamen en als geloofwaardig werden beoordeeld, waren merkwaardig vaag en iedereen die iets verklaarde – behalve Mikael Blomkvist en de bakker uit Skansen – voelde zich gedwongen erop te wijzen dat ze niet geloofden dat de vrouw iets crimineels had gedaan. Iedereen die haar was tegengekomen had een overweldigend goede indruk van haar gekregen. Een barkeeper – een oudere man die Sören Karlsten heette – die Andrei Zander en de vrouw had bediend in restaurant Papagallo in de Götgata schepte zelfs op over zijn mensenkennis en beweerde zeker te weten dat die vrouw 'geen mens kwaad' kon doen. 'Ze was het toonbeeld van klasse.'

Ze was een toonbeeld van van alles, als je de getuigen moest geloven, en Bublanski begreep dat het uitermate lastig zou worden om een compositietekening van haar te laten maken. Iedereen die haar had gezien leek een ander beeld van haar te hebben, alsof ze in plaats van haar te beschrijven hun droomvrouw op haar projecteerden. Het was haast komisch. Tot dusverre hadden ze nog geen beelden van bewakingscamera's. Mikael Blomkvist zei dat de vrouw zeer beslist Camilla Salander was, de tweelingzus van Lisbeth, en er bleek inderdaad ooit iemand te zijn geweest die zo heette. Maar al jaren was er geen spoor meer van haar in enig register te vinden, alsof ze was opgehouden te bestaan. Als Camilla Salander nog leefde, was dat met een nieuwe identiteit, en dat stond Bublanski niet aan, vooral niet omdat er in het pleeggezin dat ze in Zweden had achtergelaten twee verdachte sterfgevallen waren geweest; de rechercheonderzoeken daarnaar waren ondermaats en zaten vol open einden en nooit beantwoorde vragen.

Bublanski had ze gelezen en schaamde zich voor zijn collega's, die uit een soort respect voor de familie niet eens tot op de bodem hadden uitgezocht waarom de vader én de dochter vlak voor hun dood hun bankrekening hadden leeggehaald of waarom de vader een week voordat hij zich had opgehangen een brief was begonnen met de woorden: 'Camilla, waarom is het zo belangrijk voor jou om mijn leven te verwoesten?'

Rondom de persoon die alle getuigen kennelijk betoverde, hing een verontrustende obscuriteit.

Het was nu acht uur in de ochtend en Bublanski zat in zijn kamer op het politiebureau, andermaal verdiept in oude onderzoeken waarvan hij hoopte dat ze nieuw licht op de gebeurtenissen konden werpen. Hij wist heel goed dat er honderd andere dingen waren waar hij niet aan toe zou komen en hij schrok geïrriteerd en schuldbewust op toen hij hoorde dat er een bezoeker voor hem was.

Het was een vrouw die Sonja Modig had verhoord, maar die er nu op stond hem te spreken. Later vroeg hij zich af of hij op dit moment misschien ontvankelijker was geweest dan normaal, juist omdat hij alleen maar rekende op nieuwe problemen en moeilijkheden. De vrouw die in de deuropening stond, was niet lang maar had een koninklijke houding en zeer felle ogen, die hem wat weemoedig aankeken. Ze was een jaar of tien jonger dan hijzelf en had een grijze jas en een sari-achtige jurk aan.

'Mijn naam is Farah Sharif,' zei ze. 'Ik ben hoogleraar ICT en ik was een goede vriendin van Frans Balder.'

'Aha, aha,' zei Bublanski, opeens gegeneerd. 'Ga zitten alstublieft. Sorry voor de rommel.'

'Ik heb wel erger gezien.'

'O ja, echt? U bent niet toevallig Joods?'

Dat sloeg nergens op. Natuurlijk was Farah Sharif niet Joods, en wat maakte het trouwens uit wat ze wel of niet was. Maar het ontglipte hem gewoon. Vreselijk pijnlijk.

'Huh? Nee ... Ik ben Iraanse en moslima, als ik al iets ben. Ik ben hier in 1979 gekomen.'

'Natuurlijk. Ik klets maar wat. Wat verschaft me de eer?'

'Ik was te naïef toen ik met uw collega Sonja Modig sprak.'

'Hoezo?'

'Ik heb nu meer informatie. Ik heb een lang telefoongesprek gehad met professor Steven Warburton.'

'Aha. Die zocht mij ook al, maar het was hier zo chaotisch dat ik nog geen tijd heb gehad om hem terug te bellen.'

'Steven is hoogleraar in de cybernetica in Stanford, een vooraanstaand onderzoeker van technologische singulariteit. Hij werkt tegenwoordig bij het Machine Intelligence Research Institute, een instelling die werkt aan kunstmatige intelligentie die óns helpt, en niet andersom.'

'Klinkt goed,' zei Bublanski, die zich elke keer wanneer dat onderwerp aan de orde kwam ongemakkelijk voelde.

'Steven leeft een beetje in zijn eigen wereld. Hij hoorde pas gisteren wat er met Frans was gebeurd, en daarom had hij niet eerder gebeld. Maar hij vertelde dat hij Frans die maandag nog aan de telefoon had gehad.'

'Waar ging dat over?'

'Over zijn werk. U weet, sinds Frans naar Amerika ging, deed hij heel geheimzinnig. Zelfs ik, die toch heel close met hem was, wist niet waar hij mee bezig was, ook al was ik arrogant genoeg om te denken dat ik het toch wel een beetje begreep. Maar nu bleek dat ik het mis had.'

'In welk opzicht?'

'Ik zal proberen niet te technisch te worden, maar het lijkt erop dat Frans niet alleen zijn oude AI-programma verder ontwikkelde, maar ook nieuwe algoritmen en nieuw topologisch materiaal voor kwantumcomputers uitwerkte.'

'Nu bent u me toch te technisch.'

'Kwantumcomputers zijn computers die gebaseerd zijn op kwantummechanica. Tot nu toe is dat iets vrij nieuws. Google en de NSA hebben grote bedragen geïnvesteerd in een apparaat dat op sommige gebieden al meer dan vijfendertigduizend keer zo snel is als alle andere, gewone computers. Ook Solifon, waar Frans werkte, heeft zulke projecten lopen, maar zij zijn ironisch genoeg – als deze informatie klopt – nog niet zover.'

'Oké,' zei Bublanski onzeker.

'Het grote voordeel van kwantumcomputers is dat de basiseenheden, de kwantumbits of qubits, zich kunnen superpositioneren.'

'Zich kunnen wat?'

'Ze kunnen niet alleen de toestanden één of nul aannemen, zoals traditionele computers, maar ook nul en één tegelijkertijd zijn. Het probleem is dat er speciale berekeningsmethoden en grondige kennis van de natuurkunde nodig zijn, vooral van wat wij kwantumdecoherentie noemen, om zulke apparaten behoorlijk te laten werken, en op dat punt zijn we nog niet zover. Kwantumcomputers zijn tot dusver te specialistisch en te log. Maar Frans – hoe kan ik dat nu het beste uitleggen? – had vermoedelijk methoden ontwikkeld die ze soepeler, beter hanteerbaar en zelflerend konden maken, en daarvoor stond hij kennelijk in contact met een aantal experimentalisten, dus mensen die zijn resultaten konden testen en verifiëren. Wat hij had bereikt was groots – dat kon het in elk geval worden. Toch was hij niet alleen trots, en daarom belde hij natuurlijk met Steven Warburton. Hij was ook ontzettend ongerust.'

'Waarom?'

'Op de lange duur omdat hij vreesde dat zijn creatie gevaarlijk kon zijn voor de wereld, neem ik aan. Maar op de korte termijn omdat hij dingen wist over de NSA.'

'Wat voor dingen?'

'Van sommige heb ik geen idee. Dat ging om inkijkjes in de smerigste onderdelen van hun bedrijfsspionage. Maar van andere ben ik heel goed op de hoogte. We weten op dit moment dat de NSA hard werkt aan de ontwikkeling van kwantumcomputers. Voor hen zou dat het paradijs op aarde zijn. Met een effectieve kwantumcomputer zouden ze op den duur alle encrypties, alle digitale beveiligingssystemen, kunnen kraken. Niemand zou zich dan meer kunnen verstoppen voor het wakend oog van de NSA.'

'Wat ontzettend griezelig,' zei Bublanski, zo nadrukkelijk dat het hemzelf verbaasde.

'Maar er is een scenario dat nog erger is. En dat is dat zo'n apparaat in handen komt van zware criminelen,' vervolgde Farah Sharif.

'Ik begrijp waar u heen wilt.'

'En daarom vraag ik me dus af wat u bij de opgepakte mannen hebt gevonden.'

'Niets van dien aard, vrees ik,' zei hij. 'Maar die knapen zijn nu niet bepaald intellectuele hoogvliegers. Ik betwijfel zelfs of ze de wiskunde van de onderbouw zouden kunnen volgen.'

'Dus het werkelijke computergenie is ontsnapt?'

'Helaas wel. Hij en een verdachte vrouw zijn spoorloos verdwenen. Waarschijnlijk hebben ze meerdere identiteiten.'

'Verontrustend.'

Bublanski knikte en keek in Farahs donkere ogen, die hem smekend aankeken, en misschien kwam het daardoor dat hij, in plaats van weer in wanhoop te verzinken, een hoopvolle gedachte kreeg.

'Ik weet niet wat het betekent,' zei hij.

'Wat?'

'We hebben een paar ICT-jongens door Balders computers laten gaan. Dat was nog niet zo simpel, zoals u zult begrijpen, gezien zijn beveiliging, maar het lukte toch. We hadden mazzel, zou je kunnen zeggen, en we konden al snel vaststellen dat er waarschijnlijk een computer is gestolen.'

'Dacht ik het niet!' zei ze. 'Verdomme!'

'Rustig maar, ik ben nog niet klaar. We zagen ook dat verschillende apparaten aan elkaar gekoppeld waren en dat ze op hun beurt af en toe werden aangesloten op een supercomputer in Tokio.'

'Klinkt aannemelijk.'

'Daardoor konden we zien dat een groot bestand, in elk geval iets groots, onlangs was gewist. We hebben het nog niet kunnen herstellen, maar we hebben gezien dat het is gebeurd.'

'U bedoelt dat Frans zijn eigen ontdekking zou hebben vernietigd?'

'Ik trek geen conclusies. Maar ik bedacht het net, toen u me dit vertelde.'

'Zou het niet de dader kunnen zijn die het heeft gewist?'

'Dat die het eerst heeft gekopieerd, bedoelt u, en het daarna van zijn computer af heeft gehaald?'

'Ja.'

'Dat kan ik haast niet geloven. De moordenaar was maar heel kort in het huis. Hij had daar zeker geen tijd voor, laat staan de kennis.'

'Oké. Dat klinkt ondanks alles toch bemoedigend,' ging Farah Sharif aarzelend verder. 'Alleen ...'

'Ja?'

'Ik kan het niet rijmen met Frans' karakter. Hij was niet iemand die het belangrijkste wat hij heeft gemaakt zou wissen. Dat zou zijn alsof ... ik weet niet ... alsof hij zijn rechterarm zou afhakken. Of nog erger, alsof hij een vriend doodde, een potentieel leven.'

'Soms moet je een groot offer brengen,' zei Bublanski peinzend. 'Vernietigen waar je van houdt en waar je mee leeft.'

'Of er is ergens een kopie.'

'Of er is ergens een kopie,' herhaalde hij. Opeens deed hij iets eigenaardigs: hij stak zijn hand uit.

Farah Sharif begreep het duidelijk niet. Ze keek naar de hand alsof ze verwachtte dat Bublanski haar iets zou geven. Maar Bublanski besloot zich niet uit het veld te laten slaan.

'Weet u wat mijn rabbi zegt?'

'Nee,' antwoordde ze.

'Dat wat de mens kenmerkt, zijn tegenstrijdigheid is. We verlangen tegelijkertijd naar huis en naar elders. Ik heb Frans Balder niet gekend en misschien had hij me maar een oude zot gevonden, maar één ding weet ik zeker: we kunnen van ons werk houden en er bang voor zijn, net zoals Frans Balder kennelijk van zijn zoon hield en bij hem wegvluchtte. Leven, professor Sharif, is niet dat alles op één punt samenkomt. Het is een zich uitspreiden naar alle kanten, en ik vraag me af of uw vriend zich niet net op zo'n breekpunt bevond. Misschien heeft hij zijn levenswerk wel echt vernietigd. Misschien toonde hij tegen het einde van zijn leven al zijn tegenstrijdigheid en werd hij een ander mens in de beste zin van het woord.'

'Denkt u dat?'

'Ik weet het niet. Maar hij was veranderd, nietwaar? Hij was de voogdij kwijt omdat hij niet voor zijn zoon kon zorgen. En toch deed hij dat nu juist, en de jongen bloeide zelfs op en begon te tekenen.'

'Dat is waar, commissaris.'

'Zeg maar Jan.'

'Goed.'

'Soms noemen ze me ook wel Bubbel.'

'Is dat omdat je een opgeblazen type bent?'

'Ha, nee, dat geloof ik niet. Maar één ding weet ik heel zeker.'

'En dat is?'

'Dat jij ...'

Verder kwam hij niet, maar dat hoefde ook niet. Farah Sharif schonk hem een glimlach die in al zijn eenvoud maakte dat Bublanski weer in het leven en in God begon te geloven.

Om acht uur in de ochtend stond Lisbeth Salander op uit haar grote bed in de Fiskargata. Ze had wederom kort geslapen, niet alleen omdat ze weer volkomen tevergeefs had zitten zwoegen op het versleutelde NSA-bestand, maar ook omdat ze had geluisterd naar voetstappen op de trap en af en toe haar alarm en haar bewakingscamera's in het trappenhuis had gecontroleerd. Zij wist net zomin als anderen of haar zus het land had verlaten.

Na de vernedering op Ingarö was het bepaald niet onmogelijk dat Camilla een nieuwe aanval voorbereidde, een nog grotere. Trouwens, ook de NSA kon de flat binnenstormen. Lisbeth maakte zich wat dat betreft geen enkele illusie. Maar nu, in de ochtend, zette ze die gedachten van zich af. Ze liep vastbesloten naar de badkamer, ontblootte haar bovenlichaam en controleerde haar wond. Ze vond dat die er beter uitzag. Dat was niet helemaal waar, maar in een idiote impuls besloot ze toch naar de club in de Hornsgata te gaan en een potje te gaan boksen.

Kwaad moest met kwaad worden verdreven.

Later zat ze afgepeigerd in de kleedkamer. Ze kon haast niet meer denken. Haar mobieltje zoemde. Het kon haar niet schelen. Ze ging onder de douche staan en liet het warme water over zich heen stromen. Pas na een tijdje begon ze helderder te denken, en toen drong de tekening van August weer tot haar bewustzijn door. Maar deze keer was het niet de weergave van de moordenaar die haar boeide, maar iets wat helemaal onder aan het vel stond.

Lisbeth had de tekening toen die af was maar heel kort gezien, daar in de kamer op Ingarö, en toen was ze er volledig op geconcentreerd hem te fotograferen en naar Bublanski en Modig te sturen; als ze er al bij had stilgestaan, zou ze net als alle anderen gefascineerd zijn door de details van de afbeelding. Maar nu ze het papier met haar fotografische blik weer opriep in haar geheugen was ze veel meer geïnteresseerd in de vergelijking die onder de tekening stond, en in opperste concentratie stapte ze onder de douche vandaan. Het probleem was echter dat ze haar eigen gedachten haast niet kon horen omdat Obinze zo'n kabaal maakte voor de kleedkamer.

'Hou je kop,' riep ze terug. 'Ik probeer te denken!'

Maar dat hielp niet erg. Obinze was totaal overstuur en ieder ander dan Lisbeth had dat waarschijnlijk al wel begrepen. Hij had zich verbaasd over de vermoeide en halfhartige manier waarop ze tegen de boksbal sloeg en hij werd ongerust toen ze haar hoofd liet hangen en haar gezicht van pijn vertrok. Op een gegeven moment was hij in een verrassingsmanoeuvre naar haar toe gestormd, had de mouw van haar T-shirt opgestroopt en de schotwond ontdekt. Toen was hij razend geworden, en blijkbaar was dat nog niet over.

'Je bent idioot, weet je dat? Gek!' schreeuwde hij.

Ze kon het niet opbrengen om te reageren. Alle kracht stroomde uit haar en wat ze op de tekening had gezien verbleekte in haar gedachten. Volkomen uitgeput ging ze op het bankje in de kleedkamer zitten. Naast haar zat Jamila Achebe, een stoer meisje met wie ze af en toe bokste en af en toe naar bed ging, meestal in die volgorde, want als ze eerst vreselijk vochten was het vaak net een wild voorspel. Een paar keer hadden ze zich in de douches niet geheel fatsoenlijk gedragen. Ze waren geen van beiden erg van de etiquette.

'Ik ben het eigenlijk wel met die schreeuwlelijk eens. Je bent niet goed wijs,' zei Jamila.

'Misschien niet,' antwoordde Lisbeth.

'Die wond ziet er niet goed uit.'

'Dat geneest wel.'

'Maar je moest zo nodig boksen.'

'Blijkbaar.'

'Zullen we naar mijn huis gaan?'

Lisbeth gaf geen antwoord. Haar telefoon zoemde weer, en nu haalde ze hem uit haar zwarte tas en keek ze op het display. Het waren drie sms'jes met dezelfde inhoud van een geheim nummer en toen ze ze las, balde ze haar vuisten; ze zag er ineens levensgevaarlijk uit. Jamila bedacht dat het misschien beter was om een andere keer met Lisbeth Salander naar bed te gaan.

Al om zes uur in de ochtend was Mikael wakker geworden met een paar schitterende formuleringen in zijn hoofd en terwijl hij naar de redactie liep, groeide het artikel vanzelf in zijn gedachten. Toen hij bij *Millennium* was, zat hij uiterst geconcentreerd te werken en had hij nauwelijks oog voor wat er om hem heen gebeurde, al dwaalden zijn gedachten af en toe even af naar Andrei.

Hoewel ze nog steeds hoop hadden, vreesde hij dat Andrei het werk aan dit stuk met zijn leven had moeten bekopen, en hij probeerde zijn collega met elke zin die hij schreef te eren. Het artikel moest aan de ene kant gaan over de moord op Frans Balder, een verhaal over August Balder, een autistisch jongetje van acht jaar wiens vader voor zijn ogen was doodgeschoten, maar die ondanks zijn handicap een manier had gevonden om terug te slaan. Maar aan de andere kant wilde Mikael dat het een informatief stuk zou worden over een nieuwe wereld van observatie en spionage, waarin de grenzen tussen legaal en crimineel vervaagden, en het schrijven ging nog steeds gemakkelijk. Vaak kwamen de woorden vanzelf. Maar toch verliep niet alles zonder problemen.

Van een oud contact bij de politie had hij het onderzoek naar de onopgehelderde moord op Kajsa Falk in Bromma gekregen, de jonge vrouw die de vriendin was van een van de leiders van de Svavelsjö MC. Hoewel de dader nooit was gepakt en de mensen die bij het onderzoek waren verhoord niet erg spraakzaam waren geweest, kon Mikael er toch uit afleiden dat de motorclub aan gewelddadige ruzies ten onder was gegaan en dat er onzekerheid onder de bendeleden was ontstaan, een sluipende angst, gezaaid door een vrouw die door een van de getuigen 'lady Zala' werd genoemd.

De politie had erg haar best gedaan om erachter te komen naar wie die naam verwees, maar dat was niet gelukt. Mikael twijfelde er echter niet aan dat Camilla lady Zala was en dat zij ook achter een aantal andere misdrijven zat, in Zweden en in het buitenland. Hij kon er echter geen bewijs voor vinden en dat irriteerde hem. Hij gebruikte in het artikel voorlopig haar codenaam Thanos.

Toch was Camilla niet het grootste probleem, en zelfs haar onduidelijke banden met de Russische Doema niet. Wat Mikael de meeste zorgen baarde, was het besef dat Ed Needham nooit naar Zweden zou zijn gekomen en geheime informatie zou hebben gelekt als hij niet iets nog groters wilde verbergen. Ed was niet dom en hij wist dat Mikael ook niet achterlijk was. Daarom was zijn verhaal op geen enkel punt geflatteerd. Integendeel, hij gaf een nogal akelig beeld van de NSA. Maar toch ... toen Mikael de informatie nog eens goed bekeek, zag hij dat Ed ondanks alles een spionagedienst schilderde die goed werkte en redelijk fatsoenlijk optrad, afgezien van het etterende gezwel van zware criminelen op de afdeling Observatie van Strategische Technologieën – toevallig dezelfde afdeling die Ed ervan had weerhouden zijn hacker aan de schandpaal te nagelen.

De Amerikaan wilde ongetwijfeld een paar individuele medewerkers flink beschadigen, maar hij leek niet zozeer de hele organisatie te gronde te willen richten als wel de onvermijdelijke val daarvan enigszins te willen verzachten. Mikael was dan ook niet erg verbaasd, zelfs niet kwaad, toen Erika opeens bij hem stond en hem met een bezorgd gezicht een persbericht van TT aanreikte.

'Kunnen we nu naar ons verhaal fluiten?' vroeg ze.

Het was een vertaald persbericht van AP en het begon zo:

Twee hooggeplaatste medewerkers van de NSA, Joacim Barclay en Brian Abbot, zijn aangehouden op verdenking van zware economische criminaliteit en, vooruitlopend op het proces, op staande voet ontslagen.

'Het is een schande voor onze organisatie. We hebben kosten noch moeiten gespaard om de problemen op te lossen en de schuldigen ter verantwoording te roepen. Wie bij de NSA werkt, dient er hoge morele principes op na te houden. We zullen tijdens het juridische proces zo transparant zijn als onze nationale veiligheid toestaat,' aldus NSA-directeur admiraal Charles O'Connor tegenover AP.

Afgezien van het vrij lange citaat van admiraal O'Connor stond er niet veel in het bericht; het maakte ook geen melding van de moord op Balder of iets anders wat aan de gebeurtenissen in Stockholm zou kunnen worden gelinkt. Maar Mikael begreep toch wel wat Erika bedoelde. Nu het nieuws bekend was, zouden *The Washington Post*, *The New York Times* en een hele horde befaamde Amerikaanse journalisten zich op het verhaal storten, en dan wist je maar nooit wat eruit kwam.

'Niet goed,' zei hij beheerst. 'Maar het was te verwachten.'

'O ja?'

'Dit maakt deel uit van dezelfde strategie als waarom ze mij hebben opgezocht. Het is *damage control*. Ze willen het initiatief terugkrijgen.'

'Hoe bedoel je?'

'Er was een reden waarom ze dit allemaal naar mij lekten. Ik snapte meteen dat er iets niet klopte. Waarom zou Ed per se met mij hier in Stockholm willen praten, en dan nog wel om vijf uur 's morgens?'

Erika was zoals gewoonlijk in het grootste geheim door Mikael geïnformeerd.

'Dus jij denkt dat zijn optreden van hogerhand is georkestreerd?'

'Dat vermoedde ik al vanaf het allereerste begin. Maar eerst snapte ik niet waar hij mee bezig was. Ik voelde alleen dat er iets mis was. Maar toen sprak ik Lisbeth.'

'En toen begreep je het?'

'Het drong tot me door dat Ed exact wist wat ze bij haar cyberaanval had gevonden, en dat hij alle reden had om te vrezen dat ik daar alles over te weten zou komen. Hij wilde proberen die schade zo goed mogelijk te beperken.'

'Toch heeft hij je niet bepaald een succesverhaal verteld.'

‘Hij begreep ook wel dat ik geen genoegen zou nemen met iets wat ál te opgesmukt was. Hij gaf me precies genoeg om me tevreden te houden, denk ik, ik moest mijn scoop krijgen en dan zou ik niet verder graven.’

‘Maar daar heeft hij het toch mooi bij het verkeerde eind.’

‘Laten we het hopen. Maar ik weet niet hoe ik verder moet. De NSA heeft de deur dichtgedaan.’

‘Zelfs voor zo’n oude bloedhond als Blomkvist?’

‘Zelfs voor hem.’

30
25 NOVEMBER

Op het display stond: *Volgende keer, zusje, volgende keer!* Het bericht was drie keer gestuurd, maar of dat een technische fout was of belachelijke overduidelijkheid wist ze niet. Dat maakte ook niet uit.

Het bericht was duidelijk van Camilla, maar er stond niets in wat Lisbeth niet al had begrepen. Niets was immers voor de hand liggender dan dat de gebeurtenissen op Ingarö de oude haat alleen maar hadden versterkt. Dus ja, er zou zeker een 'volgende keer' komen. Camilla zou het niet opgeven als ze eenmaal zo dichtbij was geweest; geen denken aan.

Daarom was het niet de inhoud op zichzelf die Lisbeth op de boksclub haar vuisten had doen ballen. Het waren de gedachten die het bericht opriep, de herinnering aan wat ze op de rotsen had gezien, die vroege ochtend toen August en zij op hun hurken op het smalle rotsricheltje zaten, terwijl de sneeuw viel en de machinegeweren boven hen ratelden. August had geen jas en geen schoenen aan en zat vreselijk te trillen, en Lisbeth vergat geen seconde hoe hopeloos ongelijk de strijd was.

Zij had een kind om voor te zorgen en een miezerig pistool als wapen, terwijl die klootzakken boven haar in de meerderheid waren en ook nog machinegeweren hadden. Ze moest hen dus verrassen. Anders zouden August en zij als lammeren worden geslacht. Ze had geluisterd naar de voetstappen van de mannen en de richting van hun salvo's, en op het laatst zelfs naar hun ademhaling en naar het geluid van hun kleren.

Maar het gekke was: toen ze uiteindelijk een ontsnappingsmogelijkheid zag, aarzelde ze toch. Ze liet belangrijke seconden voorbijgaan terwijl ze vóór hen op de richel een takje brak. Pas daarna kwam ze snel overeind; ze stond ineens vlak voor de mannen, en toen was er geen tijd meer te verliezen. Ze moest profiteren van dat ultrakorte moment van verrassing, dus ze schoot meteen twee, drie keer, en van oudsher wist ze dat zulke momenten zich met een speciale gloed in haar geheugen griften, alsof niet alleen haar lichaam en haar spieren zich spanden, maar ook haar waarnemingsvermogen.

Elk detail was met eigenaardige scherpte zichtbaar; ze zag elke nuance in het landschap alsof ze door een zoomlens van een camera keek. Ze nam de verbazing en de angst in de ogen van de mannen waar, de rimpels en de onregelmatigheden in hun gezicht en hun kleren, en natuurlijk de wapens waarmee ze zwaaiden, in het wilde weg schoten en net misten.

Toch was dat niet wat het sterkst op haar netvlies stond. Dat was een gestalte hoger op de rotsen, die ze slechts vanuit haar ooghoeken zag en waarvan geen enkele dreiging uitging. Die maakte meer indruk op haar dan de mannen die ze had neergeschoten. Het was de gestalte van haar zus. Lisbeth zou haar van een kilometer afstand herkend hebben, ook al hadden ze elkaar jaren niet gezien. Het was alsof de lucht door haar aanwezigheid was vergiftigd. Later vroeg Lisbeth zich af of ze haar niet ook had moeten neerschieten.

Camilla bleef iets te lang staan en het was natuurlijk onvoorzichtig van haar om daar überhaupt te zijn, maar vermoedelijk kon ze de verleiding niet weerstaan om toe te kijken hoe haar zus zou worden afgemaakt. Lisbeth dacht eraan terug hoe ze haar vinger om de trekker had gekromd en een oude, heilige woede in zich voelde branden. Toch aarzelde ze een halve seconde en dat was genoeg. Camilla dook achter een steen en een mager mannetje dook op van de veranda en begon te schieten, en toen sprong Lisbeth terug op de richel en stortte ze zich met August naar beneden naar de auto.

Nu ze van de boksclub naar huis liep en zich dat allemaal herinnerde, zette haar lichaam zich schrap voor het volgende gevecht. De gedachte kwam in haar op dat ze misschien maar beter niet naar huis kon gaan, maar linea recta het land moest verlaten. Toch dreef iets anders haar terug naar haar computer en haar bureau: dat was het beeld dat haar onder de douche te binnen was geschoten toen ze Camilla's sms'je las en dat haar nu, ondanks de herinneringen aan Ingarö, steeds meer bezighield.

Het was een vergelijking – een elliptische curve – die August op hetzelfde vel papier had geschreven als waarop hij de moordenaar had getekend. Deze gedachte zorgde er nu voor dat ze haar pas versnelde en Camilla min of meer vergat.

De vergelijking luidde:

$$N = 3034267$$
$$E: y^2 = x^3 - x - 20; P = (3,2)$$

Dat was geen unieke of uitzonderlijke wiskunde, maar dat was ook niet wat het zo bijzonder maakte. Het fantastische was dat August was uitgegaan van het getal dat zij daar op Ingarö willekeurig had gekozen en dat hij daaruit een veel betere elliptische curve had afgeleid dan zijzelf op het nachtkastje had neergekrabbeld toen de jongen niet wilde slapen. Ze had toen geen antwoord of wat voor reactie dan ook gekregen en ze was naar bed gegaan in de veronderstelling dat August, net als die priemgetaltweeling over wie ze had gelezen, niets begreep van wiskundige abstracties, maar dat hij een soort priemgetal factoriserende rekenmachine was.

Maar god, wat had ze zich vergist. August had die nacht wakker gezeten. Hij had haar niet alleen begrepen, hij had haar ook op de vingers getikt en haar wiskunde verbeterd. Dus ze trok haar schoenen en haar leren jack niet eens uit, maar liep meteen haar flat in en opende op haar computer het versleutelde NSA-bestand en haar eigen programma met de elliptische curven.

Daarna belde ze Hanna Balder.

Hanna had nauwelijks geslapen omdat ze haar pillen niet had meegenomen. Toch gaven het hotel en de omgeving haar het gevoel dat ze weer leefde. Het duizelingwekkende berglandschap maakte haar ervan bewust hoe opgesloten ze had geleefd en ze had de indruk dat ze al langzaam maar zeker tot rust kwam, dat zelfs de ingewortelde angst in haar lichaam enigszins afnam. Maar dat kon ook wishful thinking zijn en ze voelde zich ook zeker een beetje onbeholpen in deze schitterende omgeving.

Ooit was ze met vanzelfsprekende waardigheid door dit soort zalen geschreden: kijk, hier kom ik. Nu was ze verlegen, zenuwachtig en had ze moeite iets te eten, ook al was het ontbijt overdadig.

August zat naast haar dwangmatig zijn cijferreeksen te schrijven. Hij at ook niets maar dronk in elk geval eindeloze hoeveelheden versgeperst sinaasappelsap.

Haar nieuwe, versleutelde telefoon ging, en eerst schrok ze ervan, maar het was natuurlijk de vrouw die haar hierheen had gestuurd. Niemand anders had het nummer, voor zover ze wist, en de vrouw wilde waarschijnlijk alleen maar weten of ze goed waren aangekomen. Dus Hanna begon met een uitbundige beschrijving van hoe fantastisch en prachtig alles was.

Maar tot haar verbazing werd ze ruw onderbroken: 'Waar zijn jullie?'

'We zitten te ontbijten.'

'Dan moeten jullie daar nu mee ophouden en naar jullie kamer gaan. August en ik moeten werken.'

'Werken?'

'Ik stuur een paar vergelijkingen waarvan ik wil dat hij ernaar kijkt. Snap je?'

'Nee, ik begrijp het niet.'

'Laat ze maar gewoon aan August zien en bel me later op om te vertellen wat hij heeft opgeschreven.'

'Oké,' zei Hanna verbouwereerd.

Toen pakte ze een paar croissantjes en een kaneelbroodje en liep ze met August naar de liften.

Eigenlijk hoefde August haar alleen in het begin te helpen. Dat was genoeg. Daarna zag ze haar eigen vergissingen en kon ze haar software verbeteren. Uiterst geconcentreerd zat ze uren achtereen te werken, totdat het buiten donker werd en het weer ging sneeuwen. Maar toen, opeens – het was zo'n moment dat ze nooit meer zou vergeten – gebeurde er iets vreemds met het bestand op de computer. Het viel uit elkaar en veranderde van vorm. Er ging een schok door haar heen en ze balde juichend een vuist.

Ze had de sleutels ontcijferd en het document gekraakt, en even was ze daar zo vol van dat ze nauwelijks kon lezen. Daarna begon ze, met stijgende verbazing, de inhoud te bestuderen. Was dit mogelijk? Dit was explosiever dan ze zich ook maar bij benadering had kunnen voorstellen. Dat het toch was opgeschreven en genotuleerd kon alleen maar een gevolg zijn van een te groot geloof in de RSA-algoritmen. Maar hier had ze, zwart op wit, alle vuile was. De tekst was weliswaar niet gemakkelijk te volgen en stond vol intern jargon, eigenaardige afkortingen en cryptische verwijzingen, maar ze had verstand van het onderwerp en begreep het. Toen ze ongeveer vier vijfde had gelezen, werd er aangebeld.

Ze trok zich er niets van aan. Het was vast de postbode die een of ander boek of iets anders onbenulligs niet in de brievenbus kreeg of zo. Maar toen moest ze weer aan Camilla's sms'je denken; ze keek op haar computer wat de camera in het trappenhuis liet zien en verstijfde.

Het was niet Camilla, maar haar andere schrik, die ze in de opwinding bijna vergeten was. Het was die verdomde Ed the Ned, die haar op de een of andere manier had weten op te sporen. Niet dat hij ook maar enigszins leek op de foto's die er van hem op internet stonden. Maar hij was het onmiskenbaar en hij zag er grimmig en vastberaden uit. Lisbeths hersenen kraakten. Wat moest ze doen? Het enige wat ze kon bedenken was het NSA-bestand via hun PGP-link naar Mikael te sturen.

Daarna zette ze haar computer uit en kwam ze overeind om de deur open te doen.

Wat was er toch met Bublanski gebeurd? Sonja Modig begreep er niets van. Dat gekwelde gezicht van de afgelopen weken was als sneeuw voor de zon verdwenen. Hij liep te glimlachen en te neurien, en natuurlijk waren er dingen om blij over te zijn. De moordenaar was gepakt. August Balder had twee pogingen tot moord overleefd en zelf hadden ze een groot deel van de motieven en vertakkingen van het technologische-researchbedrijf Solifon ontdekt.

Maar er waren nog heel wat vragen over, en de Bublanski die zij kende, juichte nooit te vroeg. Hij was zelfs eerder geneigd om op triomfantelijke momenten aan zichzelf te twijfelen, dus ze begreep niet wat er in hem was gevaren. Hij liep stralend door de gang. Zelfs nu hij op zijn kamer het nietszeggende verhoor zat te lezen dat de politie van San Francisco van Zigmund Eckerwald had afgenomen, speelde er een glimlach om zijn lippen.

'Sonja, mijn lieve collega, ben jij het!'

Ze besloot niet te reageren op deze overdreven begroeting en kwam meteen ter zake.

‘Jan Holtser is dood.’

‘Ach.’

‘En daarmee is onze laatste hoop om meer te weten te komen over de Spiders vervlogen,’ vervolgde Sonja.

‘Dus jij dacht dat hij daar iets over zou gaan zeggen?’

‘Het was in elk geval niet onmogelijk.’

‘Waarom denk je dat?’

‘Hij stortte helemaal in toen zijn dochter verscheen.’

‘Dat wist ik niet. Wat is er gebeurd?’

‘Zijn dochter heet Olga,’ zei Sonja. ‘Ze kwam uit Helsinki hierheen toen ze hoorde dat haar vader gewond was. Maar toen ik met haar sprak en ze hoorde dat Holtser een kind had geprobeerd te vermoorden, ging ze helemaal door het lint.’

‘Hoezo?’

‘Ze stortte zich op hem en zei iets vreselijk agressiefs in het Russisch.’

‘Verstond je wat ze zei?’

‘Het kwam erop neer dat hij maar eenzaam moest sterven en dat ze hem haatte.’

‘Dat is duidelijke taal.’

‘Ja, en daarna zei ze dat ze alles zou doen wat in haar vermogen lag om ons te helpen met ons onderzoek.’

‘En Holtser, hoe reageerde die?’

‘Dat bedoelde ik. Even dacht ik dat we hem hadden. Hij was helemaal de kluts kwijt, had tranen in zijn ogen. Ik hecht niet zoveel waarde aan die katholieke gedachte dat onze morele waarde vlak voor de dood wordt bepaald, maar het was bijna ontroerend om te zien. Die man die zoveel kapot heeft gemaakt, was een en al berouw.’

‘Mijn rabbi ...’ begon Bublanski.

‘Nee, Jan, kom me nu niet aan met je rabbi. Laat me doorgaan. Holtser begon te vertellen dat hij zo’n vreselijk mens was geweest en toen zei ik dat hij als christen zijn schuld moest belijden en moest vertellen voor wie hij werkte, en op dat moment, ik zweer het je, was hij er heel dichtbij. Hij aarzelde en draaide met zijn ogen, maar in plaats van te bekennen begon hij over Stalin.’

‘Over Stalin?’

‘Dat Stalin zich ook niet beperkte tot de schuldigen maar ook wraak nam op de kinderen en de kleinkinderen en het hele geslacht.

Ik denk dat hij wilde zeggen dat zijn leider net zo was.'

'Dus hij was bezorgd om zijn dochter.'

'Ja, hoezeer ze hem ook haatte. Toen probeerde ik hem duidelijk te maken dat we een getuigenbeschermingsprogramma voor haar konden regelen, maar hij werd steeds minder aanspreekbaar. Hij raakte bewusteloos en stierf een goed uur later.'

'Verder nog iets?'

'Alleen dat er een superintelligentie is verdwenen en dat we nog steeds geen spoor van Andrei Zander hebben kunnen vinden.'

'Ik weet het, ik weet het.'

'En dat iedereen die daar de kans toe heeft, zwijgt als het graf.'

'Ik merk het. We krijgen niets voor niets.'

'Nee. Of ja, toch, één ding weten we wel,' vervolgde Sonja. 'Je weet wel, de man die Amanda Flod herkende op de tekening van het verkeerslicht van August.'

'Die oude acteur.'

'Ja, die. Roger Winter heet hij. Amanda hoorde hem alleen maar informatief om na te gaan of hij het kind kende, of Balder, en ik geloof dat ze er niet veel van verwachtte, maar Roger Winter leek behoorlijk zenuwachtig, en Amanda hoefde hem niet eens erg onder druk te zetten of hij kwam met al zijn zonden op de proppen.'

'O?'

'Ja, en dat waren niet bepaald onschuldige verhaaltjes. Weet je, Lasse Westman en Roger Winter zijn al sinds hun jonge jaren bij het Revolutionsteater bevriend, en ze kwamen vaak 's middags, als Hanna er niet was, bij elkaar in de Torsgata om te ouwehoeren en te zuipen. Vaak zat August in de kamer ernaast te puzzelen en bekommerden Lasse en Roger zich niet erg om hem. Maar op een dag had het joch een groot wiskundeboek van zijn moeder te pakken gekregen, wat duidelijk ver boven zijn niveau was. Toch zat hij er manisch in te bladeren en stootte hij allerlei geluiden uit, alsof hij opgewonden was. Lasse raakte geïrriteerd, pakte het boek van hem af en gooide het in de vuilnisbak. Daar werd August blijkbaar woedend om. Hij kreeg een soort aanval en toen schopte Lasse hem een paar keer.'

'Jeetje.'

'Toch was dat nog maar het begin. Daarna werd August heel griezelig, zei Roger. Hij begon hen raar aan te kijken en op een dag trof Roger zijn jeansjasje in kleine stukjes geknipt aan. Een andere keer had iemand alle biertjes in de koelkast leeggegooid en alle flessen drank kapotgeslagen en ... Ik weet niet ...'

Sonja zweeg.

'Wat?'

'Het werd een soort loopgravenoorlog. Ik verdenk Roger en Lasse ervan dat ze in hun dronkenschap allerlei vreemde dingen over August begonnen te denken en zelfs bang voor hem werden. Maar wat daar psychologisch achter zit, is niet zomaar te begrijpen. Misschien begonnen ze August serieus te haten. Soms gaven ze hem er samen van langs. Roger zei dat hij zich daar schuldig over voelde en dat hij er later nooit met Lasse over praatte. Hij wilde hem niet slaan, maar hij kon het niet laten. Het was alsof zijn jeugd terugkwam, zei hij.'

'En wat bedoelde hij daarmee?'

'Dat is ook niet zo simpel. Blijkbaar heeft Roger Winter een gehandicapte jongere broer, die toen ze jong waren altijd de knappe, begaafde zoon was. Terwijl Roger zijn ouders altijd teleurstelde, kreeg zijn broer complimenten, onderscheidingen en alle mogelijke waardering. Ik denk dat dat de nodige bitterheid heeft veroorzaakt. Misschien nam Roger in zijn onderbewuste ook wraak op zijn broer. Ik weet het niet. Hoewel ...'

'Ja?'

'Hij gebruikte een vreemde formulering. Hij zei dat hij het gevoel had dat hij de schaamte van zich af probeerde te slaan.'

'Waanzinnig!'

'Ja, en het gekste van alles is dat hij het allemaal zomaar bekende. Amanda zei dat hij er doodsbang uitzag. Hij liep een beetje mank en had twee blauwe ogen. Het leek haast of hij gearresteerd wílde worden.'

'Merkwaardig.'

'Ja, hè? Maar er is iets wat mij nog meer verwondert,' vervolgde Sonja Modig.

'En dat is?'

'Dat mijn baas, die sombere tobber, opeens als een zonnetje loopt te stralen.'

Bublanski keek gegeneerd.

'Dus het valt op.'

'Het valt op.'

'Ja, nou ja,' stamelde hij. 'Het heeft niet meer te betekenen dan dat een vrouw het voorstel heeft aangenomen om met mij uit eten te gaan.'

'Je bent toch niet verliefd?'

'Het is alleen maar een etentje, zei ik toch!' verklaarde Bublanski, en hij bloosde.

Het beviel Ed niet, maar hij kende het spelletje. Het was een beetje alsof hij terug was in Dorchester. Wat er ook gebeurde, je mocht niet toegeven. Je moest hard toeslaan of je tegenstander intimideren met een zwijgend psychologisch machtsspelletje, en hij dacht: waarom niet? Wilde Lisbeth Salander het hard spelen, dan speelde hij het hard terug, dus hij staarde haar aan als een zwaargewicht in de ring. Maar dat leverde niet veel op. Ze staarde terug met een staalgrijze, ijzige blik en zei geen woord. Het leek wel een duel, een zwijgend, verbeten duel, en op het laatst werd Ed het zat. Hij vond het allemaal maar belachelijk. Dat grietje was ontmaskerd. Hij had haar geheime identiteit gekraakt en haar opgespoord, en ze mocht blij zijn dat hij niet met dertig mariniers was binnengevallen om haar op te pakken.

'Je vindt jezelf heel wat, hè?' zei hij.

'Ik hou niet van onaangekondigd bezoek.'

'Ik hou niet van mensen die mijn systeem binnendringen, dus daarmee staan we quitte. Maar misschien wil je weten hoe ik je heb gevonden?'

'Kan me niet schelen.'

'Ik heb je gevonden via je bedrijf in Gibraltar. Niet zo slim om dat Wasp Enterprises te noemen, hè?'

'Blijkbaar niet.'

'Voor een slim meisje heb je erg veel fouten gemaakt.'

'Voor een slim ventje heb jij een baan aangenomen bij een behoorlijk smerig bedrijf.'

'Misschien smerig, maar we zijn wel nodig. We leven in een akelige wereld.'

'Zeker met kerels als Jonny Ingram.'

Dat had hij niet verwacht. Dat had hij echt niet verwacht. Maar hij hield zijn gezicht in de plooi – daar was hij heel goed in.

'Jij bent grappig.'

'Retecool. Opdracht geven tot moord en samenwerken met schurken in de Russische Doema om de hoofdprijs te verdienen en zijn eigen huid te redden, dat is echt komisch, hè?' kaatste ze terug, en toen kon hij zijn gezicht niet meer in de plooi houden. Even kon hij zelfs bijna niet meer denken.

Waar had ze dat in godsnaam vandaan? Het duizelde hem. Maar toen besefte hij – en daardoor ging zijn hartslag in elk geval een beetje omlaag – dat ze waarschijnlijk blufte, en als hij haar ook maar een seconde had geloofd, dan kwam dat doordat hijzelf in zijn slechtste momenten weleens had gedacht dat Jonny Ingram zich aan zulke dingen schuldig had gemaakt. Maar nadat hij zich een slag in de rondte had gewerkt, wist Ed beter dan wie ook dat er geen enkel bewijs voor bestond.

'Probeer me niet zoiets doms wijs te maken,' zei hij. 'Ik beschik over hetzelfde materiaal als jij en nog heel wat meer.'

'Daar ben ik niet zo zeker van, Ed, of heb jij ook de sleutels van Ingrams RSA-algoritmen ontdekt?'

Ed Needham keek haar aan en kreeg een onwerkelijk gevoel. Ze kon de encryptie toch niet hebben gekraakt? Dat was onmogelijk. Zelfs hij, met al zijn bronnen en alle experts die tot zijn beschikking stonden, had dat niet eens het proberen waard gevonden.

En nu beweerde zij ... hij weigerde het te geloven. Ze moest er op een andere manier achter zijn gekomen. Misschien zat er wel een lek bij een van Ingrams intimi. Nee, dat was net zo onwaarschijnlijk. Maar langer kon hij er niet over nadenken.

'Dus zo staan de zaken ervoor, Ed,' zei ze op een nieuwe, gezaghebbende toon. 'Je hebt tegen Mikael Blomkvist gezegd dat je me met rust wilt laten als ik vertel hoe ik mijn aanval heb uitgevoerd. Misschien meen je dat. Het kan ook zijn dat je bluft of er geen moer over te zeggen hebt als de situatie verandert. Je kunt wel ontslagen worden. Ik zie geen enkele reden om jou of de mensen voor wie je werkt te vertrouwen.'

Ed ademde diep in en uit, en probeerde terug te slaan.

'Ik respecteer je houding,' antwoordde hij. 'Maar hoe vreemd het ook klinkt, ik hou altijd woord, niet omdat ik zo aardig ben, integendeel. Ik ben een wraakzuchtige gek, net als jij, meisje. Maar ik had het niet overleefd als ik mensen in gevaarlijke situaties in de steek had gelaten, en dat mag je geloven of niet. Maar je hoeft er niet aan te twijfelen dat ik je leven tot een hel zal maken als je je mond houdt. In dat geval zul je er spijt van hebben dat je ooit geboren bent, geloof me.'

'Mooi,' zei ze. 'Je bent een harde. Maar je bent ook trots, hè? Je wilt er koste wat het kost voor zorgen dat mijn hackersaanval niet uitkomt. Maar op dat punt moet ik je helaas vertellen dat je hopeloos slecht bent voorbereid. Elk woord daarover zal worden gepubliceerd als je me ook maar met één vinger aanraakt, en hoewel het me eigenlijk tegenstaat, zal ik je vernederen. Probeer je het leedvermaak op internet maar eens voor te stellen.'

'Je kletst uit je nek.'

'Ik had het niet overleefd als ik uit mijn nek had gekletst,' vervolgde ze. 'Ik haat deze observatiesamenleving. Ik heb voor de rest van mijn leven genoeg van big brother en autoriteiten. Maar ik ben toch bereid om iets voor je te doen, Ed. Als jij naar buiten toe je mond houdt, zal ik je informatie geven die je positie versterkt, die je helpt Fort Meade van rotte appels te ontdoen en die je de kans geeft om wraak te nemen op de klootzak die heeft voorkomen dat je mij kon oppakken.'

Ed boog zich voorover over de tafel en staarde de merkwaardige vrouw tegenover hem alleen maar aan. Toen deed hij iets waar hij zich nog lang over zou verbazen.

Hij schoot in de lach.

31
2 DECEMBER – 3 DECEMBER

Ove Levin werd in een opperbeste stemming wakker op Slot Häringe, na een lange conferentie over de digitalisering van de media, die was afgesloten met een groot feest waarop de champagne en de sterkedrank rijkelijk hadden gevloeid. Een zeikerige, mislukte vakbondsvertegenwoordiger van het Noorse *Kveldsbladet* had zich weliswaar laten ontvallen dat Serners feesten 'duurder en luxueuzer worden naarmate jullie meer mensen ontslaan' en een kleine scène geschopt die tot gevolg had dat Ove rode wijn op zijn maatcolbertje had gekregen, maar dat nam hij graag op de koop toe, vooral omdat hij in de kleine uurtjes Natalie Foss mee had kunnen nemen naar zijn hotelkamer.

Natalie was een zevenentwintigjarige controller en verdomd sexy, en ondanks zijn beschonken toestand had Ove haar vannacht en vanmorgen toch flink kunnen nemen. Nu was het al negen uur; zijn mobieltje rinkelde en zoemde, en hij had een onbehoorlijke kater, zeker gezien alles wat hij nog moest doen. Aan de andere kant: hij was een knokker op dat gebied. '*Work hard, play hard*' was zijn lijfspreuk, en Natalie, allemachtig! Hoeveel vijftigjarigen weten zo'n grietje te strikken? Niet veel.

Maar nu moest hij opstaan. Hij was duizelig en misselijk, en wankelde naar de badkamer om te plassen. Daarna checkte hij zijn aandelenportefeuille. Dat was altijd een goede start op ochtenden waarop je een kater had, dus hij pakte zijn mobieltje en ging naar de website van zijn bank. Eerst begreep hij het niet. Er moest iets fout zijn gegaan, een technisch malheur.

De waarde van zijn aandelenportefeuille was gekelderd en toen hij trillend de inhoud ervan inspecteerde, zag hij iets heel merkwaardigs. Zijn grote belegging, Solifon, was zo goed als niets meer waard. Hij snapte er niets van. Koortsachtig ging hij naar de beurspagina's en overal stond hetzelfde:

NSA EN SOLIFON GAVEN OPDRACHT TOT MOORD
OP PROFESSOR FRANS BALDER. ONTHULLING
TIJDSCHRIFT MILLENNIUM SCHOKT WERELD

Wat hij daarna deed, kon hij zich later niet goed meer herinneren. Waarschijnlijk schreeuwde hij het uit en vloekte hij en sloeg hij met zijn vuisten op de tafel. Hij herinnerde zich nog vaag dat Natalie wakker was geworden en had gevraagd wat er aan de hand was. Maar het enige wat hij zeker wist, was dat hij lange tijd boven de toiletpot had gehangen en had overgegeven alsof er geen eind aan kwam.

Gabriella Granes bureau bij de veiligheidsdienst was keurig opgeruimd. Ze zou nooit meer terugkomen. Toch zat ze nog even achterover in haar stoel in *Millennium* te lezen. De voorpagina zag er niet uit zoals ze verwachtte van een blad dat de scoop van de eeuw bracht. Hij was op zichzelf wel mooi, zwart, verontrustend, maar er stonden geen foto's op, alleen boven aan de tekst:

TER NAGEDACHTENIS AAN ANDREI ZANDER

Verder daaronder stond:

DE MOORD OP FRANS BALDER EN HOE
DE RUSSISCHE MAFFIA SAMENWERKTE MET DE NSA
EN HET GROOTSTE AMERIKAANSE COMPUTERCONCERN

Op pagina 2 stond een portret van Andrei en hoewel Gabriella hem nooit had ontmoet, werd ze er erg door geraakt. Andrei zag er aantrekkelijk en een beetje broos uit. Zijn glimlachje was onzeker, aarzelend. Zijn houding had iets fels en toch onzekers. In de begeleidende tekst, ondertekend door Erika Berger, stond dat Andreis ouders bij een bomaanslag in Sarajevo waren omgekomen. Er stond dat hij hield van het tijdschrift *Millennium*, de dichter Leonard Cohen en de roman *Sostiene Pereira* van Antonio Tabucchi. Hij droomde van de grote liefde en de grote primeur. Zijn lievelingsfilms waren *Zwarte ogen* van Nikita Michalkov en *Love Actually* van Richard Curtis, en hoewel Andrei een enorme hekel had aan mensen die anderen kwetsten, sprak hij nooit kwaad over iemand. Zijn reportage over dak- en thuislozen in Stockholm beschouwde Erika als een journalistieke klassieker. Ze schreef:

Mijn handen trillen terwijl ik dit schrijf. Gisteren is onze vriend en medewerker Andrei Zander dood aangetroffen op een vrachtschip in Hammarbyhamnen. Hij was gemarteld. Hij heeft zwaar geleden. Dit verdriet zal ik de rest van mijn leven niet meer kwijtraken. Maar ik ben ook trots.
Ik ben er trots op dat ik het voorrecht heb gehad met hem te werken. Ik heb nog nooit een zo toegewijd journalist en zo oprecht aardig mens gekend. Andrei is zesentwintig jaar oud geworden. Hij hield van het leven en van journalistiek. Hij wilde onrechtvaardigheden aan de kaak stellen en weerlozen en ontheemden helpen. Hij werd vermoord omdat hij een klein jongetje wilde beschermen dat August Balder heet, en wanneer we in dit nummer een van de grootste schandalen van deze tijd onthullen, eren we Andrei daarbij in elke zin.
Mikael Blomkvist schrijft in zijn artikel: 'Andrei geloofde in de liefde. Hij geloofde in een betere wereld en een rechtvaardigere samenleving. Hij was de beste van ons!'

Dit artikel, dat meer dan dertig pagina's van het tijdschrift besloeg, was misschien wel het beste journalistieke proza dat Gabriella Grane ooit had gelezen en hoewel ze tijd en ruimte vergat en soms tranen in haar ogen kreeg, moest ze toch lachen toen ze las:

Topanalist Gabriella Grane van de Säpo
toonde unieke burgermoed.

Het verhaal kwam eenvoudigweg hierop neer: een groep, geleid door commander Jonny Ingram – die in functie vlak onder NSA-directeur Charles O'Connor stond en nauwe contacten onderhield met het Witte Huis en het Congres – had een grote hoeveelheid bedrijfsgeheimen waarover de organisatie beschikte gebruikt om er zelf beter van te worden, daarbij geholpen door een stel omgevingsanalisten van de afdeling Y van Solifon. Als het daarbij was gebleven, was het een schandaal geweest waarvoor je in zekere zin nog begrip had kunnen opbrengen.

Maar de gebeurtenissen namen een kwaadaardige loop toen de criminele bende de Spiders ten tonele verscheen. Mikael Blomkvist kwam met bewijzen dat Jonny Ingram samenwerkte met de rijzende ster in de Russische Doema, Ivan Gribanov, en met Thanos, de mysterieuze leider van de Spiders, en dat ze samen voor duizelingwekkende bedragen ideeën en nieuwe technologieën van hightechbedrijven hadden gestolen en doorverkocht. Toch stortten ze pas echt in de morele afgrond toen professor Frans Balder hen op het spoor kwam en ze besloten hem uit de weg te ruimen. Dat was natuurlijk het meest onvoorstelbare van het hele verhaal: een van de hoogste bazen van de NSA was ervan op de hoogte dat een Zweedse topwetenschapper zou worden vermoord en stak geen vinger uit om dat te voorkomen.

Toch – en daar toonde Mikael Blomkvist zijn grootheid – werd Gabriella niet het meest geraakt door de beschrijving van de politieke vuiligheid, maar door het menselijke drama, door het toenemende inzicht dat we in een zieke wereld leven, waarin alles, of het nu belangrijk is of niet, in de gaten wordt gehouden en waar alles wat geld kan opleveren voortdurend wordt uitgebuit.

Toen Gabriella klaar was met lezen, merkte ze dat er iemand in de deuropening stond. Het was Helena Kraft, in even mooie kleren als altijd.

'Hallo,' zei ze.

Gabriella dacht er onwillekeurig aan terug hoe ze Helena ervan had verdacht dat zij het lek was in het onderzoek, maar dat was een verzinsel van haar eigen demonen geweest. Wat ze had aangezien voor de schaamte van een schuldige was in werkelijkheid alleen Helena's schuldgevoel omdat het onderzoek niet professioneel werd uitgevoerd – dat had Helena tenminste gezegd tijdens hun lange gesprek na de bekentenis en aanhouding van Mårten Nielsen.

'Hallo,' antwoordde Gabriella.

'Ik kan niet genoeg benadrukken hoe jammer ik het vind dat je weggaat,' zei Helena.

'Aan alles komt een eind.'

'Heb je enig idee wat je gaat doen?'

'Ik ga naar New York. Ik wil iets doen met mensenrechten en zoals je weet heb ik een tijd geleden al een aanbieding van de VN gehad.'

'Het is vervelend voor ons, Gabriella, maar het is je van harte gegund.'

'Dus mijn verraad is me vergeven?'

'Niet door ons allemaal, kan ik je verzekeren. Maar ik zie het alleen als blijk van je goede karakter.'

'Dank je, Helena.'

'Ga je hier op kantoor nog iets zinnigs doen voordat je stopt?'

'Vandaag niet. Ik ga naar de herdenkingsbijeenkomst voor Andrei Zander in het perscentrum.'

'Dat klinkt goed. Ik moet me bij de regering verantwoorden voor deze chaos. Maar vanavond zal ik het glas heffen op de jonge Zander en op jou, Gabriella.'

Alona Casales zat van een afstandje naar de paniek te kijken en glimlachte heimelijk. Ze keek vooral naar admiraal Charles O'Connor, die aan kwam sluipen alsof hij helemaal niet de baas was van de machtigste inlichtingendienst van de wereld, maar eerder een geïntimideerd schooljongetje. Aan de andere kant zag iedereen die een gezaghebbende functie bij de NSA had er vandaag geïntimideerd en miezerig uit. Iedereen behalve Ed natuurlijk.

Maar Ed was eigenlijk ook niet vrolijk. Hij zwaaide met zijn armen, zweette en was opvliegend. Hij straalde echter zijn gebruikelijke autoriteit uit en je kon zien dat zelfs O'Connor bang voor hem was. Maar dat was ook niet zo gek. Ed was van zijn reisje naar Stockholm teruggekomen met pure dynamiet. Hij had een ontzettende heibel gemaakt en op alle niveaus beterschap geëist, en daar was de NSA-baas niet bepaald blij mee. Die had Ed het liefst meteen naar Siberië gestuurd.

Toch kon hij niets doen. Hij kroop helemaal in elkaar terwijl hij naar Ed toe liep, die gewoontegetrouw niet eens de moeite nam om op te kijken. Ed negeerde de baas net zoals hij alle arme drommels negeerde voor wie hij geen tijd had. En het werd er bepaald niet beter op voor O'Connor toen het gesprek eenmaal op gang kwam.

Ed leek nogal tekeer te gaan en hoewel Alona er geen woord van kon verstaan had ze wel degelijk een vermoeden van wat er werd gezegd, of liever gezegd: van wat er niet werd gezegd. Ze had lang met Ed gesproken en wist dat hij weigerde ook maar iets te zeggen over hoe hij aan zijn informatie was gekomen en dat hij sowieso niet van plan was op welk punt dan ook iets toe te geven, en ze merkte dat ze dat leuk vond.

Ed bleef zich opwinden en Alona nam zich heilig voor zich in te zetten voor het fatsoen binnen de organisatie en Ed alle steun te geven die hij maar nodig had als er problemen ontstonden. Ze nam zich ook voor Gabriella Grane te bellen en een laatste poging te wagen haar mee uit te vragen, als het tenminste klopte dat Gabriella op weg hierheen was.

Ed negeerde de baas van de NSA eigenlijk niet bewust, maar hij wilde gewoon niet ophouden met waar hij mee bezig was – twee van zijn controllers uitschelden – alleen maar omdat de admiraal voor zijn neus stond, dus hij draaide zich pas na een minuutje of zo om en zei toen best vriendelijk, niet om te slijmen of om zijn nonchalance goed te maken, maar gewoon omdat hij het meende: 'Je deed het goed op de persconferentie.'

'O ja?' zei de admiraal. 'Het was anders wel een beproeving.'

'Wees blij dat ik je de tijd heb gegeven om je erop voor te bereiden.'

'Blij? Ben je niet goed snik? Heb je de kranten gezien? Die publiceren allemaal foto's van Ingram en mij samen. Ik voel me totaal besmeurd.'

'Let dan voortaan in godsnaam ook beter op je naaste medewerkers.'

'Hoe durf je zo tegen me te praten?'

'Ik praat hoe ik wil, verdomme. Het is crisis in het bedrijf en ik ben verantwoordelijk voor de beveiliging, en ik heb geen tijd en word niet betaald om beleefd en vriendelijk te zijn.'

'Pas op je woorden ...' begon de NSA-baas.

Maar hij raakte de draad kwijt toen Ed opeens met zijn hele berenlijf overeind kwam – of dat nu was om zijn rug te rechten of om zijn autoriteit te onderstrepen.

'Ik heb je naar Zweden gestuurd om dit op te lossen,' vervolgde de admiraal. 'Maar toen je terugkwam, was alles helemaal naar de kloten. Een complete ramp.'

'De ramp was toen allang gebeurd,' snauwde Ed. 'Dat weet je net zo goed als ik, en als ik niet naar Stockholm was gegaan en me niet een slag in de rondte had gewerkt, hadden we nu niet de tijd gehad om een slimme strategie uit te denken en wees eerlijk: juist daardoor heb jij ondanks alles je baan nog.'

'Dus ik moet je bedanken, bedoel je?'

'Feitelijk wel, ja! Nu kon je die klootzakken van je er nog net voor de publicatie uit gooien.'

'Maar hoe kon die rotzooi in dat Zweedse blad komen?'

'Dat heb ik je al tig keer uitgelegd.'

'Je hebt verteld over je hacker, maar daar heb ik alleen vermoedens en geleuter over gehoord.'

Ed had beloofd Wasp buiten dit circus te laten en die belofte wilde hij houden.

'Verdomd bevoegd geleuter dan toch,' antwoordde hij. 'De hacker, wie het ook is, moet Ingrams bestanden hebben gekraakt en naar *Millennium* hebben gelekt, en dat is niet best; dat ben ik met je eens. Maar weet je wat het ergste is?'

'Nou?'

'Het ergste is dat we de hacker hadden kunnen pakken en hem zijn ballen hadden kunnen afsnijden en al dat gelek hadden kunnen stoppen. Maar toen kregen we de opdracht om op te houden met ons onderzoek, en toen nam jij het ook niet bepaald voor me op.'

'Ik heb je naar Stockholm gestuurd.'

'Maar mijn jongens gaf je vrij en toen was het in één klap gebeurd met onze klopjacht. Nu zijn de sporen uitgewist. We kunnen natuurlijk wel weer gaan zoeken, maar zou het ons op dit moment uitkomen als bleek dat een of ander lullig hackertje ons er zo tussen heeft genomen?'

'Misschien niet. Maar ik ben van plan flink wraak te nemen op *Millennium* en die journalist, die Blomström, daar kun je van op aan.'

'Blomkvist is het. Mikael Blomkvist. En ja, doe dat. Succes, zou ik zeggen. Je populariteit zal beslist stijgen als je Zweden binnenstormt en de grootste held van de journalistiek daar nu oppakt,' zei Ed, en toen mompelde de NSA-baas iets onverstaanbaars en vertrok.

Ed wist maar al te goed dat de admiraal een Zweedse journalist niet zou laten arresteren. Charles O'Connor vocht voor zijn politieke leven en kon zich geen waaghalzerijen permitteren. Ed besloot maar eens een praatje te gaan maken met Alona. Hij had er genoeg van om zich uit de naad te werken. Hij wilde iets pretentieloos doen en besloot haar een drankje aan te bieden in een café.

'Laten we er eentje gaan drinken op alle commotie,' zei hij grijnzend.

Hanna Balder stond boven aan de kleine heuvel bij Schloss Elmau; ze gaf August een zetje en zag hem de helling af suizen op het ouderwetse houten sleetje dat ze van het hotel had mogen lenen. Even later, toen haar zoon beneden bij een bruin schuurtje tot stilstand was gekomen, liep ze op haar wandelschoenen naar hem toe. De zon liet zich vaag zien, er viel lichte sneeuw en het was bijna windstil. Verderop rezen de toppen van de Alpen op tot aan de hemel en voor haar strekten zich de weidse dalen uit.

Hanna had haar hele leven nog nergens zo chic gelogeerd en August herstelde goed, niet in de laatste plaats dankzij de inzet van Charles Edelman. Maar gemakkelijk was het niet. Ze voelde zich ellendig. Ook nu, op de heuvel, bleef ze twee keer staan en greep ze naar haar borst. Het afkicken van de pillen – allemaal benzodiazepinen – was moeilijker dan ze zich had kunnen voorstellen en 's nachts lag ze krom als een garnaal in bed en zag ze haar leven in het meest genadeloze licht. Soms stond ze op, bonsde ze met haar vuist tegen de muur en huilde. Ontelbare keren vervloekte ze Lasse Westman en zichzelf.

Maar toch ... er waren ook momenten waarop ze zich merkwaardig gezuiverd voelde en korte periodes beleefde die toch sterk op geluk leken. Er waren momenten, wanneer August aan zijn vergelijkingen en cijferreeksen werkte en soms antwoord gaf op haar vragen, zij het vaak eenlettergrepig en onduidelijk, waarop ze dacht dat het echt beter zou worden.

Ze begreep haar zoon echter niet. Hij was haar nog altijd een raadsel. Soms sprak hij in cijfers, in grote getallen tot de macht van even grote getallen, en dan leek hij te denken dat zij het wel begreep. Maar er was iets ongelooflijks gebeurd. Ze zou nooit vergeten hoe August op de eerste dag aan het bureau in hun kamer zat en lange, kronkelende vergelijkingen opschreef, die ze fotografeerde en naar de vrouw in Stockholm stuurde.

Laat op de avond van die dag kreeg ze een sms'je op haar Blackphone: *Zeg tegen August dat we de code hebben gekraakt!*

Ze had haar zoon nog nooit zo gelukkig en trots gezien als toen, en hoewel ze er nooit achter was gekomen waar het om ging en er nooit meer met een woord over had gerept, zelfs niet tegen Charles Edelman, was het heel belangrijk voor haar. Ze was ook trots op August, onnoemelijk trots zelfs.

Ze begon zich ook hartstochtelijk te interesseren voor het savantsyndroom en wanneer Charles Edelman in het hotel was, zaten ze nadat August naar bed was gegaan nog vaak tot in de kleine uurtjes te praten over de talenten van haar zoon, en over nog veel meer trouwens.

Ze wist echter niet zeker of het een goed idee zou zijn om met Charles naar bed te gaan. Aan de andere kant wist ze ook niet zeker of het een slecht idee zou zijn. Charles deed haar aan Frans denken, en ze dacht dat ze elkaar allemaal al als een gezinnetje begonnen te beschouwen: August en zij, Charles, de wat strenge, maar toch lieve lerares Charlotte Greber en de Deense wiskundige Jens Nyrup, die hen had bezocht en had geconstateerd dat August om de een of andere reden gek was van elliptische curven en priemgetalfactorisatie.

Hun hele verblijf hier werd een ontdekkingsreis in het merkwaardige universum van haar zoon, en terwijl ze hier in de lichte sneeuw de heuvel af wandelde en August opstond van het sleetje voelde ze voor het eerst sinds lange tijd dat ze een betere moeder zou worden en haar leven weer op orde zou krijgen.

Mikael begreep niet waarom zijn lichaam zo zwaar aanvoelde. Het was alsof hij door water liep. Er was buiten een enorm tumult gaande, een soort overwinningsroes. Vrijwel elke krant, site en bijna elk radiostation en tv-kanaal wilde hem interviewen. Hij ging nergens op in en dat hoefde ook niet. In het verleden gebeurde het nog wel wanneer *Millennium* groot nieuws publiceerde dat Erika en hij er niet zeker van waren dat de andere media zouden aanhaken; dan moesten ze strategisch denken en zich beschikbaar stellen voor het juiste forum, daarmee soms zelfs een deel van hun scoop delen. Nu was dat allemaal niet nodig.

Het nieuws verspreidde zich vanzelf, en toen NSA-baas Charles

O'Connor en de Amerikaanse minister van Handel Stella Parker op een gezamenlijke persconferentie nadrukkelijk hun excuses aanboden voor wat er was gebeurd, verdween het laatste restje twijfel dat hun verhaal overdreven of onjuist was, en op dit moment vond er in de hele wereld op de opiniepagina's een hevige discussie plaats over de gevolgen en de betekenis van de onthulling.

Maar ondanks de ophef en de telefoons die voortdurend rinkelden, had Erika besloten in allerijl een feestje te organiseren op de redactie. Ze vond dat ze het allemaal hadden verdiend om het tumult even te ontvluchten en er een glaasje op te drinken. De eerste oplage van vijftigduizend exemplaren was gisteren in één ochtend uitverkocht en het aantal bezoekers van de website, die ook een Engelse versie had, bedroeg al enkele miljoenen. Aanbiedingen voor boekcontracten stroomden binnen, het aantal abonnementen steeg met de minuut en de adverteerders stonden in de rij.

Bovendien was Serner Media afgekocht. Ondanks haar onwaarschijnlijke werkdruk had Erika die zaak een paar dagen geleden afgewikkeld. Maar dat was geen kinderspel geweest. De vertegenwoordigers van Serner hadden haar wanhoop door en profiteerden daar maximaal van, en een tijdlang dachten Erika en Mikael dat het niet zou lukken. Pas op het laatste moment, toen er een aanzienlijke bijdrage kwam van een obscuur bedrijfje in Gibraltar, waar Mikael om moest lachen, hadden ze de Noren uit kunnen kopen. De prijs was gezien de situatie op dat moment onbeschaamd hoog, maar toch een stuk beter op te hoesten dan de vermoedelijke waarde een etmaal later, toen de primeur werd gepubliceerd en het handelsmerk *Millennium* omhoogschoot. Nu waren ze dus weer vrij en onafhankelijk, ook al was dat nog maar nauwelijks tot hen doorgedrongen.

Zelfs tijdens de herdenkingsbijeenkomst voor Andrei in het perscentrum hadden journalisten en fotografen aan hen getrokken en hoewel ze hen zonder uitzondering ook allemaal wilden feliciteren voelde Mikael zich gevangen, ingesloten, en hij reageerde lang niet zo vriendelijk als hij had gewild; hij bleef belabberd slapen en zijn hoofdpijn ging maar niet over.

Nu, in de late middag van de volgende dag, was de redactie snel ingericht voor de borrel. Op de tegen elkaar geschoven bureaus stonden champagne, wijn, bier en Japanse hapjes. De mensen begonnen ook binnen te stromen, eerst de medewerkers en freelancers natuurlijk, maar ook vrienden van het blad, onder wie niet in de laatste plaats Holger Palmgren. Mikael hielp hem in en uit de lift en ze omarmden elkaar een paar keer.

'Ons meisje heeft het 'm weer geflikt,' zei Holger met tranen in zijn ogen.

'Zoals gewoonlijk,' antwoordde Mikael glimlachend, en hij liet Holger plaatsnemen op de ereplaats op de bank en hij gaf opdracht dat zijn glas moest worden gevuld zodra het er ook maar enigszins leeg uitzag.

Het was fijn om hem daar te zien. Het was fijn om allerlei oude en nieuwe vrienden te zien, Gabriella Grane bijvoorbeeld, en commissaris Bublanski – die misschien niet uitgenodigd had moeten worden gezien hun werkrelatie en de positie van *Millennium* als onafhankelijk 'bewaker' van de politiemacht, maar die Mikael toch had voorgesteld te vragen en die tot zijn verbazing de hele tijd stond te praten met professor Farah Sharif.

Mikael toostte met hen en met alle anderen. Hij had een spijkerbroek en zijn mooiste colbertje aan, en geheel tegen zijn gewoonte in dronk hij vrij veel. Maar het hielp niet erg. Hij raakte het gevoel van leegte en zwaarte niet kwijt, en dat kwam natuurlijk door Andrei. Die was voortdurend in zijn gedachten. Het beeld van zijn collega op de redactie, die bijna met hem mee was gegaan om een biertje te drinken, had zich in hem vastgezet als een alledaags en tevens levensbepalend moment. De herinnering aan Andrei kwam steeds weer terug en Mikael had moeite zich op de gesprekken te concentreren.

Hij kreeg genoeg van alle lovende en vleiende woorden – alleen Pernilla's sms'je *Je schrijft toch wel echt, papa* raakte hem eigenlijk – en af en toe wierp hij een blik op de deur. Lisbeth was natuurlijk uitgenodigd en zou uiteraard de eregast zijn geweest als ze was gekomen, maar ze vertoonde zich niet, en dat was niet verbazingwekkend. Toch had Mikael haar op z'n minst willen bedanken voor haar grootmoedige bijdrage in het conflict met Serner. Aan de andere kant: wat wilde hij?

Haar sensationele document over Ingram, Solifon en Gribanov had het hele verhaal op gang gebracht en zelfs Ed the Ned en ook Nicolas Grant van Solifon ertoe gebracht hem meer details te vertellen. Maar van Lisbeth had hij sindsdien nog maar één keer gehoord, en dat was toen hij haar zo goed en zo kwaad als het ging via de RedPhone-app interviewde over wat er op Ingarö was gebeurd.

Dat was alweer een week geleden en Mikael had geen idee wat ze van zijn artikel vond. Misschien was ze kwaad omdat hij het te veel had gedramatiseerd – maar wat had hij anders kunnen doen met haar summiere antwoorden? Of misschien was ze boos omdat hij Camilla niet met naam en toenaam had genoemd, maar alleen had gesproken van een Zweeds-Russische met de bijnaam Thanos Alkhema. Of gewoon teleurgesteld dat hij niet nog verder was gegaan en niet nog meer aan de kaak had gesteld.

Dat wist je nooit, en het werd er natuurlijk niet beter op dat hoofdofficier van justitie Richard Ekström serieus leek te overwegen Lisbeth aan te klagen wegens onwettige vrijheidsberoving en eigenrichting. Maar het was nu eenmaal niet anders en ten slotte gaf Mikael het op en verliet hij het feest zonder zelfs maar gedag te zeggen.

Hij liep de Götgata in. Het was natuurlijk hopeloos weer en bij gebrek aan iets anders bekeek hij alle nieuwe sms'jes op zijn telefoon. Dat was onbegonnen werk. Er waren felicitaties, verzoeken om interviews en een paar oneerbare voorstellen. Maar uiteraard niets van Lisbeth, en daar mopperde hij een beetje over. Vervolgens zette hij zijn mobieltje uit en liep hij naar huis, met verbazend zware tred, zeker voor een man die net de primeur van de eeuw heeft gehad.

Lisbeth zat op haar rode bank in de Fiskargata en keek met lege ogen naar Gamla Stan en de Riddarfjärd. Het was ruim een jaar geleden dat ze de jacht op haar zus en de criminele erfenis van haar vader had ingezet, en op sommige punten had ze ongetwijfeld succes gehad.

Ze had Camilla opgespoord en de Spiders een gevoelige slag toegebracht. De relaties met Solifon en de NSA waren verbroken. Het Doema-lid Ivan Gribanov stond in Rusland onder grote druk, Camilla's gorilla was dood en haar naaste medewerker Jurij Bogdanov en andere ICT'ers werden gezocht en zaten waarschijnlijk ondergedoken. Maar toch, Camilla leefde nog. Waarschijnlijk was ze het land uit gevlucht zodat ze het terrein weer kon verkennen en iets nieuws kon gaan opbouwen.

Het was nog lang niet afgelopen. Lisbeth had het wild alleen aangeschoten en dat was niet genoeg, absoluut niet. Grimmig keek ze naar de salontafel. Daarop lagen een pakje sigaretten en het nog ongelezen nummer van *Millennium*. Ze pakte het blad, legde het weer weg, pakte het opnieuw en las Mikaels lange artikel. Toen ze de laatste zin had gelezen, keek ze even naar de nieuwe foto in zijn *byline*. Daarna stond ze abrupt op, liep naar de badkamer en maakte zich op. Ze trok een strak, zwart T-shirt en een leren jasje aan en stapte de decemberavond in.

Ze had het koud. Ze was waanzinnig dun gekleed, maar dat kon haar niet veel schelen. Ze liep gehaast naar het Mariatorg, sloeg links af de Swedenborgsgata in en ging naar binnen bij restaurant Süd, waar ze aan de bar ging zitten en afwisselend whisky en bier dronk. Omdat veel gasten hier kunstenaars of journalisten waren, was het niet verwonderlijk dat velen haar herkenden, en het was al net zomin verrassend dat ze onderwerp van discussie werd en bekijks trok. De gitarist Johan Norberg, die erom bekendstond dat hij in zijn columns in het tijdschrift *Vi* aandacht had voor kleine, maar veelbetekenende details, dacht dat Lisbeth niet dronk alsof ze ervan genoot, maar alsof het een klus was die ze af wilde maken.

Haar bewegingen hadden iets enorm doelbewusts en niemand durfde naar haar toe te gaan. Een vrouw die Regine Richter heette, zich in het dagelijks leven bezighield met cognitieve gedragstherapie en een tafeltje verderop zat, vroeg zich zelfs af of Lisbeth Salander ook maar één gezicht in het restaurant waarnam. In elk geval kon Regine zich later niet herinneren dat Lisbeth überhaupt een blik in de zaak had geworpen of ergens enige belangstelling voor had getoond. De barkeeper, Steffe Mild, dacht dat Lisbeth zich voorbereidde op een soort operatie of coup.

Om 21.15 uur stipt rekende ze contant af en liep ze zonder een woord of een knikje naar buiten. Een man van middelbare leeftijd met een petje, een zekere Kenneth Höök, die niet erg nuchter was, en als je zijn ex-vrouwen en trouwens vrijwel al zijn vrienden mocht geloven, ook niet erg betrouwbaar, zag haar het Mariatorg oversteken alsof ze 'op weg was naar een duel'.

Ondanks de kou liep Mikael Blomkvist langzaam naar huis, in sombere gedachten verzonken, hoewel hij zijn mond een klein beetje vertrok toen hij bij de Bishops Arms de stamgasten tegenkwam.

'Dus het was toch nog niet met je gedaan!' brulde Arne of hoe hij ook heette.

'Misschien nog niet,' antwoordde Mikael, en hij overwoog even in het café een afsluitend biertje te nemen en een beetje met Amir te ouwehoeren.

Maar daar voelde hij zich te ellendig voor. Hij wilde alleen zijn en liep dus door naar zijn huis. Toen hij de trap op liep, kreeg hij een onbestemd gevoel van onbehagen, misschien een gevolg van alles wat hij had meegemaakt, en hij probeerde het kwijt te raken. Toch verdween het niet, zeker niet toen hij zag dat een lamp op de bovenste verdieping het niet deed.

Het was daar pikdonker. Hij vertraagde zijn pas en zag opeens iets, een beweging, dacht hij. Het volgende moment glinsterde er iets, een zwak reepje licht zoals van een telefoon en vaag, als een geestverschijning, werd er een magere gestalte met een donkere maar fonkelende blik zichtbaar in het trappenhuis.

'Wie is daar?' vroeg hij, en hij werd bang.

Maar toen zag hij het: het was Lisbeth. En hoewel hij aanvankelijk opfleurde en zijn armen spreidde, voelde hij zich toch niet zo opgelucht als hij had verwacht.

Lisbeth zag er woedend uit. Haar ogen waren zwart opgemaakt en haar lichaam stond strak alsof ze hem aan wilde vallen.

'Ben je kwaad?' vroeg hij.

'Behoorlijk.'

'Waarom?'

Lisbeth kwam met een spierwit gezicht een stapje naar hem toe in de gang, en hij dacht even aan haar schotwond.

'Nu kom ik hier op bezoek, en dan is er niemand thuis,' zei ze.

Hij liep naar haar toe.

'Schandalig, hè?' zei hij.

'Vind ik wel.'

'Maar als ik je nu vraag binnen te komen?'

'Dan kan ik waarschijnlijk niet anders dan ja zeggen.'

'Dan zeg ik: welkom,' zei Mikael, en voor het eerst sinds lange tijd verscheen er een brede glimlach op zijn gezicht. Aan de nachtelijke hemel viel een ster.

Dankwoord

Hartelijk dank aan mijn agent Magdalena Hedlund, aan Stieg Larssons vader en broer, Erland en Joakim Larsson, aan mijn uitgevers Eva Gedin en Susanna Romanus, aan mijn redacteur Ingemar Karlsson en aan Linda Altrov Berg en Catherine Mörk van Norstedts Agency.

Dank ook aan David Jacoby, beveiligingsonderzoeker bij Kapersky Lab, aan Andreas Strömbergsson, hoogleraar wiskunde aan de universiteit van Uppsala, aan Fredrik Laurin, chef onderzoek bij het radioprogramma *Ekot*, aan vicepresident Services Mikael Lagström van Outpost24, aan de schrijvers Daniel Goldberg en Linus Larsson, en aan Menachem Harari.

En natuurlijk ook aan mijn Anne.